Nulle autre que toi

SUSAN ELIZABETH

PHILLIPS

LES CHICAGO STARS

Nulle autre que toi

ROMAN

Traduit de l'américain
par Lionel Évrard

J'AI LU

Titre original
IT HAD TO BE YOU

Éditeur original
Avon Books, an imprint of HarperCollins Publishers, New York

Pour Steven Axelrod,
qui a répondu présent dès le début,
Ce roman ne pouvait être dédié
à nul autre que toi.

Remerciements

Je n'aurais pu écrire ce livre sans l'aide précieuse des Chicago Bears. Un merci tout particulier à Barbara Allen pour m'avoir ouvert les portes et pour avoir répondu à mes questions. Allez les Bears !

J'ai également une lourde dette de reconnaissance envers les personnes et organisations suivantes :

La National Football League, les staffs des Dallas Cowboys et des Denver Broncos.

L'équipe des relations publiques au Pontiac Silverdome et au Houston Astrodome.

Linda Barlow, Mary Lynn Baxter, Jayne Ann Krentz, Jimmie Morel, John Roscich et Katherine Stone, pour s'être creusé les méninges, avoir répondu à mes questions et, plus généralement, pour m'avoir évité bien des ennuis.

Les fantastiques bibliothécaires-documentalistes de la Nichols Library.

Claire Zion, pour des années d'encouragement et de conseils.

L'équipe d'Avon Books, et tout particulièrement Lisa Wager, mon éditrice enthousiaste et efficace.

Enfin, un merci très spécial à mon mari, Bill Phillips, qui a su depuis le début de ma carrière d'écrivain s'intéresser successivement au golf, à l'informatique, et qui a passé toute l'année dernière à diriger une équipe de football professionnel. Ce roman n'aurait réellement pas pu voir le jour sans son aide.

Susan Elizabeth PHILLIPS

1

Phoebe Somerville fit scandale en venant accompagnée de son amant hongrois et d'un caniche nain aux funérailles de son père. Telle une star hollywoodienne des fifties, elle se tint assise à deux pas de la tombe, une paire de lunettes noires aux montures cerclées de strass sur le nez, le roquet blanc installé dans son giron. Nul dans l'assistance n'aurait su dire qui paraissait le plus déplacé, de Phoebe elle-même, de son séduisant Hongrois au catogan emperlé, ou du chien impeccablement toiletté et affublé d'un nœud de satin couleur pêche à chaque oreille.

Elle avait un œil masqué par une mèche blonde comme Marilyn Monroe dans *Sept ans de réflexion*. Ses lèvres, pleines et luisantes, étaient recouvertes d'un rouge à lèvres pivoine du plus bel effet. Des plus classiques, son tailleur de soie ivoire à la veste matelassée jurait avec le bustier lamé or qu'elle portait dessous. Sa courte jupe fendue, ceinturée de chaînes dorées, révélait généreusement sa cuisse galbée.

C'était la première fois que Phoebe remettait les pieds à Chicago depuis qu'elle s'était enfuie à l'âge de 18 ans. Aussi, bien peu de ceux qui étaient là connaissaient-ils l'enfant prodigue de Bert Somerville. Les histoires qui couraient sur son compte suffisaient cependant à expliquer qu'elle ait été déshéritée. Quel père aurait souhaité transmettre son patrimoine à une fille qui avait eu pour amant un homme de quarante ans plus vieux qu'elle ? Certes, l'homme en question n'était autre qu'Arturo Flores, peintre espagnol de renommée internationale, mais cela ne faisait qu'ajouter au scandale. Aux yeux d'un homme tel que Bert Somerville, un portrait de femme nue, si artistique et coté soit-il, n'était rien d'autre qu'une image indécente. Et le fait que les nus qui représentaient Phoebe aient eu l'honneur des plus grands musées du monde n'avait pas suffi à le faire changer d'avis.

En dépit d'une taille fine et de longues jambes, Phoebe avait la poitrine et les hanches généreuses. À 33 ans, elle avait un corps de rêve et aurait pu orner la page centrale d'un magazine de charme. Peu importait qu'elle fût dotée d'une intelligence supérieure à la moyenne puisque les femmes comme elle n'étaient jamais jugées que sur les apparences.

Bien que son nez fût droit, la bouche bien formée et le menton volontaire, son visage, lui aussi, sortait du commun. Peut-être était-ce à cause du petit grain de beauté qui couronnait l'une de ses pommettes. À moins que ce ne soit ses yeux qui auraient suffi à semer le trouble. Arturo Flores avait maintes fois dans son œuvre célébré la couleur ambre de son regard.

Tout au long de la cérémonie, Phoebe demeura sereine et fraîche comme une rose, en dépit de la chaleur qui régnait en ce mois de juillet. Non loin de là, les flots de la rivière DuPage, qui traverse plusieurs des quartiers ouest de Chicago, n'aidaient en rien à rafraîchir l'atmosphère. Un auvent de toile avait été dressé pour procurer de l'ombre. Les assistants à la cérémonie qui n'avaient pu s'y réfugier, indisposés par l'odeur des dizaines de couronnes mortuaires ainsi que par l'humidité et la chaleur, commençaient à se sentir mal. Fort heureusement, la cérémonie devait être brève.

Le cercueil de Bert Somerville se trouvait au centre d'un carré de moquette verte juste en face de l'endroit où Phoebe avait pris place, encadrée de sa demi-sœur Molly, âgée de 15 ans, et de leur cousin Reed Chandler. Sur le couvercle vernissé avait été disposée une couronne de roses blanches en forme d'étoile et garnie de rubans or et bleu ciel, aux couleurs des Chicago Stars, l'équipe de la National Football League que Bert s'était offerte dix ans auparavant.

Quand la cérémonie prit fin, Phoebe se leva, serrant son caniche entre ses bras, suivie par Reed Chandler, le neveu de Bert, qui marcha jusqu'au cercueil, sur lequel il posa une fleur. Molly lui emboîta timidement le pas et imita son geste. Reed offrait toutes les apparences de l'affliction, bien qu'il fût de notoriété publique que la disparition de son oncle faisait de lui, à 35 ans, le nouveau propriétaire des Chicago Stars. Phoebe s'avança enfin jusqu'au cercueil, y déposa une fleur, et rendit hommage au défunt sans amertume aucune. À quoi bon ruminer de vieilles rancunes ? Elle voulut, d'un geste, réconforter cette demi-sœur qu'elle ne connaissait pas. Mais, comme toujours depuis le retour de Phoebe, Molly se déroba.

Quand Reed vint reprendre sa place près d'elle, Phoebe fit instinctivement un pas de côté. Il avait beau associer son nom à toutes sortes d'œuvres de charité, elle ne parvenait pas à oublier quel tyran il avait été dans leur enfance. Elle se détourna de lui et s'adressa à l'assistance de cette voix rauque et sensuelle qui collait presque trop bien à son physique d'icône du grand écran.

— C'est tellement gentil à vous de l'avoir accompagné jusqu'à sa dernière demeure… Surtout par une chaleur pareille !

Puis, se tournant vers son chevalier servant, elle susurra :

— Viktor, mon chou, tu veux bien t'occuper de Pooh ?

Sans attendre de réponse, elle tendit le caniche nain à Viktor Szabo qui avait réussi, en quelques minutes, à faire tourner la tête de toutes les femmes présentes. Sa beauté hors du commun aurait suffi à expliquer le magnétisme qu'il exerçait sur elles, mais il y avait chez cet homme quelque chose de familier qui piquait leur curiosité. Seules quelques-unes d'entre elles étaient parvenues à reconnaître en lui le modèle qui avait récemment posé – torse nu, les cheveux dénoués, le premier bouton de la braguette défait de manière suggestive – pour la campagne de pub d'une célèbre marque de jeans.

Viktor installa le chien sur son bras sans se faire prier.

— Mais naturellement, ma chérie! répondit-il avec une pointe d'accent moins prononcé que celui des sœurs Gabor, qui vivaient pourtant aux États-Unis depuis bien plus longtemps que lui.

— Brave bête… murmura Phoebe.

Aucun de ceux qui l'entendirent ne put déterminer si c'était à l'homme ou à l'animal qu'elle s'adressait.

En son for intérieur, Viktor avait tendance à penser que son amie poussait le bouchon un peu loin, mais il était vrai que son tempérament magyar le portait au pessimisme. Aussi se contenta-t-il de souffler dans sa direction un baiser sur le bout de ses doigts. Puis, sans cesser de la couver d'un regard langoureux, il fit en sorte de rectifier sa position pour mieux mettre en valeur son corps. De temps à autre, il penchait la tête, afin que le soleil accroche des reflets aux perles d'argent mêlées à la spectaculaire queue-de-cheval dont il était coiffé.

Alors que le représentant du Sénat s'approchait d'elle, Phoebe tendit sa main aux longs doigts fins, dont les ongles laqués de la même couleur que ses lèvres étaient incrustés de croissants nacrés.

— Sénateur, merci infiniment d'être venu, dit-elle en le dévorant des yeux. Je sais à quel point vous devez être occupé.

L'épouse du sénateur, petite femme rondouillarde aux cheveux gris, jaugeait Phoebe d'un regard suspicieux. Mais quand celle-ci se tourna vers elle pour la saluer à son tour, elle fut surprise par la chaleur et la spontanéité de son sourire. Plus tard, en l'observant plus attentivement, elle s'apercevrait que la fille de Bert Somerville était plus détendue avec les femmes qu'avec les hommes.

Bert Somerville s'était fait une spécialité de choisir ses épouses parmi les danseuses de revue de Las Vegas. La première d'entre elles, la mère de Phoebe, était morte en s'efforçant de donner naissance à l'héritier mâle dont rêvait son mari. La troisième, la mère de Molly, avait disparu dans un accident d'avion treize ans plus tôt, alors qu'elle se rendait à Aspen où elle espérait fêter dignement son récent divorce. Seule sa deuxième femme était encore de ce monde. Elle avait refusé de faire le voyage depuis Reno pour assister aux funérailles mais, même si elle n'avait eu qu'à traverser la rue, elle ne serait pas venue.

Tully Archer, le vénérable coordinateur défensif des Chicago Stars, vint présenter ses condoléances à Phoebe. Avec ses cheveux blancs, ses sourcils broussailleux, son nez un peu rouge, on aurait dit le Père Noël rasé de près.

— Une perte terrible, mademoiselle Somerville. Terrible !

Après s'être éclairci la gorge, il poursuivit dans le même style télégraphique :

— Pense pas vous avoir déjà vue. Bizarre pour moi de ne pas connaître la fille de Bert… On a fait un sacré bout de chemin ensemble, votre père et moi. Il va me manquer. On n'était pas toujours d'accord sur tout. C'était une vraie tête de mule, mais on faisait la paire, tous les deux.

Tout en parlant, il serrait les mains de Phoebe entre les siennes. Il aurait été difficile à quiconque ne s'intéressant pas au football de comprendre comment un tel vieillard pouvait coacher les défenseurs d'une équipe professionnelle, mais ceux qui l'avaient vu à l'œuvre ne commettaient jamais l'erreur de sous-estimer son savoir-faire.

Manifestement, Tully adorait parler et, quand Phoebe s'aperçut que cela ne s'arrêterait jamais, elle dut se résoudre à l'interrompre.

— C'est *tellement* gentil à vous, monsieur Archer. Vous êtes un véritable trésor…

Tully Archer avait mérité bien des surnoms au cours de son existence, mais personne ne s'était jamais avisé de lui donner celui-là. Il en resta muet de stupeur, ce que son interlocutrice avait sans doute prémédité car cela lui permit de prendre congé.

À peine avait-elle tourné les talons qu'elle vit une longue file de colosses endimanchés, dont les couleurs de peau allaient du bleu noir le plus foncé au rose le plus pâle, s'aligner devant elle. Chaussés de souliers de taille impressionnante, ils se dandinaient d'un pied sur l'autre. Phoebe fut saisie par le spectacle de ces athlètes de haut niveau. Au garde-à-vous devant elle, ils attendaient patiemment de la saluer. Leurs mains sagement croisées devant eux, ils fixaient l'horizon, comme si les premiers accords de l'hymne national devaient retentir d'une seconde à l'autre. Ils étaient vêtus à l'identique, blazers bleu ciel et pantalons gris, ce qui leur donnait un air engoncé. Sous l'effet de la chaleur, la sueur perlait à leurs fronts. Les joueurs des Chicago Stars étaient venus rendre hommage au propriétaire de leur équipe.

Un homme aux yeux plissés et qui paraissait ne pas avoir de cou ouvrait la marche. Il gardait les yeux si ostensiblement rivés sur Phoebe que ses efforts pour ne pas loucher sur son opulente poitrine n'en paraissaient que plus évidents.

— Je m'appelle Elvis Crenshaw, dit-il. Je joue *nose guard* dans l'équipe. Désolé pour M. Somerville.

Ses condoléances présentées, Crenshaw s'éclipsa, jetant au passage un regard curieux à Viktor Szabo.

Celui-ci se tenait aux côtés de Phoebe, tel Rambo, un caniche nain au creux du bras en lieu et place d'un fusil-mitrailleur. Les joueurs se succédaient, les mêmes regrets et autres platitudes à la bouche. C'est alors que Viktor remarqua un athlète qui sortait du lot et qui se planta devant Phoebe tout en la dévorant du regard.

— Dan Calebow... se présenta-t-il. Coach principal des Stars.

Le premier instant de surprise passé, elle le salua à son tour d'une voix roucoulante.

Phoebe était la meilleure amie de Viktor et il aurait fait n'importe quoi pour elle. D'ailleurs, ne venait-il pas de le prouver en endossant le rôle de petit ami qu'elle lui avait réservé dans cette grotesque comédie ? Et à cette minute, il aurait voulu la mettre à l'abri du danger qui la guettait et dont elle paraissait inconsciente. Ne comprenait-elle pas qu'elle risquait de se brûler en se livrant à ses petits jeux avec ce genre de type ? Mais après tout, peut-être en était-elle consciente et s'en moquait-elle.

Dan Calebow n'ayant pas daigné accorder un regard à Viktor, il le rangea avec regret au nombre des hommes agaçants et étroits d'esprit. Une attitude déplorable que le Hongrois acceptait cependant avec son flegme coutumier.

Si Phoebe semblait ne pas connaître Calebow, Viktor, qui suivait attentivement le championnat de foot américain, n'ignorait rien de lui. L'homme avait été au cours de sa carrière de joueur l'un des *quarterbacks* les plus extraordinaires et les plus controversés de la NFL. Il y avait cinq ans de cela, il avait pris sa retraite pour devenir entraîneur. En milieu de saison, l'automne dernier, Bert Somerville avait viré le coach des Stars pour le remplacer par Dan, qui œuvrait jusque-là au sein de l'équipe rivale, les Chicago Bears. Viktor se rappela que Dan Calebow avait été surnommé « Ice » au temps de sa splendeur. C'était le manque flagrant de compassion envers ses adversaires qui lui avait valu ce surnom.

Calebow était un grand type avec une crinière blonde qui se déplaçait avec l'assurance et l'autorité d'un homme qui ne laisse pas de place au doute. Dépassant légèrement le 1,90 mètre de Viktor, il était plus athlétique que la plupart des *quarterbacks* professionnels. Son front large et haut dominait un nez fort à l'arête droite mais avec une légère bosse. Il avait la bouche pulpeuse et une fine cicatrice blanche sous la lèvre inférieure. Cependant la caractéristique la plus intéressante de ses traits n'était pas sa bouche sexy, sa chevelure ou sa cicatrice, mais ses yeux d'une étonnante couleur gris-vert qui retenaient immédiatement l'attention. Des yeux de prédateur à l'affût. Des yeux braqués sur la pauvre Phoebe avec une telle intensité que Viktor s'étonnait qu'elle n'ait pas encore détourné le regard.

— Désolé pour la perte que vous venez de subir, déclara l'entraîneur des Stars. Bert va certainement beaucoup nous manquer.

— Comme c'est aimable à vous, monsieur Calebow...

Et Viktor se rendit compte que Dan ne devait pas la laisser de marbre. C'était compréhensible. Cet homme était irrésistible.

— Bert adorait le football, poursuivit-il. Il était très agréable de travailler avec lui.

— Je n'en doute pas.

La plus anodine des paroles prononcées par Phoebe constituait une promesse voilée de débauches à venir. Mais, si son interlocuteur pouvait s'y laisser prendre, Viktor savait fort bien que son amie jouait un rôle.

Il eut une nouvelle preuve de la nervosité grandissante qui la gagnait lorsqu'elle se tourna vers lui en tendant les bras. Comprenant à juste titre qu'elle souhaitait utiliser Pooh comme moyen de diversion, il s'avança vers elle. Juste au moment où il lui tendait l'animal, un véhicule de service qui venait de pénétrer dans le cimetière fit pétarader son pot d'échappement, effrayant le caniche.

Pooh émit un jappement bref et échappa aux mains de Phoebe. Le chien slaloma à travers la foule en jappant follement.

— Pooh ! cria Phoebe en se lançant à sa poursuite.

Le caniche venait de heurter un arrangement floral, qui bascula en arrière après avoir longuement oscillé sur sa base. Sa maîtresse, qui n'avait rien d'une sportive, entravée en outre par sa jupe, ne put arriver à temps pour prévenir le désastre. Les couronnes de fleurs étaient si serrées sur la pelouse que par un effet de dominos elles s'écroulèrent les unes après les autres.

— Pooh ! cria Phoebe de plus belle. Ici, tout de suite !

Loin d'obéir, l'intéressée se mit à japper et à sprinter en tous sens avec une énergie renouvelée.

— Viktor ! se lamenta Phoebe en désespoir de cause. *Fais quelque chose...*

Le Hongrois s'était déjà précipité de l'autre côté du cercueil, dans l'espoir d'éloigner le caniche. Dans la précipitation, il heurta une chaise, qui bascula à son tour, entraînant une autre réaction en chaîne.

Une digne représentante du gotha local, se targuant de connaître la psychologie des petits chiens, tenta de s'interposer en faisant un bond devant Pooh. Cette tentative courageuse tourna court quand l'animal, ramassé sur lui-même et prêt à bondir, montra les dents en grondant sourdement, tel un Terminator canin. Pooh était habituellement la meilleure et la plus placide des bêtes, mais le parfum *Eternity* de Calvin Klein que portait la téméraire lui rappelait fâcheusement une amie de sa maîtresse qui, un soir lui avait sournoisement décoché un coup de pied sous la table.

Phoebe s'avança entre deux défenseurs des Stars, qui la regardèrent avec amusement vitupérer contre le caniche.

— Pooh, ça suffit maintenant ! Ici, tout de suite !

Mortifiée de voir sa demi-sœur se donner en spectacle, Molly Somerville s'était discrètement fondue dans la foule.

De plus en plus agacée, Phoebe s'élança, décidée à aller elle-même chercher son chien. Son visage se figea quand elle glissa sur un bouquet de lys à terre. Elle partit en arrière, ses jambes se dérobèrent sous elle, et l'instant d'après elle s'affala sur le sol.

En voyant sa maîtresse assise par terre, Pooh se méprit sur ses intentions et sa joie bruyante ne connut plus de bornes. Pensant qu'elle ne cherchait qu'à jouer, le chien se précipita vers elle de toute la force de ses minuscules pattes.

Phoebe faisait des efforts désespérés pour se remettre sur pied, offrant ainsi une occasion unique au maire de la ville et à quelques officiels des Chicago Bears de se rincer l'œil sur ses cuisses. Pooh jaillit entre les jambes d'un reporter télé d'une chaîne sportive et fonça sous les chaises. Viktor, une fois encore, tenta de se lancer à sa poursuite, ce que le caniche perçut comme une nouvelle invitation à jouer.

Pooh fit un bond de côté pour le rejoindre mais pila net en s'apercevant qu'il devait pour cela traverser un carré d'herbe détrempé et jonché de fleurs. Le chien détestait se mouiller les pattes. Acculé, il sauta sur une chaise en équilibre instable qui finit par s'écrouler sous son poids. Pris de panique, l'animal se réfugia sur une autre, pour un résultat identique. En désespoir de cause, il sauta plus haut et atterrit sur une surface solide, froide et parfaitement lisse.

Un cri de stupeur s'éleva de l'assemblée tandis que chutait sur le sol la couronne de roses blanches en forme d'étoile. Un grand silence se fit.

Phoebe, qui était enfin parvenue à se relever, se figea en découvrant l'étendue du désastre. En hongrois, pour épargner les oreilles sensibles, Viktor jura entre ses dents.

Pooh, toujours réceptive aux réactions des humains qu'elle aimait, pencha la tête sur le côté, surprise, comme si elle essayait de comprendre ce qu'elle avait bien pu faire pour que tout le monde la regarde ainsi. Elle fut alors prise de tremblements.

Phoebe retint son souffle. Quand Pooh se mettait à trembler, ce n'était pas bon signe. Se rappelant très bien ce qui était advenu la dernière fois que cela lui était arrivé, elle s'écria :

— Non, Pooh ! Non !

L'avertissement vint trop tard. Pooh s'accroupissait. Avec ce qui ressemblait à un sourire d'excuse, le caniche de Phoebe se mit à uriner sur le cercueil du défunt.

Bert Somerville avait fait bâtir sa demeure dans les années 1950, au cœur du DuPage County, sur 5 hectares de terrain situés à Hinsdale, riche faubourg de

Chicago. De rurale au début du XXe siècle, la contrée s'était couverte au fil des décennies d'agglomérations grandissantes dont les limites avaient fini par se confondre. Là vivait une population aisée qui tirait de confortables revenus de l'exploitation de compagnies ferroviaires ou d'industries high-tech. Progressivement, le mur de brique qui cernait la propriété s'était retrouvé bordé de coquettes rues résidentielles ombragées.

Dans son enfance, Phoebe n'avait passé que peu de temps dans l'imposante demeure Tudor nichée parmi les chênes, les érables et les noyers des quartiers ouest de Chicago. Très tôt, Bert l'avait placée dans un collège privé du Connecticut, qu'elle ne quittait que pour rejoindre l'été un camp de vacances huppé pour petites filles riches. Au cours de ses rares séjours chez elle, elle avait toujours trouvé la maison froide et oppressante. Et en gravissant le monumental escalier pour gagner le premier étage de la demeure, deux heures après la fin de l'enterrement, elle comprit que rien n'aurait pu la faire changer d'avis.

En débouchant sur le palier aux murs habillés d'un papier floqué de teinte brunâtre, elle sentit comme autrefois peser sur elle le regard chargé de reproche d'un éléphant dont la tête naturalisée avait été illégalement ramenée par Bert d'un de ses safaris en Afrique. La pelouse du cimetière avait maculé de taches vertes son tailleur ivoire, et ses bas filés étaient couverts de poussière. Ses cheveux décoiffés pointaient en tous sens, quant à son rouge à lèvres couleur pivoine, il n'en restait plus la moindre trace.

C'est alors que le visage de l'entraîneur principal des Stars lui revint en mémoire. C'était lui qui avait fait descendre Pooh du cercueil en l'attrapant par les poils. Dans ses yeux verts, elle avait lu une condamnation sans appel tandis qu'il lui tendait le chien. L'humiliation qu'elle en avait conçue lui arracha un soupir. La mêlée ridicule qui avait conclu l'enterrement constituait un désastre de plus dans sa vie. En s'affichant comme elle l'avait fait, elle avait voulu clamer à la face du monde que peu lui importait d'avoir été déshéritée mais, comme d'habitude, elle était allée trop loin.

Figée en haut de l'escalier, la main crispée sur la rampe, Phoebe fut prise de vertige. Sa vie aurait-elle été différente si sa mère avait vécu ? Elle ne pensait plus guère à la jeune danseuse de cabaret qui lui avait donné le jour et dont elle ne gardait aucun souvenir. Ce n'était pas faute, dans son enfance, d'avoir laissé son imagination vagabonder. Elle avait rêvé d'une belle femme aimante, présente et attentionnée, qui lui aurait offert tout l'amour que son père lui refusait.

Elle en était arrivée à se demander si Bert avait jamais aimé qui que ce soit. Lui qui tenait en piètre estime les femmes en général, comment aurait-il pu s'intéresser à une petite fille boulotte et complexée ? Le père de Phoebe n'avait cessé de lui répéter qu'elle n'était bonne à rien. Le pire pour elle, c'était de réaliser que, à présent, il n'était plus là pour le lui répéter, elle se posait encore la question de savoir s'il n'avait pas raison.

À 33 ans, elle se retrouvait sans emploi et sans argent. Cela faisait sept ans qu'Arturo était mort. Elle avait passé les deux premières années après son décès à gérer les expositions itinérantes de ses œuvres. Puis, quand la collection avait définitivement élu domicile au musée d'Orsay à Paris, elle avait déménagé à Manhattan où l'argent qu'il lui avait laissé avait progressivement fondu comme neige au soleil, notamment pour régler les frais médicaux de nombre de ses amis morts du sida. Phoebe n'en regrettait pas un penny. Durant quelques années, elle avait travaillé dans une galerie du West Side spécialisée dans l'avant-garde. Son patron qui accusait le poids des ans venait de baisser pour la dernière fois le rideau de fer, la laissant sur le carreau et sans la moindre idée de ce qu'elle allait faire de sa vie.

L'espace d'un instant, il lui vint à l'esprit qu'elle en avait plus qu'assez de jouer les évaporées. Mais elle se sentait pour l'heure trop fragile pour se risquer à la moindre introspection. Elle s'approcha de la chambre de sa sœur et toqua à la porte.

— Molly ? Je peux entrer ?

Quelques secondes s'écoulèrent avant que ne s'élève à l'intérieur une voix lasse et résignée.

— Si tu veux...

Phoebe inspira profondément pour se donner du courage avant de tourner la poignée et d'entrer dans la chambre qui avait été la sienne autrefois. Durant les quelques semaines par an qu'elle avait passées ici, l'endroit était toujours encombré de livres, de restes de nourriture et de cassettes éparses de ses musiques favorites. Aujourd'hui, il semblait aussi ordonné et austère que l'était son occupante.

Molly Somerville, sa demi-sœur adolescente qu'elle connaissait à peine, était assise sur une chaise près de la fenêtre, toujours vêtue de la robe brune informe qu'elle avait à l'enterrement. Aussi longue et fine que Phoebe avait été petite et boulotte dans son enfance, Molly avait des cheveux marron foncé raides et mi-longs qui auraient bien eu besoin d'une coupe. Ajouté à cela, un physique ordinaire, une peau pâle et terne qui ne devait pas voir beaucoup le soleil et un visage sans charme ni grâce particulière.

— Comment ça va, Molly ? s'enquit Phoebe en s'approchant d'elle.

— Bien.

Pour lui répondre, elle n'avait pas pris la peine de lever les yeux de son livre.

Phoebe réprima un soupir de lassitude. Molly n'avait jamais caché qu'elle la détestait. Il y avait eu entre elles si peu de contacts au fil des années qu'elle ne parvenait pas à comprendre pourquoi. À son retour aux États-Unis à la mort d'Arturo, Phoebe avait fait quelques tentatives pour rendre visite à sa demi-sœur dans son collège privé du Connecticut. Celle-ci s'était montrée si froide qu'elle avait fini par renoncer. Cependant, elle avait continué à lui envoyer des cadeaux pour Noël et pour son anniversaire, ainsi que quelques lettres. Aucune de ces attentions ne lui avait jamais valu de sa part autre chose que de l'indifférence.

— Je pourrais te monter un plateau, proposa Phoebe. Tu n'as pas faim ?

Molly secoua négativement la tête. Un lourd silence retomba entre elles.

— Je regrette beaucoup ce qui s'est passé au cimetière, reprit-elle. Et je t'en demande pardon.

Sans même lever les yeux, la jeune fille balaya ses excuses d'un haussement d'épaules.

— Molly… insista Phoebe sans se laisser décourager. Nous avons besoin de parler, toutes les deux. Et ce serait plus facile si tu voulais bien me regarder.

De mauvaise grâce, elle s'exécuta et posa sur elle un regard absent. Phoebe avait la désagréable impression que les rôles étaient inversés et qu'elle était une enfant qui tentait d'exaspérer par ses demandes puériles une adulte indifférente. À cet instant précis, elle regretta de ne plus fumer.

— Tu dois savoir que je suis à présent ta tutrice légale.

– M. Hibbard me l'a expliqué, confirma Molly.

— Tu dois te poser des questions. Le moment est venu de discuter de ton avenir.

— Il n'y a rien à discuter.

Phoebe réajusta derrière son oreille une mèche rebelle avant d'argumenter patiemment :

— Molly… Tu n'as pas à retourner à ce camp d'été si tu ne le souhaites pas. Si tu veux m'accompagner à New York jusqu'à la rentrée, tu y seras plus que la bienvenue. J'ai sous-loué l'appartement d'un ami qui voyage en Europe. Il est très agréable et fort bien situé.

De nouveau, Molly secoua la tête.

— Je veux retourner au camp.

À son ton, Phoebe devinait que sa demi-sœur n'appréciait pas plus cette colonie de vacances qu'elle-même autrefois.

— Si c'est véritablement ce que tu souhaites, dit-elle, je ne peux t'en empêcher. Je sais ce que c'est d'avoir l'impression de n'être nulle part chez soi. N'oublie pas que Bert me gardait toute l'année en internat à Crayton, moi aussi. Et tous les étés, je me retrouvais enfermée dans un camp, tout comme toi. Je détestais ça ! New York est une ville fascinante. Nous pourrions passer de bons moments, toutes les deux, et apprendre à mieux nous connaître.

— Je veux retourner au camp, répéta Molly d'un air buté.

— Tu en es absolument certaine ?

— Oui. Et tu n'as pas le droit de m'en empêcher.

Malgré l'hostilité affichée de Molly et la migraine qui s'annonçait, Phoebe n'était pas décidée à lâcher prise aussi facilement. Choisissant une autre approche, elle désigna d'un coup de menton le livre que lisait sa demi-sœur.

— Que lis-tu ?

— Dostoïevski. Je dois faire un exposé sur lui à la rentrée.

— Très impressionnant… Ce n'est pas une lecture un peu ardue, pour une ado ?

— Pas pour moi. Je suis une élève brillante.

Phoebe eut envie de sourire mais s'en abstint. C'était le plus sérieusement du monde que Molly avait dit cela.

— C'est ce que j'ai cru comprendre, approuva-t-elle. Tu te débrouilles plutôt bien à l'école, pas vrai ?

— Mon quotient intellectuel est bien au-dessus de la moyenne.

— Être plus intelligent que les autres peut représenter un désavantage aussi bien qu'une bénédiction.

Phoebe gardait un souvenir pénible d'avoir été une élève brillante. Loin de la servir, son intelligence l'avait éloignée des autres.

Molly restait de marbre.

— Je suis très satisfaite de mon intelligence, dit-elle. La plupart des filles de ma classe ne sont que des idiotes.

Phoebe s'efforçait de ne pas juger sa demi-sœur, bien qu'elle se comportât comme une pimbêche. Elle était bien placée pour savoir qu'il fallait aux filles de Bert Somerville une bonne dose d'instinct de survie pour se colleter avec l'existence. Adolescente, elle avait elle-même dissimulé son sentiment d'insécurité sous une couche de graisse. Plus tard, elle avait remplacé l'embonpoint par l'extravagance. Molly, elle, se dissimulait derrière son QI.

— Tu veux bien m'excuser, conclut-elle d'un air hautain, j'aborde un chapitre particulièrement captivant.

Phoebe dut s'avouer vaincue. Avant de quitter la pièce, elle lui lança :

— Tu m'appelleras si tu changes d'avis ou si tu as besoin de quoi que ce soit. D'accord ?

Molly acquiesça d'un hochement de tête. Phoebe comprit qu'elle n'en ferait rien. Sans doute préférerait-elle avaler de la mort-aux-rats plutôt que d'appeler sa sœur aînée à l'aide.

Phoebe regagna le rez-de-chaussée. Viktor était en grande conversation au téléphone avec son agent dans le living-room. Elle se dirigea vers le bureau de son père, dans lequel Pooh était endormie sur un des fauteuils, face à une vitrine remplie d'armes. Elle releva vivement sa petite tête blanche et sauta à terre, la queue battant à toute allure, pour venir l'accueillir.

Phoebe prit le chien dans ses bras et lui murmura à l'oreille :

— Salut, toi ! Tu t'es vraiment surpassée, aujourd'hui, pas vrai ?

Pooh lui donna un coup de langue en guise d'excuses. Phoebe entreprit de renouer les nœuds qui ornaient ses oreilles mais dut rapidement abandonner tant ses doigts tremblaient. Espérer que le caniche les garde était de toute façon peine perdue. Ce chien détestait tous les ornements, refusait de dormir dans son panier. En outre, c'était toute une histoire pour le faire toiletter, et il refusait de porter le manteau brodé à son nom que Viktor lui avait offert. Ce n'était même pas un bon chien de garde. L'année précédente, lorsqu'elle s'était fait agresser en pleine rue dans le Upper West Side, Pooh avait passé son temps à se frotter affectueusement contre la jambe de l'agresseur.

Phoebe enfouit son visage dans le pelage de l'animal.

— Les apparences sont trompeuses, gémit-elle. Malgré ton impeccable pedigree, tu es une honte pour les tiens, toi aussi.

D'un coup, tous ses barrages cédèrent. Elle renonça à lutter comme elle l'avait fait toute la matinée et un sanglot la secoua tout entière. Une ratée, songea-t-elle. Attifée et pomponnée comme un caniche, mais une ratée tout de même. Voilà ce qu'elle était.

Viktor la trouva dans le même état d'affliction quelques minutes plus tard. Avec une délicatesse qui ne lui était pas habituelle, il fit semblant de ne pas remarquer qu'elle avait pleuré et lui dit gentiment :

— Ma petite Phoebe... L'avoué de ton père souhaiterait te parler.

— Je ne veux voir personne, maugréa-t-elle en cherchant un mouchoir.

Viktor tira un carré de soie couleur prune de la pochette de sa veste gris perle et le lui tendit.

— Montre-toi raisonnable, insista-t-il. Il faudra bien te résoudre à lui parler tôt ou tard, tu sais.

— C'est déjà fait. Il m'a appelée pour m'entretenir de mes devoirs de tutrice envers Molly le lendemain de la mort de Bert.

— Peut-être doit-il te parler à présent de l'héritage de ton père.

— Tu sais bien qu'à part Molly, Bert ne m'a rien laissé.

Phoebe se moucha bruyamment. Elle avait toujours agi comme si elle se fichait d'avoir été déshéritée, mais cette ultime preuve du dédain paternel à son égard l'atteignait profondément.

— C'est vrai, admit Viktor. Mais si son homme de loi s'est déplacé jusqu'ici, ce n'est pas pour te présenter ses condoléances de vive voix. Il affirme d'ailleurs que c'est important et urgent.

Viktor alla chercher le sac que Phoebe avait abandonné sur un fauteuil. C'était un Judith Leiber de seconde main qu'il lui avait déniché dans un dépôt-vente de l'East Village. Il l'ouvrit et découvrit une barre de Milky Way. Il lui adressa un regard de reproche. Puis, il s'empara du peigne, avec lequel il entreprit de remettre un peu d'ordre dans la coiffure de son amie. Cela fait, il lui tendit son rouge à lèvres et son fond de teint. Pendant qu'elle retouchait son maquillage, il prit le temps de l'admirer.

Viktor trouvait les traits qui avaient inspiré quelques-uns des plus grands chefs-d'œuvre d'Arturo Flores bien plus attrayants que ceux rectifiés à la silicone des mannequins anorexiques avec lesquels il lui arrivait de poser. Il n'était pas le seul, puisque récemment la grande artiste Asha Belchoir avait tenu à la photographier.

— Retire tes collants, lui conseilla-t-il quand elle eut fini. On dirait Cosette dans *Les Misérables*...

Pendant qu'elle plongeait la main sous sa jupe pour les ôter, il remit en place son nécessaire à maquillage dans le sac et poussa doucement son amie vers la porte.

— Viktor... gémit-elle en lui résistant mollement. J'ai eu ma dose. Je n'ai plus envie de voir personne.

— Je ne te laisserai pas flancher maintenant.

Une peur panique emplissait ses yeux couleur d'ambre.

— J'en ai plus qu'assez, avoua-t-elle d'une toute petite voix. Je ne veux plus jouer cette comédie.

Attendri, Viktor lui caressa la joue.

— Qui te demande de jouer la comédie ? Les gens ne sont peut-être pas aussi médisants que tu le crois.

— Je n'ai pas peur de la médisance. C'est de leur pitié que je ne veux pas.

— Tu préférerais que tout le monde te soit hostile ?

Phoebe eut un sourire forcé et se redressa avant de poser la main sur la poignée de la porte.

— L'hostilité me rassure. C'est la compassion qui me fait peur.

Viktor parcourut du regard les vêtements de Phoebe, tellement inadaptés aux circonstances, et secoua tristement la tête.

— Pauvre petite Phoebe… murmura-t-il. Quand auras-tu fini de te réinventer chaque jour ?

— Je ne sais pas, répondit-elle doucement. Peut-être le jour où je serai satisfaite du résultat.

2

Brian Hibbard étudia un instant les quelques paperasses étalées sur ses genoux avant de prendre la parole.

— Je vous prie de m'excuser de devoir vous déranger si vite après les funérailles, mademoiselle Somerville. Mais la gouvernante m'a informé que vous comptiez regagner New York dès demain soir. Je n'avais pas réalisé que vous resteriez si peu de temps ici.

Petit, replet, l'avoué pouvait avoir une quarantaine d'années. Son teint rubicond formait avec ses cheveux grisonnants un contraste saisissant, et la bonne coupe de son complet anthracite ne parvenait pas à dissimuler la bouée qui s'était formée autour de sa taille. Phoebe avait pris place face à lui, dans l'un des fauteuils qui flanquaient la massive cheminée de pierre du living-room. Elle avait toujours détesté cette pièce sombre et lambrissée, lugubrement décorée d'animaux empaillés et de trophées de chasse accrochés aux murs. Comble de la cruauté, un sabot de girafe, sur la table basse, faisait office de cendrier.

Alors qu'elle croisait les jambes devant elle, la chaîne qu'elle portait autour de la cheville brilla dans la lumière. Hibbard le remarqua mais fit comme s'il n'avait rien vu.

— Je n'ai aucune raison de m'attarder ici inutilement, répondit-elle avec un sourire poli. Ma demi-sœur regagne son camp de vacances dès demain après-midi. Mon avion décolle quelques heures après le sien.

— Cela ne va pas nous faciliter les choses, j'en ai peur. Les dernières volontés de votre père sont… compliquées.

Phoebe ne voyait pas en quoi. Bien avant que ne soit diagnostiqué le cancer du pancréas qui devait l'emporter, Bert ne lui avait jamais fait mystère des dispositions testamentaires qu'il avait prises. Molly bénéficierait à sa majorité d'une grosse somme d'argent par fidéicommis, quant à Reed, il héritait de ses bien-aimés Chicago Stars.

— Mademoiselle Somerville, reprit Hibbard, savez-vous que votre père avait connu quelques revers financiers, ces dernières années ?

— Pas dans le détail, répondit-elle. Nous n'étions pas très proches, lui et moi.

Ils avaient même coupé les ponts durant presque une décennie, de sa fuite de Chicago, à l'âge de 18 ans, jusqu'à son retour à New York à la mort d'Arturo. Ensuite, ils s'étaient vus occasionnellement, lorsque Bert passait à Manhattan pour affaires. Phoebe n'étant plus une timide jeune fille complexée qu'il pouvait houspiller à sa guise, leurs rencontres avaient toujours été explosives.

Bien que son père ait épousé des danseuses de revue et entretenu des maîtresses, son enfance misérable lui avait fait aspirer à une respectabilité qui le poussait à rejeter le style de vie de sa fille qu'il considérait comme dissolu. Tout aussi violemment homophobe que contempteur des hardiesses de l'art contemporain, il accueillait comme des affronts personnels les articles sur Phoebe qui paraissaient occasionnellement dans la presse. Il affirmait que ses accointances avec ce qu'il appelait « le milieu interlope » le ridiculisaient auprès de ses associés. Encore et encore, il lui ordonnait de rentrer à Chicago avec lui et de devenir, pour revenir dans ses bonnes grâces, sa gouvernante non appointée et son bâton de vieillesse. Si cette offre lui avait été faite par amour, peut-être Phoebe y aurait-elle répondu favorablement. Mais une fois encore, Bert n'avait cherché qu'à faire main basse sur elle pour la manipuler à sa guise, comme il le faisait avec tout son entourage.

Jusqu'à la fin, il était demeuré dur et intraitable, utilisant son agonie comme un moyen supplémentaire de lui faire sentir à quel point elle l'avait déçu. À l'article de la mort, il lui avait même interdit de venir à son chevet. Et lors de leur dernière conversation téléphonique, il lui avait affirmé qu'elle resterait le plus grand échec de sa vie.

Alors qu'elle luttait pour contenir une nouvelle crise de larmes, Phoebe s'aperçut que Brian Hibbard poursuivait son petit exposé.

— ... la situation patrimoniale de votre père n'est donc plus aussi florissante qu'elle l'était dans les années 1980. Il a laissé des instructions pour que cette maison soit vendue et pour que le produit de la vente alimente le fonds destiné à votre sœur. Son appartement, cependant, ne doit pas être remis sur le marché avant un an. Vous-même et votre sœur pouvez donc en avoir l'usage jusque-là.

— Un appartement ? s'étonna-t-elle. Je n'en ai jamais entendu parler.

— Il est situé non loin du siège des Stars. Votre père... hum... en faisait un usage privé.

— Autrement dit, il y logeait ses maîtresses.

Phoebe avait fait ce constat d'une voix neutre. L'avoué, rouge, hocha brièvement la tête et s'empressa d'ajouter :

— En tout cas, il est resté vacant ces six derniers mois ; depuis qu'a été diagnostiquée la maladie de votre père. Hormis le club de foot, le patrimoine immobilier se limite donc à ces deux propriétés. Ce qui ne veut pas dire pour autant que la situation financière de votre père ait été désespérée.

— Je n'en doute pas. Son club de foot à lui seul doit valoir des millions.

— Une petite fortune, en effet. Même si le club traverse lui aussi une mauvaise passe financière en ce moment.

Quelque chose dans l'expression de Phoebe avait dû la trahir, car l'avoué demanda en la fixant curieusement :

— Vous n'aimez pas le football ?

— Je déteste ça !

Avisant son air interloqué, elle expliqua avec un geste indolent de la main :

— Pour mes loisirs, je préfère écumer les galeries d'art avant d'aller dîner au restaurant Le Cirque et finir la soirée à une représentation de théâtre d'avant-garde. Vous comprenez, monsieur Hibbard, je mange du tofu…

Elle n'était pas peu fière de sa repartie, mais il n'en goûtait manifestement pas tout le sel, car il n'esquissa pas l'ombre d'un sourire.

— Étonnant… murmura-t-il. Il est difficile d'imaginer que la fille de Bert Somerville puisse ne pas aimer le football.

— Scandaleux, je sais. Mais c'est ainsi. La sueur me donne des boutons : celle des autres comme la mienne. Heureusement, mon cher cousin Reed, lui, transpire abondamment depuis toujours. La continuité dynastique, est donc assurée…

Hibbard fit la grimace et se tortilla sur son siège, manifestement mal à l'aise.

— J'ai bien peur que ce ne soit pas aussi simple.

— Que voulez-vous dire ? s'étonna Phoebe.

— Quelques mois avant sa mort, votre père a rédigé un nouveau testament. Votre cousin Reed n'y figure plus. Du moins pour le court terme.

Il fallut à Phoebe un bon moment pour assimiler cette étonnante information. Songeant à la sérénité dont Reed avait fait preuve à l'enterrement, elle ajouta :

— Je suppose qu'il n'est pas encore au courant.

— J'ai insisté auprès de votre père pour qu'il le lui annonce lui-même. En vain. Mon associé et moi avons le privilège douteux de rencontrer M. Chandler ce soir pour lui faire part des dernières volontés de Bert. Il risque d'apprécier moyennement que son oncle ait pu passer les rênes de l'équipe à sa fille.

— À sa fille !

Songeant à l'adolescente boudeuse qui lisait Dostoïevski à l'étage, Phoebe reprit d'un ton narquois :

— Ma sœur va entrer dans les annales du football.

L'avoué la dévisageait avec des yeux ronds.

— Excusez-moi, dit-il. Je... j'ai bien peur de ne pas vous suivre.

— C'est pourtant clair. Les jeunes filles de 15 ans propriétaires d'une équipe de foot ne courent pas les rues.

À ces mots, l'homme de loi s'agita de plus belle.

— Je me suis mal fait comprendre, s'excusa-t-il. Ce fut une longue journée, pour moi comme pour vous. Ce n'est pas votre sœur que votre père a voulu placer à la tête de son équipe. C'est vous, mademoiselle Somerville. Vous êtes la nouvelle propriétaire des Chicago Stars.

Cette nuit-là, en déambulant à travers la maison lugubre de son père, Phoebe se surprit à réciter des prières pour le repos des animaux morts accrochés aux murs. C'était peut-être aussi pour elle qu'elle les disait, tant elle craignait de finir par remâcher interminablement de vieilles rancœurs. Son père, qui tentait une fois encore, par-delà le tombeau, de la faire plier à sa volonté, ne l'aidait pas à laisser le passé reposer en paix. Pourquoi m'as-tu fait ça, Bert ?

Lorsque Brian Hibbard lui avait annoncé que contre toute attente elle héritait des Chicago Stars, Phoebe avait connu un bref moment d'allégresse qui l'avait laissée bouche bée. Elle n'avait pensé ni à la fortune, ni au pouvoir que lui apportait cet héritage inespéré. Elle s'était simplement réjouie qu'après tant d'années d'animosité son père lui ait finalement prouvé qu'elle comptait pour lui.

Ébahie, elle avait écouté l'avoué lui exposer les détails du testament. Et elle n'avait pas tardé à déchanter.

— Pour être franc avec vous, je n'approuve pas les clauses de ce testament. Mon associé et moi avons tenté de raisonner votre père, mais il n'a rien voulu entendre. J'en suis désolé mais, puisqu'il était sans conteste sain d'esprit au moment de la rédaction de cet acte, ni vous ni votre cousin Reed ne pourrez en contester la validité.

Incapable de comprendre où il voulait en venir, Phoebe l'avait dévisagé un instant avant de s'étonner :

— Les clauses ? Quelles clauses ?

— Vous n'héritez des Stars qu'à titre temporaire.

— Comment un héritage peut-il être temporaire ?

— En mettant de côté le charabia légal, pour dire les choses simplement, les Stars doivent sortir vainqueurs du championnat de l'AFC, au mois de janvier prochain, pour que vous puissiez devenir propriétaire du club de plein droit. S'ils perdent – ce qui est hautement probable –, vous obtiendrez un legs de 100 000 dollars et les Stars deviendront la propriété de votre cousin.

La perspective d'hériter à coup sûr d'une telle somme n'avait pas suffi à tempérer l'amère déception de Phoebe. Il lui avait fallu se rendre à l'évidence : ce tour de passe-passe constituait l'ultime manipulation de Bert.

— Monsieur Hibbard… était-elle parvenue à articuler en repoussant d'une main tremblante une mèche de cheveux de son visage. Je ne connais strictement rien au football. Ce championnat, s'agit-il de ce qu'on appelle le Super Bowl ?

Professionnel avant tout, l'avoué n'avait manifesté aucun agacement en se lançant dans un long exposé.

— Non. C'est l'étape qui précède le Super Bowl. La National Football League est scindée en deux divisions parallèles : l'American Football Conference – l'AFC –, et la National Football Conference. Toutes deux organisent un championnat et ce sont les deux équipes championnes qui disputent le Super Bowl.

Pour s'assurer qu'elle l'avait bien compris, Phoebe avait insisté :

— Pour que je devienne définitivement propriétaire des Chicago Stars, il faudrait donc qu'ils remportent en janvier le championnat de l'AFC ?

— Exactement. Et très franchement, mademoiselle Somerville, leurs chances de l'emporter sont quasi nulles. C'est une bonne équipe, mais la plupart des joueurs sont encore jeunes. D'ici deux à trois ans, ils pourraient être champions, mais pas cette saison. À l'heure actuelle, ce sont les San Diego Chargers, les Miami Dolphins et les vainqueurs du Super Bowl de l'année dernière – les Portland Sabers – qui tiennent le haut du pavé de l'AFC.

— Bert était donc parfaitement conscient que les Stars ne pouvaient l'emporter cette saison.

Hibbard avait hoché la tête d'un air grave.

— J'en ai bien peur. Son testament stipule que vous ne pourrez recevoir les 100 000 dollars de legs que si vous allez vous-même travailler chaque jour au siège des Stars aussi longtemps que l'équipe vous appartiendra. Bien sûr, il vous faudra déménager à Chicago pour cela, mais vous n'aurez pas à vous en faire de ne pas posséder les qualifications requises pour diriger un club. C'est Carl Pogue, le directeur général des Stars, qui se chargera de la direction exécutive.

— En d'autres termes, je ne serai qu'une potiche, avait-elle conclu avec amertume.

— Carl ne peut signer aucun papier. Seul le propriétaire légitime peut le faire.

Sans pouvoir cacher sa tristesse, Phoebe avait dévisagé longuement l'avoué avant de demander d'une voix sourde :

— À votre avis, qu'est-ce qui a pu pousser mon père à prendre une telle décision ?

Sans lui répondre, Hibbard lui avait tendu une lettre.

Chère Phoebe

Comme je te l'ai dit, je te considère comme mon seul échec dans l'existence. Pendant des années, tu m'as humilié et ridiculisé en t'exhibant en compagnie de ces folles tordues que tu considères comme tes amis. Mais je ne te laisserai pas me défier plus longtemps. Pour une fois dans ta vie, tu vas faire ce que je te demande. Peut-être cette expérience parviendra-t-elle à t'apprendre ce que signifient les mots « responsabilité » et « discipline ».

Grâce au football, des gamins parviennent à devenir des hommes. Voyons si le football pourra faire de toi une femme. Essaie de ne pas laisser filer cette chance-là aussi.

Bert

Elle avait lu trois fois de suite la courte note et, à chaque lecture, la boule d'angoisse qui lui bloquait la gorge avait grossi. En l'obligeant à quitter Manhattan, son père avait pensé la remodeler, faire d'elle celle qu'elle n'avait jamais été et qu'il aurait tant voulu qu'elle soit. Bert avait toujours été joueur, et il avait apparemment décidé de jouer son va-tout. Sans doute avait-il estimé qu'elle ne pourrait causer beaucoup de tort à sa chère équipe en un laps de temps aussi court. Même s'il n'était plus là pour s'en réjouir, il comptait obtenir ainsi ce qu'il avait toujours voulu : Reed finirait par hériter des Stars, et il aurait réussi à faire danser sa fille à son propre tempo.

Phoebe aurait aimé se convaincre que seul l'amour paternel motivait cet absurde chantage. Alors, peut-être aurait-elle pu lui pardonner. Elle savait hélas que Bert était resté toute sa vie étranger à l'amour. Seul le pouvoir l'avait intéressé.

Voilà pourquoi, cette nuit-là, elle hantait la maison de son père, comme une âme en peine, récitant mentalement des prières pour le repos des animaux sacrifiés et des petites filles privées d'amour. Le compte à rebours avait commencé, et elle décomptait les heures qui lui restaient à passer dans cet endroit où elle n'avait connu que tristesse et malheur.

Peg Kowalski, gouvernante de Bert depuis huit ans, avait laissé une seule lampe allumée dans le living-room qui occupait tout l'arrière du rez-de-chaussée. Phoebe marcha jusqu'aux fenêtres qui donnaient sur le parc et chercha du regard le vieil érable qui lui avait servi de refuge dans son enfance. Quand elle en eut repéré la silhouette familière, elle se sentit irrésistiblement tirée vers un lointain passé, en ce jour où elle avait entendu, perchée sur une branche de l'arbre, une petite brute l'apostropher.

— Tu es là, petite puce ? Descends un peu ! J'ai un cadeau pour toi.

Une brusque nausée contracta l'estomac de Phoebe, qui n'entendait jamais son cousin Reed s'adresser à elle sans craindre de gros ennuis. Prudemment, elle baissa les yeux pour le découvrir au pied de l'arbre qui constituait son refuge au cours des rares séjours qu'elle passait chez elle. Le lendemain, elle devait rejoindre son camp d'été. Jusqu'à ce jour, elle avait réussi à éviter tout contact avec son tourmenteur, mais elle avait fini par baisser la garde et Reed en avait profité. Pourquoi n'était-elle pas restée dans les jupes de la cuisinière, ou n'avait-elle pas aidé Addie à nettoyer les chambres, comme d'habitude ? Hélas pour elle, l'attrait du vieil érable l'avait emporté.

— Je n'en veux pas, de ton cadeau… répondit-elle d'un air maussade.

— Tu ferais mieux de descendre, et vite ! insista-t-il d'un ton menaçant. Sinon, tu vas le regretter.

Reed ne lançait jamais de menaces à la légère, et elle avait compris depuis longtemps qu'elle était sans défense face à lui. Le père de Phoebe s'énervait et la traitait avec mépris si elle se plaignait à lui. Bert l'accusait de ne pas avoir de fierté ni de cran, et tournait le dos en concluant qu'il ne mènerait pas ses batailles à sa place. Mais Reed avait deux ans de plus qu'elle. Et à 12 ans, il était fort et elle n'avait aucune chance contre lui.

Phoebe ne comprenait pas pour quelle raison son cousin la détestait à ce point. Bien sûr, elle était née riche et lui dans une famille pauvre ; mais sa mère à lui n'était pas morte quand il avait 4 ans et on ne l'expédiait pas dans des pensionnats et des camps de vacances lointains. Tante Ruth – la sœur de Bert – vivait avec son fils dans un appartement situé non loin de là depuis que le père de Reed l'avait quittée. Bert payait le loyer et lui accordait une rente mensuelle qui lui permettait de survivre. Il n'aimait pas beaucoup sa sœur, mais son neveu faisait sa fierté, non seulement parce qu'il était un garçon, mais aussi parce qu'il était doué pour les sports, en particulier le football.

Sachant que son cousin n'hésiterait pas à venir la chercher dans l'arbre, Phoebe préféra descendre pour l'affronter sur la terre ferme. Le cœur au bord des lèvres, elle entama prudemment sa descente. Sans trop y croire, elle espérait que Reed n'était pas en train d'essayer d'apercevoir sa culotte. C'était son idée fixe. Il voulait toujours voir ses parties intimes, les toucher. Il l'abreuvait de mots cochons qu'elle ne comprenait pas tous. À bout de souffle, parce que tout effort physique lui était difficile, elle atterrit lourdement sur le sol.

Reed n'était pas particulièrement grand pour un garçon de son âge, mais il était costaud et ne se privait pas d'abuser de sa force. Il était couvert de bleus et de cicatrices causés par les bagarres auxquelles il prenait part autant que par ses activités sportives. Bert adorait passer en revue ces « blessures de guerre », comme il les appelait, preuves que son neveu était, selon lui, « un vrai p'tit gars ».

Par comparaison, sa fille ne pouvait que lui paraître timide et empotée, elle qui s'intéressait plus aux livres et aux études qu'aux sports. Quand la colère et le dépit l'emportaient en lui, il la traitait de « gros tas » et lui disait que toutes ses bonnes notes à l'école ne serviraient à rien si elle n'était pas capable de regarder les gens en face. Que Reed fût le cancre de sa classe importait peu à ses yeux puisqu'il était surtout la star de son équipe de foot au collège.

Ce jour-là, Reed portait un bermuda taillé dans un vieux jean, un tee-shirt orange fané et des baskets usées. Exactement le type de tenue que Phoebe aurait aimé adopter pour jouer si la gouvernante de son père le lui avait permis. Mme Mertz achetait tous ses vêtements dans un magasin hors de prix. Elle avait dû passer, pour sortir jouer, un short blanc qui mettait en valeur son gros ventre et un débardeur en coton orné d'une énorme fraise qui lui cisaillait les aisselles.

— Tu ne pourras plus dire que je ne fais jamais rien de gentil pour toi, petite puce !

Tout en parlant, Reed brandissait devant lui une feuille de papier épais, un peu plus large qu'une couverture de livre de poche.

— Devine ce que j'ai là ? ajouta-t-il.

— Je n'en sais rien, répondit-elle prudemment.

Elle était bien décidée à éviter les peaux de banane qu'il voulait lui glisser sous les pieds.

— Tu ne devineras jamais, reprit-il avec un sourire réjoui. Ce que j'ai là, c'est une photo de ta mère !

Phoebe eut l'impression que son cœur cessait de battre.

— Je ne te crois pas ! lança-t-elle dans un souffle.

L'espace d'un bref instant, il retourna le document. Phoebe n'eut pas le temps de distinguer grand-chose, mais il s'agissait bien d'un portrait de femme.

— Je l'ai trouvée au fond du tiroir où ma mère fourre ses cachetons.

D'un geste impatient, Reed repoussa les mèches de cheveux noirs qui lui caressaient le front. Phoebe avait les jambes coupées sous le coup de l'émotion. Jamais elle n'avait désiré quelque chose avec autant d'ardeur que cette photographie. Néanmoins, méfiante, elle demanda :

— Comment sais-tu que c'est elle ?

— J'ai demandé à ma mère, répondit-il en fixant la photo qu'elle ne pouvait voir. Pas mal, la nana...

Le cœur de Phoebe battait si fort qu'elle craignait qu'il ne remarque son trouble. L'envie la tenaillait de lui arracher le cliché des mains, mais elle savait par expérience qu'il serait plus vif qu'elle pour le mettre hors de portée.

Phoebe ne possédait qu'une photo de sa mère, prise de si loin que c'était à peine si on distinguait son visage. Son père ne parlait jamais d'elle, sauf pour dire que c'était une belle blonde pas très futée qui portait le string comme personne. Parfois, il ajoutait qu'il était bien dommage que sa fille ait hérité des capacités intellectuelles de son père plutôt que du corps de sa mère. Cooki, la belle-mère de Phoebe, dont Bert avait divorcé l'année précédente après sa deuxième fausse couche, affirmait qu'il ne fallait pas se fier au portrait qu'il dressait de sa première femme. Phoebe s'était attachée à Cooki, qui lui faisait les ongles des doigts de pieds en rose et lui lisait des histoires tirées du magazine à sensation *True Confessions*.

— Alors, microbe ? demanda Reed d'une voix où on devinait l'impatience. Qu'est-ce que tu as à me donner pour que je t'autorise à la voir ?

Phoebe comprit qu'il lui fallait bluffer. S'il savait à quel point elle crevait d'envie de voir cette photo, il était capable de faire n'importe quoi pour l'en empêcher.

— J'ai déjà des tas de photos d'elle, mentit-elle. Alors pourquoi devrais-je te donner quoi que ce soit ?

Un sourire de pure malice sur les lèvres, Reed brandit la photo devant lui et menaça :

— Très bien. Puisque tu t'en moques, je la déchire.

— Non !

Phoebe bondit vers lui. La protestation horrifiée lui avait échappé avant qu'elle ait pu la retenir. Une lueur de triomphe étincela dans les yeux sombres de Reed, qui se plissèrent quand il décréta :

— Puisque tu tiens tant à la voir, je peux te demander ce que je veux.

Phoebe se mit à trembler.

— Reed… protesta-t-elle tout bas. Donne-la-moi.

— Baisse ta culotte et je te la donnerai !

— Non !

— Alors tu ne me laisses pas le choix. Je la déchire.

Il pinça le sommet du portrait entre ses doigts pour mettre sa menace à exécution.

— Arrête !

La peur et l'indignation résonnaient dans la voix de Phoebe. Elle se mordit l'intérieur de la joue mais ne put empêcher les larmes d'affluer à ses yeux.

— Tu n'en as rien à faire de cette photo… plaida-t-elle. S'il te plaît, Reed. Donne-la-moi.

— Je t'ai dit ce que tu devais faire pour l'avoir, gros tas.

— Pas question ! Je me plaindrai à mon père.

— Et je lui dirai que tu n'es qu'une sale petite menteuse. À ton avis, lequel de nous deux il croira ?

Phoebe ne répondit pas. Ils connaissaient tous les deux la réponse. Bert prenait systématiquement le parti de Reed. Une larme s'écrasa sur son tee-shirt.

— S'il te plaît… répéta-t-elle.

— Baisse ton short ou je la déchire.

— Non !

En le voyant entamer la photo sur un centimètre, elle ne put retenir un sanglot de détresse.

— Baisse-le ! éructa-t-il.

— S'il te plaît, ne fais pas ça ! Je t'en prie…

— Vas-tu enfin te décider, pleurnicheuse ?

Sous la pression de ses doigts, la déchirure s'agrandit encore.

— Arrête ! cria-t-elle, paniquée. Arrête et je le ferai.

Reed baissa les bras. Ses yeux glissèrent le long du corps de Phoebe, pour se fixer entre ses jambes, à cet endroit mystérieux où récemment quelques poils blonds avaient commencé à pousser.

— Dépêche-toi ! ordonna-t-il, le souffle court. Avant que quelqu'un arrive.

Un affreux goût de vomi envahit la gorge de Phoebe. Les doigts tremblants, elle dut s'y reprendre à deux fois pour défaire le bouton, sur le côté de son short, et baisser la fermeture Éclair. Le mauvais goût dans sa gorge s'accentua encore lorsqu'elle fit lentement glisser le vêtement le long de ses jambes. Le short tomba d'un coup, dessinant autour de ses chevilles un huit déformé. N'ayant plus qu'un mince voile de toile bleue pour se protéger de la concupiscence de Reed, elle se sentit submergée par une vague de honte.

— Donne-la-moi, maintenant.

Elle l'avait supplié d'une voix chevrotante. Il lui répondit sans détourner les yeux de son entrejambe.

— Baisse ta culotte d'abord !

Phoebe s'efforça de ne pas penser. Elle fit de son mieux pour ignorer l'humiliation qu'il lui fallait endurer pour voir enfin le portrait de sa mère. Mais ses mains refusèrent d'obéir. Debout en petite culotte devant son tourmenteur, les larmes ruisselant sur ses joues, elle secoua désespérément la tête.

— Je ne peux pas, gémit-elle. Je n'y arrive pas !

— Fais-le ! dit-il furieusement.

Incapable de parler, elle se contenta de secouer négativement la tête en sanglotant. Puis son cousin déchira le portrait en deux, puis en deux encore, avant de laisser tomber les morceaux à terre. Comme si cela ne suffisait pas encore, il les écrasa sous son talon avant de s'enfuir vers la maison.

Les jambes entravées par son short, Phoebe se mit à quatre pattes pour sauver ce qui pouvait l'être du précieux document. Elle vit tout d'abord une paire de grands yeux légèrement en amande, comme les siens. Tout en s'efforçant de reconstituer fébrilement le portrait, elle tenta de se rassurer en se disant que le pire était évité, et qu'elle pourrait recoller ensemble les quatre morceaux.

L'ultime mauvais tour de Reed ne lui apparut que lorsqu'elle eut enfin le visage de sa mère sous les yeux. Au-dessus de sa lèvre supérieure, à l'encre noire, une grosse moustache avait été tracée.

Vingt-trois ans s'étaient écoulés depuis mais, debout devant la fenêtre du salon, Phoebe n'en ressentait pas moins la même souffrance qu'autrefois. Le luxe dans lequel elle avait grandi n'avait jamais compensé les brimades incessantes de Reed et le mépris affiché de Bert à son égard.

Un frottement contre sa jambe tira Phoebe de ses pensées. Baissant les yeux, elle découvrit ceux de Pooh levés vers elle, emplis d'adoration. Elle la prit dans ses bras et gagna le sofa où elle s'installa pour serrer le caniche contre elle et le caresser. Dans le silence nocturne qui baignait la vaste demeure, le tic-tac obstiné de l'horloge ancienne, dans un coin de la pièce, attira son attention. C'était dans le bureau de son père qu'elle avait déjà vu cette horloge comtoise, une nuit du mois d'août au cours de laquelle, à l'âge de 18 ans, sa triste vie avait basculé dans l'horreur.

Sa belle-mère, Lara, avait emmené la petite Molly alors âgée de 2 mois à Cleveland. Phoebe, elle, préparait ses bagages pour sa première année d'université à Mount Holyoke. Ce soir-là, Bert avait organisé la fête annuelle de l'équipe de foot dans laquelle jouait Reed.

Elle avait passé la journée à attendre avec impatience cet événement et à le redouter tout à la fois. Même si ses rondeurs d'enfance avaient à l'époque quasiment disparu, Phoebe demeurait complexée et dissimulait ses formes féminines sous des vêtements amples. Ses relations difficiles avec son cousin et son père l'avaient rendue méfiante à l'égard de tous les hommes. Pourtant, elle n'avait pu s'empêcher d'espérer secrètement qu'un des convives de la soirée finirait par la remarquer.

Elle avait passé tout le début de la fête assise dans un coin, à essayer de se rendre aussi invisible que possible. Aussi avait-elle été plus qu'étonnée quand Craig Jenkins, le meilleur ami de Reed, l'avait invitée à danser. Elle avait à peine pu lui répondre d'un hochement de tête avant de se lever pour le suivre. Même dans ses rêves les plus fous, elle n'aurait jamais pu imaginer que ce si beau jeune homme aux cheveux noirs ait pu faire attention à elle, et encore moins rester près d'elle à la fin de cette danse, souriant et enjoué, sans faire mine de vouloir la quitter.

Alors, seulement, elle avait commencé à se détendre. Ils avaient dansé, encore et encore. Elle l'avait laissé flirter gentiment avec elle, riant de ses plaisanteries. Il s'était enhardi progressivement, la serrant de plus près. Quand il avait commencé à lui caresser les seins en ricanant, elle avait compris qu'il avait trop bu et avait essayé de lui échapper. Elle lui avait ordonné d'arrêter, mais il n'avait rien voulu entendre et s'était montré agressif. Affolée, elle s'était précipitée à l'extérieur sous une pluie d'orage et était allée trouver refuge dans l'abri de tôle servant de remise situé derrière la piscine. C'est là que Craig avait fini par la retrouver et l'avait violée.

Hébétée et en sang, elle s'était traînée jusqu'à la salle de bains où elle avait vomi et s'était acharnée à effacer toute trace de son viol dans un bain d'eau brûlante.

Une heure plus tard, sanglotante et à peine capable d'aligner deux phrases cohérentes, elle était allée frapper à la porte du bureau de son père. En fumant un de ces cigares cubains qu'il appréciait, il l'avait écoutée sans chercher à cacher son incrédulité. Son récit terminé, elle était restée debout devant lui, tête basse, dans le jogging gris informe qu'elle avait enfilé au sortir du bain. Jamais autant qu'à cette minute elle ne s'était sentie aussi vulnérable.

Après avoir longuement gardé le silence, Bert avait glissé un doigt dans sa coupe en brosse gris acier pour se gratter le crâne. Enfin, d'une voix vibrante de colère, il avait déclaré :

— Tu voudrais me faire croire qu'un garçon aussi brillant que Craig Jenkins en serait réduit à te violer pour obtenir les faveurs d'une femme ?

— C'est vrai, avait-elle murmuré sans oser affronter son regard. Je te jure que c'est vrai.

Il lui souffla au visage une épaisse volute de fumée avant d'ajouter :

— C'est encore une de tes pathétiques tentatives pour attirer mon attention, n'est-ce pas ? T'imagines-tu vraiment que je vais ruiner la carrière de footballeur de ce garçon pour te faire plaisir ?

Phoebe avait eu le plus grand mal à protester, tant sa gorge était serrée.

— Ce n'est pas ça du tout ! Il m'a violée !

Bert avait passé la tête dans l'entrebâillement de la porte pour demander qu'on lui amène Jenkins. Quelques minutes plus tard, Craig était arrivé, Reed sur ses talons. Phoebe avait supplié son père de le faire sortir, mais il n'avait rien voulu entendre. Tout en sirotant une bière dans un coin de la pièce, son cousin l'avait écoutée répéter son récit d'une voix entrecoupée de sanglots.

Dès qu'elle s'était tue, Craig avait nié farouchement l'avoir violée, de manière si convaincante qu'elle-même aurait presque pu y croire. Sans même avoir à regarder son père, Phoebe avait compris qu'elle avait perdu. Et quand il lui avait ordonné de cesser ses enfantillages et de ne jamais dire un mot de tout ceci à quiconque, une part d'elle-même était morte.

Elle s'était enfuie le lendemain, utilisant les fonds déposés sur son compte pour traverser l'Atlantique et s'installer à Paris. C'était là qu'elle avait fini par rencontrer Arturo Flores. Et c'était là qu'elle était devenue femme et que son existence avait pris une tout autre tournure.

Quand sa vie commune avec le célèbre peintre avait été rendue publique, son père lui avait à plusieurs reprises envoyé ses larbins pour la menacer et lui ordonner de rentrer à Chicago. Et lorsque le premier nu avait été exposé, il lui avait fait savoir qu'il la déshéritait.

Adossée au sofa, Phoebe soupira et serra Pooh plus étroitement contre elle. Bert pensait avoir finalement trouvé le moyen de la faire plier à sa volonté. Si elle ne respectait pas strictement les clauses de son testament, les 100 000 dollars qui pouvaient lui permettre d'ouvrir sa propre galerie d'art lui passeraient sous le nez.

Je te considère comme mon seul échec dans l'existence.

Son père, ses 100 000 dollars et les Chicago Stars pouvaient aller au diable. Ce n'était pas parce que Bert avait dicté les règles de ce petit jeu qu'elle devait se sentir obligée d'y jouer. Pour lever les fonds nécessaires à l'ouverture de sa galerie, elle trouverait un autre moyen. Pour l'heure, elle était décidée à accepter la proposition que Viktor lui avait faite d'aller passer quelques jours dans sa maison de vacances près de Montauk. Là, au bord de l'océan, elle arriverait peut-être à laisser les fantômes du passé reposer en paix.

3

— Pas moyen d'y couper, Ice. Que ça nous plaise ou non, c'est la fille blonde qui est aux commandes.

Sans regarder Dan Calebow, Tully Archer s'adressait à lui comme aurait pu le faire un espion murmurant des secrets d'État à un comparse dans un lieu public.

— Bert n'avait plus toute sa tête, grommela Dan. Le cancer avait dû lui ronger la cervelle aussi.

D'un froncement de sourcils éloquent, il fit faire demi-tour au serveur qui s'approchait d'eux avec un plateau. Il détestait le champagne. Non seulement parce qu'il lui donnait l'impression de boire de la limonade, mais aussi parce que tenir entre ses mains semblables à des battoirs ces minuscules flûtes de cristal le rendait ridicule. Mais bien davantage encore que le champagne, il haïssait l'idée qu'une fille à papa carrossée comme une bimbo ait pu hériter de son équipe de foot.

Les deux coaches discutaient dans les spacieux salons panoramiques de la Sears Tower, fermés au public pour la soirée afin d'accueillir le gala de charité annuel du United Negro College Fund. Dans les surfaces vitrées qui couraient du sol au plafond se reflétaient les arches de treillis couvertes de fleurs entre lesquelles un quintet à vent du Chicago Symphony jouait du Debussy. Des membres de toutes les équipes de foot du secteur voisinaient avec des figures médiatiques locales, et les politiciens de toutes obédiences avec des stars de cinéma de passage en ville.

Dan haïssait devoir porter le smoking mais, lorsqu'il s'agissait d'apporter son concours à une bonne cause, il n'hésitait pas à payer de sa personne.

Dès ses débuts dans la Crimson Tide, l'équipe de l'université d'Alabama, les exploits de Dan Calebow avaient bâti sa renommée et écrit sa légende. Chez les professionnels, il était devenu une machine à gagner les matchs, un rouleau compresseur assoiffé de sang, un barbare que rien n'aurait fait reculer. Footballeur dans l'âme, il n'avait rien d'un *quarterback* de salon posant pour les magazines. Le plus coriace des défenseurs ne parvenait pas à l'impressionner, car Dan Calebow gardait chevillée au cœur la certitude qu'il était soit plus fort, soit plus rusé que son adversaire. Dans un cas comme dans l'autre, il ne pouvait que sortir vainqueur.

Il n'était pas moins déterminé ni agressif en dehors du terrain. À diverses occasions, il avait été arrêté pour trouble à l'ordre public, destruction de biens privés, ou possession de substances illicites au tout début de sa carrière.

L'âge et la maturité l'avaient rendu plus avisé à propos de certains écarts, mais pas pour tout. Ainsi se surprit-il à fixer la nouvelle représentante de l'Illinois récemment élue au Congrès, qui se tenait derrière Tully, au centre d'un groupe de convives. Elle portait une de ces petites robes noires qui n'ont l'air de rien mais qui coûtent les yeux de la tête. Un ruban de velours retenait ses cheveux châtain clair. Magnifique et sophistiquée, elle captait l'attention générale, mais il n'avait pas manqué de noter qu'il faisait partie des rares personnes de l'assemblée qu'elle n'était pas venue saluer. À sa place, ce fut une brunette flamboyante et délurée, moulée dans une robe argentée, qui vint l'accoster. Le dos tourné à Tully, elle joua des paupières à l'intention de Dan. Ses cils étaient si chargés de mascara qu'il s'étonna qu'elle pût encore les soulever.

— Vous avez l'air bien solitaire, coach…

Un bout de langue rose humecta ses lèvres avant qu'elle n'ajoute :

— Je vous ai vu jouer contre les Cowboys, pour votre dernier match. Vous étiez déchaîné, ce jour-là.

— Pas seulement ce jour-là, ma toute belle. C'est tous les jours que je me déchaîne.

— C'est ce que j'ai entendu dire.

Dan sentit la main de la jeune femme se glisser à l'intérieur de sa poche et comprit qu'elle lui laissait son numéro de téléphone. Après un sourire mouillé qui lui promettait le septième ciel, la brunette s'éloigna.

Tully était tellement habitué à voir ses conversations avec Dan interrompues par des femmes en maraude qu'il reprit illico là où il en était resté.

— Tout ça me fout les boules. Comment Bert a-t-il pu laisser une chose pareille se produire ?

Dan ne répondit pas. Ce que Phoebe Somerville avait le culot de faire à son équipe l'ulcérait tellement qu'il préférait ne pas y penser tant qu'il n'avait rien sous la main pour se défouler. Pour se changer les idées, il reporta son attention sur la représentante de l'Illinois au Congrès et la trouva en grande conversation avec l'un des membres du conseil municipal de Chicago. Ses traits aristocratiques respiraient la sérénité. Chacun de ses gestes était contenu et élégant. De la tête aux pieds, elle semblait une maîtresse femme qu'il imaginait mal avec de la farine sur le nez et un bébé dans les bras. Résolument, il détourna les yeux. À ce stade de son existence, une femme qui n'avait pas peur d'être rabaissée en mettant au monde des enfants et en les élevant était exactement ce dont il avait besoin.

Après des années d'une vie tumultueuse qu'il laissait sans remords derrière lui et un mariage désastreux qu'il préférait oublier, Dan Calebow se sentait prêt à se caser. À 37 ans, il aspirait à rentrer le soir dans une maison pleine d'enfants, tenue par une épouse plus attentive aux premiers pas de sa progéniture qu'à son apparence dans les soirées mondaines. Il était sur le point de tourner une page décisive et ce serait le cœur léger qu'il le ferait. Pour lui, plus de femmes de pouvoir, de gravures de mode ou de bombes sexuelles. Dès qu'il aurait trouvé la candidate idéale, sa carrière de séducteur serait définitivement terminée. Il n'avait jamais trompé sa première femme et il comptait fermement s'en tenir à cette règle de conduite pour la seconde.

À côté de lui, Tully Archer continuait de ronger son frein à propos de Phoebe Somerville.

— Tu sais que je n'aime pas dire du mal des gens, surtout quand il s'agit du beau sexe, mais cette blondasse n'a vraiment pas le profil pour posséder une équipe de foot.

La détresse se lisait sur le visage ridé de Tully.

— Bon sang, Ice ! Elle a un *caniche* vissé sur le bras ! Les coaches des Bears doivent quant à eux se coltiner Mike McCaskey, et on sait tous les deux que ça n'a rien d'une sinécure. Mais, au moins, ils bossent pour un mec sérieux, pas pour une potiche ridicule. Je les évite autant que possible depuis l'enterrement. M'est avis qu'ils se tapent sur le ventre tous les jours en se fichant de nous.

Quand Tully était blessé dans son amour-propre, il était difficile de l'arrêter. En l'écoutant d'une oreille distraite, Dan nota que l'élue du Congrès effectuait une discrète retraite vers les ascenseurs, flanquée d'une paire d'assistants zélés. Du coin de l'œil, il consulta sa montre.

— Cette année était censée être pour nous une année de transition, poursuivit Tully. Quand Bert a viré Brewster en novembre dernier pour t'embaucher, ça s'est plutôt mieux passé que prévu et on s'est même arrangé pour gagner un ou deux matchs en fin de saison. Mais qui aurait pu deviner que Carl Pogue démissionnerait et qu'on se retrouverait avec ce blanc-bec de Ron comme directeur général ? On peut dire qu'avec Phoebe Somerville ils font la paire ! Vince Lombardi[1] doit s'en étrangler de rire dans sa tombe.

1. Célèbre entraîneur (1913-1970) de football américain. Le trophée remis à l'équipe qui remporte le Super Bowl porte désormais son nom. *(N.d.T.)*

Un lourd silence retomba entre eux tandis que les deux hommes s'abîmaient dans leurs sombres pensées. Depuis les funérailles de Bert, six semaines auparavant, sa fille avait disparu de la circulation, obligeant le club à entrer en léthargie puisque nulle décision ne pouvait être prise sans sa signature. Lorsqu'il s'était avéré impossible d'entrer en contact avec elle pour signer les nouveaux contrats, Carl Pogue avait jeté l'éponge. Pour parfaire le désastre, c'était son jeune assistant, Ronald McDermitt, qui s'était logiquement assis dans son fauteuil.

Les dernières volontés de Bert avaient fini par fuiter dans la presse, laissant les journalistes aussi abasourdis que l'équipe elle-même l'avait été. Comme tout le monde, Dan s'était imaginé que Reed prendrait les choses en main tout de suite, et non à la fin de la saison. Reed Chandler avait une bonne réputation dans les milieux du football, mais il le trouvait quant à lui quelque peu fuyant et n'était guère pressé de l'avoir pour patron. Pourtant, étant donné les circonstances, il aurait donné n'importe quoi pour le voir installé au siège des Stars dans le bureau de Bert.

— Au fait… reprit Tully d'un air songeur. Howie m'a dit que tu as tenté de rester en contact avec Ray Hardesty ? Tu ne te sens pas coupable d'avoir dû le saquer, au moins ?

Dan secoua négativement la tête, même si la sanction qu'il avait dû infliger à ce joueur continuait de le miner.

— Pas du tout, marmonna-t-il. Il fallait sévir.

— Et comment ! approuva Tully. Hardesty séchait un entraînement sur deux et ne serait pas sorti blanc comme neige d'un test antidopage.

— Je le sais bien.

La mort de Lyle Alzado pour cause d'abus de stéroïdes n'avait pas suffi à calmer des types comme Hardesty. Dan était convaincu que Tully avait bien fait de lui réclamer sa tête. Il aurait dû réagir plus tôt, lorsque le joueur avait subi sa deuxième arrestation pour conduite en état d'ivresse. Au lieu de cela, il avait freiné des quatre fers, laissant à l'un de ses défenseurs les plus doués plus d'occasions de se reprendre qu'il n'en aurait offert à qui que ce soit d'autre. Jusqu'à ce que la drogue et l'alcool prennent le dessus sur lui, Hardesty avait été un excellent joueur. Dan avait fait tout son possible pour le remettre dans le droit chemin, mais Ray avait fini par ne plus écouter que son dealer.

Engoncé dans son costume, Tully tira sur son col et ajouta :

— Sais-tu que c'est Ron qui m'a pris à part, quelques jours après le départ de Carl, pour me demander de faire pression sur toi afin de sanctionner Hardesty ?

Dan détestait à peu près autant parler du nouveau directeur général que de Phoebe Somerville.

— Je l'ignorais, répondit-il. Pourquoi n'est-il pas venu m'en parler lui-même ?

— Tu lui fous la trouille. Depuis que tu l'as envoyé valser contre un mur, il hésite à venir te parler.

— Ce type me rend dingue.

— Ronald n'était rien d'autre que le grouillot de Carl, approuva Tully en hochant la tête d'un air compréhensif. Tout le monde sait qu'il n'a eu ce job que parce que Bert devait une faveur à son père. Je suis sûr que le vieux n'aurait jamais laissé l'équipe dans les mains de sa fille s'il avait pu imaginer que Carl nous quitterait. Je t'ai raconté que Ron a failli se fouler le poignet le jour où Bobby Tom, pour rigoler, lui a fait une passe un peu vive ? C'est tout juste s'il ne s'est pas mis à chialer... Comment respecter un directeur général même pas foutu de recevoir ?

Bobby Tom Denton, comme s'il avait senti qu'on parlait de lui, vint interrompre le monologue de Tully. Le *wide receiver* vedette de l'équipe aimait s'habiller. Sous son smoking taillé sur mesure, il portait une impeccable chemise blanche à manchettes et un nœud papillon argenté. Les boots en croco et le large Stetson noir qui complétaient sa tenue apportaient à son élégance irréprochable une touche d'excentricité.

Pour ce qu'on en savait, Bobby Tom n'ôtait son Stetson que pour coiffer son casque. Une de ses nombreuses petites amies avait confié au *National Enquirer* qu'il ne s'en séparait même pas au lit. Son témoignage était toutefois sujet à caution puisqu'elle avait ajouté dans la même interview que Bobby Tom était le fils caché de Roy Orbison. Mme Denton mère n'avait pas apprécié, mais quiconque avait déjà entendu chanter son fils savait qu'une telle rumeur ne pouvait qu'être infondée.

— Hey, coach ! lança le nouveau venu à Tully. Qu'en pensez-vous ? Cette petite rouquine, là-bas, soutient que je suis le plus séduisant *wide receiver* de toute la Ligue. Vous ne trouvez pas que j'ai un meilleur profil que Tom Waddle ?

Tully prit le temps d'étudier le visage de son joueur avant de répondre à la question.

— Je ne suis pas sûr, Bobby Tom… répondit-il enfin. Il me semble que le nez de Waddle est plus droit que le tien.

Chatouilleux sur le sujet, Bobby Tom s'offusqua.

— Sauf votre respect, vous n'y connaissez rien, coach ! Pour votre information, sachez que cette petite m'a comparé à cet acteur… Quel est son nom, déjà ? Christian Slater ! Vous le connaissez tous les deux, bien sûr…

Ni l'un ni l'autre ne le connaissaient. Bobby Tom en resta un instant stupéfait avant de retrouver sa superbe.

— Que vous le connaissiez ou pas, c'est un putain de beau mec ! Comme moi.

Tous trois se mirent à rire de bon cœur. Dan aimait bien Bobby Tom dans le civil, mais il l'aimait encore plus sur le terrain. Sans conteste, c'était le meilleur *wide receiver* qu'il lui avait été donné d'entraîner ces dernières années. Il avait des tripes, de la cervelle, et des mains si douées que l'on n'entendait même pas frapper la balle quand il s'en saisissait. Ce qui lui manquait pour l'heure, c'était une signature au bas de son nouveau contrat. Et c'était ce qui poussait Dan à des idées de meurtre sur la personne d'une certaine blonde évaporée.

Bert avait eu la mauvaise idée de trépasser alors que Dan achevait la négociation ardue du nouveau contrat de Bobby Tom avec le requin qui lui servait d'agent. Désormais, seule Phoebe Somerville pouvait apposer sa signature au bas du précieux document. Or, son répondeur avisait obstinément les importuns qu'elle était en vacances et serait injoignable pour un temps indéterminé.

Bobby Tom n'était pas le seul joueur de Dan à ne pas avoir de contrat. Un *offensive tackle* du nom de Darnell Pruit, si doué qu'il en était effrayant, était dans la même situation, de même qu'un jeune *safety* plein d'avenir. Aucun des trois ne serait du voyage le week-end suivant pour le quatrième test-match des Stars contre les Jets. Et si un miracle ne se produisait pas bientôt, ils ne porteraient pas non plus les couleurs du club pour le match d'ouverture, deux semaines plus tard.

Par la faute d'une *bimbo* sans cervelle, Dan Calebow risquait de perdre trois des joueurs les plus prometteurs de la Ligue. Pas besoin d'une boule de cristal pour deviner qu'il ne devait pas manquer de propriétaires d'équipes de la NFL en embuscade. Le jour où les trois joueurs perdraient patience et tourneraient le dos à une équipe devenue la risée publique, ils les trouveraient devant eux, la bave aux lèvres et le chéquier ouvert, prêts à surenchérir.

Dès le plus jeune âge, la morsure de la ceinture paternelle sur sa chair avait appris à Dan que seul compte le fait de gagner dans la vie. Il s'était toujours montré un compétiteur acharné, prêt à balayer tout ce qui se dressait sur sa route. Et à cette minute, il se fit une promesse. S'il arrivait à mettre la main sur une certaine héritière, il lui donnerait une leçon qu'elle ne serait pas près d'oublier.

— Bonjour, coach ! Je m'appelle Melanie.

Bobby Tom examinait avec envie le corps de liane de la jeune beauté qui venait d'apostropher Dan et qui n'avait d'yeux que pour lui.

— C'est quoi votre secret, coach ? demanda-t-il, médusé, en secouant la tête de dépit. Vous vous faites encore plus de nanas que moi…

— J'ai une longueur d'avance sur toi, Bobby Tom. Tu finiras par me rattraper.

Puis, entourant d'un bras les épaules de sa nouvelle conquête :

— Comment disais-tu que tu t'appelles, ma belle ?

Dan fonçait sur la voie express Eisenhower lorsqu'il entendit une sirène de police retentir derrière lui. Il avait abandonné la dénommée Melanie à la réception une heure plus tôt et, jetant un coup d'œil au rétroviseur, il se félicita que sa carrière de fêtard ait définitivement pris fin.

Promptement, il ralentit pour garer sa Ferrari 512TR sur la bande d'arrêt d'urgence. La voiture était bien trop petite pour lui, mais le fait que la Testarossa fût la plus belle machine roulante sur Terre l'aidait à supporter le manque de place pour ses jambes. Il n'en estimait pas moins qu'il était obscène de payer un tel engin 200 000 dollars alors que de pauvres bougres dormaient sur des cartons dans les rues. Aussi avait-il signé quelques chèques d'un montant équivalent à l'ordre de ses œuvres charitables de prédilection. Chaque année, il donnait ainsi plus que ce qu'il dépensait pour lui-même. Vu les fortunes qu'on lui offrait pour vivre de sa passion, il estimait que ce n'était que justice.

Baissant sa vitre, Dan remarqua dans le rétroviseur que le policier qui s'approchait avait repéré sa plaque minéralogique personnalisée « ICE 11 ». L'avant-bras posé sur le toit du petit bolide, l'homme se pencha et le salua.

— Bonsoir, coach.

Dan lui répondit d'un hochement de tête.

— Vous aviez l'air pressé, dites-moi…

— Ah, oui ? À combien m'avez-vous flashé ?

— À 140 quand vous êtes passé à hauteur de Mannheim.

Tout sourire, Dan frappa le volant du plat de la main.

— Bon sang ! J'adore cette voiture... Pourtant, j'étais loin de donner toute la gomme. Il faut se méfier. Il y a des dangers publics au volant, cette nuit.

— À qui le dites-vous !

Le flic prit quelques instants pour admirer le véhicule avant de reporter son attention sur le conducteur.

— Comment pensez-vous vous débrouiller contre les Jets, ce week-end ?

— On donnera tout, comme d'habitude.

— Bobby Tom a signé ?

— J'ai bien peur que non.

— Aïe !

L'homme se redressa et conclut :

— Eh bien, bonne chance tout de même. Et essayez de lever un peu le pied, coach. Quelques gars à nous qui sont de service ce soir ne vous ont pas encore pardonné votre défaite contre les Browns, la saison dernière.

— Merci du tuyau.

Il était plus de 1 heure du matin lorsque Dan s'inséra de nouveau dans le trafic plutôt clairsemé de la voie express. Il avait ôté sa veste avant de se mettre au volant et, tout en effectuant sa manœuvre, il défit son nœud papillon et déboutonna son col.

Bien qu'ayant eu maintes fois maille à partir avec eux, il aimait bien les flics. Il n'était encore qu'une petite frappe d'une douzaine d'années lorsqu'il avait été serré pour la première fois pour un vol de bière. À Tuscaloosa, quand il jouait pour la Crimson Tide, les forces de police locales avaient fait bien plus que son vieux pour le remettre dans le droit chemin. Un agent qui l'avait amené au poste après une bagarre dans un bar avait même réussi à le convaincre de la valeur des études. « Tu n'as pas que des muscles, gamin. Tu as aussi un cerveau. Quand vas-tu te décider à t'en servir ? »

Patiemment, il lui avait parlé une bonne partie de la nuit, l'amenant pour la première fois à réfléchir à sa vie sur le long terme. Le football était pour Dan le ticket d'entrée dans un autre monde que celui dans lequel il vivait depuis sa naissance, mais le flic était parvenu à lui faire prendre conscience qu'il n'y jouerait pas toute sa vie.

Au cours des semestres suivants, il avait cessé de suivre en dilettante ses cours de maths, de commerce et de finance. Progressivement, il était parvenu à mener de front ses études, sa carrière d'athlète et de trop nombreuses nuits à faire la fête. Mais sa plus grande satisfaction, à l'université d'Alabama, avait été de réaliser qu'il n'était pas doué que pour le sport, et qu'un challenge intellectuel pouvait lui aussi apporter de grandes joies.

Dan prit la sortie de Cermak Road et s'enfonça dans le quartier huppé de Oak Brook jusqu'à trouver une supérette ouverte la nuit. Après s'être garé et extrait du petit véhicule rutilant, il pénétra dans la boutique où ne se trouvaient que cinq personnes, dont deux femmes. L'une était une fausse rousse qu'il décida d'ignorer. La seconde paraissait bien trop jeune pour traîner dehors si tard la nuit. Campée devant un présentoir à bonbons, elle mâchait vigoureusement un chewing-gum. Ses cheveux châtain clair tirés en arrière étaient retenus au sommet de son crâne par une pince en argent, mais quelques mèches libres lui encadraient le front et les joues. Même si la nuit n'était pas particulièrement fraîche, elle gardait ses deux poings enfoncés dans les poches d'un blouson de lycéenne siglé « *Varsity Cheerleader* » au-dessus du sein gauche.

Elle le vit approcher, et elle cessa brusquement de mâcher son chewing-gum. Sa minijupe moulante en synthétique s'arrêtait quelques centimètres en dessous du blouson. Elle avait des jambes fines et nues et portait une paire de sandales plates. En s'arrêtant près d'elle, Dan put constater qu'elle avait un peu trop forcé sur le maquillage, comme le font parfois les toutes jeunes filles.

— Je sais qui vous êtes, dit-elle.

— Ah, oui ?

En le défiant du regard, elle mâcha nerveusement son chewing-gum avant d'ajouter :

— Vous êtes le coach des Stars, Dan Calebow.

— Exact. Et toi ?

— Moi ? Je m'appelle Tiffany.

— Tiffany ? Voyez-vous ça…

— Je vous ai vu à la télé. Des tas de fois.

— Quel âge as-tu ?

— 16 ans.

Les yeux de Tiffany s'attardèrent longuement sur le corps de Dan, avec une effronterie bien peu en rapport avec son âge supposé.

— Vous êtes mignon, vous savez…

— Et toi, dit-il, tu parais bien mature pour ton âge.

— Je sais.

Pendant quelques instants, elle mâchouilla son chewing-gum avec insistance, avant de baisser les yeux sur ses chaussures.

— Mes parents ne sont pas là ce soir, annonça-t-elle avec une surprenante timidité. Et si je vous emmenais chez moi, monsieur Calebow ?

— Pour quoi faire ?

— Vous savez bien… Pour le sexe.

— Tu ne penses pas être un peu jeune pour draguer un vieux comme moi ?

— Je suis fatiguée des gamins. Je veux le faire avec un vrai homme.

Près de la porte d'entrée, un jeu vidéo se mit à couiner.

— Pas question, maugréa Dan. J'aime le vrai, moi aussi. En l'occurrence, les vraies femmes…

Glissant une main hors de sa poche, l'audacieuse vint se camper devant lui, afin que nul dans la boutique ne pût les voir, et caressa longuement l'intérieur de sa cuisse.

— Je serai vraiment très gentille avec vous... susurra-t-elle, les yeux rivés aux siens, tandis que sa main se faisait plus curieuse. S'il vous plaît ! Je vous laisserai faire tout ce que vous voudrez.

— À une offre pareille, difficile de résister.

Comme embarrassée par sa propre hardiesse, elle retira vivement sa main et sortit un trousseau de clés de sa poche.

— Je conduis la voiture de mon père, dit-elle. Vous n'avez qu'à me suivre.

À travers les rues tranquilles et bordées d'arbres d'une banlieue résidentielle chic, Dan fila le train à une Mercedes dernier modèle. La maison, une imposante résidence d'un étage en briques blanches, se dressait au milieu d'un grand jardin arboré. Il pénétra dans le garage dont les portes se refermèrent automatiquement derrière les deux véhicules. Rapidement, celle qui se faisait appeler Tiffany grimpa les quelques marches qui menaient à l'intérieur de la maison, sa minijupe en stretch épousant ses formes. Il la suivit dans une cuisine toute blanche et faiblement éclairée, pourvue des derniers raffinements en matière d'équipement dont un réfrigérateur géant aux parois de métal.

— Une bière ? suggéra-t-elle.

Dan déclina l'offre en secouant la tête.

La douce lumière caressait le visage trop maquillé de la *cheerleader*. Abandonnant son sac sur le carrelage, elle envoya valser ses sandales à l'autre bout de la pièce. Sans ôter son blouson, elle plongea la main sous sa jupe et retira sa culotte, une minuscule pièce de tissu bleu pâle qu'elle fit tournoyer un instant avant de l'expédier au sol.

— Alors vous désirez peut-être manger un morceau ? reprit-elle. Des tacos ? Un sandwich ? Autre chose ?

— Tu as tout compris. Je veux *autre chose*.

L'espace de quelques secondes, elle se tint parfaitement immobile. Puis, elle l'entraîna hors de la cuisine, à travers un petit hall faiblement éclairé, jusqu'à un spacieux living aux meubles de chêne cérusé blanc, sur lequel tranchaient vivement des tissus d'ameublement de couleurs acidulées. Les murs de faux marbre étaient ornés de toiles d'art abstrait. Ici et là, sur des piédestaux en forme de colonnes tronquées, trônaient quelques poteries et sculptures anciennes.

— On dirait que *daddy* a les moyens, plaisanta Dan d'un ton caustique.

— On est italiens. Il est de la mafia, mais personne ne doit le savoir. Vous voulez voir un de ses flingues ?

— Je m'en passerai, merci.

Haussant les épaules, elle le conduisit dans une autre pièce, plongée dans le noir jusqu'à ce qu'elle actionne l'interrupteur d'une lampe de table à l'abat-jour noir. Dan découvrit alors qu'elle avait choisi le bureau plutôt que la chambre. Au bout de la pièce, se dressait un grand bureau sombre et lustré devant une vitrine remplie de reliures de prix. D'autres œuvres d'art étaient accrochées aux murs. Des stores en bois occultaient les fenêtres.

Tiffany alla se planter entre un sofa de cuir noir et un fauteuil assorti avant de demander :

— Vous êtes sûr que vous ne voulez pas quelque chose à boire, monsieur Calebow ?

— Sûr.

Elle le défia du regard quelques instants, puis ses doigts se portèrent sur le devant de sa blouse blanche. Un à un, elle en défit les boutons.

— Tu veux me faire plaisir ? demanda-t-il sans quitter son manège des yeux. Va cracher ton chewing-gum.

D'un air maussade, elle regagna le bureau et enleva de sa bouche une grosse boule de gomme rose, qu'elle jeta dans un cendrier d'albâtre après avoir écarté quelques paperasses. Elle ne portait pas de soutien-gorge, et Dan vit sa poitrine tandis qu'elle se penchait. La lumière de la lampe dorait l'extrémité couleur corail de ses seins.

— Assieds-toi sur le bureau, poupée.

La jupe au tissu élastique remonta sur ses cuisses quand elle s'exécuta. Les talons ancrés dans le tapis, elle écarta largement les jambes. Dan la rejoignit tout en défaisant la ceinture de son smok.

— Tu es une gosse plutôt délurée, pas vrai ? demanda-t-il en se campant entre ses cuisses.

— Dans le mille. Je m'attire des tas d'ennuis. J'aime ça.

— On dirait, en effet.

Dan glissa ses mains sous le blouson et sous la blouse, dont il tira les pans glissés sous la jupe. Ses larges mains remontèrent lentement le long de son échine et vinrent se placer en coupe sur ses petits seins, dont il caressa les mamelons du bout des pouces.

Les doigts agiles de la fille s'aventurèrent jusqu'à sa braguette. Elle resta ainsi, figée sur place, avant d'implorer d'une voix rauque :

— Dites-moi ce que vous voulez que je fasse.

— Tu sembles te débrouiller fort bien toute seule.

— Dites-le-moi, bordel !

— Très bien, chérie. Ouvre ma braguette.

— Comme ça ?

— Comme ça.

— Et maintenant ?

— Cherche un peu là-dedans, et dis-moi si tu trouves quelque chose qui attire ton attention.

— Oh ! Vous êtes si... bien monté.

Doucement, elle le prit entre ses doigts et s'arc-bouta sur le bureau, de manière à presser ses seins contre les paumes de Dan.

— J'ai... j'ai un peu peur, avoua-t-elle d'une petite voix.

— Tu n'as pas à avoir peur. Je ferai très attention.

— Promis ?

— Juré !

— Vous savez, ça ne me dérange pas si ça fait... un petit peu mal.

— Je ne te ferai pas de mal.

— Ça ne me dérange pas. *Vraiment !*

— Puisque tu insistes.

Dan perçut un relent de bubble-gum dans son souffle quand elle le laissa s'emparer sans ménagement de ses genoux pour qu'elle pose les talons au bord du bureau. D'un coup, la jupe glissa jusqu'à son estomac, révélant son entrejambe offert. Se reculant légèrement, il introduisit un doigt en elle.

— Est-ce que ça fait mal ?

— Oh, oui ! Oui ! s'extasia-t-elle. Qu'est-ce que vous allez me faire, monsieur Calebow ?

Il le lui dit, en termes explicites et crus. Elle respira plus vite, et il sentit sa peau s'embraser sous ses doigts. Dan la débarrassa de son blouson de *cheerleader*, puis, glissant ses mains sous ses fesses nues, il la souleva du bureau. Entourant les hanches de Dan de ses jambes, elle se laissa emporter jusqu'au fauteuil club. Il s'y assit, positionnant les genoux de sa conquête de part et d'autre de ses cuisses afin qu'elle le chevauche.

Sa blouse était grande ouverte, révélant deux petits seins aux pointes rosies par ses caresses. Ses jambes écartées exposaient au regard la jungle brillante de courtes boucles brunes de son bas-ventre. L'érection de Dan était si totale qu'elle en devenait douloureuse. Il commença à la guider vers lui pour la pénétrer, mais elle le retint en posant une main sur sa poitrine.

— Vous ne me donnez pas une petite fessée d'abord ? s'inquiéta-t-elle, le regard anxieux.

Dan grogna de dépit. D'une voix grinçante, elle ajouta :

— Je le mérite, vous savez !

En soupirant, Dan se résigna à l'inévitable et demanda :

— Tu as fait quelque chose de mal ?

— Je ne dois laisser entrer personne quand mes parents ne sont pas là.

— Dans ce cas, je vais être obligé de te corriger. Qu'en penses-tu ?

— Non, pas ça !

Mais une excitation maladive faisait luire ses prunelles.

Sur le point d'exploser, Dan n'était plus d'humeur aux préliminaires coquins. Décidé à perdre le moins de temps possible, il la fit basculer souplement sur ses genoux et remonta d'un coup sec sa jupe jusqu'à la taille. Sur ses fesses rondes et blanches livrées à lui, il laissa rudement retomber sa paume.

Sachant de quelle force il était capable, Dan maîtrisa soigneusement ses coups, leur donnant juste un peu plus de force que ce qu'elle désirait. Elle gémissait et se tordait, de plus en plus insatiable et excitée.

Tout en faisant rosir la peau de ses fesses, Dan songeait à tous les soucis que son ex-femme lui causait. Les coups de fil nocturnes, pour lui mettre le moral à zéro. Les injonctions légales par voie d'huissier. Les confidences indiscrètes dans les journaux.

— Aïe ! protesta-t-elle. Ça fait trop mal !

Sans se laisser impressionner, Dan la fessa de nouveau.

— Vas-tu enfin te décider à bien te conduire, chérie ?

— Oui ! répondit-elle, haletante.

Une nouvelle claque retentit plus fortement que les autres encore. Dan insista :

— Plus de ragots dans les journaux ?

— D'accord… Arrête !

Une autre claque.

— Plus de harcèlement téléphonique ?

— Salaud ! Tu gâches tout !

Dan glissa ses mains dans le sillon de ses fesses et la releva en grognant sourdement :

— Je ne pense pas, non.

En s'empalant sur lui sans se faire prier, elle lâcha dans un souffle :

— Espèce de fils de pute !

Dan donna un coup de reins qui la fit gémir.

— Tu ne crois pas si bien dire, approuva-t-il. Un vrai fils de pute, garanti sur facture…

Pour elle, ce fut le signal de départ d'une chevauchée impérieuse et désespérée. Le téléphone, sur le bureau, se mit à sonner, mais tous deux l'ignorèrent.

En laissant des gémissements rauques s'échapper de ses lèvres, elle lui empoigna rudement les cheveux. Dan, les doigts crispés dans le sillon de ses fesses, enfouit son visage entre ses seins.

La sonnerie se tut. Le déclic du répondeur se fit entendre.

Vous êtes bien chez Valerie Calebow, annonça une voix aux inflexions sophistiquées. *Je ne peux vous répondre pour l'instant, mais si vous me laissez un message, je vous rappellerai dès que possible.*

La tête rejetée en arrière, Val laissa libre cours à la jouissance qui l'emportait.

Après le signal sonore, une voix féminine enchaîna:

— Madame le député, Stu Black à l'appareil. Désolée de vous appeler si tard, mais…

Pour Dan, la voix se perdit dans un brouhaha confus. Avec un grognement prolongé, il jouit en elle tandis que son ex-femme s'effondrait sur lui et que le message arrivait à son terme.

Biiiiip.

4

Dan ouvrit la porte du réfrigérateur, en tira une bouteille de lait et dévissa le bouchon. Derrière lui, il entendit Valerie entrer dans la cuisine de la maison qu'ils avaient partagée au temps de leur mariage. Parce qu'il savait que cela allait l'agacer, il but directement au goulot.

— Pour l'amour de Dieu, Dan ! protesta-t-elle de cette voix méprisante qu'il détestait tant. Prends un verre !

Sans se presser, Dan but une nouvelle et longue gorgée avant de revisser le bouchon et de remettre la bouteille en place. Adossé à la porte du réfrigérateur, il croisa les bras et dévisagea son ex-femme. Sans maquillage, la structure osseuse assez forte de son visage apparaissait clairement. Le font haut et lisse équilibrait un nez un peu trop long. Ses cheveux châtain clair, débarrassés de la barrette en argent, tombaient presque jusqu'à ses épaules. Un peignoir de soie bleu nuit bordé de dentelle noire avait remplacé ses vêtements de lycéenne.

— D'où vient le blouson de *cheerleader* ? s'enquit-il.

— Il appartient à la fille de ma secrétaire. Je lui ai dit que je devais aller à une soirée costumée.

Tirant un paquet de sa poche, elle alluma une cigarette, même si elle savait qu'il ne supportait pas la fumée.

— Plutôt malsain, ton petit scénario de ce soir… reprit Dan sans chercher à masquer sa mauvaise humeur. Les gamines de 16 ans ne m'ont plus attiré depuis que j'en avais 12.

Elle exhala un panache de fumée et haussa les épaules.

— C'était différent, c'est tout.

Pas si différent que ça, songea Dan. D'une manière ou d'une autre, toutes les fantaisies sexuelles de Valerie la soumettaient à une domination masculine forte. Cela ne manquait pas de sel, étant donné qu'elle était une femme de pouvoir traçant sa route au bulldozer. Mais elle était aussi la seule personne avec qui il aurait pu en rire, et il savait que cela ne l'amusait pas. Elle montait rapidement sur ses grands chevaux quand il osait critiquer ses mises en scène érotiques, et ils avaient suffisamment d'occasions de se déchirer comme cela.

La main de Valerie se porta à son arrière-train, qu'elle massa à travers le peignoir en le fixant avec ressentiment.

— Tu n'aurais pas dû me frapper si fort.

— Pourtant, je me retenais... répliqua-t-il.

Il devinait à son expression qu'elle hésitait à lui sauter à la gorge pour le lui faire payer. Elle dut opter pour la mansuétude, car elle se dirigea vers un agenda posé sur un comptoir et déposa sa cigarette dans un cendrier.

— Je n'ai pas à me rendre à Washington prochainement, dit-elle en le feuilletant. On se voit ce week-end ?

— Je serai dans le New Jersey. Nous jouons contre les Jets.

Valerie chaussa ses verres demi-lune et se plongea de nouveau dans son agenda.

— Que dirais-tu de jeudi soir ? demanda-t-elle. Avant ton départ.

— Réunion d'équipe. Vendredi, c'est possible.

— Le vice-président sera là. Je ne peux pas rater la réception.

— Alors disons mercredi ? Après minuit.

Retirant ses lunettes, elle se massa longuement l'arête du nez et aspira goulûment une bouffée de sa cigarette avant de conclure :

— Ça colle pour moi.

— Nous sommes divorcés depuis près d'un an, Val. Ne penses-tu pas qu'il serait temps de mettre un terme à cette mascarade ?

— Quelle mascarade ? s'insurgea-t-elle en le foudroyant du regard. Nous sommes tombés d'accord pour dire que c'était le meilleur arrangement possible tant que l'un de nous deux n'a pas trouvé quelqu'un d'autre.

— Ou tant que l'un de nous deux n'a pas tué l'autre...

Valerie fit mine d'ignorer le sarcasme.

— Ce n'est pas simple, pour moi. C'est vrai, je suis attirée par les hommes puissants et dominateurs. Comment suis-je supposée faire comprendre à un tel homme qu'il est hors de question que je couche avec lui tant qu'il ne m'aura pas mis sous les yeux un bilan sanguin récent ?

Dan laissa tomber, sarcastique :

— L'amour au temps du sida fait souvent le lit d'étranges partenaires.

Agacée, Valérie écrasa nerveusement sa cigarette.

— Tu devrais me remercier. Pour un homme, une garantie de séronégativité est une aubaine appréciable, même chez une ex-épouse.

Dan préféra ne pas relancer le débat. Il était le seul à ne pas apprécier l'arrangement qu'ils avaient conclu. Chaque fois qu'il tentait de s'en libérer, elle savait comment lui donner le mauvais rôle et le culpabiliser. Mais, une fois qu'il aurait trouvé la candidate idéale pour devenir la mère de ses enfants, il mettrait un terme à cette situation ridicule.

— Nous sommes tous deux trop intelligents pour jouer à la roulette russe avec nos corps, ajouta-t-elle.

— Et toi, tu es folle du mien.

Ce n'était pas le sens de l'humour qui étouffait Valerie, ces temps-ci, et sa boutade lui fit l'effet d'un chiffon rouge. Ses narines se mirent à palpiter de fureur, et elle l'accusa d'être un grossier personnage, un casse-cou inconscient, un cynique insupportable et un handicapé émotionnel ne s'intéressant à rien d'autre qu'à gagner des matchs de foot.

Elle semblait si remontée contre lui que Dan préféra faire la sourde oreille tout en dégustant sa banane. En toute honnêteté, il lui fallait cependant reconnaître que le cas de Valerie était plus grave que le sien. Et s'il avait consenti à conclure avec elle cet arrangement bancal, c'était en partie par compassion. En tant que membre féminin de la Chambre des représentants, elle était soumise à de plus strictes règles de moralité que ses collègues du sexe fort. Les turpitudes que les électeurs acceptaient parfois des hommes qui les gouvernaient ne pouvaient être tolérées pour une femme. Pour quelqu'un qui, comme Valerie, adorait le sexe et ne pouvait s'en passer, cela représentait un gros handicap de ne pas avoir de partenaire attitré. Et puisqu'elle s'acquittait de son mandat en toute honnêteté, il avait un peu l'impression de remplir un devoir patriotique en l'aidant à assouvir sans risque sa libido.

Dan était bien conscient d'y trouver son compte lui aussi. Il avait eu une vie sexuelle si libre et si remplie au cours de sa carrière de joueur qu'il n'était plus très chaud pour les aventures d'un soir. Il n'était pas non plus né de la dernière pluie, et il ne voulait prendre aucun risque en cédant au charme parfois vénéneux des groupies qui le harcelaient. Pourtant, en dépit des scénarios inventifs mis au point par Valerie, il y avait bien longtemps que le sexe avec elle n'était plus une fête.

Il savait à présent qu'ils n'avaient jamais été faits l'un pour l'autre, mais leur rencontre avait été tellement chargée d'énergie sexuelle qu'ils ne s'étaient rendu compte de rien avant de commettre l'erreur de se marier. Valerie avait tout de suite été séduite par son agressivité à peine bridée et ses faux airs de macho; les mêmes traits de caractère qui bien vite lui avaient semblé insupportables. Quant à lui, Dan avait été bluffé par sa sophistication de pur produit de la bonne société, si étrangère à son passé de gamin pauvre de l'Alabama. Il n'avait pas tardé à découvrir que cette parfaite éducation allait de pair avec un manque total de sens de l'humour et un rejet viscéral de cette vie de famille à laquelle il aspirait.

Quand elle eut terminé sa tirade contre lui, Dan en profita pour contre-attaquer.

— Puisque nous en sommes à vider nos sacs, je dois te prévenir qu'à la prochaine interview fielleuse de ta part, ton avocat recevra un coup de fil du mien et c'en sera terminé du divorce à l'amiable.

Mal à l'aise, elle détourna le regard.

— C'était une erreur, reconnut-elle.

— Je dis toujours à mes joueurs que l'erreur n'est la plupart du temps qu'un manque de prévoyance.

Intimider les autres par sa stature était devenu pour Dan une seconde nature. Instinctivement, il se rapprocha d'elle pour la dominer de toute sa hauteur avant d'ajouter :

— Je n'apprécie pas de te voir te répandre publiquement sur notre rupture, et j'aime encore moins me faire traiter de psychopathe *borderline* ailleurs que dans la presse sportive.

En évitant toujours son regard, Valerie se mit à jouer avec la dentelle de son négligé.

— C'était une remarque hors micro que le journaliste n'aurait jamais dû rapporter.

— Une remarque que tu n'aurais jamais dû faire. Dorénavant, si l'on t'interroge sur les raisons de notre divorce, contente-toi des deux mots que je me fais quant à moi une règle d'utiliser : incompatibilité d'humeur.

— Serais-tu en train de me menacer ?

Elle tentait de reprendre le dessus, mais c'était si peu convaincant qu'il comprit qu'elle se sentait coupable.

— J'essaie juste de te faire comprendre que nombre d'électeurs mâles de cette ville ne risquent pas de voter pour une femme qui dégoise dans les gazettes sur un ex-mari qu'ils ont adulé pendant des années sur les stades.

— D'accord ! s'emporta-t-elle. Je suis désolée et je te prie de m'excuser. Je venais juste de te parler au téléphone quand j'ai rencontré ce journaliste et tu m'avais énervée.

— Valerie... Je t'énerve *tout le temps*, alors n'essaie pas de prendre ça comme excuse pour me rentrer dedans.

De manière avisée, elle préféra changer de sujet.

— J'ai entendu dire que les funérailles de Bert se sont révélées assez divertissantes... Je regrette d'avoir manqué ça ! Mais toutes ses anciennes maîtresses doivent le regretter plus que moi encore. Voir ce chien se soulager sur son cercueil les aurait vengées.

Avec un mince sourire, elle conclut :

— Dieu doit être une femme, après tout, pour veiller du haut du ciel à ce que justice soit faite à Ses créatures.

Le sujet étant délicat, Dan préféra garder le silence. Bert Somerville avait toujours su se faire détester des femmes et apprécier des hommes. Ses mains baladeuses, ses blagues sexistes et ses remarques paternalistes ne pouvaient que lui attirer l'animosité d'une femme comme Valerie. Dan lui non plus n'était pas client de ce type d'humour, mais Bert étant le *boss*, il avait gardé son sentiment pour lui.

— Ce n'est pas drôle, Val... protesta-t-il mollement. Un homme est mort, et sa fille s'est arrangée pour transformer son enterrement en numéro de cirque.

— On m'a beaucoup parlé d'elle. Comment est-elle ?

— Une call-girl de luxe, l'intelligence en moins. Pour te dire la vérité, je ne me rappelle pas avoir rencontré de femme qui m'ait d'emblée paru aussi vaine.

— Pour être restée la maîtresse d'Arturo Flores pendant des années, elle doit avoir quelques atouts cachés.

— Mis à part ceux qu'elle ne cache pas tant que ça, je ne vois pas lesquels. Bert m'a parlé d'elle une fois ou deux. Cela le minait de savoir que le corps dénudé de sa fille était accroché aux murs de tous les musées d'importance de ce pays.

— Flores était un grand artiste. Ne trouves-tu pas que Bert se montrait un peu provincial et coincé ? Rappelle-toi que nous parlons d'un homme qui voulait accrocher des glands dorés aux seins des *cheerleaders* des Stars !

— Aucune de ces filles n'était la sienne. Et c'était pour faire remonter les abonnements.

Valerie monta aussitôt au créneau.

— Tu trouves ça drôle ?

Dan soupira.

— Ce n'était qu'une blague, Val. Détends-toi.

— Tu me dégoûtes ! Pour toi, tout ce qui touche au sexe n'est qu'une vaste blague.

— C'est *moi* qui te dégoûte ? s'emporta-t-il, à bout de patience. Corrige-moi si je me trompe, mais n'est-ce pas toi qui mets au point ces scénarios tordus, comme la petite expérience de ce soir qui pue la pornographie enfantine à plein nez ? Et n'est-ce pas moi qui à ta demande te chauffe les fesses à coups de claque, même si battre une femme ne fait pas partie de mes aphrodisiaques favoris ?

Valerie se raidit. Ses yeux lancèrent des éclairs.

— Ce n'est pas de ça dont je te parlais. Mais comme d'habitude, tu préfères biaiser plutôt que d'affronter la vérité. Tu t'es tellement habitué au sexe facile depuis que tu es une star adulée que tu as oublié qu'une femme peut-être autre chose qu'une paire de fesses et de nichons !

— Le beau langage ! railla Dan. Tes électeurs seraient ravis que tu leur tiennes ce genre de discours.

— Tu fuis toute discussion sur les sentiments ! s'entêta-t-elle. Tu refuses de parler de tes émotions !

Il eut envie de lui répliquer que, chaque fois qu'il s'y risquait, elle s'arrangeait pour transformer la discussion en réquisitoire en règle contre tout ce qui n'allait pas chez lui.

— Et le pire, poursuivit-elle sur sa lancée, c'est que les femmes ne t'en tiennent pas rigueur. Elles s'en fichent, parce que… Laisse tomber ! Impossible de parler avec toi.

— Trop facile, Valerie… Vas-y, je t'écoute ! Dis-moi le fond de ta pensée ? Pourquoi s'en fichent-elles ?

— Parce que tu es riche et beau, répondit-elle trop vite.

— Ce n'est pas ce que tu t'apprêtais à dire. Toi qui me conseilles toujours d'être plus ouvert, commence donc par appliquer tes propres conseils.

À contrecœur, Valerie s'exécuta.

— Elles te passent tout parce que tu parais tellement sûr de toi. Tu ne sembles connaître aucun des doutes qui affligent le commun des mortels. Même les femmes qui connaissent le succès apprécient cela chez un homme.

Tout autre que lui aurait pu être flatté par ces paroles, mais sur Dan elles eurent un effet contraire. Il sentit une rage brûlante déferler en lui, qui plongeait ses racines dans son enfance où laisser libre cours à ses émotions conduisait à un aller simple pour la cabane au fond du jardin, et au cuir cinglant de la ceinture de son père sur sa peau.

Avec un rictus mauvais, il explosa de colère.

— Vous êtes vraiment de drôles de créatures, vous les femmes. Vous voulez gagner sur tous les tableaux. Vous attendez d'un homme dont la nature est d'être un guerrier qu'il se comporte en homme et, quand ça vous chante, vous exigez qu'il vous déballe ses tripes et se comporte comme une chiffe molle.

— J'en ai assez entendu. Sors d'ici !

— Avec plaisir !

Saisissant ses clés au passage, Dan marcha jusqu'à la porte d'entrée et sortit en trombe de la maison. Dès qu'il fut installé au volant, il glissa un CD de Hank Jr. dans le lecteur et poussa le volume à fond avant de démarrer. Quand il se sentait aussi bas, il ne supportait d'autre compagnie que celle d'un trompe-la-mort comme lui.

Le match de présaison du dimanche après-midi contre les Jets tourna au désastre. Si les Stars avaient joué contre une équipe de bon niveau, la défaite eût été moins cuisante. Mais se faire battre 25-10 par ces blancs-becs de Jets était une humiliation que Dan pouvait difficilement avaler, surtout quand il imaginait trois de ses meilleurs joueurs en train de regarder le match sur leur écran géant à Chicago.

Jim Biederot, le nouveau *quarterback* des Stars, s'était blessé lors du dernier entraînement. Sa doublure s'étant elle-même salement abîmé l'aine la semaine précédente, Dan avait dû se résoudre à faire jouer C.J. Brown, un vétéran proche de la retraite. Si Bobby Tom avait joué, il aurait pu faire en sorte de limiter les dégâts.

Pour rendre la situation plus éprouvante encore, le staff avait appris que la nouvelle propriétaire du club était apparemment rentrée de vacances mais qu'elle ne prenait aucun appel. Dan perça d'un coup de poing une cloison du vestiaire visiteurs quand Ronald McDermitt lui délivra l'information, mais cela ne l'aida en rien à faire baisser la pression. Avant que Phoebe Somerville ne vienne lui en faire prendre conscience, il n'aurait jamais imaginé qu'il détestait perdre des matchs de football à ce point.

Ainsi s'acheva pour les Stars une funeste semaine. Ray Hardesty, le joueur que Dan avait dû suspendre début août, avait conduit une fois de trop sous l'emprise de l'alcool et retourné sa voiture contre le rail de sécurité de la voie rapide. Il était mort sur le coup, de même que sa passagère de 18 ans. Tout au long de l'enterrement, confronté aux visages tordus par la souffrance de ses parents, Dan n'avait pas pu s'empêcher de se demander s'il n'aurait pu faire davantage pour sauver ce gamin des démons qui avaient fini par avoir sa peau. Rationnellement, il savait avoir fait tout son possible. Mais pouvait-il pour autant se laver les mains en toute bonne conscience d'une telle tragédie ?

Le seul événement positif, au cours de cette lugubre semaine, s'était produit dans une école maternelle du comté où il était allé tourner un spot pour une œuvre caritative. Quand il avait pénétré dans le bâtiment, il avait tout de suite remarqué une jeune institutrice rousse au visage constellé de taches de rousseur qui lisait un livre à un groupe de jeunes enfants attentifs. Cette sylphide à la chevelure flamboyante avait réveillé en lui quelque chose de profondément enfoui. Il s'était senti tout chose et heureux d'être en vie rien qu'à l'admirer, et c'était à regret qu'il avait dû s'arracher à cette vision enchanteresse.

Ses obligations remplies, il était allé l'inviter à boire un café. Elle s'appelait Sharon Anderson, et sa timidité formait un contraste rafraîchissant avec l'effronterie assumée des femmes qu'il avait coutume de croiser dans son milieu professionnel. Même s'il était encore trop tôt pour le dire, Dan ne pouvait s'empêcher de se demander s'il n'avait pas fini par trouver la femme qu'il cherchait pour fonder un foyer.

Mais la joie résiduelle de sa rencontre avec Sharon avait fait long feu le jour de la défaite contre les Jets, et c'est en broyant du noir qu'il dut se livrer aux activités d'après match. Ce n'est qu'en arrivant à l'aéroport où ils devaient prendre l'avion qui ramenait l'équipe à Chicago que Dan eut un sursaut d'orgueil blessé.

— Stop ! Maintenant, ça suffit.

Il se figea et tourna les talons si abruptement que Ronald McDermitt, qui le suivait, lui rentra dedans. Le directeur général, déséquilibré, laissa tomber à terre le livre qu'il portait. C'était tout ce que méritait cette poule mouillée, songea Dan avec délectation. Bien que ne mesurant pas plus de 1,75 mètre, il n'était pas désagréable à regarder, mais il était trop tiré à quatre épingles, trop poli et surtout trop jeune pour diriger une équipe comme les Chicago Stars.

Dans le football professionnel, un directeur général dirige l'ensemble des opérations, y compris l'embauche et le licenciement des coaches. Aussi Dan travaillait-il, théoriquement, sous ses ordres. Mais le jeune homme était tellement intimidé par lui que son autorité n'était que virtuelle.

Un peu gauchement, Ronald ramassa son livre et lui jeta un regard de chien battu qui mit Dan hors de lui.

— Désolé, coach… marmonna-t-il.

— De quoi, bon sang? s'impatienta Dan. C'est *moi* qui t'ai rentré dedans.

Sans ménagement, il lui fourra son sac de voyage dans les bras et ajouta:

— Envoie quelqu'un porter ça chez moi. Je prendrai un autre vol pour rentrer.

Ronald parut ennuyé de l'apprendre.

— Où allez-vous? demanda-t-il.

— Faire ton job à ta place.

— Je… désolé, coach, mais je ne comprends pas… ce que vous voulez dire par là.

— Je veux dire que je vais aller trouver Mlle Somerville. Et une fois que je l'aurai devant moi, je lui dirai ma façon de penser. Il est plus que temps que quelqu'un lui explique quels sont les devoirs d'un propriétaire d'équipe de la NFL.

Ronald déglutit.

— Euh… coach, ce n'est peut-être pas une bonne idée. Elle ne semble pas vouloir mettre son nez dans les affaires de l'équipe.

— Sans blague! railla Dan en s'éloignant. Dommage pour elle. Parce que son joli nez, elle peut compter sur moi pour le lui mettre dedans. Et pas qu'un peu!

5

Phoebe tira sur la laisse de Pooh, qui se laissait distraire par un grand dalmatien arrivant en sens inverse alors qu'ils traversaient la Cinquième Avenue.

— Pas le temps de flirter, beauté. Viktor nous attend.

— Viktor a bien de la chance… commenta le maître du grand chien en la croisant sur le passage clouté.

En l'examinant à travers ses lunettes de soleil, Phoebe vit ce *yuppie* inoffensif lorgner sur son décolleté.

— Dites… murmura-t-il, ébahi. Vous ne seriez pas Madonna ?

— Pas cette semaine, désolée.

Phoebe gagna rapidement le trottoir opposé et retira ses lunettes d'un geste agacé. Un jour ou l'autre, il faudrait bien qu'elle se décide à s'habiller de manière moins voyante si elle voulait éviter ce genre de désagrément. Mais son amie Simone, qui avait créé la spectaculaire robe vert tilleul qu'elle portait, serait présente à la fête à laquelle Viktor voulait l'emmener, et elle tenait à l'encourager.

Laissant l'animation de la Cinquième Avenue derrière elle, Phoebe s'engagea avec Pooh à la traîne dans les rues adjacentes plus tranquilles. Au rythme de sa marche, de larges anneaux d'or valsaient à ses oreilles, les bracelets cliquetaient à chacun de ses poignets et ses talons frappaient le trottoir. À cette musique et au roulement suggestif de ses hanches, aucun des hommes qu'elle croisait ne pouvait rester indifférent.

En ce début de soirée du samedi, les New-Yorkais habillés pour dîner et sortir en ville quittaient les élégants immeubles bordant les rues étroites. Phoebe approchait de Madison Avenue et du building de granit où elle avait pu sous-louer l'appartement d'un ami de Viktor pour une bouchée de pain.

Trois jours plus tôt, à son retour de Montauk, elle avait trouvé des douzaines de messages téléphoniques en attente. La plupart émanant du bureau des Chicago Stars, elle avait décidé de les ignorer. Molly ne lui avait pas téléphoné, comme elle l'avait espéré, pour lui dire qu'elle avait changé d'avis et qu'elle préférait la rejoindre à New York. Les coups de fil hebdomadaires qu'elle se forçait à lui passer laissaient à Phoebe un goût amer. Rien de ce qu'elle pouvait lui dire ne semblait de nature à entamer la flagrante hostilité de sa demi-sœur.

— Bonsoir, mademoiselle Somerville. Hello, Pooh !

— Bonsoir, Tony.

En pénétrant dans le hall, Phoebe gratifia le portier d'un sourire éblouissant. L'homme déglutit avant de se pencher pour caresser Pooh.

— J'ai laissé monter votre visiteur, annonça-t-il. Comme vous me l'aviez demandé.

— Merci, Tony. Vous êtes un prince.

Ses talons percutant le marbre rose du sol, Phoebe gagna la cabine d'ascenseur et enfonça le bouton.

— Je n'en reviens pas qu'il soit si aimable, ajouta Tony. Quelqu'un comme lui… Ça me fait regretter de l'avoir traité de tous les noms, parfois.

Phoebe se raidit en pénétrant dans la cabine avec Pooh. Elle aimait bien le portier, mais elle ne pouvait laisser passer ça.

— Vous faites bien d'avoir honte, en effet. Ce n'est pas parce qu'un homme est gay qu'il ne mérite pas d'être respecté comme n'importe quel être humain.

Tony en resta bouche bée.

— Il est… gay ? s'étonna-t-il.

La porte de l'ascenseur, en se fermant, empêcha Phoebe de lui répondre. Tandis que la cabine s'élevait, elle fit battre son pied nerveusement sur la moquette. Viktor lui reprochait d'être sans arrêt en croisade, mais tant de ses amis étaient gays qu'elle ne parvenait pas à fermer les yeux sur les discriminations dont ils faisaient l'objet.

Elle songea à Arturo et à tout ce qu'il avait fait pour elle. Les quelques années qu'elle avait passées avec lui à Séville avaient beaucoup fait pour restaurer sa foi en l'être humain. Des années après sa mort, elle se souvenait parfaitement de lui, petit et replet devant son chevalet, le front maculé de peinture tandis qu'il passait la main sur son crâne chauve en contemplant sa toile d'un air pensif. « Phoebe, *querida,* viens donc me dire ce que tu penses de ça… »

Arturo avait été un homme de grâce et d'élégance, un aristocrate de la vieille école. Son sens inné de la discrétion et de la décence se rebellait à l'idée que le monde entier puisse être mis au courant de son homosexualité. Même s'ils n'en avaient jamais discuté, elle savait que cela lui simplifiait la vie que l'opinion publique la prenne pour sa maîtresse. Quant à elle, elle avait été heureuse de lui rendre ce service, qui n'avait que partiellement récompensé son ami de tout ce qu'il avait fait pour elle.

L'ascenseur s'immobilisa. Les portes coulissèrent. Phoebe traversa le corridor moquetté et ouvrit sa porte en retenant Pooh qui jappait et bondissait d'excitation. En se penchant pour décrocher la laisse, elle lança :

— Prépare-toi, Viktor ! Le fauve est lâché…

Pooh détala en direction du salon. S'arrêtant devant un miroir, Phoebe passa les doigts dans ses cheveux pour leur donner du volume. Elle avait renoncé à les sécher après sa douche, décidant de les laisser friser naturellement pour leur donner une apparence plus sauvage qu'exigeait la robe délicieusement sexy de Simone.

Mais soudain, elle se figea en entendant une voix masculine marquée par un fort accent du Sud retentir dans le salon.

— Couché, sale clebs ! Couché, bon sang !

Phoebe se rua dans la pièce. Ses semelles glissèrent sur le dallage de marbre en damier noir et blanc et elle faillit s'étaler en y pénétrant. Échevelée, elle s'immobilisa en découvrant Dan Calebow planté au milieu du tapis. Même si elle n'avait eu avec lui qu'un bref échange à Chicago, elle le reconnut immédiatement. Il n'était pas le genre d'homme qu'on oublie aisément et, au cours des dernières semaines, son visage s'était présenté spontanément à sa mémoire plus souvent qu'elle ne l'aurait voulu.

Blond, viril, séduisant, il ressemblait bien plus à un aventurier qu'au coach d'une équipe de foot. Au lieu du pantalon en toile et du polo de sport qu'il portait, Phoebe l'aurait volontiers imaginé dans un costume blanc fripé, roulant dans une vieille Cadillac sur une route poussiéreuse du Sud. En sa présence, elle ressentait le même malaise qu'au cimetière lors de leur précédente rencontre. Même s'il ne ressemblait en rien au footballeur qui l'avait violée bien des années plus tôt, elle gardait une peur irraisonnée des hommes au physique puissant. La première fois, elle était parvenue à faire bonne figure en flirtant ouvertement avec lui, tactique de survie qu'elle avait élevée au rang d'art depuis longtemps. Mais cette fois, ils étaient seuls et cela changeait bien des choses.

Pooh, qui vivait les rebuffades comme un challenge personnel, lui tournait autour sans répit, la langue pendante et la queue battant à cent à l'heure pour mieux manifester son besoin de se faire aimer. Le regard mauvais, Calebow quitta un instant le chien des yeux pour s'adresser à elle.

— Si elle me pisse dessus, je la transforme en descente de lit !

Phoebe se précipita vers Pooh et la prit dans ses bras.

— Que faites-vous là ? s'insurgea-t-elle. Comment êtes-vous entré ?

Il étudia son visage plutôt que ses seins, ce qui le plaça d'emblée dans l'esprit de Phoebe dans la catégorie des hommes à part.

— Votre portier est un grand fan des Giants, répondit-il. Un brave garçon. Il a beaucoup apprécié les anecdotes que j'avais à lui raconter à propos de L.T.

Phoebe n'avait aucune idée de qui pouvait bien être ce L.T. mais, à la faveur de ce que Calebow venait de lui apprendre, la conversation qu'elle venait d'avoir avec Tony lui apparaissait sous un tout nouveau jour.

— Qui est L.T. ? s'enquit-elle en s'efforçant de calmer Pooh, qui tentait à toute force de lui échapper.

Après l'avoir regardée comme si elle débarquait d'une autre planète, il glissa les mains dans les poches latérales de son pantalon et répondit :

— Des questions comme celles-là vont vous valoir des ricanements lors des réunions de propriétaires d'équipe.

— C'est bien pourquoi je n'ai aucune intention d'y mettre les pieds.

Il lui adressa un sourire bon enfant que démentait la fraîcheur polaire de son regard.

— Lawrence Taylor était l'aumônier attitré des New York Giants, expliqua-t-il enfin. Un homme véritablement délicieux qui nous traînait en session de prières collectives avant chaque match.

Sachant que quelque chose devait lui échapper, Phoebe renonça cependant à le relancer sur le sujet. Elle était encore sous le coup de son intrusion dans son appartement et il lui tardait de le voir déguerpir.

— Monsieur Calebow… J'adore les visites surprises, même quand elles sont de nature à me flanquer la frousse, mais je ne suis pas disponible pour vous parler. Je dois…

— Cela ne prendra pas longtemps, l'interrompit-il.

De toute évidence, un tel homme ne se laisserait pas mettre à la porte sans broncher. Résignée, Phoebe feignit le plus profond ennui et consulta sa montre.

— Cinq minutes, décréta-t-elle. Pas une de plus. Mais d'abord, je dois vous mettre à l'abri de mon fauve.

Quand elle l'enferma dans la cuisine, Pooh lança à sa maîtresse un regard désespéré qui lui fendit le cœur. À son retour au salon, elle trouva son visiteur importun en train d'observer la décoration plutôt tapageuse et clinquante du propriétaire des lieux. Le mobilier de Phoebe, bien plus sobre et bien moins onéreux, l'attendait dans un garde-meuble, à l'exception de la grande toile pendue au mur principal de la pièce.

Le nu langoureux était la première peinture qu'Arturo avait faite d'elle. Elle valait une petite fortune, mais pour rien au monde elle ne s'en serait séparée. Elle y était représentée allongée sur un simple lit au cadre en bois, ses cheveux blonds répandus sur l'oreiller et le regard perdu à l'extérieur des limites de la toile. La lumière du soleil passant par une fenêtre haut perchée dans le mur de stuc blanc inondait sa peau nue.

Phoebe n'avait pas accroché cette œuvre dans la pièce principale de l'appartement par vanité personnelle mais parce qu'elle y bénéficiait du meilleur éclairage possible. L'abstraction qui avait caractérisé nombre des toiles ultérieures de l'artiste n'y était pas encore à l'œuvre, et contempler les rondeurs réalistes du modèle et le jeu d'ombre et de lumière sur sa peau l'emplissait d'une paix profonde. Une touche de peinture couleur corail révélait la courbe d'un sein. Une brillante arabesque jaune citron dessinait l'arrondi d'une hanche. De délicates ombres lavande se mêlaient à la pâleur de la toison pubienne. Phoebe avait dû mal à voir en cette femme à la féminité épanouie une représentation d'elle-même. Il lui semblait qu'Arturo s'était inspiré d'une autre, plus belle, plus humaine; celle qu'elle aurait pu devenir, peut-être, si sa sexualité ne lui avait pas été dérobée.

Dan lui tournait le dos, étudiant le portrait avec une attention qui rappelait douloureusement à Phoebe que le corps dénudé qu'il contemplait n'était autre que le sien. Quand il se retourna pour lui faire face, elle se prépara à encaisser une remarque acerbe, mais celle-ci ne vint pas.

— Très joli, commenta-t-il sobrement.

Puis, marchant jusqu'à une chaise design :

— Cette chose va-t-elle s'écrouler sous mon poids ?

— Si vous la cassez, je vous enverrai la facture.

Tandis qu'il s'asseyait, Phoebe vit qu'il avait fini par se laisser distraire par le décolleté plongeant de la robe de Simone. Elle en fut presque soulagée. En cela, au moins, elle se retrouvait en terrain familier.

Souriante, elle décroisa les bras pour le laisser lorgner tout à son aise. Des années plus tôt, elle avait découvert qu'elle contrôlait bien mieux ses relations avec les hommes hétérosexuels en jouant les sirènes sexy plutôt que les ingénues rougissantes. Inverser les rôles pour devenir l'agresseur sexuel lui permettait de maîtriser la situation de bout en bout. C'était elle qui définissait les règles du jeu et, quand l'importun se retrouvait subtilement écarté, il devait présumer au grand dam de son *ego* qu'il n'était pas de taille à se mesurer à tous les mâles qui étaient censés être passés dans sa vie. Aucun d'eux ne se doutait jamais que c'était chez elle que quelque chose clochait.

Ajoutant un zeste d'âpreté à sa voix naturellement rauque, elle demanda doucement :

— Qu'avez-vous derrière la tête, monsieur Calebow ? À part ce qui paraît évident.

— Qu'est-ce qui paraît évident ?

— Votre amour pour le football, bien sûr. Je ne peux imaginer qu'un homme tel que vous puisse penser à autre chose. Mon père, lui, n'avait que ça en tête.

— Vous seriez étonnée de savoir à quoi un homme tel que moi peut penser.

Son langoureux accent sudiste et le ton de sa voix eurent sur elle un effet inattendu. Toutes sortes d'alarmes internes se mirent à retentir. Phoebe alla s'appuyer de la hanche contre une console en acier brossé, faisant remonter plus haut encore l'ourlet de sa robe sur ses cuisses. En laissant sa sandale balancer mollement au bout de son pied, elle proféra son mensonge d'une voix égale.

— Désolé, monsieur Calebow, mais j'ai déjà une collection de suspensoirs dont je ne sais que faire.

— Vraiment ?

La tête penchée sur le côté, elle lui lança un regard de braise à travers la mèche platine qui lui caressait l'œil. Phoebe maîtrisait cette pose sur le bout des doigts, pour l'avoir perfectionnée durant des années.

— Les athlètes sont tellement épuisants... minauda-t-elle. Il y a longtemps que je les ai remplacés par des hommes plus civilisés, qui portent des boxer-shorts.

Il n'eut l'air ni furieux ni étonné. Seulement intéressé.

— Wall Street ? s'enquit-il.

— Je préfère les bancs du Congrès.

Cela le fit rire.

— Vous commencez à me faire regretter d'avoir mis un terme à ma carrière de séducteur.

— Une conversion religieuse ?

— Beaucoup plus terre à terre. Les coaches sont censés représenter des modèles sociaux.

— Comme c'est assommant !

— Les propriétaires d'équipe également.

Phoebe glissa le long de la console, se positionnant soigneusement pour qu'il puisse admirer la naissance de ses seins à travers le laçage doré qui fermait le décolleté. Du plat de la main, elle fit mine d'étouffer un bâillement.

— C'est curieux, dit-elle. Pourquoi ai-je l'impression que vous allez m'infliger une leçon de morale ?

— Peut-être parce que vous en méritez une ?

Phoebe eut soudain envie de se blottir dans son peignoir en chenille le plus épais et le plus confortable. Faute de mieux, elle se contenta de passer sur ses lèvres un bout de langue rose.

— Je déteste les psychodrames, monsieur Calebow. Alors s'il vous plaît, soyez gentil avec moi.

Ses yeux s'assombrirent. Sur son visage passa une fugitive expression de dégoût.

— Vous ne manquez pas de toupet, maugréa-t-il. J'ai toutes les raisons d'être en colère contre vous puisque vous êtes en train de ruiner mon équipe.

Phoebe laissa fuser un rire caustique.

— *Votre* équipe, monsieur Calebow ? Ne m'avait-on pas dit que cette équipe m'appartient ?

— À l'heure actuelle, mademoiselle Somerville, cette équipe ne semble appartenir à personne.

Il se leva si abruptement de sa chaise qu'elle prit peur et recula d'un pas. Pour se donner une contenance, elle alla s'asseoir sur le sofa. Le tissu de la robe tilleul moula ses formes et remonta sur ses jambes. Nonchalamment, elle les croisa de manière à mettre en évidence la fine chaîne en or qu'elle portait à la cheville. Totalement indifférent à son manège, Dan Calebow se mit à faire les cent pas dans la pièce tout en parlant.

— Vous ne paraissez pas avoir la plus petite idée de la situation périlleuse dans laquelle se trouve l'équipe. À la mort de votre père, Carl Pogue a démissionné et celui qui l'a remplacé ne vaut pas un clou. Vous avez des contrats en retard de signature, des factures en souffrance de paiement, le contrat de location du stade qu'il va falloir renégocier. En fait, vous devez être la seule personne à ne pas savoir que les Chicago Stars sont dans une mauvaise passe.

— Je ne connais rien au football, monsieur Calebow. Estimez-vous heureux que je vous laisse tranquille.

Du bout des doigts, elle joua avec le lacet de son décolleté mais il ne s'y laissa pas prendre.

— C'est ridicule ! s'emporta-t-il. Vous ne pouvez tout simplement pas tourner le dos à une équipe de la NFL.

— Je ne vois pas pourquoi.

— Laissez-moi vous l'expliquer.

Les bras croisés derrière le dos, il tourna un instant encore comme un lion en cage avant de se lancer dans un argumentaire passionné.

— L'un des joueurs les plus talentueux dont l'équipe dispose s'appelle Bobby Tom Denton. Bert est allé lui-même le dénicher à l'université du Texas il y a trois ans de cela. Vous pouvez dire que votre père a eu du flair, car Bobby Tom est en route pour devenir l'un des meilleurs.

— Pourquoi me racontez-vous ça, monsieur Calebow ?

— Parce que, mademoiselle Somerville, Bobby Tom est originaire de Telarosa, au Texas. Devoir passer la majeure partie de l'année dans l'Illinois est l'un des seuls motifs qui pourraient le pousser à quitter l'équipe. Bert l'a très bien compris, c'est pourquoi il a commencé à renégocier son contrat avant que Bobby Tom ait pu s'apercevoir qu'il serait peut-être plus heureux à Dallas. Hélas, Bert est mort avant d'avoir pu le signer.

Calebow passa une main nerveuse dans sa crinière avant d'enchaîner :

— Denton n'est pas le seul joyau que vous possédez. Vous pouvez également vous enorgueillir d'avoir dans nos rangs Darnell Pruit, un *offensive tackle* de premier plan, ainsi qu'un *free safety* qui n'aime rien tant que mettre la pagaille dans l'équipe adverse. Malheureusement, aucun de ces trois-là ne peut vous en donner pour l'argent qu'ils vous ont coûté parce qu'ils ne jouent pas. Et savez-vous pourquoi ils ne jouent pas ? Parce que vous être trop occupée avec les boxer-shorts de vos amis du Congrès pour signer leurs foutus contrats !

Dans une fureur noire, Phoebe jaillit de son siège.

— Je viens d'avoir une illumination, monsieur Calebow. Bobby Tom Denton n'est pas le seul à dépendre de moi. Corrigez-moi si je me trompe, mais il me semble que je suis également *votre* employeur…

— C'est exact.

— Dans ce cas, vous êtes viré.

Ils se confrontèrent du regard un long moment encore avant que Calebow n'acquiesce brièvement de la tête.

— Comme vous voudrez.

Sans rien ajouter, il tourna les talons et se dirigea vers la sortie. Aussi vite qu'elle était apparue, la colère de Phoebe retomba, remplacée par un sentiment de panique. Qu'avait-elle fait ? Le premier des imbéciles venus pouvait se douter que la meilleure chose à faire en étant catapultée à la tête d'une équipe sans rien connaître au football n'était pas de licencier le coach. C'était contre ce genre de réactions impulsives que Viktor la mettait en garde.

Elle entendit les pas de l'entraîneur résonner sur le marbre du hall et se hâta pour l'y rejoindre.

— Monsieur Calebow ! Je...

Il se retourna à peine pour l'interrompre.

— Mes cinq minutes sont écoulées.

— Oui, mais je...

— C'est vous qui avez fixé ce délai.

À l'instant où il tendait la main vers la poignée, un bruit de clé jouant dans la serrure se fit entendre. Doucement, la porte s'ouvrit, laissant paraître Viktor. Il portait un tee-shirt de soie noire ajusté, un pantalon en toile de camouflage, une paire de bretelles de cuir orange et des boots de motard. Ses cheveux noirs et brillants cascadaient sur ses épaules et il tenait à la main deux sacs en kraft. Debout sur le seuil, il était magnifique et elle lui aurait bien sauté au cou tant elle était heureuse de le voir enfin arriver.

En l'espace d'une demi-seconde, il enregistra la mine catastrophée de Phoebe, le visage fermé de Dan Calebow, et il en tira les conclusions qui s'imposaient. Ce fut à eux deux, en conséquence, qu'il adressa son plus beau sourire.

— Merveilleux ! s'exclama-t-il. Une visite impromptue. Pour toi, Phoebe, ce sera cakes au riz et *kimchi* au chou. Et pour moi, *chapch'ae* et *pulgogi*. Tu sais comme peut être détestable la nourriture de ces buffets de traiteur. Nous avons besoin de prendre des forces avant d'y aller. Mais il y en a bien assez pour trois. Vous aimez la cuisine coréenne, coach Calebow ?

— Je ne pense pas y avoir jamais goûté. À présent, si vous voulez bien m'excuser...

Viktor, avec plus de courage que n'en auraient montré d'autres hommes, se campa fermement devant Dan.

— S'il vous plaît, plaida-t-il. Je me dois d'insister. Nous avons le meilleur restaurant coréen de New York à trois pâtés de maisons d'ici.

Il tendit le bras pour une vigoureuse poignée de main et ajouta :

— Viktor Szabo. Nous n'avons pas pu être présentés, lors de cet horrible enterrement, mais je suis un grand amateur de football américain. Un amateur néophyte, cependant, qui serait heureux de poser quelques questions à un expert. J'aimerais avoir vos lumières sur le blitz, par exemple... Phoebe ! Il nous faut de la bière ! Quand les Américains parlent football, ils boivent de la bière. Une Miller bien fraîche, ça vous dit, coach ?

Viktor s'était arrangé pour repousser l'entraîneur de quelques pas, mais celui-ci se campa sur ses jambes, décidé à ne plus bouger.

— Merci pour l'invitation, Viktor... dit-il fermement. Mais je dois décliner. Mlle Somerville vient de me licencier, et je ne suis pas d'humeur à discuter.

En fourrant les sacs de nourriture dans les bras de son amie, Viktor se mit à rire de bon cœur et expliqua :

— Vous allez devoir apprendre quand il faut prêter attention à ce que dit Phoebe et quand il faut l'ignorer. Elle est ce que vous autres Américains appelez... *une fouteuse de merde*.

— Viktor !

En réponse à sa protestation indignée, il planta un baiser sur le front de Phoebe et lui ordonna :

— Dis au coach Calebow que tu n'avais pas l'intention de le virer.

Sa fierté blessée, elle le repoussa sans ménagement et protesta :

— J'avais l'intention de le virer !

Sans se laisser impressionner, Viktor croisa les bras et fit claquer sa langue contre son palais.

— Assez joué. La vérité maintenant.

Phoebe voyait rouge. Elle allait lui faire payer ça ! Drapée dans les derniers lambeaux de dignité qui lui restaient, elle déclara prudemment :

— J'avais l'intention de le virer, mais peut-être n'aurais-je pas dû le faire. Je vous prie de m'excuser d'avoir perdu mon sang-froid, monsieur Calebow, même si vous m'avez provoquée. Considérez-vous comme réembauché.

Il se tourna lentement vers elle pour la dévisager.

— Trop tard, dit-il enfin. Le job ne m'intéresse plus.

Après avoir longuement soupiré, Viktor reprit la main.

— Je vois qu'il y a encore beaucoup de choses à discuter et nous le ferons en mangeant. Je ne peux coacher plus d'une personne butée à la fois. Sans vous engager à quoi que ce soit, vous mangerez bien un petit morceau avec nous, coach Calebow ?

— Je ne pense pas, non.

— *S'il vous plaît.* Pour le bien supérieur du football. Et pour l'avenir victorieux des Chicago Stars.

Le visage de marbre, l'entraîneur prit le temps d'étudier sa requête avant de donner son assentiment en hochant la tête brièvement.

Viktor ébouriffa les cheveux de Phoebe et dit en la poussant vers la cuisine :

— Remplis ton devoir, femme. Les hommes ont faim !

Phoebe ouvrit la bouche pour le remettre à sa place mais se ravisa. Viktor n'était pas seulement son meilleur ami, il était aussi fin psychologue et habile négociateur. Même si cela ne lui plaisait guère, elle devait lui faire confiance.

Dix minutes plus tard, ils avaient tous trois pris place à la table ronde en métal blanc qui occupait le fond de la cuisine. Phoebe avait disposé leur repas sur des assiettes de porcelaine d'un blanc immaculé décorées de carpes stylisées, dans un bleu qui rappelait celui des sets sur lesquels elles étaient posées. Seules les canettes qu'elle s'était résignée à servir sans verres pour satisfaire au trip macho de Viktor perturbaient l'harmonie de l'ensemble.

Les deux hommes ayant achevé une interminable autant qu'incompréhensible discussion sur le blitz, Viktor piqua au bout de sa fourchette une fine lanière de viande préparée dans une marinade au sésame et expliqua à Dan :

— *Pulgogi* est l'équivalent coréen du barbecue. Phoebe n'aime pas ça, mais moi j'en suis fou. Qu'en dites-vous ?

— Je doute que cela puisse mettre McDonald's sur la paille, mais ce n'est pas mauvais.

Discrètement, Phoebe avait observé Dan pour traquer chez lui le moindre signe d'homophobie. Déçue de n'en trouver aucun, elle s'était convaincue qu'il ne tenait pas à lui fournir un autre motif de le licencier. Profitant de ce qu'il ne la regardait pas, elle étudia attentivement son visage. Avec ce nez légèrement cabossé et cette cicatrice au menton, il n'était certainement pas aussi beau que les amis de Viktor pouvaient l'être. Pourtant, elle ne pouvait pas ne pas voir à quel point il était séduisant. Il pouvait même se montrer charmant quand il le voulait. À plusieurs reprises, elle dut se surveiller pour ne pas sourire quand ses pointes d'humour la prenaient au dépourvu.

Reposant sa fourchette après avoir vidé son assiette, Viktor s'essuya la bouche et dit :

— À présent, Dan, vous pourriez peut-être m'expliquer les raisons de votre dispute avec ma petite Phoebe. Je vous assure que c'est la plus adorable des personnes.

— C'est comme pour la cuisine coréenne, maugréa-t-il. Ça se discute...

— Dan, Dan... protesta Viktor en soupirant. Vous ne pourrez pas continuer à être à couteaux tirés avec elle, vous savez… Phoebe est quelqu'un de très sensible et de très sensé. Pour pouvoir travailler tous les deux, il vous faut arriver à une sorte de trêve.

Dan le fixa droit dans les yeux avant d'expliquer :

— Le problème, Viktor, c'est que nous n'aurons pas à travailler tous les deux parce que *votre* Phoebe ne veut pas entendre parler de *son* équipe de football.

— Heureusement pour vous, Dan. Elle ne connaît *rien* au sport…

L'air était tellement chargé de mâle condescendance que Phoebe avait du mal à respirer. Mais par un gros effort de volonté, elle parvenait à garder son calme.

Dan fit déguerpir Pooh de son pied gauche, sur lequel elle s'était assoupie. Le caniche s'étira pour aussitôt aller se recoucher sur son pied droit.

— Elle n'a pas besoin d'y connaître quoi que ce soit en sport, répondit-il. Il lui suffit de virer l'actuel directeur général, d'embaucher quelqu'un de plus compétent, et de signer les documents qu'on lui mettra sous les yeux.

Brièvement, il retraça les difficultés que traversaient les Stars depuis la mort de Bert. Viktor, qui avait un don pour les affaires et pour qui 1 dollar était 1 dollar, accueillit ces informations avec le sérieux qui s'imposait.

— Phoebe, ma chérie… dit-il en la fixant gravement. Je suis désolé de devoir te le dire, mais c'est lui qui a raison.

— Tu connais les termes du testament de mon père ! s'emporta-t-elle. Il ne m'a laissé cette équipe de foot que pour me donner une leçon. Je refuse d'entrer dans son jeu.

— Ce n'est pas si simple… reprit Viktor en secouant doucement la tête. Il y a certains jeux dont on ne peut s'extraire sans faire du mal à des tas de gens.

Phoebe n'était pas décidée à se laisser ébranler par de tels arguments.

— Je refuse de perdre le sommeil parce qu'une bande de types pleurent dans leur bière la défaite de leur équipe.

— Et que fais-tu des membres du personnel qui risquent de perdre leur job ? Le coach te l'a dit : la vente des tickets est en chute libre, ce qui va tôt ou tard imposer des licenciements. Pense à leurs familles, mademoiselle Somerville. Parviendras-tu à trouver le sommeil en sachant que ton entêtement risque de les mettre à la rue ?

Phoebe ne put s'empêcher de tiquer. Viktor avait le chic pour la culpabiliser. À l'entendre, elle n'était rien qu'une misérable égoïste. Elle s'était tellement focalisée sur ses propres sentiments qu'elle avait négligé de prendre en compte les effets que sa décision de tourner le dos aux Stars pouvait entraîner. Comment trouver un moyen de rester fidèle à elle-même sans porter tort à autrui ? Mais en l'occurrence, il n'y avait pas d'alternative. Au terme de quelques secondes de réflexion, il lui fallut bien capituler.

— Très bien, monsieur Calebow... dit-elle avec un geste indolent de la main. Vous m'avez complètement retournée. Il est hors de question que je déménage à Chicago, mais vous pouvez me faire porter ces papiers, je les signerai.

Sous l'intensité de son regard de prédateur posé sur elle, Phoebe se sentit frémir. Et quand il prit la parole, sa colère flamba de plus belle.

— J'ai bien peur que cela ne suffise pas, mademoiselle Somerville. Au cas où vous l'auriez oublié, vous m'avez viré. Si vous voulez me réembaucher, il va vous falloir satisfaire à certaines de mes conditions.

— Lesquelles ? demanda-t-elle prudemment.

Dan Calebow écarta sa chaise de la table, allongea ses jambes devant lui et croisa les mains sur son estomac, tel un ogre repu. À ceci près qu'un ogre est laid, qu'il ne dispose pas d'un corps d'athlète aux muscles de fer, et qu'il n'affiche pas un sourire ravageur.

— Je veux que vous soyez lundi à midi au plus tard au siège des Stars pour y signer ces trois contrats, annonça-t-il enfin. Ensuite, nous irons trouver Steve Kovac, votre directeur des ressources humaines, pour discuter des candidatures possibles au poste de directeur général. Vous embaucherez le meilleur candidat avant la fin de la semaine, et jusqu'à ce que l'équipe ne soit plus de votre responsabilité, vous viendrez travailler chaque matin au siège et vous signerez les documents que le nouveau directeur aura à vous faire signer.

Seul le regard de Viktor empêcha Phoebe de renverser le reste de *pulgogi* sur la braguette de l'entraîneur des Stars. Elle sentait le filet tendu par son père se refermer lentement autour d'elle. Elle avait tenté, au cours de ces quelques semaines passées à Montauk, de faire la paix avec elle-même et d'enterrer une fois pour toutes le passé. Mais comment pourrait-elle vivre en paix si des innocents devaient pâtir de son orgueil blessé ?

Il y avait aussi ce legs de 100 000 dollars. Si elle se pliait aux conditions de Dan Calebow, ce ne serait plus de l'argent facile et indûment gagné. Tout ce qu'elle avait à faire pour le mériter, c'était d'endurer pendant trois ou quatre mois le sort qui lui serait fait. Ensuite, elle aurait la conscience tranquille et les moyens nécessaires pour ouvrir cette galerie dont elle rêvait.

Résignée mais pas vaincue, elle adressa à Dan Calebow son sourire le plus éclatant avant de lui livrer sa réponse.

— Vous m'avez convaincue, monsieur Calebow. Mais je vous préviens… Il est hors de question que j'assiste à un match.

— Cela vaut sans doute mieux ainsi.

Les bras levés pour saluer leur accord, Viktor les gratifia d'un sourire approbateur et conclut :

— Vous voyez comme la vie peut être plus facile quand les gens bornés décident de faire des compromis ?

Avant que Phoebe ait eu le temps de lui répondre, le téléphone sonna. Elle aurait pu décrocher dans la cuisine, mais elle saisit cette opportunité de s'échapper et demanda aux deux hommes de l'excuser.

Aussitôt que la porte se fut refermée derrière elle, Dan et Viktor se dévisagèrent longuement. Le Hongrois fut le premier à rompre le silence.

— Je dois avoir votre promesse, coach, que vous ne lui ferez pas de mal.

— Je promets !

— Vous répondez un peu vite pour me tranquilliser. J'ai un peu de mal à vous croire sur parole.

— Je suis un homme de parole, et je promets de ne pas lui faire de mal.

Entrecroisant les doigts, il les fit craquer devant lui et ajouta :

— Si je dois la tuer, je m'arrangerai pour qu'elle ne sente rien.

— Évidemment… lâcha Viktor dans un soupir. C'est bien ce que je craignais.

6

— Nous y sommes, mademoiselle Somerville.

La Buick quittait la voie express pour une route à deux voies annoncée par un panneau bleu et blanc comme étant la « Stars Drive ». Annette Miles, la conductrice qui était venue chercher Phoebe à l'aéroport, était restée la secrétaire de Bert durant des années. La quarantaine bien sonnée, elle assumait crânement quelques kilos en trop et ses cheveux grisonnants coupés court. Bien que polie, elle ne se montrait pas particulièrement communicative. Depuis leur départ d'O'Hare, la conversation avait été des plus limitées entre elles.

Phoebe était fatiguée d'avoir dû se lever à l'aube pour attraper le premier vol et ce qui l'attendait l'emplissait d'appréhension. S'efforçant de se détendre, elle laissa son regard parcourir l'étendue boisée que révélait la vitre côté passager. Des deux côtés de la chaussée s'étendaient des bouquets de chênes, de noyers, d'érables et de pins. À travers une trouée dans les arbres, elle aperçut un mur anticyclonique.

— Qu'est-ce qui se trouve là derrière ? s'enquit-elle.

— Un terrain d'entraînement de taille réglementaire, répondit Annette. Au centre d'un vaste espace boisé pour se protéger des curieux.

Elle prit le temps de faire tourner le véhicule dans une allée annoncée par un nouveau panneau de signalisation blanc et bleu avant d'ajouter :

— Votre père a acheté ce domaine à l'Église catholique dans les années 1980. Il servait de monastère. Les installations ne sont pas luxueuses – pas comme celles des Cowboys ou des Forty Niners – mais elles sont pratiques et le Midwest Sports Dome n'est pas loin. Sa construction a suscité bien des polémiques, à l'époque, mais ses retombées financières sur le comté sont indéniables.

Après un virage à droite, la voiture gravit un raidillon en haut duquel s'élevait un bâtiment d'un étage en forme de L. Dans ses façades de verre et d'acier se reflétaient les arbres alentour, ce qui adoucissait l'austérité d'une architecture strictement utilitaire.

Indiquant du regard un petit parking sur le côté, Annette expliqua :

— Comme vous me l'avez demandé, j'ai fait amener la voiture de votre père. Elle est près de l'entrée latérale que vous pourrez emprunter ultérieurement pour plus de commodité. Mais aujourd'hui, nous allons passer par l'entrée principale.

Après s'être garée sur un emplacement réservé aux visiteurs situé près de l'entrée du bâtiment, Annette coupa le moteur. Sans attendre qu'elle vienne lui ouvrir la portière, Phoebe sortit du véhicule. En se dirigeant vers le bâtiment, elle regretta d'avoir laissé Pooh à Viktor. Elle avait choisi dans sa garde-robe les vêtements qui se rapprochaient le plus d'une tenue de travail : un tailleur pantalon gris perle, un corsage en soie indigo et des sandales assorties. En guise de frivolités, elle ne s'était autorisé qu'une broche en forme de panda pourpre et blanche et ses lunettes de star cerclées de strass.

Annette ouvrit pour elle l'une des deux portes en verre siglées aux armes du club : trois étoiles d'or fondues l'une dans l'autre sur fond de disque bleu ciel. Repoussant ses lunettes au sommet de son crâne, Phoebe prit une profonde inspiration et fit son entrée dans le monde de son père.

Le hall d'accueil semi-circulaire, moquetté en bleu ciel comme il se doit, était meublé de sièges dorés et d'un comptoir de réception blanc et barré de deux filets ciel et or. Une vitrine pleine de trophées trônait en bonne place, contre un mur couvert de certificats encadrés, de posters et d'un présentoir regroupant les logos des différentes équipes de la NFL.

Annette désigna d'un geste un des sièges.

— Puis-je vous demander de patienter un instant ?

— Naturellement.

Ôtant ses lunettes, Phoebe les rangea dans son sac. Une minute à peine s'écoula avant qu'un jeune homme ne se présente à elle avec empressement.

— Mademoiselle Somerville... dit-il. Soyez la bienvenue !

Phoebe prit le temps de l'étudier attentivement. Avec son look juvénile, mélange de Tom Cruise et d'étudiant attardé, il était adorable. Pour ne rien gâcher, son attitude déférente vis-à-vis d'elle avait déjà beaucoup fait pour la mettre à l'aise. Bien que sans doute guère moins âgé qu'elle, il paraissait si jeune qu'on l'aurait juré à peine sorti de l'adolescence. Sans hésiter, elle serra la main qu'il lui tendait et soutint le regard de ses yeux bleus qui se trouvaient au même niveau que les siens.

— Votre voyage a dû vous fatiguer... reprit-il en battant des cils fournis. Je suis désolé que vous soyez forcée de vous immerger si brutalement dans tout ceci.

Sa voix était douce ; ses attentions, sympathiques sans être obséquieuses. Pour la première fois depuis que Dan Calebow avait exercé sur elle son petit chantage, Phoebe entrevit une lueur d'espoir. Peut-être, après tout, son séjour chez les Stars s'avérerait-il moins pénible qu'elle ne l'avait redouté.

— Soyez sans crainte, le rassura-t-elle. J'y survivrai.

— Vous êtes sûre ? Je sais qu'un certain nombre de mes collègues font la queue pour vous voir, mais si vous voulez, je peux m'arranger pour les faire patienter encore.

Il était si mignon que Phoebe l'aurait accroché à un petit nœud pour le pendre à son arbre de Noël, si elle l'avait pu. Qui plus est, ses radars internes ne lui envoyaient aucun signal lui enjoignant de le vamper, comme c'était le cas avec la plupart des hommes séduisants qu'elle croisait. La stature moyenne et les manières amicales du nouveau venu évitaient sans doute qu'elle se sente menacée.

Baissant la voix pour que lui seul puisse l'entendre, elle répondit :

— Pourquoi ne resteriez-vous pas simplement près de moi, autant que possible ? J'ai l'impression qu'apercevoir de temps à autre un visage amical pourra m'aider, dans les heures à venir.

— J'en serai très heureux.

Ils échangèrent un sourire. Phoebe eut la réconfortante sensation de partager des liens d'amitié avec lui, comme s'ils se connaissaient depuis des années.

Il la conduisit à travers un dédale de bureaux décorés de trophées de football, de fanions et de bocks aux armes de l'équipe emplis de stylos siglés. Au fur et à mesure de la visite, il la présenta à nombre d'hommes simplement habillés de sweaters aux couleurs des Stars bien que faisant partie de l'équipe dirigeante.

Contrairement à ses collaborateurs plus décontractés, le nouvel allié de Phoebe portait un costume anthracite, une chemise blanche empesée à manchettes, une cravate en reps bourgogne et des souliers polis comme des miroirs.

— Comment vous appelez-vous ? lui demanda-t-elle.

Le jeune homme se frappa le front du plat de la main.

— Désolé... s'excusa-t-il. J'étais si nerveux de vous rencontrer que j'ai oublié de me présenter. Je m'appelle Ron McDermitt, mademoiselle Somerville.

— S'il vous plaît, Ron, appelez-moi Phoebe.

— Ce sera un honneur pour moi.

Ils traversèrent un plateau animé dont les espaces de travail étaient délimités par des cloisons amovibles avant de rejoindre la longue aile arrière du bâtiment. La décoration y était aussi minimale que dans le hall d'accueil : moquette bleue, murs blancs émaillés de photographies encadrées et de posters sous verre.

Ron jeta un rapide coup d'œil à sa montre et grimaça.

— Steve Kovac nous attend dans son bureau, annonça-t-il. C'est lui le responsable du recrutement de l'équipe et il a hâte de voir ces trois contrats signés.

— À en croire le coach Calebow, c'est une question de vie ou de mort.

Ron s'arrêta devant une porte qui portait le nom et la fonction de Steve Kovac.

— Il exagère à peine, répondit-il. L'équipe a enregistré les pires résultats de la Ligue, la saison dernière. Les supporters désertent et nous jouons dans un stade à moitié vide. Si en plus nous perdons Bobby Tom, la désaffection de notre public sera plus grande encore.

— Vous êtes en train de me dire que je n'ai d'autre choix que de signer ces contrats.

— Oh, non ! C'est vous la propriétaire. Je peux vous donner mon avis, mais c'est vous qui décidez.

Il lui parlait si franchement que Phoebe l'en aurait volontiers récompensé en déposant un baiser sur son adorable bouche. Mais elle s'abstint et passa le seuil de la porte qu'il venait d'ouvrir pour elle.

Steve Kovac était un vétéran que des années passées sur les stades avaient coulé dans l'acier le plus trempé. En bras de chemise, le teint rougeaud, la couronne de cheveux bruns grisonnante et les joues creuses, il n'avait rien pour impressionner mais Phoebe le trouva tout de suite terrifiant. Et pendant que s'effectuaient les présentations, elle regretta d'avoir opté pour un pantalon.

Puisque ses jambes ne lui étaient d'aucun secours, elle laissa largement sa veste entrouverte en s'asseyant face à lui de l'autre côté du bureau et attaqua bille en tête.

— J'ai cru comprendre que j'avais certains contrats à signer.

— Affirmatif !

Extrayant à grand-peine son regard du décolleté de Phoebe, Kovac prit dans un tiroir une liasse de paperasses qu'il déposa devant elle. Posément, elle tira de son sac une paire de lunettes de vue aux montures décorées de taches léopard et les glissa sur son nez.

La porte s'ouvrit doucement derrière elle, et Phoebe se raidit imperceptiblement. Elle n'eut pas besoin de se retourner pour savoir qui venait de faire son entrée. Quelque chose dans l'air le lui apprit. Peut-être cette discrète senteur citronnée qu'elle avait déjà repérée dans son appartement new-yorkais, ou tout simplement une soudaine explosion d'énergie virile. Constater qu'elle se rappelait exactement quelle était l'odeur de cet homme l'effrayait. Par mesure de précaution, elle ouvrit sa veste plus encore.

— Ravi de constater que vous avez pu vous lever, mademoiselle Somerville.

L'accent de l'Alabama dissimulait mal une pointe de sarcasme. Jusqu'à présent, Phoebe n'avait jamais trouvé ces accents du Sud particulièrement séduisants, mais elle commençait à réviser son jugement et à trouver ce phrasé paresseux particulièrement troublant.

Elle répondit sans quitter des yeux les papiers qu'elle étudiait.

— Soyez gentil avec moi, monsieur Calebow... Sinon, je lâche Pooh à vos basques.

Avant qu'il ait pu lui répondre, elle redressa la tête avec effarement, les yeux exorbités par la somme qu'elle venait de découvrir sur le contrat de Bobby Tom Denton.

— 8 millions de dollars ! s'exclama-t-elle. Vous allez donner à ce type 8 millions de dollars pour jouer au football, alors que ce club traverse les pires difficultés financières ?

Dan s'adossa au mur situé à la gauche de Phoebe et croisa les bras, glissant ses mains sous les aisselles du polo bleu aux armes des Stars qu'il portait avec un pantalon gris.

— Le talent se monnaye, observa-t-il froidement. Et vous remarquerez que c'est pour une durée de quatre ans.

Phoebe n'en était toujours pas revenue.

— Certes, reconnut-elle, mais cela n'en demeure pas moins une somme astronomique et presque obscène !

— Bobby Tom mérite le moindre de ces dollars, intervint Steve Kovac. Et votre père a approuvé ce contrat.

— Ah, oui ? répliqua-t-elle. Avant, ou après sa mort ?

Cela fit sourire Dan. Instinctivement, Phoebe regarda le seul homme en qui elle pouvait avoir confiance dans la pièce. D'un hochement de tête, Ron lui confirma que Bert avait donné son feu vert.

Le fauteuil de Kovac grinça quand il se tourna vers Dan, excluant ostensiblement Phoebe de la discussion.

— Savais-tu que les Colts ne payaient Johnny Unitas que 10 000 dollars à l'année ? lui demanda-t-il. Même après qu'il leur a fait remporter deux fois le championnat.

Phoebe en était à présent convaincue : ces types avaient la folie des grandeurs, et s'il devait n'y avoir qu'une voix de la raison pour le leur signifier, elle serait celle-là.

— Dans ce cas, suggéra-t-elle, pourquoi ne pas renoncer à Denton pour embaucher ce Johnny Unitas à la place ? Vous pouvez même tripler l'offre des Colts tout en économisant encore des millions de dollars...

Dan Calebow se mit à rire à gorge déployée. Steve Kovac la dévisageait avec une expression à mi-chemin entre l'horreur et la consternation. Phoebe se tourna une fois encore vers Ron, qui lui souriait gentiment.

— Qu'ai-je dit de si drôle ? lui demanda-t-elle.

Penché sur elle, il lui glissa dans le creux de l'oreille :

— Il y a longtemps que Johnny Unitas est parti à la retraite. Il doit avoir une soixantaine d'années aujourd'hui. De toute façon, il jouait *quarterback*. Mais s'il avait été encore en activité et... euh... un peu plus jeune, cela aurait pu être une excellente suggestion.

— Merci, dit-elle avec le peu de dignité qui lui restait.

La tête penchée en avant, Dan s'essuyait les yeux avec les pouces.

— Johnny Unitas, murmura-t-il. Seigneur...

À présent hors d'elle, Phoebe se tourna vivement vers lui. Ôtant ses lunettes, elle les replia et s'en servit pour tapoter les contrats toujours vierges de signature.

— Et vous ? demanda-t-elle d'un air de défi. Vous gagniez de telles fortunes, quand vous jouiez ?

Les yeux encore embués, il soutint son regard.

— Un *quarterback* débutant est mieux payé que quand il a tourné quelques années sur les terrains.

— Mieux que 8 millions de dollars ? insista-t-elle.

— Oui.

Saisissant la liasse de feuillets, Phoebe les claqua avec violence sur le bureau.

— Dans ce cas, conclut-elle, vous n'avez qu'à les signer vous-même !

D'un bond, elle se dressa sur ses jambes et quitta la pièce. Ce n'est qu'en arrivant au bout du couloir qu'elle se rendit compte qu'elle n'avait nulle part où aller. La porte d'un bureau vide était ouverte sur sa gauche. Elle s'y engouffra et referma derrière elle, regrettant déjà de n'avoir su maîtriser sa colère. Une fois de plus, elle avait laissé sa langue bien pendue prendre le pas sur son cerveau.

Après avoir glissé ses lunettes dans la poche de poitrine de sa veste, elle alla se planter devant le mur de baies vitrées qui se trouvait derrière le bureau et se perdit dans la contemplation de deux terrains d'entraînement déserts. Que savait-elle qui lui donne le droit de contester un contrat de 8 millions de dollars ? Elle était capable de converser dans quatre langues avec des amateurs d'art exigeants mais, en l'occurrence, cela ne lui servait à rien.

Derrière elle, elle entendit la porte s'ouvrir.

— Est-ce que ça va ? s'enquit Ron.

— Oui, merci.

Phoebe se retourna pour lui faire face et lut l'inquiétude qu'il se faisait pour elle dans son regard.

— Vous allez devoir faire un effort, dit-il. Pour les comprendre. Et pour comprendre le football.

— Je déteste ce sport, avoua-t-elle spontanément. Je n'ai aucune envie de faire l'effort de le comprendre.

— J'ai bien peur que vous n'ayez pas le choix, si vous voulez avoir votre mot à dire. Ils ne font pas de quartier. Le football professionnel est le club masculin le plus fermé qui soit.

— Qu'entendez-vous par là ?

— C'est un monde très exclusif, avec ses mots de passe et ses rituels élaborés que seuls ceux qui en font partie peuvent comprendre. Aucune des règles qui le régissent n'est écrite, et il suffit que vous demandiez en quoi elles consistent pour vous faire exclure. Un monde fermé, interdit aux femmes et aux hommes qui ne sont pas de taille à s'imposer.

Quittant la fenêtre, Phoebe se rapprocha de lui et lui demanda en l'observant curieusement :

— Seriez-vous en train de parler de vous ?

Ron laissa fuser un rire embarrassé.

— Cela me semble, hélas, évident, non ? À 34 ans, j'éprouve encore le besoin d'augmenter ma taille de 5 centimètres quand on me demande combien je mesure. Et même si je ne peux plus rêver de briller sur le terrain, je fais toujours tout mon possible pour me faire accepter dans l'équipe. Il en a été ainsi toute ma vie.

— Comment cela peut-il être à ce point important pour vous ?

— Je ne sais pas, avoua-t-il avec un sourire triste. C'est ainsi. Lorsque j'étais enfant, je ne pouvais penser à rien d'autre qu'au football. Je ne lisais que sur ce sujet-là, je ne rêvais que de ça, j'allais à tous les matchs auxquels je pouvais assister, dans toutes les catégories. Professionnels ou pas, cela ne faisait pas de différence pour moi. J'aimais la structure de ce jeu, son rythme, son manque d'ambiguïté morale. J'aimais même sa violence, parce qu'elle me paraît plus canalisée, plus inoffensive, que celle qui peut faire pousser des champignons atomiques et raser des villes entières. J'ai fait tout ce qui peut se faire dans un stade, sauf jouer. J'étais trop petit, trop maladroit. Peut-être parce que je voulais trop bien faire, je n'ai jamais pu arriver à quoi que ce soit avec un ballon.

Ron glissa une main dans une de ses poches et ajouta d'une voix un peu cassée :

— L'année où j'ai été accepté à Yale, j'aurais pu tout laisser tomber s'il m'avait été possible, ne serait-ce qu'une fois, d'entrer sur le terrain et de marquer.

Même si elle ne pouvait comprendre sa passion du football, Phoebe était touchée par ce qu'il venait de lui confier. Comment un homme aussi sensible, aussi charmant, pouvait-il se laisser gâcher la vie par une obsession aussi malsaine ?

Désignant du regard la liasse de feuillets qu'il serrait dans son poing, elle demanda :

— Vous tenez vraiment à ce que je signe ces contrats, n'est-ce pas ?

Les yeux brillants d'excitation, il vint se camper devant elle.

— Je ne peux rien faire d'autre que vous conseiller. Mais je pense que cette équipe a un avenir prometteur devant elle. Dan est maniaque et parfois même caractériel. Il lui arrive de trop en demander à l'équipe, mais ça reste néanmoins un excellent coach. Nous avons une réserve de jeunes talents qui devraient éclore dans les saisons à venir. Je sais que ces contrats représentent une petite fortune, mais si le football coûte cher, il peut également rapporter énormément d'argent. À long terme, c'est un excellent placement.

Phoebe lui prit les papiers des mains et déposa sa signature aux endroits qu'il lui indiquait. Quand elle eut terminé, elle sentit la tête lui tourner de savoir qu'elle venait de dépenser en l'espace de quelques instants plusieurs millions de dollars. Mais après tout, tenta-t-elle de se rassurer, ce serait à Reed d'en payer les conséquences. Pourquoi aurait-elle dû s'en faire ?

La porte s'ouvrit et Dan fit son entrée. Il la vit le stylo à la main alors qu'elle tendait les contrats à Ronald. Au regard interrogateur que le coach lui lança, le jeune homme répondit par un hochement de tête.

— Une bonne chose de faite, commenta Calebow avec un soulagement évident. Ronald, pourquoi n'irais-tu pas rapporter tout ceci à Steve ?

Ron s'empressa de s'éclipser avant que Phoebe n'ait rien pu faire pour tenter de le retenir. La pièce lui parut tout de suite plus petite quand la porte se fut refermée derrière lui. Tant que le jeune homme affable avait été présent, elle s'était sentie en sécurité, mais, à présent qu'elle se trouvait seule avec l'irascible coach, une menace latente semblait peser sur elle.

En le voyant aller s'asseoir derrière le bureau, elle réalisa soudain qu'il devait être le sien. La décoration, ici, était nettement plus spartiate et minimaliste que partout ailleurs dans l'immeuble. Pas de diplômes encadrés accrochés aux murs. Pas de certificats ronflants ni de photos souvenirs avec les plus grandes stars pour flatter l'*ego*. Pour tout mobilier, la pièce comptait quelques étagères métalliques chargées de livres et deux classeurs à tiroirs pour dossiers suspendus. Sur le mur opposé, une banquette au revêtement usé faisait face à un combiné téléviseur-magnétoscope surchargé de cassettes VHS. Quant au bureau et à la crédence appuyée contre la baie vitrée, ils étaient encombrés de documents. Mais ce que Phoebe remarqua surtout et qui acheva de la mettre mal à l'aise, ce fut un trou dans une cloison. Un trou semblable à ce qu'aurait pu faire un poing dans le plâtre.

Dan désigna d'un geste un des sièges disposés face à son bureau. Phoebe préféra s'asseoir sur la banquette, plus éloignée de lui. Le fauteuil grinça quand il se laissa aller lourdement contre le dossier.

— J'ai déjà déjeuné, grogna-t-il. Inutile de craindre que je vous mange toute crue.

Le menton fièrement relevé, elle lui sourit crânement.

— Dommage qu'il ne vous reste pas un peu d'appétit.

Un sourire songeur s'étira sur les lèvres de Dan.

— Une chance que je n'aie plus 17 ans, dit-il.

— Pourquoi ?

— Parce que je suis beaucoup plus avisé, à 37 ans, que quand j'en avais 17. Vous êtes exactement le genre de femmes contre lesquelles ma mère me mettait en garde.

— Une mère avisée.

— Vous êtes une mangeuse d'hommes depuis toujours, ou c'est un talent acquis récemment ?

— J'avais 8 ans quand j'ai croqué le premier. Un scout tout mignon du nom de Kenny.

— 8 ans ! s'exclama-t-il après avoir lâché un petit sifflement admiratif. J'ose à peine imaginer les ravages que vous avez faits dans la population masculine en atteignant la majorité…

— Vous faites bien. Le spectacle est assez désolant, en effet.

Jouer à ces petits jeux avec cet homme lui mettait les nerfs en pelote. Phoebe chercha désespérément un moyen de détourner la conversation. Se rappelant les terrains d'entraînement vides, elle désigna du menton la baie vitrée.

— Pourquoi vos joueurs ne sont-ils pas en train de s'entraîner, alors que cette équipe perd tous ses matchs ?

— On est mardi, aujourd'hui. C'est le seul jour de relâche pour les joueurs. Nombre d'entre eux en profitent pour remplir diverses obligations sociales – interventions dans les écoles, séances d'autographes, participation aux événements organisés en ville.

— Je vois.

Toute trace de badinage avait disparu. Dan Calebow était redevenu professionnel jusqu'au bout des ongles lorsqu'il poussa dans sa direction une épaisse chemise cartonnée et expliqua :

— Vous trouverez là-dedans les dossiers de candidature des trois hommes que Steve Kovac et moi-même pensons être les plus qualifiés pour le poste de directeur général, accompagnés de nos commentaires. Pourquoi n'y jetteriez-vous pas un coup d'œil avant ce soir ? Vous pourriez ainsi nous faire part de votre décision, à moins que vous ne préfériez en parler d'abord avec votre cousin Reed ?

— Aussi longtemps que cette équipe m'appartiendra, coach, je prendrai mes décisions seule.

— Fort bien. Mais il vous faudra le faire vite.

Phoebe se leva pour aller ramasser le dossier.

— Qu'en est-il du directeur général actuel ? s'enquit-elle. A-t-il déjà été licencié ?

— Pas encore. Normalement, c'est au propriétaire de le faire, mais sachant que cela vous serait sans doute pénible, j'ai demandé à Steve de s'en occuper. Il est probablement en train de lui parler à l'heure qu'il est.

Phoebe réprima un soupir de soulagement. Elle ne pouvait imaginer rien de pire que d'avoir à licencier quelqu'un.

Dan insista pour lui faire visiter le reste du bâtiment. Ils passèrent l'heure suivante à arpenter chaque niveau des deux ailes du siège des Stars. Surprise du nombre de salles de réunion qu'ils trouvèrent en chemin, Phoebe s'en étonna auprès de son guide, qui lui expliqua :

— Une grande partie de l'entraînement doit être préparée lors de réunions de toutes sortes. Des débriefings après chaque match permettent à chaque joueur de savoir où il en est et ce qu'il doit faire pour progresser. Chaque semaine, il faut revoir le plan de jeu et tous doivent le mémoriser. Vous savez, le football, c'est davantage que du muscle et de la sueur…

— Je vous crois sur parole.

À l'une des extrémités de la salle de conférence du coach, un tableau noir était encore couvert de diagrammes compliqués et de flèches qui se croisaient en tous sens autour des mots « King », « Joker » et « Jayhawk ». Et si la salle de musculation se révéla conforme à ce qu'elle pouvait en attendre, Phoebe fut surprise de découvrir un laboratoire vidéo équipé du sol au plafond de tout ce que la technologie avait à offrir de plus cher et de plus récent.

— Pourquoi avez-vous besoin de tout ce matériel ? s'étonna-t-elle.

— Une grande part de l'entraînement et de la mise au point de la tactique de jeu s'appuie sur le visionnage de films, répondit-il. Nous avons notre propre équipe de tournage, qui enregistre chaque match sous trois angles différents. Au sein de la NFL, une semaine avant la rencontre, chaque équipe doit faire parvenir à son adversaire les films du match précédent.

En chemin, Phoebe nota que les femmes qu'ils croisaient se montraient à leur avantage dès qu'elles avaient repéré Dan, et que les hommes le saluaient avec plus ou moins de déférence mais toujours avec respect. Si le monde du football était comme le prétendait Ron un club masculin des plus fermés, elle comprit que Dan Calebow devait en être le président.

Dans les vestiaires, les casiers métalliques ouverts débordaient de chaussettes, de tee-shirts et de protections en tous genres. Phoebe nota que certains joueurs avaient scotché des photos de leurs familles au revers des portes. Un distributeur de boissons fraîches occupait la moitié d'un mur, à côté d'un casier à courrier empli de lettres de supporters et de plusieurs téléphones muraux.

Enfin, après avoir fait promettre à Phoebe qu'elle le contacterait avant 10 heures le lendemain matin pour lui donner sa réponse, Dan la laissa dans le hall. Elle tourna les talons sans attendre et se dirigea vers la porte latérale, repêchant dans son sac les clés de la Cadillac de Bert qu'Annette Miles lui avait remises. Elle s'apprêtait à sortir lorsqu'elle se rappela soudain qu'elle n'avait pas remercié Ron pour son aide et qu'elle ne lui avait pas dit au revoir. Son avis sur le choix du prochain directeur général pouvait également lui être précieux.

Au jugé, elle se dirigea vers les locaux administratifs et interrogea dans un couloir le premier employé qu'elle croisa.

— Excusez-moi… Où se trouve le bureau de Ron ?

— Ron ? répéta-t-il, perplexe.

— Ron McDermitt.

— Oh ! Vous voulez dire Ronald… Dernière porte sur votre droite.

Elle suivit ses indications, mais elle crut s'être trompée car une plaque « Directeur général » était apposée à la dernière porte. Abasourdie, elle resta un long moment figée sur place à la contempler.

Puis, avec un coup au cœur, elle réalisa sa méprise et pénétra dans une petite antichambre meublée d'un bureau et de quelques chaises. Le téléphone sonnait et clignotait comme un arbre de Noël, mais nul n'était là pour le décrocher. L'espace d'un instant, Phoebe entretint le fol espoir que Ron puisse n'être qu'un assistant, mais celui-ci fit long feu quand elle entra dans la seconde pièce.

Ron était assis derrière son bureau. Le dos à la porte, son fauteuil était tourné vers la baie vitrée qu'il contemplait, le regard perdu dans le vague. Sa veste était accrochée au dossier. Il avait desserré sa cravate et relevé ses manches jusqu'aux coudes.

À pas mesurés, elle s'approcha de lui.

— Ron ?

Lentement, il fit pivoter son fauteuil pour lui faire face.

— Hello, Phoebe.

Un sourire triste apparut sur ses lèvres. En le découvrant, Phoebe sentit son cœur se serrer. En dépit de son attitude, elle voulut encore conserver l'espoir.

— Avez-vous déjà parlé à Steve Kovac ? s'enquit-elle.

— Vous voulez savoir s'il m'a licencié ? répliqua-t-il. Oui, c'est fait.

Phoebe le dévisagea un instant en secouant la tête avant d'ajouter d'un ton de reproche :

— Je n'avais pas réalisé qu'il s'agissait de vous. Pourquoi ne me l'avez-vous pas dit ?

— Je pensais que vous le saviez.

— Si je l'avais su, je n'aurais jamais laissé faire cela.

En même temps qu'elle prononçait ces paroles, Phoebe se remémora le marché qu'elle avait passé avec Dan Calebow, dont le licenciement du directeur général en titre faisait partie.

— C'est mieux comme ça, vraiment... assura Ron. Ça ne pouvait pas finir autrement.

— Mais, Ron...

— Savez-vous comment j'ai obtenu ce job ? la coupa-t-il. Uniquement parce que mon père et le vôtre étaient amis. Bert n'a pas tardé à le regretter. Je n'ai jamais réussi à gagner sa confiance. Il se serait débarrassé de moi au bout de six mois si Carl Pogue n'était pas intervenu.

— Au moins, vous aviez quelqu'un pour vous soutenir, commenta Phoebe en se laissant tomber sur une chaise.

— J'adorais travailler sous les ordres de Carl... Nous étions parfaitement complémentaires, tous les deux. Voilà pourquoi il a tenu tête à Bert quand il a voulu me licencier.

— Que voulez-vous dire ?

— Carl a l'instinct du football et c'est un leader-né, mais il n'est pas exceptionnellement intelligent. Moi, j'avais les qualités qui lui manquaient – le sens de l'organisation, un don pour le business – sans avoir l'étoffe d'un chef. Carl et moi nous étions mis d'accord pour nous partager les rôles. À moi le travail d'organisation et de stratégie, à lui sa mise en œuvre.

— Êtes-vous en train de me dire que c'était vous qui dirigiez l'équipe dans la coulisse ?

— Oh, non ! C'était Carl, le patron.

— Sur un scénario écrit par vous.

— Si vous voulez…

Phoebe se passa une main lasse sur le front.

— C'est terrible, murmura-t-elle.

— Pourquoi ? s'étonna-t-il. Ce n'est pas une consolation mais mon licenciement est dans l'ordre des choses. Pour qu'un directeur général soit efficace dans le monde du football, tous ceux qui travaillent sous ses ordres – du personnel de bureau jusqu'aux coaches – doivent avoir un peu peur de lui. Personne, ici, n'éprouve de respect pour moi. Alors, quant à me craindre… J'ai le cerveau qu'il faut pour m'acquitter de mes responsabilités, mais pas les tripes.

— Moi, je les ai.

Les yeux ronds, Phoebe se redressa sur sa chaise, aussi surprise que son vis-à-vis des paroles qui venaient de lui échapper.

— Je vous demande pardon ? s'étonna Ron.

Le premier instant d'étonnement passé, l'esprit de Phoebe analysa la situation. Bert avait voulu faire d'elle une potiche. Il l'avait installée dans son fauteuil pour qu'elle y reste à longueur de journée à signer sans réfléchir les documents qu'on lui glisserait sous le nez. Mais il ne lui était pas venu à l'idée qu'elle pourrait le prendre au mot et avoir envie de faire autre chose que de la figuration. Elle s'était promise de ne pas entrer dans le jeu de son père, et à présent, elle entrevoyait un moyen de se conformer à ses dernières volontés sans y perdre son âme.

— Les tripes, je les ai… répéta-t-elle avec force. Ce qui me manque, ce sont les connaissances.

Ron paraissait un peu perdu.

— J'avoue que je ne vous suis pas… dit-il.

— Jusqu'à présent, expliqua-t-elle, tout ce que je savais du football, c'est à quel point je le déteste. Si mon père avait su que Carl Pogue ne resterait pas, jamais il n'aurait laissé entre mes mains son équipe chérie, ne serait-ce que pour une minute. J'ai été forcée d'accepter de jouer le jeu, par mon père d'abord, puis par Dan Calebow. Mais cela ne m'oblige en rien à y jouer selon leurs règles.

— Je ne comprends toujours pas…

— J'ai besoin d'apprendre à gérer une équipe de foot. Même si ce n'est que pour quelques mois, j'ai envie de prendre mes décisions moi-même. Mais je ne peux le faire qu'en ayant à mes côtés quelqu'un en qui je puisse avoir toute confiance.

Agitant la chemise remise par Dan, elle poursuivit :

— Or, je ne sais rien de ces hommes.

— Les candidats au poste de directeur général ?

Phoebe acquiesça d'un hochement de tête.

— Vous pouvez faire confiance à Steve et Dan, assura Ron. Je suis sûr qu'ils ont trouvé les meilleurs postulants.

— Comment puis-je en être certaine ?

— Votre cousin Reed pourrait peut-être…

— Non ! s'exclama-t-elle vivement. Reed et moi ne nous sommes jamais entendus. Pour rien au monde je ne voudrais de ses conseils. C'est de vous dont j'ai besoin.

Un mince sourire apparut sur les lèvres de Ron.

— Merci, murmura-t-il. Vous ne pouvez savoir ce que la confiance que vous me témoignez représente pour moi.

Découragée, Phoebe se laissa glisser le long du dossier.

— Hélas, maugréa-t-elle, Dan m'a fait promettre de vous virer.

— Sa requête n'a rien de scandaleux. Je ne faisais pas l'affaire.

— C'est ce qu'il s'imagine ! s'insurgea-t-elle. Parce qu'il ne sait pas de quoi vous êtes réellement capable. Il ne vous connaît pas comme je vous connais.

— Je connais Dan depuis des années, souligna-t-il d'une voix douce. Et je vous ai rencontrée il y a deux heures.

Phoebe n'avait que faire de ce genre de logique.

— Peu importe ! J'ai le chic pour juger les gens.

Les sourcils froncés, Ron secoua la tête.

— Dan Calebow n'est pas le genre d'homme dont vous puissiez contrecarrer les plans. Et pour le moment, vous avez bien plus besoin de lui que de moi. Gagner des matchs est la seule chose qui compte dans sa vie. C'est pour cela que j'ai convaincu Carl d'aller le débaucher chez les Bears.

— C'est vous qui avez décidé de l'embaucher ?

À présent qu'elle connaissait Ron, Phoebe devina sa réponse avant qu'il ne la lui livre.

— Oh, non ! C'est Carl et Bert qui ont pris la décision.

Après que Ron les y a discrètement incités.

— J'ai besoin d'un peu de temps pour réfléchir, conclut Phoebe d'un air pensif.

— C'est tout réfléchi. Vous avez donné à Dan votre parole, n'est-ce pas ?

— C'est vrai, mais…

— Alors, c'est comme si c'était fait.

Phoebe se garda d'argumenter. Ron la connaissait mal s'il s'imaginait qu'elle allait se le tenir pour dit. Mais il avait raison sur un point. Devoir ruser pour contrecarrer les plans du coach des Stars n'était pas pour l'enchanter.

7

Une brise nocturne chargée d'humidité agitait les rideaux et les cheveux de Molly. Assise près de la fenêtre de sa chambre, dans un fauteuil, elle était plongée dans la lecture de *Rebecca*. Même si elle savait qu'elle aurait fait bondir les tenants de la « grande » littérature en l'affirmant, Molly était convaincue que Daphné du Maurier était un bien meilleur écrivain que Fiodor Dostoïevski.

Elle aimait également beaucoup Danielle Steel, notamment parce que dans ses romans les héroïnes triomphaient de tant d'épreuves que cela lui donnait du courage. Molly savait que Danielle Steel avait beaucoup d'enfants, et lorsqu'elle avait eu la grippe au camp de vacances, la fièvre lui avait procuré de merveilleux rêves dans lesquels la romancière était sa mère. Même convalescente, elle avait imaginé Danielle assise à son chevet, caressant ses cheveux pendant qu'elle lisait un de ses livres. C'était un fantasme de petite fille et elle le savait, mais elle n'avait pu s'en empêcher.

Sans cesser sa lecture, Molly tendit le bras pour attraper un mouchoir. Elle était à présent remise de sa grippe, mais une petite infection respiratoire l'avait forcée à rentrer à la maison quelques jours après le retour de sa sœur à Chicago ; même si cette horrible bâtisse ne pouvait être considérée comme un foyer.

Elle aurait aimé que Phoebe la laisse enfin tranquille. Elle ne cessait de lui proposer de regarder des films, ou de jouer aux cartes avec elle, mais Molly savait qu'elle ne le faisait que par devoir. Elle haïssait Phoebe, pas seulement à cause de son style de vie excentrique, mais surtout parce que leur père l'avait aimée. Quant à elle, elle savait n'avoir jamais su se faire aimer de Bert. Combien de fois lui avait-il répété qu'elle le mettait hors de lui ?

— Au moins, ta sœur a le courage de me résister ! lui reprochait-il. Toi, on dirait que tu vas tourner de l'œil chaque fois que tu me vois...

À chacun de ses courts séjours à Chicago, elle avait eu droit aux critiques incessantes de son père sur sa façon de parler, de se vêtir ou de s'intéresser à des choses qu'il n'approuvait pas. Elle savait que dans le secret de ses pensées il n'avait cessé de la comparer à son époustouflante demi-sœur. Au fil du temps, sa rancœur à l'égard de celle-ci s'était muée en une haine tenace qui lui avait endurci le cœur.

Au loin, elle entendit sonner la vieille pendule du grand-père. Les neuf coups qui résonnaient dans la grande maison vide accentuèrent encore le sentiment de solitude qui l'accablait. Mue par une force irrésistible, elle marcha jusqu'à son lit et s'accroupit pour récupérer ce qu'elle avait caché dessous. Assise sur ses talons, elle serra contre elle un vieux singe en peluche, à la fourrure marron mitée, et auquel il manquait un œil. La joue posée entre ses deux oreilles, au sommet de son crâne parfaitement lisse, elle murmura tout bas :

— J'ai peur, Mister Brown... Qu'allons-nous devenir ?

— Molly ?

La voix de sa sœur, de l'autre côté de la porte, la fit sursauter. En hâte, Molly fourra Mister Brown sous le lit, ramassa *Les Frères Karamazov* sur sa table de chevet et dissimula *Rebecca* sous son oreiller. Silencieusement, elle alla se rasseoir dans le fauteuil.

— Molly, tu es là ?

Lasse de ne pas obtenir de réponse, Phoebe pénétra dans la chambre et trouva sa demi-sœur occupée à lire près de la fenêtre. S'approchant d'elle, elle s'étonna :

— Tu ne m'as pas entendue t'appeler ?

— J'étais en train de lire, répondit-elle sans la regarder. J'ai peur de ne pas être d'humeur à discuter.

Décidée à ne pas se laisser impressionner, Phoebe croisa les bras et répondit :

— Cela ne sera pas long. C'est bientôt la rentrée, et il y a certaines choses dont nous devons parler.

Par la porte entrouverte, Pooh jaillit dans la pièce et fonça sur Molly. La voyant s'attaquer à ses chaussons, elle retira vivement ses jambes et serra ses genoux entre ses bras en la fixant d'un œil épouvanté.

— Qu'est-ce que ce chien fait là ?

— Puisque je dois rester ici pendant quelques mois, répondit Phoebe, j'ai demandé à Viktor de le faire venir.

— Je préférerais que tu ne laisses pas cette bête entrer dans ma chambre ! s'écria Molly d'une voix haut perchée. Je suis extrêmement allergique aux poils de chien.

Phoebe alla s'asseoir sur le lit et claqua des doigts pour rappeler Pooh, qui vint sagement se coucher à ses pieds.

— Les caniches ne perdent pas leurs poils, expliqua-t-elle. Ils ne posent aucun problème d'allergie.

— Là n'est pas la question. Je ne veux pas d'animaux dans ma chambre, un point, c'est tout !

— Te montres-tu aussi désagréable avec tout le monde, ou seulement avec moi ?

Molly soutint son regard sans ciller, les lèvres pincées.

— Je suis fatiguée, maugréa-t-elle. Je veux aller au lit.

— Déjà ? Il n'est que 21 heures…

— J'ai été malade.

Phoebe vit Molly reprendre sa lecture en faisant fi de sa présence. La frustration le disputait en elle à la pitié, comme chaque fois qu'elle tentait de communiquer avec sa sœur. Elle n'avait regagné Chicago que depuis une semaine lorsque la directrice du camp de vacances avait décidé de renvoyer la jeune fille malade dans ses foyers. Tout d'abord, elle avait espéré que sa convalescence aiderait à les rapprocher. Mais loin de s'améliorer, leurs relations s'étaient encore dégradées.

Décidée à avoir malgré tout la conversation qui s'imposait avec Molly, Phoebe inspira à fond et se lança :

— Cette maison va devoir être vidée bientôt pour qu'on puisse la mettre en vente. Et puisque je dois rester ici ces prochains mois, j'ai décidé d'occuper un appartement que Bert possédait près du complexe des Stars. Les avocats disent que je pourrai y rester jusque début janvier.

Ils lui avaient également indiqué qu'elle recevrait une pension mensuelle pour faire face à ses besoins, ce qui ne serait pas un luxe, car son compte bancaire était au plus bas.

— Puisque je serai à Crayton, commenta sèchement Molly, je ne vois pas en quoi cela me concerne.

Préférant ignorer sa mauvaise humeur, Phoebe reprit :

— Je n'ai pas envie que tu retournes là-bas. Je détestais cet endroit quand j'avais ton âge.

— Je n'ai pas trop le choix, n'est-ce pas ?

Phoebe se figea, envahie par un sentiment étrange. Le visage de Molly était de marbre, à l'exception d'un coin de sa bouche qui tremblotait. Elle connaissait parfaitement cette posture qui poussait à refuser toute aide et à nier toute faiblesse. Elle avait figuré au nombre de ses stratégies de survie au cours de son enfance solitaire et désolée. Savoir que sa demi-sœur en souffrait également la renforça dans la conviction qu'elle avait acquise.

— Crayton est une toute petite institution, argumenta-t-elle patiemment. J'ai toujours pensé que j'aurais été plus à l'aise dans un établissement plus grand, accueillant une plus grande diversité d'élèves.

Cela te ferait du bien, à toi aussi. Fréquenter une classe mixte te plairait sûrement.

Molly redressa vivement la tête.

— Tu veux dire... aller en classe avec des garçons ?

— Bien sûr. Pourquoi pas ?

— J'ai du mal à imaginer ce que peut donner une classe avec des garçons. Ne sont-ils pas un peu trop chahuteurs ?

En riant, Phoebe secoua la tête.

— Je l'ignore, répondit-elle. Je n'ai jamais fréquenté de classe mixte, moi non plus. J'imagine que l'ambiance doit être un peu plus... vivante.

La soudaine animation de Molly retombait déjà. Son visage s'était rembruni. Phoebe suggéra prudemment :

— Il y a d'excellents lycées publics, à Chicago.

— Un lycée public ! s'insurgea Molly. La qualité de l'enseignement y est tellement mauvaise...

— Pas nécessairement. De toute façon, avec le QI qui est le tien, tu réussirais dans le plus mauvais des lycées.

Phoebe ne put s'empêcher d'ajouter avec compassion :

— Il me semble que pour l'instant tu gagnerais plus à te faire quelques amis et à vivre la vie d'une adolescente qu'à prendre de l'avance en mathématiques.

Instantanément, Molly se renferma dans sa coquille.

— Je ne manque pas d'amis ! s'écria-t-elle. J'en ai même des douzaines ! Et il se trouve que j'adore les mathématiques. Mais cela, tu ne peux le comprendre.

Elle avait prononcé cette phrase avec un sourire condescendant. Phoebe répondit d'une voix glaciale :

— Désolée de te décevoir, Molly, mais mon QI n'est pas plus à négliger que le tien.

— Je ne te crois pas !

— Prends un bloc-notes et résolvons quelques intégrales ensemble.

Molly déglutit péniblement.

— Je... je n'en suis pas encore là.

Phoebe masqua son soulagement sous une apparente impassibilité. Cela faisait des années qu'elle n'avait plus fait de mathématiques et il ne lui en restait quasiment rien.

— Il ne faut pas juger un livre à sa couverture, Mol... Par exemple, en s'en tenant aux apparences, on pourrait te considérer comme quelqu'un de pas sympa et d'un peu snob. Or, nous savons toutes les deux que c'est faux.

Parce qu'elle voulait la faire réfléchir, et non la braquer, Phoebe assortit sa remarque d'un sourire, qui ne suffit pas.

— Je ne suis pas snob ! protesta Molly. Tous mes amis savent que je suis une personne très agréable et...

Les yeux écarquillés, elle ne finit pas sa phrase et resta bouche bée. Phoebe suivit la direction empruntée par son regard et vit Pooh, à ses pieds, qui tirait une peluche de sous le lit. Rapidement, elle intervint pour la récupérer.

— Tout va bien, assura-t-elle. Ton jouet n'a rien.

Le visage de Molly s'était violemment empourpré.

— Je ne veux plus jamais voir ce chien dans ma chambre ! hurla-t-elle. Et ce singe n'est pas à moi, je ne sais pas qui l'a mis là. Jette-moi vite cette horreur !

Phoebe n'avait jamais su résister à une âme en peine. Le rejet de cette peluche manifestement adorée la toucha comme rien d'autre n'aurait pu le faire. À cette minute, rien n'aurait pu la décider à laisser partir cette jeune fille déboussolée et livrée à elle-même. Repoussant négligemment le singe sous le lit, elle expliqua :

— J'ai décidé de ne pas te renvoyer à Crayton. Tu feras ton premier semestre ici, dans un établissement public.

— Quoi ! s'insurgea Molly en se dressant d'un bond. Tu n'as pas le droit de faire ça !

— Je suis ta tutrice et j'en ai parfaitement le droit.

Après avoir pris Pooh dans ses bras, elle ajouta :

— Nous déménagerons dans l'appartement dont je t'ai parlé la semaine prochaine. Si ton lycée ne te convient pas à la fin du semestre, tu pourras retourner à Crayton.

— Pourquoi me fais-tu ça ? Pourquoi me hais-tu ainsi ?

Sachant qu'elle ne la croirait pas si elle lui disait la vérité, Phoebe haussa les épaules.

— Solidarité familiale, répondit-elle. Puisque je suis condamnée à rester ici, pourquoi pas toi ?

Ce n'est qu'en atteignant le bas de l'escalier que les implications de sa décision lui apparurent clairement. Alors qu'elle était assaillie de problèmes insolubles, elle venait de son propre chef d'en ajouter un autre à la liste. Il lui faudrait bien, un jour, apprendre à se méfier de ses impulsions...

Pour échapper à ses pensées moroses, Phoebe se rendit jusqu'aux portes-fenêtres, à l'arrière de la vieille demeure, qui donnaient sur le parc. L'odeur des pins et des roses embaumait la nuit paisible. Les lumières de la maison jetaient une lueur sur l'orée des bois qui cernaient le parc, de sorte que le vieil érable qui lui avait servi de refuge autrefois était visible. Sans même l'avoir décidé, elle prit cette direction. En parvenant au pied de l'arbre, elle s'aperçut que les branches basses, qui lui avaient servi à y grimper, étaient à présent hors de portée. Adossée au tronc rugueux, elle contempla sans la voir vraiment la façade de la maison de son père.

Phoebe ne parvenait pas à se défaire de son inquiétude. Comment était-elle supposée passer outre l'hostilité de Molly, elle qui ne connaissait rien en matière d'éducation des adolescents ? Mais il n'y avait pas que sa relation conflictuelle avec sa sœur pour l'inquiéter. Viktor lui manquait. Ses amis new-yorkais lui manquaient. Chaque fois qu'elle passait les portes du siège des Stars, elle se sentait plus étrangère et déplacée. Sans compter qu'elle pensait beaucoup trop à Dan Calebow. Pourquoi fallait-il qu'il se montre si buté dans son opposition à réengager Ron ?

Un long soupir lui échappa. Pour être honnête, ce n'était pas uniquement pour cette raison qu'il quittait rarement ses pensées. Phoebe était devenue beaucoup trop sensible à sa présence. Parfois, quand il se trouvait près d'elle, elle se sentait envahie par un sentiment proche de la panique. Son cœur battait la chamade. Son pouls s'accélérait. Elle éprouvait la sensation que son corps, après une très longue hibernation, s'apprêtait à se réveiller. Ce qui ne pouvait être que parfaitement ridicule. À cause de ce qui lui était arrivé, sa relation avec les hommes avait été irrémédiablement faussée.

En dépit de la douceur de la nuit, elle serra les bras contre elle pour réprimer un frisson. Impossibles à ignorer, les souvenirs affluaient à sa mémoire, la ramenant à cette époque lointaine de son arrivée à Paris.

Elle y avait rejoint une ancienne camarade de Crayton et emménagé dans son petit appartement, au deuxième étage d'un immeuble situé non loin du boulevard du Montparnasse. Des semaines durant, elle n'avait pratiquement pas quitté son lit et s'était peu à peu convaincue, les yeux fixés au plafond, qu'elle était responsable de son propre viol. Personne ne l'avait obligée à danser avec Craig, à rire de ses blagues ou à flirter avec lui. Elle avait fait tout son possible pour se faire aimer de lui.

Lentement, la conviction s'était installée en elle que tout était de sa faute. Sa camarade, inquiète de la voir se replier sur elle-même, l'avait suppliée de sortir de sa claustration et de l'accompagner dans ses sorties. Quand il était devenu plus facile de céder à ses sollicitations pressantes que d'y résister, elle avait commencé à passer ses soirées à boire du mauvais vin et à fumer de l'herbe avec la bande d'étudiants tapageurs qui fréquentaient les brasseries de Montparnasse. Sa détresse avait eu raison de son appétit, et ce qui lui restait de rondeurs enfantines n'avait pas tardé à fondre, amincissant ses jambes et creusant ses joues. Ses seins, eux, étaient restés pleinement épanouis, ce que les garçons de son entourage n'avaient pas tardé à remarquer en dépit des fringues informes qu'elle portait. Leurs attentions avaient achevé de la culpabiliser. Dans son esprit, s'ils s'intéressaient tant à elle, ce ne pouvait être que parce qu'ils avaient senti quel genre de fille elle était.

Sans même savoir comment cela s'était produit, elle avait couché avec l'un d'eux, un jeune soldat allemand en stage à l'Unesco. Puis, elle avait laissé un étudiant des Beaux-Arts, suédois et barbu, le remplacer dans son lit. Ensuite était passé entre ses bras un photographe aux cheveux longs originaire de Liverpool. Étendue, inerte et glacée, sous chacun d'eux, elle les avait laissés faire d'elle ce qu'ils voulaient, parce qu'elle savait au fond de son cœur qu'elle ne méritait pas mieux. Bien plus que leurs corps en sueur et leurs mains invasives, c'était elle-même qu'elle haïssait.

Ce n'est que graduellement qu'elle était parvenue à reprendre ses esprits. Effarée par ce qui s'était passé, elle avait cherché un moyen de se protéger. Les hommes étaient ses ennemis. L'oublier revenait à se mettre en péril.

Fascinée, elle avait commencé à observer le manège des jeunes et jolies Françaises. Assise sur les banquettes des brasseries, elle les avait regardées faire les yeux doux à leurs amoureux et les charmer de leurs regards provocants. Elle admirait par-dessus tout leur manière de marcher en roulant des hanches dans leurs jeans serrés, la poitrine en avant. Tout était alors devenu clair pour Phoebe. Ces jeunes Françaises libérées utilisaient le sexe pour contrôler leurs hommes trop subjugués et impuissants pour se défendre.

Le lendemain avait débuté sa radicale transformation.

À l'époque où elle avait fini par rencontrer Arturo Flores dans un magasin de couleurs où elle travaillait, près de la Madeleine, elle ne portait plus que les jeans français les plus moulants qui soient et de petites camisoles qui mettaient ses seins en valeur. Ses mèches platine attiraient le regard des hommes sur l'opulente chevelure blonde qui cascadait jusqu'à ses épaules. Les yeux provocants, il suffisait alors qu'elle les regarde de haut pour qu'ils saisissent le message. *Vous pouvez admirer, très cher, mais jamais vous ne serez à la hauteur pour toucher…*

La joie de les voir repartir dépités quand elle les avait subtilement rembarrés la comblait de soulagement et de bonheur. Enfin, elle avait trouvé le moyen de se protéger.

Arturo Flores, lui, ne leur ressemblait en rien. Beaucoup plus âgé, c'était un homme aimant, brillant, solitaire, qui ne lui demandait rien d'autre que son amitié. Lorsqu'il avait fini par lui demander si elle voulait poser pour lui, elle avait immédiatement accepté, ignorant qu'ainsi débutait une période bénie de sept années à ses côtés.

Arturo faisait partie d'un cercle fermé d'Européens riches et influents soucieux de cacher leur homosexualité. Ainsi ses amis triés sur le volet étaient-ils devenus ceux de Phoebe. Ils étaient intelligents, sensibles, cultivés, gentils la plupart du temps, et leurs attentes vis-à-vis d'elle n'avaient rien de physique ni de sexuel. Ce qu'ils désiraient, c'était un peu d'attention, de sympathie et d'affection. En échange ils lui avaient offert l'éducation la plus complète qui puisse se concevoir en matière d'art, de musique et de politique. Elle avait bien plus appris, auprès des amis d'Arturo, que ses anciennes condisciples en poursuivant leurs études à Crayton.

Même eux, cependant, n'avaient pu lui faire oublier ce qui lui était arrivé. Le traumatisme était trop profondément ancré en elle, aussi avait-elle continué à punir les hommes hétérosexuels qui commettaient l'erreur de s'approcher de trop près. Cela ne lui coûtait rien : un sourire engageant, quelques poses aguicheuses, des vêtements provocants, des regards de braise. Elle avait appris qu'elle pouvait prendre le pouvoir sur eux en laissant son corps leur faire des promesses qu'en aucun cas elle n'était décidée à tenir. Ce pas de deux, ce cha-cha-cha sensuel, elle s'y était exercée jusqu'à le posséder jusqu'au bout des ongles.

Désolée, monsieur, sir, Herr, señor... Mais vous n'êtes pas de taille à vous y frotter. Elle les laissait dépités et honteux derrière elle, et ils ne pouvaient que la regarder s'éloigner de cette démarche chaloupée qu'elle avait empruntée aux belles Françaises qui tiennent le haut du pavé, sur le boulevard du Montparnasse.

Ce n'est qu'à l'âge de 26 ans qu'elle avait de nouveau permis à un homme de la toucher. Le jeune docteur qui s'était occupé d'Arturo tout au long de sa maladie était séduisant et il avait su se montrer gentil et persévérant avec elle. Elle avait aimé se retrouver dans ses bras et ses habiles mains de praticien lui avaient offert de douces caresses. Mais dès qu'il avait cherché à pousser plus loin leur intimité, elle avait refusé. Il était resté patient mais, chaque fois que ses doigts s'étaient aventurés sous les vêtements de Phoebe, elle avait été assaillie par le souvenir de ses premiers amants parisiens ou par celui, plus explicite encore, de son violeur. Le jeune docteur était trop bien élevé pour lui dire qu'elle n'était pas de taille à se frotter à lui. Il s'était contenté de disparaître définitivement de son existence. Phoebe s'était résignée à faire une croix sur toute vie sexuelle, en essayant de ne pas devenir aigrie pour autant. Et après le crève-cœur qu'avait représenté la mort d'Arturo, elle s'était efforcée de trouver d'autres dérivatifs à son besoin de tendresse.

À Manhattan, elle s'était entourée de toute une bande de jeunes gays adorables, et elle en avait tenu certains dans ses bras à l'instant de leur mort. Ces hommes avaient été les seuls bénéficiaires de l'amour et de l'affection qu'elle sentait déborder en elle. Ils avaient pris la place de ces amants qu'elle ne pouvait avoir parce qu'ils n'auraient fait que lui rappeler qu'elle était moins qu'une femme.

— Hello, cousine...

Étouffant sous sa main un cri étranglé, Phoebe se tourna pour découvrir Reed Chandler, à quelques mètres d'elle, debout dans un halo de lumière au bord de la pelouse.

— Qu'est-ce que tu fais là ? s'étonna-t-elle d'une voix qu'elle espérait ferme.

— En cousin attentionné, je suis venu te présenter mes respects. Nous ne nous sommes pas vus, depuis ton retour.

Phoebe n'était plus une enfant sans défense. Elle lutta contre la peur qu'il continuait de lui inspirer. Au cours de l'enterrement, elle avait été trop distraite pour prêter attention à son apparence. Mais à présent, elle pouvait constater que, même si ses traits étaient plus matures, il n'avait pas beaucoup changé depuis l'époque où elle l'avait connu jeune étudiant. Sans doute les femmes restaient-elles attirées par ses allures de gangster : des cheveux épais et fournis, d'un noir presque bleu, un teint mat et un corps trapu débordant de force et de vigueur. Quant à elle, Phoebe trouvait bien plus cruelles et avides que sensuelles ses lèvres pleines qui avaient toujours fait craquer ses petites amies. Cette bouche cupide lui était un constant rappel de tout ce que Reed attendait de l'existence, et dont une bonne part n'appartenait qu'à elle.

Mais s'il n'avait pas changé par le physique, Reed avait avec le temps troqué ses tenues de petite frappe pour de plus classiques costumes de businessman. Sa chemise oxford blanche rayée de bleu et son pantalon paraissaient taillés sur mesure. Et quand il alluma une cigarette, elle vit une coûteuse montre briller à son poignet. Le père de Phoebe lui avait expliqué qu'il travaillait à présent pour une grosse agence immobilière. D'abord, elle s'était étonnée qu'il n'ait pas intégré l'équipe des Stars. Puis, elle avait compris que son cousin était bien trop rusé pour se mettre totalement sous la coupe de Bert.

— Comment as-tu fait pour me trouver ? s'enquit-elle.

— Je pourrais te retrouver n'importe où, petite puce. Cette crinière blonde passe difficilement inaperçue, même dans le noir.

— J'aimerais que tu arrêtes de m'appeler comme ça.

Cela le fit sourire.

— J'ai toujours trouvé ça mignon. Mais si tu n'aimes pas, je te promets d'arrêter. Tu sais, j'ai eu le temps de m'amender. Puis-je t'appeler Phoebe, ou faut-il que je m'adresse à toi de manière plus formelle ?

Il ne faisait que la taquiner. Phoebe se détendit un peu.

— Va pour Phoebe.

Hochant la tête, il lui tendit son paquet de cigarettes. Elle déclina son offre.

En le voyant tirer avidement sur sa cigarette, elle ne put s'empêcher de fixer avec dégoût ses lèvres gourmandes.

— Alors ? reprit-il d'un ton badin. Est-ce que tout le monde te traite bien, là-bas ?

— Ils sont polis avec moi.

— Si quelqu'un t'embête, dis-le-moi.

— Je suis sûr que tout va bien se passer.

Elle n'en avait jamais été aussi peu certaine, mais pour rien au monde elle ne l'aurait reconnu devant lui.

— Le départ de Carl Pogue fut un coup dur, poursuivit-il en grimaçant. Si Bert avait pu se douter, il n'aurait jamais pris ces dispositions. As-tu embauché un nouveau directeur général ?

— Pas encore.

— Ne tarde pas trop. McDermitt est trop inexpérimenté pour le job. Ce serait sans doute une bonne idée de laisser Steve Kovac prendre la décision finale. Je serais quant à moi heureux de t'y aider, si tu le souhaites.

— Merci, répondit-elle sans entrer dans les détails. Je me le rappellerai.

— Bert aimait manipuler son entourage. Il ne nous a pas rendu les choses faciles. Ni à toi, ni à moi.

— C'est vrai.

Pour se donner une contenance, Reed mit sa main dans sa poche. Un long silence tomba entre eux. Il fit porter le poids de son corps d'une jambe sur l'autre, aspira longuement une bouffée de sa cigarette et souffla la fumée en un mince et long panache.

— Écoute, Phoebe... reprit-il enfin. J'ai quelque chose à te dire. J'aurais dû t'en parler depuis longtemps, mais je n'ai pas osé.

Phoebe attendit qu'il se décide. Mal à l'aise, Reed détourna le regard et enchaîna :

— Un ou deux ans après notre diplôme, Craig Jenkins et moi nous sommes retrouvés, lors d'une fête.

Dans la nuit soudain plus noire, Phoebe sentit la chair de poule hérisser ses bras.

— Craig avait bu, poursuivit-il. Il a fini par me raconter ce qui s'est réellement passé. Il m'a avoué qu'il t'a violée.

Phoebe ne put retenir une petite exclamation de surprise. À cet instant, elle se sentait bien plus vulnérable que révoltée. Elle n'avait aucune envie de discuter de cela avec qui que ce soit, et surtout pas avec Reed.

Après s'être éclairci la voix, il conclut d'un air gêné :

— Je suis désolé. J'ai toujours cru que tu avais menti. J'ai tout raconté à Bert, mais il ne m'a pas écouté. J'aurais dû insister, je suppose, mais tu sais comment il était...

Réduite au silence, Phoebe ne savait que penser. Lui disait-il la vérité ? Elle ne parvenait pas à savoir s'il était sincère ou s'il ne cherchait qu'à gagner sa confiance pour pouvoir l'influencer à propos de l'équipe. Elle avait bien des choses à reprocher à son père, mais elle ne pouvait se résoudre à croire qu'il avait appris la vérité en choisissant de la taire.

— Je me sens redevable vis-à-vis de toi, ajouta Reed. Je voulais que tu saches que je suis là si tu as besoin de moi. Si je peux faire quoi que ce soit pour t'aider, promets-moi de faire appel à moi.

— Merci, Reed. Je ne l'oublierai pas.

Sa réponse sonnait faux à ses propres oreilles. La démonstration d'affection et de sincérité de son cousin la laissait de marbre. Jamais plus elle ne pourrait se résoudre à lui faire confiance.

— Je pense que je vais rentrer, dit-elle enfin. Je n'aime pas laisser Molly trop longtemps seule.

— Bien sûr.

Dans un silence tendu, ils marchèrent en direction de la maison. Quand ils atteignirent le bord de la pelouse, Reed s'arrêta et se tourna vers elle.

— En ce qui me concerne, dit-il en cherchant son regard, je considère que nous sommes sur le même bateau. Nous devons nous serrer les coudes, Phoebe. Crois-moi.

Sans rien ajouter, il se pencha vers elle, effleura sa joue du bout de ses lèvres avides et tourna les talons.

8

Les veines saillirent sur les tempes de Dan quand il se mit à hurler :

— Fenster ! Si je te dis à droite, tu vires à droite !

Il sentit quelqu'un approcher dans son dos, mais il était tellement concentré sur ce qui se passait sur le terrain qu'il ne s'en soucia pas immédiatement. Quand il jeta un coup d'œil par-dessus son épaule, il ne reconnut pas tout de suite le nouveau venu et faillit lui ordonner de déguerpir de son terrain d'entraînement.

— Ronald ? s'étonna-t-il, indécis.

— Coach…

Le jeune homme tiré à quatre épingles qu'il avait connu ressemblait à présent à un gigolo. Ses cheveux tirés en arrière luisaient de gomina et une énorme paire de lunettes noires lui masquait les yeux. Un pantalon baggy, un tee-shirt noir et une veste de survêtement au col relevé et aux manches remontées jusqu'aux coudes complétaient le déguisement.

— Bon sang, Ronald ! Qu'est-ce qui t'arrive ?

— Je suis au chômage, répondit-il calmement. Je n'ai plus aucune raison de m'habiller comme un croque-mort.

Dan repéra la cigarette qui se consumait au bout de ses doigts.

— Tu fumes ? Depuis quand ?

— Depuis toujours, par intermittence. Je voulais juste ne pas donner le mauvais exemple aux joueurs.

Coinçant la cigarette au bord de ses lèvres, il reporta son attention sur le terrain et ajouta :

— Tu mets au point un nouveau dégagement ?

— Si Fenster veut bien apprendre à distinguer sa droite de sa gauche.

— Bucker semble en progrès.

Dan avait du mal à s'habituer au nouveau McDermitt. Non seulement à cause de son apparence, mais aussi parce qu'il ne restait rien de son habituelle attitude timorée.

— Il se débrouille, reconnut-il à mi-voix.

— Et Phoebe ? s'enquit Ronald. A-t-elle choisi le nouveau directeur ?

— Non !

— C'est bien ce qui me semblait.

Dan émit un grognement de dégoût. Phoebe gardait sous le coude la liste des candidats. Mais au lieu d'y choisir un nom, elle lui avait clairement signifié qu'elle préférait réembaucher McDermitt. Il lui avait rappelé qu'ils avaient conclu un accord et que, si elle ne se décidait pas à en remplir sa part, elle pourrait aussi se chercher un nouveau coach. Elle avait apparemment compris qu'il ne plaisantait pas, car elle avait cessé d'essayer de le convaincre, sans prendre de décision pour autant. Le week-end précédent, ils avaient perdu leur dernier match de présaison. Le dimanche suivant, contre les Broncos, ils joueraient leur match d'ouverture. On entrait dans le vif du sujet, mais le poste de directeur général demeurait désespérément vacant.

Au lieu de travailler, Phoebe restait dans l'ancien bureau de Ronald à lire des magazines. Elle avait décrété que la déco du bureau de son père ne lui convenait pas et refusait d'y mettre les pieds. Dès que quiconque s'avisait de lui faire signer quoi que ce soit, elle fronçait le nez de dégoût en disant qu'elle s'en occuperait plus tard ; ce qui n'arrivait jamais. Le lundi précédent, quand il avait fini par aller la voir parce que la paye de tout le personnel était en retard, il l'avait trouvée en train de se vernir les ongles ! Cela l'avait rendu fou de rage, mais à peine avait-il élevé la voix que les lèvres de Phoebe s'étaient mises à trembler et que ses yeux s'étaient embués. Bouleversée, elle lui avait signifié qu'il n'avait pas le droit de la traiter ainsi parce qu'elle avait ses règles et qu'elle n'était pas d'humeur à le supporter…

En somme, Phoebe avait réussi l'exploit de dépasser Valerie dans l'art de le rendre dingue. Les propriétaires d'équipes de la NFL étaient supposés inspirer un mélange de peur et de respect à leurs employés. Même les coaches les plus endurcis filaient doux auprès d'hommes tels que Al Davis, l'intraitable propriétaire des Raiders. Si jamais le bruit finissait par courir que la propriétaire des Stars ne supportait aucune critique quand elle avait ses règles, Dan ne pourrait plus regarder un de ses collègues en face.

Sans l'ombre d'un doute, la fille de Bert était la plus vaine, la plus inconsistante et la plus ridicule des créatures qu'il ait jamais rencontrées. Au début, il s'était demandé si elle n'était pas en fait plus intelligente qu'elle voulait bien le laisser paraître, mais cette illusion avait fait long feu. Dan savait à présent qu'elle était aussi sotte qu'elle en avait l'air. Mais le pire, c'était de savoir que cette *bimbo* sans cervelle était en train de ruiner *son* équipe de football, et qu'il ne pouvait y changer quoi que ce soit.

Si seulement elle n'avait pas eu ce corps de pin-up… Difficile de l'ignorer, même pour quelqu'un comme lui qui avait découvert avant l'âge de 18 ans à peu près tout ce qu'un corps de femme peut avoir à offrir. Il savait que, dans l'esprit du public, la vie d'un joueur de football professionnel n'est qu'une interminable orgie. Et ça n'était pas faux. Même si le sida avait transformé le sexe en jeu potentiellement mortel, il ne manquait pas de femmes pour s'agglutiner autour des joueurs au pied de leur hôtel ou à la sortie des stades. Certaines ne se contentaient pas de les héler. Leur numéro de téléphone inscrit au rouge à lèvres sur le ventre – quand ce n'était pas sur une partie plus charnue de leur anatomie –, elles s'exhibaient complaisamment à leurs yeux.

Dan n'y avait pas été plus insensible qu'un autre. Dans les premières années de sa carrière, il lui était arrivé plus souvent qu'à son tour d'embarquer une – voire deux – de ces proies faciles pour une longue nuit d'alcool et de sexe. Il avait fait des choses dont la majorité de la population masculine ne fait jamais que rêver, mais l'attrait de la nouveauté s'était vite estompé et l'aspect pathétique de ces rencontres lui était apparu. Avant d'avoir atteint l'âge de 30 ans, il avait remplacé les groupies par des femmes qui avaient davantage pour elles qu'un corps de rêve. Alors, le sexe avait pu redevenir une fête pour lui. Puis, il avait rencontré Valerie et la descente infernale avait repris. Mais tout allait changer à présent que Sharon Anderson était entrée dans sa vie.

Dans l'après-midi du mardi précédent, il était parvenu à passer de nouveau à son école maternelle, pour la regarder s'occuper des petits et l'inviter à boire un café à la fin de sa journée. Sharon était douce et gentille. Elle avait tout ce qu'il désirait à présent chez une femme et cela rendait d'autant plus agaçant le trouble que suscitait en lui la sulfureuse Phoebe Somerville. Cette créature était faite pour parader en jarretières et bottes de cuir, aussi loin que possible des yeux d'enfants innocents.

Ronald posa nonchalamment le pied sur un banc et dit, tout en observant les joueurs sur le terrain :

— Phoebe n'arrête pas de me demander mon avis à propos du meilleur candidat au poste de directeur général.

Dan tourna vivement la tête vers lui.

— Vous vous êtes vus, tous les deux ?

— Nous passons même pas mal de temps ensemble.

— Pourquoi ?

Ronald haussa les épaules et répondit :

— Elle a confiance en moi.

Dan, qui ne se trahissait jamais, parvint à masquer sa surprise. Fallait-il voir la main de Phoebe dans la soudaine métamorphose de McDermitt ?

— C'est nouveau ? s'étonna-t-il. Je n'avais pas réalisé que vous étiez amis tous les deux.

Ronald porta crânement sa cigarette à ses lèvres.

— « Amis » n'est pas le terme exact, dit-il. Je ne passe pas tout à fait inaperçu auprès des femmes. Je suppose que Phoebe ne fait pas exception. Ce doit être mon côté *Top Gun*. La plupart des hommes n'y font pas attention, mais les femmes trouvent que je ressemble à Tom Cruise.

Dan ne put réprimer un grognement de dégoût. D'abord, il avait fallu que Bobby Tom se prenne pour une star de cinéma, et maintenant c'était au tour de ce blanc-bec ! Pourtant, en l'observant plus attentivement, il ne pouvait nier une vague ressemblance.

— Maintenant que tu en parles... dit-il d'une voix songeuse. Je n'avais jamais fait attention.

— Cela les met en confiance. Entre autres choses.

Il tira longuement sur sa cigarette avant d'ajouter :

— Rien de tel pour pimenter sa vie sexuelle. Tu peux me croire.

— Que veux-tu dire par là ? demanda Dan, intrigué.

— Les femmes peuvent se montrer exigeantes.

— J'avoue que je n'avais jamais imaginé que tu puisses être un tel don Juan.

— Je me débrouille...

Ronald jeta sa cigarette à terre et l'écrasa sous son talon avant de conclure :

— Je dois y aller. Bonne chance avec Phoebe ! C'est une vraie tigresse, et tu risques d'en baver avec elle.

Dan en avait suffisamment entendu. D'une brusque détente du bras, il attrapa McDermitt par l'épaule, le faisant presque décoller du sol.

— Assez rigolé ! gronda-t-il en le fixant méchamment. À quoi joues-tu ?

— Que veux-tu dire ?

— Toi et Phoebe.

— C'est une femme hors du commun.

— Que lui as-tu dit des candidats au poste de directeur général ?

Malgré la poigne d'acier qui l'emprisonnait, le regard de Ronald demeurait ferme et curieusement confiant.

— Je vais te dire ce que je ne lui ai pas dit. Je ne lui ai pas dit que Andy Carruthers est l'homme de la situation.

— Tu sais pourtant qu'il l'est.

— Pas s'il ne peut pas s'entendre avec Phoebe.

Dan le relâcha, avant de lui demander d'une voix dangereusement calme :

— Qu'es-tu exactement en train de me dire ?

— Je suis en train de te dire que je te tiens dans le creux de ma main, Dan. Parce qu'au jour d'aujourd'hui, la seule personne connaissant le football en qui Phoebe puisse avoir confiance, c'est moi. Or, j'ai été viré.

— Tu le méritais ! Tu ne faisais pas ton boulot.

— Je suis arrivé à lui faire signer ces contrats dès le premier jour de son arrivée ici, pas vrai ? Et j'ai cru comprendre que personne d'autre n'y était parvenu.

— Après la mort de Bert, tu as eu l'occasion de faire tes preuves et tu l'as gâchée. Tout allait de travers.

— Je n'avais pas l'autorité nécessaire pour agir parce que Phoebe ne répondait à aucun de mes coups de fil.

Il prit le temps d'allumer une autre cigarette et eut le culot d'ajouter avec un sourire entendu :

— Mais je te garantis qu'à présent, c'est elle qui m'appelle.

La colère de Dan flamba comme une allumette. Ses poings se refermèrent sur la coûteuse veste de survêtement.

— Espèce de fils de pute ! gronda-t-il. Tu couches avec elle, c'est ça ?

Dan fut surpris de ne pas le voir paniquer, tout juste pâlir légèrement. Il lui fallait reconnaître que ce gamin avait du cran.

— Cela ne te regarde pas, répondit-il d'une voix qui tremblait juste un peu.

— Parlons franc. Qu'est-ce que tu veux ?

— Tu n'es pas stupide, Dan. Tu le sais parfaitement.

— Hors de question que tu retrouves ton job.

— Alors tu es dans de sales draps, parce que Phoebe ne fera rien si je ne lui dis pas de le faire.

Serrant les dents, Dan le menaça tout bas.

— Je devrais réduire en bouillie ta belle petite gueule.

La pomme d'Adam de Ronald joua au yo-yo dans sa gorge, mais il parvint à répliquer sans détourner les yeux :

— Je ne pense pas que ce soit une bonne idée. C'est ce qu'elle préfère chez moi.

Dan avait beau tourner le problème dans tous les sens, il n'avait pas de solution satisfaisante. Cela ne lui plaisait pas d'en passer par là, mais il n'avait pas d'autre possibilité.

— Très bien ! lança-t-il en le lâchant d'un coup. Tu récupères ton poste pour le moment. Mais tu as intérêt à contrôler cette furie ou tu finiras sur ce terrain éparpillé en mille morceaux. Je me fais bien comprendre ?

Ronald envoya valser sa cigarette d'une pichenette et lissa calmement les pans de sa veste, dont il redressa le col avec les pouces.

— Je tâcherai de ne pas l'oublier.

Sidéré, Dan le regarda tourner les talons et s'éloigner sans se presser.

Ron atteignit sa voiture trempé de sueur de la tête aux pieds. Tremblant de tous ses membres, il n'en était toujours pas revenu d'être encore en vie. Les cigarettes l'avaient écœuré et il avait l'impression que son cœur allait exploser, pourtant il ne s'était jamais senti aussi bien.

Aussitôt installé derrière le volant, il lui fallut tâtonner un long moment avant de réussir à composer le numéro de Phoebe. Mais, pour pouvoir lui parler, il dut reprendre son souffle.

— Phoebe ! parvint-il enfin à lancer. On a gagné !

— Arrête ! Tu me fais marcher…

Il pouvait deviner son sourire large et généreux à l'autre bout du fil.

— J'ai fait exactement ce que tu m'as dit ! reprit-il, le souffle court. Il a plongé la tête la première, comme tu l'avais prévu. Sauf que maintenant… j'ai l'impression que je vais avoir une crise cardiaque !

— Calme-toi et respire tranquillement, lui conseilla-t-elle. Je ne voudrais pas te perdre…

Elle se mit à rire et ajouta :

— Je n'arrive pas à y croire !

— Et moi, donc…

Ron commençait à se sentir mieux.

— J'arrive ! conclut-il d'une voix excitée. Laisse-moi le temps d'enlever toute cette graisse de mes cheveux et de passer des vêtements plus civilisés.

— Il n'y a pas une minute à perdre, reconnut-elle. Nous avons du pain sur la planche. Je ne sais par où commencer.

Après une courte pause, elle chuchota :

— Je dois te laisser. J'entends le grand méchant loup qui s'approche de ma porte…

Avant que Dan jaillisse en trombe dans son bureau, Phoebe eut à peine le temps de raccrocher et de saisir en tremblant son miroir à main pour faire mine de s'y admirer. Derrière lui, elle eut un aperçu du visage apeuré de sa secrétaire, que la porte claquée violemment effaça aussitôt.

La fenêtre de son bureau donnait sur les terrains d'entraînement et elle n'avait pas manqué d'observer les réactions épidermiques du coach des Stars. Combien de fois ne l'avait-elle pas vu jeter rageusement son écritoire à terre et foncer dans la mêlée de ses hommes entièrement équipés pour leur expliquer quelque passe mystérieuse ? Un soir qu'elle était restée tard dans son bureau, elle avait également assisté à un entraînement où il enchaînait les tours de piste dans un tee-shirt blanc trempé de sueur et un short d'athlète gris flanelle qui mettait en valeur deux jambes puissamment musclées.

— Oh, mon Dieu ! s'exclama-t-elle en lui lançant un regard innocent. Le grand méchant loup a enfoncé ma porte ! Que vais-je devenir ?

— Vous avez gagné.

— Tant mieux ! Qu'est-ce que j'ai gagné ?

— Ronald, répondit-il entre ses dents serrées. J'ai décidé de vous laisser le réembaucher sans m'y opposer.

— C'est merveilleux.

— Pas de mon point de vue.

— Ron n'est pas si incompétent que vous le pensez.

— C'est une andouille !

— Vous qui en êtes une autre, vous devriez pouvoir vous entendre avec lui.

Dan se renfrogna, puis ses yeux partirent effrontément en exploration le long du corps de Phoebe.

— Ronald a trouvé le meilleur moyen pour avoir prise sur vous ! lança-t-il d'une voix sifflante. Mais il y a quelque chose que vous devriez savoir. Une femme d'affaires avisée ne couche jamais avec les hommes qui travaillent sous ses ordres.

Même si elle n'avait rien à se reprocher, le coup était rude, et Phoebe du se forcer pour lui répondre d'une voix mielleuse :

— Jaloux que je l'aie préféré à vous ?

— Pas du tout. J'ai juste peur que vous ne cherchiez vos prochaines victimes parmi mes joueurs.

Phoebe serra les poings, mais Dan ne lui laissa pas le temps de trouver une réplique adéquate et il sortit de son bureau.

Ray Hardesty se tenait dans l'ombre des pins, de l'autre côté du mur anticyclonique, quand Dan Calebow revint au bord du terrain d'entraînement. Il allait être en retard à son boulot, mais il ne pouvait se décider à partir. Il restait là, allumant cigarette sur cigarette, accumulant les mégots à ses pieds. Certains d'entre eux étaient récents, mais la plupart avaient déjà eu le temps de se désagréger à la faveur des dernières pluies.

Chaque jour, il se disait qu'il devait arrêter de venir se poster là, mais il n'y parvenait pas. Quand sa femme lui demandait où il allait, il répondait qu'il sortait faire des courses, mais il rentrait les mains vides. Elle lui posait toujours la même question et il lui faisait chaque fois la même réponse. Il en était arrivé à un point où il ne la supportait plus. Sa vue, même, lui était pénible.

Ray passa sa main sur sa mâchoire couverte d'une barbe naissante et ne fut pas surpris de ne rien sentir. Dès le matin où la police était venue lui annoncer la mort accidentelle de Ray Junior, il avait cessé de faire la différence entre le chaud et le froid. Sa femme affirmait que c'était temporaire, mais il savait que cela ne l'était pas, tout comme il savait que son fils ne jouerait plus jamais pour les Stars. Depuis ce matin où tous ses espoirs avaient été anéantis, il vivait dans un état de confusion permanente. Il regardait la télévision pendant des heures avant de se rendre compte que le son était coupé. Il versait une cuillère de sel dans son café et ne s'apercevait de son erreur qu'après avoir vidé la tasse.

Tout allait de travers. Au temps où Ray Junior jouait pour les Stars, son père avait été une vedette aux yeux de tous : ses collègues de travail, ses voisins, les rencontres de bar occasionnelles. Tout le monde le traitait avec respect et considération. À présent, il leur faisait pitié. Il n'était plus rien, et c'était entièrement la faute de Dan Calebow. Si son fils n'avait pas été si bouleversé d'avoir été renvoyé de l'équipe, il n'aurait pas heurté ce foutu rail de sécurité.

Pendant des mois, Ray Junior lui avait raconté comment Calebow l'avait pris en grippe et l'avait accusé de boire trop et d'être une espèce de junkie, simplement parce qu'il prenait quelques stéroïdes, comme tout le monde le faisait au sein de la NFL.

Ray devait reconnaître que son fils avait toujours été un peu incontrôlable, mais n'était-ce pas ce qui avait fait de lui un grand joueur ? En tout cas, il n'avait rien d'un camé. Hale Brewster, le précédent coach des Stars, n'avait jamais eu à se plaindre de lui. Ce n'est que lorsqu'il avait été viré pour être remplacé par Calebow que les ennuis avaient commencé.

Tout le monde s'était toujours étonné de la ressemblance frappante qu'il y avait entre lui et son fils. Ray Junior avait eu lui aussi une gueule de boxeur avec un grand nez, de petits yeux et des sourcils broussailleux. Mais Ray Junior n'avait pas eu le temps de voir sa taille s'épaissir, et il n'avait pas le moindre cheveu blanc quand ils l'avaient mis en terre.

Depuis toujours, la vie de Ray Senior était une suite de déceptions sans fin. Il avait voulu devenir flic, mais quand il avait passé le concours, ces salauds avaient préféré sélectionner des nègres pour renforcer leurs effectifs. Il avait voulu épouser une très belle femme, et il s'était retrouvé avec Ellen. Au début, même Ray Junior l'avait déçu. Mais il s'était chargé de l'endurcir, et il s'était senti heureux quand, dès la fin du lycée, il l'avait regardé jouer au foot dans les stades.

Désormais, de nouveau, il n'était plus rien.

Ray se remit à tousser et il lui fallut une bonne minute avant de reprendre son souffle. Les docteurs lui avaient demandé, un an auparavant, de cesser de fumer à cause de son cœur fragile et de ses poumons pas bien vaillants eux non plus. Ils n'avaient pas osé lui annoncer qu'il était en train de mourir, mais il le savait et il s'en foutait. Tout ce qui comptait pour lui, c'était de régler ses comptes avec Dan Calebow.

Ray Senior se réjouissait de chaque défaite des Stars, dans laquelle il voyait une preuve supplémentaire de la déchéance de l'équipe depuis le départ de son fils. Il avait décidé de rester en vie jusqu'à ce que chacun puisse se rendre compte de l'erreur qu'avait commise ce bâtard de coach en se débarrassant de Ray Junior. Il resterait en vie pour voir Dan Calebow mordre la poussière.

L'odeur du scotch mêlée à celle des cigares de luxe assaillit Phoebe dès qu'elle eut passé le seuil de la loge, le dimanche suivant. Elle s'apprêtait à faire ce qu'elle s'était juré de ne jamais faire – assister à un match de foot – uniquement parce que Ron avait su la convaincre qu'en tant que propriétaire des Stars elle ne pouvait manquer le match d'ouverture de la saison.

Vaste hexagone de béton et de verre, le Midwest Sports Dome avait été bâti à l'emplacement d'une carrière de gravier abandonnée entourée d'hectares de terrain au nord de la voie rapide. Lorsque les Stars n'y jouaient pas, le dôme d'acier et de verre pouvait accueillir toutes sortes de manifestations, de la croisade religieuse à l'exposition de machines agricoles. On y trouvait des salles pour réunions et banquets, un élégant restaurant et suffisamment de sièges pour 85 000 spectateurs.

Dans le creux de l'oreille de Ron qui l'avait escortée, Phoebe murmura, en parcourant la loge du regard :

— Plutôt luxueux, pour un stade...

En dépit de la baie vitrée qui surplombait le terrain, deux écrans géants retransmettaient ce qui s'y passait. Phoebe avait appris que les loges au Midwest Sports Dome pouvaient se louer pour 90 000 dollars l'an. En refermant la porte derrière eux, Ron lui expliqua :

— Les loges constituent une des rares sources de profit que nous permet le contrat de location du stade signé par Bert. Il a fallu en réunir deux pour obtenir celle-ci.

Phoebe observa la décoration luxueuse déclinée comme il se doit dans des teintes dorées et bleu ciel. La moquette était épaisse, les sièges confortables et le bar en acajou généreusement garni. Une petite dizaine d'hommes étaient présents, amis et fidèles de Bert, mais aussi associés. Quelques années plus tôt, quand il avait eu un besoin urgent de liquidités, il lui avait fallu se résoudre à vendre 15 % des parts du club.

— Ron ? s'étonna Phoebe. Tu ne remarques rien de spécial, ici ?

— Non. Quoi ?

— Moi. Je suis la seule femme. Aucun de ces hommes n'est donc marié ?

Une lueur de malice brilla dans le regard de Ron.

— Bert a interdit l'accès de la loge aux femmes durant les matchs. Trop de bavardage.

— Sans blague !

— Les épouses et compagnes ont leurs sièges réservés à l'extérieur. Ce n'est pas une pratique inhabituelle au sein de la NFL.

— Le club masculin le plus fermé qui soit.

— Exactement.

Un homme obèse, que Phoebe se rappelait vaguement avoir aperçu aux funérailles de son père, s'approcha d'elle en l'examinant de la tête aux pieds, les yeux exorbités. Elle portait une robe dont la partie inférieure se scindait en une multitude de rubans roses. À chaque pas qu'elle effectuait, ses jambes jouaient à cache-cache avec les lanières de tissu. Quant au bustier pigeonnant sans manches qui mettait en valeur ses seins, il accentuait encore le caractère provocant du vêtement. L'homme tenait à la main un verre rempli de scotch et, à la chaleur de ses salutations, Phoebe devina que d'autres l'avaient précédé.

— J'espère que vous allez nous porter chance, jolie dame… roucoula-t-il en louchant sur son décolleté. La saison dernière a été catastrophique, et nous sommes quelques-uns à penser que Calebow n'est peut-être pas le plus qualifié pour le job. Il a été un grand *quarterback*, c'est vrai, mais cela n'en fait pas pour autant un bon coach. Vous pourriez peut-être vous servir de ce joli minois pour le convaincre d'ouvrir un peu plus la défense ? Avec un *wide receiver* comme Bobby Tom, il faut frapper loin. Il devrait aussi pousser Bryzski plutôt que Reynolds. Vous lui direz ?

Phoebe trouvait cet homme insupportable. Elle se pencha vers lui et lui glissa à l'oreille :

— Je le lui susurrerai dès ce soir sur l'oreiller...

Pour l'empêcher de faire davantage de dégâts, Ronald l'entraîna en hâte loin du gros homme ébahi. Il la présenta au reste des assistants et Phoebe dut recueillir d'autres suggestions que ceux-ci souhaitaient voir prendre en compte par Dan. Apparemment, la plupart des hommes rêvaient de prendre sa place...

Phoebe prit le temps de flirter gentiment avec eux puis s'éclipsa pour s'installer dans un des fauteuils situés devant la baie vitrée. Il restait moins de dix minutes avant le coup d'envoi mais les rangs des spectateurs demeuraient beaucoup trop clairsemés, en dépit du fait que les Stars jouaient leur match d'ouverture contre les populaires Denver Broncos. Dans ces conditions, songea-t-elle, comment s'étonner que le club traverse une mauvaise passe financière ? Si rien ne venait y mettre un terme, les licenciements que Dan avait évoqués allaient devenir réalité.

Les hommes présents dans la loge lorgnaient plus ou moins discrètement sur ses jambes. Phoebe les ignorait et préférait écouter l'un des commentateurs qui était en train d'expliquer pourquoi les Stars allaient perdre. Ron était de nouveau à côté d'elle. Mal à l'aise, il se dandinait d'un pied sur l'autre. Il s'était montré préoccupé depuis qu'il était passé la prendre chez elle.

— Un problème ? chuchota-t-elle en se tournant vers lui.

— Ça t'embêterait de me suivre ? répondit-il tout bas.

Ramassant son sac, Phoebe le suivit à l'extérieur.

— Que se passe-t-il ? s'étonna-t-elle. Je peux t'aider ?

— En quelque sorte, oui…

Glissant son bras sous le sien, il l'entraîna vers l'un des ascenseurs privés et tapota sur le digicode.

— Tu vas voir, promit-il. C'est assez drôle, en fait…

Les portes coulissèrent. Il la poussa à l'intérieur.

— Tu as sans doute entendu dire que les athlètes sont très superstitieux, poursuivit-il. Certains portent la même paire de chaussettes durant toute la saison. D'autres rangent leur équipement exactement dans le même ordre. Beaucoup d'entre eux développent des rituels immuables: toujours la même route pour se rendre au stade, ou une porte bien précise pour y entrer. Ils cachent des gris-gris dans leurs vêtements. Des enfantillages, bien sûr, mais puisque cela leur donne confiance en eux, où est le mal?

Alors que la cabine amorçait sa descente, Phoebe se tourna vers Ron et l'examina d'un air suspicieux.

— Tout cela est très intéressant, mais… en quoi cela me concerne-t-il?

— Eh bien, c'est plutôt Bert que cela concernait. Un ou deux joueurs de l'équipe, aussi.

Après un coup d'œil nerveux à sa montre, il ajouta:

— Tout est venu des Bears, en fait. De Mike McCaskey.

McCaskey était le petit-fils de George Halas, fondateur légendaire des Chicago Bears. Il était également devenu le président controversé du club et son directeur général. Mais contrairement à elle, McCaskey s'y connaissait en matière de football, aussi ne voyait-elle pas de rapport entre eux.

La cabine s'arrêta. Les portes s'ouvrirent. Tandis que Ron la laissait sortir, Phoebe s'étonna de distinguer la lumière du jour, alors qu'elle savait être sous le stade. Elle réalisa alors qu'ils se trouvaient à l'extrémité d'un tunnel menant directement au terrain.

— Ron… protesta-t-elle en se tournant vers lui. Je commence à me sentir nerveuse.

Tirant un mouchoir blanc de sa pochette, Ron se tamponna le front en expliquant:

— Mike McCaskey passe le premier quart-temps de chaque match des Bears sur le banc de touche. Il n'intervient pas dans le jeu, mais il est toujours là, et c'est devenu un rituel.

Il remit sa pochette en place et poursuivit :

— Bert n'aimait pas le fait que McCaskey puisse être sur le terrain alors que lui se trouvait dans les loges. Il y a quelques années de cela, il a commencé à faire la même chose, et c'est devenu une routine. Les joueurs se montrent très superstitieux à ce sujet.

Cette fois, un profond malaise s'était emparé de Phoebe.

— Ron…

— Tu dois rester au bord du terrain avec l'équipe pour le premier quart-temps du match, la coupa-t-il.

— Pas question ! Je ne voulais déjà pas aller dans les loges, alors sur le terrain…

— Tu le dois ! Les hommes le réclament. Jim Biederot est l'athlète le plus superstitieux que j'aie jamais rencontré. Les *quarterbacks* sont comme des ténors : ils sont sensibles au moindre aléa et peuvent se montrer capricieux. Bobby Tom a lui aussi été catégorique dans les vestiaires. Il ne veut pas que son karma soit perturbé.

— Je me fiche de son karma !

— Alors, pense à tes 8 millions de dollars…

— Je n'irai pas ! Même pour tout l'or du monde.

— Si tu n'y vas pas, c'est que tu fuis tes responsabilités et que tu n'es pas celle que je t'imaginais être.

Ron avait dit cela d'une traite, comme s'il jouait son va-tout. Phoebe devait reconnaître que l'argument faisait mouche, mais l'idée d'entrer sur le terrain l'emplissait d'une peur panique qu'elle ne parvenait pas à maîtriser. Au pied du mur, elle se chercha une autre excuse.

— Je ne suis pas habillée en conséquence.

Ron l'examina de pied en cap avec admiration.

— Tu es magnifique ! assura-t-il.

Phoebe souleva une jambe pour lui montrer une chaussure à talons hauts, dénudant à travers les lanières roses de sa robe une bonne partie de sa cuisse.

— McCaskey n'irait jamais sur le terrain habillé ainsi ! protesta-t-elle. Avec ces sandales, je vais m'enfoncer dans la pelouse.

— Phoebe… maugréa Ron en la fixant gravement. C'est du synthétique. Tu te raccroches aux branches. J'attendais franchement mieux de ta part.

— Tout cela t'amuse, pas vrai ?

— Je dois admettre que quand je t'ai vue habillée ainsi, l'idée m'est venue que ton apparition sur le terrain pouvait améliorer nos réservations. Au passage, tu pourrais peut-être faire un petit signe à la foule ?

Phoebe proféra tout bas une injure qui avait rarement passé le seuil de ses lèvres. Ron secoua doucement la tête, d'un air gentiment réprobateur.

— Laisse-moi te rappeler les termes de notre accord, dit-il. J'étais supposé avoir la connaissance pour nous deux, et toi tu devais avoir les tripes de faire ce que je ne peux faire. Par ton attitude, tu ne remplis pas ta part de contrat.

À court d'argument, Phoebe s'écria en trépignant :

— Je ne veux pas y aller !

— Je le comprends parfaitement. Malheureusement, tu *dois* y aller.

Saisissant doucement son coude au creux de sa main, Ron commença à l'entraîner vers la tache lumineuse à l'extrémité du tunnel. Phoebe s'efforça de masquer par un sarcasme la panique qui la tétanisait.

— Il y a quinze jours de cela, tu étais encore un jeune homme aimable sans aucune qualité de leader.

— Je suis toujours un jeune homme aimable.

Déjà, ils débouchaient à l'extrémité du tunnel dans la vive lumière qui baignait le stade. Phoebe dut mettre la main en visière pour protéger ses yeux.

— Quant à mes qualités de leader, conclut Ron, c'est toi qui m'aides à les développer.

Il l'escorta au bas de la rampe d'accès en béton, l'aida à franchir la barrière au bord du terrain, la guida au milieu des joueurs remplaçants jusqu'à l'extrémité du banc de touche où il l'invita à s'asseoir. Phoebe était en nage. Une rage sourde envers son père ne la quittait plus. Cette équipe était son jouet à lui, pas le sien. Un coup d'œil aux joueurs, sur le terrain, dont les corps surdimensionnés étaient bardés de protections, suffisait à lui faire tourner la tête.

Comparativement à eux, elle se sentait infiniment vulnérable et exposée. Le soleil à travers la verrière hexagonale au centre du dôme illuminait vivement sa robe trop rose et trop sexy. Dans les gradins, elle entendit des voix crier son nom. Elle s'étonna que l'on sache qui elle était avant de se rappeler que les journaux locaux avaient fait leurs choux gras des dernières volontés de Bert. Depuis son retour à Chicago, il lui avait fallu décliner des dizaines de demandes d'interview. Se sachant observée, elle accrocha sur ses lèvres un sourire éblouissant en espérant que personne ne devinerait à quel point elle était effrayée.

Comprenant que Ron s'apprêtait à la quitter, elle s'accrocha à son bras.

— Ne me laisse pas seule !

— Je le dois. Les joueurs pensent que je porte la poisse.

Il lui glissa quelque chose dans la main avant d'ajouter :

— Je t'attendrai dans la loge à la fin du premier quart-temps. Tu te débrouilleras très bien sans moi. Ah, oui, j'oubliais... Bert avait pour habitude de donner une tape sur les fesses de Bobby Tom avant chaque match.

Ron ne lui laissa pas le temps d'assimiler la portée de ce détail déplaisant. Il s'empressa de sortir du terrain, la laissant seule au milieu de douzaines d'hommes grognant, suants, cuirassés tels de modernes gladiateurs et prêts à se jeter les uns contre les autres pour s'étriper. Au creux de sa main, elle observait avec stupéfaction les Wrigley's à la menthe fraîche. Pourquoi Ron lui avait-il laissé un paquet de chewing-gums avant de s'éclipser ?

Comme par enchantement, Dan apparut à côté d'elle. Elle dut lutter contre un désir irrépressible de sauter dans ses bras pour lui demander de la protéger. Son regard inamical posé sur elle suffit à lui en ôter l'envie.

— Ne bougez pas de là jusqu'à la fin du premier quart-temps, grogna-t-il entre ses dents serrées. Compris ?

Pour toute réponse, elle ne put que hocher la tête.

— Et pas de blagues, Phoebe ! renchérit-il. Vous avez des responsabilités, et vous avez intérêt à les assumer jusqu'au bout. Nous pouvons penser, vous et moi, que les superstitions des joueurs sont ridicules. Mais, puisqu'ils en ont besoin pour gagner, elles ne le sont plus.

Sans autre explication, il disparut aussi soudainement qu'il était arrivé.

La rencontre n'avait duré que quelques secondes, mais Phoebe avait l'impression qu'elle venait de passer sous un bulldozer. Elle n'avait pas encore récupéré qu'elle vit accourir vers elle l'un des joueurs tenant son casque par la jugulaire. Bien que s'étant tenue soigneusement à l'écart de l'équipe, elle reconnut Bobby Tom Denton qu'elle avait vu en photo ; le *très* riche Bobby Tom. En dépit de son physique de conquérant – crinière de cheveux blonds, mâchoire carrée, bouche volontaire –, il paraissait aussi tendu qu'elle l'était elle-même.

— Mademoiselle Somerville... commença-t-il timidement. Nous n'avons pas été présentés, mais... j'ai besoin que vous me tapiez sur les fesses.

Phoebe se sentait absolument incapable d'un tel geste. Chez certaines femmes, c'était peut-être un don inné, mais pas chez elle. Saisie par une subite inspiration elle porta sa main à ses lèvres et lui envoya un baiser.

— Et si on changeait de tradition ? suggéra-t-elle.

Elle attendit avec appréhension de voir si son initiative avait irrémédiablement ruiné le karma de Bobby Tom et si le club pouvait faire une croix sur

8 millions de dollars. Elle le vit froncer les sourcils, et, aussitôt après, elle se sentit soulevée de terre, les rubans roses voletant autour de ses jambes. Avec un plaisir manifeste, Bobby Tom déposa un gros baiser sur ses lèvres.

— Changer pour changer, je préfère encore celle-là ! s'exclama-t-il, tout sourire, en la reposant sur le banc.

Des centaines de spectateurs, sur les gradins, n'avaient pas manqué cet échange et manifestaient leur approbation bruyamment. Dan, qui n'était pas passé à côté lui non plus, avait l'air nettement moins réjoui.

Un autre monstre était en train d'accourir vers elle. Il se retourna pour aboyer un ordre à l'un de ses coéquipiers et elle lut « Biederot » au dos de son maillot de jersey bleu ciel. Avec appréhension, Phoebe se demanda ce qu'allait exiger son *quarterback* fantasque. Elle ne fut pas déçue quand cet homme trapu, aux cheveux noir corbeau, au nez aquilin, à la bouche menue et quasi féminine se campa devant elle.

— Mademoiselle Somerville, vous devez…

Il se reprit, rougit légèrement et conclut en se penchant à son oreille :

— Votre père me disait avant chaque match : « Va bouffer de la merde, espèce de grand singe ! »

Phoebe, qui aurait voulu disparaître sous terre, demanda d'une toute petite voix :

— Je ne peux pas vous taper sur les fesses, à la place ?

Une expression farouche sur le visage, Biederot secoua négativement la tête. Elle prit une ample inspiration et lui dit d'une traite ce qu'il attendait d'elle. Laissant échapper un grognement de satisfaction, le *quarterback* la remercia et alla reprendre sa place au sein de l'équipe.

Les Stars ayant gagné à pile ou face le droit de jouer les premiers, les deux équipes se rangèrent de chaque côté de la ligne médiane pour l'engagement.

À sa grande surprise, Phoebe vit réapparaître Dan à côté d'elle. Les yeux fixés sur le terrain, il demanda :

— Vous avez les chewing-gums ?

— Les chewing-gums ?

— Les Wrigley's, bon sang !

Phoebe desserra ses doigts qui s'étaient crispés sur le paquet remis par Ron.

— Les voilà, dit-elle.

— Passez-m'en un derrière votre dos quand le botteur positionnera le ballon sur le terrain. De la main droite ! Compris ? N'allez pas tout foutre en l'air... De la main droite, derrière le dos, quand le botteur place le ballon.

— Je veux bien, répondit Phoebe. Mais... lequel est le botteur ?

C'en fut trop pour la patience limitée du coach.

— Le petit gars, au milieu du terrain ! cria-t-il. Vous ne savez donc rien de rien ? Vous allez tout foutre en l'air, j'en étais sûr !

— Je ne vais pas tout foutre en l'air !

Phoebe parcourut le terrain du regard, à la recherche du plus petit des joueurs. Quand elle crut l'avoir repéré, elle ne le quitta plus des yeux jusqu'à le voir se pencher pour pointer le ballon sur le gazon synthétique. Après avoir fait glisser un chewing-gum dans sa main droite, elle la passa derrière son dos pour le déposer dans la paume ouverte de Dan. Il grogna vaguement, le glissa dans sa poche et disparut sans même un remerciement. Phoebe songea avec amusement que le même homme, quelques minutes plus tôt, avait jugé « ridicules » les superstitions des joueurs.

Quelques secondes plus tard, le ballon s'envola au-dessus du terrain et toutes les portes de l'enfer s'ouvrirent devant elle. Rien n'aurait pu la préparer au spectacle de vingt-deux corps mâles en armures de combat prêts à s'entre-tuer pour gagner. Les casques s'entrechoquaient, les rembourrages d'épaules se percutaient violemment, et de tout le terrain s'élevaient des jurons, des grognements et des cris.

Phoebe pressa ses mains sur ses oreilles en voyant une meute déchaînée se précipiter vers elle. La poursuite s'engageait contre un joueur des Stars porteur du ballon. Elle ouvrit la bouche pour crier, mais aucun son ne voulut en sortir. La foule explosa en suivant la course effrénée de l'homme en bleu et or le long de la ligne de touche, serré de près par une escouade de démons orange et blanc. Elle crut qu'il ne pourrait s'arrêter – cela ne faisait pas un pli, il allait s'affaler sur elle ! – mais ses jambes refusaient de lui obéir et il lui était impossible de se sauver. À l'ultime instant, pourtant, le joueur changea de direction.

Phoebe avait le cœur au bord des lèvres. Elle s'aperçut qu'elle avait oublié de respirer et crut qu'elle allait défaillir. Tâtonnant frénétiquement dans le petit sac qu'elle portait à l'épaule, elle en tira sa paire de lunettes noires cerclées de strass. En guise d'armure protectrice, c'était quant à elle tout ce à quoi elle pouvait prétendre.

Le premier quart-temps s'écoulait avec une désespérante lenteur. Elle était aux premières loges pour sentir la sueur des joueurs, voir leurs visages tordus par la fureur ou l'étonnement, entendre les obscénités qui sortaient de leurs bouches, proférées avec tant d'ardeur et de manière si répétée qu'elles finissaient par être vidées de toute signification. Phoebe s'aperçut qu'elle n'était plus là parce qu'on l'y avait obligée mais pour tester sa propre résistance. Sortir la tête haute de ce quart d'heure de folie furieuse constituerait son propre badge du courage. Si elle parvenait à relever ce challenge, songea-t-elle, peut-être pourrait-elle reprendre sa vie en main et triompher de ses vieux démons ?

Jamais les secondes ne lui avaient à ce point paru durer des minutes, et les minutes des heures. Du coin de l'œil, elle épiait les *cheerleaders* dans leurs costumes rutilants bleu et or. Chaque fois qu'elles se mettaient à applaudir, elle les imitait, pour être sûre de ne pas se tromper. Elle y mettait plus de ferveur quand il s'agissait de saluer les coups de boutoir de Bobby Tom contre ce qui serait décrit plus tard comme « la défense en béton » des Broncos. Et plus fréquemment qu'elle ne l'aurait souhaité, elle se surprenait à laisser ses yeux se poser sur Dan Calebow.

Tel un fauve en cage, il longeait les lignes de touche. La lumière du soleil faisait briller ses cheveux blonds. Ses biceps gonflaient les manches courtes de son polo en maille et les veines saillaient le long de son cou dès qu'il hurlait ses instructions. Piaffant, rageant, beuglant, trépignant, boxant l'air de ses poings, il ne tenait pas en place. Lorsqu'une décision d'un des arbitres finit par le mettre hors de lui, il arracha le casque audio qui lui permettait de rester en contact avec ses adjoints et fit mine de se précipiter sur le terrain. Dans un bel ensemble, les joueurs qui se trouvaient là se précipitèrent sur lui pour l'en empêcher. Leur réaction était si bien concertée que Phoebe comprit qu'il devait être coutumier du fait. Même si cette équipe lui appartenait légalement pour les mois à venir, Phoebe comprit que Dan l'avait faite sienne. À cause de ce qu'il était, il la terrifiait et la fascinait à la fois. Elle aurait donné n'importe quoi pour être intrépide à ce point.

Le coup de sifflet signalant la fin du premier quart-temps se fit enfin entendre. À la surprise générale, les Chicago Stars tenaient tête aux Broncos sur le score de 7 partout.

Bobby Tom fonça sur Phoebe, le visage si radieux qu'elle ne put s'empêcher de sourire.

— J'espère que je vous aurai sous la main la semaine prochaine contre les Chargers, mademoiselle Somerville… Vous me portez chance !

— Ce n'est pas moi qui vous porte chance, Bobby Tom, répondit-elle. C'est votre talent.

Un hurlement rageur du coach vint mettre un terme à leur échange.

— Denton ! Nous avons encore trois quarts-temps à jouer, au cas où tu l'aurais oublié !

Après avoir adressé un clin d'œil à Phoebe, Bobby Tom fit demi-tour et s'éloigna sans se presser.

9

Phoebe se tenait dans l'ombre mouvante jetée par les torches plantées à intervalles réguliers autour de la piscine. À l'abri des regards, elle observait le manège des cinq jeunes beautés qui cernaient Bobby Tom en gloussant. Il n'était apparu aux yeux de personne, au sein du staff des Stars, que le déménagement imminent de Phoebe ou le décès récent de Bert ait pu constituer un obstacle à l'organisation chez lui de la petite sauterie qui ponctuait traditionnellement le match d'ouverture de la saison. Pendant que Phoebe assistait au match, c'était sa secrétaire qui avait supervisé le travail du traiteur mobilisé pour l'occasion. Et avant de se joindre aux réjouissances, elle avait pris soin de passer une petite robe abricot nettement moins voyante que sa robe à franges.

La défaite contre les Broncos avait jeté un froid sur le début de la fête mais, l'alcool aidant, l'ambiance s'était peu à peu dégelée. À minuit passé, les buffets étaient à présent vides et les réserves liquides presque à sec. Phoebe avait été présentée dans les formes à tous les joueurs ainsi qu'à leurs femmes ou petites amies au fur et à mesure de leur arrivée. Tous s'étaient montrés d'une correction exemplaire envers la nouvelle propriétaire, mais devoir côtoyer autant d'athlètes avait réveillé en elle de sombres souvenirs. Aussi Phoebe avait-elle fini par se mettre à l'écart, dès que cela lui avait été possible, sur un banc protégé de l'agitation générale par un buisson.

Une voix familière la tira de sa rêverie. Elle sursauta en apercevant Dan sur le patio. Ron lui avait expliqué que la nuit du dimanche était l'une des plus chargées pour le coach, qui briefait chaque joueur sur ses performances du jour et préparait le planning d'entraînement et le plan de jeu pour la semaine suivante. Pourtant, cela n'avait pas empêché Phoebe de le chercher du regard toute la soirée.

Depuis son poste d'observation, elle le regarda dériver d'un groupe à l'autre. Progressivement, il semblait se rapprocher d'elle. Elle vit qu'il portait des lunettes de vue à monture d'acier, et le contraste entre son allure sportive et l'air studieux qu'elles lui donnaient faisait naître en elle toutes sortes de sensations étranges qu'elle préférait ne pas analyser.

En le voyant finalement venir vers elle, elle croisa les jambes et s'étonna :

— Je ne vous avais jamais vu porter de lunettes.

— Les verres de contact finissent par irriter mes yeux, expliqua-t-il.

Négligemment, il posa un pied sur le banc près d'elle et s'appuya du coude sur son genou. Puis, sans cesser de la regarder, il porta à ses lèvres une canette de bière qu'il avait amenée avec lui.

Cet homme avait l'étoffe d'un personnage à la Tennessee Williams, songea-t-elle. Tout à sa rêverie, Phoebe se sentait brûlante et alanguie. Pour un peu, elle se serait laissée aller à se frotter contre lui en ronronnant comme un chat.

Une explosion de rires joyeux près de la piscine la ramena brutalement à la réalité. Elle tourna la tête à temps pour voir les cinq admiratrices de Bobby Tom le pousser dans l'eau tout habillé. Ne le voyant pas remonter dans un délai raisonnable pour respirer, Phoebe serra les dents.

— Je dois me retenir d'aller le tirer de là moi-même, dit-elle d'un ton grinçant.

Reposant son pied à terre, Dan se mit à rire.

— Relax… conseilla-t-il. Vous avez davantage d'argent investi dans Jim Biederot que dans Bobby Tom, et Jim est en ce moment même en train de prendre au lasso une des cheminées de la maison pour escalader la façade.

Phoebe poussa un gémissement douloureux.

— Je crois que je ne suis vraiment pas faite pour ce job.

Enfin, Bobby Tom jaillit à la surface. Rapide comme l'éclair, il saisit les bras de deux des jeunes filles penchées au-dessus de la piscine. En criant d'excitation, les deux nymphettes allèrent le rejoindre dans l'eau. Phoebe se félicita que la chambre de Molly donne sur le côté de la bâtisse plutôt que sur l'arrière.

— Tully m'a expliqué que Biederot a pour habitude de faire ça tous les ans, poursuivit Dan. La fête ne serait plus la même sans cette petite coutume.

— Il ne pourrait pas plonger tout habillé dans la piscine, comme tout le monde ?

— Jim se pique d'originalité.

Un *defensive tackle* au physique impressionnant, assis au bord de la piscine, serrait d'un peu trop près une jeune femme qui tentait de lui échapper en criant. En pointant vers eux sa canette de bière, Dan expliqua :

— Si vous voulez mon avis, c'est de là que vont venir les vrais ennuis.

Phoebe se redressa pour mieux voir et regretta aussitôt de s'être levée.

— Rassurez-moi... murmura-t-elle. J'espère qu'il ne lui fait pas mal.

— Ce qui compte, ce n'est pas cela ; c'est le fait qu'elle ne soit pas son épouse légitime.

À cet instant, un petit bout de femme, avec une crinière de feu à la Diana Ross, fonça depuis l'arrière du patio pour régler son compte à Webster Greer, l'homme marié trop entreprenant.

Dan observait la scène et s'en délectait déjà.

— Regardez bien, Phoebe... dit-il tout bas. Et prenez-en de la graine.

La femme s'arrêta net à deux doigts du coupable.

— Webster Greer ! s'exclama-t-elle, les poings posés sur les hanches. Tu vas foutre la paix à cette fille tout de suite ou tu peux commencer à faire tes valises !

Comme un écolier pris en faute, le géant qui devait dépasser les 130 kilos souleva sans effort sa conquête réticente et la reposa sur un transat derrière lui.

— Eh quoi… chérie ! commença-t-il en se levant pour faire face à sa femme.

— Il n'y a pas de « chérie » qui tienne ! le coupa-t-elle. Tu tiens vraiment à aller dormir sur cette piste de bowling que tu t'es fait construire dans notre cave ? Tant mieux, parce que ce n'est certainement pas avec moi que tu dormiras cette nuit !

— Chérie !

— Et tu ne viendras pas me pleurer sur l'épaule, ensuite, quand je te traînerai par la peau des fesses jusqu'au tribunal pour divorcer et te piquer jusqu'au dernier de tes dollars !

— Krystal, ma douce… Je décompressais, c'est tout.

— Tu décompressais ! Je vais t'apprendre, moi, comment on décompresse !

Elle décocha de toutes ses forces un coup de poing dans l'estomac en béton armé du *defensive tackle*. Pour toute réaction, celui-ci fronça les sourcils et couva sa femme d'un œil inquiet.

— Sois raisonnable, chérie ! Pourquoi te faire mal ? La dernière fois que tu m'as frappé, tu t'es foulé le poignet…

Effectivement, Krystal paraissait s'être fait mal. Ce qui ne la privait pas pour autant d'éloquence.

— Ne t'occupe pas de mon poignet ! Occupe-toi de tes fesses et de savoir si oui ou non je te laisserai voir tes enfants une fois que nous aurons divorcé !

— Chérie, calme-toi et allons mettre un peu de glace sur cette main.

— Tu n'as qu'à la mettre sur ta queue !

Avec un coup de menton volontaire qui fit valser sa chevelure, elle le planta là et se dirigea tout droit vers le banc près duquel Phoebe et Dan se trouvaient.

Phoebe n'était pas certaine d'avoir envie d'une confrontation avec cette furie de poche, mais Dan, lui, paraissait accueillir cette perspective avec joie.

Lorsque la femme de Greer fit halte devant lui, il commença par enrouler les doigts tuméfiés de celle-ci autour de sa canette.

— Elle est encore glacée, Krys. Cela devrait t'éviter de trop souffrir demain.

— Merci.

— Il a raison, tu sais… poursuivit le coach. Tu devrais cesser de le frapper. Un jour, tu vas te briser le poignet.

— Il faudrait d'abord qu'il cesse de me rendre folle !

— Cette femme lui a couru après toute la soirée. Tu sais que, dans l'équipe, Webster serait sans doute l'un des seuls à pouvoir concourir au titre de mari fidèle.

— C'est parce que je fais en sorte qu'il le reste !

Face à tant de farouche détermination, Phoebe ne put retenir un petit rire amusé. Au lieu de s'en offusquer, Krystal se tourna vers elle et lui sourit.

— Ne laissez jamais croire à un homme qu'il peut avoir le dessus sur vous ! lui conseilla-t-elle. Si vous voulez un mariage heureux.

— Je me le rappellerai.

Dan secoua la tête et dit à Phoebe :

— Le plus étonnant, c'est que Krystal et Webster ont bâti l'un des mariages les plus solides de toute l'équipe.

Krystal fit rouler la canette au creux de sa main. Son visage se détendit et un sourire apparut sur ses lèvres.

— Je ferais mieux de le ramener à la maison avant qu'il aille chercher querelle à quelqu'un, conclut-elle. Dan, je peux emporter ta bière en guise de pack de glace ?

— Je t'en prie.

Après avoir une nouvelle fois souri à Phoebe, Krystal se dressa sur la pointe des pieds pour déposer un baiser sur la joue de Dan.

— Merci, mon pote. Passe me voir quand tu veux. Je te ferai frire un hamburger.

— Je n'y manquerai pas.

Krystal alla rejoindre son mari. Dan s'assit sur le banc et Phoebe l'imita en conservant entre eux autant d'espace que possible.

— Vous la connaissez bien ? s'étonna-t-elle.

— Webster et moi jouions dans la même équipe avant que je ne jette l'éponge. Nous sommes tous devenus bons amis. De mon ex-épouse, Greer et sa femme n'aimaient que la politique qu'elle mène. Nos liens se sont donc un peu distendus après mon mariage. Mais, dès l'annonce de mon divorce, Krystal est apparue un matin sur le pas de ma porte avec un plat de cookies et du lait. Depuis que j'ai rejoint les Stars, nous n'avons plus l'occasion de nous voir.

— Pourquoi cela ?

— Je suis le coach de Webster, à présent.

— Quelle différence cela fait-il ?

— C'est moi qui établis la liste de jeu. J'ai mon mot à dire dans les transferts. Je dois garder mes distances.

— Drôle de manière d'entretenir l'amitié…

— Il n'y en a pas d'autre. Chacun accepte les règles.

L'ombre du buddleia les protégeait si bien des regards que Phoebe avait l'impression d'être seule avec Dan. Leur trop grande proximité faisait naître des picotements sur sa peau. Elle accueillit avec soulagement la diversion qu'apporta un cri collectif d'excitation, qui lui permit de voir dans une trouée du mur végétal une femme ôter le haut de son bikini et le faire tournoyer autour de sa tête. Les sifflets qui s'ensuivirent furent si stridents qu'elle redouta encore une fois qu'ils aient pu réveiller ou déranger Molly.

— Je crois que la fête est en train de dégénérer, dit-elle.

— Pas encore. Tout le monde se surveille tant que les chaperons sont là.

— Les chaperons ?

— Vous et moi. Les gars ne risquent pas de se lâcher avec le coach et la nouvelle propriétaire dans les parages. Surtout que nous avons perdu aujourd'hui. Au cours de ma carrière, j'ai connu des fêtes d'après match qui duraient jusqu'au lundi matin.

— Nostalgique ?

— Je me suis bien amusé.

— En vous laissant pousser dans des piscines et en arbitrant des concours de tee-shirts mouillés ?

— Ne me dites pas que vous êtes contre... Un concours de tee-shirts mouillés doit être ce qui se rapproche le plus d'un événement culturel pour un footballeur.

Phoebe se mit à pouffer, mais son rire mourut sur ses lèvres quand elle vit de quelle façon il la regardait. Quelque chose circulait entre eux ; une énergie, une électricité qui n'avait pas lieu d'être. Cela l'excitait et l'effrayait à la fois. Pour se donner une contenance, elle prit le verre de vin posé près d'elle et but rapidement une gorgée.

— Pour quelqu'un qui flirte avec tout ce qui porte un pantalon, fit-il remarquer, je vous trouve plutôt nerveuse quand je suis là.

— Certainement pas !

— Vous mentez. Depuis que je suis arrivé, vous avez l'air de ne plus tenir en place.

En dépit du vin qu'elle venait d'avaler, Phoebe avait la gorge sèche. Elle força sur ses lèvres un sourire rusé.

— Seulement dans vos rêves, *lover boy*...

Pour faire bonne mesure, elle se pencha vers lui jusqu'à sentir son after-shave et ajouta d'une voix rauque :

— Je dévore des hommes tels que vous au petit-déjeuner. Et ça ne m'empêche pas de reprendre du dessert à midi !

Dan éclata de rire.

— Bon sang, Phoebe ! s'exclama-t-il. Dommage que nous ne nous entendions pas mieux, sinon nous pourrions bien nous amuser tous les deux.

Elle lui répondit d'un sourire, chercha quelque chose d'irrévérencieux à ajouter, mais découvrit que cela lui était impossible. Dans son esprit, des pensées troublantes se bousculaient, où elle s'imaginait en nuisette sexy bordée de dentelle dans la même pièce que Dan dont la chemise était déboutonnée.

— Bon sang ! répéta-t-il.

En soutenant tant bien que mal son regard, elle sentit que son corps était vivant, comme s'il sortait de sa léthargie pour s'ébrouer et se débarrasser d'années de toiles d'araignées accumulées. La sensation était si nouvelle, si étrange, qu'elle eut envie de se lever pour y échapper. Mais, simultanément, rien n'aurait pu la faire déguerpir. Elle était submergée par la tentation de se pencher lentement vers lui pour l'embrasser. Pourquoi pas ? N'était-elle pas censée être une chasseuse d'hommes professionnelle ? Il n'avait aucun moyen de savoir à quel point une telle audace ne lui ressemblait pas. Alors, pourquoi ne pas saisir sa chance, juste une fois ?

— Ah ! Te voilà, Phoebe...

Tous deux tournèrent la tête pour voir Ron contourner le buisson de buddleia et les rejoindre. Phoebe se redressa et s'efforça de reprendre contenance.

Depuis que Ron faisait de nouveau partie de l'équipe, lui et Dan s'étaient soigneusement évités, écartant ainsi tout risque d'explosion. À présent qu'ils allaient être forcés de cohabiter, Phoebe espérait que l'armistice allait s'installer.

Ron salua Dan d'un signe de tête puis s'adressa à Phoebe.

— Je ne vais pas tarder à rentrer, annonça-t-il. Tu n'as à t'occuper de rien. Le traiteur se charge de faire place nette.

Dan jeta un coup d'œil à sa montre et se leva.

— Je vais y aller aussi, dit-il. Paul est-il arrivé ?

— Je ne l'ai pas vu, répondit Ron.

— Aïe ! Il devait m'apporter une bande-vidéo que j'aurais voulu visionner avant d'aller au lit.

En souriant, Ron expliqua à Phoebe :

— Dan est un bourreau de travail. Il est connu pour n'avoir besoin que de quatre heures de sommeil.

Secouée par les réactions que Dan avait suscitées en elle et craignant de s'être trop livrée, Phoebe se leva à son tour et passa ses doigts dans ses cheveux.

— Tant mieux ! fit-elle mine de se réjouir. C'est bon de savoir que j'en ai pour mon argent.

— Dan ? demanda Ron. Veux-tu que je demande à Paul d'amener la bande chez toi dès qu'il arrivera ?

— Non, répondit-il. Ne le dérange pas pour ça. Mais il faudrait qu'elle soit sur mon bureau dès demain 7 heures. Je voudrais la visionner avant la réunion d'équipe.

Se tournant vers Phoebe, il ajouta :

— Il faudrait que je passe un coup de fil. Puis-je utiliser votre téléphone ?

Il s'exprimait de manière tellement détachée que Phoebe en venait à se demander si elle n'avait pas rêvé l'échange qu'ils venaient d'avoir. Pour ne pas lui laisser deviner à quel point il l'avait déstabilisée, elle en rajouta dans la provocation.

— Il n'y en a donc pas dans ce bolide hors de prix que vous conduisez ?

— Il y a deux endroits où je ne souhaite pas être dérangé par le téléphone : ma voiture et ma chambre.

Il avait gagné ce round. Phoebe devait le reconnaître. Elle fit bonne figure en désignant la porte la plus éloignée sur la façade arrière.

— Celui du living-room est le plus proche.

— Merci, beauté...

En le regardant s'éloigner, Ron fronça les sourcils.

— Tu ne devrais pas le laisser te parler sur ce ton, dit-il. Un propriétaire d'équipe...

— Et comment suis-je censée l'en empêcher ? le coupa-t-elle en reportant sur lui sa frustration. Et ne me fais pas la leçon en me disant ce que ferait Al Davis ou Eddie De... je ne sais plus quoi.

— Edouard DeBartolo Junior, compléta-t-il patiemment. Le propriétaire des Forty Niners.

— N'est-ce pas lui qui offrait à ses joueurs tous ces cadeaux somptueux ?

— Exactement. Voyages à Hawaï et *tutti quanti*.

— Je déteste ce type !

— Ça va aller... assura-t-il en lui tapotant gentiment l'avant-bras. Tu verras que tu t'en sortiras. À demain.

Longtemps après que Dan eut disparu de sa vue, Phoebe garda les yeux fixés sur la porte qu'elle lui avait indiquée. De tous les hommes qui avaient croisé sa route, pourquoi avait-il fallu qu'elle flashe précisément sur celui-ci ? Quelle ironie de constater qu'elle se sentait irrésistiblement attirée par ce qu'elle redoutait le plus : un homme dans la force de l'âge, au physique d'athlète, en pleine possession de ses moyens. Un homme que son sens de l'humour et son esprit vif rendaient plus dangereux encore.

Elle regrettait à présent qu'il l'ait quittée si vite. Depuis qu'elle était de retour à Chicago, elle se sentait parfois évoluer dans un monde dont elle ne maîtrisait pas tous les codes, dont elle ignorait les us et coutumes. Sa rencontre avec Dan ce soir renforçait cette impression. Une grande confusion l'habitait, mais également l'étrange intuition que, s'il avait bien voulu s'attarder près d'elle, quelque chose de magique aurait pu se passer entre eux.

Molly plia les genoux et les ramena sous sa longue chemise de nuit bleue. Assise dans l'embrasure d'une des fenêtres de l'énorme living-room, elle épiait ce qu'elle pouvait de la fête qui battait son plein à l'extérieur. Peg, la gouvernante, l'avait envoyée se coucher une heure plus tôt, mais le bruit l'avait empêchée de dormir. La perspective d'avoir à intégrer le mercredi suivant un des lycées publics de la ville n'était pas non plus de nature à la rassurer. Elle en était convaincue, tous les élèves allaient la détester.

Quelque chose de froid et d'humide effleura son pied nu, mais elle y était à présent habituée.

— Hello, Pooh ! lança-t-elle gaiement.

Les deux pattes avant posées sur le siège, le chien levait vers elle deux yeux suppliants et remuait la queue. Sans se faire prier davantage, Molly le prit dans ses bras et le serra contre elle. La joue posée contre le crâne duveteux du caniche, elle ne put s'empêcher de lui murmurer à l'oreille des mots doux.

— Tu es une gentille fille, pas vrai, Pooh ? Une brave et gentille petite chienne adorable... Tu aimes Molly ? Molly t'aime, gentille Pooh !

Les mèches sombres de ses cheveux se mêlaient aux boucles blanches du chien. Pooh tourna vivement la tête pour lui lécher le menton. Cela faisait si longtemps que personne ne l'avait embrassée que Molly se garda bien de bouger, afin que la petite chienne puisse recommencer.

Un bruit, sur sa droite, attira son attention. La porte donnant sur la terrasse venait de s'ouvrir. Un homme à la stature impressionnante entra. Prestement, Molly déposa Pooh à terre. La pièce étant peu éclairée, il ne la vit pas et se dirigea vers le téléphone posé sur la table basse près du sofa. Avant qu'il ait pu composer son numéro, Pooh se jeta dans ses jambes en aboyant.

— Couché ! maugréa l'homme avec un accent traînant. Couché le chien !

Pour éviter tout malaise, Molly préféra signaler sa présence en s'éclaircissant la voix.

— N'ayez pas peur, dit-elle en se levant de son siège. Elle ne vous mordra pas.

Surpris, l'homme reposa le combiné et tourna la tête vers elle. Elle ne le connaissait pas, mais il avait un beau sourire qui lui inspirait confiance.

— Tu en es sûre ? demanda-t-il. Elle me paraît plutôt féroce.

— Elle n'est pas du tout féroce et elle s'appelle Pooh.

— En fait, nous avons déjà eu l'occasion de nous rencontrer, elle et moi. Mais je ne pense pas qu'il en aille de même en ce qui te concerne.

Après avoir traversé la pièce pour la rejoindre, il ajouta :

— Je m'appelle Dan Calebow.

— Comment allez-vous, monsieur Calebow ? Je m'appelle Molly Somerville.

Elle tendit la main vers lui. L'homme la lui serra de manière solennelle.

— Bonsoir, mademoiselle Molly. Tu dois être la sœur de Phoebe.

— Sa demi-sœur ! corrigea-t-elle. Nous n'avons pas la même mère, et nous ne nous ressemblons pas !

— C'est ce que je constate, en effet. Il n'est pas un peu tard, pour toi ?

— Je n'arrivais pas à dormir.

— Je comprends. La fête est plutôt bruyante. Es-tu sortie faire connaissance avec les joueurs et leurs familles ?

— Phoebe n'a pas voulu.

Molly n'aurait su dire pourquoi elle éprouvait le besoin de mentir. Peut-être pour ne pas avoir à révéler que c'était elle qui n'avait pas voulu sortir.

— Ah bon ? s'étonna Dan Calebow. Pourquoi cela ?

— Elle est très stricte. De toute façon, je ne suis pas très portée sur les réceptions. Je suis quelqu'un d'assez solitaire et je voudrais être écrivain quand je serai adulte.

— Vraiment ?

— Je suis en train de lire tout Dostoïevski !

— Bravo…

Molly ne savait plus quoi dire. Elle saisit le premier sujet qui lui venait à l'esprit pour conserver son attention.

— Je ne pense pas que je pourrai étudier Dostoïevski dans mon nouveau lycée. Je commence mercredi. C'est un établissement public, ouvert aux garçons.

— Tu n'es jamais allée à l'école avec des garçons ?

— Non.

— Une fille mignonne comme toi n'a pas à s'en faire. Je suis sûr que tu t'intégreras très bien.

Molly fit la grimace.

— C'est gentil de votre part, maugréa-t-elle. Mais je sais que je ne suis pas jolie. Pas comme Phoebe.

— Bien sûr que tu n'es pas jolie comme Phoebe ! se récria-t-il. Tu es jolie à ta façon. C'est ce qui est fantastique avec les femmes. Chacune possède sa propre beauté.

Il l'avait considérée comme une vraie femme ! Molly mit de côté ce réjouissant compliment pour le savourer plus tard, lorsqu'elle serait seule.

— Merci d'être si gentil avec moi, monsieur Calebow. Mais je connais mes limites.

Il lui fit un clin d'œil et précisa :

— En ce qui concerne les femmes, sans me vanter, je crois être un expert, mademoiselle Molly. Fais-moi confiance.

Elle aurait tant aimé le croire, mais elle préféra embrayer sur une autre question.

— Êtes-vous un joueur de football, monsieur Calebow ?

— J'en étais un. À présent, je suis le coach des Stars.

— J'ai bien peur de ne rien connaître au football.

— Une constante chez les femmes de ta famille.

Il croisa les bras et s'enquit :

— Ta sœur ne t'a pas emmenée voir le match, cet après-midi ?

— Non.

— C'est dommage. Elle aurait dû.

Molly crut détecter une certaine réprobation dans le ton de sa voix. Peut-être n'aimait-il pas Phoebe, lui non plus ? Elle décida d'en avoir le cœur net.

— Ma demi-sœur ne tient pas à s'encombrer avec moi, dit-elle en haussant les épaules. Elle s'occupe de moi, mais uniquement parce que mes deux parents sont morts et qu'elle ne peut faire autrement.

Cela, au moins, était vrai. Molly était satisfaite de le voir s'intéresser à ce qu'elle lui disait. Et pour ne pas risquer de perdre son attention, elle en rajouta quelque peu.

— Elle ne veut pas me laisser retourner au pensionnat et elle cache les lettres que m'envoient toutes mes copines.

— Pourquoi ferait-elle une chose pareille ?

L'imagination hyperactive de Molly lui fournit illico la réponse qui s'imposait.

— Une propension à la cruauté, peut-être ? Il y a des gens qui ont ça dans le sang, vous savez. Elle ne me laisse jamais sortir de la maison, et si je fais quelque chose qui lui déplaît, j'ai droit au pain sec et à l'eau.

Frappée par un éclair de génie, elle poursuivit sur un ton de conspiratrice :

— Et puis parfois, elle me frappe !

— *Quoi ?*

Comprenant qu'elle était allée trop loin, Molly s'empressa de préciser :

— Mais ça ne fait pas mal...

Dan Calebow avait l'air pour le moins perplexe.

— Difficile d'imaginer ça de votre sœur.

Elle n'aimait pas l'entendre défendre Phoebe.

— Vous êtes un homme, constata-t-elle. J'imagine que son apparence physique doit altérer votre jugement.

Il faillit s'en étrangler de rire.

— Tu peux me préciser ce que tu entends par là ?

Sa conscience lui dictait de ne rien ajouter, mais Molly le trouvait tellement gentil, et elle souhaitait tant se faire aimer de lui, qu'elle ne put s'empêcher de répondre :

— Avec les hommes ou avec moi, ce n'est pas du tout la même femme. Elle est comme Rebecca, la première Mme de Winter. Les hommes l'adorent mais, sous son masque de séduction, c'est une vraie harpie.

Une fois encore, elle eut peur d'en avoir trop dit. En hâte, elle tenta de rectifier le tir.

— Je ne dis pas qu'elle est entièrement mauvaise, bien sûr ! Juste un peu... désaxée.

Dan Calebow l'avait écoutée en se frottant pensivement le menton. Après l'avoir observée un instant, il dit enfin :

— Tu sais quoi, Molly ? Les Stars font partie intégrante de ton héritage familial. Tu as besoin d'en apprendre un peu plus au sujet de l'équipe. Je pourrais demander à Phoebe de t'emmener à un entraînement, un de ces jours de la semaine prochaine après le lycée. Qu'en dis-tu ?

— Vous feriez ça ?

— Bien sûr.

Son élan de gratitude fit oublier à Molly la culpabilité que lui inspiraient ses mensonges.

— Merci, monsieur Calebow ! J'aimerais beaucoup ça.

À cet instant, la tête de Peg passa par l'entrebâillement de la porte. Un seul regard de la sévère gouvernante suffit à Molly, qui s'empressa de dire au revoir au coach avant de regagner sa chambre. Quand Peg fut sortie, elle alla tirer Mister Brown de sa cachette et se fourra entre les draps avec lui, même si elle était bien trop grande pour dormir avec une peluche.

Alors que le sommeil commençait à la gagner, elle entendit un faible grattement contre sa porte et sourit dans son oreiller. Elle ne pouvait ouvrir la porte à Pooh, parce qu'elle ne voulait pas que Phoebe puisse la retrouver dans sa chambre, mais c'était bon de se savoir à ce point désirée.

10

En jetant un coup d'œil à la cassette vidéo posée sur le siège passager, Phoebe réalisa que rendre visite à Dan Calebow sans s'être annoncée devait être la chose la plus stupide qu'elle ait jamais faite. Mais au lieu d'effectuer un demi-tour avec la Cadillac de Bert pour rentrer chez elle, elle plissa les yeux afin de distinguer au bord de la route, dans la lumière des réverbères, la boîte aux lettres en bois que Krystal Greer lui avait indiquée. Tout en conduisant, elle revoyait l'argumentaire qu'elle avait mis au point pour expliquer sa présence.

Elle s'en tiendrait à l'essentiel, expliquant à Dan que Paul était arrivé à la fête porteur de la cassette peu de temps après qu'il en fut lui-même parti. Sachant qu'il souhaitait la visionner avant de se mettre au lit, elle avait jugé utile de la lui amener, puisque c'était une si belle nuit pour conduire. « Aucun dérangement, vraiment. »

Un regard à l'horloge du tableau de bord la fit grimacer. À 1 heure du matin, elle ferait sans doute mieux de ne pas évoquer la belle nuit propice à la conduite. Il suffirait de dire qu'elle n'avait pas sommeil et qu'elle avait pensé à cette promenade en voiture pour se détendre.

Mais à la vérité, Phoebe voulait revoir Dan au plus vite avant d'en perdre le sommeil. Elle avait été profondément secouée par cette envie irrépressible de l'embrasser qui s'était emparée d'elle. À présent, elle avait besoin de le voir seul, sans risque qu'ils puissent être dérangés, pour tenter de découvrir ce que ces sentiments déstabilisants signifiaient et à quoi ils pouvaient les mener.

Les raisons de se méfier ne manquaient pas, mais aucune d'elles ne lui permettait de comprendre pourquoi, à ses côtés, elle avait senti ce soir son corps renaître à la vie. La sensation était aussi terrifiante qu'exaltante. D'autant plus que Dan n'avait jamais caché son hostilité à son égard. Pourquoi, dès lors, ne pouvait-elle se défaire de l'impression qu'une attirance aussi forte que celle qu'elle ressentait pour lui le poussait vers elle ?

Sans crier gare, les larmes affluèrent à ses yeux. Pendant des années, elle n'avait même pas osé espérer qu'un tel bouleversement puisse encore se produire. Était-elle en train de se bercer d'illusions, ou y avait-il réellement une chance qu'elle puisse vivre pleinement sa féminité ?

La boîte aux lettres en bois apparut enfin dans le faisceau de ses phares. Phoebe cligna des paupières pour en chasser les larmes. Il n'y avait aucun nom sur la boîte, mais le numéro était le bon et elle s'engagea sur la petite route de campagne étroite et gravillonnée. Le ciel était couvert. Un clair de lune en partie masqué suffisait à peine à éclairer l'ancien verger qu'elle traversait. Après avoir franchi un pont de bois, il lui fallut gravir un petit raidillon au-delà duquel elle découvrit la maison illuminée de Dan.

La vieille ferme ne ressemblait en rien à la garçonnière chic et design qu'elle avait imaginée. En bois et en pierre, elle possédait trois cheminées. Sur le côté du vieux bâtiment s'érigeait une aile visiblement plus récente. Le long de la façade principale courait un porche à l'ancienne, auquel menaient quelques marches en bois. Dans la lumière rassurante que laissaient filtrer les fenêtres, Phoebe vit que les volets et la porte d'entrée avaient été peints en gris perle.

Les pneus de la Cadillac firent crisser le gravier quand elle s'arrêta devant la maison et coupa le contact. D'un coup, toutes les lumières s'éteignirent, à l'extérieur de la maison comme à l'intérieur. Phoebe hésita un instant. Sans doute arrivait-elle alors que Dan s'apprêtait à aller au lit. Mais puisqu'il n'était pas encore couché…

Sans se laisser le temps d'hésiter, elle prit la cassette sur le siège passager et sortit du véhicule. Une chouette hulula dans les arbres proches. Ce cri sinistre la fit frissonner. Dans l'obscurité, le chant des grillons paraissait inquiétant. En l'absence de sonnette, Phoebe laissa retomber le lourd heurtoir métallique dont le cognement sourd la fit sursauter.

Les secondes s'écoulèrent sans que personne vienne lui ouvrir. De plus en plus nerveuse, Phoebe laissa retomber une nouvelle fois le heurtoir et le regretta aussitôt. Sa visite lui parut subitement inopportune et elle comprit qu'elle venait de commettre une terrible erreur. Elle n'avait aucun moyen de justifier sa présence chez Dan à une heure aussi tardive. À quoi avait-elle pensé ? Il ne lui restait plus qu'à s'éclipser discrètement en espérant que…

Soudain, une main se posa sur sa bouche pour l'empêcher de crier. L'instant d'après, elle sentit un bras puissant emprisonner sa taille et l'entraîner en arrière.

— Je vais t'emmener dans les bois ! susurra une voix masculine menaçante contre son oreille.

La peur paralysait Phoebe. Ses jambes ne la portaient plus. Elle essaya de crier, sans parvenir à produire le moindre son. Ses pieds décollèrent du sol. Sans effort, l'homme descendit les marches du perron en la serrant contre lui. La panique lui coupait le souffle. Elle vit qu'il l'entraînait vers la lisière d'un bois tout proche.

— Défends-toi ! Même si tu sais que ça ne servira à rien.

L'homme s'exprimait avec un accent que Phoebe n'eut aucun mal à reconnaître. Malgré l'effroi qui paralysait son esprit, elle comprit que son agresseur n'était autre que Dan lui-même! Un vent de révolte balaya en elle toute trace de frayeur. Tout recommençait donc... N'avait-elle tiré aucune leçon de ce qui lui était arrivé? Elle avait été attirée par lui, elle avait flirté avec lui, et à présent il allait la violer! Son instinct de survie fut le plus fort. Par un intense effort de volonté, elle parvint à surmonter la paralysie qui lui engourdissait les membres. Elle ne pouvait se laisser abuser une seconde fois sans réagir.

Phoebe se mit à lutter désespérément pour sa liberté, battant des jambes et enfonçant ses coudes dans les côtes de son agresseur. Mais celui-ci – après des années de pratique sportive et d'entraînement – était fort, beaucoup plus fort qu'elle. Il l'emmenait vers les bois sombres, sans effort apparent, comme si elle n'avait pas pesé plus lourd qu'une enfant. Une nouvelle fois, elle tenta de crier, mais la pression de sa paume sur sa bouche n'avait pas faibli et cela lui fut impossible.

— Je préfère ça! se réjouissait Dan. Enfin tu te défends. Avec le mal que je me donne...

D'un soubresaut, Phoebe desserra brièvement l'étau des bras de Dan autour d'elle. Sa main glissa sur sa bouche mais, alors qu'elle allait enfin pouvoir hurler, il parvint à se reprendre et l'emprisonna en la bâillonnant avec plus de force encore. À travers le voile de ses larmes, Phoebe vit qu'il se dirigeait vers une sorte de kiosque en bois.

— Je vais te donner ce que tu attends, murmura-t-il. Exactement comme tu aimes. Je vais t'infliger juste ton content de cette souffrance que tu aimes tant...

D'un bond puissant, il gravit les marches conduisant à une ouverture cintrée ménagée dans les claustras couvertes de lierre. Il n'était même pas essoufflé.

— Tu es à ma merci! lança-t-il en l'entraînant dans les ténèbres qui régnaient sous la gloriette. Je peux faire de toi ce que je veux et tu ne pourras pas m'en empêcher!

Phoebe revivait le cauchemar qu'elle avait déjà vécu des années auparavant dans l'obscurité étouffante d'un abri en tôle, près de la piscine de son père. Et la même terreur la tétanisait. Gardant une main fermement pressée sur sa bouche, Dan glissa l'autre sous sa jupe pour atteindre sa culotte.

— Je vais commencer par t'arracher ça ! lança-t-il d'une voix rauque.

Les sons inarticulés qui montaient de la gorge de Phoebe étaient étouffés par la main plaquée sur ses lèvres. Elle n'avait pas voulu cela et elle n'était plus qu'une prière pour échapper à cet enfer. Une fois encore, elle entendit l'atroce murmure au creux de son oreille.

— Mais je devrais peut-être commencer ailleurs. C'est ça que tu veux que je fasse ?

La main plaquée sur la bouche de Phoebe s'accrocha à son décolleté. Dan tira brutalement et le tissu céda dans un craquement sinistre.

Deux événements simultanés se produisirent alors. Un hurlement trop longtemps réprimé jaillit des lèvres de Phoebe, et la main qui s'était posée en coupe sous son sein se figea.

— Val ? fit Dan d'une voix incertaine.

Dan se raidit. L'instant d'après, il fit un bond de côté en la lâchant précipitamment.

Phoebe se mit à sangloter. La lumière jaune d'un spot accroché à un pilastre inonda l'intérieur du kiosque, révélant un salon de jardin en rotin sur un tapis en sisal ; ainsi que Dan, qui la contemplait, les yeux ronds, le visage tordu par l'horreur.

— Phoebe ! lâcha-t-il dans un souffle. Seigneur... Je suis désolé, je... j'ignorais que c'était vous. Je... Val était supposée arriver et...

Phoebe claquait des dents. Tout son corps frissonnait. Sa robe déchirée pendait lamentablement, laissant voir un de ses seins. Ses doigts tremblants rassemblèrent en hâte les lambeaux du vêtement. En larmes, elle battit en retraite.

— Phoebe... reprit Dan en se précipitant vers elle.

Les doigts crispés pour maintenir en place sa robe déchirée, Phoebe recula précipitamment.

— Ne me touchez pas ! cria-t-elle.

Dan se figea, les deux mains écartées devant lui, et recula lentement.

— Je ne vais pas vous faire de mal, assura-t-il. Je peux expliquer ce qui vient de se passer. C'est une lamentable méprise. Je ne savais pas que c'était vous. Je vous ai prise pour mon ex-femme. Elle devait me rendre visite.

— C'est... c'est supposé... être une consolation ?

Phoebe ne cessait de claquer des dents. Sa poitrine se soulevait convulsivement, au rythme des sanglots qu'elle ne parvenait pas à ravaler. Dan fit une autre tentative pour se rapprocher d'elle. Mais en la voyant, une fois de plus, battre en retraite, il stoppa net.

— Vous ne comprenez pas, dit-il calmement. C'est...

— Espèce de salaud ! l'interrompit-elle en hurlant. Pauvre type ! Espèce de... pervers !

— Dan ? fit une voix de femme à l'extérieur du kiosque. Dan, où es-tu ?

Comprenant qu'ils n'étaient plus seuls, Phoebe soupira de soulagement. Puis, elle lut la prière muette dans les yeux de Dan. L'index sur les lèvres, il l'incita au silence.

— Ici ! cria-t-elle. Par ici ! À l'aide !

Dan laissa retomber sa tête et étouffa un juron.

— Dan ?

Une mince et séduisante jeune femme vêtue d'une simple robe à fleurs en coton les rejoignit sous la gloriette.

— Que se passe-t-il ? poursuivit-elle. J'ai entendu un...

Statufiée en haut des marches, elle fixa longuement Phoebe avant de se tourner vers Dan pour demander :

— Que se passe-t-il ?

— Une méprise, répondit-il d'un air dépité. Un cas flagrant d'usurpation involontaire d'identité.

Remarquant les cheveux défaits de Phoebe et sa robe déchirée, la jeune femme écarquilla les yeux et murmura :

— Oh, mon Dieu !

Alors que se dissipait peu à peu sa frayeur, Phoebe réalisa qu'il se passait sous ses yeux quelque chose qu'elle ne comprenait pas.

— Il faisait noir, expliqua Dan à la nouvelle venue. Et je l'ai prise pour toi.

Déjà remise de sa surprise, celle-ci tapota sa tempe du bout de son index et demanda en examinant Phoebe :

— Est-elle discrète ?

— Bon sang, Val ! tonna Dan. Qu'est-ce que ça peut faire ? Elle est morte de peur ! Tu ne vois pas ce que je lui ai fait ?

La jeune femme s'était exprimée d'un ton si dépourvu d'émotions que Phoebe la détesta tout de suite.

— Qui est cette femme ? s'enquit celle que Dan avait appelée Val.

Lorsqu'il comprit que Phoebe n'était pas en état de le faire elle-même, Dan répondit :

— Phoebe Somerville.

— La nouvelle propriétaire des Stars ?

— Elle-même.

Se tournant vers Phoebe, Dan fit les présentations.

— Phoebe, je vous présente Valerie Calebow, mon ex-épouse, respectable représentante de cet État au Congrès des États-Unis d'Amérique… Mais en dépit de cela, vous pouvez lui faire confiance. Valerie va vous expliquer que mon intention n'était pas de vous faire du mal. Elle va même vous dire *exactement* dans quoi, sans le vouloir, vous avez mis les pieds.

— Dan… protesta l'intéressée, le front ridé de plis de contrariété. Je peux difficilement…

— Fais-le ! la coupa-t-il avec un regard meurtrier. Elle n'est pas en état de m'écouter ni de me faire confiance pour le moment…

Le visage figé, Valerie pesa soigneusement ses paroles avant d'expliquer :

— Mademoiselle Somerville... Bien que Dan et moi soyons divorcés, nous avons décidé d'un commun accord de garder... des relations intimes. Nous sommes tous deux des amants aventureux et...

— Parle pour toi ! s'insurgea Dan. Quant à moi, je me serais volontiers contenté d'un grand lit, d'un peu de musique et d'un éclairage tamisé !

— Serais-tu en train de me blâmer pour ce qui vient de se produire ? demanda-t-elle posément.

— Non ! lâcha-t-il dans un soupir. Tout est de ma faute. Vous avez toutes les deux des cheveux clairs et vous êtes à peu près de la même taille. De plus, il faisait sombre.

— Dan et moi étions convenus de nous retrouver ici, poursuivit Valerie. J'avais ce soir des obligations officielles qui m'ont mise en retard. Malheureusement, vous êtes arrivée la première et il vous a prise pour moi.

Phoebe comprenait peu à peu ce qui s'était passé, mais quelque chose lui échappait.

— Vous êtes en train de me dire... commença-t-elle en la dévisageant d'un air incrédule, vous *vouliez* qu'il vous traite comme il m'a traitée ?

Valerie refusa de soutenir son regard.

— Inutile de poursuivre plus longuement cette pénible confrontation, dit-elle. J'espère que vous voudrez bien comprendre à quel point cette affaire peut être sensible pour moi. Je suis un représentant élu de cette nation, et si quelqu'un venait à apprendre...

— Pour l'amour de Dieu, Val ! protesta Dan. Tu ne crois pas que...

— Ferme-la ! s'emporta-t-elle en se tournant vers lui. Cette histoire pourrait mettre fin à ma carrière ! J'ai besoin d'être sûre qu'elle n'en parlera à personne.

— Mais... protesta Phoebe d'une voix faible. À qui pourrais-je en parler ? De toute façon on ne me croirait pas.

— Désolée de ce qui vous est arrivé.

Après l'avoir saluée d'un hochement de tête, Valerie tourna les talons et s'éclipsa promptement.

Phoebe ne tenait pas à rester seule avec Dan. Aussitôt que son ex-femme fut partie, elle redevint douloureusement consciente de sa stature impressionnante, de sa présence massive et oppressante, de ses biceps gonflant les manches trop étroites de son polo.

Sa robe en lambeaux serrée entre ses doigts, elle amorça un mouvement de repli vers l'ouverture pratiquée dans les claustras en longeant les parois de la gloriette.

— Asseyez-vous un instant, suggéra-t-il calmement. Je vous promets de ne pas vous approcher, mais nous avons besoin de parler. S'il vous plaît.

— Pour vous deux, c'était un jeu, n'est-ce pas ? gémit-elle. C'est comme ça que vous prenez votre pied !

— Oui.

— Ce n'était pas un jeu pour moi.

— Je sais. Je suis désolé.

— Comment pouvez-vous faire une chose pareille ?

— C'est ce qui lui plaît.

— Mais... *pourquoi ?*

— Valerie est une femme puissante. Une femme de pouvoir. Parfois, elle se fatigue d'être constamment celle qui commande et décide.

— Elle est malade ! Et vous aussi !

— Ne portez pas de jugement hâtif, Phoebe. Valerie n'est pas malade, et jusqu'à ce soir, ce qui se passe entre nous ne concernait personne d'autre.

Phoebe s'était remise à trembler.

— Vous alliez me... commença-t-elle. Que se serait-il passé, si elle n'était pas arrivée ?

— Je me serais arrêté. Dès l'instant où j'ai senti vos...

Il s'éclaircit la voix d'un air gêné avant de conclure :

— Valerie a un peu moins de poitrine que vous.

Ses jambes refusant de la porter plus longtemps, Phoebe se laissa tomber dans le fauteuil en rotin le plus proche d'elle. Dan s'avança prudemment, comme s'il craignait de la faire hurler de nouveau par trop de précipitation.

— Que faisiez-vous ici ? demanda-t-il.

Phoebe prit une ample inspiration avant d'expliquer :

— Paul est arrivé un peu après votre départ de la fête. J'ai voulu… vous apporter cette cassette vidéo que vous…

Elle s'interrompit en s'apercevant qu'elle n'avait aucune idée de ce que la cassette avait pu devenir. Dan haussa les épaules.

— J'avais pourtant dit à Ronald que ça pouvait attendre.

— Je sais, reconnut Phoebe. J'ai pensé… je n'avais pas sommeil, et… Laissez tomber. C'était une idée stupide.

— Je ne vous le fais pas dire.

— Je vais m'en aller.

En s'agrippant aux accoudoirs, Phoebe parvint à grand-peine à se lever.

— Vous avez besoin de vous remettre un peu avant de prendre le volant, protesta Dan. Voilà ce que je vous propose… Je n'ai pas eu le temps de manger quoi que ce soit à la fête et je suis affamé. Laissez-moi nous préparer quelques sandwichs. Qu'en dites-vous ?

L'expression de son visage trahissait un besoin enfantin de faire plaisir qui atténua quelque peu la peur résiduelle de Phoebe. Mais il était aussi trop grand, trop imposant, trop fort, et elle n'avait toujours pas surmonté le traumatisme d'avoir vu le passé lui revenir en pleine face.

— Impossible, répondit-elle. Je dois y aller.

— Vous avez peur de rester seule avec moi, c'est cela ?

— Je suis fatiguée, c'est tout.

— Vous crevez de trouille.

— Cela vous étonne ? s'insurgea-t-elle. J'étais à votre merci, sans défense. Vous êtes un homme impressionnant. Vous ne pouvez imaginer ce qu'une femme peut ressentir dans une telle situation.

— Non, reconnut-il. Je ne le peux pas. Mais c'est fini, à présent. Je ne vous veux aucun mal. Vous me croyez, non ?

Lentement, Phoebe acquiesça d'un hochement de tête. Elle le croyait, mais cela n'en restait pas moins difficile pour elle de se détendre en sa présence.

— Je sais, reprit-il avec un sourire rusé. Je sais pourquoi vous tenez à rentrer chez vous le plus vite possible. Il vous tarde de réveiller votre petite sœur pour lui taper dessus.

Abasourdie, Phoebe le dévisagea un long moment.

— De quoi parlez-vous ? s'étonna-t-elle enfin.

— Nous avons eu une très intéressante conversation, Mlle Molly et moi. Mais je ne vous en parlerai pas. Sauf si vous acceptez mon offre de manger un morceau avec moi.

Il la mettait au défi. Difficile d'ignorer la lueur de malice qui à cet instant faisait flamber son regard. Dan était redevenu le coach. Il testait son courage comme il devait tester sur le terrain celui de ses joueurs. Phoebe se sentait fléchir. Elle savait qu'il ne lui ferait pas de mal. Et si elle s'enfuyait une fois encore, quand cesserait-elle de le faire ?

— D'accord, dit-elle de mauvaise grâce. Juste pour quelques minutes.

Phoebe éprouva quelques difficultés à emprunter dans le noir ce chemin qu'elle ne connaissait pas. Et quand elle trébucha, Dan ne fit rien pour lui venir en aide. Avait-il deviné que dans l'obscurité elle ne pourrait supporter le moindre contact avec lui ?

En avançant, il s'efforça de la mettre à l'aise en lui parlant de sa maison.

— J'ai acheté cette propriété l'année dernière et je l'ai fait restaurer. Le verger est à moi et il y a également une écurie où je peux loger un ou deux chevaux si l'envie m'en prend. Certains arbres, ici, ont plus d'une centaine d'années.

En arrivant sous le porche, Dan se pencha pour ramasser la cassette vidéo sur le plancher. Puis, il ouvrit la porte et alluma une lumière à l'intérieur avant de l'inviter à entrer. Phoebe vit sur la gauche un escalier qui menait à l'étage, et sur sa droite, une large porte cintrée donnant sur la nouvelle aile de la maison. À la suite de Dan, elle y pénétra et découvrit un vaste espace à la fois rustique et accueillant.

Le mur de pierres apparentes, dans la lumière des lampes que Dan avait allumées en entrant, avait une belle couleur dorée. Un confortable living-room avait été aménagé, sur deux plans successifs, menant à une belle cuisine à l'ancienne. Quelques tapis égayaient le parquet clair en pin verni. Le mobilier, sans ostentation, contribuait à renforcer l'atmosphère de simple confort rustique. Près de la cuisine, une table ronde en pin, entourée de chaises à accoudoirs et à dossiers arrondis, voisinait avec un vaisselier ancien. Devant l'âtre, un canapé profond assorti de deux fauteuils était couvert d'un grand plaid écossais. Le manteau de cheminée était décoré de grosses bougies, de divers objets en pierre et de vieilles boîtes en métal. Et au centre du tapis, c'était un ancien escabeau en bois sombre, orné de décennies de rayures et de marques diverses, qui faisait office de table basse. Un vieil échiquier en bois y voisinait avec une pile de livres.

Phoebe était étonnée de la simplicité et du bon goût qui avaient présidé à la décoration. Elle s'était attendue à voir Dan vivre dans un luxe tapageur, entouré de statues de femmes nues en marbre, et non dans ce cadre champêtre qui n'aurait pas déparé une verte prairie de l'Illinois.

Dan prit dans une penderie une chemise en batiste bleue et la tendit à Phoebe.

— Vous vous sentirez plus à l'aise avec ceci sur le dos, dit-il. Il y a une salle de bains à côté de la cuisine.

Réalisant qu'elle se cramponnait toujours aux lambeaux de sa robe déchirée, Phoebe ne se fit pas prier.

Dans le miroir de la salle de bains, elle passa un long moment à étudier son reflet. Ses yeux semblaient deux fenêtres grandes ouvertes sur les secrets de son passé. Du mieux possible, elle mit de l'ordre dans ses cheveux avec les doigts et essuya avec des mouchoirs en papier les coulures de mascara qui maculaient son visage. Ce n'est que lorsqu'elle se sentit de nouveau maîtresse d'elle-même qu'elle s'autorisa à sortir.

La chemise que lui avait passée Dan lui arrivait à mi-cuisse, et elle avait dû rouler les manches jusqu'à ses coudes. Elle le retrouva occupé à tirer du réfrigérateur du pain de mie et un paquet de viande froide.

— Un sandwich au rosbif, ça vous dit ?

Phoebe parvint à réprimer une grimace de dégoût.

— Je ne suis pas une grande mangeuse de viande.

— J'ai du salami, si vous préférez. Ou du filet de dinde.

— Un peu de fromage fera très bien l'affaire.

— Alors, sandwich au fromage grillé ? Ma spécialité !

Il semblait tellement désireux de lui faire plaisir qu'elle ne put retenir un sourire.

— Ce sera parfait, assura-t-elle.

— Avec ça, vous voulez du vin, de la bière ? Je dois avoir également un peu d'*ice tea*.

— *Ice tea*, s'il vous plaît.

Phoebe alla prendre place autour de la table en pin. Dan leur servit un verre et s'affaira à préparer les sandwichs. Remarquant un livre ouvert sur la table à côté d'elle, elle le retourna et vit qu'il s'agissait d'*Une brève histoire du temps* de Stephen Hawking. Elle s'en servit pour tenter de restaurer entre eux un semblant de normalité.

— Une lecture ambitieuse, pour un sportif...

— Si je la fais à haute voix en détachant bien chaque syllabe, ça peut aller.

Un sourire amusé se dessina sur les lèvres de Phoebe. Satisfait, Dan disposa soigneusement les sandwichs dans la poêle qu'il venait de faire chauffer.

— C'est un livre passionnant, reprit-il en surveillant la cuisson. Un livre qui donne à réfléchir. Les quarks, les ondes gravitationnelles, les trous noirs… J'ai toujours aimé la science, à la fac.

— En ce qui me concerne, dit Phoebe, j'attendrai que le film sorte.

Reposant le livre, elle but une gorgée et ajouta :

— Et si vous me disiez ce qui s'est passé avec Molly ?

Avec un franc sourire, Dan retourna les sandwichs et répondit :

— Cette gamine aime bien raconter des histoires. Je suis tombée sur elle, dans le living-room, quand je suis allé passer mon coup de fil. Elle m'en a dit de belles, à votre sujet…

— Par exemple ?

— Par exemple que vous la retenez prisonnière, que vous détournez son courrier, que vous la mettez au pain sec et à l'eau chaque fois qu'elle a le malheur de vous déplaire, et que, à l'occasion, vous la frappez.

Phoebe, qui avait failli s'étrangler, reposa son verre précipitamment.

— *Pardon ?*

— Mais selon elle, cela ne fait pas mal… précisa Dan, narquois.

Phoebe était partagée entre ahurissement et consternation.

— Pourquoi raconte-t-elle de telles horreurs sur moi ?

— Elle ne semble pas beaucoup vous aimer…

— Je sais. Parfois, elle me donne l'impression d'être une vieille tante aigrie et revêche. Elle désapprouve ma manière de m'habiller. Elle n'apprécie pas mon humour. Même Pooh ne trouve pas grâce à ses yeux.

— Cela, on ne peut pas le lui reprocher.

En réponse au regard noir qu'elle lui lança, Dan lui sourit et enchaîna :

— Tout le temps que nous avons passé ensemble, votre chienne était couchée sur ses pieds. Elles paraissaient très bien s'entendre, toutes les deux.

— Je ne vous crois pas !

— C'est pourtant la vérité.

— Elle a vraiment prétendu que je la frappe ?

— Je n'aurais pas inventé une chose pareille. Mais si cela peut vous consoler, elle pense que vous n'êtes pas tout à fait le mal incarné ; juste un peu désaxée. Elle vous a comparé, si je me rappelle bien, à quelqu'un du nom de Rebecca. Et elle a ajouté : « la première Mme de Winter ».

— Rebecca ?

Comprenant de quoi il retournait, Phoebe secoua la tête.

— Tout ce baratin à propos de Dostoïevski… murmura-t-elle. Et la petite cachottière lit Daphné du Maurier !

Un long moment, elle demeura songeuse.

— Dites-moi, reprit-elle enfin, comment avez-vous su qu'elle ne vous disait pas la vérité ? Les adultes qui frappent les enfants ne sont hélas pas l'exception.

— Phoebe… répondit-il en soutenant son regard. Sur le banc de touche, vous grimaciez et donniez l'impression de pouvoir vous évanouir chaque fois qu'un de mes hommes recevait un mauvais coup. De toute façon, il est visible que vous n'avez pas l'instinct du tueur en vous.

Il prit le temps de retourner une nouvelle fois les sandwichs avant de poursuivre :

— Par exemple – corrigez-moi si je me trompe –, il me semble que c'est bien autre chose qu'un appétit capricieux qui vous a poussée à décliner le barbecue coréen de Viktor. Sans parler de cet excellent rosbif que j'ai au frigo.

Phoebe se raidit sur sa chaise. Cet homme était vraiment trop perspicace à son goût.

— Simple mesure d'hygiène, mentit-elle. Toutes ces graisses animales ne sont pas bonnes pour la santé.

— Allons, allons… protesta-t-il avec indulgence. Vous pouvez confier à tonton Dan votre vilain petit secret. Vous êtes végétarienne, n'est-ce pas ?

— Un tas de gens ne mangent pas de viande !

— Certes, mais la plupart montent au créneau pour l'annoncer au monde entier. Vous, vous le cachez.

— Cela ne regarde personne. C'est mon problème si je tiens à vivre vieille et sans artères bouchées.

— Voilà que vous tournez encore autour du pot… J'ai comme l'intuition que vos habitudes alimentaires n'ont pas grand-chose à voir avec vos artères.

— Je ne sais pas de quoi vous voulez parler.

— Dites-moi la vérité. Ce sera plus simple.

Il l'avait poussée dans ses retranchements. Il ne lui restait plus qu'à capituler.

— D'accord ! lança-t-elle de mauvaise grâce. J'aime les animaux. Ce n'est pas un crime ? Déjà toute petite je ne supportais pas l'idée de manger de la viande.

— Pourquoi en faire un tel mystère ?

— Je n'en fais pas mystère ! C'est juste… que je ne suis pas intégralement fidèle à mes convictions. Je ne porte jamais de fourrure, mais j'ai dans mes armoires des tas de chaussures et de ceintures en cuir. Je déteste également toutes ces discussions stériles dans lesquelles les gens vous embarquent quand vous avouez ne pas manger de viande. Une vieille habitude, sans doute. La directrice de mon ancien pensionnat me menait la vie dure à ce sujet.

— Comment ça ?

— Nous avons eu un différend, alors que j'avais 11 ans, à cause d'un travers de porc. J'ai fini par rester attablée au réfectoire une bonne partie de la nuit.

Comment votre bras de fer s'est-il conclu ?

— La directrice a fini par appeler Bert. Il m'a passé un savon au téléphone comme je n'en avais jamais reçu, mais cela n'a servi à rien. Je n'ai rien pu avaler. Ensuite, mes camarades de pensionnat sont venues à la rescousse. Elles se relayaient pour prendre dans leur assiette la viande qui se trouvait dans la mienne.

— Cela ne suffit pas à expliquer pourquoi vous restez si discrète sur le sujet.

— Beaucoup de gens pensent que le végétarisme est un truc de cinglé. J'estime que je me fais déjà suffisamment remarquer comme cela…

— Je ne pense pas avoir déjà rencontré quelqu'un – hors du milieu du football – qui dépense autant d'énergie que vous pour prétendre être fort.

— Mais *je suis* forte !

— Bien sûr que vous l'êtes…

Phoebe vit rouge. Son sourire bon enfant lui portait sur les nerfs.

— Qu'est-ce que vous croyez ? répliqua-t-elle. Ce n'est pas parce que je n'ai pas eu assez de force pour résister à vos assauts que je suis faible pour autant.

Dan eut l'air immédiatement si blessé par ses paroles qu'elle regretta presque de n'avoir pu tenir sa langue.

— Je suis réellement désolé de ce qui s'est passé. Je n'ai jamais fait de mal à une femme de ma vie. Enfin… à l'exception de Valerie, bien sûr, mais c'était…

— Stop ! l'interrompit-elle. Cela ne me concerne pas.

Dan vint s'asseoir à table face à elle.

— Je vous ai expliqué toute l'affaire, dit-il en la regardant dans les yeux. Et je me suis excusé de toutes les façons possibles et imaginables. Allez-vous accepter mes excuses honnêtes et sincères, ou ce qui s'est passé va-t-il ressurgir entre nous dès que nous serons ensemble ?

Phoebe discerna dans son regard une inquiétude si sincère qu'une envie presque incontrôlable la saisit de lui sauter dans les bras et de lui demander de la serrer fort, juste pour quelques minutes.

— J'accepte vos excuses.

— Une acceptation pleine et entière ? insista-t-il en fronçant les sourcils. Ou un de ces trucs de femme qui dit à un homme qu'elle lui pardonne uniquement pour passer ensuite son temps à le culpabiliser ?

— Pourquoi me demandez-vous cela ? s'étonna-t-elle. C'est ce que faisait Valerie ?

— Chérie... Toutes les femmes que j'ai eu l'occasion d'approcher m'ont fait le coup.

Phoebe essaya de rendosser son rôle habituel.

— La vie est vraiment trop dure pour qui sait se rendre irrésistible au sexe opposé.

— Parole de connaisseuse...

Elle se mit en quête d'une réplique adéquate, mais rien ne lui vint. Sans doute était-elle encore trop affectée par ce qui venait de lui arriver, tenta-t-elle de se convaincre. Faute de mieux, elle se résigna à faire diversion.

— Vous n'avez pas peur que ça brûle ?

Dan retourna à ses fourneaux et acheva de préparer les sandwichs. Après les avoir soigneusement coupés en deux, il les ramena à table, disposés sur deux assiettes en grès. Quelques minutes durant, ils se contentèrent de manger dans un silence que Dan, finalement, se résolut à briser.

— Vous n'avez pas l'intention de me parler du match ?

— Non. Pas vraiment.

— Vous ne comptez pas me sermonner à propos de cette erreur tactique du deuxième quart-temps ? Les journalistes sportifs vont m'étriller toute la semaine à cause de ça.

— Quelle erreur tactique ?

Un sourire satisfait fleurit sur les lèvres de Dan.

— Je commence à me rendre compte qu'il existe certains avantages à travailler pour vous...

— Pourquoi ? fit-elle mine de s'étonner. Parce que je n'ai aucun désir secret de coacher l'équipe moi-même ?

Hochant la tête, Dan mordit son sandwich à belles dents.

— Je ne ferais jamais une chose pareille, poursuivit-elle. Même si je ne peux m'empêcher de penser que vous devriez ouvrir un peu plus la défense et pousser Bryzski plutôt que Reynolds.

Figé en pleine mastication, Dan la fixa longuement.

— Paroles rapportées... expliqua-t-elle en souriant. Dans la loge, les affidés de Bert ne se sont pas privés de me livrer le fond de leur pensée.

Après lui avoir rendu son sourire, il but une gorgée et expliqua :

— Les reporters étaient déçus de ne pas vous voir à la conférence de presse d'après match. Les journalistes se posent des questions. Vous attisez leur curiosité.

Phoebe fit la grimace.

— Il leur faudra en prendre leur parti. Je n'ai pas envie de me couvrir de ridicule. J'ai vu quelques-unes de leurs interviews, et je sais qu'il faut en connaître un rayon sur le sujet pour ne pas les décevoir.

— Tôt ou tard, insista-t-il, il faudra bien vous décider à leur parler. Ronald pourrait vous aider à vous y préparer. Il servirait au moins à quelque chose.

Dans l'esprit de Dan, elle ne l'ignorait pas, Ron et elle étaient toujours censés être amants.

— J'aimerais que vous cessiez d'être si négatif à son sujet, dit-elle. Il fait du très bon travail et je ne sais pas ce que je deviendrais sans lui.

— Ah, oui, vraiment ?

— C'est un homme merveilleux.

Dan s'essuya les lèvres avec une serviette en papier sans cesser de la fixer d'un air réprobateur.

— Il doit l'être, maugréa-t-il. Une femme comme vous n'a que l'embarras du choix.

Phoebe haussa les épaules et se remit à grignoter sans appétit.

— Bon sang, remettez-vous ! s'emporta Dan en froissant sa serviette en boule. Je suis navré de ce qui vous est arrivé, mais vous restez là, sur la défensive, comme une mule qui dans sa vie a reçu trop de coups... Qu'avez-vous fait de votre tempérament? Où est la femme qui a réussi à manœuvrer pour me convaincre d'accepter la réintégration de Ronald dans le staff?

Phoebe se raidit sur sa chaise et répliqua:

— Je ne vois pas de quoi vous voulez parler.

— Mon œil! On peut dire que vous m'avez bien roulé, tous les deux. Il m'a fallu quelques jours pour percer à jour votre petit manège. Ronald était même parvenu à me faire croire que vous couchiez ensemble.

Il paraissait bien plus vexé que furieux. Phoebe en fut soulagée. Elle choisit soigneusement ses mots pour lui répondre.

— Je ne vois pas en quoi c'est si difficile à envisager. Ron est un homme très séduisant.

— Je dois vous croire sur parole, mais il n'en demeure pas moins que vous n'avez jamais été amants.

— Comment le savez-vous?

— Je le sais, c'est tout. J'ai bien vu comment vous vous comportez avec lui quand vous êtes consciente que je vous regarde. Vous le mangez des yeux, battez des paupières et mordez votre lèvre inférieure en roucoulant des âneries.

— N'est-ce pas ainsi que se comportent les femmes avec leurs amants?

— C'est ainsi que vous vous comportez avec à peu près tous les hommes que vous croisez.

— Et alors?

— Avec à peu près tous les hommes sauf moi.

Une alarme venait de retentir dans l'esprit de Phoebe. La gorge serrée, elle repoussa devant elle son sandwich à peine entamé. Dan, lui, n'en avait pas terminé avec elle.

— Oh, bien sûr, vous ne pouvez vous empêcher parfois de venir me titiller avec vos airs de mangeuse d'hommes. Mais ça ne dure jamais longtemps, et bien vite vous vous retrouvez à regarder vos pieds, ou à jouer avec vos doigts.

Adossé à sa chaise, il poursuivit, implacable :

— Il ne m'a pas échappé non plus que vous bombiez le torse devant n'importe quel homme mais, depuis peu, il me semble que nous ne pouvons échanger deux phrases sans que vous vous tassiez sur vous-même.

— Vous avez une imagination hyperactive.

— Je ne le pense pas, non.

D'un bond, Phoebe se leva, renversant sa chaise.

— Il est tard, dit-elle d'une voix blanche. Je vais rentrer.

Lentement, Dan se leva à son tour. Il s'approcha de Phoebe et fut soulagé de ne pas la voir frémir. Debout devant lui dans cette chemise bleue trop grande pour elle, elle paraissait magnifique et fragile à la fois. Il ne se rappelait pas avoir déjà rencontré de femme aussi pleine de contradictions. Il refusait de s'attacher à elle, mais cela devenait difficile.

Timidement, il posa la main sur son épaule et demanda :

— Est-ce que je vous fais toujours peur ?

— Bien sûr que non !

Elle n'avait peut-être pas peur, mais elle restait fuyante, ce qui lui était insupportable. Laissant sa main descendre le long de son bras, il commença à le caresser doucement à travers le tissu.

— J'ai du mal à vous croire, reprit-il. Je pense que vous restez secrètement convaincue que je risque à tout moment de me transformer en maniaque et de vous sauter dessus.

— C'est faux.

— En êtes-vous sûre ?

— Tout à fait sûre.

— Prouvez-le.

— Comment voulez-vous que je m'y prenne ?

Dan ignorait quel démon le poussait à se conduire ainsi. Ses taquineries la faisaient sourire, et c'était tout ce qui comptait pour lui. Il adorait les petites rides qui se formaient au coin de ses yeux quand elle riait. Avec un sourire espiègle, il désigna sa mâchoire et dit :

— Donnez-moi un baiser. Juste ici. Un gentil petit baiser comme on s'en donne entre amis.

— Ne soyez pas ridicule.

Les yeux de Phoebe pétillaient. Dan ne put résister à l'envie de pousser plus loin la plaisanterie. Mais en était-ce réellement une, dans la mesure où il ne pouvait s'empêcher de se demander quelles sensations lui procurerait ce corps de rêve pressé contre le sien ?

— Un peu de courage ! insista-t-il à mi-voix. Je vous mets au défi… Que risquez-vous ? Il ne s'agit que d'un petit bisou sur la joue, pas d'un baiser à tomber par terre.

— N'insistez pas. Je ne veux pas vous embrasser.

Dan avait noté qu'elle avait hésité une seconde de trop à répondre et que ses yeux s'étaient embrumés. Cette fois, il n'était plus d'humeur badine. Ce fut d'une voix un peu rauque qu'il ajouta :

— Menteuse ! Toute cette chaleur entre nous ne peut venir uniquement de moi.

Il s'enhardit à se pencher sur elle, et l'instant d'après il baisa un petit coin de peau très doux, juste derrière son oreille. Il ne l'avait pas attirée à lui, mais il sentait contre son torse la pointe de ses seins.

Phoebe poussa un petit soupir et murmura :

— Nous ne nous aimons même pas…

— Nous n'avons pas besoin de nous aimer. Il ne s'agit pas d'une idylle. Juste d'une attirance animale.

Dan embrassa le grain de beauté situé au coin de l'œil de Phoebe, qui se pressa contre lui en gémissant doucement. Il prit ses bras entre ses mains et couvrit son visage de baisers jusqu'à trouver sa bouche sous la sienne.

Ses lèvres étaient douces, tendres et chaudes, ni fermées ni offertes. Il leur trouva une saveur affolante. Son parfum, à base de senteurs fleuries, lui fouettait les sens. Il avait de nouveau 16 ans et découvrait l'amour. Mais en caressant du bout de la langue la courbe parfaite de sa lèvre inférieure, il se rappela qu'il avait renoncé des années auparavant à ce type de beauté sulfureuse. Hélas, son corps semblait l'avoir oublié.

Le baiser se fit plus marqué, plus exigeant. Dan était à présent dans l'impossibilité de se mentir. S'il ne pouvait aimer Phoebe, au moins, elle l'attirait. Il ne se sentait pas capable de lui faire confiance, mais s'il ne lui était pas possible de goûter au plus vite à ces seins tentateurs qui se pressaient contre lui, il allait exploser. Sauf que, après ce qui s'était passé sous la gloriette, il lui fallait marcher sur des œufs. Mais comment garder la tête froide alors qu'elle le rendait fou de désir ?

Phoebe se coula un peu plus étroitement contre lui. Un gémissement étouffé monta de sa gorge, qui fouetta le système nerveux de Dan comme aurait pu le faire une gorgée de whisky. Sur-le-champ, il oublia toute retenue.

Les lèvres de Phoebe s'entrouvrirent. Il partit aussitôt à la conquête de cette bouche douce et chaude qui s'offrait à lui, mais il voulait davantage. De manière possessive, ses bras se refermèrent autour d'elle. Il sentit ces seins qu'il imaginait fermes et doux s'écraser contre son torse. Un feu d'artifice de sensations plus explosives les unes que les autres se déclencha en lui. Soudain, il se rendit compte que sa main caressait sous la chemise la plus belle et la plus émouvante chute de reins qui se fût jamais offerte à lui.

Sa langue se fit plus exigeante, plus invasive, mais même cela ne parvint pas à le contenter. C'était à la pointe de ses seins qu'il voulait l'enrouler, et entre ses jambes, pour s'y régaler de son nectar intime. Tout son corps était bandé comme un arc. Une folie sensuelle s'était emparée de lui. Ses mains étaient partout sur elle. Sa frénésie se nourrissait des petites plaintes étouffées qui échappaient à Phoebe. Il la sentait répondre à sa fougue par une fougue comparable. Ses doigts crispés s'enfonçaient dans les muscles de ses bras. Son corps butait contre le sien. Elle était aussi déchaînée, aussi insatiable que lui. Et ses gémissements, presque apeurés, presque...

La soudaine prise de conscience de ce qui était réellement en train de se produire lui fit l'effet d'une douche glacée. Phoebe ne répondait pas à son étreinte. Il la retenait contre son gré et elle luttait pour lui échapper.

Il se rejeta loin d'elle si violemment que dans sa hâte il renversa une chaise. La bouche de Phoebe était rouge et gonflée de ses baisers. Sa respiration précipitée soulevait violemment sa poitrine. Ses cheveux étaient emmêlés, comme s'il y avait plongé les doigts, ce qu'il devait avoir fait, même s'il n'était plus en état de s'en souvenir. Et en fixant ses yeux agrandis par la peur, il se sentit malade de honte. Il avait connu dans sa vie un grand nombre de femmes, et c'était bien la première fois qu'il lui arrivait de prendre un « non » pour un « oui ». L'accusation muette qu'il lisait sur ce visage lui donnait l'impression d'être un criminel, ce qu'il n'était pas prêt à accepter. Il n'avait pas été tout à fait aveuglé par la passion, et il n'avait pas rêvé quand il avait perçu, au début, qu'elle était partie prenante de ce baiser.

— Hors de question que je m'excuse encore une fois ! cria-t-il. Si vous ne vouliez pas que je vous embrasse, vous n'aviez qu'à dire non !

Au lieu de se disputer avec lui, Phoebe détourna le regard et eut un geste faible et désespéré de la main qui ne fit que renforcer en lui l'impression d'être le pire des salauds.

— Désolée... murmura-t-elle.

— Phoebe !

Agrippant son sac au passage, elle se rua hors de sa cuisine, claquant derrière elle la porte de sa maison. Plus impuissant qu'il ne l'avait jamais été, Dan l'entendit mettre le contact et manœuvrer la Cadillac de son père dans un crissement de pneus. Déjà, elle était loin ; loin de ce brasier dans lequel leurs corps avaient failli se consumer.

11

En sirotant sa première tasse de café du matin, Phoebe se sentait nauséeuse et déprimée. Pour se changer les idées, elle fit pivoter son siège et jeta un coup d'œil aux terrains d'entraînement déserts que dominaient ses fenêtres. En ce lundi de repos où les joueurs pansaient leurs plaies et recevaient les conseils de leurs coaches, elle n'aurait pas à voir Dan s'y démener comme s'il lui était possible de propulser son équipe au panthéon du football par la seule force de sa volonté.

Pourquoi l'avait-elle laissé l'embrasser, ne cessait-elle de se demander, sachant qu'elle n'était pas de taille à aller jusqu'au bout ? Elle ne pouvait lui en vouloir de s'être mis en colère. Ils savaient l'un comme l'autre que c'était volontairement qu'elle s'était retrouvée dans ses bras. Mais lorsqu'elle avait compris que les choses devenaient sérieuses, qu'elle avait senti sa force, qu'elle avait cru ne plus pouvoir le maîtriser, elle avait paniqué.

Lasse de ses propres mensonges, Phoebe laissa ses yeux courir le long de ce corps qui dissimulait si bien la réalité. Si son aspect extérieur avait été en rapport avec celle qu'elle se sentait être, elle aurait été une femme chétive, dépourvue de poitrine et de rondeurs, sèche et ridée comme une vieille pomme. À quoi bon ces formes féminines si aucun homme ne pouvait les caresser ? À quoi servaient ces hanches pleines, si nul enfant ne devait en sortir ? Pourquoi cette poitrine généreuse, puisqu'aucun bébé ne s'y nourrirait jamais ?

Phoebe ne supportait plus d'être ainsi. Elle voulait retrouver cet état de grâce, avant que sa peur ne prenne le dessus, lorsque le baiser de Dan avait infusé à travers tout son corps le sang nouveau d'une vie pleine et entière. Elle voulait de nouveau se sentir jeune, belle, puissante, et totalement femme.

Quelques coups secs furent frappés à sa porte, la tirant de ses pensées, et celle-ci s'ouvrit aussitôt. Tout excité, Ron traversa la pièce jusqu'à son bureau, porteur d'une pile de journaux.

— Tout ne va sans doute pas te plaire, prévint-il. Encore que cela dépend de la lecture qu'on en fait.

— Ça s'annonce mal, marmonna-t-elle.

Il étala la presse sur son bureau, et en parcourant les titres, Phoebe écarquilla les yeux.

— Oh, non ! gémit-elle.

Sur les photos en couleurs, on ne voyait que sa robe rose, ses lunettes cerclées de strass et ses cheveux blonds. Sur l'une d'elles, elle portait anxieusement à ses lèvres les jointures de ses doigts. Sur une autre encore, elle posait, le poing sur la hanche et le décolleté en évidence, pareille à quelque pin-up de la Seconde Guerre mondiale. Mais la plupart des clichés la montraient en train d'embrasser Bobby Tom Denton.

— Ce titre-là est l'un de mes préférés.

L'index de Ron pointait une phrase en caractères gras : LA PATRONNE DES STARS COMPLÈTE LE RITUEL.

— Encore que celui-ci ne manque pas de poésie.

Son doigt en désignait un autre : BOBBY EMBALLE SA BOMBE DE *BOSS* !

Phoebe poussa un nouveau gémissement indigné.

— Ils me font passer pour une idiote !

— C'est une façon de voir les choses, reconnut Ron. D'un autre côté…

— … c'est bon pour les réservations, compléta-t-elle.

Phoebe n'avait plus aucun mal à lire en lui.

Ron alla prendre place sur l'un des sièges installés face à son bureau et se lança dans un argumentaire passionné.

— Phoebe... Je ne suis pas sûr que tu comprennes à quel point notre situation financière est précaire. Ce genre de publicité va remplir les travées, et nous avons besoin de générer à court terme autant de cash que possible. Avec ce contrat de location du stade inique que Bert a signé...

— Tu n'arrêtes pas d'y faire référence, l'interrompit-elle. Et si tu me disais plutôt en quoi il consiste ?

— En commençant par le commencement, je suppose ?

Il resta songeur un moment avant de lui demander :

— Es-tu consciente que les équipes appartenant exclusivement à des familles sont en voie de disparition ?

— Combien en reste-t-il ?

— Seulement deux. Les Pittsburgh Steelers, appartenant à la famille Rooney, et les Phoenix Cardinals, propriété des Bidwells. Le football est tout bonnement devenu trop cher. Tim Mara a dû revendre sa moitié des Giants à la fin des années 1980. Les McCaskey se sont débarrassés d'une part des Bears. Quant à Bert, il a dû vendre 15 % du capital à quelques-uns de ses amis.

Ron secoua la tête d'un air attristé.

— Les équipes ont des dépenses astronomiques, mais des moyens limités pour générer des revenus : les contrats de retransmission télévisée, la vente de billets, celle de produits dérivés, ainsi que, pour certaines d'entre elles, le partenariat avec le stade qui les héberge. En ce qui nous concerne, nous ne touchons pas un cent sur tout ce qui se mange et tout ce qui se boit sous le Midwest Sports Dome. Les placards publicitaires autour du terrain ne nous rapportent rien. Et comme si cela ne suffisait pas, nous devons payer nous-même la sécurité et le nettoyage.

— Je ne comprends pas, avoua Phoebe. Comment Bert a-t-il pu se laisser rouler ainsi ?

— Il a laissé son cœur parler avant sa tête, j'en ai peur. Au début des années 1980, quand la franchise des Stars est arrivée sur le marché, il désirait tellement se payer l'équipe qu'il n'a pas fait dans le détail. Il ne s'est pas montré assez ferme avec le consortium d'hommes d'affaires propriétaire du Midwest Sports Dome. Il espérait également renégocier le contrat avant terme en agitant quelques menaces et en montrant ses muscles.

— Apparemment, il se trompait.

— Ce consortium est dirigé par Jason Keane, expliqua Ron. Un redoutable homme d'affaires.

— J'ai entendu parler de lui. Il passe beaucoup de temps à traîner dans les clubs de Manhattan.

— Ne te laisse pas abuser par sa réputation de play-boy. Keane est intelligent, rusé, et il n'a aucune intention de laisser filer un deal aussi lucratif. Le contrat arrive à échéance en décembre, et jusqu'à présent nous ne sommes arrivés à rien pour en améliorer les termes.

Les coudes posés sur le bureau, la tête au creux de ses mains, Phoebe passa les doigts dans ses cheveux pour écarter une mèche de sa joue. Les Stars avaient perdu leurs quatre matchs de présaison aussi bien que le match d'ouverture. Leurs chances étaient donc des plus minces de se qualifier pour le championnat de l'AFC. Tous les commentateurs prédisaient une nouvelle participation des Portland Sabers au Super Bowl, et elle n'avait pas manqué de noter que les Sabers avaient remporté leur match d'ouverture contre les Buffalo Bills 25-10.

La renégociation du contrat de location du Midwest Sports Dome serait du ressort de Reed. Elle n'avait donc aucune raison de s'en soucier, à part pour le plaisir d'accomplir ce que son père l'avait imaginée incapable de faire. Mais comment pouvait-elle espérer améliorer une situation que Bert lui-même n'avait pu démêler alors qu'elle ne connaissait strictement rien au monde des affaires ?

Reed l'avait appelée plusieurs fois depuis la nuit où il était passé la voir. Il lui avait même envoyé des fleurs pour le match d'ouverture. À chaque fois, il s'était montré avec elle d'une correction parfaite, même s'il ne lui avait pas caché que le contrat de deux ans qu'elle avait signé avec Ron ne l'enchantait guère. Sa crainte, elle le savait, devait être qu'elle s'arrange pour détruire l'équipe avant qu'elle lui revienne. Le besoin de Phoebe d'être autre chose que la potiche voulue par Bert surpassait le désir de vengeance qu'elle aurait pu nourrir à l'égard de son cousin. Mais cela, Reed ne pouvait le comprendre.

Machinalement, ses yeux se posèrent sur l'ordinateur éteint qui occupait un coin de son bureau.

— Au fait... dit-elle à Ron. Pourrais-tu m'envoyer quelqu'un pour m'apprendre à me servir de ce truc ?

— Tu veux apprendre à te servir d'un ordinateur ?

— Pourquoi pas ? Je suis prête à essayer tout ce qui ne fait pas grossir. En plus, cela devrait être amusant de me servir de nouveau de mes neurones.

— Je t'enverrai quelqu'un dans la matinée.

Ron se leva et s'apprêta à sortir.

— Phoebe, dit-il sur le seuil. Tu es sûre que tu ne veux pas t'installer dans le bureau de Bert ? Je me sens coupable d'avoir toute cette place pour moi tout seul.

— Tu en as davantage besoin que moi.

Après son départ, Phoebe laissa courir son regard sur les murs gris-bleu, sur les posters de football qui les décoraient et sur son bureau métallique à caisson. Elle avait décidé qu'elle ne resterait pas suffisamment longtemps dans l'ancien bureau de Ron pour prendre la peine d'y mettre sa touche personnelle. La décoration strictement utilitaire formait un contraste saisissant avec celle de l'appartement dans lequel elles étaient en train d'aménager avec Molly. Manifestement, une des maîtresses de Bert avait fait preuve d'un goût sûr, en matière de décoration d'intérieur plus que pour le choix de ses amants.

C'était Peg Kowalski, l'ancienne gouvernante de Bert, qui supervisait le déménagement des effets personnels de Phoebe et de Molly. Peg, qui approchait de la soixantaine, était lasse de gérer une aussi vaste demeure que celle qu'elles venaient de quitter. Elle s'était montrée tout de suite enthousiaste pour prendre en charge le nettoyage et l'organisation du nouvel appartement et pour rester la nuit avec Molly si Phoebe devait s'absenter.

Molly, quant à elle, n'avait manifesté aucun intérêt pour ce déménagement. Elle avait également décliné l'offre de Phoebe d'aller faire un peu de shopping avec elle pour renouveler sa garde-robe désespérément terne avant son entrée au lycée. Phoebe avait décidé d'éviter toute confrontation avec elle à propos de ses mensonges. Cela n'aurait servi à rien, à part à envenimer encore la situation.

Poussant un soupir, elle fit de nouveau pivoter son siège. Elle avait des coups de fil à passer, des courriers à écrire mais, au lieu de se mettre au travail, elle regarda rêveusement par la fenêtre. Elle jouait au chat et à la souris avec les hommes depuis si longtemps qu'elle ne savait plus comment dire à l'un d'eux qu'elle se sentait sincèrement attirée par lui. Mais ce qui dominait en elle, à part la tristesse et l'embarras, c'étaient les regrets. Un doute ne la quittait plus. Si elle avait eu le cran de laisser Dan Calebow lui faire l'amour, aurait-elle été guérie ?

En pénétrant dans la permanence de Valerie située dans l'un des immeubles de bureaux aux façades de granit et de verre d'Oak Brook, Dan soutint sans broncher le regard méfiant de son ex-femme.

— Un café ? proposa-t-elle en lui désignant l'un des sièges rassemblés autour d'une petite table de conférence.

— Non, merci.

Dan recula la chaise de manière à pouvoir allonger ses jambes et s'y assit. Valerie se leva et le rejoignit. En détaillant son strict tailleur bleu marine et sa blouse de soie blanche boutonnée jusqu'au cou, il songea que telle qu'il la connaissait elle devait porter un string dessous.

— J'ai appris que les Stars ont de nouveau perdu leur match, dit-elle en s'asseyant près de lui. Désolée…

— Pas de quoi. Ça arrive.

Souhaitant régler le problème vite et bien, il l'avait appelée pour l'inviter à déjeuner chez Gordon, son restaurant favori. Elle avait refusé et lui avait proposé de passer plutôt de bon matin à son bureau. Il en avait déduit qu'elle se doutait de ce qu'il avait à lui annoncer et qu'elle préférait ne pas faire traîner les choses.

Valerie s'empara d'un paquet de cigarettes abandonné sur la table et prit les devants.

— Ce petit incident chez toi hier soir était regrettable. J'espère qu'elle saura tenir sa langue.

— Probablement.

Avec un rire cynique, elle ajouta :

— Quand j'ai réalisé ce qui s'était passé, j'ai vu ma vie défiler sous mes yeux !

— J'imagine qu'elle aussi a cru sa dernière heure venue quand je l'ai entraînée de force vers les bois. Contrairement à toi, elle ne savait pas que je n'allais pas lui faire de mal.

— Tu as réussi à la calmer ?

— Nous avons parlé.

Elle tira une longue bouffée de la cigarette qu'elle venait d'allumer avant de tenter son premier coup de sonde.

— Cela risque de mettre à mal tes plans la concernant.

— Crois-moi, tout ce qui m'importe à propos de Phoebe, c'est de me tenir aussi à l'écart d'elle que possible.

C'était la stricte vérité. Dan était encore furieux contre lui-même d'avoir laissé les choses aller aussi loin avec elle. Jamais il n'aurait dû l'embrasser. Il s'était promis de ne plus jamais se laisser tenter. Finalement, cette mésaventure lui avait permis d'en revenir à ses priorités.

Val le considérait d'un air songeur, un peu méfiante.

— Dans ce cas, pourquoi voulais-tu me parler ?

— J'ai rencontré quelqu'un.

Elle prenait les choses avec aplomb, et s'il ne l'avait pas connue aussi bien, il aurait pu croire que leur séparation définitive la laissait de marbre.

— Quelqu'un que je connais ? s'enquit-elle.

— Non. Elle est institutrice dans une école maternelle.

S'il lui avait avoué qu'il n'était encore jamais sorti avec elle, Valerie ne l'aurait pas compris et se serait peut-être rebiffée. Mais après ce qui s'était passé la veille, Dan était décidé à mettre un terme définitif aux jeux sexuels avec son ex-femme. Comment, autrement, aurait-il pu s'engager sereinement dans une cour sérieuse auprès de Sharon ?

Valerie tira sur sa cigarette un peu trop longuement, seul signe apparent de sa nervosité.

— Vous vous connaissez depuis longtemps ?

— Pas très longtemps, reconnut Dan.

— Et naturellement, elle est tout ce que je ne suis pas.

Les lèvres pincées, elle écrasa rageusement sa cigarette à demi fumée dans un cendrier.

Valerie avait un *ego* démesuré, mais en femme politique accomplie, elle gardait en toutes circonstances une parfaite maîtrise d'elle-même. Dan comprit en la voyant céder à l'agacement qu'il était en train de la blesser.

— Elle n'est pas aussi intelligente que toi, reconnut-il pour passer un peu de baume sur ses plaies. Ni aussi sexy. Mais le fait est qu'elle sait y faire avec les enfants.

— Je vois, dit-elle sèchement. Elle a passé avec succès le concours de mère poule de l'année.

Avec un large sourire satisfait, elle ajouta :

— En fait, Dan, je suis heureuse que tu aies pris les devants, car je voulais t'entretenir du même sujet.

En fronçant les sourcils, Dan la dévisagea et s'étonna :

— Que veux-tu dire ?

— Notre arrangement ne me convient plus.

Dan parvint à feindre la surprise.

— Tu voulais y mettre un terme ?

— J'en suis désolée, mais oui. J'avais peur de te blesser en te l'annonçant.

Dan se renfrogna et bondit de sa chaise, les poings serrés, pour lui donner la réplique qu'elle attendait.

— Tu as rencontré un autre homme ! lança-t-il d'un ton accusateur. Il y a quelqu'un dans ta vie...

— C'était inévitable, Dan. Alors, pas de scène inutile, si tu le veux bien.

Baissant les yeux, il se tassa sur lui-même et maugréa :

— Tu t'y entends pour rabaisser son caquet à un homme, Val. Je ne sais pas pourquoi je me suis imaginé pouvoir avoir le dernier mot avec toi.

Valerie le dévisageait avec suspicion. Dan n'eut aucun mal à feindre la plus parfaite sincérité ; la même que celle qu'il offrait aux journalistes, le dimanche soir, quand il lui fallait prétendre que, pour avoir admirablement joué, l'équipe adverse méritait de gagner.

Après avoir tambouriné du bout des doigts sur la table de conférence, elle se leva et conclut :

— Bien. Je crois qu'il n'y a rien à ajouter.

— Effectivement. Restons-en là.

En plongeant une fois encore les yeux au fond des siens, Dan fut surpris de voir remonter à sa mémoire les meilleurs de leurs souvenirs, et non les plus mauvais. C'était dans un lit que la plupart avaient eu lieu, mais c'était déjà cela, car bien d'autres couples divorcés ne pouvaient pas en dire autant. Il n'aurait su dire qui avait fait le premier pas, mais l'instant d'après ils se retrouvèrent dans les bras l'un de l'autre.

— Prends bien soin de toi, recommanda-t-il tout bas.

— Fais-toi une belle vie, murmura-t-elle en retour.

Vingt minutes plus tard, en se garant sur le parking de l'école maternelle *Jours de soleil*, Dan fronça les sourcils et fixa longuement son rétroviseur. Le van gris derrière lui semblait être le même que celui qu'il avait repéré à plusieurs reprises au cours de la semaine précédente. L'aile droite froissée ne laissait aucun doute. S'il avait un reporter à ses basques, pourquoi une aussi longue filature ? Tandis que le véhicule passait au ralenti devant l'entrée du parking, il s'efforça d'apercevoir le conducteur, mais les vitres teintées l'en empêchèrent.

Décidant de ne pas accorder plus d'importance que nécessaire à l'incident, Dan haussa les épaules et descendit de la Ferrari. Un sourire s'accrocha à ses lèvres lorsque, en pénétrant dans le bâtiment de brique, il commença à percevoir les bruits caractéristiques d'une école : éclats de rire, chants d'une justesse approximative, raclements de chaises. Il était attendu une demi-heure plus tard à un banquet du Rotary où il devait prendre la parole, mais il n'avait pu résister au plaisir de s'arrêter quelques minutes dans ce havre de paix. Peut-être, également, souhaitait-il ainsi effacer de sa mémoire le désastre de sa rencontre avec Phoebe la nuit précédente.

La porte de la classe de Sharon était ouverte. En jetant un coup d'œil à l'intérieur, Dan sentit son cœur faire un bond dans sa poitrine. Sharon préparait des cookies avec ses élèves ! Que n'aurait-il pas donné, quand il était gamin, pour que sa mère lui prépare des cookies ? Hélas, elle avait été trop occupée à se soûler jour après jour pour même y penser. Il ne pouvait l'en blâmer. Devoir vivre aux côtés d'un salaud intégral tel que son père aurait poussé n'importe quelle femme à boire.

Sharon leva les yeux du saladier sur lequel elle était penchée et tressaillit en apercevant Dan. La cuillère pleine de pâte lui échappa et alla rebondir sur le sol. Son visage s'empourpra, et Dan sourit en découvrant dans quel état elle se trouvait.

Elle avait de la farine dans ses cheveux roux, et une tache de colorant alimentaire bleue sur sa joue droite. S'il avait été propriétaire de *Cosmopolitan*, il l'aurait tout de suite propulsée telle qu'elle était en couverture. De son point de vue, avec son visage de sylphide et son nez constellé de taches de rousseur, Sharon avait beaucoup plus d'allure que toutes les blondes à gros seins qui posaient sur les couvertures des magazines.

Une image de Phoebe Somerville s'imposa à son esprit, qu'il repoussa aussitôt. Il n'allait pas laisser la luxure parasiter la recherche de la mère de ses enfants.

Le premier instant de surprise passé, Sharon ramassa la cuillère en bois et bafouilla :

— Oh ! Euh… Bonjour. Entrez, je vous en prie.

Même sa nervosité lui faisait de l'effet. Pour lui, c'était rafraîchissant d'être en compagnie d'une femme qui n'était pas habituée à fréquenter les célébrités.

— Pardon de vous déranger, s'excusa-t-il. Je passais dans les environs, et j'avais envie de voir comment mon ami Robert se débrouille avec son plâtre.

— Robert ? appela-t-elle en tournant la tête vers le groupe d'enfants. Il y a ici quelqu'un qui voudrait te voir.

Un charmant bambin noir en short et tee-shirt accourut vers lui. Dan s'accroupit pour admirer les signatures qui figuraient sur le plâtre qu'il portait au bras, y compris la sienne, dont Robert était le plus fier.

— Est-ce que tu connais Michael ? demanda-t-il.

Dans une ville comme Chicago, inutile de demander à un garçon de 4 ans de quel Michael il s'agissait.

— Bien sûr ! répondit Dan. Il m'invite parfois à venir jouer au basket chez lui.

— Je parie qu'il te met la pâtée !

— Non : je lui fais peur.

— Je te crois pas, répliqua solennellement l'enfant. Michael a peur de personne.

Cela lui apprendrait à faire de mauvaises blagues à propos de Jordan, star toujours adulée.

— Tu as raison, admit-il. C'est lui le plus fort.

Robert emmena Dan par la main jusqu'à sa table de travail pour lui faire admirer ses cookies. Bientôt, ils furent nombreux autour de lui à réclamer son attention. Ils étaient tellement adorables que Dan serait bien resté la journée entière avec eux. Les enfants lui faisaient toujours cet effet-là. Même s'il se savait en retard, il ne parvenait pas à se décider à partir.

Sharon, pendant ce temps, avait renversé une mesure de sucre et cassé un œuf par terre. Dan se porta à son secours. Une feuille d'essuie-tout à la main, il vit qu'elle rougissait de plus belle. Ce qu'il aimait plus que tout chez elle, c'étaient ses boucles rousses toujours en mouvement.

— Vous avez du colorant sur la joue, lui dit-il.

— Je dois être dans un bel état…

Sharon s'essuya la joue sur son épaule, de sorte qu'elle eut ainsi du colorant sur sa blouse également.

— Mais vous savez, je ne suis pas toujours comme ça !

— Ne vous excusez pas. Vous êtes superbe.

Un hurlement de détresse enfantine vint les interrompre.

— Ethan m'a pris mes Smarties !

Sharon reporta immédiatement son attention sur la petite fille en pleurs qui agrippait ses doigts sales à son pantalon. C'était une autre de ces choses qu'il aimait chez elle : même quand elle était en train de parler à un adulte, les enfants restaient sa priorité. Avec admiration, il la regarda rétablir la paix entre les belligérants avec une habileté qui aurait fait la fierté d'un diplomate.

— Vous feriez merveille au Proche-Orient ! lança-t-il lorsqu'elle revint vers lui.

Elle lui sourit.

— Je préfère m'occuper de la juste répartition des Smarties…

Dan jeta un coup d'œil à sa montre.

— Je dois y aller, reprit-il. D'ici cinq minutes, je suis censé faire un speech dans un banquet. Mon planning est plutôt chargé, ces temps-ci. Quand l'horizon s'éclaircira, nous devrions aller dîner tous les deux. Vous aimez la cuisine italienne ?

Le visage de Sharon avait viré au rouge pivoine, cette fois-ci.

— Je… oui ! balbutia-t-elle. La cuisine italienne. Très bien…

— Tant mieux ! Je vous appellerai.

— D'accord… répondit-elle, un peu sonnée.

Mû par une impulsion incontrôlable, Dan se pencha pour effleurer ses lèvres du bout des siennes. En regagnant sa voiture, tout sourire, il se pourlécha et crut reconnaître un goût de vanille. Mais peut-être n'était-ce que l'effet de son imagination…

12

Phoebe tomba nez à nez avec Bobby Tom Denton dans le hall de l'hôtel samedi à 20 h 30. Elle était arrivée à Portland par un vol séparé en partance de O'Hare, mais les Stars étaient sur place depuis midi. Les règlements de la NFL stipulaient en effet que les équipes en visite devaient rejoindre la ville qui les accueillait vingt-quatre heures avant le coup d'envoi. Pour avoir jeté un coup d'œil au planning, elle savait que les joueurs étaient en réunion de travail jusqu'à 20 heures. Ensuite, ils étaient libres de leur temps jusqu'au couvre-feu de 23 heures.

— Mademoiselle Somerville ! s'exclama Bobby Tom. Quelle bonne surprise !

L'homme qui valait 8 millions de dollars lui adressa un sourire presque aussi large que le Stetson noir qui ne le quittait jamais.

— Pas vraiment une surprise, rectifia-t-elle. Je vous avais dit que je serais là.

L'air inquiet, il repoussa son chapeau avec le pouce.

— Mais demain ? demanda-t-il. Vous serez là, demain, sur le banc de touche ?

Phoebe afficha une mine dubitative.

— Eh bien, en fait... commença-t-elle. Je commence à me demander si...

— Suivez-moi ! l'interrompit-il. Je constate que nous devons avoir une sérieuse conversation, vous et moi.

L'une de ses mains agiles de *wide receiver* se referma sur le coude de Phoebe. Fermement, il l'entraîna vers le bar sans lui laisser le loisir de protester. Elle aurait pu refuser, mais la perspective d'une soirée solitaire dans sa chambre, sans même Pooh pour lui tenir compagnie, n'était pas pour l'enthousiasmer.

Le bar de l'hôtel était tranquille et baigné par une lumière tamisée. Ils prirent place sur une banquette en coin et Bobby Tom commanda une bière.

— Vous avez une tête à boire du vin blanc, dit-il. Que diriez-vous d'un de ces sympathiques chardonnays ?

Sa proposition aurait fait les délices de Phoebe, mais elle n'était pas sûre d'apprécier le compliment, aussi se rabattit-elle sur un Margarita. La serveuse, qui avait couvé Bobby Tom d'un œil affamé pendant qu'il passait commande, s'éclipsa à regret.

— On vous autorise à boire la veille d'un match ? s'étonna Phoebe.

— On nous autorise à faire à peu près ce qui nous plaît, du moment que nous parvenons à donner sur le terrain le lendemain tout ce que nous avons dans le ventre. L'alcool et le couvre-feu sont à peu près les deux seules choses sur lesquelles le coach est assez souple. Nous sommes supposés regagner nos chambres à 23 heures, mais Dan était connu pour être un sacré noceur, quand il était joueur. Il sait que nous avons chacun notre manière de relâcher la pression.

Avec un petit rire satisfait, Bobby Tom ajouta :

— Il est quasiment une légende, dans le métier.

Phoebe savait qu'elle aurait mieux fait de ne pas insister, mais dès qu'il s'agissait de Dan Calebow, sa curiosité était sans limite.

— Que voulez-vous dire ? Quel genre de légende ?

— Eh bien… Quelques-unes des histoires que l'on raconte à son sujet ne sont pas faites pour des oreilles féminines. Mais il est de notoriété publique qu'il haïssait les couvre-feux. Vous comprenez, le coach n'a besoin que de quelques heures de sommeil chaque nuit. Et au début de sa carrière, il ne pouvait supporter d'être bouclé dans sa chambre à 10 heures du soir. Alors, ce qu'il faisait, la plupart du temps, c'était de monter à l'heure dite et de s'éclipser ensuite pour... se distraire.

Bobby Tom fut interrompu par l'arrivée de leur commande. Le sourire aux lèvres, il attendit le départ de la serveuse pour poursuivre :

— Bien sûr, cela a fini par se savoir et ils ont tout essayé pour le faire rentrer dans le rang. Mais le seul mauvais match qu'il ait joué au début de sa carrière, ce fut après qu'on lui eut imposé un garde devant sa porte toute la nuit. Ensuite, les coaches lui ont foutu une paix royale... Avec le temps, naturellement, il s'est un peu calmé.

— Peut-être pas tant que ça, murmura Phoebe pour elle-même.

Bobby Tom éleva son verre.

— Je porte un toast à la déculottée que les Sabers vont prendre demain !

— À leur défaite !

Phoebe entrechoqua son verre avec le sien, lécha un peu de l'anneau de sel qui l'encerclait et but une gorgée de son Margarita.

— Mademoiselle Somerville...

— Phoebe suffira, l'interrompit-elle.

Avec délectation, elle goûta une nouvelle fois son verre. Plus tard, il serait toujours temps de regretter l'excès de calories mais, pour l'instant, elle était décidée à ne pas bouder son plaisir.

— Tant que nous sommes tous les deux, expliqua-t-il, c'est d'accord. Mais puisque vous êtes la patronne, je ne me permettrai jamais de faire ça en public.

— Après toutes ces photos dans les journaux, vous n'avez pas à vous en faire pour ma réputation.

— N'étaient-elles pas magnifiques ? Ils se sont même arrangés pour capter mon meilleur profil !

Sur son visage, l'expression d'une profonde inquiétude effaça son sourire. D'une voix plus sourde, il reprit :

— Vous n'étiez pas sérieuse quand vous disiez ne plus être sûre d'être sur le banc de touche demain, n'est-ce pas ?

— Je ne suis pas certaine que ce soit une bonne idée. À moins que nous n'arrivions à nous mettre d'accord sur un nouveau rituel.

— Impossible ! se récria-t-il avec horreur. On ne peut pas faire ça ! Même si nous avons perdu, j'ai fait contre les Broncos un des meilleurs matchs de ma carrière, le week-end dernier. Cela fait des années que je joue au foot, et quand quelque chose marche pour moi, je m'y tiens. Vous comprenez, dès que je commence à faire des changements, je ne pense plus qu'à ça et j'oublie de guetter la faille dans le camp d'en face.

— Bobby Tom… Je ne saute pas de joie à l'idée d'avoir lundi matin dans les journaux des photos de nous deux en train de nous embrasser.

— Je suis surpris d'avoir à vous le rappeler, Phoebe, mais nous jouons demain contre les Sabers. Gagner contre eux est beaucoup plus important que quelques photos dans les journaux. Ils ont remporté le Super Bowl l'année passée. Tout le pays est convaincu que nous sommes en train de foirer notre saison en beauté. Nous devons leur prouver que nous sommes de taille à devenir champions.

— Pourquoi ?

— Pourquoi quoi ?

— En quoi est-ce si important de devenir champions ? Ce n'est pas comme s'il s'agissait de trouver un remède contre le cancer…

— Vous avez raison, reconnut-il. C'est mieux que cela encore. Voyez-vous… vous avez le bien, et vous avez le mal. C'est de cela qu'il s'agit. Et c'est en cela que c'est important.

— J'ai quelques difficultés à vous suivre, Bobby Tom.

Levant son bras en direction de la serveuse, il dressa deux doigts en l'air pour renouveler leur commande. Phoebe s'aperçut alors qu'elle avait presque vidé son verre. Elle ne tenait pas très bien l'alcool, et elle savait qu'elle aurait dû refuser, mais Bobby Tom était charmant et elle s'amusait bien. En plus, c'était lui qui payait.

— De mon point de vue, l'homme est agressif par nature, poursuivit-il. Vous êtes d'accord avec ça ?

— L'homme, peut-être. Mais la femme, peut-être pas.

Bobby Tom n'ayant visiblement que faire de ce genre de subtilités, il ignora la remarque et enchaîna :

— Le football permet à l'homme d'extérioriser sans danger son agressivité naturelle. Sans la NFL, nous serions probablement partis en guerre contre la Russie une bonne douzaine de fois au cours des quarante dernières années. Vous connaissez les Américains : dès qu'on nous cherche, nous sommes des fouteurs de merde de premier ordre. Pardonnez mon langage, Phoebe, mais tout le monde sait que la bagarre est une partie intégrante de notre être. Le football nous offre – comment dire ça ? – une soupape de sécurité.

Phoebe comprit que le premier Margarita lui était monté à la tête quand elle commença à trouver le discours Bobby Tom sensé. Cela ne l'empêcha nullement de porter le second à ses lèvres.

Bobby Tom referma la main sur son poignet et demanda avec un regard suppliant :

— Alors ? Vous y serez, demain, sur le banc de touche ? Je sais que vous êtes une femme bien. Vous ne voudriez pas avoir la victoire des Sabers sur la conscience.

— J'y serai, promit Phoebe dans un soupir.

— Je savais pouvoir compter sur vous ! se réjouit-il avec un sourire radieux. Je vous aime bien, Phoebe. Et même beaucoup. Si nous n'étions pas associés en affaires, je pourrais fort bien avoir le béguin pour vous.

Sa déclaration avait une fraîcheur juvénile, un charme nonchalant, qui la firent sourire et conclure avec fatalisme :

— La vie est mal faite, non ?

— À qui le dites-vous !

Même sans l'aide de deux Margaritas, Bobby Tom était de compagnie agréable. Ils discutèrent de la gastronomie mexicaine, du fait de savoir si les équipes sportives pouvaient ou non porter des noms indiens, et de sa ressemblance avec Christian Slater. Phoebe prit son temps pour vider son verre, mais, même ainsi, elle se sentit la tête légère et incapable de protester quand il se pencha vers elle pour effleurer ses lèvres du bout des siennes.

Ce fut un baiser léger, presque amical. Davantage une marque de respect, de camaraderie et de bien-être partagé qu'une entreprise de séduction. Le baiser d'un jeune homme de 25 ans à une femme plus âgée que lui, avec qui il aurait bien aimé aller au lit, alors qu'il savait que ce ne serait pas possible.

Phoebe le comprit et n'y trouva rien à redire.

Malheureusement, ce ne fut pas le cas de Dan.

— Denton ! lança-t-il d'une voix tonitruante. Cette montre hors de prix que tu portes au poignet ne t'indique-t-elle pas qu'il te reste exactement trois minutes et demie pour regagner ta chambre avant le couvre-feu ?

Il se dressait au-dessus de leur table de toute sa hauteur, en jean et veste en denim à col ouvert.

Bobby Tom ne se laissa pas impressionner pour autant.

— Comment va, coach ? Vous voulez savoir la meilleure ? J'expliquais à Phoebe que vous avez toujours été plutôt cool sur le couvre-feu. C'est marrant que…

— Deux minutes quarante cinq ! l'interrompit Dan en consultant sa montre. Et pour chaque minute de retard, tu seras à l'amende de 500 dollars !

Bobby Tom se rembrunit et se leva.

— Bon sang, coach ! Pourquoi vous mettre en rogne ?

— Pourquoi ? Qu'est-ce que tu dirais de tes trois passes manquées au dernier entraînement, pour commencer ?

L'air manifestement chagriné, Bobby Tom tira deux billets de son portefeuille, qu'il claqua violemment sur la table. Puis il lança à Dan un long regard pénétrant.

— C'est vous le coach, dit-il avec résignation. Mais je ne pense pas que votre réaction ait grand-chose à voir avec trois passes manquées.

Se tournant vers Phoebe, il inclina la tête et la salua.

— À demain sur le banc de touche, mademoiselle Somerville.

— À demain, Bobby Tom.

Dès qu'il fut sorti du bar, Dan se mit à aboyer comme un sergent instructeur.

— Dans ma chambre ! Immédiatement !

— Euh… Je ne crois pas, non.

— En flirtant avec le meilleur *wide receiver* de l'AFC, vous dépassez les bornes. À présent, à moins que vous ne souhaitiez voir notre linge sale lavé en public, je vous conseille de vous lever.

Phoebe suivit Dan de mauvaise grâce à travers le bar et jusque dans le hall. Elle savait qu'il lui suffisait de lui rappeler qui était le *boss* mais, en pénétrant dans la cabine d'ascenseur, elle se rendit compte qu'elle n'avait plus une once d'énergie pour se disputer avec lui. Avec une lenteur éprouvante, l'ascension commença pour ne s'arrêter qu'au septième. Heureusement pour elle, les deux Margaritas lui procuraient un bien-être euphorique qui lui donnait envie de conseiller à Dan d'arrêter de jouer les vieux schnocks.

Elle se rendit compte que leurs chambres étaient voisines en le voyant s'arrêter devant la porte qui faisait face à la sienne. Après l'avoir déverrouillée, il la poussa à l'intérieur sans trop de ménagement et lui désigna d'un index impérieux le sofa.

— Asseyez-vous !

Des alarmes diverses avaient commencé à retentir dans l'esprit de Phoebe, mais l'euphorie induite par la tequila l'empêchait de les prendre au sérieux. En une parodie de salut militaire, elle claqua les talons et porta la main à son front en s'écriant :

— À vos ordres, chef !

— N'essayez pas de jouer à la plus maligne avec moi… maugréa-t-il, une main sur la hanche. Vous allez vous tenir à l'écart de mes joueurs, vous m'entendez ? Ces hommes sont là pour gagner des matchs, pas pour devenir vos jouets ! Je ne veux plus revoir ce que j'ai vu ce soir !

Ce fut le début d'une longue tirade enflammée. Dan enrageait, il était aussi déchaîné que quand il contestait la décision d'un arbitre au bord d'un terrain. Mais au bout d'un moment, il lui fallut faire une pause pour reprendre son souffle.

En lui adressant un sourire enjôleur, Phoebe porta le bout de son index à ses lèvres.

— Pourquoi faire tant d'histoires, coach ? demanda-t-elle d'une voix angélique. Vous n'avez jamais embrassé une fille dans un bar ?

Dan en resta sans voix, comme si jamais aucune femme ne s'était risquée à le vamper. Dieu, ce qu'il est mignon ! songea-t-elle, désinhibée par l'alcool. Mignon, sexy, viril et pas commode... Miam ! À croquer... Grrrrrr ! Il fallait être une femme digne de ce nom pour prétendre le dompter.

Phoebe décroisa les jambes et se leva lentement. D'un pas chaloupé, elle se dirigea lentement vers Dan, les lèvres humides et entrouvertes, une mèche de ses cheveux blonds masquant en partie un de ses yeux. De tout son être, elle aspirait à se fondre dans sa chaleur brûlante et à le consumer dans la sienne. Pourquoi une dangereuse tigresse comme elle aurait-elle dû avoir peur de lui ? Le temps était venu de lui montrer qui elle était.

Elle s'arrêta juste devant lui et captura dans la douceur de ses mains ses poings serrés au bout de ses bras tendus. Enroulant une jambe autour d'une des siennes, elle envoya valser une de ses sandales et caressa son mollet à travers le jean, du bout de son pied nu aux ongles laqués de rouge. En plongeant dans les profondeurs aigue-marine de ses yeux, elle s'aperçut qu'elle n'avait aucune raison de redouter sa force, puisque le pouvoir dont elle disposait était tellement plus puissant que le sien.

Avec une lenteur délibérée, elle se pencha vers lui et approcha son visage de celui de Dan. Une tigresse en chaleur avait pris possession d'elle et lui dictait ses actes. Les lèvres entrouvertes, la tête penchée sur le côté, elle posa doucement sa bouche sur la sienne. Sa langue pénétra en lui et il ne fit rien pour s'y opposer. Phoebe se sentit transportée par un profond sentiment d'allégresse, alimenté par la conscience de sa propre puissance. Pourquoi le sexe lui avait-il toujours fait si peur, alors qu'il était si facile, si naturel ?

Un son rauque et profond, proche du grognement de fauve, montait de la gorge de Dan. Ou peut-être était-ce de celle de Phoebe ? Leurs lèvres étaient jointes, tout comme leurs mains le long de leurs flancs. Elle était décidée à ne pas laisser la peur se frayer un chemin en elle. C'était la langue de Dan, à présent, qui exigeait son dû, mais elle se sentait de taille à affronter sa passion, et suffisamment détendue par l'alcool pour ne pas faiblir. Alors, peut-être, elle pourrait être libre.

— Phoebe…

Il gémissait son nom tout contre sa bouche offerte et il ne lui serait plus venu à l'idée de crier. Ses larges mains d'homme remontèrent le long de ses hanches, jusqu'à sa taille. Ses pouces caressèrent la naissance de ses côtes. Dans un instant, il allait effleurer ses seins, les transformer en deux masses de chair vibrante et vivante. Déjà, ils pointaient vers lui, de manière presque douloureuse, dans l'attente anxieuse de ses caresses.

— Ne t'arrête pas ! gémit-elle. Quoi que je puisse te dire, surtout ne t'arrête pas !

Phoebe sentit Dan se raidir contre elle. Étonné, il se recula un instant pour lui lancer un regard troublé.

— Tu en es sûre ?

— Oui.

Quelques secondes s'écoulèrent avant que les paroles de Phoebe pénètrent dans le cerveau de Dan et y prennent tout leur sens. D'abord, ce fut le désappointement qui l'emporta en lui. Puis, le dégoût, bientôt couronné par une pointe de cynisme. S'il était si surpris, se dit-il, c'était qu'il n'avait pas réussi à tirer les leçons de sa relation avec Valerie. Comment avait-il pu ne pas deviner ce que Phoebe désirait vraiment ? Pourquoi n'avait-il pas vu en elle une autre de ces femmes qui ne prennent leur pied qu'en se livrant à des jeux de soumission ? Ce qui s'était passé chez lui n'était que comédie et elle avait réussi à le manipuler en beauté. Quand elle disait « non », il fallait comprendre « oui » !

Soudain très las, il laissa son regard errer le long de ces courbes lascives complaisamment offertes à ses regards et à ses caresses. Ses yeux s'attardèrent sur les yeux d'ambre légèrement bridés, sur le petit grain de beauté sexy à la pommette, sur cette bouche humide de ses baisers. Était-ce trop demander, une simple et honnête partie de jambes en l'air dans un lit ? Pas de jeux tordus. Rien de salace. Juste quelques rires et de bonnes vieilles galipettes à l'ancienne.

À bien y réfléchir, Dan se sentait surtout très en colère. Aussi furieux, même, que lorsqu'il l'avait découverte, au bar, en train de faire du plat à Denton. À son arrivée, sans doute était-elle occupée à le tripatouiller sous la table. À frotter ses longues jambes nues contre celles du champion. À frotter consciencieusement contre son bras ses seins de pin-up. À l'embobiner avec un baratin maison. *Ne t'arrête pas parce que je te dis non, Bobby Tom. En fait, ça veut dire oui...*

Valerie lui avait peut-être faussé la perception des choses, mais Dan avait furieusement l'impression que toutes les femmes de ce pays déjantaient complètement, côté sexe. Soit elles voulaient vous enfoncer leurs talons aiguilles dans les côtes, soit se faire attacher par des menottes aux montants d'un lit... Il ne semblait plus y avoir de juste mesure.

Dan avait emprunté ce chemin des centaines de fois. Il pouvait jouer les méchants sans même avoir à se forcer. Finalement, après ce qu'elle lui avait fait subir, rendre la monnaie de sa pièce à Phoebe Somerville l'aiderait peut-être à se débarrasser de ces images d'elle qui surgissaient en lui aux moments les plus inopportuns. Ce soir, il allait y mettre un terme.

— Comme tu voudras, *baby*...

Dan s'était exprimé d'une voix lourde de menaces, mais Phoebe se sentait trop bien pour s'en inquiéter. Élevant une main jusqu'à sa nuque, il plongea les doigts dans ses cheveux. Son poing se referma, tirant sur les racines un peu trop fort. De l'autre main, il déboutonna l'avant de sa robe.

Un petit rire lui échappa quand il découvrit son soutien-gorge blanc. Nul doute qu'il devait être habitué à de plus affriolants dessous, mais elle ne supportait quant à elle que les sous-vêtements les plus basiques et les plus utilitaires. D'un coup sec, il fit glisser la robe dans son dos jusqu'aux coudes, emprisonnant ses bras dans le vêtement. Puis, avec habileté, il défit les crochets qui retenaient la bande élastique du soutien-gorge à l'arrière.

Sans laisser le temps à Phoebe de comprendre ce qui lui arrivait, il emprisonna d'une main ses deux poignets dans son dos. Le mouvement brusque fit saillir sa poitrine. Le sentiment d'impuissance que lui procurait cette position fit naître de la panique au creux de l'estomac de Phoebe. Dan pencha la tête. La chaleur de son souffle caressa ses seins. Tout de suite après, sa barbe lui érafla délicatement la peau. Du bout de la langue, il titilla la pointe d'un sein, qui s'érigea aussitôt. Il le prit dans sa bouche et le suçota longuement.

Phoebe eut l'impression que tous ses os se liquéfiaient. Les sensations qui naissaient en elle étaient si stupéfiantes qu'elle en oublia ses bras entravés. Dan fit subir à l'autre sein le même traitement. Le souffle coupé, elle ferma les yeux et se laissa aller contre lui. Mais, quand sa main se glissa sous sa robe pour remonter le long de sa cuisse, la panique, de nouveau, l'emporta en elle. Elle comprit alors qu'elle devait libérer ses bras avant de pouvoir le laisser poursuivre son exploration.

— Attends ! ordonna-t-elle tout bas.

Elle s'efforça de libérer ses poignets, mais ses mains d'athlète les retenaient fermement.

— Lâche-moi ! s'impatienta-t-elle.

— Pas question.

— Je ne plaisante pas...

— Moi non plus, *baby* !

— Dan !

— Tes désirs sont des ordres.

Dan la relâcha, mais juste le temps de faire glisser sa robe sur ses hanches. Son soutien-gorge tomba lui aussi sur le sol, la laissant habillée en tout et pour tout d'une sandale, d'une chaînette à la cheville et d'une culotte en coton blanc taille haute.

— Une chose est sûre... commenta-t-il avec un sourire narquois. Tu n'aimes pas investir dans les dessous chic.

L'assurance de Phoebe avait fondu comme neige au soleil et tous les fantômes du passé étaient de retour. En hâte, elle se baissa pour ramasser sa robe et se couvrir mais Dan fut plus rapide. Sans effort, il la cueillit au creux de ses bras pour l'emmener dans la chambre. Il la déposa sans ménagement sur le lit, faisant choir la deuxième sandale.

Il se dressait au-dessus d'elle de toute sa hauteur. Ce n'était plus un personnage sorti de son imagination, mais un homme, qui ôtait sa chemise devant elle, révélant un torse sculpté aux pectoraux impressionnants et aux biceps gonflés sillonnés de veines saillantes. Une toison abondante, sur son sternum, se réduisait à un mince trait qui filait entre ses abdominaux pour disparaître sous la ceinture de son jean.

Phoebe savait qu'il travaillait sa musculation chaque jour en salle de gym, elle l'avait vu sur le terrain d'entraînement se dépenser sans compter, mais elle n'était pourtant pas prête à se confronter à un corps d'homme aussi puissamment musclé. Elle se sentait davantage dans la peau d'une vierge de 18 ans inexpérimentée que dans celle d'une femme de 33 ans ayant eu dans sa vie à la fois trop et trop peu d'amants. Alors qu'elle n'était même pas capable de jouer contre des amateurs, elle avait voulu se frotter à un pro.

Sans quitter des yeux ses seins, Dan commença à déboutonner son jean. Phoebe s'agrippa au couvre-lit pour masquer sa poitrine et le tira jusqu'au menton en se poussant vers l'autre extrémité du lit. Encore une fois plus rapide qu'elle, Dan lui saisit la cheville et la tira en arrière pour la ramener au centre du matelas.

Phoebe poussa une petite plainte étranglée qui le laissa de marbre. La détermination sans faille qu'elle lut dans son regard attisa la peur qui couvait au fond de son ventre, comme un violent coup de vent sur des braises. La force dont il avait usé contre elle pour la traîner jusqu'au petit kiosque dans son jardin lui revint en mémoire. Faute de pouvoir lui échapper, elle souleva de nouveau le couvre-lit qui constituait son seul rempart contre lui.

— Dan ! Non, pas ça...

Phoebe l'avait supplié d'une voix tremblante. Elle comprit qu'elle avait perdu toute maîtrise d'elle-même.

— De quoi te plains-tu ? s'étonna-t-il. C'est bien toi qui voulais jouer à ces petits jeux, non ?

— Pas du tout ! Je...

— Ferme-la !

Le ton qu'il employa galvanisa Phoebe. D'un bond, elle sauta au bas du lit et s'enfuit en courant vers le living-room sans plus se préoccuper de sa nudité. Derrière elle, elle entendit Dan maugréer :

— Je me fais trop vieux pour ce genre de sport.

Saisissant une serviette qu'il avait déposée sur un fauteuil après sa douche, elle fonça en direction de la porte. Mais à l'instant où elle l'ouvrait, Dan surgit derrière elle et la claqua violemment du plat de la main.

— Tu es encore plus dingue que Val ! s'emporta-t-il en la saisissant par le bras pour la faire pivoter vers lui. Tu n'as rien sur le dos. Exhibitionniste, avec ça ?

— Laisse-moi ! cria-t-elle. Je t'ai dit d'arrêter !

— Tu m'as également dit de ne pas t'écouter si tu me disais ça, et c'est exactement ce que je fais.

Sans le moindre effort, il la cueillit une nouvelle fois dans ses bras pour la ramener dans la chambre, où il la laissa choir sur le lit.

— Je ne te frapperai pas ! prévint-il d'un ton glacial. Si c'est ce que tu attends, il faudra te trouver un autre étalon.

Sur ce, Dan s'agenouilla près d'elle et lui encercla les bras entre ses mains.

— Comment tu veux faire ça? demanda-t-il, presque indifférent.

Paralysée, Phoebe réalisa qu'elle ne pourrait rien faire pour se défendre. L'alcool lui avait fait baisser sa garde, et à présent elle était piégée. Ce fut alors qu'elle cria.

Dan plaqua sa main sur la bouche de Phoebe à la seconde même. De son autre main, il souleva ses poignets pour les emprisonner au-dessus de sa tête.

— Bon Dieu ! Pas si fort... protesta-t-il.

Il était couché sur elle et Phoebe sentait la toile de son jean irriter ses cuisses. Bien plus dégoûté que furieux, il lui lançait un regard noir. Elle perdit tout à fait les pédales en comprenant qu'il s'attendait réellement à ce qu'elle se tienne tranquille pendant qu'il la violait. Des larmes dans les yeux, elle commença à se débattre, soulevant son bassin dans un effort désespéré pour libérer ses jambes. Puis, ses dents mordirent la paume de la main qui la bâillonnait toujours. Aussitôt, Dan libéra sa bouche et se redressa avec un rugissement de colère.

— J'en ai marre ! s'exclama-t-il en secouant sa main. J'ai essayé de me montrer compréhensif et libéré, mais à présent, ça suffit !

Phoebe en fut si surprise qu'elle cessa de lutter. Dan bondit sur ses pieds et poursuivit, vindicatif :

— Je préfère aller m'enfermer dans cette salle de bains avec un numéro de *Penthouse* plutôt que de continuer à jouer les hommes des cavernes ! J'en suis malade de devoir me glisser dans la peau d'un pauvre type qui ne peut prendre son pied qu'en maltraitant les femmes...

Il la dominait de toute sa taille, écumant de colère. Les mains posées sur les hanches, il conclut :

— Avec l'expérience des hommes que tu as, il me semble que tu devrais un peu mieux les connaître. Désormais, quand une femme me demandera d'arrêter, j'arrêterai. Même si elle m'a précédemment demandé de ne pas l'écouter.

Bouche bée, Phoebe n'en croyait pas ses oreilles.

— Et s'il me prenait l'envie, à moi aussi, de me faire maltraiter ? tempêta-t-il de plus belle. Et si, pour une fois, c'était *moi* qui avais envie de me sentir *tellement* sexy attaché à un lit... Serait-ce trop demander ?

Phoebe commençait à comprendre. Elle se rappela lui avoir demandé de ne pas tenir compte de ce qu'elle pourrait lui dire. Les détails de sa relation tordue avec son ex-épouse lui revinrent en mémoire. Tout s'éclaira alors d'un jour nouveau pour elle. Elle en éprouva un si profond soulagement qu'elle faillit éclater de rire.

Dan s'était assis au coin du lit. Les coudes posés sur les genoux, il regardait d'un air morose la porte ouverte du living-room.

— Peut-être n'ai-je que la monnaie de ma pièce, dit-il d'une voix absente. Dans ma folle jeunesse, je me suis tellement vautré dans la débauche avec toutes ces groupies que la divine providence ne me réserve plus aujourd'hui que des relations foireuses et compliquées...

Après avoir prudemment remonté le couvre-lit jusqu'à son menton, Phoebe l'interrompit timidement.

— Dan ? Euh... Je peux dire quelque chose ?

— Pas si c'est pour me parler de fouets et de colliers de chien, maugréa-t-il. Ou de relations impliquant plus de deux personnes.

Phoebe sentit le rire incoercible qui couvait en elle lui bloquer la gorge. Un drôle de son étranglé lui échappa.

— Non, parvint-elle à répondre. Il ne s'agit pas de ça.

— D'accord. Je t'écoute.

Avant de s'exprimer, Phoebe choisit soigneusement ses mots. Dan lui tournait le dos, et cela l'aidait.

— Je ne voulais pas dire ce que tu as compris. Quand je t'ai demandé de ne pas cesser quoi que je puisse te dire, c'était du baiser que je voulais parler. Tu es vraiment… euh… doué pour embrasser.

Phoebe reprit longuement son souffle. Cela n'allait pas être de nature à clarifier la situation, mais elle éprouvait le besoin de se justifier.

— J'ai depuis toujours… euh… une sorte de blocage. Non : blocage est un mot trop fort ; disons plutôt… une difficulté. Une sorte d'allergie, en fait. Enfin peu importe… Quand un homme m'embrasse… j'ai parfois ce type de réaction incontrôlable.

Dan tourna lentement la tête vers elle. L'expression de perplexité qui se lisait sur son visage lui prouvait qu'elle n'était pas des plus limpides. Son torse athlétique ne fit rien pour lui éclaircir les idées. Immortalisé dans le bronze et exposé dans son ancienne galerie, songea-t-elle, il aurait pu se vendre une fortune.

Après avoir longuement dégluti, elle ajouta :

— J'essayais juste de te dire que si cela m'arrivait – cette réaction incontrôlable –, tu pouvais en quelque sorte…

— L'ignorer ? suggéra-t-il.

— Exactement. Mais pour le reste, quand nous n'étions plus en train de nous embrasser… Je le pensais vraiment.

Les yeux de Dan s'assombrirent instantanément. Elle y discerna un profond regret.

— Phoebe…

— Si je dis « stop », l'interrompit-elle avec gravité, cela veut dire « stop » et rien d'autre. Pas de sous-entendus. Pas de petits jeux. Je ne suis pas comme ton ex-femme. Je n'ai aucun attrait pour les jeux sexuels violents.

— Je comprends, dit-il en cherchant son regard. Je suis désolé et je regrette de t'avoir traitée ainsi.

Phoebe hocha la tête sans rien dire. Il lui semblait que s'il devait de nouveau présenter ses excuses, elle allait fondre en larmes et se sentir encore plus stupide et inadéquate.

— À propos de cette... allergie... reprit-il en lui saisissant le menton, une lueur de malice dans les yeux. Et au cas où nous déciderions l'un et l'autre de nous embrasser de nouveau. Si tu me dis « stop », suis-je supposé m'arrêter, oui ou non ?

Honteuse, Phoebe baissa les yeux sur le couvre-lit.

— Je suppose que oui, répondit-elle. Mais je vais faire en sorte de ne plus t'envoyer de signaux contradictoires.

Penché sur elle, il lui caressa la joue avec le revers de ses doigts.

— Promis ? insista-t-il.

— Promis.

Phoebe avait eu l'intention de se lever pour aller s'habiller, mais à présent qu'il la touchait, elle ne pouvait plus bouger. Elle sentit sa chaleur l'envelopper quand il la rejoignit sur le lit et elle sut avec un frisson d'excitation qu'il allait l'embrasser. Elle n'avait plus peur. Le feu du désir avait même ressurgi en elle ; une petite flamme fragile bien plus qu'un incendie dévorant.

— Tu n'aimes pas mes sous-vêtements, constata-t-elle tandis que leurs lèvres s'effleuraient.

— Non.

Il lui mordilla gentiment la bouche et ajouta :

— Mais j'aime énormément ce qui se trouve dedans.

Du bout des doigts, il descendit le long de son échine tandis que leurs lèvres s'unissaient. Ce fut un baiser tendre et passionné, plein de douceur mais également de ferveur. À cet instant, Phoebe souhaitait faire l'amour avec Dan plus que tout au monde. Même l'intrusion de sa langue dans sa bouche ne la fit pas reculer. Mais, lorsqu'elle laissa ses mains courir le long de ses bras musclés, elle le regretta aussitôt. Elle n'avait nul besoin d'un rappel de sa vigueur, seulement d'une preuve de sa gentillesse. Comment avoir l'assurance qu'il se montrerait gentil et attentionné avec elle ?

— Dan ?

— Mmm...

— Je sais que tu ne souhaites aucune complication, aucune mise en scène, mais...

Phoebe le sentit se raidir entre ses bras. Elle perdit tout courage en le voyant se redresser au-dessus d'elle. Elle se laissa aller contre les oreillers, le couvre-lit toujours serré contre elle. Il lui fallut se lancer d'un coup pour ne pas avoir à renoncer.

— Rassure-toi, cela n'a rien de... cochon.

— Je préfère en juger par moi-même. Et je te préviens, je me sens devenir plus conservateur à chaque instant.

Ses réticences eurent raison de sa détermination.

— N'en parlons plus, murmura-t-elle.

— Tu en as dit trop ou pas assez, protesta-t-il. Qu'est-ce que tu as sur le cœur ?

— Je voulais te demander si... Non. Laisse tomber !

— Phoebe... argumenta-t-il patiemment. Au train où vont les choses, il y a 80 % de chances pour que, avant le lever du soleil, nous soyons aussi intimes qu'un homme et une femme peuvent l'être. Tu ferais donc mieux de me dire tout de suite ce que tu as en tête. Autrement, tant que nous n'aurons pas terminé, je vais m'attendre à ce que tu te mettes à aboyer ou à me supplier de t'appeler Howard au moment critique.

Un sourire incertain fleurit sur les lèvres de Phoebe.

— Je n'ai pas autant d'imagination. Je voulais juste te demander... je veux dire, si ça ne te dérange pas… est-ce que nous pourrions faire comme si j'étais…

La voyant hésiter, il conclut pour elle :

— Une dresseuse de lions ? Une gardienne de prison ?

— Comme si j'étais vierge… rectifia-t-elle, les joues empourprées.

Dan la fixa un instant, les yeux ronds, avant de répéter :

— Vierge ?

Mortifiée par ce qu'elle venait de lui révéler, Phoebe détourna le regard.

— Oublions ça ! murmura-t-elle. Oublie ce que je viens de te dire et finissons-en.

Dan caressa du bout des doigts les lèvres de Phoebe. Il prit son menton et fit pivoter sa tête pour qu'elle le regarde.

— Phoebe… dit-il doucement. Tu peux tout me dire. Je suis une sorte de confesseur des alcôves. J'ai déjà entendu à peu près tout ce qui peut s'entendre dans ce domaine. As-tu l'impression d'avoir déjà tant vécu que tu souhaites revenir en arrière ?

— Quelque chose comme ça…

— Je n'ai pas beaucoup d'expérience en la matière. En fait, à bien y réfléchir, je crois n'avoir connu aucune vierge. Je suppose que mon imagination suffira.

Les yeux plissés, il la dévisagea avec méfiance.

— Il ne s'agit pas de faire comme si tu avais 16 ans ? s'enquit-il. J'ai déjà donné avec Val, et le détournement de mineure, même simulé, très peu pour moi…

— On peut être vierge à 33 ans, précisa-t-elle.

— 33 ? s'étonna-t-il. Tant que ça ?

Il la taquinait et elle le savait, aussi s'essaya-t-elle à la désinvolture pour lui répondre :

— Pourquoi pas ? Je pourrais être une de ces femmes pulpeuses en apparence mais desséchées à l'intérieur qui secrètement ont peur des hommes.

— Là, ça devient intéressant…

Dan caressa du bout du pouce la naissance de ses seins, juste au-dessus du couvre-lit, et ajouta :

— Je suppose qu'une telle femme ne me laisserait pas avoir un nouvel aperçu de ce que tu caches là-dessous ?

— Du moment que tu ne dis rien de vulgaire.

— Je ne ferais jamais une chose pareille.

Phoebe relâcha progressivement le couvre-lit. Avec un luxe de précautions, Dan le fit glisser entre ses doigts et le laissa retomber sur le ventre de la jeune femme.

— Voilà une vision qu'un homme tel que moi apprécie.

Mais, en dépit de ces paroles, Dan ne regardait pas les seins de Phoebe, occupé qu'il était à scruter son visage.

Elle fut la première, sans même s'en rendre compte, à laisser courir ses mains sur lui. Ses paumes glissèrent sur ses épaules et le long de ses bras. Le contraste entre ses muscles d'acier et la douceur de ses baisers la ravissait. Dan laissa sa bouche dériver le long de sa mâchoire, lui mordilla gentiment le menton, puis la lèvre inférieure. Enfin, il se redressa pour admirer ses seins.

Peints à de multiples reprises par Arturo Flores, ils avaient été vus par une multitude de gens. Pourtant, Phoebe avait la sensation étrange de les montrer pour la première fois à un homme. Enfin, Dan se décida à y porter la main. Du bout de ses pouces, il effleura ses mamelons. La sensation était si exquise qu'un long soupir lui échappa.

— Rallonge-toi… conseilla-t-il.

Phoebe se laissa couler contre les oreillers. Dan continua à la caresser ainsi, juste à l'extrémité des seins, jusqu'à ce qu'elle ne puisse supporter une seconde de plus de cette délicieuse torture. Jamais elle n'avait fait l'expérience d'un tel plaisir, qui coulait en elle comme une onde brûlante en ne laissant aucune place à la peur.

Puis, les mains de Dan s'aventurèrent jusqu'à sa culotte et elle se figea sur le lit.

— Stop !

Dociles, ses mains se retirèrent. Elle l'en remercia d'un sourire.

— À mon tour de t'admirer ! décréta-t-elle.

Se redressant sur les genoux, elle tendit la main vers sa braguette. Après un instant d'hésitation, elle eut le cran de baisser la fermeture Éclair.

Sans la laisser aller plus loin, Dan retint son poignet.

— Attends un peu, dit-il. J'en ai pour une minute.

Il fonça dans la salle de bains et jeta à son retour une poignée de préservatifs sur la table de nuit.

— Waouh ! s'exclama Phoebe, amusée. Quel *ego* !

— Dis-moi... répliqua-t-il en la fixant d'un œil soupçonneux. Comment une vierge telle que toi peut-elle avoir la plus petite idée de ce qu'est une capote ?

— Publicités télévisées.

Ce fut au tour de Dan de sourire et, en le voyant faire, Phoebe réalisa qu'elle n'avait encore jamais ri au lit avec un homme. Jusqu'à cet instant, il ne lui était même jamais venu à l'esprit que sexe et humour puissent cohabiter.

Avec une feinte innocence, Dan demanda :

— Où en étions-nous ?

Phoebe s'étonna de sa propre hardiesse en tendant le bras vers le V tentateur dessiné par sa braguette ouverte.

— Nous en étions là, si je me rappelle bien.

Sa soudaine impatience de le voir complètement nu la stupéfiait. Au lieu d'être morte de trac ou effrayée, comme elle aurait dû l'être, elle ressentait un mélange de curiosité et d'excitation qui lui montait à la tête.

— Surtout, ne t'évanouis pas ! lui conseilla Dan, pince-sans-rire.

— Je vais essayer.

Phoebe baissa d'un coup son jean et son boxer de coton blanc. Elle n'eut pas à feindre une exclamation de surprise en voyant jaillir son sexe dressé.

— Oh, mon Dieu !

— Tu vas t'y faire, s'amusa-t-il en étouffant un petit rire. Respire à fond…

Avec un sourire suffisant, il acheva d'ôter son pantalon et se tint parfaitement nu devant elle. Phoebe ne parvenait pas à détourner le regard. Dan avait des épaules larges et puissantes, des hanches étroites et un abdomen si sculpté qu'il en paraissait presque concave. L'un de ses genoux portait une large cicatrice, et une autre plus discrète barrait son tibia sur la jambe opposée.

Après s'être prêté quelques instants à cette revue de détail, Dan désigna d'un coup de menton le couvre-lit qui masquait encore la moitié inférieure du corps de Phoebe.

— Tu n'oublies rien ? demanda-t-il. Le strip-tease, ça marche aussi avec les femmes, tu sais.

— Je suis trop timide… répondit-elle, les yeux baissés.

— Ça, je peux le comprendre, étant donné que c'est la première fois pour toi.

Dan vint s'asseoir près d'elle. Le matelas s'enfonça sous son poids.

— Voilà ce que je te propose, enchaîna-t-il. Puisque tu es une vierge timide et inexpérimentée, tu pourrais peut-être enlever toi-même ta culotte sous le couvre-lit.

Phoebe s'adossa de nouveau aux oreillers et fit ce qu'il suggérait. En laissant tomber sa culotte au sol à côté du lit, elle se sentit exulter. Cette mise en scène imprévisible agissait comme un garde-fou qui la rassurait.

Dan vint s'allonger près d'elle sur le flanc, redressé sur un coude. Glissant sa main sous le couvre-lit, il tendit le bras pour jouer avec la chaîne qu'elle portait à la cheville.

— Surtout n'hésite pas, dit-il en la fixant gravement. Tu n'auras qu'à me dire « stop » chaque fois que tu te sentiras nerveuse.

Ces paroles suscitèrent en elle une profonde émotion. Bien sûr, il ne les avait prononcées que pour respecter le marché qu'ils avaient conclu, et il ne saurait jamais à quel point il était important pour elle de les entendre.

Penché sur elle, Dan reprit ses baisers. Des baisers brûlants, sur les lèvres, puis les seins. Sa main remonta lentement sous le couvre-lit, jusqu'à venir se loger entre ses cuisses.

— Ouvre-toi, lui ordonna-t-il d'une voix douce. Écarte un peu les jambes pour moi, maintenant.

Sans délai et sans crainte, Phoebe s'exécuta. Le couvre-lit qui la cachait glissa, ne laissant qu'un coin de tissu sur son entrejambe. D'un geste, Dan le repoussa.

Phoebe craignit un instant qu'il ne fasse quelque blague sur sa toison pubienne de vraie blonde, mais il garda le silence. Tandis qu'il commençait du bout des doigts à explorer les replis de son intimité, elle laissa fuser de ses lèvres un long soupir tremblé.

— Ça va ? s'enquit-il. Est-ce que ça fait du bien ?

— Oui. Oh, oui !

— Tant mieux.

— Est-ce que tu t'arrêterais ?

Dan retira immédiatement sa main.

La joie le disputa en elle au désir quand elle constata qu'il lui avait obéi. Sa bonne volonté lui donna le courage d'inverser les rôles. S'allongeant sur lui, elle partit elle-même en exploration, ravie de voir son visage se figer peu à peu tandis que sa main descendait le long de son ventre.

Enfin, ses doigts se refermèrent sur son sexe et Dan retint son souffle. Elle le sentit au creux de sa paume, rigide et palpitant, n'aspirant qu'à la délivrance. Et de nouveau, la peur et le désir s'affrontèrent en elle. Mais cette fois, ce fut le désir qui l'emporta.

— *Baby*... murmura-t-il d'une voix grinçante. Nous avons atteint le point de non-retour.

Mutine, Phoebe secoua la tête en souriant et redoubla ses caresses.

— Tu m'as promis, dit-elle.

Sa réplique ne se fit pas attendre.

— Stop !

Docile, elle lâcha son membre. Dan en profita pour reprendre le dessus et inverser les positions.

— Puisque tu es vierge, dit-il en la fixant au fond des yeux, faisons le nécessaire pour te préparer. Je ne pense pas que je pourrai endurer ce supplice plus longtemps.

Avec douceur, comme s'il s'agissait pour elle de la première fois, il la caressa longuement. Ses doigts habiles et patients exploraient les replis de son intimité. Et tandis que les vagues d'un plaisir brûlant déferlaient depuis son ventre dans tout son corps, Phoebe se laissa emporter par un flot d'émotions qui ne l'avaient jamais visitée. Dan avait le souffle court, le visage et le cou empourprés. Au bout d'un moment, il s'arrêta pour saisir un des préservatifs sur la table de nuit et se préparer lui-même avant d'en revenir à ses caresses.

— Tu es si douce... murmura-t-il en se positionnant finalement entre ses jambes. Si douce et si étroite... C'est presque comme si...

Au pied du mur, Phoebe sentit la panique la gagner. Sachant qu'il n'était plus en état de l'écouter, elle s'écria :

— Stop !

Mais Dan l'écouta pourtant. Le front emperlé de sueur, il roula sur le côté et retomba sur le dos en gémissant :

— Tu veux me tuer !

Phoebe ne parvenait pas à y croire. Même dans le feu de l'action, il était parvenu à tenir sa promesse ! Et à cet instant, elle fut certaine qu'elle l'aimait. Non pas d'un amour éternel et romantique, tenta-t-elle de se rassurer, mais d'un éphémère amour né de la gratitude.

En même temps que son cœur, tout son corps s'ouvrit à lui. S'accrochant à ses épaules, elle l'attira à elle. Elle aspirait à présent à le sentir en elle, et elle lui faisait confiance pour que cela se fasse en douceur.

Glissant ses mains sous ses genoux, Dan lui écarta les cuisses.

— Doucement ! ne put-elle s'empêcher de plaider. Ne me fais pas mal…

— Pour rien au monde… promit-il.

Et il tint promesse. Dan pénétra en elle avec une lenteur précautionneuse. Pas un instant ses yeux gris vert ne quittèrent son visage. Même s'il n'aspirait plus qu'à la posséder, il gardait le contrôle total sur son désir. Enfin, quand elle se fut habituée à cette pacifique invasion, il commença à bouger en elle et Phoebe sentit son propre contrôle lui échapper.

— Vas-y… murmura-t-il en la voyant secouer la tête sur l'oreiller et pousser de petits cris. Laisse-toi aller, *baby*…

Il s'enfonça plus profondément en elle, et Phoebe se mit à rouler des hanches en cadence avec lui. La sensation était à la fois merveilleuse et effrayante. Elle se sentit aspirée dans une spirale ascendante et prit peur. À présent, elle ne craignait plus que ce soit lui mais elle qui perde le contrôle. Sans se rendre compte de ce qu'elle faisait, elle s'écria :

— Stop !

Avec un gémissement sourd et inhumain, Dan se figea au-dessus d'elle. Cette fois, elle le savait, il ne pouvait obtempérer. Il n'était ni réaliste ni juste d'exiger de lui un tel sacrifice.

Et pourtant, une fois encore, il parvint à se contenir. Cet homme à la volonté inébranlable, qui aurait pu la faire plier en un instant, accéda à sa demande et retomba lourdement sur les oreillers, le visage rougi par l'effort et les veines saillant à son cou.

Grâce au renoncement de Dan, les chaînes qui depuis si longtemps retenaient Phoebe tombèrent d'un coup. Une grande joie tomba sur elle et la souleva d'allégresse. Se glissant à califourchon sur lui, elle empoigna ses cheveux et l'embrassa avec passion. Pour reconquérir sa féminité, elle décida de l'aimer de tout son cœur.

Il lui parut tout naturel, dans la position où elle se trouvait, de reprendre là où ils en étaient restés. Les jambes glissées de part et d'autre de ses hanches, elle le prit en elle, plus lentement qu'elle ne l'aurait souhaité, pour laisser à son corps le temps de s'adapter à lui.

Et quand ce fut fait, elle le fixa longuement. Les yeux grands ouverts de Dan luisaient d'un éclat fiévreux. Ses lèvres étaient pincées. Phoebe commença à se mouvoir lentement. De petits gémissements de plaisir lui échappaient à chaque poussée. Dan mit ses mains en coupe sous ses fesses pour l'aider.

Phoebe arqua l'échine et le chevaucha de plus en plus haut, de plus en plus fort. Par la grâce d'un miracle, elle se transformait en sauvage et libre amazone qui assujettissait à elle l'homme le plus brave et le plus loyal venu la provoquer. Dan ruait sous elle, mais elle gardait ses hanches puissantes fermement coincées entre ses cuisses. Rien n'aurait pu la désarçonner. Elle était aux commandes. C'était à elle de le prendre.

Dan haletait tel un athlète visant à repousser les limites de l'endurance. Sa poitrine se soulevait au rythme précipité sur lequel s'emplissaient et se vidaient ses poumons. Elle comprit alors qu'il était farouchement déterminé à ce qu'elle jouisse la première et faisait tout pour se contrôler. En bon compétiteur né, il ne visait que la victoire. Et dans ce jeu particulier, on ne la remportait qu'en arrivant second. Il ne savait pas comment il en allait pour elle, songea-t-elle avec tristesse. Il ne pouvait savoir qu'elle serait incapable de jouir.

Mais Dan possédait aussi une caractéristique qu'elle avait négligé de prendre en compte. À ses yeux, gagner était presque vital. Et pour y parvenir, il ne dédaignait pas, si besoin était, d'avoir recours à la tricherie.

Ses doigts habiles eurent tôt fait de trouver, dans les replis de l'intimité de Phoebe, l'endroit précis où elle était la plus vulnérable. Le souffle coupé, elle ouvrit grand la bouche et renversa la tête en arrière.

La pièce se mit à tourner autour d'elle quand la traîtresse caresse se fit plus précise. Depuis ce point de son corps qui semblait entrer en fusion montèrent des ondes de plaisir de plus en plus intenses, de plus en plus rapprochées. Soudain, il n'y eut plus de frontière entre ce qui était elle et ce qui était lui.

Cela ne devait pourtant pas se produire... elle s'était résignée à ne jamais... et pourtant...

Un cri libérateur jaillit de ses lèvres, monté du tréfonds de son être. Elle entendit confusément Dan lui répondre par un grognement de jouissance, tandis que tout son corps se convulsait. Puis, libérés de la gravité, ils tombèrent tous deux dans un délicieux oubli.

13

La joue posée contre la poitrine de Dan, Phoebe gardait les jambes pliées dans une position inconfortable, mais peu lui importait. Blottie au creux de ses bras, elle sentait son cœur déborder de gratitude et de joie à l'égard de ce tendre guerrier qui avait tellement donné pour triompher des ennemis qui l'empêchaient de vivre depuis tant d'années.

Dans la chambre, seul se faisait entendre le léger bourdonnement de l'air conditionné. Quelqu'un, dans le couloir, claqua une porte. Parce qu'elle ne savait que dire, Phoebe attendait que Dan se décide à parler.

Trop tôt à son goût, il relâcha son étreinte et se recula. Elle sentit le froid dans son dos. En douceur, il retira son bras et se redressa pour s'asseoir au bord du matelas, le dos tourné vers elle. Avant même qu'il ne lui adresse la parole, elle sentit un malaise l'envahir.

— C'était super, Phoebe.

Il tourna la tête et la gratifia d'un sourire faux et trop amical. Avec un frisson, elle se demanda s'il offrait le même boniment et le même sourire à toutes les groupies qui passaient dans son lit.

— J'ai passé un moment fantastique, reprit-il. Vraiment.

Le bras tendu pour récupérer son jean, il ajouta :

— Demain est un grand jour. Il va falloir se lever tôt.

Phoebe se sentait glacée de la tête aux pieds.

— Naturellement, répondit-elle. Il est tard et je...

Pour se glisser hors du lit, elle évita le côté sur lequel il était assis. En un instant, elle eut rassemblé ses vêtements qu'elle serra contre elle pour foncer dans la salle de bains. Derrière elle, elle l'entendit à peine l'appeler.

— Phoebe...

Les joues rouges de honte, de colère et d'humiliation, elle s'empressa de se rhabiller. Comment ce qui l'avait à ce point bouleversée pouvait-il le laisser de marbre ? Pour s'empêcher de claquer des dents, elle serra fortement les mâchoires. Pour rien au monde elle ne lui montrerait à quel point il l'avait blessée. Quand elle serait seule, il serait bien assez tôt pour s'effondrer.

En quittant la salle de bains, elle le trouva torse nu mais vêtu de son jean. Les cheveux ébouriffés, c'est avec une expression de culpabilité sur le visage qu'il demanda :

— Tu veux boire quelque chose ?

Faisant appel à cette bravoure qui lui avait permis de ne pas perdre la tête au cours de toutes ces années, Phoebe jeta à ses pieds son très quelconque soutien-gorge blanc.

— Ajoute ça à ta collection ! lança-t-elle d'un ton de défi. Je m'en voudrais de te faire perdre le compte.

Sur ce, elle s'empressa de sortir.

La porte avait à peine claqué derrière Phoebe que Dan lâcha à mi-voix une bordée de jurons. Il avait beau se trouver toutes les justifications du monde, il ne pouvait se cacher qu'il venait de se conduire comme le plus parfait des salauds. Pourtant, en se frottant pensivement le bras, il tenta tout de même de se convaincre qu'il n'avait pas si mal agi. Phoebe n'était pas une blanche colombe. En mangeuse d'hommes accomplie, elle connaissait la musique. Alors où était le problème ?

Le problème était que, même en puisant au plus profond de sa mémoire, il ne se souvenait pas avoir jamais été aussi secoué par une expérience sexuelle. Cela l'effrayait d'autant plus que c'était parfaitement imprévu. Jamais il ne se serait attendu à trouver une telle innocence chez une femme qui de son propre aveu avait tant vécu, et encore moins à en être à ce point bouleversé. Sous ses caresses, elle s'était révélée aussi sauvage que tendre et douce. Évoquer ses courbes sensuelles suffisait à le mettre de nouveau en émoi.

Repoussant du pied le soutien-gorge qu'elle lui avait jeté, Dan se dirigea vers le minibar et en tira une canette de bière. En dévissant la capsule, il ne put se cacher la vérité plus longtemps. S'il s'était si lamentablement conduit avec Phoebe, c'est parce qu'il se sentait coupable. Depuis le moment où il l'avait vue embrasser Bobby Tom jusqu'à celui où elle lui avait fait voir les étoiles dans un million de couleurs différentes, il avait tout oublié de Sharon Anderson.

Et pourtant, se reprocha-t-il amèrement, il s'était bien juré de faire les choses correctement... Dès l'instant où il avait rencontré Valerie, cinq ans plus tôt, il avait fait une croix sur les autres femmes. Logiquement, après sa rupture définitive avec son ex-épouse, c'était Sharon – et non Phoebe – qui aurait dû être la première à partager son lit. Il n'y avait gagné qu'une chose : quand il serrerait dans ses bras la douce et timide institutrice, elle se retrouverait immanquablement en compétition dans son esprit avec une triathlète du sexe...

Il n'en restait pas moins que sa conduite était inexcusable. Il n'aurait jamais dû se débarrasser de Phoebe comme il l'avait fait. La culpabilité l'assaillait. En dépit de tous ses défauts, il ne parvenait pas à s'empêcher de l'aimer. Et même s'il était difficile d'en avoir la certitude avec elle, il était à peu près certain de l'avoir blessée. Cette femme l'avait rendu fou dès leur première rencontre. S'il n'y prenait pas garde, l'attirance qui le poussait vers elle allait finir par mettre en péril sa relation naissante avec Sharon.

En avalant d'un trait une longue rasade de bière, Dan se fit une promesse. Quel qu'en soit le prix, il allait faire en sorte d'empêcher cette bombe sexuelle d'enfoncer plus profondément ses griffes en lui. Il lui devait sans doute des excuses, mais rien de plus. Dès cette minute, il serait l'homme d'une femme et d'une seule.

En s'apprêtant le lendemain à entrer sur le terrain pour le match Stars-Sabers, Phoebe n'avait toujours pas décoléré. Debout à l'embouchure du tunnel d'accès, elle n'en finissait plus de se traiter de tous les noms. De toutes les erreurs les plus idiotes, les plus irréfléchies et les plus autodestructrices qu'elle avait pu commettre, celle-ci remportait le pompon.

Elle se sentait encore un peu groggy d'avoir pleuré une partie de la nuit. Aux alentours de 4 heures du matin, enfin, une longue et pénible introspection lui avait permis de réaliser une chose: son chagrin n'était si intense que parce qu'elle avait eu la faiblesse de tomber amoureuse de Dan Calebow.

Un hoquet douloureux secoua sa poitrine. Par peur de se remettre à pleurer, Phoebe planta ses ongles dans la chair de ses paumes. Elle avait beau y réfléchir, elle ne trouvait aucune explication rationnelle à un tel désastre. Elle aurait pourtant dû être la dernière des femmes à se laisser séduire par un accent sudiste et une affriolante paire de biceps. Et pourtant, elle ne pouvait nier la réalité. Par quelque caprice hormonal – voire par simple amour du danger – elle s'était approchée trop près du soleil et s'était brûlé les ailes.

Et combien il avait brûlé pour elle, ce soleil du désir, la nuit précédente! Jamais elle n'aurait imaginé que faire l'amour pouvait constituer une expérience aussi drôle, aussi tendre, aussi merveilleuse. La gorge serrée, elle songea que là était bien le problème: elle avait fait l'amour avec Dan Calebow, alors que lui n'avait fait que coucher avec elle.

Phoebe se sentait dangereusement proche des larmes. Elle ne pouvait se permettre de craquer de nouveau. Alors, accrochant à ses lèvres un sourire éclatant pour dissimuler son cœur en berne, elle sortit sous le soleil de l'Oregon pour faire payer à ce traître chaque seconde de bonheur qu'elle avait pu connaître entre ses bras.

Les photographes la repérèrent avant la foule. À son entrée, les premières notes du vieux standard *Ain't She Sweet* avaient retenti dans le stade. Phoebe comprit qu'il devait s'agir de cette « surprise » que Ron lui avait promise ce matin-là. Elle était désormais la seule, dans le club des propriétaires d'équipes de la NFL, à posséder son hymne personnel.

Sous les sifflets et les hurlements de loup, elle prit la pose, envoya un baiser du bout des doigts et se dirigea vers le banc de touche en roulant des hanches au rythme de la musique. Les photographes firent honneur au jean rouge et noir imprimé de motifs « python » qui épousait ses courbes et à la veste d'homme en soie noire simplement passée sur ses seins nus. Quand elle avait renoncé à la trop classique robe en lin qu'elle avait amenée, il avait fallu convaincre le propriétaire de la boutique de fringues branchées voisine de l'hôtel d'ouvrir pour elle un dimanche à 10 heures du matin. Il avait suggéré une cravate d'homme comme accessoire, mais Phoebe avait préféré nouer autour de son cou un ruban de velours noir plus féminin. Quant à l'esprit d'équipe, elle le manifestait en arborant des boucles d'oreilles en forme d'étoiles. La tenue était hors de prix, provocante et complètement inappropriée. À elle seule, elle constituait un camouflet infligé au coach des Stars.

Phoebe avait su comment il allait réagir avant même qu'il tourne la tête vers elle pour voir à quoi rimait toute cette agitation. D'abord abasourdi, il avait bien vite paru sur le point de commettre un meurtre. Elle aurait aimé l'achever avec un regard des plus provocants, mais elle en fut incapable. Alors, avant qu'il puisse deviner à quel point elle se sentait misérable, elle s'empressa de reporter son attention sur les photographes qui criaient son nom. En les laissant capter son image sous toutes les coutures, elle sut qu'elle ne s'était jamais sentie aussi peu féminine. Comment avait-elle pu s'imaginer qu'un homme tel que Dan pourrait voir en elle autre chose qu'un corps de rêve ?

Bobby Tom, radieux, vint au petit trot la saluer.

— Vous êtes à tomber ! la félicita-t-il. Je crois que vous allez me porter chance aujourd'hui...

— Merci, répondit-elle. Je ferai de mon mieux.

Phoebe prit tout son temps pour lui donner le baiser rituel, puis salua d'un geste de la main les réactions enthousiastes de la foule. Jim Biederot vint ensuite réclamer son insulte porte-bonheur. Plusieurs autres joueurs se montrèrent également. Plus sobrement, elle leur souhaita bonne chance. Ron lui avait remis un paquet de chewing-gums Wrigley's, mais Dan ne vint pas au coup d'envoi lui en réclamer un.

Le ballon décrivit une longue parabole dans les airs, et quand les corps massifs et cuirassés des joueurs entrèrent en collision, Phoebe parvint à ne pas se masquer les yeux. Même s'il lui semblait toujours terrifiant d'être mêlée d'aussi près à un tel déferlement de violence, elle réalisa au fur et à mesure que s'égrenaient les minutes du premier quart-temps que ce spectacle la paniquait moins que la semaine précédente. Ron lui ayant expliqué les rudiments du jeu, plus d'une fois elle se surprit à suivre avec passion le déroulement de l'action.

Plus tard, dans la loge panoramique, elle eut la satisfaction au quatrième quart-temps de voir Dan se faire expulser du terrain pour avoir insulté l'un des arbitres. Inspiré par son baiser porte-bonheur, Bobby Tom fit des étincelles au cours du match, sans parvenir pour autant à compenser certaines erreurs de la défense, débordée par l'implacable machine de guerre des Sabers. Avec dix-huit points d'avance, ceux-ci battirent les Stars haut la main.

Phoebe et Ron empruntèrent pour regagner Chicago le même vol charter que le reste de l'équipe.

Pour voyager, elle avait troqué son jean « peau de serpent » contre un pantalon plus confortable et un ample sweat-shirt rouge qui lui arrivait à mi-cuisse. En pénétrant dans l'avion, ils durent passer à côté de Dan, en grande discussion avec Gary Hewitt, le coordinateur offensif de l'équipe. Sachant qu'il lui serait difficile de passer inaperçue, elle prit les devants et fit une courte halte pour jeter dans son giron le paquet de Wrigley's inutilisé.

— Vous devriez vraiment apprendre à maîtriser votre colère, coach…

Il lui répondit d'un regard qui aurait suffi à fissurer un mur en béton. Phoebe s'éclipsa sans demander son reste.

Après le décollage, elle quitta son siège de première, voisin de celui de Ron, pour aller en cabine parler avec les joueurs. Elle fut surprise de les découvrir aussi éprouvés. Le médecin de l'équipe était en train de faire à l'un des vétérans une piqûre dans le genou, tandis que le kiné en massait un autre. Ils étaient nombreux, également, à presser des poches de glace en divers endroits de leur anatomie.

Tous parurent apprécier le fait qu'elle vienne discuter avec eux malgré la défaite embarrassante qu'ils venaient de subir. Phoebe nota qu'il y avait un ordre de préséance dans l'occupation des sièges. Les coaches, le directeur général et quelques influents membres de la presse voyageaient en première classe. Le staff des Stars et l'équipe de tournage occupaient quelques rangées de sièges entre les coaches et les joueurs. Enfin venaient ceux-ci, à l'arrière de l'avion, par ordre d'ancienneté : les cadets d'abord, puis les vétérans. Plus tard, lorsqu'elle demanda à Ron pour quelle raison les joueurs les plus expérimentés se réservaient l'arrière de l'appareil, il lui répondit qu'ils aimaient se tenir aussi loin que possible des coaches.

Quand ils atterrirent enfin à O'Hare, il était plus de 1 heure du matin et Phoebe se sentait épuisée. Puisqu'il était passé la prendre chez elle, Ron devait la reconduire. Alors qu'elle se glissait avec un soupir de soulagement dans le siège profond de sa Lincoln, elle entendit une voix qu'elle reconnut immédiatement s'adresser à elle.

— Nous devons parler. C'est moi qui vais vous ramener chez vous.

Tournant la tête, elle vit que Dan les avait rejoints. La main posée sur la portière ouverte, il se pencha vers elle. Il portait ses lunettes à montures d'acier et ressemblait plus à un proviseur sur le point de sermonner un cancre qu'à une des légendes vivantes du *gridiron* [1].

En tâtonnant un peu pour boucler sa ceinture, Phoebe lui répondit :

— Nous pourrons discuter demain. Je rentre avec Ron.

Celui-ci, qui se trouvait côté conducteur, achevait de placer leurs bagages sur le siège arrière. Voyant Dan contourner le véhicule pour le rejoindre, il leva les yeux sur lui, indécis.

— Ronald… dit-il. Je dois parler à Phoebe. C'est moi qui vais la reconduire chez elle. Nous pourrons récupérer chacun notre voiture demain au siège.

Sans attendre de réponse, il déposa au creux de sa main un trousseau de clés, puis, ignorant la protestation indignée de Phoebe, se glissa derrière le volant. Pendant que Dan ajustait la position du siège à son imposante stature, Ron contemplait les clés avec l'émerveillement d'un gamin ouvrant ses cadeaux de Noël.

— Vous me laissez conduire votre Ferrari, coach ?

— Essaie de ne pas baver sur les sièges en cuir.

En hâte, Ron récupéra son sac et tendit à Dan son propre trousseau de clés. La perspective de conduire « ICE 11 » l'excitait tellement qu'il oublia de dire au revoir à Phoebe.

---

1. *Gridiron* : « Gril » en anglais. Surnom donné au terrain de football américain, en raison des lignes blanches qui le quadrillent. *(N.d.T.)*

Figée sur son siège, elle laissa Dan manœuvrer pour sortir du parking dans un silence glacial. Quelques minutes plus tard, ils filaient à vive allure en direction du sud. À la lueur des panneaux publicitaires qu'ils croisaient, elle constata du coin de l'œil qu'il rongeait son frein, comme si c'était lui qui avait toutes les raisons de se plaindre d'elle. Plus que jamais, elle était décidée à ne pas lui montrer à quel point il l'avait blessée.

Ce fut Dan, finalement, qui se décida à rompre le silence.

— Je suppose que tu as conscience de t'être ridiculisée en t'exhibant dans cette tenue de charmeuse de serpents...

— C'est *moi* qui me suis ridiculisée ? se récria-t-elle. Si ma mémoire est bonne, tu as été le seul à te faire exclure !

— Expulser, pas exclure ! grogna-t-il. C'était un match de foot, bon sang, pas une convention de parti politique !

Après lui avoir jeté un bref coup d'œil, il ajouta :

— Tu ne comprends donc pas qu'en portant de tels vêtements tu t'exposes autant aux regards qu'une pièce de bœuf à l'étal d'un boucher ?

— Bien sûr que je le sais ! roucoula-t-elle. Pourquoi penses-tu que je me donne toute cette peine ?

Les mains de Dan se crispèrent sur le volant.

— Tu cherches vraiment à me mettre en colère ?

— Ma garde-robe ne te concerne en rien !

— Elle me concerne quand elle donne une mauvaise image de l'équipe.

— Tu ne crois pas que ces crises de rage infantiles que tu piques au bord du terrain la desservent encore plus ?

— Rien à voir ! Ça fait partie du jeu.

Espérant lui faire comprendre mieux que par des mots ce qu'elle pensait de sa logique, Phoebe ne répondit pas. Ils roulèrent ainsi en silence durant quelques kilomètres, au cours desquels elle sentit son désespoir atteindre de nouveaux sommets. Elle était fatiguée d'avoir à jouer un rôle tout le temps, mais elle ne savait pas comment se conduire autrement. S'ils s'étaient rencontrés dans d'autres circonstances, songea-t-elle tristement, peut-être auraient-ils pu avoir une chance, tous les deux ?

Quand Dan se décida finalement à reprendre la parole, son hostilité avait fait long feu.

— Écoute, Phoebe... Je ne suis pas fier d'avoir réagi ainsi cette nuit, et je voudrais m'en excuser. J'ai adoré le moment que nous avons passé ensemble, et je ne voulais pas me montrer si brusque avec toi. Mais tu comprends, il se faisait tard et...

Ses lamentables excuses s'achevèrent en une queue-de-poisson plus lamentable encore.

La gorge serrée, Phoebe lutta pour mobiliser le peu de volonté qui lui restait.

— Franchement, Dan... parvint-elle à répondre d'un ton gouailleur de demi-mondaine blasée. Si j'avais su que tu te montrerais tellement immature, j'aurais sans doute hésité à coucher avec toi.

— Ah, oui ? fit-il en la dévisageant, les yeux plissés.

— Tu me fais penser à un ado victime d'une crise de conscience après avoir culbuté sa copine sur le siège arrière de la voiture de papa. Je suis habituée à un peu plus de cran de la part de mes amants... En tout cas, je m'attendais au moins à un autre round. À quoi bon se donner toute cette peine si c'est pour ne le faire qu'une fois ?

Dan laissa échapper un drôle de son étranglé et se rabattit sur la voie de droite. Phoebe n'en avait pas terminé avec lui, mais le fait de savoir qu'il ne pouvait la voir comme elle était réellement lui brisait le cœur. Il s'attendait à ce qu'elle se conduise ainsi, et pour donner le change, elle répondrait à ses attentes.

— Je ne pense pas être terriblement exigeante, mais il y a trois choses que j'espère de mes amants : la courtoisie, l'endurance, et une rapide récupération pour de multiples performances. Tu n'as rempli, j'en ai peur, aucune de ces conditions.

Dan s'exprima d'une voix dangereusement basse quand il demanda :

— Et ma technique ? Tu ne trouves rien à y redire ?

— Eh bien... Sans vouloir te vexer, je la trouve tout juste... correcte.

— Correcte ?

— Tu as manifestement lu tous les bons livres, mais...

Avec un long soupir, elle renonça à conclure.

— Peu importe, reprit-elle. Je dois être trop difficile.

— Non, non ! Vas-y... la pria-t-il. Je ne voudrais manquer cela pour rien au monde.

— Toutes ces... rigidités qui t'encombrent m'ont un peu surprise, et énormément déçue pour tout te dire. Tu es un amant bien trop crispé, mon cher Daniel. Tu devrais te relaxer et ne pas prendre le sexe tellement au sérieux. Naturellement, je te l'accorde, tu avais un gros handicap.

Phoebe marqua une pause pour dramatiser le propos avant de porter le coup de grâce.

— Pour être honnête, l'homme qui pourrait se sentir tout à fait détendu en faisant l'amour à la femme qui signe ses chèques en fin de mois ne doit pas être né.

Elle fut surprise, en jetant un coup d'œil dans sa direction, de le voir sourire. L'espace d'un instant, elle faillit oublier sa rancœur et l'imiter.

— Phoebe... dit-il enfin d'un ton indulgent. Il y a dans ce monde un tas de choses qui me font douter. La religion, par exemple. La politique économique de ce pays. Ou la couleur des chaussettes qu'il convient de porter avec une cravate bleue. Mais je dois te dire que ma performance de l'autre nuit dans cette chambre d'hôtel n'en fait pas partie.

— Avec l'ego démesuré qui est le tien, cela n'est pas pour m'étonner.

— Phoebe. Je t'ai dit que je suis désolé.

— Excuses acceptées. À présent, si ça ne te dérange pas, je suis crevée.

Croisant les bras, Phoebe posa la tête contre la vitre de la portière et ferma les yeux.

Pour ce qui est de la communication non verbale, Dan devait être à peu près aussi doué qu'elle. L'instant d'après, il tourna le bouton de l'autoradio. Instantanément, la musique agressive de Megadeth emplit l'habitacle. Rien n'avait été réglé entre eux.

Phoebe ne vit pas beaucoup Dan la semaine suivante. Il occupait ses journées à visionner des kilomètres de films, à diriger d'innombrables réunions entre coaches, à mener d'une main de fer l'entraînement des joueurs et à finir de s'épuiser en courant sur le terrain.

À sa grande surprise, Molly accepta de l'accompagner au match du dimanche suivant contre les Lions de Detroit. Mais quand Phoebe suggéra d'inviter une amie, elle refusa, prétextant que toutes les filles de son lycée étaient des garces.

Les Stars battirent les Lions de justesse, mais la semaine suivante, au Three Rivers Stadium de Pittsburgh, l'équipe tomba une fois de plus, amenant le score à trois défaites et une victoire depuis le début de la saison.

Dans le hall de l'aéroport de Pittsburgh, Phoebe tomba nez à nez avec Reed. Il se montra si ouvertement sympathique avec elle et en même temps si subtilement critique qu'elle n'eut de cesse de lui avoir faussé compagnie.

Le lendemain matin, lorsqu'elle entra dans son bureau, sa secrétaire lui remit une note de Ronald lui demandant de le rejoindre immédiatement dans la salle de conférence du premier étage. En s'y rendant, munie de son gobelet de café, elle s'aperçut que les téléphones sonnaient dans tous les bureaux en dépit de l'heure matinale. En proie à un mauvais pressentiment, elle hâta le pas. À quelle nouvelle catastrophe devaient-ils faire face ?

En pénétrant dans la salle de conférence, Phoebe trouva Dan appuyé contre le mur du fond, les bras et les chevilles croisés devant lui. Les yeux fixés sur un poste de télévision posé avec un magnétoscope sur un chariot métallique, il avait sa tête des mauvais jours. Ron, lui, était assis dans un fauteuil pivotant à l'extrémité de la table. Quand elle eut pris place à sa gauche, il se pencha vers elle et murmura :

— Nous avons reçu une copie de la dernière émission de « Sports à Chicago », un programme populaire diffusé cette nuit pendant que nous rentrions de Pittsburgh. Écoute ça.

Phoebe reporta son attention sur l'écran. Un journaliste aux cheveux sombres, bien de sa personne, parlait devant une vue panoramique des gratte-ciel de la ville éclairés sur fond de ciel nocturne. Avec la gravité d'un reporter de guerre sur le front, il fixait la caméra d'un œil sombre.

— À force de choix judicieux et d'habileté tactique, Bert Somerville et Carl Pogue ont réuni l'un des groupes de joueurs les plus talentueux de la Ligue. Mais il faut plus que du talent pour gagner des matchs. Il faut un leadership puissant et éclairé, ce dont les Stars, désormais, semblent manquer cruellement.

Sur l'écran défilèrent une série d'images montrant les plus spectaculaires ratages des derniers matchs, tandis qu'en voix off le journaliste poursuivait son commentaire.

— Le moins que l'on puisse dire du directeur général des Stars, Ronald McDermitt, c'est qu'il n'est pas un visionnaire du football. Il n'a même jamais joué un match de sa vie... N'ayant pas la maturité nécessaire, comment pourrait-il faire entendre raison au bouillant Dan Calebow, un coach excessif qui ferait mieux de se concentrer sur les fondamentaux dont ses jeunes poulains ont besoin plutôt que sur l'esbrouffe ? Aujourd'hui, les Stars sont au bord du chaos, ravagés par un management inepte, un coaching erratique, des finances chancelantes, et une propriétaire qui plonge dans l'embarras l'ensemble de la NFL.

Phoebe se raidit en voyant défiler une série de clichés d'elle pris au fil des années. Brièvement, le speaker fit état des dispositions testamentaires de Bert avant de revenir à l'image pour déclarer :

— Phoebe Somerville, par ses excès, transforme en numéro de cirque un sport noble et sérieux. Elle ne connaît rien au football et semble n'avoir d'autre expérience en management que la gestion de son carnet de chèques. Ses outrances vestimentaires au bord du terrain et la morgue avec laquelle elle refuse tout contact avec la presse montrent clairement le peu de respect qu'elle a pour cette équipe talentueuse et pour ce sport que nous sommes si nombreux à aimer.

Sans transition, une interview de Reed passa à l'écran.

— Je suis convaincu que Phoebe fait de son mieux, dit-il avec toute l'apparence de la sincérité. Elle est plus habituée à évoluer dans les cercles artistiques, et devoir se faire une place dans le monde du sport professionnel est un défi pour elle. Mais une fois qu'elle aura satisfait aux exigences testamentaires de son père et que l'équipe me reviendra, je suis sûr de pouvoir la ramener au plus haut niveau.

Le présentateur réapparut et poursuivit son réquisitoire.

— Reed Chandler défend de manière chevaleresque sa cousine, mais le mois de janvier est encore loin et que restera-t-il des Stars, d'ici là, si Mlle Somerville persiste à ne donner aucun objectif clair à son directeur général ? Plus troublante encore, la rumeur qui enfle ces jours-ci et qui jette la suspicion sur sa capacité à exercer une quelconque autorité sur son coach explosif. En temps ordinaire, nous n'en ferions pas état. Mais puisque cette rumeur peut avoir une incidence directe sur ce qui se passe au sein des Stars, nous croyons qu'il est dans l'intérêt du public d'y faire écho. Une source sûre aurait vu il y a une quinzaine de jours Phoebe Somerville émerger au petit matin de la chambre d'un hôtel de Portland occupée par Dan Calebow.

À mi-voix, Dan proféra une retentissante obscénité.

— Même à cette heure tardive, poursuivit le journaliste, leur rencontre n'avait peut-être rien que de très professionnel. Mais si ce n'est pas le cas, cela n'augure rien de bon pour les Stars. Ajoutons qu'il ne s'agit pas là de la seule casserole que doit traîner derrière elle la sulfureuse Phoebe Somerville. Il y a également celle-ci...

Il prit sur son bureau un numéro de *Beau Monde*, luxueuse revue à la réputation et à la diffusion presque aussi importantes que celles de *Vanity Fair*.

— Notre nouveau commissaire général de la NFL, Boyd Randolph, serait bien inspiré de jeter un coup d'œil à la dernière livraison de ce très populaire magazine qui sera mis en vente dès demain. Sur plusieurs pages et dans les plus explicites détails, on y découvre Mlle Somerville dans le plus simple appareil. Peut-être ces photographies, que le code de décence m'interdit de montrer à l'écran, l'amèneront-ils à avoir avec elle une sérieuse discussion sur les devoirs des propriétaires d'équipes de la NFL.

Ses sourcils se rejoignirent pour souligner l'expression de sa juste indignation lorsqu'il conclut :

— Le monde du football professionnel a consenti de gros efforts pour redorer son blason après les scandales liés à la drogue et aux jeux qui l'ont entaché ces dernières années. Il serait dommage de laisser une jeune femme qui ne lui témoigne aucun intérêt traîner une nouvelle fois ce sport dans la boue. Espérons que Boyd Randolph saura nous en prémunir.

Dan pointa un doigt vengeur en direction de l'écran.

— Ce fouille-merde n'est-il pas l'un des potes de Reed ?

— Je crois bien que oui, répondit Ron.

L'émission arrivant à son terme, il actionna un bouton de la télécommande pour stopper le défilement de la bande.

— Chandler est un véritable prince ! ajouta Dan d'un air dégoûté.

Puis, se redressant, il vint ramasser sur la table l'épaisse enveloppe de papier kraft qui s'y trouvait. En le voyant faire, la colère suscitée en Phoebe par le reportage reflua, remplacée par une terrible appréhension.

— Ma secrétaire vient de me l'apporter, précisa Ron. Je n'ai pas eu le temps d'y jeter un coup d'œil.

Dan tira brutalement le magazine de l'enveloppe. Phoebe réprima son envie de le lui prendre des mains. Elle savait que cela n'aurait fait que différer l'inévitable. D'un doigt impatient, il fit défiler les pages pour trouver les photos du scandale.

— Après tout, pourquoi s'en faire ? lâcha-t-elle dans un soupir. Tu as déjà vu tout ce que j'ai à montrer.

À ces mots, Ron tiqua visiblement.

— C'est donc vrai ? demanda-t-il en se tournant vers elle. Vous étiez vraiment ensemble dans cette chambre ?

Dan s'interrompit un instant pour passer sa colère sur Phoebe.

— Pourquoi ne pas t'offrir un écran de pub pour l'annoncer au monde entier, tant que tu y es !

Les doigts tremblants de Phoebe s'enroulèrent autour de son gobelet de café à présent refroidi.

— Cela ne risque plus de se reproduire, Ron. Mais il fallait que tu saches la vérité.

Un instant, il la considéra comme un père peut le faire d'une fille trop aimée au comportement contestable.

— Je ne peux m'en prendre qu'à moi-même, déplora-t-il enfin. Il ne m'est jamais venu à l'esprit de te mettre en garde contre le danger qu'il y aurait à... fraterniser avec Dan. Avec la publication de ces photos, il y a de quoi transformer cette affaire en cauchemar médiatique. Tu n'as donc pas réalisé que poser nue pour un magazine, même aussi respectable que *Beau Monde*, pouvait entraîner des conséquences très négatives pour l'équipe ?

— J'ai effectué cette séance de poses en juin, un mois avant d'hériter bien malgré moi des Stars. Avec tout ce qui s'est passé depuis, je les avais totalement oubliées.

Dan, qui n'avait toujours pas trouvé ce qu'il cherchait, maugréa entre ses dents serrées :

— Ronald, je te préviens, si *Playboy* téléphone, attache-la sur sa chaise et bâillonne-la. Sans quoi, avant que tu aies pu dire ouf, tu la retrouveras les fesses à l'air et maquillée, prête pour la photo.

D'un coup, il cessa de feuilleter le magazine et tomba en arrêt, les yeux exorbités, avant de lâcher un chapelet d'obscénités.

Phoebe haïssait le besoin qu'elle ressentait de se justifier mais elle ne put pourtant s'en empêcher.

— Ces photographies ont été prises par Asha Belchoir, l'une des photographes les plus mondialement célébrées, qui se trouve être l'une de mes amies.

Dan frappa violemment la page du dos de la main et s'écria :

— Je rêve, ou tu as le corps *peint* là-dessus ?

— Je peux voir ? s'enquit timidement Ron.

Dan jeta le magazine sur la table, comme il aurait pu le faire d'un répugnant déchet. Il y atterrit à plat, révélant une double page montrant Phoebe allongée nue dans un transat, devant *Nude #28*, un portrait surréaliste d'elle réalisé par Arturo peu de temps avant sa mort. Sur sa peau nue avait été reproduit le fragment de la toile que sa silhouette allongée sur le transat masquait. L'effet était saisissant, la photographie magnifique, et le tout éminemment érotique.

Ron tourna la page, laissant paraître un gros plan d'un des seins de Phoebe, dont le mamelon pointait sous une épaisse couche de craie. Sur ce fond, utilisé comme toile, d'autres seins bleus étaient reproduits, dans le style si caractéristique d'Arturo Flores. La dernière des photos reproduites par *Beau Monde* était un nu vertical de dos. Un bras passé derrière la nuque, Phoebe retenait ses cheveux sur le sommet du crâne, un genou plié, une hanche déjetée légèrement sur le côté. Cette fois, sa peau nue servait de support à des empreintes de mains noires et écarlates, sur une épaule, au creux des reins, sur la rondeur d'une fesse et sur l'arrière de la cuisse opposée.

Dan pointa un index accusateur sur cette dernière image.

— Celui qui t'a fait ça a dû bien s'amuser !

Phoebe ne prit pas le temps de lui faire remarquer que sa colère semblait démesurée pour un homme qui prétendait vouloir prendre ses distances avec elle.

— Tu veux dire *les* hommes ! corrigea-t-elle. Un pour chaque couleur, chéri...

C'était un mensonge. L'artiste qui avait effectué ces empreintes était une femme rondelette d'un âge certain, mais cela ne le regardait en rien. D'autant plus qu'il n'y aurait vu de sa part qu'une tentative supplémentaire de justification.

Avec son stylo, Ron tambourina le bord de la table pour ramener le calme.

— Phoebe, dit-il d'un ton décidé. J'ai convoqué une conférence de presse pour nous deux à 13 heures. Wally Hampton, du service communication, te briefera sur le sujet. Dan, je voudrais que vous disparaissiez de la circulation jusqu'à demain. Quand la presse finira par vous rattraper, ne commentez rien d'autre que les sujets sportifs. Vous savez comment faire. Et à moins que vous ne teniez vraiment à ce que l'affaire fasse la une, gardez vos poings au fond de vos poches si un journaliste a le cran d'évoquer devant vous l'incident de la chambre d'hôtel.

Phoebe se leva de sa chaise avant d'annoncer :

— Pas de conférence de presse pour moi, Ron. Je t'ai dit dès le départ que je ne ferais aucune interview.

— Transforme la conférence de presse en séance de strip-tease ! grogna Dan avec un sourire mauvais. Je parie qu'elle changera d'avis.

— Ça suffit, Dan !

Ron se tourna vers Phoebe avant d'ajouter :

— Je m'excuse, pour cette conférence de presse.

Dan laissa fuser un grognement de dégoût.

— Ce ne serait pas plutôt à elle de s'excuser ? On peut dire que tu sais t'y prendre avec elle !

Ron fit semblant de n'avoir rien entendu.

— Malheureusement, reprit-il à l'intention de Phoebe, tu ne peux snober plus longtemps la presse sans donner l'impression que tu as quelque chose à cacher.

— Quelque chose à cacher ? répéta Dan en ricanant. Il y a belle lurette qu'elle n'a plus rien à cacher à personne !

Piquée au vif, Phoebe retint son souffle.

En prenant appui des deux mains sur la table, Ron se leva et se tourna lentement vers le coach.

— Vos commentaires sont malvenus, Dan... dit-il d'une voix ferme. Vous devez des excuses à Phoebe.

— Des clous ! répliqua-t-il, le visage figé par la colère.

— Vous n'êtes pas tout blanc dans cette histoire, insista Ron. Il y avait apparemment deux personnes dans cette chambre d'hôtel. Et si vous n'aviez pas perdu tant de matchs, nous aurions les coudées plus franches pour faire face aux attaques. Au lieu d'insulter Phoebe, vous feriez mieux de vous demander comment remédier aux faiblesses de l'équipe.

Dan paraissait avoir du mal à en croire ses oreilles.

— Serais-tu en train de critiquer mon coaching ?

Ron n'en menait pas large, mais il demeura ferme.

— Je pense avoir été suffisamment clair. Vous vous êtes montré désobligeant, agressif et même insultant vis-à-vis de Phoebe. Elle est non seulement le propriétaire de cette équipe et votre employeur, mais également un être humain digne de respect.

Phoebe n'eut pas le temps de lui être reconnaissante de sa courageuse et galante prise de position. Le rictus mauvais qui tordait la bouche de Dan l'inquiétait trop. Ron avait-il oublié que cet homme avait été entraîné à répondre impitoyablement à toute agression ? Sa réplique cinglante ne tarda pas.

— Maintenant, c'est toi qui vas m'écouter, espèce de petit merdeux ! Ma façon de traiter Phoebe ne te regarde pas. Et tes leçons d'étiquette, tu sais où tu peux te les mettre !

— Pas un mot de plus ! prévint Ron.

En proie à des émotions violentes qui ne pouvaient s'exprimer que par la colère, Dan ignora l'avertissement.

— J'arrêterai quand je voudrai ! À moins que tu n'aies envie d'y perdre ta tête, rappelle-toi que je suis le seul à coacher cette équipe ! Il me semble que tu as déjà trop à faire à garder Miss Univers sous contrôle !

Un lourd silence se fit dans la pièce.

Phoebe sentit le sang refluer brutalement de son visage. Il y avait longtemps qu'elle ne s'était sentie aussi malade de honte et humiliée.

Comme pris de remords, Dan détourna le regard. Désemparé, il fit un vague geste de la main et la laissa retomber.

— Je vous aurai prévenu, reprit Ron calmement. Je vous suspends pour une semaine.

Dan redressa brusquement la tête, les lèvres pincées en un sourire méprisant.

— Tu ne peux pas me suspendre ! Je suis le coach. Pas un des joueurs.

— Peu m'importe ! Vous êtes suspendu.

Inquiète, Phoebe lui saisit le bras.

— Ron, je…

Dressant une main devant elle, il l'interrompit :

— S'il te plaît, ne te mêle pas de ça, Phoebe. J'ai un job à faire, et j'ai besoin de le faire à ma façon.

Dan marcha sur eux, les poings serrés. Il dominait Ron de manière tellement menaçante que Phoebe recula d'un pas.

— Je t'aurai ! lança-t-il.

Le visage de Ron avait pris une teinte légèrement verdâtre, mais ce fut d'une voix assurée qu'il conclut :

— Je veux que vous quittiez le siège immédiatement. Vous ne devrez prendre contact avec aucun membre du staff et aucun joueur de l'équipe jusqu'à ce que votre suspension soit levée, après le match de dimanche.

— Je partirai d'ici quand ça me chantera !

— Par égard pour Phoebe, s'il vous plaît, ne rendez pas les choses plus difficiles qu'elles ne le sont déjà.

Les secondes s'écoulèrent, interminables, tandis que les deux hommes s'affrontaient du regard.

— Tu vas le regretter, assura Dan d'une voix amère.

— Je n'en doute pas. Je dois néanmoins faire ce que j'estime être le mieux pour le club.

Après l'avoir foudroyé une dernière fois du regard, Dan tourna les talons et sortit de la pièce.

La main posée sur sa bouche ouverte, Phoebe contempla longuement la porte après qu'elle se fut refermée derrière lui. Ron la surprit en lui serrant doucement l'avant-bras.

— La conférence de presse se déroulera sur le terrain d'entraînement, expliqua-t-il. Je viendrai te chercher à ton bureau un peu avant 13 heures.

— Ron… murmura-t-elle. Fallait-il vraiment…

— Excuse-moi, Phoebe ! l'interrompit-il. Je crois que… je crois que je vais être malade.

Lâchant son bras, il se rua à son tour hors de la pièce.

Dan descendit quatre à quatre l'escalier et sauta d'un bond sur le dernier palier avant de pousser violemment la porte avec le pied. Une fois dehors, le plein soleil de l'été indien ne fit rien pour apaiser sa rage.

En mettant au point un plan d'action, il fonça sur le parking jusqu'à sa voiture. Il allait se faire un plaisir de briser la nuque de cette petite vipère malfaisante ! Il allait lui retourner les boyaux comme une chaussette ! Cette soi-disant suspension était un cas flagrant de violation de son contrat. Ses avocats allaient faire de la viande hachée de Phoebe et de son directeur général ! Hors de question qu'il supporte plus longtemps une situation pareille… Il allait… il allait…

Il allait commencer par se calmer et cesser de se conduire comme un imbécile.

Appuyé d'un bras sur le toit de sa Testarossa, Dan dut inspirer plusieurs fois à fond pour retrouver son souffle et un semblant de lucidité. Il était toujours furieux, mais c'était désormais contre lui bien plus que contre Phoebe. Comment avait-il pu l'insulter ainsi ? Jamais, de toute son existence, il n'avait traité une femme aussi mal. Pas même Valerie. Le pire était encore qu'elle ne l'avait même pas mérité. Elle le rendait fou, certes, mais il n'y avait pas en elle une once de méchanceté. À sa manière, c'était une femme drôle, indépendante, tendre et sexy.

Plus il vieillissait, plus il détestait perdre ainsi le contrôle de ses émotions. En entendant ce reporter plein de morgue violer leur vie privée et révéler publiquement qu'ils avaient couché ensemble, il avait failli renverser le téléviseur d'un coup de pied. Il en savait assez sur le fonctionnement de la presse pour comprendre qu'au final ce serait à Phoebe de payer les pots cassés. Si seulement il l'avait mise en garde contre ce qui l'attendait, au lieu de l'insulter comme il l'avait fait…

Dan était conscient qu'il aurait sans doute mieux pris la chose s'il n'y avait pas eu ces photographies. L'idée que le premier pékin venu puisse se rincer l'œil avec ce magazine le mettait hors de lui. Une réaction tout à fait irrationnelle, puisque le corps nu de Phoebe était visible dans nombre de musées du monde ; mais une réaction instinctive, viscérale, dont il ne pouvait se défendre. De plus, les toiles abstraites d'Arturo Flores n'avaient rien à voir avec des photographies réalistes et brillamment éclairées. Les clichés qu'il avait découverts dans *Beau Monde* étaient certes des œuvres d'art, mais il ne manquait pas sur terre de pauvres types libidineux qui ne les verraient pas de cet œil-là. Imaginer comment ils allaient baver dessus avait suffi à déchaîner sa colère.

Sa foutue colère... songea-t-il avec amertume. Quand allait-il enfin grandir un peu et apprendre à la contrôler ? Pas besoin d'être docteur en psychologie pour comprendre d'où elle lui venait et pourquoi il avait tant de mal à s'en débarrasser. Même lorsqu'il n'était encore qu'un petit garçon âgé de 4 ou 5 ans, son vieux avait pour habitude de le battre chaque fois qu'il pleurait ou qu'il se plaignait parce qu'il avait peur ou mal. Il lui arrivait d'entendre encore sa voix de tortionnaire aviné. *Attends que je te fasse goûter de ma ceinture, espèce de petite mauviette, que tu saches pourquoi tu chiales !*

En grandissant, il avait découvert que la seule émotion qu'il lui était possible d'exprimer sans danger devant son père était la colère. Dans la vie, avec ses poings, ou sur le terrain, en marquant des buts. Quelle misère... Un homme de 37 ans condamné par son enfance à se conduire en petite frappe de quartier ! Sauf que, cette fois, la petite frappe n'avait pas vu venir ce qui lui était tombé dessus. Cette fois, c'était l'intello chétif incapable d'entrer dans l'équipe qui était parvenu à avoir le dessus sur le grand costaud...

La colère fondit de nouveau sur lui. Mais il était redevenu assez lucide pour admettre qu'elle ne servait qu'à masquer sa honte. La honte que Ronald ait pu prendre la défense de Phoebe. La honte qu'il ait dû chercher à la protéger de lui.

S'il n'avait pas été tellement en colère contre lui-même, Dan aurait pu se réjouir que Ronald McDermitt ait pu pour une fois faire preuve de bon sens et montrer un peu de cran. S'il n'avait pas été aussi honteux de sa propre conduite, il aurait pu croire qu'il restait après tout un peu d'espoir pour cette équipe.

14

Ron s'éclaircit la voix avant de se lancer.

— Mlle Somerville a effectué cette séance de pose pour *Beau Monde* un mois avant d'hériter des Stars. Ce faisant, elle n'avait donc aucune intention de mettre dans l'embarras l'équipe ou la NFL.

— Est-il vrai que le commissaire général de la NFL l'a contactée pour la mettre en garde et lui reprocher son comportement ?

C'était une femme qui avait posé la question.

— C'est totalement faux, répondit Ron sans hésiter. Mlle Somerville n'a eu aucun contact avec lui.

Uniquement parce qu'elle n'avait pas pris la peine de répondre à ses coups de fil, songea Phoebe. Maussade et triste, elle se tenait entre Ron et Wally Hampton, directeur de la communication des Stars. La conférence de presse se révélait encore plus pénible qu'elle ne l'avait imaginé. Les médias nationaux, flairant une histoire porteuse, avaient accouru pour se joindre aux journalistes locaux.

Avec Wally et Ron, elle se tenait assise à une table couverte d'une toile bleu ciel siglée du logo du club, sur la ligne médiane des 50 yards. Tous les journalistes présents n'avaient pas pris place sur les bancs installés à leur intention. Certains avaient préféré rester debout.

D'abord, toutes les questions avaient tourné autour des dernières volontés de Bert, mais il n'avait pas fallu attendre longtemps pour que soient abordés également les capacités managériales de Ron, le coaching de Dan et la moralité de Phoebe. Ron et Wally Hampton répondaient à toutes les questions, y compris à celles qui s'adressaient à elle.

Un reporter adipeux, affligé d'une peau grenelée et d'une barbe mitée, se leva pour poser sa question. En le voyant faire, Wally Hampton murmura à l'oreille de Phoebe qu'il représentait une feuille à scandales.

— Phoebe ? demanda-t-il d'une voix aussi désagréable que son apparence. Avez-vous l'intention de poursuivre dans la carrière et de faire d'autres clichés « hot » ?

Wally s'interposa vivement.

— Mlle Somerville est trop occupée avec les Stars pour pouvoir se livrer à une autre activité.

L'homme se gratta la barbe d'un air pensif et insista :

— Ce n'est pas la première fois que vous vous désapez à l'intention du public, n'est-ce pas ?

— Une autre question ! intervint Ron sèchement. Le travail de Mlle Somerville pour le grand artiste Arturo Flores est de notoriété publique.

Un journaliste sportif d'un quotidien local prit le relais pour faire taire l'importun qui s'apprêtait à protester.

— Coach Calebow a essuyé récemment un flot de critiques. Certains remettent en question ses choix tactiques et il est des joueurs pour se plaindre en privé qu'il les fait trop travailler et qu'il enlève tout intérêt au jeu. Pour une raison qui échappe à tous, cette équipe si brillante sur le papier ne paraît pas au meilleur de sa forme cette saison. Des changements en vue pour y remédier ?

— Absolument aucun, répondit Ron. Il est encore tôt dans la saison. Quelques ajustements mineurs permettront de régler les problèmes qui se posent encore.

Ron broda sur ce thème en tressant à Dan des couronnes de laurier et en louant ses dons pour le coaching. Phoebe se demanda ce qui se passerait quand la presse finirait par avoir vent de sa mise à pied.

Ron semblait persuadé qu'ils pourraient faire passer son absence sous prétexte d'une grippe, mais elle en était quant à elle beaucoup moins sûre. Ron s'était mis dans l'illégalité, et Dan était à cette heure-ci probablement pendu au téléphone avec ses avocats.

C'était en vain qu'elle essayait d'effacer de sa mémoire ses moqueries et ses insultes. Elle tentait de se consoler en se disant qu'elle avait ainsi eu l'occasion de le découvrir sous son véritable jour. À présent, elle était forcée de regarder la vérité en face et de reconnaître qu'elle était tombée amoureuse de l'homme qui ne fallait pas.

Le déplaisant reporter de la feuille à scandales reprit la parole dès que Ron se tut.

— Et qu'en est-il des performances de coach Calebow sur un autre terrain ? demanda-t-il d'un air entendu. Qu'avez-vous à nous en dire, Phoebe ?

Les autres journalistes, alentour, lui jetaient des regards réprobateurs et dégoûtés, mais Phoebe ne se faisait pas d'illusions. Tôt ou tard, ils auraient eux aussi évoqué le sujet. Ils se seraient simplement montrés plus polis et plus subtils dans la formulation de leurs questions.

— Monsieur, commença Ron, ceci ne relève pas de...

En posant la main sur son avant-bras, Phoebe le fit taire. Cette comédie n'avait que trop duré.

— Je vais lui répondre, dit-elle en se penchant pour parler dans le micro. Seriez-vous en train de m'interroger sur les performances de coach Calebow en tant qu'amant ? Est-ce le sens de votre question ?

Un instant déstabilisé par la brutalité de l'attaque, le représentant de la presse à sensation reprit vite ses esprits.

— Mais bien entendu ! dit-il avec un sourire mielleux. Dites-nous tout, Phoebe...

— D'accord, répondit-elle de bonne grâce. Sachez que coach Calebow est vraiment un très bon coup !

Sous les yeux de l'assemblée stupéfaite, elle marqua une pause avant d'ajouter :

— D'ailleurs, c'est également le cas de coach Tully Archer, de Bobby Tom Denton, de Jim Biederot, de Webster Greer, de tous les *running backs* et de la grande majorité des lignes offensives et défensives de cette équipe avec qui la rumeur publique me soupçonne d'avoir couché. Je n'ai oublié personne ? Je ne voudrais pas faire de jaloux !

Des rires nourris fusèrent des bancs de la presse, mais Phoebe n'en avait pas tout à fait terminé. En son for intérieur, elle tremblait comme une feuille. Pourtant, ce fut avec la plus parfaite décontraction qu'elle se tourna vers le journaliste barbu pour conclure avec un grand sourire :

— D'ailleurs, si je me rappelle bien, il n'y a qu'avec vous, cher monsieur, que j'ai connu une petite déception. Une *toute petite* déception...

Des rugissements d'hilarité et des sifflets saluèrent sa réplique. Phoebe pouvait s'estimer satisfaite. Si elle ne les avait pas ralliés à sa cause, elle leur avait au moins prouvé qu'elle n'était pas aussi sotte qu'ils l'imaginaient.

L'appartement que Bert avait acheté pour ses maîtresses faisait partie d'une copropriété de vingt logements de luxe, dans un secteur boisé en périphérie de Naperville, tout à l'ouest du DuPage County. Un toit mansardé couvert de bardeaux couronnait l'élégant immeuble de brique beige d'un étage. De part et d'autre de l'impressionnante double porte d'entrée aux longs châssis ovales ornés de vitraux, deux gracieuses fenêtres palladiennes voisinaient avec deux lampes d'extérieur en cuivre scintillant dans le soleil couchant. Après avoir rentré la voiture au garage, Phoebe pénétra non sans un certain soulagement dans ce qui constituait son foyer provisoire.

L'intérieur en était plaisamment décoré dans des teintes de vert d'eau, de gris perle et de blanc, ce qui conférait aux pièces lumineuses une certaine ambiance tropicale. La cuisine ouvrait sur un petit solarium muni d'une table, dans lequel il était possible de prendre ses repas sur le pouce. Quant au living-room, son plafond cathédrale le faisait paraître plus spacieux qu'il n'était en réalité.

— Molly ? Peg ?

Phoebe s'accroupit pour caresser Pooh, qui débordait de joie de retrouver sa maîtresse. En l'absence de réponse, elle prit le caniche dans ses bras et monta à l'étage.

Sa chambre était garnie de meubles en chêne cérusés blanc. Parce qu'elle se sentait mal à l'aise dans le lit trop grand qu'elle y avait trouvé en emménageant, Phoebe l'avait fait remplacer par un autre plus modeste trouvé dans la chambre d'amis. Après avoir ôté ce qu'elle considérait comme sa tenue de travail, elle prit dans la penderie un jean confortable, un tee-shirt aux armes des Stars et une grosse paire de chaussettes en laine.

Ni Molly ni Peg n'avaient donné signe de vie quand Phoebe emporta dans le solarium la salade de pâtes qu'elle avait trouvée au réfrigérateur. En chaussettes sur le carrelage gris perle, elle prit place sur l'une des chaises blanches en fer disposées autour d'une table au piétement assorti à celui des chaises et au plateau en verre.

En picorant sa salade sans appétit, elle caressait du bout des pieds le dos de Pooh allongée sous la table. Pour une fois, elle n'avait aucun mal à éviter les 5 livres surnuméraires qui désiraient désespérément se fixer sur ses hanches en temps ordinaire. Peut-être le blues qui s'était abattu sur elle et ne la quittait plus en était-il responsable. Viktor lui manquait. Ses amis new-yorkais lui manquaient. Elle aurait souhaité avoir une poitrine plate et une enfance différente. Elle aurait voulu un gentil mari et un bébé. Elle voulait Dan Calebow. Pas l'homme réel qui l'avait attaquée verbalement ce matin-là, mais l'homme tendre et drôle qu'elle l'avait imaginé être quand ils avaient fait l'amour.

Cette crise d'auto-apitoiement qui ne lui ressemblait guère fut interrompue par le bruit de la porte qui s'ouvrait et se refermait. Pooh aboya brièvement et se dressa sur ses pattes pour aller voir qui venait. Phoebe entendit un froissement de paquets, quelques murmures affectueux à destination de Pooh, puis le bruit de pas discrets gravissant l'escalier. Repoussant sa salade presque intacte devant elle, elle se rendit dans le vestibule à temps pour voir par l'un des châssis de la double porte la Toyota blanche de Peg Kowalski disparaître au bout de l'allée.

Phoebe monta au premier et cogna du doigt contre la porte de Molly. Celle-ci ne se donnant pas la peine de répondre, elle entra néanmoins.

Le lit était recouvert de sacs de vêtements venus des magasins de prédilection des teenagers : Gap, Benetton, The Limited. Confortablement installée au milieu de cet empilement, Pooh regardait Molly déballer ses emplettes.

Alertée par son entrée dans la pièce, sa sœur releva la tête et la regarda fixement. L'espace d'un instant, Phoebe crut discerner un soupçon de culpabilité sur son visage, avant que ne reprenne place le masque d'hostilité derrière lequel elle se protégeait habituellement.

— Mme Kowalski m'a emmenée faire les boutiques cet après-midi, expliqua-t-elle. Elle a une petite-fille de mon âge et elle sait où sont les meilleurs magasins.

Phoebe les connaissait également, mais chaque fois qu'elle lui avait proposé d'aller faire du shopping avec elle, Molly avait refusé.

— Je vois ça, répondit-elle sobrement.

Ravalant sa déception, elle alla s'asseoir sur un coin du lit miraculeusement resté libre.

Entre deux explorations de sacs, Molly tendait la main pour caresser Pooh. Phoebe avait réalisé depuis quelques semaines déjà que Dan n'avait pas exagéré l'affection que sa sœur portait au caniche, mais elle avait préféré ne pas faire de commentaires.

— Fais-moi voir toutes ces merveilles, suggéra-t-elle.

Durant quelques minutes, Molly se comporta comme toutes les filles de son âge. En déballant vestes et sweaters de marque, jeans délavés et tee-shirts flashy, ses yeux brillèrent d'une excitation irrépressible. Phoebe n'avait aucune faute de goût à reprocher à Peg. Elle avait aidé Molly à se constituer la parfaite garde-robe de toute adolescente vivant avec son temps.

— Dis-moi… demanda Phoebe quand il ne resta rien à tirer des sacs, tu n'as pas pensé à te faire percer les oreilles ?

— Je peux ? s'étonna Molly, les yeux ronds.

— Je ne vois pas pourquoi tu ne le pourrais pas. Tu n'as qu'à y réfléchir.

— C'est tout réfléchi ! C'est oui.

— D'accord. Nous irons vendredi.

En repliant soigneusement les achats de Molly, Phoebe continua comme si de rien n'était :

— Tu ne m'as pas dit grand-chose sur ton école. Comment ça se passe là-bas ?

Chaque fois qu'elle avait évoqué le sujet au cours des quinze derniers jours, Molly avait refusé de répondre autrement que par monosyllabes. Ce soir ne semblait pas faire exception à la règle, car aussitôt elle se renfrogna.

— Qu'est-ce que tu crois ? maugréa-t-elle. Je déteste… Même les classes avancées sont trop faciles.

— C'était déjà le cas à Crayton.

— Ce lycée public est rempli de crétins.

— Quand nous sommes allées t'inscrire, ton conseiller d'éducation t'a indiqué que le département d'anglais pouvait avoir recours à certains élèves doués pour animer le laboratoire de langue. Pourquoi ne te porterais-tu pas volontaire ?

— Pourquoi le devrais-je ?

— Parfois, cela fait du bien de venir en aide aux autres.

Comprenant qu'elle n'obtiendrait pas de réponse, Phoebe poursuivit prudemment son interrogatoire.

— Au moins, tu peux aller en cours avec des garçons.

Molly devint soudain très occupée à ôter une étiquette d'un pantalon. Phoebe ne se laissa pas décourager.

— Ça te plaît ?

— Qu'est-ce qui me plaît ?

— D'aller en cours avec des garçons ?

— La plupart ne sont que des crâneurs. Et ils sont vraiment dégoûtants au réfectoire…

— Et les garçons de ta classe ? Des crâneurs aussi ?

— Certains, je suppose. Mais la plupart sont des intellos.

Réprimant un sourire, Phoebe lança innocemment :

— J'ai toujours aimé les intellos. Rien n'est plus sexy chez un homme que l'intelligence. Même s'il arrive parfois que les nigauds aient leur charme aussi.

Molly pouffa sous sa main. L'espace d'un trop bref instant, il n'y eut plus de barrières entre elles.

— Le garçon dont le casier est voisin du mien a les cheveux longs, confia-t-elle d'un air gourmand. Il est vraiment bruyant et pénible. Toujours à faire des bruits de guitare électrique avec sa bouche… Pourtant, c'est vrai qu'il est assez mignon.

— Ah, oui ?

— Il a un peu de mal à rester à niveau, en anglais.

— Tu pourrais lui proposer de l'aider.

Le visage de Molly se rembrunit aussitôt. Rageusement, elle commença à ramasser les sacs vides sur son lit.

— Il ne sait même pas que j'existe… maugréa-t-elle. Personne ne m'aime, là-bas. Les filles sont des garces. Si tu ne fais pas partie de la bande et que tu ne portes pas les vêtements qu'il faut, aucune chance qu'elles t'adressent la parole.

Phoebe comprenait à présent ce qui avait motivé cette soudaine boulimie de fringues branchées.

— Je suis sûre qu'elles ne sont pas toutes comme ça, assura-t-elle d'un ton raisonnable. Il te faut juste trouver la bonne bande, celle qui te conviendra. Cela prend du temps.

Molly haussa dédaigneusement les épaules.

— Je me fiche pas mal d'elles. Tu m'as dit que je n'ai pas à rester plus d'un semestre. Dans six mois : adieu !

Abattue et défaite, Phoebe se leva et battit en retraite.

— Bravo pour tes nouveaux vêtements, dit-elle en gagnant la porte. Ils sont magnifiques. Je regrette que nous n'ayons pas pu faire du shopping ensemble. J'aurais aimé.

Peut-être s'illusionna-t-elle mais, à ces mots, Phoebe crut discerner un certain trouble sur le visage de sa sœur.

Avant de se mettre au lit, cette nuit-là, Phoebe accrocha au collier de Pooh sa laisse fuchsia et la fit sortir pour sa promenade vespérale. Après le danger relatif des rues de Manhattan, elle appréciait le calme de cette zone résidentielle où elle avait la liberté de se promener en pleine nuit sans avoir à craindre de nourrir les statistiques des agressions en ville.

L'arrière de la copropriété était accolé à une zone boisée transformée en parc. Une piste cyclable pavée, éclairée par d'occasionnels réverbères, sinuait tout autour. Phoebe adorait le calme parfait qui régnait là et la riche odeur végétale qu'exhalaient les sous-bois. L'air nocturne était chargé d'une froidure annonciatrice de la fin de l'été.

Pooh trottinait devant elle, s'arrêtant parfois pour humer un tas de feuilles et de glands, s'accroupissant plus rarement pour laisser sa marque aux endroits les plus délectables. Les baskets de Phoebe crissaient sur le trottoir. Pour un court instant, elle put laisser de côté tout ce qui n'était pas la douceur de cette nuit tranquille et s'en délecter.

Le bruit d'une voiture s'engageant dans la résidence vint mettre un terme à sa quiétude. Phoebe la regarda ralentir et s'arrêter devant chez elle, puis commencer à s'engager dans son allée. Mais, dès qu'elle apparut dans le faisceau de ses phares, le conducteur stoppa et fit faire marche arrière à son véhicule. Avant même que le petit bolide vienne se garer au carrefour, elle avait reconnu la Ferrari rouge.

En voyant Dan s'extraire de la voiture et venir vers elle, Phoebe se raidit mais tenta de n'en rien laisser voir. Il portait ses lunettes et il avait passé un coupe-vent siglé du logo des Stars sur une chemise couleur prune et une paire de jeans. Dès qu'elle l'aperçut, Pooh se mit à aboyer frénétiquement et à s'agiter au bout de sa laisse.

Phoebe tenta de se préparer pour ce qui ne pourrait être qu'une autre pénible confrontation, mais la journée avait été si longue pour elle qu'il ne lui restait pas une once d'énergie.

Arrivé devant elle, Dan jeta un regard dédaigneux à Pooh qui tentait de lui ligoter les jambes avec sa laisse.

— Du calme, le chien !

— Elle s'appelle Pooh.

— Je sais, répondit-il tranquillement. Mais tout être humain a ses limites et les miennes sont atteintes quand il s'agit d'appeler un chien par un petit nom charmant.

Un souffle de vent fit voleter ses cheveux blonds. Campé devant elle, il la détailla de la tête aux pieds.

— Ça te change, ces vêtements. Tu es... ravissante.

Phoebe avait eu droit dans sa vie à bien des qualificatifs, mais rarement à celui-ci.

— Qu'est-ce que tu veux ? demanda-t-elle.

— Que dirais-tu d'un brin de conversation anodine, pour commencer ? Beau temps, pas vrai ?

Peu décidée à se laisser embarquer dans le petit jeu qu'il avait en tête, Phoebe tira sur la laisse et se remit en marche. Dan lui emboîta le pas, ajustant ses longues foulées aux siennes, plus réduites.

— La température est vraiment agréable, reprit-il. Il fait toujours chaud dans la journée, mais le soir, on sent que l'automne approche.

Phoebe se garda bien de répondre.

— Chouette endroit ! s'entêta-t-il.

Regardant droit devant elle, elle poursuivit sa balade comme si de rien n'était.

— Tu sais, tu pourrais contribuer un minimum à cette conversation.

— Miss Univers ne parle pas. Elle pose.

Dan fourra ses mains dans ses poches.

— Phoebe... dit-il d'un ton chargé de regrets, je suis désolé. Ma colère a pris le dessus sur moi. Ce n'est pas une excuse, je sais, mais c'est la vérité. Si quelqu'un a une cervelle de *bimbo*, ici, c'est moi !

Phoebe s'était attendue de sa part à de la colère, pas à des regrets, mais son agression verbale l'avait blessée trop profondément pour qu'elle puisse lui pardonner.

— Avec toi, poursuivit Dan, je suis toujours en train de m'excuser de quelque chose. On dirait que c'est comme ça entre nous depuis le départ, n'est-ce pas ?

— Je suppose que nous sommes comme l'huile et l'eau, incapables de se mélanger.

— Je dirais plutôt que nous sommes comme l'allumette et le bâton de dynamite...

— Dans un cas comme dans l'autre, conclut Phoebe, je crois que nous ferions mieux de nous éviter autant que possible.

Sous un réverbère, Phoebe s'arrêta et chercha son regard avant de poursuivre :

— Je ne peux rien faire au sujet de cette suspension, tu sais. Ron ne veut pas entendre parler de la lever, et je ne veux pas le désavouer en le faisant moi-même.

— Tu sais que c'est une violation de mon contrat.

— Je le sais.

— La dernière chose dont vous avez besoin en ce moment, c'est d'un procès.

— Je le sais également.

— Et si nous faisions un marché ?

— Quel genre de marché ?

— Tu acceptes de me tenir compagnie samedi après-midi, et je fais en sorte de maintenir mes avocats en laisse.

Phoebe s'était attendue à tout sauf à cela.

— Je m'envole demain pour passer quelques jours dans le Sud, poursuivit Dan. Les plages du golfe du Mexique. Chez nous, on appelle ça la « Redneck Riviera ». À mon retour, j'aurai du temps à perdre. Cette grande maison… Rien de spécial à y faire… On organise une exposition d'art local, samedi, pas loin de chez moi. Comme je sais que l'art, tu adores ça, je me suis dit que nous pourrions y aller faire un tour.

Un peu perdue, Phoebe le dévisagea un long moment.

— Es-tu en train de me dire que tu renonces à attaquer le club en justice ? demanda-t-elle.

— C'est exactement ce que je suis en train de te dire.

— Pourquoi ?

— J'ai mes raisons. Et elles sont privées.

— Je ne le dirai à personne.

— N'insiste pas, Phoebe.

— S'il te plaît… J'ai besoin de savoir.

Dan soupira. Phoebe crut voir passer sur ses traits ce qui ressemblait fort à une expression de culpabilité.

— Cette suspension va faire beaucoup de mal à l'équipe, dit-il enfin. Et je n'aime pas ça. Il faudrait un miracle pour que nous gagnions le match de dimanche. Il va être dur de remonter la pente à quatre défaites pour une victoire. Si j'ai décidé de ne pas donner suite, c'est parce que Ron a eu raison de sévir. J'étais dans mon tort. Je ne m'attendais pas à ce que ce soit lui qui me remette en place.

Phoebe ne put retenir un large sourire.

— Je n'arrive pas à y croire ! s'exclama-t-elle. C'est la première fois que tu l'appelles Ron…

— Cela m'a échappé, alors, n'espère pas que ça puisse se reproduire.

Agacé, il fit un pas avant de faire volte-face en ajoutant :

— Et ne va pas t'imaginer non plus que j'ai changé d'avis en ce qui le concerne uniquement parce qu'il a fini par faire preuve d'un peu de nerf. De mon point de vue, il n'a toujours pas sa place dans le staff. À présent, quelle est ta réponse, pour samedi ?

Phoebe se sentit hésiter.

— À quoi bon, Dan ? tenta-t-elle d'argumenter. Nous sommes tombés d'accord pour dire qu'il vaut mieux éviter de nous voir.

— Je ne lâche pas mes avocats à tes basques. Ce n'est pas une raison suffisante ?

Ils avaient atteint l'extrémité du cul-de-sac. En faisant demi-tour, elle rassembla son courage.

— Je ne suis pas un jouet ! protesta-t-elle sèchement. Tu ne peux m'utiliser pour t'amuser quand ça te chante et puis me rejeter quand tu as fini.

Ce fut d'une voix étonnamment douce qu'il répliqua :

— Dans ce cas, pourquoi te conduis-tu comme si tu en étais un ?

Dans sa bouche, ce n'était pas une attaque ; tout juste un constat désolé. Pourtant, il fit mal à Phoebe, qui se remit en marche sans l'attendre.

Dan la rattrapa et poursuivit :

— Tu ne peux tout avoir ! Tu ne peux pas flirter avec toute la gent masculine, porter des vêtements qui semblent tatoués directement sur ton corps, et t'attendre ensuite à ce qu'on te traite comme Mère Teresa…

Parce qu'elle savait qu'il y avait du vrai dans ces paroles, Phoebe se sentit acculée. S'arrêtant brusquement, elle lui fit face et s'insurgea :

— Je n'ai pas besoin que tu me fasses la leçon ! Et si tu dois tirer des conclusions personnelles, commence par te regarder dans une glace et demande-toi pourquoi tu ne parviens pas à contrôler ta colère !

— Je n'ai pas besoin de me le demander parce que je le sais déjà, répliqua-t-il. Et je n'ai aucune intention de te dire pourquoi. Inutile de me le demander.

— Alors, ne me demande pas pourquoi je me conduis comme une… comme je me conduis.

Dan lui lança un long regard scrutateur. Enfin, comme s'il renonçait à comprendre, il détourna les yeux et secoua la tête d'un air résigné.

— Je n'arrive pas à te cerner, avoua-t-il. Tu ne ressembles à aucune des femmes que j'ai rencontrées, mais je ne peux pourtant m'empêcher de penser que tu es exactement comme beaucoup d'entre elles. Et c'est là que je ne comprends plus rien.

— Je ne coucherai plus avec toi, dit-elle à mi-voix. C'était une erreur. Une erreur à ne pas reproduire.

— Je sais.

Elle aurait aimé qu'il ne réponde pas si vite.

— Pour samedi, c'est non… reprit-elle. Ce n'est pas une bonne idée non plus.

Dan refusa de se le tenir pour dit.

— C'est une superidée, au contraire ! Tu aimes l'art, et il y aura du monde autour de nous. Ainsi, nous ne pourrons pas nous peloter même s'il nous en prend l'envie…

— Ce n'est pas ce que je voulais dire !

Satisfait de lui-même, Dan lui prit le menton et le serra brièvement entre ses doigts.

— Je passe te prendre à midi, beauté.

Alors qu'il s'éloignait pour regagner sa voiture, elle dut hausser la voix pour se faire entendre.

— Et ne m'appelle pas comme ça !

— Désolé…

Il ouvrit la portière et se glissa derrière le volant avant d'ajouter :

— Désolé, patronne !

Débout dans le cône de lumière jaune du réverbère, Phoebe le regarda s'éloigner. Après tout, songea-t-elle, ce n'était qu'une exposition d'art local. Quel mal pouvait-il y avoir à cela ?

Depuis son poste d'observation, au flanc de la petite colline surplombant la résidence de luxe, Ray Hardesty distinguait parfaitement les cheveux blonds de Phoebe Somerville dans la lumière. Il avait garé son van sur une route étroite pour assister à scène. Ainsi, songea-t-il en reposant ses jumelles sur le siège passager, ce qui se disait était vrai. Calebow avait bien une aventure avec la propriétaire des Stars.

Ray rassemblait toutes les informations qu'il pouvait sur le coach, comme des noisettes pour l'hiver. Il les gardait en réserve, prêtes à servir si le besoin s'en faisait sentir, mais Calebow était en bonne voie pour se saborder lui-même. Les Stars n'avaient gagné qu'un match depuis le début de la saison, et toutes leurs erreurs de jeu les faisaient ressembler à une équipe d'amateurs. À chaque nouvelle défaite, Ray se sentait un peu mieux. À ce train-là, Calebow allait se faire virer tôt ou tard pour incompétence.

Il attendit que la Ferrari du coach des Stars ait disparu avant de se mettre lui-même en route pour rentrer chez lui. Ellen vint lui ouvrir la porte et commença aussitôt à s'agiter autour de lui. Il la repoussa sans dire un mot et se rendit à son bureau, dans lequel il s'enferma. Affalé dans son fauteuil favori, il prit son temps pour allumer une nouvelle cigarette.

Les murs de la petite pièce étaient couverts d'un lambris de pin noueux qui disparaissait presque sous les souvenirs : photos de Ray Junior en action, trophées, maillots punaisés avec des épingles, certificats encadrés, articles de presse. Quand il restait suffisamment longtemps entre ces murs, Ray en arrivait presque à croire que tous ces honneurs lui revenaient. Depuis quelques semaines, il avait déserté le lit conjugal pour ne plus dormir que sur le divan installé sous l'unique fenêtre.

Ray tira sur sa cigarette et fut pris d'une violente quinte de toux. Les spasmes duraient chaque fois plus longtemps et son cœur recommençait à battre la breloque, mais il n'était pas encore prêt à mourir. Pas avant d'avoir fait payer Calebow. Il voulait que les Stars perdent tous leurs matchs. Il voulait que le monde entier sache que ce salaud avait commis l'erreur de sa vie en se débarrassant de Ray Junior. Alors, peut-être Ray Senior pourrait-il retourner une dernière fois boire quelques coups avec ses potes. Juste une dernière fois avant de mourir, il voulait se sentir important.

Quand sa toux fut calmée, Ray reprit son souffle et se leva pour aller chercher dans un placard la bouteille de whisky qu'il y planquait. Les doigts tremblants, il dévissa le bouchon et but une longue rasade. Puis, il alla s'asseoir sur le divan avec la bouteille. Il ramassa sur la table basse le revolver qu'il y avait déposé quand il était rentré du boulot. C'était une exposition d'automobiles que le Midwest Sports Dome avait accueillie hier.

Ce soir, songea-t-il, les lieux resteraient vides. Le jour d'après, un congrès religieux s'y déroulerait. Et le jour suivant encore, un groupe de nègres y joueraient du rap. Ray détestait les concerts mais, en dehors de ça, il adorait son job dans l'équipe de sécurité du stade. Surtout le dimanche après-midi, pour voir les Stars perdre match sur match...

Ray porta la bouteille à ses lèvres et but longuement. En caressant l'arme posée sur ses genoux, il écouta la foule scander son nom.

Hardesty ! Hardesty ! Hardesty !

15

Phoebe remit en place le rideau derrière lequel elle avait guetté l'arrivée de Dan. Comme une adolescente à son premier rendez-vous, elle avait le cœur battant et l'estomac noué. En le voyant garer sa Ferrari dans l'allée à midi pile, elle courut en hâte jusqu'au bas de l'escalier appeler Molly.

— Dan est arrivé ! On s'en va…

— Je ne veux pas y aller ! cria Molly depuis sa chambre.

— Je l'ai parfaitement compris, mais tu viens quand même. J'ai besoin d'une *dog-sitter*…

— Ce n'est qu'un prétexte et tu le sais. Tu pourrais très bien laisser Pooh ici avec moi.

— Elle a besoin d'exercice. Arrête de traîner les pieds, Molly, et laisse-toi tenter. C'est une journée magnifique et on va bien s'amuser.

Phoebe aurait aimé y croire elle-même, mais elle savait que la promenade risquait de tourner à l'empoignade entre elle et Dan. En amenant Molly avec eux, elle espérait que la jeune fille ferait tampon.

Les journaux du mardi matin avaient fini par faire écho de la mise à pied de Dan. Toute la semaine, les journalistes avaient pourchassé Phoebe et Ron. Certains s'étaient même arrangés pour débusquer Dan jusque dans sa retraite de l'Alabama. Dan et Ron s'étaient l'un et l'autre fendus d'un communiqué des plus laconiques, et Phoebe avait dû quant à elle se résoudre à prendre en ligne le commissaire général de la NFL. Dire qu'il n'était pas très content d'elle était un euphémisme… Seul côté positif de cette affaire, la mise à l'écart temporaire du coach des Stars avait suffi à chasser des esprits l'épisode de la chambre d'hôtel.

Molly apparut enfin en haut des marches, vêtue d'une de ses nouvelles tenues branchées et la mine renfrognée. Phoebe avait pensé appeler Dan pour l'informer qu'elle souhaitait l'emmener avec eux, mais quelque chose l'en avait dissuadée. Peut-être le trop grand désir qu'elle avait eu d'entendre sa voix.

Molly s'était coiffée de manière à mettre en valeur les clous d'oreilles en or qui ornaient ses lobes nouvellement percés. Phoebe était ravie d'avoir pu la convaincre d'opter pour une coupe plus moderne et plus courte, de manière à ce que ses cheveux longs ne viennent plus écraser ses traits menus. Elle la trouvait ainsi très mignonne, mais sa sœur refusait toujours le moindre de ses compliments.

— C'est pas juste ! se plaignit Molly en descendant pesamment l'escalier. Je ne comprends pas pourquoi tu m'obliges à venir avec vous.

— Parce que je suis mauvaise et sans cœur, bien sûr !

Il faisait chaud et Phoebe avait opté pour un short kaki, une blouse jonquille, des chaussettes assorties et une paire de Keds en toile blanche. Avant de se baisser pour prendre Pooh sur le bras, elle acheva ses préparatifs en positionnant sur sa tête un chapeau de paille à large bord flottant. Dans la glace du hall, elle vérifia que la coquette rose en soie qui le garnissait soit bien placée au centre.

— Ce chapeau est ridicule, maugréa Molly.

— Merci du compliment. Une femme a toujours besoin de savoir qu'elle se présente sous son meilleur jour.

Excédée, Molly leva les yeux au plafond.

— J'estime simplement que tu gagnerais à assumer ton âge plutôt que de t'entêter à jouer les nymphettes.

Phoebe balaya cette pique d'un haussement d'épaules et alla ouvrir la porte. Dan remontait l'allée, habillé d'un jean délavé, d'un tee-shirt blanc et coiffé d'une casquette rouge et noire des Chicago Bulls. En le découvrant, il vint à l'esprit de Phoebe qu'elle avait croisé nombre d'hommes plus beaux que lui physiquement. Son nez n'était pas tout à fait droit, sa mâchoire semblait un peu trop carrée et il possédait une masse musculaire trop importante. Pourtant, d'un simple regard, il parvenait à la toucher plus profondément qu'aucun homme n'avait su le faire. Il existait entre eux un lien très fort qu'elle ne parvenait pas à s'expliquer. Même absent, il s'était invité dans ses pensées de si nombreuses fois cette semaine-là qu'elle préférait ne pas y penser.

En la saluant d'un de ces sourires renversants dont il avait le secret, il pénétra dans le hall. Phoebe s'efforça de contenir la joie exubérante de Pooh qui se tordait désespérément dans ses bras pour sauter dans les siens.

— Du calme, Pooh ! la gronda-t-elle. Tu deviens pénible. Molly ? Tu veux bien attraper sa laisse ?

Les yeux écarquillés, la langue pendante et la truffe humide, le caniche fixait Dan avec adoration. Cette joie des retrouvailles ne semblait pas réciproque.

— Dis-moi que c'est un cauchemar ! gémit-il en dardant sur Pooh un œil noir. Tu n'as pas l'intention d'emmener ce simulacre de chien ?

— J'ai invité Molly à venir avec nous pour la surveiller, répondit Phoebe. Si ça ne te dérange pas, nous pouvons prendre ma voiture.

— Mais ça ne me dérange pas du tout ! assura-t-il en souriant à la jeune fille.

Soulagée, Phoebe fit sortir tout le monde et verrouilla la porte. L'expression maussade de Molly en disait long sur sa motivation, mais Dan fit comme si de rien n'était.

— C'est une bonne chose que tu viennes avec nous, Molly. Tu pourras tenir ce paillasson ambulant loin de moi.

Molly en oublia de bouder.

— Pourquoi ? s'étonna-t-elle. Vous n'aimez pas Pooh ?

— C'est peu de le dire...

Dan se dirigea vers la Cadillac que Phoebe avait garée un peu plus loin dans la rue. Molly était si choquée par son attitude qu'elle hâta le pas pour le rattraper.

— Vous n'aimez donc pas les chiens ? insista-t-elle.

— Bien sûr que je les aime ! Les briards. Les labradors. Les colleys. Les vrais chiens, quoi.

— Mais... Pooh est un vrai chien !

— Pooh est un chien de salon, voilà ce qu'elle est. Qu'un homme passe un peu trop de temps en sa compagnie et il risque de se retrouver en un rien de temps à boire du thé en bavardant d'une voix de soprano...

Molly le dévisagea d'un air incertain.

— C'est une blague, n'est-ce pas ? demanda-t-elle enfin.

Les yeux de Dan étincelèrent de malice.

— Bien sûr que non ! Jamais je ne plaisanterais sur un sujet aussi sérieux...

Se tournant vers Phoebe, il tendit la main, paume ouverte, et ajouta :

— Passe-moi tes clés, chérie. Il y a certaines choses que les hommes feront toujours mieux que les femmes, et conduire une voiture en fait partie.

Avec un sourire grimaçant, Phoebe s'exécuta tout en conseillant à sa sœur :

— Ouvre bien les yeux et les oreilles, Mol... Cet après-midi, tu vas avoir droit à une plongée dans l'Amérique des années 1950. Dan est un spécimen, qui s'est arrangé pour faire l'impasse sur un demi-siècle d'évolution de la société.

Tout sourire, l'intéressé se pencha dans le véhicule pour actionner le déverrouillage automatique des portes.

— Si vous voulez bien vous donner la peine de monter, mesdames... Je vous aurais volontiers ouvert, mais je ne voudrais pas être accusé de retarder la libération de qui que ce soit.

Phoebe sourit en passant Pooh à Molly pour ouvrir les portières côté passager et s'installer sur le siège avant. Quand la voiture eut quitté son stationnement, elle dit sur le ton de la confidence, en se tournant vers l'arrière :

— Si jamais il nous emmène manger un morceau, Molly, commande ce qu'il y a de plus cher sur le menu. Dans les années 1950, les hommes payaient sans sourciller.

Le visage de Dan se tordit en une expression simulée de souffrance.

— Ouch ! gémit-il. On n'a pas dit que tous les coups étaient permis…

À l'origine bourgade rurale de l'Illinois, Naperville avait grandi avec le temps pour devenir l'une des cités les plus importantes du DuPage County, avec une population dépassant 90 000 habitants. Une politique urbaine intelligente avait réussi à en faire un centre touristique. On y trouvait nombre d'espaces verts et un centre historique restauré aux rues ombragées. Mais l'attraction principale demeurait la Riverwalk, un parc suivant le parcours de la DuPage River qui traversait le centre-ville. Les allées pavées qui le sillonnaient menaient à un pont couvert enjambant la rivière. Les amateurs de pêche trouvaient leur bonheur dans un étang artificiel, et ceux de musique *live* dans un amphithéâtre en plein air. Pour compléter le tout, à l'extrémité du parc une ancienne carrière de gravier avait été reconvertie en vaste plage.

Dan trouva une place de parking pour la Cadillac non loin du lieu des festivités, et tous trois remontèrent l'allée pavée pour aller se mêler à la foule qui déambulait sous les arbres. En septembre chaque année, la Riverwalk servait de cadre pittoresque à une exposition d'art et d'artisanat local au cours de laquelle peintres, sculpteurs, bijoutiers et souffleurs de verre exposaient leurs œuvres. Des fanions brillamment colorés claquaient au vent dans les ramures. Les stands de peintures, de céramiques et de verroterie, sur la berge, étalaient de multiples taches de couleur.

Une foule dense était au rendez-vous. De jeunes couples poussaient de luxueux landaus ou promenaient dans de solides porte-bébés dorsaux leur progéniture joufflue. D'autres arboraient encore les vêtements de sport colorés du parcours de golf matinal. Les visages des adolescents bénéficiaient manifestement des meilleurs soins de dermatologues hors de prix. Des milliers de dollars en appareils d'orthodontie faisaient étinceler leurs sourires. Dans cette assemblée, l'air tout aussi prospères et bien habillés, les Afro-Américains, les Latinos et les Asiatiques paraissaient parfaitement intégrés.

Phoebe avait l'impression de débarquer en plein rêve américain. Là où la pauvreté et les conflits ethniques étaient tenus à l'écart. Bien sûr, elle n'ignorait pas que la cité avait aussi ses problèmes, mais pour quelqu'un qui comme elle avait passé les sept dernières années à Manhattan, ils paraissaient mineurs. On trouvait ici des gens au ventre plein, heureux de leur sort, conscients de vivre en relation avec les autres. Un esprit communautaire devenu assez rare dans une société où l'individualisme isolait de plus en plus les gens. Ce tableau de tranquille bonheur citadin la laissait songeuse. Était-il utopique de souhaiter à chaque ville d'Amérique des rues propres, des citoyens désarmés, des familles élevant deux enfants, avec une flottille de Chevy Broncos garées devant leurs maisons ?

Les réflexions de Dan devaient avoir suivi le même cheminement, car elle l'entendit murmurer :

— Il doit faire aussi bon vivre ici que ça en a l'air…

— On le dirait, en effet.

— Rien à voir avec l'endroit où j'ai grandi.

— Oui. Je veux bien le croire.

Molly les avait distancés avec Pooh, qui tirait sur sa laisse en secouant ses oreilles, pressée de se mêler à la foule. Dan chaussa une paire de Ray-Ban et rabattit la casquette des Bulls plus bas sur son front.

— Pour passer inaperçu je ne peux pas faire mieux, reprit-il. Encore qu'avec ton chapeau, nous ne risquons pas de préserver longtemps notre incognito.

Comprenant où il voulait en venir, Phoebe en tira ses propres conclusions.

— Je te l'avais dit : cette sortie n'est pas une bonne idée.

— Au contraire ! protesta-t-il. C'est une excellente idée. La presse ne va plus savoir à quel saint se vouer en ce qui nous concerne. J'adore l'idée de leur faire un pied de nez.

Devant eux, Molly tomba brusquement en arrêt, tirant violemment sur la laisse de Pooh pour la retenir.

— Je veux m'en aller... gémit-elle quand ils l'eurent rejointe. Tout de suite !

— Impossible, protesta Phoebe. Nous venons d'arriver.

— Je m'en fiche ! Je ne voulais pas venir, tu le savais !

Phoebe remarqua les regards gênés que Molly adressait à un groupe d'adolescentes installées sur un talus herbeux à quelque distance de là.

— Ces filles... Tu les connais ?

— Des garces, maugréa Molly. Persuadées qu'elles valent mieux que la Terre entière. Je les déteste !

— Raison de plus pour garder la tête droite ! conclut Dan en glissant ses lunettes dans sa poche de poitrine. Allez, viens, mademoiselle Molly. Montrons-leur qui tu es.

D'autorité, il lui prit la laisse des mains et la passa à Phoebe.

— Ça ne t'embête pas de t'occuper de ton rat un instant ? Mlle Molly et moi avons à faire.

Phoebe était trop inquiète au sujet de Molly pour défendre l'honneur de Pooh. Indécise, elle regarda Dan entraîner sa sœur par le coude vers le groupe de jeunes filles. Il était manifeste qu'elle ne voulait pas y aller, mais il ne lui laissait aucune chance de lui échapper. Ce n'est qu'en le voyant ôter sa casquette qu'elle comprit ce qu'il avait en tête. Avec Bobby Tom et Jim Biederot, il devait être l'homme le plus aisément reconnaissable de tout le comté. Manifestement, il avait décidé d'user de sa notoriété pour impressionner le groupe de lycéennes. Mais, en gravissant le raidillon pour les rejoindre, Phoebe constata que le football n'était manifestement pas leur tasse de thé et que la vedette s'était quelque peu surestimée.

— Ton père ne serait pas Tim Reynolds ? demanda-t-il à une nymphette aux longs cheveux et à la mèche sur le front qui mâchait du chewing-gum. L'agent immobilier ?

— Nan... répondit-elle sans même lever la tête.

Elle paraissait bien plus désireuse d'explorer le contenu de son sac que d'échanger quelques propos avec la gloire du *gridiron*.

— Belle tentative... lâcha Phoebe tout bas en venant se planter à côté de lui.

Puis, à voix haute, elle ajouta gaiement :

— Salut, les filles ! Je suis la sœur de Molly.

Une rousse outrageusement maquillée fit passer son regard de Phoebe à Molly, puis de Molly à Phoebe, avant de décréter d'une voix traînante :

— Vous êtes sûre de pas être sa mère, plutôt ?

Dan ricana bêtement. Préférant l'ignorer, Phoebe se mit désespérément en quête d'un sujet de conversation. Molly, elle, contemplait ses chaussures, l'air misérable. Faute de mieux, Phoebe se rabattit sur la première idée venue.

— Ça se passe comment, au lycée, cette année ?

— Bof... marmonna une voix indistincte.

Une des filles glissa ostensiblement le casque de son baladeur sur ses oreilles. Toutes ignoraient Molly et scrutaient la foule, en quête de compagnons plus dignes d'intérêt.

Refusant de s'avouer vaincue, Phoebe fit une autre tentative.

— Molly m'a dit que la plupart des profs sont chouettes.

Aucune réponse. La rousse très maquillée se mit d'un bond sur pieds et marmonna :

— Tu viens, Kelly ? C'est mortel ici.

Toutes l'imitèrent.

Phoebe lança à Dan un regard accusateur. Après tout, c'était son idée, qui se soldait par un désastre. Pourtant, loin d'accuser le coup, il paraissait satisfait de lui-même.

— C'était vraiment un plaisir de vous rencontrer, les filles ! lança-t-il au groupe qui s'éloignait. Bonne journée !

Se retournant brièvement, les intéressées le regardèrent comme s'il débarquait de la planète Mars. Puis, elles dévalèrent la pente pour rejoindre un groupe de jeunes gens qui venait d'apparaître au détour de l'allée.

— On ne peut pas dire que tu as fait forte impression, fit remarquer Phoebe.

Dan plia sa casquette et la glissa dans la poche arrière de son jean avant de répliquer :

— À ta place, j'attendrais un peu. Je sais ce que je fais.

Le visage de Molly était rouge de honte. Elle semblait sur le point de se mettre à pleurer.

— Je t'avais dit que je ne voulais pas venir ! lança-t-elle rageusement en s'adressant à Phoebe. Je déteste ce genre de situation ! Et je te déteste !

Molly se détourna mais, sans lui laisser le temps de leur fausser compagnie, Dan la saisit par le bras et l'attira à lui.

— Pas si vite… C'est là que ça devient intéressant.

Phoebe comprit tout de suite ce qui causait la détresse croissante de sa sœur. C'était une bande de quatre garçons qui s'approchait du groupe de jeunes filles, leurs casquettes de base-ball retournées, l'ourlet de leurs tee-shirts *king size* flirtant presque avec celui de leurs shorts, les lacets de leurs imposantes baskets noires soigneusement dénoués.

— Dan, intervint-elle. Laisse-la partir. Nous l'avons suffisamment plongée dans l'embarras comme ça.

— Si je m'écoutais, je vous laisserais vous débrouiller toutes seules, mais je ne suis pas si cruel.

Tout en s'efforçant de leur témoigner le moins d'intérêt possible, les filles se décarcassaient pour attirer l'attention des garçons. Ceux-ci leur rendaient la monnaie de leur pièce en se donnant des coups de coude dans les côtes. L'un d'eux lâcha un rot retentissant, manifestement destiné à impressionner.

Puis, ils aperçurent Dan en haut de la pente herbeuse.

Ils en restèrent littéralement bouche bée. L'espace de quelques secondes, ils parurent statufiés sur place. Les filles, papotant et prenant des poses, les avaient entourés. Mais les garçons, les yeux fixés sur le coach des Stars, les ignoraient superbement.

Dan, lui, n'avait d'yeux que pour Molly. Tout sourire, il lui pinça le menton pour qu'elle le regarde.

— Souris, mademoiselle Molly… lui conseilla-t-il. Et conduis-toi comme si tu n'avais pas un seul souci dans la vie.

Voyant du coin de l'œil que l'attention des garçons se reportait sur elle, Molly déglutit péniblement.

— Tu connais un de ces garçons ? s'enquit Dan sans la quitter des yeux.

— Celui avec des longs cheveux, répondit-elle d'une voix tremblante. Il a le vestiaire voisin du mien.

Phoebe n'avait pas oublié le garçon bruyant imitant avec la bouche la guitare électrique dont elle lui avait parlé.

— Très bien, poursuivit Dan. Tu vas lui faire un signe de la main.

— Mais… protesta Molly, paniquée. Je ne peux pas faire ça !

— À cette minute, je te garantis qu'il est beaucoup plus dans ses petits souliers que toi. Fais ce que je te demande.

Dan était un meneur d'hommes depuis qu'il avait intégré sa première équipe. Se faire obéir d'une adolescente peu sûre d'elle n'était pas un problème pour lui. Molly éleva à peine la main pour adresser au guitariste en herbe un faible signe. Aussitôt, son bras retomba contre son flanc et ses joues s'empourprèrent violemment.

Le groupe de garçons n'eut pas besoin d'encouragement supplémentaire. Mené par le voisin de vestiaire de Molly, ils gravirent la pente pour les rejoindre.

— J'en reste baba... commenta Phoebe à mi-voix.

— Enfin un peu de respect ! s'amusa Dan.

Le meneur du groupe était rouge de confusion quand il stoppa devant eux. Grand, les genoux noueux et les coudes osseux, il paraissait en pleine forme et devait prendre soin de sa personne. Ses cheveux lui tombaient jusqu'aux épaules et brillaient dans le soleil. Ses camarades se dandinaient d'un pied sur l'autre. Gardant le bras sur les épaules de Molly, Dan se tourna délibérément vers Phoebe, empêchant les garçons de s'adresser directement à lui.

— Nous avons de la chance, dit-il. Un temps splendide, pas vrai ?

— Délicieux ! approuva Phoebe en se prêtant tout de suite au jeu. J'espère qu'il ne va pas pleuvoir.

— Selon la météo, il va faire beau tout le week-end.

— Tant mieux !

Du coin de l'œil, Phoebe vit la pomme d'Adam du garçon aux cheveux longs s'agiter le long de sa gorge. Sans doute comprenait-il qu'il ne pourrait accéder à Dan sans passer par Molly.

— On s'est vu au bahut, s'pas ? se décida-t-il enfin à lui demander d'un air gêné.

Molly acquiesça d'un signe de tête.

— Oui, reprit-il. J'ai le casier à côté du tien, je crois.

— Oui. Je crois.

De l'avis de Phoebe, une fille dotée d'un QI aussi astronomique que celui de sa sœur aurait pu se fendre d'une réponse un peu plus percutante. Où étaient donc passées toutes ces citations de Dostoïevski, alors qu'elle en aurait eu tant besoin ?

— Je m'appelle Jeff.

— Et moi, Molly.

Pendant que Jeff présentait ses camarades, Dan se mit à commenter à l'intention de Phoebe le paysage qui s'offrait à leurs yeux. Il lui parla des arbres, des fleurs, des canards. Mais pas une fois son bras ne décolla des épaules de Molly. L'attirance qu'elle avait ressentie pour lui quand il était arrivé chez elle s'était enrichie d'un sentiment de gratitude tendre et doux.

Peu à peu, la conversation entre Molly et les garçons devenait moins tortueuse. Phoebe vit le groupe de filles se rapprocher imperceptiblement, prudentes mais dévorées par la curiosité.

— Ces bestioles ont vraiment beaucoup de plumes ! s'exclama Dan, les yeux rivés sur le plan d'eau.

— Tu as vu cette nuance de brun ? s'extasia Phoebe. Mais celui qui arrive en tête semble avoir une tache bleue.

— Je pense qu'elle est plutôt verte.

— Ah, bon ? Oui, je crois que tu as raison.

La présence de Dan se révélait magnétique. Plusieurs autres garçons qui passaient en contrebas virent avec qui leurs copains se trouvaient et se précipitèrent, bousculant les filles pour se faire une place.

— Hé, Jeff ! Comment ça va, mon pote ?

— Salut, Mark. Salut, Rob. Je vous présente Molly. Elle est nouvelle au bahut.

Dan et Phoebe échangèrent encore quelques remarques capitales sur le plumage des canards avant que Dan se décide enfin à tourner la tête pour saluer les garçons.

— Eh bien ! Que de monde... Bonjour à tous. Vous êtes des amis de Molly ?

Tous manifestèrent leur approbation en hochant la tête vigoureusement. Dan poursuivit son opération de charme et s'y prit tellement bien que bientôt ses fans oublièrent leur timidité et posèrent quelques questions sur les Stars. Les filles s'étaient jointes au groupe et paraissaient considérer Molly d'un œil neuf. Aussi, quand un des garçons annonça qu'ils étaient en chemin pour aller se payer une glace, se retrouva-t-elle tout naturellement invitée à se joindre à eux.

Molly adressa aussitôt un regard suppliant à sa sœur.

— Je peux ?

— Naturellement.

Elles se mirent d'accord pour se retrouver une heure plus tard près d'une fontaine du parc. Mais Dan, lui, n'en avait pas encore terminé. Alors que le petit groupe joyeux s'éloignait, il lança, la main en porte-voix :

— Hé, Molly ! Tu devrais amener tes amis à un match, un de ces dimanches. Après, tu pourrais leur présenter quelques-uns des joueurs.

Ce fut du délire dans l'assemblée des garçons.

— Ouais, Molly !

— Hé ! Ça s'rait top !

— Tu connais Bobby Tom, Molly ?

— Je l'ai rencontré, répondit-elle modestement.

— La chance que t'as !

En regardant s'éloigner la petite troupe chahuteuse, Phoebe sourit à Dan et dit :

— Moi, j'appelle ça du trafic d'influence…

Il lui rendit son sourire et répondit avec un clin d'œil :

— Tu ne me dénonceras pas. C'est pour la bonne cause.

— Ces filles ne me paraissent tout de même pas très nettes, reprit Phoebe. Elles semblent prêtes à vendre père et mère pour un plat de lentilles.

— Aucune importance. Nous avons juste préparé le terrain pour que Molly puisse intégrer la partie. Après, ce sera à elle de faire ses choix.

Pooh, impatiente après ce long arrêt, tira sur sa laisse. Dan et Phoebe se laissèrent entraîner au bas de la pente et commencèrent à déambuler entre les stands des exposants. Mais même si Dan avait de nouveau chaussé ses lunettes et coiffé sa casquette, trop de monde l'avait vu s'adresser aux adolescents. Dans la foule, quelques-uns commencèrent à le saluer au passage. La présence de Phoebe à ses côtés ne passait pas non plus inaperçue et lui valait des regards avides de curiosité. Dan saluait d'un signe de tête mais se gardait bien de répondre.

— Surtout, ne t'arrête pas… glissa-t-il à l'oreille de Phoebe. Sinon, nous sommes fichus.

Après avoir jeté un regard noir à Pooh, il ajouta :

— Ça te dérangerait de marcher devant ou derrière moi ? Je ne voudrais pas que les gens pensent…

Phoebe l'interrompit d'un claquement de langue agacé.

— Tu as peur qu'un tout petit chien abîme ton image de macho ? Seigneur ! Si un caniche te fait un tel effet, j'ose à peine imaginer comment tu réagirais si Viktor était là…

— J'aime bien Viktor ! protesta Dan. C'est cette chose ridicule qui se dandine au bout de cette laisse qui me gêne. Tu avais vraiment besoin de lui passer ce nœud pourpre ?

— Il n'est pas pourpre, il est mauve. As-tu toujours été si peu sûr de toi, où est-ce le fait de vieillir qui te fait ça ?

— Ce n'est pas moi qu'on a pris pour la mère de Molly.

— Heureusement ! Étant donné ta tendance à te sentir menacé dans ton identité masculine, le coup aurait pu t'être fatal…

La partie de ping-pong verbal se poursuivit ainsi au grand plaisir des deux partenaires, chaque repartie se voyant aussitôt saluée par une autre, mais sans acrimonie ni coup vicieux. En chemin, Dan offrit à Phoebe un bibelot en verre soufflé à accrocher dans l'embrasure d'une fenêtre ensoleillée. Elle lui offrit une photographie en noir et blanc de la ville de Chicago silhouettée sur fond de ciel nocturne, un mince croissant de lune voguant au zénith.

— Je vais l'accrocher dans mon bureau, annonça-t-il.

En le regardant admirer son présent, il vient à l'esprit de Phoebe d'autres photographies moins innocentes. Le plaisir que lui avait procuré la promenade s'en trouva aussitôt amoindri. Tandis qu'ils reprenaient leur déambulation, elle se rendit compte qu'elle était en train de massacrer entre ses doigts l'emballage de son cadeau. Sa propre attitude l'agaçait. Aurait-elle un jour le courage de se montrer honnête avec un homme, se demanda-t-elle, au lieu de jouer sans arrêt à des petits jeux avec lui ?

— Dan… dit-elle enfin d'une voix résolue. Ta réaction face aux photos de *Beau Monde* m'a blessée. Je suis fière de ces clichés !

— Et voilà… dit-il dans un soupir. L'après-midi est à l'eau.

— J'aurais aimé que tu ne réagisses pas comme s'il s'agissait d'images porno, insista-t-elle. Elles constituent un sommet dans l'œuvre d'Asha Belchoir.

— Ce sont des photos de femme nue, s'entêta-t-il. Voilà ce qu'elles sont.

Phoebe se sentait ridicule d'avoir espéré le raisonner. Déçue, elle laissa libre cours à son amertume.

— Je n'arrive pas à croire que tu puisses être aussi borné !

— Et moi, répliqua-t-il, je n'arrive pas à croire qu'une exhibitionniste patentée ait le culot de me faire la morale !

— Je ne suis pas une exhibitionniste !

— Sans vouloir t'offenser, Phoebe, tu t'es déshabillée devant plus de monde qu'une effeuilleuse de saloon !

La fureur de Phoebe flamba aussitôt. Elle se campa face à lui, les mains sur les hanches.

— Espèce de péquenot des mers du Sud ! s'emporta-t-elle. Tu ne reconnaîtrais pas une œuvre d'art si on te collait le nez dessus ! Tu as la sensibilité artistique d'un… d'un…

— D'un joueur de football ?

— Non ! D'un ballon de football !

Dan arracha ses lunettes d'un geste sec et la foudroya du regard.

— Écoute-moi bien ! lança-t-il d'un ton rageur. Ce n'est pas parce que je pense qu'une femme bien doit garder sur elle ses vêtements en public que je suis pour autant un plouc incapable d'apprécier une œuvre d'art.

— La semaine dernière j'étais une *bimbo*, et aujourd'hui je suis une femme bien. Il faudrait savoir !

Phoebe comprit à son expression qu'elle avait visé juste. Pourtant, elle n'en retira aucune satisfaction. Cela ne l'intéressait plus d'inscrire des points sur un imaginaire tableau de score. Elle voulait simplement tenter de lui faire comprendre ce qu'elle ressentait. Sa colère retomba d'un coup. Elle glissa ses poings dans les poches de son short.

— Cela m'ennuie que tu cherches à faire de ces photos quelque chose de sordide, avoua-t-elle à mi-voix. Parce que ce n'est pas le cas.

Dan laissa son regard dériver jusqu'à la rivière. Quand il lui répondit, ce fut d'un ton plus posé lui aussi.

— Désolé. Je ne peux m'en empêcher.

Phoebe scruta attentivement son visage, essayant de comprendre l'expression qu'elle y découvrait.

— Mais… pourquoi ? demanda-t-elle. Pourquoi est-ce si important pour toi ?

— Je ne sais pas. C'est ainsi.

— Parce que ça rejaillit sur l'équipe ?

— Tu ne peux pas le nier.

— J'ai dit que j'étais désolée pour le mauvais timing.

— Je sais.

Dan reporta son regard sur Phoebe. Elle fut surprise de la gentillesse qu'elle lut au fond de ses yeux.

— Phoebe… Ces photos sont magnifiques et nous le savons tous les deux. Mais elles sont loin d'être aussi belles que toi.

Ils restèrent ainsi un long moment face à face, immobiles et les yeux dans les yeux. Phoebe eut soudain la grisante sensation qu'il allait l'embrasser. Elle se sentait lentement pencher vers lui. Elle avait conscience qu'il faisait de même. Et soudain, Pooh se mit à aboyer, réduisant à néant la magie de l'instant.

En la prenant par le bras, Dan entraîna Phoebe le long de l'allée.

— Suis-moi, dit-il. Je vais t'offrir un bon hot-dog sans saucisse. Avec un peu de moutarde et quelques *pickles*, tu ne te rendras peut-être pas compte que tu rates le meilleur.

— Dis-moi... répondit-elle, fine mouche. Tu sais ce qu'ils mettent, dans les hot-dogs ?

— Non. Et je ne tiens pas à le savoir. À moins que... Hé, Pooh ! Ça te dirait de te lancer dans l'industrie agro-alimentaire ?

— Ce n'est pas drôle ! Ne l'écoute pas, Pooh.

Mais Dan, lui, trouvait ça drôle et ne se priva pas d'en rire.

Cinq minutes plus tard, Phoebe mordillait distraitement une frite pendant que Dan finissait son deuxième hot-dog. En lui posant la question qui lui brûlait les lèvres, elle ne put contenir une note d'espoir.

— Naturellement, il n'y a aucune possibilité pour que les Stars puissent gagner tout de même le championnat de l'AFC cette année ?

Dan ne prit même pas le temps de la réflexion.

— Je démarre chaque saison en visant le Super Bowl.

— Je ne veux pas d'un beau rêve, Dan. Je veux la vérité.

— Nous allons faire de notre mieux. Tout va dépendre de l'état de fraîcheur de l'équipe et du nombre de blessés. C'est souvent là que se jouent les victoires. La saison dernière, par exemple, les Cowboys avaient une équipe plus forte que celle des Sabers, mais ils ont pourtant perdu parce que trop de leurs meilleurs éléments ne pouvaient participer. À l'heure actuelle, nous ne jouons pas encore à notre niveau véritable. Tout devrait se mettre en place d'ici peu.

— Ce week-end ?

Un sourire triste apparut sur ses lèvres.

— Sans doute pas si tôt.

— Il paraît que les hommes se plaignent que tu leur mènes la vie dure.

— Je fais mon boulot.

Phoebe soupira longuement avant d'affirmer :

— Je sais qu'il te tarde de travailler pour Reed, et je ne peux t'en blâmer.

Elle s'attendit à ce qu'il lui réponde d'une boutade, mais il réfléchit un moment à sa réponse, les yeux dans le vague.

— Franchement, la perspective de travailler pour ton cousin ne m'a jamais enchanté, répondit-il enfin. J'ai aussi la nette impression qu'il est derrière cette campagne de presse savamment orchestrée. Depuis quelques années, il a beaucoup d'amis dans les médias.

Phoebe s'était fait la même réflexion. Elle ne pouvait pour autant prendre sa réponse pour une motion de confiance en sa faveur.

— Au moins, conclut-elle, lui connaît le football.

— Exact.

Passant son bras autour des épaules de Phoebe, Dan la réconforta en la serrant contre lui avant d'ajouter :

— Mais lui, il risque d'avoir l'air fin quand il lui faudra embrasser Bobby Tom !

16

Derrière la vitre panoramique de la loge, Ron fixait le terrain d'un œil morne.

— En le suspendant pour une semaine, je savais ce qui allait arriver… dit-il. Mais je ne m'attendais pas à ce que le résultat soit si mauvais.

Contre une équipe des Los Angeles Raiders assoiffée de sang, les Stars s'étaient montrés en dessous de tout. Jim Biederot avait été intercepté quatre fois, Bobby Tom n'avait pas eu de chance, et la ligne défensive était passée sous un rouleau compresseur. Phoebe jeta un coup d'œil au panneau lumineux indiquant l'étendue du désastre: Raiders 34, Stars 3.

— Aucune importance, dit-elle pour s'en convaincre. Ça ira mieux la prochaine fois.

— Notre prochain match est contre les Giants, expliqua Ron en grimaçant. Ils n'ont concédé qu'une défaite cette saison, et c'était face aux Sabers.

L'arrivée d'un des fidèles de Bert, venu dire à Ron tout le mal qu'il pensait du match, vint mettre un terme à leur discussion.

Le lendemain matin, en route pour la réunion de 8 heures que Ron avait programmée, Phoebe revivait encore les temps forts de sa sortie du samedi après-midi. Elle ne gardait pas souvenir d'avoir passé d'aussi bons moments depuis longtemps. Après l'exposition de la Riverwalk, ils étaient allés tous trois dîner dans un restaurant en plein air. Dan avait prouvé avec Molly qu'il était un interlocuteur attentif aussi bien qu'un excellent raconteur d'histoires. Après le repas, Phoebe l'avait invité à passer un moment chez elles. Il avait réussi l'exploit de convaincre Molly de défiler pour lui dans ses nouveaux vêtements. Par ses compliments plus ou moins empreints de taquineries, il avait plus fait pour lui donner confiance en elle que Phoebe avec tout ce qu'elle avait pu lui dire jusque-là. Il était parti un peu après 20 heures, et elle avait passé une bonne partie de la nuit à se torturer avec des images explicites de lui au lit avec son ex-femme.

Des encombrements inhabituels sur le Naper Boulevard firent que Phoebe se présenta dans le bureau de Ron quelques minutes après 8 heures. Dan s'y trouvait déjà. En prenant place avec eux autour de la table de réunion, elle leur adressa un sourire éblouissant. Avec un peu de chance, songea-t-elle, elle parviendrait à dissimuler à Dan à quel point elle se sentait fébrile de le retrouver.

Dès qu'elle fut assise, Ron attaqua sans préambule.

— À présent que votre suspension est levée, Dan, je tenais à ce que nous puissions assainir l'atmosphère avant de nous remettre au travail. Comme vous le savez tous les deux, nous avons eu assez mauvaise presse au cours de ces dernières semaines. Les articles de ce matin sont encore plus impitoyables. Et pour couronner le tout, j'ai reçu cette nuit à mon domicile un coup de fil du commissaire général de la NFL qui m'a signifié sans ambages que nous sommes devenus une honte pour la Ligue tout entière.

— Il en rajoute un peu, non ? grogna Dan.

En comptant sur ses doigts, Ron énuméra les griefs :

— Il a cité les photographies de *Beau Monde*, votre mise à pied d'une semaine, les tenues excentriques de Phoebe au bord du terrain, et naturellement la rumeur de liaison entre vous deux. Il a également fait mention d'une conversation téléphonique qu'il a eue avec toi, Phoebe, la semaine dernière. J'aurais aimé être tenu au courant. Y a-t-il une raison valable pour que tu ne m'en aies pas parlé ?

Phoebe se tortilla nerveusement sur son siège et décida qu'elle préférait Ron quand il était encore un loser.

— Cela m'est sorti de l'esprit.

— Lui n'a pas oublié, reprit-il d'un ton accusateur. Et il avait l'air assez en colère.

— C'est plutôt moi qui devrais l'être ! s'insurgea-t-elle.

— Pourrais-tu nous expliquer pourquoi ?

Rapidement, Phoebe réfléchit à la meilleure façon de présenter les choses pour éviter de se faire étriller.

— Il s'est tout de suite montré paternaliste avec moi, et je déteste ça ! Il m'a dit que parfois il arrive qu'on craque, et que c'est encore plus excusable pour une mignonne petite chose comme moi qui s'essaie à faire le boulot d'un homme. Il a dit aussi que j'étais un peu injuste avec Reed. Il m'a détaillé tout ce que tu viens de répéter, plus une autre rumeur selon laquelle j'aurais également un flirt avec Bobby Tom.

Les lèvres pincées, elle ajouta :

— Et pour couronner le tout, il a suggéré que mes « fluctuations hormonales mensuelles » devaient être à l'origine de mes « troubles ».

Ron la connaissait suffisamment pour redouter la suite.

— Qu'est-ce que tu lui as répondu ?

Avec un soupir, Phoebe se résigna à l'inévitable.

— Je lui ai dit que je devais raccrocher parce que j'avais *Playboy* sur une autre ligne.

Dan éclata de rire. Ron accusa le coup en grimaçant.

— Ne l'encouragez pas ! protesta-t-il. N'oubliez pas que, si les Stars gagnaient des matchs, nous n'en serions pas là.

— J'étais suspendu la semaine dernière ! Difficile de gagner un match sans être là pour coacher l'équipe…

— C'est une des raisons pour lesquelles je tenais à vous voir tous les deux ce matin.

Ron joua quelques instants avec son gobelet de café avant d'ajouter :

— Je considère qu'il n'y a pas à revenir sur le passé. Les photos de *Beau Monde* sont parues, et nous ne pouvons rien faire d'autre que le gros dos. Quant aux tenues de Phoebe... je pense que le commissaire se trompe.

— J'ose à peine imaginer sa réaction en découvrant hier cette étoile tatouée sur son épaule largement dénudée, intervint Dan. Cela rendait très bien sur mon écran.

— C'est un tatouage provisoire, se justifia-t-elle. Je ne faisais que montrer mon esprit d'équipe.

— Tu montrais beaucoup plus que ton esprit d'équipe !

— Et ce faisant elle remplissait bien des sièges vides, signala Ron. Et par des femmes en majorité, qui plus est !

Il chercha le regard de Dan avant de poursuivre :

— C'est moi qui ai décidé de vous suspendre. Je prends l'entière responsabilité de la défaite de dimanche. Mais je tiens aussi à vous mettre en garde tous les deux. Je ne sais pas ce qui se passe entre vous, mais je ne veux plus être pris entre deux feux. C'est clair ?

— Très clair ! répliqua Dan.

— Il ne se passe rien entre nous, assura Phoebe.

Le regard limpide de Dan posé sur elle la rendait nerveuse. À point nommé, elle se rappela que ces deux-là travaillaient pour elle, du moins temporairement. D'un bond elle se leva et conclut :

— À présent, si vous voulez bien m'excuser, j'ai à faire.

Avec un sourire caustique, Dan lança sans la regarder :

— Si tu as tes copains de *Playboy* au bout du fil, dis-leur bonjour de ma part.

Phoebe réprima un sourire et quitta le bureau de Ron pour se rendre dans le sien, où elle passa la matinée à lire des rapports et à étudier sur le moniteur de son ordinateur les tableaux résumant les finances complexes du club. Et tout en jetant quelques notes sur le bloc posé à côté du clavier, il lui fallut bien admettre qu'il était bon de se servir de son cerveau de nouveau.

Leur match suivant devait être joué dans le stade des Giants des Meadowlands et retransmis en direct par ABC. Aucune équipe ne souhaitant perdre la face devant une aussi phénoménale audience télévisée, ces « Matchs du lundi soir » étaient considérés par tous comme prioritaires au cours de la saison. Au fil de la semaine, l'ambiance déjà électrique au siège des Stars devint explosive, à tel point qu'il y eut à déplorer quelques escarmouches entre joueurs, que les membres du staff se querellèrent entre eux, et que Dan se montra d'une humeur de chien avec tout le monde. La mauvaise publicité faite au club obligea Phoebe, la mort dans l'âme, d'accepter la demande d'interview des reporters sportifs d'ABC pour la mi-temps.

La veille du match, les joueurs et leurs accompagnateurs se retrouvèrent tendus dans le vol du dimanche après-midi qui les conduisait de O'Hare à Newark.

— Charmante ambiance... murmura Phoebe à Ron assis à côté d'elle. C'est aussi gai qu'une morgue, ici.

Les hôtesses leur servaient les boissons qu'ils avaient commandées : bière pour Ron, jus de tomate pour elle.

— Dommage, reprit-elle. Je ne pense pas que ce soit très bénéfique pour l'équipe de devoir supporter ça.

— Dan leur a mené la vie dure, expliqua Ron. Je ne l'avais jamais vu si déchaîné. On joue gros sur ce match.

Quant à elle, Phoebe n'avait pas fait au cours de cette semaine que se plonger dans les finances du club. Elle avait également survolé toute une année de publication des journaux les plus en vue dans le monde du football.

— N'empêche, insista-t-elle d'un air pensif. Je persiste à penser qu'ils devraient être plus relax et que leur nervosité leur fait manquer beaucoup d'occasions sur le terrain.

— La seule chose qui pourrait les détendre serait d'avoir une ou deux victoires derrière eux.

— C'est le serpent qui se mord la queue. S'ils ne se détendent pas, on n'y arrivera jamais.

— J'espère sincèrement que tu te trompes.

Sur ce, Ron reporta son attention sur le numéro de *Forbes* qu'il était en train de feuilleter. Phoebe n'hésita pas longtemps. Discrètement, elle se pencha et tendit le bras pour déverrouiller le panier à chien qu'elle avait glissé derrière ses jambes.

Quelques secondes plus tard, la cabine résonna des aboiements frénétiques de Pooh qui remontait en galopant l'allée centrale. Quelques rangées de sièges devant Phoebe, Dan bondit comme une fusée et fit volte-face.

— Bon sang, Phoebe ! éructa-t-il. Il fallait vraiment que tu emmènes ce clebs avec toi ?

— Oups ! fit-elle en se levant pour passer devant Ron. Je crois que j'ai tout intérêt à aller récupérer mon « clebs ».

La tête haute, Phoebe ignora Dan en passant près de lui. De la section de la cabine réservée à l'équipe s'élevait déjà un brouhaha de voix et de rires mâles. Comme elle l'avait espéré, contrairement au coach, les joueurs accueillaient l'intrusion de Pooh comme une distraction inespérée. Le caniche se faufilait entre leurs jambes, rampait sur leurs sacs de voyage et léchait au passage toute surface de peau qui lui tombait sous la langue.

Bobby Tom se pencha pour l'attraper, mais Pooh réussit à lui échapper et alla s'installer entre les pieds de Webster Greer. Phoebe éclata de rire en découvrant la petite tête duveteuse du caniche, ornée d'un ruban pervenche, posée sur la basket géante du footballeur. Les yeux humides, Pooh observait sa maîtresse avec inquiétude, comme si elle s'efforçait de déterminer la gravité de son escapade.

— Elle n'a pas l'air de vouloir vous suivre, fit observer Webster.

— Il n'y a rien qu'elle déteste autant que son panier.

Puisque Pooh paraissait en bonne compagnie, Phoebe en profita pour discuter un peu avec quelques-uns des joueurs, leur demandant des nouvelles de leurs familles, quels livres ils étaient en train de lire, et quelles musiques ils écoutaient sur leurs baladeurs. Entre-temps, délaissant Webster, Pooh était allée s'enrouler autour du pied droit en or du *placekicker* de l'équipe. Mais en voyant sa maîtresse se pencher sur elle pour la récupérer, la petite chienne détala dans l'allée pour se retrouver aussitôt rattrapée par Darnell Pruit, l'*offensive tackle* le plus imposant des Stars.

— C'est ça que vous cherchez, mademoiselle Somerville ?

Phoebe marqua un temps d'hésitation. De tous les membres de l'équipe, Darnell était sans conteste le plus impressionnant. Une dent en or incrustée d'un diamant d'un demi-carat lui donnait un sourire étincelant, et de lourdes chaînes garnissaient le cuir noir de son veston sans manches. Sous celui-ci, il ne portait rien, révélant un torse impressionnant et des bras aux muscles sculptés dans toute leur splendeur d'ébène. D'opaques lunettes noires cachaient ses yeux, ce qui ne contribuait pas à le rendre moins inquiétant. Son nez était large et épaté. Une grande cicatrice barrait une de ses épaules. Un article qu'elle avait lu la veille dans *Sports Illustrated* décrivait Darnell comme l'un des cinq hommes les plus méchants de la NFL. Et en l'étudiant brièvement, Phoebe ne vit aucune raison de ne pas croire ce jugement. D'ailleurs, elle nota que les autres avaient laissé libre le siège voisin du sien.

Même Pooh n'en menait pas large. Assise dans son giron, tête basse, elle levait vers lui deux yeux craintifs. En la découvrant aussi nerveuse, Phoebe commença à craindre le pire. Les bras tendus vers le caniche, elle bredouilla :

— Je... euh... ferais peut-être mieux... de la reprendre.

— Asseyez-vous ! aboya-t-il.

C'était un ordre, pas une invitation. Phoebe se laissa couler sur le siège disponible sans protester. Les chaînes de Darnell cliquetèrent. Pooh se mit à trembler. Phoebe choisit ce moment inopportun pour se rappeler la confidence que l'un des cinq hommes les plus méchants de la NFL avait faite à *Sports Illustrated*. *S'il y a une chose que j'aime dans le football, c'est de voir mes adversaires quitter le terrain sur une civière...*

Il était temps d'agir pour éviter le pire. Après s'être éclairci la voix, Phoebe fit une nouvelle tentative.

— Ce n'est pas... euh... une bonne idée de l'effrayer.

— Vous croyez ? répliqua-t-il d'un ton menaçant.

Soulevant le chien entre deux mains qui avaient la taille de maniques de cuisine, il l'amena au niveau de son visage. Longuement, l'homme et l'animal s'observèrent. Les petits yeux bruns de Pooh se reflétaient dans les verres opaques de Darnell. Phoebe retint son souffle, prête au pire. Les secondes s'ajoutèrent aux secondes, avec une éprouvante lenteur. Enfin, un bout de langue rose jaillit pour venir lécher une imposante joue noire.

Un grand sourire illumina le visage de Darnell, faisant étinceler le diamant serti dans sa dent en or.

— J'aime ce chien ! décréta-t-il joyeusement.

Phoebe expira d'un coup tout l'air qu'elle avait retenu dans ses poumons et murmura :

— Vous ne pouvez pas savoir à quel point cela me ravit.

Pooh se blottit contre les chaînes de Darnell, qui lui caressa doucement le crâne à l'endroit où le nœud pervenche, une fois de plus, s'était dénoué.

— Ma mère m'interdisait d'avoir un chien quand j'étais petit, expliqua-t-il. Elle disait qu'elle ne voulait pas de puces dans la maison.

— Les chiens n'ont pas tous des puces. Pooh n'en a pas.

— Il faudra que je lui dise. Peut-être qu'elle me laissera en avoir un, maintenant.

Phoebe n'en crut pas ses oreilles.

— Vous vivez avec votre mère, Darnell ?

— Oui, m'dame ! répondit-il avec un grand sourire. Elle n'arrête pas de menacer de s'en aller, mais je sais qu'elle ne le fera pas tant que je ne serai pas marié. Elle dit qu'elle ne me fait pas confiance, que je ne saurai pas m'occuper de moi tout seul.

— Je vois... Et vous allez vous marier bientôt ?

— Oh, non, m'dame ! Ce n'est pas que je ne le souhaite pas, mais la vie peut être compliquée, vous savez...

— À qui le dites-vous !

— Parfois, une dame peut ne pas être attirée par vous, ou vice versa.

Après l'avoir dévisagé un instant avec curiosité, Phoebe demanda :

— Et en ce qui vous concerne ?

— Je vous d'mande pardon, m'dame ?

— C'est vice, ou c'est versa ? Est-ce la dame qui n'est pas attirée par vous, ou vous qui ne...

— C'est moi qui suis attiré par elle, l'interrompit-il. Mais on ne peut pas dire qu'elle soit folle de moi.

— C'est difficile à croire. Tous les footballeurs n'ont-ils pas toutes les femmes du monde à leurs pieds ?

— Allez expliquer ça à Mlle Charmaine Dodd !

S'il y avait une chose que Phoebe adorait, c'était que les gens lui racontent leurs histoires d'amour compliquées. Retirant ses mocassins, elle replia ses jambes sous elle et se tourna vers Darnell.

— Racontez-moi ! supplia-t-elle. Enfin, si vous voulez. Comment est-elle ?

— Eh bien... C'est une femme qui a du caractère. Elle est même plutôt têtue, si vous voyez ce que je veux dire. Elle joue de l'orgue à l'église que fréquente ma mère. Et le reste du temps, elle est bibliothécaire. Je ne sais pas pourquoi elle me fait tant d'effet... Elle ne sait même pas s'habiller ! Ces jupes informes, ces chemisiers boutonnés jusqu'au menton... Bégueule, avec ça. Toujours à marcher le nez en l'air, comme si le monde ne lui convenait pas.

— Et pourtant, vous l'aimez.

— Disons que je n'arrive pas à me la sortir de la tête. Malheureusement, Mlle Charmaine Dodd m'ignore. Vous comprenez, elle a de l'éducation, et moi je n'en ai pas.

— Vous êtes pourtant allé à l'université…

Le regard fixé droit devant lui, Darnell demeura un long moment silencieux. Et lorsqu'il se remit à parler, ce fut d'une voix si basse que seule Phoebe pouvait l'entendre.

— Savez-vous ce que ça signifie, « aller à l'université », pour quelqu'un comme moi ?

— Non, avoua Phoebe. Dites-le-moi.

— Ils prennent un jeune type dans mon genre, 18 ans, qui n'a jamais eu grand-chose dans la vie, et ils lui disent : « Hé, Darnell ! Tu joues au foot pour nous, et on va vraiment bien s'occuper de toi. Tu auras droit à une excellente scolarité sans rien avoir à débourser et aussi… Tu aimes les belles bagnoles, Darnell ? Parce qu'un de nos anciens élèves possède une grosse concession Chevy. Il sera ravi de t'offrir une splendide Corvette toute neuve pour te remercier d'avoir choisi notre université. On va vraiment bien s'occuper de toi, tu verras. Tu auras droit aux jobs d'été les mieux payés, sauf que – devine… – tu n'auras même pas besoin de te montrer au boulot. Et ne t'en fais pas trop si tu ne peux pas assister aux cours. On va te payer aussi des leçons particulières. »

Darnell observa Phoebe un instant par-dessus les verres de ses lunettes et demanda :

— Vous savez ce que ça veut dire, les cours particuliers, pour un type comme moi ? Ça veut dire que je me défonce le samedi soir sur le terrain et que le lundi j'obtiens un « A » pour un devoir dont j'ignore même le sujet…

Avec un haussement d'épaules fataliste, il conclut :

— Je n'ai jamais passé mon diplôme. Ça ne m'empêche pas aujourd'hui de ramasser à la pelle tout ce pognon. Mais parfois, je me demande à quoi ça sert. À quoi me sert tout cet argent, quand une dame comme Charmaine Dodd me cite quelques vers d'un poète blanc qu'elle connaît par cœur et qui lui font briller les yeux ? Moi, je ne connais rien à la poésie, à la littérature, ni à quoi que ce soit d'autre qu'elle trouve si important.

Le silence retomba entre eux. Pooh sommeillait, le museau dans le cou de Darnell, en ronflant un peu.

— Rien ne vous empêche de reprendre vos études, suggéra enfin Phoebe.

— Moi ? s'étonna-t-il. Oh, sûrement pas ! Le football me prend trop de temps.

— Vous pourriez peut-être profiter de l'intersaison ?

Saisie par une brusque inspiration, elle ajouta dans un sourire :

— Et pourquoi ne pas commencer par demander à Mlle Dodd ce qu'elle en pense ?

— Elle me rirait au nez, pour sûr.

— Si elle vous rit au nez, alors, c'est qu'elle n'est pas la femme qu'il vous faut. Pour sûr.

— Je n'ai jamais été un étudiant très motivé, admit-il non sans une certaine réticence.

— Probablement parce que personne n'attendait de vous que vous le soyez.

— Je ne sais pas...

— Allons, Darnell... Auriez-vous la trouille ?

Par-dessus ses lunettes, il lui lança un regard noir.

— Je plaisantais, précisa-t-elle vivement. De toute façon, si elles se vérifient, vos difficultés à étudier ne peuvent que tourner à votre avantage.

Avec un sourire, elle ajouta en aparté :

— Vous pourriez réclamer à Mlle Dodd des leçons *très* particulières...

Darnell éclata d'un rire sonore. Une demi-douzaine de joueurs tournèrent la tête vers lui pour le dévisager avec incrédulité. Elvis Crenshaw, lui, se leva et l'apostropha :

— Hé, Darnell ! Tu comptes monopoliser le caniche encore longtemps ? Fais-le passer ! Moi aussi j'aime les chiens !

Le visage de Darnell s'assombrit dangereusement. Sa réplique fusa :

— Et pourquoi t'irais pas d'abord baiser ta...

En coulant un regard gêné en direction de Phoebe, il s'interrompit brusquement. Embarrassé, il baissa la tête sous les quolibets et les sifflets de ses camarades. Puis, d'un coup, les rires cessèrent et un silence tendu se fit dans la cabine. Phoebe tourna la tête et vit que Dan venait de faire son apparition. Chacun retourna à ses occupations, à son magazine ou à sa musique. D'autres fermèrent les yeux. Tous avaient l'air coupable de celui qui rit à un enterrement.

Phoebe s'étonnait toujours du pouvoir que Dan avait sur les joueurs. Par des bribes de conversations qu'elle avait surprises, elle savait que même ceux qui lui reprochaient de mener trop durement l'équipe continuaient de le respecter. Ron lui avait expliqué que, s'il se gardait en si bonne condition physique, c'était parce qu'il n'exigeait jamais rien de ses hommes qu'il ne puisse faire lui-même.

Ses yeux se plissèrent lorsqu'il découvrit Pooh endormie sur la poitrine de son *offensive tackle* vedette. Puis, tout en jetant à Phoebe un regard suspicieux, il échangea quelques mots avec le soigneur, avant de disparaître en première classe au grand soulagement de tous.

— Cet homme est une vraie porte de prison, grommela-t-elle en se levant.

Aussitôt, Darnell prit sa défense.

— Le coach a de lourdes responsabilités.

Pooh s'étira quand Darnell la fit passer de mauvaise grâce à Elvis Crenshaw. Phoebe s'arrêta un peu plus loin pour demander à Webster des nouvelles de Krystal et de leurs enfants. Puis, Bobby Tom voulut l'entretenir d'une idée qu'il avait eue pour lancer une sauce pimentée de sa composition. À Jim Biederot, elle demanda des nouvelles de son épaule blessée, avant de finir par s'entretenir avec plusieurs nouvelles recrues de la vie nocturne à Chicago.

Quand elle reprit finalement Pooh dans ses bras, elle constata avec plaisir que l'ambiance s'était nettement détendue dans la cabine, mais elle savait pouvoir compter sur Dan pour saboter tous ses efforts le lendemain. Elle ne pouvait lui reprocher son implication, mais parfois elle se demandait s'il ne négligeait pas un peu trop le facteur humain. Quand il en aurait terminé avec eux, juste avant le match, les Stars se retrouveraient sur le terrain aussi tendus que des cordes de piano.

Phoebe passa la soirée et une grande partie de la journée suivante en compagnie de Viktor. Il s'enthousiasmait pour le match et il était ravi qu'elle l'ait invité à y assister avec elle depuis la loge. Quand ils se séparèrent, il emmena Pooh avec lui en promettant de la lui ramener au stade.

Pour la première fois depuis qu'elle avait hérité de l'équipe, Phoebe se joignit aux joueurs à 17 heures, pour leur repas collectif d'avant match à l'hôtel. Au lieu de s'asseoir à côté de Ron, elle choisit d'aller s'installer entre Darnell et Elvis Crenshaw. Au morceau d'aloyau de la taille d'une assiette qu'on lui proposait, elle parvint à substituer sans trop se faire remarquer de la salade et quelques pommes vapeur.

Ce fut un repas sinistre, silencieux et vite expédié. Ensuite, alors que les joueurs regagnaient leurs chambres, Phoebe vit qu'un groupe de supporters des Giants avait réussi à investir le hall de l'hôtel. Ils l'avaient constellé d'autocollants bleus et rouges qui ne laissaient planer aucun doute sur leurs sympathies. La flambée de colère que ce spectacle suscita en elle lui permit de réaliser ce que les Stars représentaient désormais pour elle. Ils n'étaient plus à ses yeux une équipe de football comme une autre, mais un groupe d'individus chers à son cœur.

Perdue dans ses pensées, elle alla ensuite enfiler dans sa chambre le costume que Simone avait passé la semaine à confectionner pour l'occasion. Leur retour étant prévu par un vol de nuit après le match, elle rangea ensuite ses affaires et refit sa valise avant de retrouver Ron dans le hall. Un grand sourire fendit son visage quand il découvrit sa tenue.

— Parfait ! s'exclama-t-il.

Avec une moue dubitative, Phoebe se campa devant un mur carrelé et étudia son reflet.

— Je sais que le moment est venu de hisser les couleurs, dit-elle. Mais je ne crois pas que ce soit véritablement moi.

Simone s'était inspirée de l'uniforme des Stars pour lui confectionner le sien. La culotte était de soie bleu pâle et ornée d'une étoile d'or sur chaque cuisse. Les chaussettes montantes bleu et or plongeaient dans une paire de baskets de cuir souple rehaussée de strass. Et puisque cette soirée de début octobre promettait d'être un peu fraîche, Simone avait prévu au-dessus du maillot officiel de l'équipe une sorte de blouson d'aviateur doublé de soie azur, sur lequel elle avait cousu une énorme étoile scintillante au dos et plusieurs autres plus petites sur la poitrine. En guise d'accessoire, Phoebe s'était contentée de passer un large ruban dans ses cheveux bouclés, dont l'énorme nœud bleu, légèrement déporté sur la droite, lui couronnait le crâne.

— C'est exactement toi ! corrigea Ron en la détaillant de pied en cap. Les cameramen vont être fous.

Ils n'échangèrent pas une parole sur la route du Giant Stadium. Avant d'être nettoyé, le site des Jersey Meadowlands avait été un dépotoir où croupissaient voitures rouillées et hommes en rupture de ban avec la mafia. La rumeur publique affirmait que le stade avait été bâti sur l'arête du nez de Jimmy Hoffa[1].

1. Jimmy Hoffa (1913-1975), chef syndicaliste américain lié à la mafia italo-américaine de Chicago. Une légende urbaine prétend que le Giants Stadium, dont la construction coïncide avec sa disparition mystérieuse en 1975, aurait été bâti sur sa tombe clandestine. *(N.d.T.)*

Lorsqu'ils atteignirent l'entrée des officiels trois quarts d'heure avant le coup d'envoi, Ron voulut accompagner Phoebe à sa loge avant d'aller effectuer sa rituelle visite dans les vestiaires. Ayant déjà pris sa décision sur ce qu'il convenait de faire, elle déclina l'offre en secouant la tête.

— Je viens avec toi, dit-elle.

— Dans les vestiaires ?

— Dans les vestiaires !

Ron la dévisagea d'un air incertain mais ne fit aucun commentaire en lui indiquant le chemin à travers le dédale de couloirs souterrains du Stadium. Ce fut dans un vestiaire plongé dans un calme inquiétant qu'ils pénétrèrent. À l'exception de leurs casques, les joueurs étaient déjà habillés et équipés. Phoebe eut l'impression d'avoir rejoint une tribu de titans. Sur le terrain, en plein air, ils étaient déjà impressionnants. Mais, dans l'espace confiné du vestiaire, ils devenaient carrément effrayants.

Certains se tenaient debout. D'autres restaient assis sur les bancs de bois, les coudes aux genoux et les mains ballantes entre leurs jambes écartées. Bobby Tom et Jim Biederot étaient assis sur une longue table rangée sur le côté, le dos appuyé au mur. Tous les visages étaient graves. Dans un style télégraphique et d'une voix sèche, Dan leur donnait ses dernières instructions. Il était tellement absorbé par son discours qu'il ne remarqua pas l'entrée de Ron et de Phoebe avant d'avoir terminé.

Après s'être éclairci la voix, Ron lança à la cantonade :

— Mlle Somerville a souhaité vous rendre une petite visite pour vous souhaiter à tous bonne chance.

Le visage renfrogné de Dan prouvait qu'elle n'était pas la bienvenue. En s'efforçant de l'ignorer, Phoebe accrocha à ses lèvres son sourire le plus éclatant et alla se planter au milieu du vestiaire. Ravalant sa gêne, elle prit une pose de pin-up pour mettre en valeur sa tenue et lança :

— Salut, les gars ! Qu'est-ce que vous en pensez ? Plutôt classe, non ?

Quelques sourires saluèrent la performance, mais Phoebe était consciente qu'il lui faudrait davantage qu'un défilé de mode pour parvenir à ses fins. Même sans être une autorité en matière de football, plusieurs évidences lui étaient apparues. Les Stars disposaient d'excellents joueurs et d'un coach talentueux mais, pour quelque raison qui leur échappait, ils ne parvenaient pas à gagner un match. Elle subodorait quant à elle que le problème était d'ordre psychologique. Et depuis le vol de la veille, elle était convaincue qu'ils pourraient parvenir à le surmonter s'ils voulaient bien se détendre et retrouver le goût du jeu.

Résolument, elle grimpa sur le banc le plus proche, afin de voir tout le monde et d'être vue de tous.

— Les gars, écoutez bien. Vous allez avoir droit à mon premier speech d'avant match. Et j'espère sincèrement que ce sera le dernier.

Sur les visages, les sourires se firent plus nombreux.

— J'ai une confiance totale en coach Calebow, reprit-elle. Tout le monde me dit que c'est un stratège génial et un grand meneur d'hommes. En plus, il est *siiiiiii* mignon !

Comme elle l'avait espéré, plusieurs rires saluèrent sa boutade. Elle n'osa pas risquer un coup d'œil dans sa direction pour voir comment Dan la prenait. Concentrée sur sa performance, elle fronça les sourcils et ajouta :

— Attention : ce n'est pas que vous ne soyez pas mignons vous non plus... Sauf Webster ! J'ai vu Krystal à l'œuvre, et croyez-moi, jamais je ne me risquerai à regarder de son côté...

Nouvelle salve de rires. Tout sourire, Webster hocha la tête d'un air embarrassé.

Ayant capté son auditoire, ce fut avec le plus grand sérieux que Phoebe aborda le cœur de son discours.

— Il y a une chose que je voulais vous dire ce soir. Si vous gagnez ce match, vous me simplifierez la vie car ces messieurs de la presse nous mordront un peu moins les talons. Mais pour être tout à fait honnête, battre les Giants est plus important pour vous que pour moi. Je veux dire… Moi, tout ce que je peux faire, c'est me ronger les sangs au bord du terrain, mais vous…

— Mademoiselle Somerville…

Difficile d'ignorer la note menaçante dans la voix de Dan qui venait de l'interrompre. Par peur qu'il ne lui coupe définitivement la parole, Phoebe s'empressa d'enchaîner :

— Quoi qu'il en soit, aussi incroyable que cela puisse paraître, j'en suis venue à apprécier un certain nombre d'entre vous, et puisque vous tenez tant à gagner, je vais vous dire comment faire.

Même si elle évitait délibérément de regarder Dan, Phoebe avait l'impression de sentir ses yeux verts qui la transperçaient de part en part. Même en étant légalement propriétaire de l'équipe, elle n'avait pas à s'aventurer sur son terrain, ce qu'elle était en train de faire. Inspirant à fond pour se donner du courage, elle poursuivit :

— Coach Calebow a des années d'expérience, et je suis sûre que vous avez tout intérêt à écouter le moindre de ses conseils. Mais si vous suivez celui que je vais vous donner, je peux pratiquement vous garantir le succès.

Phoebe n'avait pas besoin de regarder Dan pour sentir la colère qui bouillonnait en lui. Il avait passé la semaine à entretenir soigneusement la frénésie meurtrière de l'équipe, et elle sapait délibérément tous ses efforts. Il lui fallut mettre de côté son propre instinct de survie pour pouvoir se concentrer sur les hommes qui étaient pendus à ses lèvres.

— Ce soir, messieurs, quand vous vous alignerez devant vos adversaires sur ce terrain, je veux…

Elle marqua une pause pour dramatiser son propos avant de conclure :

— Je veux que vous imaginiez les Giants à poil !

Ils la regardaient comme si elle venait de perdre la tête, ce qui ne devait pas être très éloigné de la vérité. Phoebe entendit quelques rires nerveux. Avec une sévérité feinte, elle foudroya du regard les coupables.

— Je suis totalement sérieuse ! Quand vous ferez face aux Giants, vous n'aurez qu'à imaginer que le type qui se trouve devant vous, de l'autre côté de la…

Incapable de trouver le mot juste, elle se tourna vers Ron pour demander :

— Comment s'appelle ce truc, déjà ?

— La ligne de mêlée ? suggéra-t-il.

— Exact ! Imaginez que ce type, de l'autre côté de la ligne de mêlée, est totalement nu. Je vous assure que ça va marcher ! C'est un truc qu'on m'a appris à l'école pour dépasser le trac. Comment pouvez-vous craindre d'être battu par un mec dont le… euh… ventre est à l'air ?

Avec un sourire radieux, elle conclut sa démonstration par un retentissant :

— Pour ce soir, je vous invite donc à penser… nu !

Pour le meilleur ou pour le pire, la tension dans le vestiaire était brutalement retombée. En voyant autour d'elle les gladiateurs du *gridiron* se tordre de rire, Phoebe comprit qu'elle était parvenue à ses fins et put enfin laisser son instinct de survie prendre le dessus.

— Je vous souhaite bonne chance, messieurs ! À tout à l'heure sur le terrain.

D'un bond, elle descendit au bas de son banc et se rua vers la sortie. Hélas pour elle, Dan lui bloqua le passage avant qu'elle ait pu atteindre la porte. Tout courage la quitta quand elle découvrit devant elle son visage décomposé par la colère.

— Tu es allée trop loin, Phoebe. Quand ce match sera terminé, nous devrons toi et moi régler définitivement nos comptes.

Ravalant douloureusement sa salive, Phoebe se garda bien de lui répondre et se faufila à l'extérieur.

Ron la retrouva 20 mètres plus bas dans le couloir, accroupie contre un mur. Tremblant de tous ses membres, les yeux clos, elle s'efforçait en vain de retrouver son souffle.

17

En prenant position derrière la ligne de mêlée pour le coup d'envoi, les Giants n'en revinrent pas de trouver devant eux onze hommes affichant sous leurs casques des sourires narquois. Aucun d'eux ne parvenait à comprendre comment une équipe qui ne comptait qu'une victoire pour quatre défaites depuis le début de la saison pouvait se montrer si arrogante. Ils en conclurent que les Stars devaient avoir en réserve quelques surprises de leur cru. Or, les Giants n'aimaient pas les surprises, et ils aimaient encore moins voir leurs adversaires leur rire au nez.

Quelques noms d'oiseaux furent échangés.

Malheureusement pour la défense des Giants, plusieurs de ces amabilités prêtaient à la mère de Darnell Pruit une moralité pour le moins douteuse... Dans les minutes qui suivirent, l'*offensive tackle* rendu furieux triompha à lui seul de trois de ses adversaires pour produire le premier *down*. Une action de toute beauté...

À la fin du premier quart-temps, les Stars menaient de trois points. Phoebe était enrouée d'avoir crié pour les encourager. La violence sur le terrain continuait de la faire frémir, mais elle s'était tellement prise au jeu qu'elle fut étonnée de voir Ron la rejoindre pour l'escorter jusqu'à la loge.

Au cours du deuxième quart-temps, Biederot fit une démonstration époustouflante d'habileté et de flair tactique. Les Giants, eux, ne connurent pas leur insolente réussite habituelle et n'engrangèrent qu'un *field goal*. Si bien que, quand l'arbitre siffla la mi-temps, les Stars menaient de sept points.

Pour son interview avec Al Michaels, le journaliste vedette d'ABC, Phoebe avait décidé qu'elle ne ferait que se couvrir de ridicule en simulant une connaissance qui lui faisait défaut. Aussi répondit-elle en toute franchise aux questions qui lui étaient posées, exposant sans fard les difficultés que lui valait son inexpérience de néophyte. En regagnant sa loge, elle eut la consolation de se dire qu'à défaut de briller, elle avait au moins fait de son mieux. Al Michaels sembla lui donner raison en faisant remarquer à Frank Gifford, à la fin du show de la mi-temps, que Phoebe Somerville tentait de se tirer au mieux d'une situation difficile et qu'elle méritait qu'on lui laisse sa chance. Michaels critiqua également à mots couverts le scandaleux testament de Bert, exprimant l'opinion qu'il s'était ainsi montré injuste envers sa fille aussi bien qu'envers Reed et les Stars.

La seconde mi-temps fut éprouvante. Phoebe frôla le torticolis en ne cessant d'aller et venir entre le terrain en contrebas et l'écran géant qui retransmettait l'action dans la loge. Exceptionnellement, Ron avait tombé la veste mais également la cravate. Jim Biederot poursuivit sur sa lancée et ne fut intercepté qu'une fois. Bobby Tom ne commit pas la moindre erreur et la défense se montra inébranlable. Cette fois, il n'y eut pas le moindre cafouillage dans le camp des Stars.

Enfin, lorsque le coup de sifflet final mit fin au supplice, Phoebe se jeta au cou de Viktor, puis de Ron. Pooh bondissait en aboyant joyeusement autour de leurs jambes. Le panneau lumineux indiquait un score sans appel: Stars 24, Giants 10.

Une fois remise de ses émotions, Phoebe déclina l'offre de Ron de l'accompagner dans les vestiaires. Elle préféra rester avec Viktor dans sa loge pour suivre sur l'écran les interviews de sortie de match qui avaient été récemment ajoutées aux retransmissions des matchs du lundi. Modeste et triomphant, Dan crédita les joueurs – et notamment Jim Biederot – de la plus grande part de ce succès. Il conclut son intervention en déclarant avec fair-play : « Vous ne trouverez pas de meilleure équipe que les Giants. Nous sommes heureux d'avoir été prêts à les affronter. »

Après avoir félicité Dan une dernière fois, Al Michaels se tourna vers Bobby Tom, qui avait déjà passé son Stetson sur ses cheveux raplatis par son casque.

— Bobby Tom... commença-t-il. Vous n'avez rien raté au cours de ce match. À quoi est-ce dû, selon vous ?

Prenant soin de présenter à la caméra son meilleur profil, Bobby Tom se fendit de son sourire de cowboy solitaire avant de déclarer humblement :

— Nous avons travaillé dur, cette semaine. Et vous savez, Al, on ne dira jamais assez à quel point Jim a bien lancé le ballon, ce soir...

Après quelques questions d'ordre général, Michaels se tourna vers Webster Greer.

— Qu'est-ce qui a fait la différence pour les Stars, selon vous ?

Les deux poings serrés sur les extrémités de la serviette pendue autour de son cou encore luisant de sueur, Webster fixa un instant la caméra avant de répondre :

— Nous avons un potentiel du tonnerre depuis le début de la saison, mais nous étions trop crispés sur notre jeu. Mlle Somerville s'est adressée à l'équipe avant le match et elle est parvenue à nous détendre un peu. Cela nous a rendu confiance en nous et cela nous a permis de forcer les Giants à jouer notre jeu. C'est ça qui a fait toute la différence.

Al Michaels n'avait pas gagné pour rien sa réputation de meilleur intervieweur sportif de tout le circuit. Pour rien au monde il n'aurait laissé ce détail lui échapper.

— Que vous a-t-elle dit, exactement ?

Avec un grand sourire, Greer se frictionna la nuque avec la serviette avant de répondre :

— Pas grand-chose. Quelques blagues. C'est une femme épatante.

Les joues de Phoebe s'empourprèrent violemment. Une déclaration d'amour ne l'aurait pas davantage émue.

Il était presque 2 heures du matin quand l'avion décolla de Newark pour O'Hare. Alors que la victoire ne remontait qu'à quelques heures, Ron pensait déjà au match suivant.

— Nous avons amorcé une dynamique aujourd'hui.

L'avion ayant atteint son altitude de croisière, il déboucla sa ceinture avant d'ajouter :

— J'espère que nous saurons en profiter.

— Détends-toi et savoure cette victoire… conseilla Phoebe. Eux ne sont pas inquiets.

Du regard, elle désignait l'arrière de l'avion, d'où leur parvenait le chahut des joueurs occupés à festoyer.

— Je suppose que tu as raison, admit Ron en se coulant dans son fauteuil. Demain est un autre jour.

Trois rangs devant elle, Phoebe entendit Dan se mettre à rire de quelque chose que Tully Archer venait de lui glisser à l'oreille. Jusque-là, elle était parvenue à l'éviter, mais elle n'avait pas oublié ses menaces. Elle aurait aimé qu'il comprenne au moins ce qu'elle avait tenté de faire dans le vestiaire, mais elle craignait qu'il ne se montre pas aussi élégant que Webster à son égard.

Comme s'il avait pu lire dans ses pensées, Dan tourna la tête et lui décocha un regard noir. Avec angoisse, elle le vit déboucler sa ceinture. Sans attendre de savoir s'il allait la rejoindre, elle se mit debout et passa devant Ron pour se réfugier à l'arrière. Elle y fut accueillie par une armée de joueurs couverts de bleus et de bosses mais qui lui firent fête dans un tumulte d'applaudissements et de sifflets. Elle passa un moment avec chacun d'eux, mais quand

Darnell lui demanda d'aller chercher Pooh, elle préféra s'en abstenir. Dan l'avait déjà dans son collimateur, et elle ne voyait aucune raison de lui fournir d'autres griefs.

Ron était endormi quand elle revint en première classe. Il réagit à peine quand elle passa devant lui pour regagner son siège. Dès qu'elle fut installée, elle se rencogna dans le coin du hublot et ferma les yeux pour tenter de trouver le sommeil. Mais en vain. Avec un soupir résigné, elle regagna l'allée centrale, passa en vitesse à côté du siège de Dan et se glissa dans les toilettes.

Elle détestait les utiliser en vol. Elle craignait toujours que l'avion choisisse cet instant précis pour aller s'écraser au sol, et de passer ses derniers moments à tenter désespérément de se rajuster en voyant sa vie défiler sous ses yeux. En conséquence, elle se hâta de se laver les mains et déverrouilla la porte… pour voir celle-ci lui échapper et s'ouvrir en grand devant elle. Sans lui laisser le temps de réagir, Dan la rejoignit dans l'étroit habitacle et remit en place le verrou.

— Que crois-tu être en train de faire ? protesta-t-elle.

Son corps massif coinçait le sien contre le lavabo.

— Ce qu'il faut pour te parler en privé, répondit-il.

Il y avait dans ces toilettes bien trop peu de place pour eux deux. Un des genoux de Dan s'insinuait entre les jambes de Phoebe. Et avec ses seins qui s'aplatissaient contre son torse, elle avait du mal à reprendre son souffle.

— Je ne veux pas te parler maintenant, reprit-elle d'une voix blanche. Tu vas encore te mettre en colère, et je ne suis pas d'humeur à me faire crier dessus.

La colère redoutée vint quand même.

— Tu aurais dû y penser avant de faire intrusion dans mon vestiaire !

— Je n'ai pas fait intrusion !

Les yeux de Dan – ces yeux perçants qui parvenaient à trouver la faille dans les lignes de défense les plus solides – se réduisirent à deux minces fentes.

— Je veux que mes joueurs soient concentrés avant le match, ajouta-t-il d'une voix grondante. Je ne veux pas qu'ils soient distraits par des fariboles sans queue ni tête. Si ces hommes avaient encore besoin d'une preuve que tu n'y connais rien au football, tu viens de la leur donner. Tu n'as pas la moindre idée de ce qu'ils doivent affronter quand ils descendent dans l'arène. Ce sport est une affaire sérieuse, pas une vaste blague que l'on peut tourner en ridicule !

Phoebe lutta pour se libérer, mais il ne lui laissait pas la moindre chance. Son corps se pressa plus étroitement contre le sien, et sa voix se fit plus menaçante encore.

— Je ne veux plus jamais te voir dans mon vestiaire avant un match ! Tu m'entends ? En trois minutes, tu as failli mettre à terre le travail de toute une saison. Encore heureux que mes joueurs soient suffisamment disciplinés. Ta ridicule exhibition aurait pu nous coûter la victoire !

Phoebe n'en croyait pas ses oreilles.

— Tu n'as pas la moindre idée de ce que j'ai essayé de faire, n'est-ce pas ? demanda-t-elle. Tu es donc vraiment convaincu que je ne suis qu'une *bimbo* sans cervelle ?

— Après avoir dû supporter tes âneries sur les vertus de la nudité des joueurs de foot, je préfère éviter ce débat.

Depuis toujours, Phoebe se croyait incapable de se laisser aller à un accès de violence. Pourtant, ce fut de lui-même que son poing se crispa pour aller frapper Dan dans les côtes, aussi fort qu'elle le put.

Il laissa fuser un « ouf ! » douloureux en la dévisageant d'un air incrédule. Elle soutint son regard avec la même incrédulité, incapable de croire à ce qui venait de se passer. Même si elle avait été trop proche de lui pour donner la moindre force à son coup, elle venait de frapper un autre être humain, ce qui ne lui était jamais arrivé jusqu'à ce jour. Le fait qu'il ait pu la mettre à ce point hors d'elle redoubla sa colère. Un voile rouge passa devant ses yeux.

— Espèce de stupide tête de mule de *sportif* arrogant et borné ! Je vais te dire ce qui cloche vraiment dans ce club. Ce qui cloche, c'est qu'il est affligé d'un coach qui possède la maturité émotionnelle d'un gamin de 6 ans, mais qui *en plus* se révèle être mentalement déficient !

Dan faillit s'en étrangler de colère.

— Déficient ! éructa-t-il. À présent écoute-moi bien...

Le coude de Phoebe heurta le miroir derrière elle. Peut-être la douleur lui fit-elle reprendre ses esprits. Toujours est-il qu'elle l'interrompit en pointant un index accusateur contre sa poitrine.

— Non ! s'emporta-t-elle. C'est toi qui vas m'écouter, mon pote ! Et ouvre bien tes deux oreilles ! Je suis allée dans ce vestiaire non par choix, mais parce que tu m'y as obligée... Parce que *tu* t'es débrouillé pour rendre *mon* équipe de foot si stressée qu'elle n'était plus capable de se concentrer sur le football.

— Es-tu en train d'insinuer que...

— La ferme ! le coupa-t-elle sèchement. Et accroche-toi à ton suspensoir... Tu es peut-être un brillant stratège, mais ta connaissance de l'âme humaine approche du zéro absolu.

— Tu n'as pas la plus petite idée de...

— Chaque fois qu'il m'en prendra l'envie...

Pour faire bonne mesure, elle répéta en martelant chaque syllabe d'un coup de son index contre sa poitrine :

— *Cha-que-fois-qu'il-m'en-pren-dra-l'en-vie !* Entends-tu ? J'irai parler à *mes* joueurs, dans *mon* vestiaire. Chaque fois que je sentirai qu'ils sont trop tendus, trop coincés pour faire ce pour quoi je leur offre des sommes astronomiques et indécentes, j'irai faire un strip-tease sous leur nez s'il le faut ! Je ferai tout ce que j'estime nécessaire pour que les Chicago Stars fassent ce qu'ils sont censés faire. Au cas où tu l'aurais oublié, ce n'est pas *perdre*, mais *gagner* des matchs. C'est exactement ce que je les ai aidés à faire ce soir. *Je* suis la propriétaire de cette équipe, monsieur le-coach-à-qui-personne-ne-résiste. C'est clair ?

Un long silence s'ensuivit. Phoebe avait les joues écarlates, le souffle court. Elle n'en revenait pas d'avoir pu lui tenir tête ainsi. Elle se raidit, dans l'attente de sa riposte, mais au lieu d'exploser, il se contenta de marmonner :

— OK...

Phoebe déglutit péniblement.

— C'est tout ce que tu as à dire ?

Un trou d'air les projeta l'un contre l'autre. Phoebe écarquilla les yeux en sentant à travers la toile de son jean le sexe dressé de Dan se presser contre son bassin.

L'air vaguement embarrassé, il dressa ses deux mains devant lui.

— Cela n'a rien d'intentionnel, s'excusa-t-il. Je sais que tu étais en train de me remettre à ma place, et j'ai entendu tout ce que tu viens de me dire. Mais tu ne cessais pas de gigoter contre moi en parlant, et puis il y a eu ce trou d'air, et... peu importe. C'est arrivé, c'est tout.

La colère de Phoebe flamba de plus belle.

— Je ne suis pas d'humeur à ça, maugréa-t-elle.

— Moi non plus. Mentalement, du moins. Parce que physiquement...

— Je ne veux pas le savoir !

Le trou d'air n'en finissait plus de les secouer, et leurs corps de se frotter. En s'efforçant tant bien que mal de limiter les contacts, Dan s'éclaircit la voix et demanda :

— Étais-tu – hum ! – réellement en train de me dire que nous avons – hum ! – battu les Giants grâce à toi ?

La douceur de sa voix et la langueur qui s'emparait d'elle au contact de leurs deux corps suffirent à priver Phoebe de toute velléité combative.

— Non, murmura-t-elle. Enfin, pas vraiment. Juste un tout petit peu, peut-être. Voilà : juste un peu.

— Je vois.

Dan baissa vivement la tête et prit appui des deux mains sur le comptoir du lavabo derrière elle. Il avait dans les cheveux une odeur fraîche et épicée de pin, souvenir de sa douche prise au stade après le match. Phoebe sentait ses pouces contre ses hanches. L'avion n'avait toujours pas retrouvé sa stabilité et le doux frottement de ses seins contre sa poitrine lui était un délicieux supplice.

— Tu es un électron libre, reprit-il doucement. Et je n'aime pas les surprises.

Dès qu'il se mettait à parler, sa mâchoire caressait les cheveux de Phoebe.

— Si mon coaching te posait problème, tu n'avais qu'à venir me le dire.

— C'est vrai, reconnut-elle d'une voix lointaine. Du moins, en théorie. Tu peux être très intimidant.

— Tu peux l'être aussi.

— C'est vrai ? s'étonna-t-elle avec un sourire réjoui.

— C'est vrai.

Le sourire se fana sur les lèvres de Phoebe quand elle vit de quelle façon il la regardait. Nerveusement, elle passa sa langue sur ses lèvres. À travers leurs vêtements, elle sentait tout son corps contre elle. Ce contact l'émerveillait et la terrifiait. Près de lui, elle se sentait si vivante qu'elle avait l'impression de n'avoir vécu qu'à moitié jusque-là. Enfin, les mains de Dan se posèrent sur ses hanches. Lentement, leurs têtes se rapprochèrent et leurs lèvres s'unirent. Alors, vaincue par l'heure tardive et la trop grande tension nerveuse due au match, Phoebe capitula sans condition.

Dan glissa ses larges mains sous ses fesses, et ses coudes heurtèrent la porte et la cloison quand il la souleva. Leurs corps s'imbriquèrent l'un dans l'autre. Le genou de Phoebe cogna contre la porte. Les bras passés autour de ses épaules, elle savoura la sensation de se sentir si étroitement enlacée.

Leur baiser devint plus passionné, plus sauvage, presque incontrôlable. Avec un grondement étouffé, Dan reposa Phoebe sur le rebord du lavabo. D'un grand geste, il arracha son sweater et se débattit fébrilement avec son soutien-gorge. Enfin, parvenu à ses fins, il rassembla les deux seins de Phoebe entre ses mains et se baissa pour les embrasser. Agrippée d'une main à sa ceinture, Phoebe passa l'autre sous sa chemise pour sentir sous ses doigts les muscles durcis de son torse.

La bouche de Dan plongea plus bas encore. Ses lèvres engloutirent un mamelon dressé. Sa main glissa le long du ventre de Phoebe, jusqu'à venir se refermer sur son pubis.

Tout en la massant longuement à travers la toile de son pantalon, il délaissa un instant son sein pour maugréer :

— Ne porte plus jamais ce genre de truc.

— Non… bredouilla-t-elle. Plus jamais.

— Seulement des jupes ou des robes que je pourrai soulever.

D'une main, il déboutonna son pantalon et baissa la fermeture Éclair.

— D'accord ! gémit-elle.

Phoebe dut s'y reprendre à deux fois pour déboucler le ceinturon de Dan. Quand ce fut fait, elle déboutonna rapidement sa chemise.

— Et pas de culotte non plus ! conclut-il.

La main de Dan, résolument, s'introduisit sous le mince tissu bleu du sous-vêtement. La bouche ouverte sur un cri de plaisir muet, Phoebe plaqua sa tête contre son torse velu, dont les poils doux et souples lui caressèrent le visage.

Impatiemment, elle tira la languette de sa braguette mais la fermeture Éclair se coinça à mi-parcours. Phoebe poussa un gémissement de frustration et glissa sa main sous la ceinture élastique de son slip. N'écoutant que son désir, elle empoigna son sexe dressé.

Dan se raidit et gémit longuement pendant qu'elle commençait à le caresser. Son initiative, après l'avoir tétanisé, parut le galvaniser. Avec bien des difficultés dans cet espace confiné et en se cognant abondamment aux parois, il parvint à la débarrasser de son pantalon et de sa culotte. Phoebe, elle, n'avait pas renoncé à ses caresses. Les deux mains posées à plat contre sa poitrine, elle le repoussa autant qu'elle le put et descendit du lavabo pour se plier en deux devant lui. Dans l'espace restreint des toilettes, il lui fallait se placer de biais dans une position inconfortable. Mais, sans se laisser le temps d'hésiter, Phoebe entrouvrit ses lèvres et les laissa se refermer autour du sexe de Dan.

C'était délicieux... Délicieusement doux et excitant de lui prodiguer une caresse aussi osée. Un frisson la secoua tout entière quand elle réalisa qu'un autre de ses pucelages venait de tomber, et que c'était à lui qu'elle l'avait offert.

Le front de Dan se couvrit de sueur lorsque la bouche de Phoebe se referma autour de lui et qu'il se sentit fondre sous cette douce caresse. Il était en train de faire une croix sur ses principes et sur ses résolutions mais, à cet instant, il n'en avait cure. La seule promesse qui l'engageait, c'était à lui-même qu'il l'avait faite. Il pourrait toujours s'arranger avec sa conscience plus tard.

En proie à une excitation croissante, Dan baissa les yeux et admira à travers un voile de cheveux blonds la nuque et les épaules de Phoebe. Elle n'était pas la première, loin de là, à prendre avec lui ce genre de privautés. Alors, d'où lui venait cette impression que cette fois-ci était complètement différente ? Ce n'était pas qu'une impression. *C'était* tout à fait différent. Il y avait une sorte d'inadéquation, quelque chose de déplacé dans cette douce et chaude succion qui le laissait perplexe autant qu'elle le rendait fou de désir.

Les bras tendus devant lui, il caressa les hanches de Phoebe. Puis, enflammé par la passion, il referma ses mains autour de ses joues pour la guider. Une petite voix murmurait en lui qu'elle ne s'y prenait pas exactement comme il fallait. La logique aurait voulu qu'en pro du sexe Phoebe soit rompue à ce genre d'exercice, mais la délicatesse – et presque la maladresse – de cette bouche défiait toute logique.

Il laissa ses doigts s'égarer dans les cheveux de Phoebe et se sentit submergé par un flot de tendresse. Sans même l'avoir décidé, il la saisit par les bras pour l'inciter à se relever. En dépit de son physique, de sa manière de s'habiller, de se conduire, de tout ce qu'il savait d'elle et du désir ravageur qu'elle avait fait naître en lui, il ne se sentait pas capable de conclure ainsi. Phoebe méritait mieux que de s'envoyer en l'air vite fait mal fait dans les toilettes d'un vol de nuit.

— Non, non... protesta-t-elle en secouant la tête.

Dans ses yeux d'ambre, Dan vit passer un doute et une détresse qui lui serrèrent le cœur.

Il la serra entre ses bras et embrassa ces lèvres rouges de leurs fougueux baisers. Contre lui, elle frissonnait en murmurant son nom. Alors, il comprit qu'elle était déjà trop bouleversée par la passion pour pouvoir entendre raison. Réprimant les demandes pressantes de son propre corps, Dan porta la main à l'entrejambe de Phoebe et la caressa. Les doigts crispés sur ses épaules, elle commença à haleter doucement.

— Phoebe, chérie... gémit-il. Tu me tues...

Avec un grondement sourd, Dan reprit possession de ses lèvres tout en poursuivant son habile caresse, étouffant sous sa bouche ses petits cris de plaisir. Frissonnante et abandonnée, il la sentait vulnérable et livrée tout entière. Sa poitrine se soulevait à un rythme de plus en plus accéléré, presque désespéré. Comprenant qu'il ne pouvait la laisser ainsi, Dan chercha sous ses doigts l'endroit où elle était le plus vulnérable. Quand il l'eut trouvé, il redoubla ses efforts. Et bientôt, il eut la satisfaction de la sentir se raidir et jouir longuement contre lui.

Pantelante, elle s'arracha à ses lèvres et protesta d'une voix chavirée :

— Non ! Pas comme ça... Pas sans toi !

Cette supplique impudique faillit avoir raison de la détermination de Dan. Il ne comprenait pas ce qui le retenait encore. Même l'image de Sharon ne suffisait pas à contenir le désir ravageur qui bouillonnait en lui. Phoebe n'était-elle pas cette blonde pulpeuse et délurée tout spécialement façonnée par Dieu pour ce genre de sport ? De toutes les femmes qu'il avait connues, elle était bien celle qui aurait dû lui donner le moins de scrupules. Pourtant, paradoxalement, elle était celle qui lui en laissait le plus.

Dan ferma brièvement les paupières et se força à accepter le fait qu'il lui faudrait en rester là. Phoebe étant trop égarée par la passion pour réfléchir sereinement, c'était à lui de le faire pour elle.

— Je n'ai pas ce qu'il faut sur moi, mentit-il.

Timidement, Phoebe remonta la main le long de la cuisse de Dan et effleura son sexe. La tête penchée sur le côté, elle le regardait avec inquiétude.

— Je pourrais peut-être... Te rendre le même service ?

Ses yeux, aussi innocents et écarquillés que ceux d'un faon surpris par les phares d'une voiture, décidèrent Dan à agir. Il ne pouvait laisser se poursuivre plus longuement ce moment d'égarement. Repoussant doucement la main de Phoebe, il se rajusta et reboucla son ceinturon.

— Ne t'en fais pas pour moi, assura-t-il. Ça va aller.

— Mais...

Dan se força à soutenir le regard surpris de ces grands yeux interrogateurs posés sur lui. Ses mains tremblaient encore un peu quand il ramassa le sweater de Phoebe pour le passer sur ses épaules et sur ses seins nus.

— Tout le monde doit être endormi à l'avant, reprit-il. Mais tu ferais peut-être mieux de sortir d'abord, dès que tu auras fini de te rhabiller.

Résignée à lui obéir, Phoebe lutta avec son pantalon pour le renfiler. Par la force des choses, elle l'effleurait à chaque mouvement, ce qui était un supplice supplémentaire pour lui. Quand elle eut terminé, redevenue maîtresse d'elle-même, elle se campa sur ses jambes devant lui.

— Comment fais-tu ça ? lui demanda-t-elle calmement.

— Quoi ?

— Passer en un clin d'œil de la passion la plus torride à la froideur la plus extrême.

Dan comprit qu'elle se sentait rejetée. Même s'il avait essayé de la ménager, il n'avait réussi qu'à la blesser.

— Quelle froideur ? répondit-il. Si je m'écoutais…

— Je ne te crois pas, l'interrompit-elle. Comment Tully t'appelle-t-il, déjà ? « Ice », c'est ça…

Dan ne voulait pas reprendre les hostilités. Pas après l'avoir vue si vulnérable, si désarmée. Et il n'y avait qu'un moyen de soigner la blessure d'amour-propre qu'il venait de lui infliger.

Le soupir exaspéré qu'il parvint à pousser fut des plus convaincants.

— Ça recommence ? demanda-t-il d'un ton ennuyé. Il n'y a finalement que quand nous nous embrassons que nous ne nous disputons pas… Je ne sais pas pourquoi je m'obstine à essayer d'être un chic type avec toi. Ça me retombe toujours dessus.

— C'est ce que tu faisais ? demanda-t-elle, les lèvres encore gonflées par leurs baisers. Tu essayais d'être un chic type avec moi ?

— Aussi chic que je peux l'être. Et crois-moi, ça ne me vient pas naturellement. D'ailleurs, tu m'es redevable pour ça.

— Je te suis *quoi* ?

Ses yeux d'ambre, plissés par la colère, ne paraissaient plus vulnérables désormais. Comme il s'y était attendu, ils crachaient à présent des flammes.

— Tu m'es redevable, Phoebe… insista-t-il gentiment. En agissant ainsi, je n'ai fait que te témoigner le respect qui t'est dû.

— Le respect… Je ne pense pas avoir jamais entendu appeler cela comme ça !

Son ironie mordante cachait mal sa détresse. Dan décida d'aller plus loin encore.

— C'est exactement comme cela que je l'appelle. Et puisque je ne peux réclamer mon dû maintenant, je compte bien le faire quand je l'aurai décidé.

— Ah, oui ? Comment comptes-tu t'y prendre ?

— Je vais te le dire... Un jour – n'importe quel jour qu'il me plaira de choisir –, à l'heure qui me plaira, à l'endroit que j'aurai choisi, je te regarderai et je n'aurai qu'un mot à dire.

— Un mot ?

— Je dirai simplement : « Maintenant. » Juste ce mot-là. *Maintenant.* Quand tu l'entendras, tu cesseras sur-le-champ tes activités, et tu me suivras docilement où j'aurai décidé de t'emmener. Et quand nous y serons, ce corps qui est le tien deviendra mon propre terrain de jeu privé. Comprends-tu bien ce que je suis en train de te dire ?

Dan s'était attendu à la voir exploser de fureur, mais il aurait dû se douter qu'elle ne se laisserait pas avoir aussi facilement. Phoebe était à peu près aussi douée que lui pour jouer à ces petits jeux-là.

— Je pense avoir compris, répondit-elle songeusement. Laisse-moi vérifier... Tu es en train de me dire que, parce que tu n'as pas pris ton pied, j'ai une dette envers toi que tu comptes me réclamer un jour. Quand tu me regarderas et que tu me diras « maintenant », je suis supposée tout abandonner et devenir ton esclave sexuelle. C'est bien ça ?

Dan commençait à se prendre au jeu.

— C'est tout à fait ça.

— Quoi que je puisse être en train de faire ?

— Quoi que tu puisses être en train de faire.

— Quel que soit l'endroit où tu auras décidé de me faire payer ma dette.

— Un placard à balai, s'il m'en prend l'envie. C'est moi qui décide.

Dan avait conscience de jouer avec le feu et s'attendait à tout moment à un retour de flammes.

— Et si je suis au travail ? s'enquit-elle avec un calme remarquable.

— Il y a de grandes chances que tu y sois.

— En réunion ?

— Tu soulèveras tranquillement cette jolie paire de fesses qui te sert de séant et tu me suivras.

— Même si j'ai le commissaire de la NFL face à moi ?

— Tu lui diras : « Je suis désolée, monsieur le commissaire, mais je suis victime d'une grippe intestinale foudroyante et je vous prie de bien vouloir m'excuser. Coach Calebow, ça ne vous dérangerait pas de m'accompagner, au cas où je tournerais de l'œil ? »

— Je vois.

L'air pensif, elle réfléchit un instant avant d'ajouter :

— Et si je suis en interview, avec… disons, Frank Gifford ?

— Frank est un chic type. Il comprendra.

L'explosion attendue n'allait pas tarder à arriver. Il le sentait.

— Résumons-nous, reprit-elle. Je veux être sûre d'avoir bien saisi. Tu n'auras qu'à dire « maintenant », et je me transformerai aussitôt en… Comment as-tu dit ça, déjà ? Ah, oui ! En terrain de jeu privé.

— C'est exactement ce que j'ai dit.

Phoebe prit une longue inspiration avant de conclure dans un grand sourire :

— Cool !

Ébahi, il la regarda déverrouiller la porte et sortir. Quand elle se fut refermée derrière elle, Dan rejeta la tête en arrière et éclata de rire. Elle l'avait fait ! Cette diablesse de femme avait réussi à avoir le dessus…

18

Molly rentrait à peine du lycée quand le téléphone se mit à sonner. En posant son sac sur la console de l'entrée, elle entendit Peg s'activer dans la buanderie et comprit qu'il lui fallait décrocher.

— Allô !

— Comment va, mademoiselle Molly ? Dan Calebow à l'appareil.

— Hello, coach Calebow ! répondit-elle en souriant.

— Dis-moi... enchaîna-t-il. J'ai un petit problème, et je pense que tu peux m'aider à le résoudre.

— Si je le peux, ce sera avec plaisir.

— C'est exactement ça que j'aime chez toi, mademoiselle Molly ! Par nature, tu es quelqu'un de très serviable, contrairement à une certaine jeune femme dont la principale ambition semble de mener la vie dure aux hommes.

Molly comprit sans difficulté qu'il parlait de Phoebe.

— Je pensais vous rendre visite ce soir, reprit-il. Pour passer un moment avec vous, autour d'une des meilleures pizzas de tout Chicago. Mais tu connais Phoebe. Elle va refuser de me laisser entrer si j'arrive sans prévenir. Et même si elle accepte, tu as vu comme elle adore me chercher des noises. J'ai donc pensé que ce serait plus facile pour tout le monde si tu m'invitais. Ainsi, ta sœur serait obligée de se montrer polie avec moi.

— Eh bien, je ne sais pas… répondit Molly en hésitant. Phoebe et moi…

— Est-ce qu'elle te frappe toujours ? l'interrompit-il. Parce que si elle te frappe, je me charge personnellement de lui dire ma façon de penser !

Molly se mordit la lèvre inférieure et murmura :

— Vous saviez que je ne vous disais pas la vérité, n'est-ce pas ? Phoebe ne ferait pas de mal à une mouche.

Le coach marmonna quelque chose qu'elle ne comprit pas bien mais qui ressemblait à : « Compte là-dessus ! »

— Pardon ?

— Non, rien. Tu disais, à propos de Phoebe et toi ?

Molly n'était pas très chaude pour s'étendre sur ses relations avec Phoebe. Elle-même ne savait pas trop où elle en était. Parfois, elle avait l'impression que sa sœur se conduisait comme si elle l'aimait vraiment. Mais comment une telle chose était-elle possible, alors qu'elle ne faisait rien elle-même pour se faire aimer ? Ces temps-ci, elle se surprenait de plus en plus souvent à se laisser amadouer. Puis, elle se rappelait bien vite que leur père n'avait jamais aimé que Phoebe, et toute disposition favorable envers elle s'évaporait. Coach Calebow, c'était une tout autre histoire. Elle l'appréciait parce qu'il était gentil et drôle, et parce qu'il avait fait en sorte que les autres lycéens la remarquent et s'intéressent à elle. À présent, il ne s'écoulait pas un jour sans que Jeff lui adresse la parole.

— Je serais contente que vous passiez ce soir, confia-t-elle. Mais je ne voudrais pas être une gêne.

— Une gêne ? se récria-t-il. Comment une jeune fille aussi intéressante que toi pourrait-elle être une gêne ?

— Eh bien, si vous êtes sûr…

— Tout à fait sûr ! Quand Phoebe rentrera, dis-lui que tu m'as invité. Comme ça, elle ne pourra pas dire non. À ce soir, mademoiselle Molly !

— À ce soir.

Satisfait de lui-même, Dan raccrocha le téléphone de Phoebe. Assis sur le coin de son bureau, il lui adressa un sourire triomphant.

— J'amène une pizza chez toi ce soir, expliqua-t-il. Ta sœur m'a invité.

Phoebe parvint à ne pas trahir son amusement.

— Il ne t'arrive jamais de faire les choses simplement ? demanda-t-elle. Quand tu as pénétré dans mon bureau, il y a trois minutes, il ne t'est pas venu à l'esprit de me demander simplement si tu pouvais passer, au lieu d'appeler Molly ?

— Pour te dire la vérité, non.

— Et si, moi, je n'ai pas envie de te voir ?

— Impossible ! Tout le monde sait qu'aucune femme ne peut me résister.

— Dans tes rêves, Casanova !

— Qu'est-ce qui te rend de si mauvais poil aujourd'hui ?

— Tu sais à quelle heure l'avion a atterri. Je devais être au siège à 8 heures, pour un rendez-vous. Si bien que je n'ai pas dormi beaucoup.

— Le sommeil est une valeur grandement surestimée.

— Pour toi, peut-être. Mais nous autres simples mortels n'avons pas été conçus comme des androïdes programmés pour rester tout le temps éveillés.

Dan laissa fuser un rire satisfait. Phoebe ouvrit d'un geste sec un tiroir de son bureau et en tira un tube d'aspirine. Elle avait encore du mal à croire qu'elle n'avait pas rêvé ce qui s'était passé lors du vol de retour. Quand il lui avait agité pour finir son ridicule ultimatum sous le nez, elle n'avait pu résister au besoin de croiser le fer. Pourtant, elle aurait dû savoir à présent qu'il valait mieux ne pas entrer dans ses petits jeux et espérer triompher de lui. Néanmoins, elle ne pouvait se défaire de l'espoir illusoire que désormais tout irait mieux entre eux.

Il ne saurait jamais quel don précieux il lui avait fait. Phoebe n'était plus effrayée par l'intimité sexuelle, du moins avec lui. D'une manière ou d'une autre, ce malabar de l'Alabama, séduisant, insupportable et trop sûr de lui, était parvenu à lui rendre sa féminité. Tout aurait été parfait sans cette crainte qu'il ne finisse également par lui réduire le cœur en miettes.

Dan quitta son perchoir pour aller s'installer sur un des sièges réservés aux visiteurs.

— Il faut qu'on parle, dit-il d'un air déterminé. Si tu te rappelles bien, nous avons été… distraits avant d'avoir pu conclure notre discussion, la nuit dernière.

Phoebe bataillait avec le bouchon du tube d'aspirine.

— Bon sang ! marmonna-t-elle. Je n'arrive jamais à ouvrir ces trucs. Je déteste les bouchons de sécurité !

— Ne compte pas sur moi. Soulever de la fonte sur le banc de musculation, tant que tu veux, mais je n'ai jamais pu venir à bout d'un de ces machins-là.

Après s'être acharnée quelques instants encore, Phoebe renonça. Dan avait raison. Ils avaient besoin de parler. Mettant de côté l'aspirine, elle croisa les mains devant elle sur son bureau et demanda :

— À toi l'honneur.

— D'accord !

Dan étendit confortablement les jambes devant lui et croisa les chevilles avant d'ajouter :

— C'est assez simple, en fait. Je suis le coach principal, et toi la propriétaire de l'équipe. Je te serais reconnaissant de ne pas me dire comment je dois faire mon travail, tout comme je ne te dis pas comment faire le tien.

Avant de lui répondre, Phoebe le dévisagea un instant.

— Au cas où cela te serait sorti de l'esprit, tu te charges de me dire comment je dois faire mon job depuis le jour où tu t'es introduit dans mon appartement au mois d'août.

La remarque parut le blesser.

— Je pensais que nous devions avoir une discussion, dit-il. Pas une dispute. Juste pour une fois,

Phoebe, fais un effort pour maîtriser ton sale caractère.

Machinalement, la main de Phoebe se tendit vers le tube d'aspirine avant de se rétracter. Ce fut d'une voix excessivement calme et douce qu'elle répondit :

— Allez-y, coach Calebow. Je vous écoute…

Ce trait d'humour ne suffit pas à le dérider.

— Je veux que tu t'abstiennes dorénavant d'interférer avec les affaires de l'équipe avant un match.

— Que considères-tu comme une « interférence » ?

— Eh bien… Je pense que cela va sans dire. Débouler dans le vestiaire à quelques minutes du coup d'envoi figure en tête de liste. Si tu veux faire passer un message aux joueurs, confie-le-moi et je me chargerai de le transmettre. J'apprécierais également beaucoup que tu restes à l'avant de l'appareil quand nous voyageons. Nous pourrions établir une exception à la règle quand nous rentrons chez nous après une victoire. Dans ce cas, aller serrer la main de quelques joueurs pour les féliciter pourrait être de bon ton, sans pour autant fraterniser avec eux.

Phoebe prit le temps de chausser ses lunettes à monture léopard.

— Parlons clair ! dit-elle en le fixant droit dans les yeux. J'ai la fâcheuse impression que tu considères comme une manifestation d'hystérie féminine mon intervention de la nuit dernière quand je t'ai signifié – avec force, si mes souvenirs sont bons – que les Stars ne sont pas ton équipe mais la mienne.

— Ah, non ! protesta-t-il. Tu ne vas pas recommencer avec ça…

— Dan… poursuivit-elle sans s'énerver. J'ai pas mal potassé mes dossiers, et je sais qu'il ne manque pas de gens autorisés dans la NFL pour penser qu'un grand avenir de coach s'ouvre à toi. Je sais à quel point les Stars ont de la chance de t'avoir.

Phoebe s'était exprimée avec une évidente sincérité, mais Dan continuait de l'observer avec prudence.

— Continue… grogna-t-il.

— Les Stars ont entamé cette saison avec un potentiel de sympathie et de grandes espérances placées en eux, que ce soit de la part de leurs supporters ou de celle de la presse. Mais, quand vous avez commencé à perdre les test-matchs, l'ambiance est vite retombée et le climat s'est rafraîchi. Certes, je le concède, la mort de mon père et les histoires qui ont couru à mon sujet n'ont pas arrangé les choses. Cela ne suffit pourtant pas à tout expliquer. Sous ta férule, toute l'équipe s'est cabrée. Il me semble que tu as oublié une des leçons essentielles que tu as dû apprendre au cours de ta carrière de joueur : un footballeur doit éprouver du plaisir à jouer.

— Je ne joue plus, désormais ! Je suis le coach. Et crois-moi, si je laissais mes joueurs devenir une bande de trublions de la trempe de celui que j'étais au début de ma carrière, nous aurions vite fait de perdre le championnat !

À en juger d'après les histoires qui couraient sur son compte, Phoebe ne doutait pas qu'il disait vrai.

— Tu maintiens une parfaite discipline dans l'équipe, reconnut-elle. Et je commence à comprendre à quel point cela peut être important. Mais tu dois apprendre à discerner à quel moment tu dois te montrer implacable et à quel autre tu peux relâcher la pression.

— Ne recommence pas avec ça !

— Très bien ! Alors, dis-moi pourquoi les Stars étaient incapables de faire la différence sur le terrain jusqu'à hier.

— C'est cyclique. Ce sont des choses qui arrivent.

— Dan… Les hommes étaient trop tendus. Voilà des semaines que tu leur mènes la vie dure, à les houspiller pour un rien. Le staff lui-même était terrorisé, de la plus petite secrétaire jusqu'à Tully Archer. Tu es allé trop loin, et cela affectait les performances de tout le monde.

Phoebe aurait approché une allumette de la mèche d'un bâton de dynamite qu'elle n'aurait pas obtenu de résultat plus explosif. Dan jaillit de sa chaise.

— Putain ! Je n'en crois pas mes oreilles ! Tu *oses* me dire en face comment coacher une équipe ? Alors que tu n'y connais que dalle au foot !

Phoebe entendait les salves d'obscénités exploser au-dessus de sa tête comme des shrapnels. Elle en était secouée, mais en même temps elle avait l'impression qu'il lui faisait passer une sorte de test. Ce déluge d'outrances verbales, lui semblait-il, n'était qu'une mise en scène destinée à déterminer dans quel bois elle était taillée. En s'adossant négligemment à son siège, elle fit mine de se mettre à inspecter ses ongles laqués.

L'effet fut immédiat. Les veines saillirent au cou de Dan quand il se mit à hurler :

— Regarde-toi ! Tu n'es même pas foutue de faire la différence entre un ballon de football et une foutue balle de base-ball ! Et tu prétends m'apprendre comment coacher mon équipe ? Tu te prends pour une espèce d'autorité en matière de psychologie masculine ? Tu penses avoir le droit de me dire que mes hommes ont les nerfs en pelote ? Alors que tu n'y connais rien ?

Il lui fallut marquer une pause pour reprendre son souffle. Phoebe en profita.

— Tu peux vider la benne à ordures qui te sert de bouche tant que tu voudras, dit-elle doucement. Cela ne change rien au fait que je suis le *boss*. À présent, pourquoi n'irais-tu pas faire un tour sous la douche pour te rafraîchir les idées ?

L'espace d'un instant, Phoebe craignit qu'il ne lui saute dessus pour lui régler son compte. Au lieu de cela, il se contenta de la foudroyer du regard et de prendre la porte.

Une demi-heure plus tard, Ron trouva Dan occupé à faire quelques paniers sur le terrain de basket situé à l'arrière du bâtiment, près du vestiaire des joueurs. Des taches sombres de transpiration maculaient les aisselles et l'avant de son polo. Concentré et le souffle court, il dribblait sur l'aire de jeu en béton.

Arrivé sous le panier, il se dressa d'une brusque détente et glissa le ballon dans l'anneau presque sans effort.

— Tully m'a dit que je te trouverai là, dit Ron. J'ai besoin d'informations sur Zeke Claxton.

L'anneau métallique vibrait encore. Dan ramassa le ballon, se tourna vers lui et cria :

— Phoebe n'est pas satisfaite de mon coaching !

Il avait lancé ces paroles d'une voix rageuse et, tout de suite après, ce fut le ballon qu'il envoya contre la poitrine de Ron, avec une telle force que celui-ci partit en arrière.

— Viens ! ordonna-t-il. Montre-moi ce que tu sais faire.

Ron examina le ballon comme s'il s'agissait d'une grenade dégoupillée. Il avait déjà vu Dan à l'œuvre quand il voulait se passer les nerfs sur quelqu'un en lui lançant un défi au basket, et il ne tenait pas à en faire les frais. Une expression de profond regret sur le visage, il désigna son costume bleu marine tout neuf et dit :

— Désolé, Dan, mais j'ai un rendez-vous et je ne suis pas habillé pour…

— Viens ici, nom de Dieu !

Ron n'eut d'autre choix, la mort dans l'âme, que de s'exécuter.

Dan le laissa tirer, mais Ron était si nerveux que le ballon rebondit sur le panneau, bien au-dessus de l'anneau. Dan prit la balle au rebond et commença à dribbler furieusement vers le centre du terrain. Aussi discrètement que possible, Ron s'éloigna à reculons, espérant s'éclipser.

— Contre-moi, bordel de merde !

— En fait… euh… je n'ai jamais été très bon au basket.

— *Contre-moi !*

Ron fit de son mieux, mais Dan avait une tête et une vingtaine de kilos de plus que lui. Sans compter qu'il était aussi un athlète professionnel et non un empoté de naissance comme lui.

— Rapproche-toi ! le houspillait-il. Utilise tes coudes, bordel ! Fais ce qu'il faut pour choper ce foutu ballon !

— Dan… protesta mollement Ron. Les coups de coude sont interdits au basket. Et je…

Un croc-en-jambe tout à fait intentionnel l'empêcha de finir sa phrase. En s'affalant, Ron entendit le genou de son pantalon flambant neuf se déchirer et sentit les paumes de ses mains s'érafler sur le sol en béton.

— Hé ! protesta-t-il. Tu l'as fait exprès !

— Et alors ? répliqua Dan avec un sourire mauvais. Tu comptes me le faire payer comment, *mon minet* ?

Furieux, Ron bondit sur ses pieds et se débarrassa de sa veste, qu'il envoya valser au bord du terrain.

— Espèce de fils de pute ! s'emporta-t-il. Je vais te faire bouffer cette balle !

— Ah, oui ? Et tu comptes t'y prendre comment ?

Ron se jeta sur lui mais Dan, au bout de son bras, maintenait le ballon hors de sa portée pour le narguer. En désespoir de cause, Ron enfonça son coude dans l'estomac de Dan et lança son poing dans le ballon, qui s'en alla valser à l'autre bout du terrain. Il s'élança pour le récupérer mais son adversaire fut plus rapide. En dribblant avec habileté, le coach décrivait des cercles autour de lui. Sans se laisser le temps d'hésiter, Ron lui assena un coup de poing dans les côtes et un coup de pied au revers de son mauvais genou. Avant que Dan ait pu se remettre debout, Ron fonçait déjà vers le panier. Son tir fut parfait et le galvanisa autant que le commentaire de Dan.

— Là, je crois que tu commences à saisir le truc.

Il s'ensuivit un combat d'homme à homme, viril et sans concession. Et quand il prit fin, Ron, à bout de souffle, examina les dégâts. Son costume neuf était bon à jeter, ses mains allaient mettre des jours à cicatriser, mais il n'avait perdu que de trois paniers. En somme, il venait de vivre l'un des moments les plus glorieux et les plus exaltants de sa vie.

Un soleil d'automne émergea de derrière un nuage quand ils s'effondrèrent tous deux sur la pelouse, au bord du terrain. Ron posa les coudes sur ses genoux, inspira à fond pour reprendre son souffle et observa avec une profonde satisfaction l'œil enflé et en train de virer au pourpre de son adversaire.

— Je crois que tu vas avoir un bel œil au beurre noir.

Ron s'était efforcé de le faire remarquer sans en tirer aucune gloire, mais il ne regrettait pas de ne pas y être parvenu.

Dan se mit à rire et essuya d'un revers de manche son front en sueur.

— Quand tu décides d'arrêter de jouer comme une gonzesse, dit-il, tu ne fais pas les choses à moitié. Il faudra qu'on remette ça !

Le triomphe était total et inespéré. Ron eut envie de lever ses deux poings en l'air, comme Rocky Balboa. À la place, il se contenta d'un grognement.

Dan étendit ses jambes, les croisa et prit appui sur ses deux bras tendus.

— Dis-moi, Ron... commença-t-il. Tu penses toi aussi que j'ai mené un peu trop rudement l'équipe ?

Ron ôta sa cravate déchirée avant de répondre :

— Physiquement, non.

— Ce n'est pas ce que je te demande.

— Si tu cherches à savoir si j'approuve ou non l'attitude de Phoebe dans le vestiaire, la réponse est non. Elle aurait dû plutôt te faire part de ses inquiétudes.

— Elle affirme que je ne supporte pas la critique.

Il avait dit ça d'un air tellement outragé que Ron ne put retenir un rire amusé.

— Je ne vois pas ce qu'il y a de drôle ! s'offusqua Dan.

— Tu es *incapable* de supporter la critique, répondit-il. Le fait est que tu en méritais pourtant quelques-unes. Phoebe a raison sur un point. Tu n'as pas laissé assez de répit aux hommes, et cela a rejailli sur leur mental.

Ron s'étonna de ce qui venait de sortir si naturellement de ses lèvres. S'il n'avait pas été encore dans l'euphorie du match, sans doute y aurait-il réfléchi à deux fois. À sa grande surprise, au lieu d'exploser comme un pétard de feu d'artifice, Dan parut chagriné. Et ce fut sans acrimonie particulière qu'il fit remarquer :

— Il me semble qu'en tant que directeur général du club, tu aurais dû trouver le cran de venir me le dire toi-même, au lieu d'envoyer une femme faire le sale boulot.

— C'est exactement ce que me disait Phoebe ce matin. En termes moins choisis...

— Elle t'a remonté les bretelles aussi ?

— Je crois que nous ne sommes ni l'un ni l'autre dans ses petits papiers pour le moment.

Les deux hommes contemplèrent un instant en silence le terrain de basket vide. Dan fit crisser les feuilles mortes sous ses mains avant d'ajouter dans un murmure :

— On a fait un putain de bon match, hier soir ! C'est bon de gagner de nouveau.

— Et comment !

— Cette femme est incroyable. Son petit speech du vestiaire restera dans les annales.

— Moi, je ne l'oublierai jamais.

— N'empêche qu'elle ne connaît rien au foot.

— Dans le troisième quart-temps, elle a applaudi une décision de l'arbitre favorable aux Giants !

Dan lâcha un petit rire, puis un soupir de contentement.

— L'un dans l'autre, conclut-il enfin, on peut dire que Phoebe s'en sort bien mieux que ce que nous aurions pu craindre.

— Dan !

Phoebe n'en crut pas ses yeux quand elle découvrit le coach des Stars sur le pas de sa porte, portant une boîte à pizza. Après leur dispute de l'après-midi, elle avait été convaincue qu'il ne se montrerait pas.

Il était près de 22 heures et elle n'était quasiment pas maquillée. En jean fané et ample sweat-shirt pourpre, elle portait sa tenue d'intérieur la plus confortable.

— Je ne m'attendais pas à ce que tu viennes, dit-elle en s'effaçant sur le seuil pour le laisser entrer.

— Je ne vois pas pourquoi. J'avais dit que je viendrais.

— C'était avant notre altercation.

— Notre altercation ? répéta-t-il, ébahi. Ce n'était rien d'autre qu'une discussion de travail un peu vive. Tu as le chic pour te faire une montagne de trois fois rien…

Il referma la porte derrière lui, et l'arrivée intempestive de Pooh empêcha Phoebe de lui répondre. Quand elle découvrit qui venait leur rendre visite, la chienne mêla à ses aboiements des gémissements de bonheur. Elle tournait si vite autour des jambes de Dan qu'elle dérapait sur le carrelage.

— Elle ne va pas baptiser mes chaussures ? s'inquiéta-t-il en la considérant d'un œil méfiant.

— Pas si tu lui fais un bisou en l'appelant « ma puce ».

En riant, Dan se pencha et déposa sur le crâne de Pooh une caresse qui était davantage une vigoureuse friction. Pooh se mit immédiatement sur le dos, les quatre fers en l'air, pour lui présenter son ventre.

— Ne pousse pas le bouchon trop loin, le chien…

Le caniche accueillit la rebuffade avec philosophie et les suivit, à travers le living-room, jusqu'à la cuisine. Chemin faisant, en dévisageant Dan, Phoebe s'étonna :

— Qu'est-il arrivé à ton œil ?

— Quel œil ? Oh, ça ! Accident de basket. Ton directeur général adore ne pas jouer à la régulière.

Phoebe se figea sur place et écarquilla les yeux.

— C'est Ron qui t'a fait ça !

— Ce petit n'a l'air de rien, mais c'est une véritable teigne. Quand il se fout en rogne, je te conseille de te tenir à l'écart de lui…

Phoebe ne pouvait croire que Ron puisse être responsable de cet œil au beurre noir. Mais à la mine espiègle de Dan, elle comprit qu'elle n'obtiendrait rien de plus de lui.

Le visage de Molly s'éclaira lorsqu'ils pénétrèrent dans la cuisine. Elle se leva de la table sur laquelle elle venait de ranger ses affaires de classe.

— Dan ! s'exclama-t-elle en venant l'embrasser. Phoebe disait que tu ne viendrais pas.

— Eh bien… Il arrive à Phoebe de se tromper, pas vrai ? Désolé d'arriver si tard, mais les lendemains de match sont des jours chargés pour les coaches.

Phoebe savait que Dan et son équipe travaillaient jusque vers minuit, ces jours-là. Elle subodorait qu'il retournerait au siège des Stars dès qu'il les aurait quittées. Elle lui était d'autant plus reconnaissante d'avoir honoré la promesse faite à Molly.

Alors qu'elle disposait sets et assiettes sur la table, Dan ajouta :

— J'espère que vous avez encore une petite faim, même si vous avez déjà dîné.

— Suffisamment pour une part de pizza, assura Molly.

— Et moi, donc ! renchérit Phoebe.

Elle avait déjà pulvérisé son quota de calories pour la journée avec un éclair au chocolat. Alors, un peu plus, un peu moins…

Quand ils eurent chacun une épaisse tranche de pizza fumante et couverte de fromage fondu devant eux, Dan lança la conversation en demandant à Molly des nouvelles de ses études. Sans avoir besoin d'autre encouragement, elle lui parla de sa nouvelle amie, Lizzie, de ses cours, de ses professeurs, lui offrant spontanément les informations que Phoebe avait désespérément tenté de lui arracher.

Quand elle eut terminé, Molly se servit une deuxième tranche de pizza et ajouta avec animation :

— Et vous savez quoi ? Mme Genovese, notre voisine d'à côté, m'a embauchée pour m'occuper de ses jumeaux pendant quelques heures après l'école, le mardi et le vendredi ! Ils ont 3 ans et demi et ils sont si mignons… Mais elle dit qu'elle a besoin de faire un break, parfois, parce qu'ils l'épuisent. Elle me paie 3 dollars l'heure !

Interloquée, Phoebe reposa sa fourchette.

— Mais… protesta-t-elle. Tu ne m'en as rien dit !

Le visage de Molly se renfrogna.

— Peg a dit que je pouvais, maugréa-t-elle. Je suppose que toi tu vas dire que je ne peux pas ?

— Pas du tout. Je pense que c'est une bonne expérience pour toi. J'aurais simplement aimé être mise au courant.

Dan avait observé l'échange entre elles sans faire de commentaire.

Une demi-heure plus tard, Phoebe le remercia de sa visite en le raccompagnant à la porte. Comme elle s'en était doutée, il retournait au siège des Stars pour une session de travail nocturne destinée à mettre au point en détail le plan d'entraînement de la semaine. Les Bears, l'autre équipe de Chicago, seraient leurs prochains adversaires.

La main sur la poignée, Dan hésita un instant avant de se tourner vers elle.

— Phoebe… dit-il d'une voix posée. À propos de notre discussion de cet après-midi… Je ne suis pas prêt à admettre que tu avais raison, et je n'aime vraiment pas la façon dont tu t'y es prise. Mais je te promets de garder l'esprit ouvert et de réfléchir à ce que tu m'as dit.

— Très bien !

— En retour, je veux que tu me promettes de venir tout de suite me le dire quand mon coaching te pose problème.

— Dois-je me faire accompagner d'un garde du corps, ou un pistolet chargé suffira-t-il ?

Avec un profond soupir, il lâcha la poignée et répliqua :

— Tu commences vraiment à m'agacer… Je ne sais pas où tu as été pêcher cette idée, alors que je suis l'homme le plus paisible et le plus tolérant qui soit.

— Heureuse de te l'entendre dire, parce qu'il y a autre chose dont je voulais te parler. Je voudrais que tu enlèves Jim Biederot de la feuille de match du week-end prochain. Il me semble que sa doublure a aussi le droit de jouer un peu, de temps en temps.

Le résultat ne se fit pas attendre.

— *Quoi ?* s'emporta-t-il. De toutes les idées les plus idiotes et les plus…

En la voyant un large sourire aux lèvres, Dan se tut.

— Test concluant… dit-elle simplement.

Il lui rendit la monnaie de sa pièce en la gratifiant d'un regard de braise qui la fit frissonner des pieds à la tête.

— Méfie-toi… murmura-t-il d'une voix tentatrice et menaçante. À trop flirter avec le danger, les petites filles intrépides peuvent s'attirer parfois de réels ennuis.

Sur ce, il effleura ses lèvres du bout des siennes, ouvrit la porte et sortit.

En s'installant au volant de sa Ferrari, Dan regretta le baiser autant que les paroles suggestives qui lui avaient échappé. Une fois encore, il se promit de ne plus se laisser prendre. Il avait fini par se décider sur la manière de gérer sa relation avec Phoebe, et le flirt n'y avait pas sa place.

Il avait passé la dernière partie du vol de retour, la nuit précédente, à tenter d'imaginer comment il pourrait mettre Phoebe dans son lit tout en faisant la cour à Sharon Anderson. Le désir que lui inspirait Phoebe était si grand qu'il avait testé toutes sortes d'arguments pour se convaincre qu'ils pourraient vivre une brève histoire sans lendemain. Mais quand l'avion avait amorcé sa descente et qu'il leur avait fallu boucler leurs ceintures, il avait compris qu'il s'illusionnait et qu'il ne pouvait faire ça. Son avenir avec Sharon était trop important pour qu'il prenne le risque de le mettre en danger.

Au cours d'un dîner rapide en sa compagnie, la semaine précédente, Dan avait achevé de se convaincre que Sharon était bien la femme qu'il voulait épouser. D'abord un peu intimidée, elle s'était détendue au cours du repas. Et quand il l'avait raccompagnée chez elle, il l'avait quittée sur un chaste baiser. Sans qu'il sache trop pourquoi, il avait fini par se mettre dans la tête cette notion vieux jeu qu'ils ne devaient pas faire l'amour avant leur nuit de noces.

Quant à Phoebe... Il lui arrivait de ne plus penser qu'à elle. Heureusement, le désir n'était pas une nouveauté pour lui. Il se disait qu'avec le temps, il finirait par s'estomper. Il savait que la meilleure chose à faire était sans doute que leur relation garde un caractère strictement professionnel. Pourtant, cette perspective suffisait à le déprimer. Il ne parvenait pas à comprendre comment cela s'était fait, mais il lui fallait admettre qu'il en était arrivé à apprécier Phoebe. Si elle avait été un homme, elle aurait sans doute fini par intégrer le cercle restreint de ses amis proches. Pourquoi aurait-il dû se priver de sa compagnie, alors qu'elle regagnerait probablement Manhattan en début d'année et qu'il ne la reverrait plus ?

Tout ce qu'il avait à faire, c'était de la traiter en amie. Il n'y aurait plus d'exception à la règle, comme le petit baiser qui lui avait échappé ce soir ; plus de défis coquins dans les toilettes. Il sentait bien que Phoebe n'aurait pas été contre le fait de céder à l'attirance physique qui les poussait dans les bras l'un de l'autre. Mais par expérience, il était sûr qu'une femme comme elle pouvait se montrer raisonnable. Une fois qu'il lui aurait clairement signifié le changement des règles du jeu entre eux, elle s'y ferait. Elle savait quand s'accrocher et quand renoncer. Personne n'avait à lui expliquer ce genre de chose.

En tournant la clé de contact, Dan ne put réprimer un sourire en songeant que Phoebe était vraiment un sacré personnage... En quelques semaines, elle était parvenue à gagner son respect. Il ne s'était pas attendu à la voir se consacrer aussi sérieusement à ses nouvelles responsabilités, et son application à bien faire était d'autant plus admirable qu'elle n'évoluait pas dans son milieu habituel. Il aimait aussi sa façon de lui tenir tête. Pourtant, contrairement à Valerie qui ne ratait jamais une occasion de jouer les garces, Phoebe restait ferme sur ses positions sans pour autant s'en glorifier et se montrer odieuse avec lui.

Le plus dur, conclut-il, allait être de garder ses mains loin d'elle pour le temps qu'ils auraient encore à passer ensemble. Ce soir, chez elle, même dans ces vêtements informes, elle avait réussi à l'exciter. En manœuvrant pour sortir de son allée et rejoindre la rue principale, Dan songea que tout ceci le renforçait dans sa décision d'épouser Sharon. Il savait par expérience personnelle – et il l'avait chèrement payé – qu'un mariage solide ne se bâtit pas sur le sexe. Une union durable ne pouvait se concevoir que sur des valeurs solides : celles que Sharon et lui avaient en commun.

Ainsi avait-il fini par prendre sa décision au moment où les roues de l'avion, la nuit précédente, avaient touché la piste. Lorsque Phoebe quitterait la ville à la fin de l'année, il présenterait à Sharon sa demande en mariage. Mais, pour l'instant, il était décidé à profiter de la compagnie des deux femmes. Aussi longtemps qu'il parviendrait à se tenir tranquille, cela ne lui poserait pas de problème de conscience. Et le fait que la perspective de ne plus faire l'amour avec Phoebe le déprimait au plus haut point plaidait encore plus en faveur d'une relation platonique. Rien ne le pousserait à répéter les erreurs de son premier mariage.

Quelque chose, soudain, attira l'attention de Dan. Il ne fut pas long à découvrir de quoi il s'agissait. Un van gris, à l'aile droite froissée, qu'il avait déjà maintes fois repéré, se trouvait en stationnement dans une petite rue adjacente, à trois pâtés de maisons de la résidence de Phoebe. Étouffant un juron, Dan vérifia dans son rétroviseur et stoppa pour enclencher la marche arrière. Les pneus crissèrent sur l'asphalte lorsqu'il recula jusqu'au débouché de la petite rue. Le moteur puissant du véhicule réagit au quart de tour quand il s'y engagea pour rejoindre le van. Celui-ci manœuvrait pour quitter précipitamment sa place de parking. Dan l'en empêcha en donnant un coup de volant afin de le coincer entre la Ferrari et la voiture garée derrière lui.

En une seconde, il jaillit du petit bolide et ouvrit la portière du van à la volée. Agrippant le conducteur par le col, il l'extirpa sans ménagement de l'habitacle et s'écria :

— Pourquoi me suis-tu, espèce de taré ?

L'homme n'était ni tout jeune, ni très svelte, ni en très grande forme. Quand Dan le lâcha, il trébucha et ne se rattrapa que d'extrême justesse. Machinalement, il leva un bras devant lui pour se protéger. Mais Dan n'avait pas envie de le frapper. Il se contenterait de quelques réponses. Saisissant de nouveau sa chemise, il le plaqua contre le van et lui cria au visage :

— Réponds-moi !

— Lâche-moi ! cria l'autre. Fous-moi la paix, salaud !

— Pas avant que...

Dan se tut en réalisant que cet homme lui disait quelque chose : trop gros, le visage rougeaud, un grand nez, des cheveux gris... À cet instant, il sut à qui il avait affaire.

— Hardesty ?

— Tout juste... grogna l'autre d'une voix éraillée. Tu me remets, suceur de bite ?

Dan retint de justesse son poing d'aller s'enfoncer dans l'estomac du vieil homme. L'affliction de Ray Senior à l'enterrement de son fils lui avait fait forte impression. Il relâcha un peu la pression sur sa poitrine, mais sans pour autant le lâcher.

— Cela fait des semaines que vous me filez le train, reprit Dan. Qu'est-ce que vous me voulez ?

— Nous sommes dans un pays libre. Je peux aller où je veux.

— La loi a un point de vue différent. Je pourrais vous poursuivre pour harcèlement.

— Pourquoi ? Savoir que je te file le train te donne mauvaise conscience ?

— Pourquoi devrais-je avoir mauvaise conscience ?

— Parce que tu as tué mon fils, fils de pute ! C'est à cause de toi que Ray Junior est mort.

Dan eut l'impression que le direct à l'estomac, c'était lui qui venait de le recevoir. Sa culpabilité de n'avoir pu aider Hardesty à régler ses problèmes ne l'avait pas quitté. Tout de suite, il lâcha son père et ce fut d'une voix chargée de regrets qu'il répondit :

— Nous n'avons pas eu le choix, monsieur Hardesty. Nous l'avons gardé dans l'équipe aussi longtemps que possible.

Mais à l'expression hagarde qu'il lut sur son visage, Dan comprit qu'il ne pourrait le raisonner.

— Tu vas regretter de l'avoir jeté comme un malpropre ! s'emporta le vieil homme. C'est un coup de chance si vous avez pu gagner contre les Giants. Mais la vérité, c'est que vous ne pouvez pas gagner un match sans lui ! Sans Ray Junior, les Stars ne sont qu'une bande de losers !

Plus que la colère, c'était la pitié qui dominait dans l'esprit de Dan. Ray Junior était fils unique. Sa mort avait dû pousser son père au bord de la folie.

— Ray était un champion, dit-il pour tenter de le calmer.

— Et comment, qu'il l'était ! Grâce à lui, je pouvais marcher en ville la tête haute. Tout le monde savait qui j'étais. Tout le monde voulait me parler. Maintenant, plus personne ne connaît mon nom, et c'est entièrement de ta faute ! Si tu n'avais pas lourdé mon fils, les gens me traiteraient encore avec respect.

Des bulles de salive s'étaient formées au coin de sa bouche. La pitié de Dan avait fait long feu. Ce n'était pas son fils qui manquait à cet homme ; c'était de pouvoir vivre dans sa lumière. Le père de Dan était mort depuis quinze ans mais, en plongeant au fond des petits yeux méchants de Ray Senior, il eut l'impression de se retrouver face à lui.

Harry Calebow aussi s'était servi de son fils pour briller. Au lycée, Dan avait dû endurer en public de le voir usurper une part de la notoriété naissante que lui valaient ses exploits sportifs. C'était d'autant plus drôle qu'en privé les mêmes exploits lui valaient roustes et critiques acerbes. Dan se rappelait que, en première année d'université, Harry l'avait frappé avec une bouteille pour le punir d'avoir chuté dans les dernières trente secondes d'un match contre Talladega.

Avant de faire payer à Hardesty des fautes commises par un autre, Dan recula d'un pas.

— Tenez-vous à l'écart de moi, lui conseilla-t-il. Si je vous repère encore en train de me filer, vous le regretterez.

— Quel homme ! railla Hardesty d'une voix grinçante. Quel putain d'homme de glace ! Voyons dans quel état tu seras, ce week-end, quand ton équipe aura de nouveau perdu... Et ce qui restera de toi quand vous finirez dans les poubelles en fin de saison ! Les Stars ne sont rien sans mon garçon ! Tu entends ? Rien du tout !

Dan claqua sa portière pour échapper à ses vociférations. En manœuvrant pour se remettre en route, il lui vint à l'esprit que c'était peut-être pour ça qu'il tenait tant à avoir des enfants : pour se prouver qu'il pouvait être un bon père.

19

Phoebe étudia son reflet dans le long miroir étroit qui surplombait les lavabos des toilettes pour dames au siège des Stars. L'ample sweater gris qu'elle avait choisi de porter ce jour-là dissimulait ses formes du cou jusqu'aux cuisses. En dessous, une jupe en laine assortie formait de nombreux plis jusqu'à mi-mollets. En dessous encore, des bas – toujours gris – cachaient le reste de ses jambes jusqu'à une paire de chaussures des plus classiques. Ses cheveux brossés en arrière étaient retenus par un bandeau, et seules ses imposantes boucles d'oreilles en argent et les bracelets abondants cliquetant à ses poignets l'empêchaient de ressembler tout à fait à la présidente d'un club de bridge de banlieue.

C'était une bonne chose que Viktor n'ait pu la voir dans cet accoutrement, car il en serait mort de rire. Phoebe s'en fichait. Pour la première fois de son existence, elle ne se souciait pour se vêtir que de ses choix et de ses envies personnelles. À présent, quand elle choisissait de s'habiller de manière plus excentrique ou provocatrice, c'était parce que ça lui plaisait, et non pour donner à voir aux autres une image différente de ce qu'elle était en réalité. Le lamé or resterait à jamais un élément de choix de sa garde-robe, mais elle n'avait plus peur de porter des vêtements moins voyants.

Phoebe se tourna légèrement sur le côté, passa ses mains sur ses hanches et fronça les sourcils. Il aurait fallu beaucoup d'imagination pour lui trouver des hanches de garçonne. Peut-être était-elle trop grosse au goût de Dan ? Cela suffisait-il à expliquer qu'il n'ait pas cherché à faire l'amour avec elle depuis cette aventure insensée dans l'avion, deux mois plus tôt ? En sortant des toilettes, elle ne put s'empêcher de se demander s'il se déciderait un jour à lui réclamer ce « maintenant » qu'il lui avait promis.

En trottinant, toute joyeuse, Pooh vint à sa rencontre. Les nœuds écossais vert et rouge que Phoebe venait de lui renouer pendaient une fois de plus lamentablement. Le personnel avait débauché depuis une heure. Après le chaos de la journée, le bâtiment baignait dans un calme irréel. Elle passa devant des bureaux décorés de guirlandes dorées et de bouquets de poinsettias rouges. Plus que quelques jours, et ce serait déjà Noël. Une fois dans le hall, Pooh la devança à l'extérieur pour aller revendiquer un de ses coins de prédilection, près de la porte.

Avant de la suivre, Phoebe fit un petit détour. Parce qu'il pouvait avoir la salle de musculation pour lui seul, Dan y passait du temps après le départ de tout le monde. Elle avait pris l'habitude, avant de rentrer chez elle, d'aller discuter un moment avec lui. Elle entendit ses grognements rythmés avant même de pénétrer dans la salle. Allongé sur un banc, les jambes pliées, les pieds bien à plat sur le sol, il était en train d'abaisser jusqu'à sa poitrine un haltère chargé d'un nombre alarmant de disques en fonte. Ses muscles noués saillaient, ses veines sinuaient comme des cordes le long de son cou et de ses bras. Tandis qu'il baissait et remontait alternativement l'haltère, elle regarda ses pectoraux d'athlète distendre la toile de son tee-shirt humide de sueur. La gorge sèche, Phoebe dut déglutir longuement.

Il ne l'avait pas encore vue. Elle n'avait donc pas à dissimuler le trouble et la fascination qu'elle ressentait. Les muscles des cuisses de Dan se contractèrent. Le regard de Phoebe, automatiquement, se reporta sur les ouvertures béantes de son short.

L'amitié naissante qui les unissait la comblait autant qu'elle la frustrait. Elle souhaitait être son amante, pas simplement une bonne copine, mais elle commençait à se demander si ce n'était pas vouloir décrocher la lune. Il n'était pas facile pour elle de dépasser une décennie de blocages sexuels et de préjugés vis-à-vis des hommes. Ce qu'il désirait chez une femme, quoi que cela puisse être, l'avait-elle vraiment ? La peur d'avoir à répondre par la négative à cette question s'ancrait jour après jour en elle.

Avec un grognement plus retentissant que les autres, Dan souleva une dernière fois l'haltère et la reposa dans ses supports. Souplement, il se redressa et s'assit au bord du banc de musculation. Les cheveux humides emmêlés, le cou luisant de sueur, il la découvrit sur le seuil, lui sourit et demanda, à peine essoufflé :

— Quand vas-tu te décider à te mettre en tenue pour venir travailler ton corps ?

— Un jour ou l'autre je reprendrai mes cours de gymnastique, répondit-elle sans enthousiasme. Déjà, je fais de la marche avec Pooh tous les soirs.

— Oserai-je dire que ça compte pour du beurre ?

— Ne sois pas désagréable. Tout le monde ne souhaite pas posséder une musculature de première classe.

Un grand sourire éclaira le visage de Dan.

— C'est moi qui possède une musculature de première classe ?

— Pour un homme de ton âge, sans aucun doute !

Dan partit d'un grand éclat de rire et se leva pour rejoindre un autre instrument de torture, destiné à faire travailler les jambes, hérissé de câbles et de poulies. Pendant qu'il tournait le dos pour régler les poids, Phoebe se déchaussa et grimpa rapidement sur le pèse-personne électronique qu'elle avait repéré non loin d'elle. En estimant que ses vêtements faisaient 4 ou 5 kilos, elle n'était pas loin de son poids de forme...

L'écran digital étant de la taille d'un panneau « stop », elle se hâta de descendre de la balance avant que Dan ait pu le lire. Découragée, elle marcha jusqu'au banc qu'il venait de quitter et s'y assit. Sa jupe en laine retomba en plis décoratifs autour de ses chevilles. Pour le match du dimanche précédent, elle avait étrenné une petite robe sexy créée par Simone qui avait fait forte impression sur les supporters. Mais ses efforts vestimentaires commençaient à grever son budget.

— Aujourd'hui, raconta-t-elle, c'était de la folie dans les bureaux. Depuis que les Bears sont hors course, la ville entière s'est prise de passion pour les Stars.

Allongé de tout son long, Dan venait de glisser ses pieds sous la barre de traction. Mobilisant tous les muscles de ses jambes, il commença à soulever une charge effrayante.

— Chicago aime ses équipes, commenta-t-il sobrement.

Deux victoires supplémentaires avaient suivi celle contre les Giants. Puis, les Stars avaient perdu contre les Saints et les Buffalo Bills dans les deux dernières semaines de novembre. Depuis ils avaient gagné de nouveau trois matchs contre des adversaires redoutables. Ces résultats leur permettaient les plus grands espoirs pour remporter le titre de la division centrale de l'AFC.

Le développement le plus spectaculaire était venu de la division occidentale de l'AFC. Dan lui avait expliqué quels effets dévastateurs les blessures pouvaient avoir sur une équipe. Elle avait pu le constater avec les Portland Sabers. Leur brillant début de saison avait tourné au cauchemar lorsqu'ils avaient perdu pour cause de blessure grave leur talentueux *quarterback* et trois autres de leurs joueurs clés. Après avoir remporté cinq matchs consécutifs, ils avaient perdu tous les autres, sauf un. Leur *quarterback* allait faire son retour, cependant, et les experts prévoyaient une belle bagarre pour que les Sabers sauvent leur saison.

— Voyons à présent si j'ai tout compris...

Tout en parlant, Phoebe balançait sa jambe et laissait sa chaussure grise jouer au bout de son pied. Son mince bracelet de cheville en argent orné d'éclats de cristal étincelait dans la lumière vive de la salle.

— Nous remportons le titre de la division centrale de l'AFC si nous gagnons ce week-end et si Houston perd son match contre les Redskins. C'est bien ça ?

— Seulement si les Bengals gagnent contre les Steelers.

Dan lui répondait entre deux grognements dus à l'effort.

— Je dois aussi te rappeler... que nous jouons contre les Chargers ce week-end. La dernière fois que nous les avons rencontrés... nous nous sommes cassé les dents sur leur défense.

— Bobby Tom m'a dit que la défense des Chargers ne lui faisait pas peur.

— Bobby Tom te dirait aussi... qu'il n'a pas peur de la guerre nucléaire... À ta place, je me méfierais de ses avis.

Le système de classement des équipes était si complexe qu'il avait fallu du temps à Phoebe pour en intégrer le principe. Elle ne maîtrisait pas encore toutes les variables, mais elle savait que si les Stars remportaient le titre de la division centrale, ils seraient en piste pour les demi-finales de l'AFC, donnant elles-mêmes accès à la finale qui se jouerait la troisième semaine de janvier. Une victoire en finale ferait d'elle la propriétaire légitime du club, et son père pourrait se retourner dans sa tombe.

Phoebe ne se rappelait pas exactement quand la perspective de garder la propriété de l'équipe lui avait paru plus séduisante que celle de rentrer à New York pour y créer sa propre galerie d'art. L'attirance que Dan exerçait sur elle ne suffisait pas à expliquer ce revirement, pas plus qu'une simple vengeance posthume. Chaque jour de travail représentait pour elle un nouveau challenge. Elle s'était prise de passion pour le maniement des chiffres et des données sur son micro-ordinateur. Elle adorait les réunions de travail, les conférences téléphoniques, le défi pur et simple que représentait pour elle la nécessité d'effectuer une tâche pour laquelle elle n'était pas formée. C'était ainsi qu'au cours des derniers mois elle s'était mise à redouter devoir un jour rendre tout cela à Reed.

— Franchement, maugréa-t-elle, j'apprécierais que tu te montres un peu plus confiant. Qu'as-tu fait de ces discours exaltants que je t'entends servir aux joueurs ?

— Nous sommes entre nous...

Dan laissa une dernière fois retomber les poids et se redressa sur le banc. Il prit une ample inspiration et se tourna vers Phoebe avant d'ajouter :

— ... et tu risques beaucoup plus gros qu'eux sur ce coup-là. Je ne voudrais pas te donner de faux espoirs. Nous avons une équipe du tonnerre, et nous devenons meilleurs à chaque match.

Il gardait les yeux fixés sur elle. Pour une raison qui lui échappait, Phoebe le vit se rembrunir.

— Personne n'aurait parié un cent sur nous en début de saison, reprit-il. Mais même si nos joueurs sont doués et pleins de courage, ils sont encore jeunes et commettent trop d'erreurs. Les Chargers ont une sacrée bonne équipe eux aussi. Et avec Murdrey qui revient sur la feuille de match des Sabers... *Pourrais-tu arrêter de faire ça ?*

— De faire quoi ?

— Ce que tu es en train de faire !

Il fixait avec exaspération la chaussure qui balançait au bout du pied de Phoebe, qui cessa son petit manège.

— Qu'est-ce qui te prend ? s'étonna-t-elle.

Dan se leva d'un bond.

— J'essaie de me concentrer, c'est tout ! Et toi, tu n'arrêtes pas de me montrer tes jambes.

Phoebe baissa les yeux sur l'ourlet de sa jupe, qui avait glissé de manière tout à fait indécente jusqu'à 3 centimètres en dessous de ses genoux.

— Tu plaisantes ? dit-elle. C'est ça qui t'embête ?

— C'est ce que j'ai dit, non ?

Les mains sur les hanches, il vint se planter devant elle. À l'expression chagrine de son visage, Phoebe comprit que pour rien au monde il ne ferait marche arrière, même s'il savait sans doute que ce faisant il se couvrait de ridicule.

Elle parvint à réprimer un sourire, mais la joie profonde que sa réaction suscitait en elle lui mit du baume au cœur.

— Désolée...

Avec toutes les apparences du repentir, elle se leva à son tour et ajouta :

— Je ne te savais pas aussi délicat.

— Délicat n'est pas le mot.

— Non, bien sûr... conclut-elle en franchissant le dernier pas qui les séparait.

Dan ne bougea pas, mais ne put masquer une certaine inquiétude.

— Tu ferais peut-être mieux de ne pas trop t'approcher, suggéra-t-il. Je suis tout en sueur.

— Ah, bon ? Je ne m'en étais pas aperçue. On dirait que ça ne me fait plus rien. Je suppose que c'est ce qui arrive quand on passe trop de temps avec une équipe de football.

Avec l'audace de ceux qui n'ont plus rien à perdre, Phoebe posa la main sur son tee-shirt, au-dessus du cœur. Elle pouvait sentir sous sa paume un battement accéléré. Restait à espérer qu'il ne s'agissait pas d'une simple réaction à l'effort physique... Les yeux au fond des yeux, ils restaient l'un et l'autre parfaitement immobiles, comme en attente de ce qui allait se produire. Le désir qu'elle éprouvait pour lui à cet instant était si puissant qu'il devait transparaître sur son visage.

— Ce n'est pas une bonne idée, murmura Dan.

Pourtant, il ne fit rien pour lui échapper.

— Tu ne semblais pas de cet avis, dit-elle, la nuit où nous sommes rentrés des Meadowlands.

— Je n'avais pas toute ma tête, cette nuit-là.

— Alors, tu n'as qu'à la perdre de nouveau...

Fermant les yeux, Phoebe enserra ses bras entre ses doigts et se haussa sur la pointe des pieds pour l'embrasser. Dan se laissa faire mais demeura inerte et rigide. Priant pour qu'il se décide à lui rendre son baiser avant qu'elle perde tout courage, elle caressa ses lèvres sous les siennes.

Enfin, avec un grondement de dépit, Dan entrouvrit les lèvres et introduisit sa langue dans la bouche de Phoebe. Une de ses mains se referma sur ses fesses, l'autre au creux de sa nuque, et il l'attira fougueusement contre lui. Leurs bouches se mêlèrent. Les mains de Phoebe couraient sur le corps de Dan, tant son impatience était grande. La masse rigide contre laquelle venait buter son bassin ne laissait planer aucun doute. Il était prêt pour elle autant qu'elle était prête pour lui. Peut-être allaient-ils...

En la saisissant aux épaules pour mettre brutalement fin à cette étreinte, Dan réduisit ses espoirs à néant. Incapable de comprendre ce qui se passait, Phoebe découvrit en le dévisageant qu'il luttait de toutes ses forces pour réprimer son propre désir.

— Nous ne pouvons pas faire ça, marmonna-t-il.

— Mais... Pourquoi ?

Une voix d'homme, depuis le seuil, empêcha Dan de lui répondre.

— Vous êtes là...

Phoebe fit volte-face et vit Reed venir à leur rencontre. Une écharpe blanche en cachemire était nouée sur son manteau noir. Depuis quand était-il là et qu'avait-il vu exactement ?

Au fur et à mesure que les Stars accumulaient les victoires, son apparente bienveillance vis-à-vis de sa cousine s'était peu à peu lézardée. Sans doute était-il surpris de la tournure prise par les événements, et peut-être un peu inquiet. Même s'il prenait garde de sauvegarder les apparences en public, lorsqu'ils étaient seuls, Phoebe retrouvait en plus vieux le jeune tyran qui avait déchiré la photo de sa mère.

Un doigt après l'autre, Reed retira une paire de gants en cuir avant de s'adresser ostensiblement à Dan.

— Heureux de vous trouver, Dan. Je voulais qu'on se voie pour parler du *college draft*[1]. J'ai pour la saison prochaine quelques idées que j'aimerais vous exposer.

Ce fut avec la plus parfaite politesse que Dan répondit :

— Je serais ravi de discuter avec vous, Reed, mais tant que nous n'avons pas perdu le championnat, j'ai bien peur de ne pouvoir écouter que les idées de votre cousine.

Phoebe était certaine que Reed n'appréciait pas d'être rabroué ainsi, mais il eut l'intelligence de ne pas le montrer à Dan. À la place, ce fut à elle qu'il adressa ce sourire condescendant qui lui donnait l'envie irrésistible de lui arracher les yeux.

— Phoebe aurait donc des idées sur le *draft* ? dit-il. Je suis sûr qu'elle ne sait même pas ce que c'est.

— Détrompez-vous. À l'instant même, elle me donnait son opinion sur Rich Ferguson. N'est-ce pas, Phoebe ?

— Il promet énormément ! assura-t-elle avec aplomb, même si elle n'avait jamais entendu parler de lui.

— C'est étonnant ce qu'une femme intelligente peut apprendre en quelques mois, reprit Dan. Cela ne veut pas dire pour autant, Phoebe, que je suis d'accord avec toi en ce qui concerne Jenkins.

— Tu as peut-être raison, répondit-elle. Il faudra que j'y réfléchisse.

Phoebe appréciait de le voir prendre sa défense, mais cela ne suffisait pas à compenser sa déception d'avoir été rejetée par lui.

Reed avait senti leur connivence et n'aimait pas cela.

---

1. *College draft :* journée de sélection au cours de laquelle les joueurs disponibles sur le marché sont répartis entre les différentes équipes de la NFL, après d'âpres marchandages. *(N.d.T.)*

— Tôt ou tard, dit-il à Dan, il vous faudra traiter directement avec moi. Et j'ai bien peur que mon style de management se révèle plus direct que celui de Phoebe.

— Je n'en doute pas… assura Dan, refusant de mordre à l'hameçon. Chacun fait les choses à sa façon.

Gary Hewitt, qui travaillait à peu près autant d'heures par semaine que Dan, apparut au seuil de la salle.

— Désolé de vous interrompre, Dan, mais nous avons reçu un nouveau film que j'aimerais vous montrer. Je pense que nous y trouverons peut-être la réponse au problème que nous pose Collier.

— Pas de problème, Gary.

Dan se tourna vers Phoebe et lui demanda d'un regard interrogateur si elle avait besoin qu'il reste pour la soutenir. Elle le rassura d'un sourire.

— À demain, dit-elle. La discussion sur le *draft* peut attendre.

Après avoir passé sa serviette autour du cou, Dan les salua tous deux d'un hochement de tête et sortit.

Dès qu'ils furent seuls, Reed fit claquer ses gants au creux de sa paume et suggéra :

— Laisse-moi t'inviter à dîner. Nous pourrons ainsi rattraper le temps perdu.

— Désolée, je ne peux pas. J'essaie autant que possible de prendre le repas du soir avec Molly durant la semaine.

Les yeux plissés, il la considéra un instant en hochant la tête avant de poursuivre :

— Je ne t'ai jamais dit combien je t'admire de prendre si bien soin d'elle. Pour une femme qui n'est pas mère dans l'âme, ce doit être un sacrifice.

— J'aime bien Molly. Ce n'est pas du tout un sacrifice.

— J'en suis heureux. À présent que Bert n'est plus là, je ne peux m'empêcher de me sentir un peu responsable de vous deux. Je suppose qu'il n'y a là rien que de très naturel, puisque je reste le seul homme de la famille.

— Merci de ta sollicitude, mais je me débrouille très bien toute seule.

— Je me sens soulagé que tu ne sois pas née de la dernière pluie. D'après ce que j'ai pu constater ce soir, les requins commencent à tourner autour de toi.

— Les requins ?

Reed eut un petit rire narquois.

— Ça va bien, Phoebe... Inutile de faire semblant avec moi. Je suis sûr que tu trouves aussi amusant que moi que Calebow te coure après. Personne ne s'attendait à ce que les Stars fassent un si beau parcours, pas même leur coach. Il est naturel qu'il cherche à placer ses pions, même si on pouvait attendre de sa part un peu plus de subtilité.

— Reed... répondit sèchement Phoebe. Je n'ai pas la moindre idée de ce dont tu parles.

Le front de Reed se creusa de plis soucieux.

— Oh, non ! gémit-il. Je suis désolé. Tu as vraiment le béguin pour lui ? Bon sang, je me sens si nul. Ce que je peux être maladroit, parfois !

— Et si tu commençais par me dire ce que tu as derrière la tête ?

Phoebe affectait un calme qu'elle était loin de posséder.

Reed darda sur elle un regard d'oncle bienveillant avant d'expliquer :

— Le football est ce qui compte le plus aux yeux de Dan. Nous le savons tous les deux. Avoir la plus petite chance, aussi mince soit-elle, de pouvoir mettre la main sur l'équipe doit le rendre dingue. Alors, il t'utilise, sans courir le moindre risque lui-même. Si les Stars ne remportent pas le championnat, il pourra mettre un terme à votre relation sans le moindre bobo pour lui. Mais s'ils gagnent...

Cette éventualité devait lui être insupportable, car il avait tiqué en prononçant ces mots.

— S'ils gagnent, conclut-il, tu peux t'attendre à ce que coach Calebow te fasse une demande en mariage si précipitée que tu en auras la tête qui tourne.

Phoebe ne fut pas dupe un seul instant. Dan n'était pas un ange, mais il ne l'aurait jamais utilisée ainsi pour faire main basse sur les Stars. Elle n'avait jamais autant détesté Reed qu'en cet instant. Il était glissant comme un serpent, mielleux comme un courtisan, totalement dépourvu de principes et fondamentalement égoïste. Ce qui ne signifiait pas qu'il ne croyait pas à son petit scénario. Il y croyait parce qu'à la place de Dan, c'est ce qu'il aurait fait.

— Merci de te faire du souci pour moi, dit-elle. Mais je crois que tu prends ma relation avec Dan beaucoup plus sérieusement que moi.

— Heureux de te l'entendre dire, répondit-il sèchement. J'aurais sans doute mieux fait de ne pas t'en parler. De toute façon, le problème sera réglé dès dimanche soir. Les Stars vont avoir affaire à forte partie, ce week-end. J'espère que tu es préparée à la défaite ?

— Nous verrons.

Après le départ de Reed, Phoebe resta un moment dans la salle de musculation vide. À y regarder de plus près, songea-t-elle, les supputations de son cousin étaient non seulement infondées mais également ridicules. Si Dan avait ourdi le plan de mettre la main sur les Stars en filant le parfait amour avec elle, on pouvait dire qu'il s'arrangeait pour saloper le travail...

Ron avait dû passer un coup de fil de dernière minute de sa voiture, laissant Phoebe pénétrer seule dans l'un des plus prestigieux country-clubs du comté. Trois jours après Noël, le luxueux hall argent et bleu gardait encore ses décorations de fête. Jason Keane étant le principal commanditaire du club, rien de plus naturel à ce qu'il ait choisi la salle à manger privée de l'établissement comme cadre au rendez-vous qu'elle avait sollicité.

Phoebe avait du mal à réaliser que tous les espoirs étaient encore permis aux Stars, pendant une semaine au moins. Contrairement aux prédictions de Reed, l'équipe avait battu les Chargers d'un *field goal*, au terme d'un suspense presque insoutenable. Les Steelers ayant perdu contre les Bengals au cours des prolongations, les Stars remportaient le titre de la division centrale de l'AFC.

Phoebe, elle, s'apprêtait à devoir encaisser la plus humiliante des défaites. Bert avait essayé durant des années de renégocier avec Jason Keane le contrat de location du Sports Dome, mais sans succès. Comment pouvait-elle espérer résoudre un problème que son père lui-même n'avait jamais réussi à régler ? En travaillant dur, elle était parvenue à se faire une idée assez précise des finances du club, mais elle n'avait aucune expérience des négociations complexes.

La logique aurait voulu qu'elle se contente de signer le contrat que les avocats leur avaient présenté cette semaine. Il n'y aurait plus de sauvetage de dernière minute pour les Stars. Leur prochaine défaite mettrait fin à leur rêve. Si vraiment elle arrivait à négocier un meilleur contrat avec Keane, elle ne ferait qu'avantager Reed. D'un autre côté, tant que les Stars n'avaient pas perdu, elle se devait d'agir, en tant que propriétaire légitime du club, au mieux de ses intérêts. C'était bien ce qu'elle comptait faire.

Mais ce qui l'attendait n'en demeurait pas moins une épreuve, et elle n'avait rien pu avaler de toute la journée. La sensation de nausée ne fit que s'accentuer lorsque, après avoir poussé les portes en verre marquées « Accès réservé aux membres », elle vit s'approcher d'elle un homme grand et bien bâti dans un élégant smoking, en qui elle reconnut Dan.

Le match contre les Chargers, puis les préparatifs du rendez-vous avec Keane l'avaient empêchée de trop s'attarder sur l'humiliation qu'il lui avait fait subir dans la salle de musculation, la semaine précédente. À présent, tout lui revenait et ce ne fut pas dans la meilleure disposition d'esprit qu'elle l'accueillit.

— Qu'est-ce que tu fais là ?

— J'ai ma carte de membre. Tu imaginais vraiment que j'allais manquer ton rendez-vous avec Keane ?
— Comment as-tu été mis au courant ?
— Par Ron.
— C'était censé être un rendez-vous confidentiel.
— Je n'en ai parlé à personne.
— Ne fais pas le malin ! C'est *toi* qui devais ne pas être au courant.
— Cela n'a aucun sens, Phoebe ! Comment Ron aurait-il pu m'inviter à participer à ce rendez-vous sans me mettre au courant qu'il avait lieu ?
Ces pirouettes verbales laissaient Phoebe de marbre. Ce rendez-vous était déjà suffisamment intimidant sans avoir en plus à supporter que Dan puisse assister à ce qui avait toutes les chances de se transformer en déroute.
— Désolée de devoir annuler l'invitation de Ron, reprit-elle d'un ton sans réplique. Il ne devait y avoir que lui et moi pour rencontrer Jason Keane et ses proches conseillers.
— C'est moi qui suis désolé, Phoebe. Ron peut devenir très méchant si je lui résiste. Je ne m'y risque plus depuis cet œil au beurre noir qui a mis des jours à disparaître.
— Il ne t'a pas… c'est tout simplement… tu deviens de plus en plus…

En voyant Phoebe bafouiller de rage, Dan dut se contenir pour ne pas se pencher vers elle et effacer sa mauvaise humeur d'un baiser. Un pur accès de désir s'était emparé de lui dès qu'il l'avait aperçue. Ne pas pouvoir la caresser lui était devenu plus difficile à supporter au fil des semaines. Tout en elle lui retournait les sens. À l'instant même, par exemple… La plupart des femmes, lorsqu'elles se préparent pour les grandes occasions, arrivent avec des cheveux raidis par la laque, que pas un souffle d'air ne dérange. Ceux de Phoebe semblaient aussi naturels et souples qu'au saut du lit. Ils tombaient en vagues blondes, presque jusqu'à ses épaules, frisant à leur extrémité comme si elle venait de les coiffer avec les doigts. Elle avait aussi le plus beau cou – long, au port gracieux – qu'il ait jamais vu chez une femme.

Dan s'estimait heureux que le reste de sa personne lui soit caché par l'épais manteau noir qu'elle portait. Même ses vêtements fonctionnels qu'elle aimait tant porter au bureau ces temps-ci ne parvenaient pas à dissimuler à son regard averti ce qu'ils recouvraient. Il savait qu'il aurait dû lui être reconnaissant de s'habiller comme une femme d'affaires un peu coincée, mais à la vérité il guettait les rares journées où elle retrouvait son apparence d'antan et ses habitudes vestimentaires provocatrices. Même s'il ne l'aurait pour rien au monde admis devant elle.

Il se demandait encore comment il avait bien pu faire pour mettre un terme à leur baiser dans la salle de musculation. Même s'il savait s'être conduit de manière honorable, la tristesse qu'il avait lue au fond de ses yeux quand il avait dû la repousser lui avait donné l'impression d'être un misérable cloporte. À l'exception de ces quelques secondes d'égarement, pas une fois au cours des deux mois écoulés il n'avait manqué à la promesse qu'il s'était faite. Il aurait dû en être satisfait mais, au contraire, cela le rendait misérable. Il ne cessait de se dire que Phoebe retournerait bientôt à Manhattan et que tout irait mieux ensuite mais, au lieu de le réjouir, cette conclusion le déprimait davantage.

Une fois de plus, Phoebe lui tenait tête. Ses yeux bridés couleur d'ambre avaient jeté des flammes quand elle avait compris qu'il comptait s'imposer à ce rendez-vous. Combien il aurait aimé que Sharon lui résiste parfois, comme Phoebe ne se privait pas de le faire ! Mais Sharon était une gentille jeune femme sans une once du culot qui faisait le charme de Phoebe. L'idée même de hausser le ton pour le contrer lui était inconcevable.

Sharon et lui se voyaient une fois par semaine. Mais comme il n'était jamais sorti avec une femme comme elle, il n'était pas encore habitué. Il était même arrivé, à différentes occasions, que son tempérament trop tranquille lui porte sur les nerfs. Il lui suffisait tout de suite de penser aux avantages que cela présentait pour réaliser la chance qu'il avait. Jamais il n'aurait à craindre que Sharon Anderson frappe ses enfants à la moindre contrariété ; jamais elle ne se conduirait comme sa propre mère s'était conduite avec lui.

Phoebe, elle, manifestait son agacement en martelant du talon le dallage du club, tandis que ses pendants d'oreilles scintillants jouaient à cache-cache avec ses cheveux. Dan comprit que la deuxième salve de griefs n'allait pas tarder à l'atteindre.

— Pourquoi Ron a-t-il voulu que tu sois là ? Il ne m'en a rien dit.

— Il faudra que tu le lui demandes.

— Essaie de deviner…

— Eh bien… il a semblé sous-entendre que la présence en renfort d'un *quarterback* de talent serait la bienvenue. Au cas où tu te mettrais dans tous tes états.

L'orage grondait au fond des yeux de Phoebe.

— Voyez-vous ça, murmura-t-elle.

— Sage précaution… ajouta Dan, pince-sans-rire. Ça t'arrive de temps à autre, tu sais.

— Jamais ! protesta-t-elle. Contrairement à toi.

Phoebe déboutonna négligemment son manteau. Quand Dan vit ce qu'elle portait dessous, son sourire se figea.

— Quelque chose te chagrine ? s'étonna-t-elle.

Avec un sourire exaspérant, elle fit glisser le manteau de ses épaules nues.

Dan eut l'impression d'avoir reçu un coup de massue sur la tête. Comment avait-elle pu oser ?

— Bon Dieu ! Alors que je commençais à penser que tu avais fini par faire preuve d'un peu de bon sens, il faut que tu me prouves le contraire ! Je me disais même qu'après tout tu pouvais être un tout petit peu faite pour ce job. Des clous ! Tu n'en as jamais été aussi loin.

— Eh bien, eh bien… s'amusa-t-elle. On peut dire que tu es grognon, ce soir !

Après avoir achevé d'ôter son manteau, elle alla le déposer au vestiaire, en roulant consciencieusement des hanches. Quand elle se retourna pour revenir vers lui, Dan sentit une veine pulser à sa tempe. Cette fois, aucun doute possible : elle allait le rendre fou ! Et dire que quelques instants auparavant il pensait regretter ses vêtements d'exhibitionniste… C'était avant de découvrir la tenue qu'elle portait ce soir.

Telle qu'elle lui apparaissait, Phoebe aurait pu postuler pour un emploi de maîtresse en chef de bordel sadomasochiste. D'un regard consterné, il détailla sa longue robe noire, qui ressemblait davantage à un accessoire de bondage qu'à un vêtement. La partie supérieure était constituée d'une sorte de filet de pêche agrémenté de lanières en cuir. Une des lanières venait s'enrouler autour de son long cou blanc, comme un collier. Un harnais en éventail retenait sur la poitrine une bande de cuir plus large dont la fonction principale semblait être de masquer la pointe des seins. Mais, à travers les mailles du filet noir, difficile d'ignorer les courbes évocatrices que ne venait masquer bien évidemment aucun bustier.

Au niveau de la taille, la résille noire laissait place à un tissu de même couleur. Il moulait si bien les formes de Phoebe qu'on aurait pu la croire habillée seulement d'une couche de peinture. À mi-cuisse, la jupe de la robe s'ornait de breloques ressemblant à s'y méprendre à des jarretelles en or d'un genre très particulier, destinées à parader bien en évidence *sur* les vêtements et non *dessous*. Enfin, pour faire bonne mesure, la jupe était fendue sur le côté et ne laissait pas ignorer grand-chose, à chaque pas, de la jambe qu'elle était censée habiller.

Dan mourait d'envie d'envelopper Phoebe dans sa veste pour la mettre à l'abri des regards. L'idée que tant de gens puissent se faire plus qu'une idée de ce corps de rêve qui était le sien le rendait fou. Un réflexe assez incongru, songea-t-il, étant donné sa propension à apparaître nue en public à la première occasion. À défaut de pouvoir mettre son plan à exécution, il l'entraîna un peu à l'écart, où nul ne pourrait la voir et où il pourrait lui dire tout à son aise sa façon de penser.

— C'est ça, ton idée de la meilleure tenue à porter pour discuter affaires ? Tu penses que c'est avec ça que tu vas réussir à renégocier le contrat ? Il ne t'est pas venu à l'esprit que la seule chose que tu risques de négocier, dans cet accoutrement, c'est de savoir combien tu pourras faire payer un coup de fouet sur les fesses nues d'un homme ?

— Tu dois le savoir ! Tu as déboursé combien, la dernière fois ?

Sans lui laisser le temps de digérer l'outrage, Phoebe le contourna et s'éloigna d'un pas pressé. Dan fit volte-face et vit Ron pénétrer dans le club. L'expression d'effarement qui se peignit sur ses traits prouvait que ce qu'il découvrait le laissait également pantois. Leurs regards se croisèrent, et Dan se demanda s'il avait l'air à cet instant aussi démuni que le directeur général des Stars. N'avait-elle donc pas compris qu'elle ne se trouvait plus à Manhattan mais au fin fond du DuPage County ? Ici, les femmes ne s'habillaient pas ainsi… Elles allaient à l'église le dimanche et votaient républicain comme leur mari leur demandait de le faire.

Avec la vague idée de sauter sur elle et de la charger sur son épaule pour la sortir au plus vite du club, Dan se lança à la poursuite de Phoebe. L'arrivée d'un serveur venu les chercher pour les conduire à Keane l'empêcha de mettre son plan à exécution. Il n'eut d'autre choix que de suivre le mouvement. Comme s'il avait pu lire dans ses pensées, Ron l'imita et hâta le pas de manière à rejoindre Phoebe. Ce fut ainsi flanquée de ses gardes du corps qu'elle pénétra dans la salle à manger privée où leur hôte les attendait.

Cela faisait presque dix ans que Dan connaissait Jason Keane. Ils s'étaient croisés de nombreuses fois lors de soirées et avaient parcouru ensemble quelques terrains de golf. Il leur était même arrivé de partager un week-end de pêche au large, sur le yacht de l'homme d'affaires, en compagnie de deux mannequins. Keane avait toujours beaucoup attiré les femmes, et d'après ce que Dan avait entendu dire, la quarantaine ne l'avait pas assagi.

La petite salle à manger, avec ses tapis persans, ses fauteuils club en cuir et ses lambris foncés, ressemblait au salon de lecture d'un manoir anglais. Au plafond, des moulures chargées encadraient une fresque champêtre que la lueur dansante émanant du feu dans la cheminée faisait ondoyer. D'épais rideaux de velours avaient été tirés devant les hautes fenêtres, masquant l'étendue verte du parcours de golf qu'elles dominaient. Une nappe en damas recouvrait la table oblongue dressée pour six, sur laquelle brillaient la porcelaine de chine décorée dans des teintes bourgogne et or, le cristal des verres, et le vermeil de l'argenterie.

Jason Keane et deux de ses collaborateurs se tenaient debout près de la cheminée, leur verre de whisky à la main. L'atmosphère était décidément masculine et, en s'avançant dans la pièce aux côtés de Phoebe, Dan se remémora non sans un certain malaise l'un des romans érotiques préférés de son ex-femme. Il lui fallut alors repousser l'impression déplaisante qu'il conduisait O – alias Phoebe Somerville – à la fraternité qui l'attendait.

Keane vint vers eux, la main tendue. Bien que possédant un *self-control* à toute épreuve, le multimillionnaire ne put cacher son étonnement en découvrant la robe de son invitée. Sa surprise n'eut qu'un temps et céda bientôt le pas à un sentiment nettement moins avouable. S'il s'était écouté, Dan se serait interposé entre Phoebe et lui pour lui dire sans détour d'aller poser ses yeux ailleurs.

Plus civilement, Keane lui serra la main, puis celle de Ron, qui se chargea de le présenter à Phoebe. Au grand agacement de Dan, celle-ci démarra au quart de tour et lui fit le grand jeu : voix sensuelle, yeux langoureux, poitrine en avant prête à jaillir du trop minimal bandeau de cuir noir. Et pendant qu'elle faisait son grand numéro de charme à Keane et à ses collègues, pas une fois elle ne se risqua à croiser son regard.

Dan vit avec un mélange de dégoût et de fureur la main de Keane se poser sur l'épaule ronde et blanche de Phoebe pour la mener jusqu'à un fauteuil près de la cheminée. Leur hôte, dans son smoking sur mesure, parfait jusqu'aux boutons de manchettes sertis de diamants d'un demi-carat, déployait tout son charme de play-boy richissime. De taille et de corpulence moyennes, il avait des cheveux noirs et lisses qui mettaient en valeur son front haut. Jusqu'à cet instant, Dan l'avait considéré comme un type à l'apparence agréable. Mais à présent, il lui trouvait un trop grand nez et de petits yeux vicieux.

Acceptant le verre que lui tendait un serveur, Dan échangea quelques mots avec les autres hommes présents : Jeff O'Brian, bras droit de Jason Keane, et Chet Delahunty, son avocat. Puis, dès qu'il put se libérer, il se rapprocha de l'âtre pour tendre l'oreille. Ron, qui devait avoir eu la même idée, l'y rejoignit.

Phoebe leur tournait le dos. Le tissu de sa robe lui collait tellement à la peau qu'il fallait se pincer pour croire que ses fesses n'étaient pas nues. Elle dévorait Jason Keane des yeux et se penchait pour prendre appui sur lui. La fureur de Dan était telle qu'il entendait battre son pouls à ses tempes.

— Je peux vous appeler Jason, n'est-ce pas ? roucoula-t-elle. Surtout que nous avons beaucoup d'amis en commun.

Dan s'étonnait que Keane n'en bave pas encore de désir.

— Qui par exemple ? demanda-t-il.

— Mais... la moitié de Manhattan !

Phoebe posa sa main de manière possessive sur son avant-bras. Sur le tissu noir, ses ongles laqués de rouge formaient comme de petites gouttes de sang.

— Vous connaissez les Blackwell, naturellement. Et puis aussi Miles Greig. Quel coquin, ce Miles ! N'oublions pas non plus Mitzi Wells, espèce de petit chenapan…

Jason n'était visiblement pas immunisé contre tous ces rayons gamma d'adoration qui le bombardaient. D'éclatant, son sourire se fit presque niais.

— Vous connaissez Mitzi ?

— Bien sûr, que je la connais. Vous avez failli lui briser le cœur, espèce de grand méchant !

— Moi ? fit-il mine de s'étonner. Sûrement pas !

En se rapprochant un peu plus de lui, Phoebe baissa encore d'un ton, faisant de sa voix un murmure rauque.

— Si je vous confesse quelque chose, demanda-t-elle, me promettez-vous de ne le répéter à personne ?

Keane dressa une main devant lui.

— Croix de bois, croix de fer ! jura-t-il.

— Je lui avais demandé qu'elle me présente à vous. C'était avant que vous ne commenciez à sortir ensemble, tous les deux. Elle avait refusé, ce qui a gravement compromis notre amitié. À présent que je vous connais, je comprends pourquoi elle se montrait si exclusive…

Dan ne perdait rien du manège de Keane. Du coin de l'œil, il cherchait les agrafes qui maintenaient en place la robe de Phoebe. Afin de ne pas perdre une seconde quand il lui faudrait l'ôter, sans doute… Avec un inaudible grognement de dégoût, Dan fit un sort à son verre. Pour que ce salaud puisse arriver à ses fins avec elle, se promit-il, il faudrait d'abord qu'il règle son compte à un *quarterback* encore solide, même à la retraite.

Un majordome vint annoncer que le dîner était prêt. Ils prirent place autour de la table, Jason à un bout, avec Phoebe à sa droite et Ron à sa gauche, tandis que Dan était à l'autre extrémité, encadré par O'Brian et Delahunty. Le repas parut à Dan durer une éternité. Quand le plat principal eut été desservi et le dessert amené, Dan et les deux sbires avaient renoncé à toute velléité de conversation pour mieux s'intéresser à ce qui se disait à l'autre extrémité de la table.

Dan vit Phoebe presser longuement entre ses lèvres classées X une fraise hors saison. En surprenant dans les yeux de Keane fixés sur elle une lueur de convoitise, il se promit de faire sa demande à Sharon dès le week-end suivant. Ron n'avait que rarement quitté son assiette des yeux de tout le repas. Quand le café fut servi, il parut revenir à la vie, avec un retard d'à peu près une heure, de l'avis de Dan.

— Excuse-moi d'interrompre votre conversation, Phoebe, mais je pense qu'il serait indiqué de commencer à discuter de ce qui nous amène.

Phoebe considéra son directeur général avec une telle expression d'hébétude que Dan eut envie de la secouer par les épaules. Était-elle tellement pressée d'ajouter Keane à sa collection de scalps qu'elle en avait oublié ce qu'ils faisaient là ?

— Ce qui nous amène ? répéta-t-elle stupidement.

— Le contrat de location du Sports Dome.

Avec une mimique dégoûtée, elle balaya la suggestion d'un geste de la main.

— J'ai changé d'avis, Ronnie. Je ne veux pas en parler ce soir. Pourquoi ne te détends-tu pas un peu pour profiter comme tout le monde de cette magnifique soirée ? Jason et moi, on est amis maintenant. Et tout le monde sait qu'il ne faudrait jamais faire des affaires avec les amis.

— Une femme selon mon cœur… intervint Keane avec un sourire suffisant.

— Ronnie ne pense à rien d'autre qu'au business ! se plaignit-elle. C'est tellement ennuyeux… Il y a bien plus important dans la vie qu'un tas de paperasses !

Dan se redressa sur son siège, alerté par la tournure prise par la discussion. Phoebe avait ses défauts, mais elle n'avait jamais sous-estimé l'importance de ce contrat. De plus, elle n'appelait jamais son directeur général « Ronnie ».

Keane adressa à ce dernier un regard condescendant.

— Pourquoi ne reprendriez-vous pas de cet excellent vin, McDermitt ?

— Non, merci.

— Ne fais pas la tête, Ronnie ! le gronda Phoebe. Tu appelleras Jason demain pour lui dire ce que j'ai décidé.

— Qu'y a-t-il donc à décider ? demanda Keane d'une voix onctueuse. Tout me semble clair et net, non ?

De nouveau, Phoebe posa sa main sur sa manche.

— Pas tout à fait, répondit-elle avec un sourire gêné. Mais ne gâchons pas cette soirée en parlant affaires.

Tiré de sa béate euphorie, Keane se rembrunit.

— Nous vous avons fait parvenir un contrat tout à fait valable, reprit-il. Le même que celui approuvé par votre père durant des années. J'espère qu'il vous satisfera tout autant.

— Moi, il ne me satisfait pas ! intervint Ron avec un courage qui fit l'admiration de Dan.

Non sans une certaine inquiétude, il attendit la réaction de Phoebe.

— Oh, il ne me satisfait pas non plus ! assura-t-elle en pouffant sous sa main. Ronnie m'a tellement cassé les pieds avec cette histoire de contrat inique qui nous exploite depuis des années que j'ai décidé de faire quelque chose.

Comme une enfant appliquée récitant une leçon durement apprise, elle ajouta :

— Voyez-vous, Jason, Ronnie n'arrête pas de me répéter que je suis une businesswoman, maintenant. Et même si je serai probablement débarrassée de l'équipe d'ici quelques semaines, je dois me résigner à assumer mes responsabilités tant qu'elle m'appartient.

Dan prit garde de ne rien laisser transparaître sur son visage en s'adossant à son siège pour mieux profiter du spectacle. Où cette pseudo-starlette-sans-cervelle voulait-elle donc en venir ?

— Je sais ce que vous pensez... gémit-elle en levant les yeux au plafond. Vous pensez que Phoebe Somerville n'est pas assez femme d'affaires pour prendre des décisions difficiles. Mais ce n'est pas vrai…

— Jamais je ne penserais une chose pareille !

Le sourire débonnaire de Keane formait un contraste saisissant avec son regard d'aigle posé sur elle.

— Quel genre de décision difficile avez-vous à prendre ? demanda-t-il d'une voix enjôleuse. Je pourrais peut-être vous aider. J'ai une grande expérience de ce genre de chose.

Un rictus caustique flotta sur les lèvres de Ron.

— Méfie-toi, Phoebe… la prévint-il. Il essaie de te manipuler.

Phoebe fronça les sourcils.

— Reste poli, Ronnie ! Jason ne ferait rien de tel.

Les yeux de l'intéressé la scrutaient, tels des lasers cherchant à découvrir s'il y avait réellement quelque chose à l'intérieur de cette adorable tête.

— Mais naturellement, approuva-t-il. Les affaires sont les affaires. Nous avons tous des décisions difficiles à prendre, de temps à autre.

La moue boudeuse de Phoebe se mua en une grimace de détresse très convaincante.

— Celle-ci est vraiment très difficile, Jason ! reprit-elle d'une voix plaintive. Ronnie n'arrête pas de me dire que vous comprendrez, mais je n'en suis pas si sûre. Je ne vois pas comment vous pourriez accepter de voir les Stars déménager.

Jason faillit s'étrangler avec le café qu'il était en train de boire.

— *Déménager ?*

Dans un tintement de porcelaine, il reposa la tasse dans sa soucoupe. Le play-boy enjôleur avait disparu. En une fraction de seconde, il était redevenu le prédateur du monde des affaires qu'il était depuis toujours.

— Mais bon sang de quoi parlez-vous ? s'emporta-t-il. Déménager ? Pour aller où ?

Admiratif, Dan vit les yeux de Phoebe s'embuer et sa lèvre inférieure se mettre à trembler.

— Je vous en prie, ne soyez pas fâché contre moi, gémit-elle. Ronnie m'a tout expliqué, et tout va très bien se passer. Nous allons honorer cette option d'un an que nous avons signée avec vous pour la saison prochaine, ce n'est donc pas comme si vous vous retrouviez sans club résident du jour au lendemain. Vous avez tout le temps nécessaire pour trouver une autre équipe.

Keane s'adressa à Phoebe les dents serrées. Toute sa superbe avait disparu et il luttait manifestement pour conserver son calme.

— Où, *exactement*, voulez-vous emmener les Stars ?

— Manhattan, peut-être. Dites : ce ne serait pas génial ? Je ne suis pas absolument certaine, bien sûr, que les autres propriétaires d'équipes seraient d'accord. Mais Ronnie a embauché des pointures qui lui ont fait une étude de marché. Ils lui ont dit que New York City pouvait tout à fait accueillir une autre équipe.

Keane, ayant apparemment décidé de quel côté se situait véritablement le pouvoir chez les Stars, se tourna vers Ron et le crucifia d'un regard assassin.

— C'est ridicule ! s'écria-t-il. Les Stars n'obtiendront jamais l'autorisation d'utiliser le Giants Stadium. Deux équipes y jouent déjà !

Mais Phoebe n'était pas encore disposée à laisser son directeur général prendre la relève. Pour attirer l'attention de Keane, elle n'eut qu'à poser la main sur son avant-bras.

— Le Giants Stadium ? demanda-t-elle. Mais vous n'y pensez pas ! C'est dans le New Jersey. Je ne vais jamais dans le New Jersey, sauf quand je dois aller à Philadelphie. Ce n'est pas parce que l'équipe ne m'appartiendra plus que je n'aurai pas envie d'assister aux matchs... Je suis littéralement tombée amoureuse du football, à présent que je connais tous les joueurs.

— Vous ne pouvez déménager l'équipe sans avoir un stade où la faire jouer ! s'emporta Keane, qui criait presque. McDermitt ne vous a pas dit ça ?

— C'est là où tout s'emboîte magnifiquement, vous allez voir... Donald vient tout juste de récupérer de toutes ces horribles tuiles qui lui sont tombées dessus, il y a quelques années, et il voudrait absolument construire un beau stade comme le vôtre sur ce grand terrain qui lui appartient dans le West Side.

Elle fit jouer ses paupières de manière suggestive avant d'ajouter:

— Nous sommes des amis proches, Don et moi. Des amis *très proches*, même... Il m'a promis ma loge rien que pour moi si j'accepte de signer le contrat avant de rendre le club à Reed.

Phoebe dévisagea sa victime d'un air consterné.

— Ne m'en veuillez pas, Jason. Je dois faire ce que Ronnie me dit de faire, vous savez. Il se met dans tous ses états si je ne me conduis pas en vraie businesswoman.

Dan était reconnaissant à Phoebe de monopoliser l'attention. Grisé comme il l'était par les hauteurs qu'atteignait ce numéro de génie, il n'était pas sûr d'arriver à contenir sa jubilation. Il devait pourtant tirer son chapeau à Ron. Un bras sur le dossier de sa chaise, un autre sur la table, il parvenait à se donner l'air impassible et menaçant d'un mafioso dirigeant en sous-main une entreprise cotée en Bourse.

Soudain, l'attitude de Keane changea de manière subtile. Ce fut un regard à la fois inamical et condescendant qu'il posa sur Phoebe en déclarant:

— Je dois vous mettre en garde... Il serait tentant pour moi de vous prendre au mot. Il est extrêmement douteux que la Ligue donne un jour son agrément à une troisième équipe professionnelle à New York. À votre place, je ne placerais pas trop d'espoir dans la possibilité d'établir les Stars à Manhattan.

Phoebe laissa fuser ce même petit rire, à la fois sensuel et innocent, qui une heure plus tôt aurait fait grimper Dan aux rideaux. À présent, il semblait aussi musical et doux à ses oreilles qu'une sonnerie de carillon. Comment avait-il pu douter d'elle un seul instant ? Elle avait l'esprit aussi affûté qu'une lame, mais elle possédait également les tripes d'un joueur de poker.

— C'est exactement ce que m'a dit Ronnie! s'amusa-t-elle. Mais j'ai un plan de secours.

— Vraiment? répliqua Keane sèchement.

Accoudée à la table, elle se pencha vers lui et ajouta sur le ton de la confidence:

— Vous n'imaginez pas à quel point Baltimore aurait envie d'accueillir sa propre équipe de la NFL! Depuis que les...

Tournant la tête, elle interrogea Dan du regard. Nul n'aurait pu la percer à jour, mais il la connaissait à présent suffisamment pour reconnaître cette lueur malicieuse qui brillait au fond de ses yeux. Tout en affichant un visage impassible, il sentit sa poitrine se gonfler d'orgueil.

— Quelle est cette équipe, déjà? lui demanda-t-elle. Celle qui a décidé de quitter Baltimore.

— Les Colts.

— C'est bien cela: les Colts. Eh bien, depuis que les Colts ont quitté Baltimore, toute la ville rêve de retrouver une équipe professionnelle. Et puis il y a aussi Orlando...

Une expression de bonheur sans mélange se peignit sur ses traits quand elle ajouta:

— Leur délégation m'a littéralement conquise! On peut dire que ces hommes savent vivre... Pendant que nous discutions, ils m'ont offert ce délicieux stylo-plume Montblanc, avec ses mignonnes oreilles de souris en or sur le capuchon.

Un rire de Minnie petite souris lui échappa, qu'elle étouffa sous sa main d'un air confus avant d'ajouter:

— J'adorerais vivre à Orlando. Le site de leur stade est juste à côté de Disney World!

Cette fois, Keane paraissait KO.

— Alors? conclut-elle. Vous voyez que je sais moi aussi me conduire en parfaite petite femme d'affaires!

Posant sa serviette sur la table, elle se leva pour lancer à la cantonade:

— Si vous voulez bien m'excuser, messieurs, je dois aller me rafraîchir un peu. Ronnie, sois gentil avec Jason en mon absence. Tu as eu tout ce que tu voulais, alors tu peux te permettre de te montrer *fair-play*.

Sur ce, elle quitta la table et la pièce, entraînant tous leurs regards à sa suite jusqu'à ce que la porte se referme derrière elle.

Dan aurait voulu bondir sur ses pieds pour lui donner l'ovation debout qu'elle méritait. À cet instant, il comprit avec la plus grande certitude qu'il ne pouvait épouser Sharon Anderson. Cette soudaine prise de conscience libéra aussitôt ses épaules d'un poids énorme qu'il n'avait pas été conscient de porter jusqu'alors. C'était Phoebe qui emplissait son cœur, pas Sharon. Il lui faudrait revoir ses plans de fond en comble. L'avenir qu'il avait vu si clairement tracé devant lui apparaissait à présent incertain. Mais au lieu de le déprimer, cette incertitude l'emplissait d'une revigorante euphorie.

Jason jeta rageusement sa serviette sur la table, se leva brutalement et se tourna vers Dan.

— Je pensais que nous étions amis ! lui lança-t-il. Vous pouvez m'expliquer ce que tout ceci signifie ?

Dan parvint à dissimuler son allégresse d'un haussement d'épaules.

— C'est du business, répondit-il. Je n'ai rien à voir là-dedans. Je n'étais même pas au courant et ce n'est pas mon problème.

— Même si vos joueurs doivent finir avec des oreilles de Mickey sur leurs casques ?

— Étant donné le passé footballistique de la ville, c'est Baltimore qui a ma préférence. Et puis c'est plus près de Manhattan.

Écumant de rage, Jason se tourna vers Ron.

— C'est vous qui êtes derrière tout ça, McDermitt ! Vous avez manipulé en beauté cette foutue cervelle de moineau ! Bon Dieu ! Vous la menez par le bout du nez !

Le sourire de Ron révéla les dents acérées d'un bébé requin.

— Je n'ai fait que ce que j'avais à faire, Keane. Voilà des années que vous nous baisez, et j'ai finalement trouvé le moyen de vous retourner l'attention. Bert n'aurait jamais accepté d'envisager cette solution. Phoebe n'a pas ses scrupules ni son sens de la tradition. Cela n'a pas été très difficile de la convaincre de regarder ailleurs. Elle a un carnet d'adresses phénoménal, vous savez... Et je ne lui demande pas trop comment elle s'est débrouillée pour les obtenir. Un jour elle est au bout du fil avec Trump. Le lendemain avec Disney. Tous promettent des loyers modérés et des concessions avantageuses. Ils sont même prêts à pousser les curseurs, côté sécurité. Je réalise que cela va vous laisser avec un stade vide sur les bras, mais vous l'avez dit vous-même : les affaires sont les affaires. Peut-être que les Bears...

— Que les Bears aillent se faire foutre ! hurla Keane. Vous croyez que j'ai envie de me retrouver avec McCaskey pendu à mes basques ?

L'espace de quelques secondes, ses yeux passèrent plusieurs fois de Dan à Ron. Puis, ils se plissèrent sous l'effet de la suspicion.

— Allez vous planter devant la porte ! ordonna-t-il à son avocat. Si Phoebe arrive, débrouillez-vous pour la retenir. O'Brian ! Appelez-moi Trump.

Dan vit passer dans le regard de Ron une lueur de panique. Lui-même n'était pas sûr d'être parvenu à dissimuler son trouble. Hélas, songea-t-il, Phoebe avait fait de son mieux, mais Keane n'était pas aussi facile à berner que lui-même l'avait été.

Un silence lourd se fit dans la pièce tandis que le bras droit de Jason composait le numéro. Après quelques secondes de conversation à mi-voix avec son correspondant, O'Brian passa la communication à son patron.

— Donald, c'est Jason Keane ! dit-il avec un entrain forcé. Désolé d'interrompre votre soirée, mais je suis sur la piste d'une intéressante rumeur que je tenais à vérifier auprès de vous. Il se dit par chez nous que vous voudriez construire un stade sur ce terrain du West Side que vous possédez. Si c'est vrai, j'aimerais assez participer au tour de table. À condition que vous ayez une équipe en vue.

Les jointures de ses doigts devinrent blanches tant il serrait le combiné en écoutant la réponse de son interlocuteur.

— C'est donc vrai ? reprit-il d'une voix défaite. Non. Je comprends. Je me disais que peut-être les Jets...

Nouveau silence, puis :

— Vraiment ? Ce sont des choses qui arrivent. Oui, tout à fait. Oh, certainement !

Il y eut une autre longue pause, puis Keane conclut d'une voix blanche :

— Je n'y manquerai pas. Oui... Un plaisir pour moi également.

Le visage blême, il reposa violemment le combiné sur l'appareil.

— L'enfant de salaud veut les Stars ! lança-t-il d'une voix grinçante. Il a même eu le culot d'ajouter qu'il avait promis à Phoebe une loge en marbre rose ! Et ça l'a bien fait rire, le fils de pute !

Mettant un terme au silence tendu qui était retombé dans la pièce, Ron s'éclaircit la voix et suggéra :

— Voulez-vous que je demande à Phoebe les noms de ceux avec qui elle a parlé à Orlando et Baltimore ?

— Pas la peine !

Dan pouvait presque voir les rouages tourner dans l'esprit bien huilé de Keane.

— Dan, dit-il sans le regarder. Je vous ai vu loucher sur ce putter George Low Wizard qui m'appartient. Il est à vous si vous parvenez à emmener Phoebe loin d'ici.

— Toujours heureux d'aider un ami.

— Quant à vous...

Keane pointa un index vengeur sur Ron.

— Vous ne sortirez pas d'ici tant que nous ne nous serons pas mis d'accord sur un nouveau contrat.

Ron prit son temps pour choisir un cigare dans l'humidificateur qu'on venait d'apporter avec le brandy.

Parrain jusqu'au bout des ongles, il le fit rouler entre ses doigts en déclarant calmement :

— Votre offre a intérêt à être attrayante, Jason. *Très* attrayante. Moi-même, j'aime beaucoup Orlando.

— Elle le sera, soyez sans crainte.

— Alors, mettons-nous au travail.

Tout sourire, Ron coinça le cigare entre ses dents et ajouta :

— Et n'oubliez pas qui mène Trump par le bout du nez !

20

— Tu es sûr que tu m'as raconté tout ce qui s'est passé après mon départ ? demanda Phoebe.

Elle claquait des dents bien que le chauffage fût au maximum dans la Ferrari.

— Tout ce que je peux me rappeler, répondit Dan.

Phoebe ne parvenait toujours pas à réaliser : à l'instant même, Ron et Jason Keane étaient en train de renégocier le contrat de location du stade. En songeant à son père et à ses reproches, un sentiment de paix inhabituel tomba sur elle. Finalement, ce n'était pas à lui, mais bien plus à elle-même, qu'elle avait eu à prouver quelque chose.

La Ferrari passa sur un dos d'âne, la tirant de ses pensées et lui faisant prendre conscience du paysage rural qu'ils traversaient.

— Tu n'avais pas dit que tu me ramenais à la maison ? s'étonna-t-elle.

— Bien sûr. À la mienne.

— Pourquoi ?

— Parce que la dernière fois que je suis passé chez toi, Mlle Molly avait invité trois copines. Je n'avais jamais réalisé quel potin peuvent faire quatre adolescentes aux voix haut perchées.

Après lui avoir jeté un regard en biais, il ajouta :

— Il me semble que nous avons besoin d'un peu d'intimité, toi et moi, pour parler de deux ou trois choses.

Phoebe ne voyait pas de quoi ils auraient pu parler qui n'ait pu attendre le lendemain. Après ce qui s'était passé la semaine précédente dans la salle de musculation, elle n'était pas disposée à rester seule avec lui sans raison. Mais puisque la voiture s'engageait déjà dans l'allée conduisant chez lui, il était un peu tard pour lui demander de faire demi-tour.

— D'abord, nous allons parler, dit-il. Ensuite, nous brûlerons cette robe qui n'en a que le nom.

Il avait dit cela d'un ton vindicatif. Elle doutait donc que ses paroles aient eu la moindre connotation sexuelle. Mais tandis que la Ferrari remontait l'allée bordée d'arbres dont les branches nues se silhouettaient sur le ciel nocturne, elle se rendit compte qu'elle n'en avait pas moins les paumes moites et le cœur battant.

— C'est du Versace… maugréa-t-elle.

— Pardon ?

— Ma robe. Elle a été dessinée par Versace, le couturier. Et copiée par une de mes amies, couturière à Manhattan, qui peut reproduire n'importe quel modèle de n'importe quel créateur.

— Qu'est-il arrivé à ta voix ? s'étonna Dan. Elle n'est pas comme d'habitude.

— Normal. Je grelotte.

— Le chauffage est à fond… Il ne fait pas froid.

— Je n'ai pas froid. Je suppose que c'est le contrecoup de ce qui s'est passé ce soir. J'étais… un peu nerveuse.

— Tu avais toutes les raisons de l'être. Phoebe, de toute ma vie, je n'ai jamais rien vu d'aussi splendide que ce que tu viens d'accomplir. Je suis tout de même un peu déçu que Ron ne m'ait pas mis dans la confidence. Surtout après avoir cru bon de m'inviter.

— Ron ne savait pas exactement ce que j'avais en tête.

— Es-tu en train de me dire qu'il a tout improvisé ?

— Pas exactement. Je lui avais donné les grandes lignes, l'attitude que j'adopterais et celle que j'attendais de lui, mais sans entrer dans les détails. Avec son problème d'arythmie cardiaque qui ressurgit quand il est nerveux, j'avais peur qu'il me trahisse. Mais je savais qu'il est très bon pour l'improvisation, alors, je n'étais pas inquiète.

— Le respect que j'éprouve pour mon cher ami Ron grandit de jour en jour…

Ils s'arrêtèrent devant la vieille ferme en pierres. La lumière venue des fenêtres du living-room éclairait le porche. À l'extrémité de celui-ci, l'aristoloche siphon toute desséchée et rabougrie pendait encore à son treillis. Dans la froide nuit de décembre, elle n'en restait pas moins jolie. Phoebe attendit que Dan vienne lui ouvrir la portière. Quand ce fut fait, elle s'arrangea pour poser ses deux jambes simultanément sur le sol. Sa robe était si serrée qu'il lui était impossible de les écarter.

Dan lui tendit la main pour l'aider. Quand ses doigts se refermèrent autour des siens, elle s'efforça de réprimer un frisson d'excitation. Une feuille crissa sous la semelle de sa chaussure lorsque, serrée contre lui, elle grimpa les marches du porche.

Après avoir ouvert la porte, il la maintint ouverte à son intention tout en expliquant :

— J'ai bien cru que tout était fichu quand Keane a fait appeler ton vieil ami Donald Trump.

Un mince sourire apparut sur les lèvres de Phoebe.

— Donald a toujours eu le sens de l'humour. Je n'ai pas eu à insister beaucoup pour le convaincre de me couvrir sur ce coup-là.

Le hall d'entrée était éclairé par une petite lampe de bibliothèque en cuivre, à l'abat-jour noir, posée sur un vieux coffre en bois. Phoebe emboîta le pas à Dan jusqu'au living-room, où il alluma encore quelques lampes, jusqu'à ce qu'une agréable ambiance baigne la pièce. Une fois encore, le simple confort rustique de cet intérieur fit l'étonnement de Phoebe. Un sweat-shirt bleu marine avait été abandonné sur le plaid écossais vert et rouge du divan. Des exemplaires de divers journaux de Chicago, ainsi qu'un autre du *Wall*

Street Journal, étaient répandus au pied d'une des chaises rembourrées. Il flottait dans l'air une odeur subtile, mélange de clou de girofle et de cannelle.

— Ta maison est si accueillante... dit-elle avec envie.

Dan suivit son regard jusqu'à un panier de jonc empli de pommes de pin posé sur le rebord de l'âtre.

— J'aime m'entourer de choses venues de la nature environnante, dit-il.

Ôtant sa veste de smoking, il alla la déposer sur le dossier d'une chaise. Puis, en rejoignant la cheminée, il défit son nœud papillon dont les extrémités se balancèrent quand il se pencha pour allumer le feu préparé dans l'âtre. Quand des flammes claires commencèrent à s'élever, il mit en place le pare-feu, se redressa et regarda Phoebe.

— Tu ne veux pas enlever ton manteau ? s'étonna-t-il.

Peut-être parce qu'elle s'habillait depuis des semaines de manière beaucoup plus classique, Phoebe redoutait de paraître devant lui dans cette robe provocatrice et vulgaire. Elle ne s'en était servie que pour désarmer Jason Keane, et elle lui semblait tout à fait déplacée dans le cadre de cette merveilleuse et confortable vieille demeure.

— J'ai toujours un peu froid.

Si Dan devina qu'elle mentait, il n'en laissa rien paraître.

— Je crois que je vais prendre une bière, reprit-il. Tu préfères quelque chose de chaud ? Thé ? Café ?

— Non, je te remercie.

Pendant qu'il se rendait à la cuisine, Phoebe s'empressa d'enlever son manteau pour le remplacer par le sweat-shirt abandonné sur le divan. Une fraîche odeur de lessive s'en dégageait, ainsi qu'une autre, plus envoûtante, qui n'était pas tout à fait celle du citron, pas tout à fait celle d'une épice, mais qui était indéniablement celle de Dan Calebow. Lorsqu'il la rejoignit, une canette de Old Style à la main, elle s'asseyait tout juste à une extrémité du divan. Il prit place de l'autre côté, s'adossa à l'accoudoir rembourré, puis souleva une jambe pour poser une cheville sur son genou.

— Vous faites la paire, toi et Ron... dit-il. Vous n'avez pas votre pareille pour monter des mystifications. Votre petit numéro de ce soir était encore plus fort que celui que vous m'aviez réservé. Au fait... Je suis assez grand pour admettre que tu avais raison, à son sujet, et que je me trompais.

— Merci.

— J'irais même jusqu'à reconnaître que tu avais partiellement raison, plus tôt dans la saison, quand tu disais que l'équipe était trop tendue pour gagner.

— Seulement partiellement ?

— Disons... en grande partie. Ce qui ne veut pas dire que je t'autorise à venir nous déranger avant le match pour nous demander d'imaginer nos adversaires à poil...

Réprimant un frisson, il ajouta :

— Tu crois qu'à l'avenir vous pourriez me réserver un petit rôle dans vos mises en scène, toi et Ron ? Ce soir, j'ai failli me rendre coupable de coups et blessures. Encore que je ne sache pas qui, de toi ou Keane, en aurait fait les frais.

— Probablement Keane. Tu cries beaucoup, mais je ne peux t'imaginer en train de frapper une femme.

— Tu oublies Valerie...

— Et si tu la présentais à Jason ? Ils s'entendraient parfaitement, tous les deux.

— Comment le sais-tu ?

— Simple intuition. Je vois bien ce type se complaire aux mises en scène cochonnes chères à ton ex-épouse.

— Je ne suis pas sûr. Certaines d'entre elles...

— Épargne-moi les détails. J'ai l'estomac fragile.

Même si Dan lui avait expliqué avoir définitivement rompu avec Valerie, les imaginer ensemble continuait d'emplir Phoebe d'un certain malaise. Ce fut d'une voix plus cinglante qu'elle ne l'aurait voulu qu'elle ajouta :

— Je suis sûre que les autres femmes doivent te sembler bien ternes après ta coquine élue du peuple…

Dan soupira longuement.

— Tu as décidé de me chercher des poux dans la tête, c'est ça ?

— Je n'ai rien décidé de tel !

— Bien sûr que si ! Mais tu en seras pour tes frais, car je ne suis pas d'humeur belliqueuse.

Dan décroisa ses jambes, reposa ses pieds sur le sol et sa bière sur le tapis.

— En revanche, poursuivit-il, je me sens d'humeur à aller chercher une paire de tenailles pour voir si je pourrais t'extraire de cette robe.

Phoebe retint son souffle. Une vague de chaleur envahit tout son corps, et le doute son esprit.

— Dan… protesta-t-elle. Ne plaisante pas avec ça.

— Je ne plaisante pas.

Il avait l'air si grave, si sérieux, qu'elle en fut presque effrayée.

— Dieu sait que j'ai essayé de tenir mes mains éloignées de toi, reprit-il. Mais c'est au-dessus de mes forces. Je ne peux résister plus longtemps.

— Est-ce maintenant que tu me dis « maintenant » ?

— Est-ce que j'ai dit « maintenant » ?

— Non.

— Alors, ce n'est pas « maintenant ». C'est juste… ce que je viens de te dire.

— Oh…

Phoebe dut passer la langue sur ses lèvres sèches pour les humecter. Dan précisa, sans la quitter des yeux :

— D'abord, tu vas enlever ce sweat-shirt. Il ne fait pas froid. Le chauffage fonctionne et il y a un feu d'enfer dans cette cheminée.

— Je préfère le garder.

— Es-tu en train de me dire que tu n'as pas envie de faire l'amour avec moi ?

— Non.

Elle aurait aimé ne pas répondre avec tant d'ardeur. Il lui fallut faire un effort pour s'exprimer plus raisonnablement.

— Si je préfère garder ce sweat-shirt, c'est que, dès que tu verras ma robe, tu vas de mettre à crier de nouveau.

— Phoebe... N'importe quelle femme dotée d'un peu d'intelligence comprendrait que crier est bien la dernière chose que j'aie en tête pour l'instant.

— C'est ce que tu dis ! Mais ta colère est imprévisible. Il ne t'est pas venu à l'esprit que j'ai fait ce soir exactement ce que tu attends de ton équipe ?

— Tu veux vraiment revenir là-dessus ?

— Je me suis investie corps et âme pour faire avancer le jeu. N'est-ce pas à cela que rime le football ?

— Tu commences à me rendre fou. Tu le sais, pas vrai ?

Phoebe ne pouvait lui résister quand ces petites flammes vertes d'amusement dansaient au fond de ses yeux.

— Il y a une agrafe, dit-elle. Juste à l'arrière du col.

— Viens un peu par ici et montre-moi ça.

Elle fit ce qu'il lui demandait. Elle se rapprocha de lui sur le divan, et il lui indiqua en appuyant sur ses épaules qu'il la voulait allongée sur ses jambes, la joue contre son genou et les seins sur sa cuisse. En libérant les cheveux de Phoebe prisonniers sous le sweat-shirt, il lui expliqua :

— Je vois les choses ainsi : nous allons commencer là, sur ce divan, pour ensuite tracer notre route jusqu'à la chambre, de pièce en pièce.

— On dirait un grand nettoyage de printemps...

Doucement, il tira pour faire passer le sweat-shirt par-dessus les épaules de Phoebe. Après l'avoir jeté à terre, il caressa doucement son dos à travers les mailles du filet.

— Il doit y avoir quelques similitudes, admit-il. J'ai en tête quelques petites choses excitantes que nous pourrions faire avec de l'eau et du savon.

— Étant donné ton passé, railla-t-elle, tu dois pouvoir trouver des choses excitantes à faire avec n'importe quoi !

La main de Dan glissa le long de son dos pour aller se poser sur ses fesses.

— Tu es sûre que tu n'aimes pas la fessée ? demanda-t-il, faussement menaçant.

Phoebe sourit contre son genou.

— Certaine ! répondit-elle.

— C'est encore autre chose que j'aime chez toi.

Avec une savante lenteur, Dan caressait les fesses de Phoebe à travers le tissu soyeux de sa robe. Il en soulignait les formes sous sa paume avant de remonter d'un doigt inquisiteur le sillon qui les séparait. Quand elle crut ne plus pouvoir supporter une seconde de plus de cette torture, elle se tortilla sur ses jambes et se retrouva les lèvres pressées contre sa braguette. Elle le sentit se figer et retenir son souffle à l'instant même où elle constatait qu'une érection impressionnante gonflait son pantalon.

Un grondement sourd échappa de ses lèvres.

— Phoebe… gémit-il. Si tu continues, nous aurons terminé avant d'avoir commencé.

Il la souleva par les épaules pour l'aider à se redresser et la prit dans ses bras. Pendant un long moment, ils ne se quittèrent plus des yeux. Soudain, Phoebe eut peur qu'il ne la repousse, comme la semaine précédente. Mais bien au contraire, ses larges mains d'athlète affermirent leur prise sur son corps pour la serrer plus étroitement contre lui. Leurs lèvres se rencontrèrent, entrouvertes et curieuses. Phoebe referma ses bras autour du cou de Dan et ils s'affalèrent emmêlés sur le divan.

À travers la résille, elle sentait ses mains partout sur son corps. Dan se redressa, tirant maladroitement sur sa robe pour l'en débarrasser. Phoebe, de son côté, s'en prenait sans plus de succès à sa chemise. Tous deux avaient oublié dans quelle position précaire ils se trouvaient quand ils se sentirent rouler à bas du divan. Avant qu'ils touchent le tapis, Dan s'arrangea pour glisser le premier afin de ne pas écraser Phoebe.

Leur chute n'avait pas suffi à interrompre leur baiser. Quand finalement leurs bouches se séparèrent à regret, Phoebe ouvrit les yeux et vit Dan, sous elle, qui souriait.

— Dis-moi… susurra-t-il. Est-ce que tu t'amuses autant que moi ?

— Plus encore !

Elle ne put résister à l'envie d'embrasser la cicatrice qu'il portait au menton.

— Phoebe, chérie… supplia-t-il. Il faut que je t'enlève cette robe !

— Ne crie pas… le prévint-elle.

— Je t'ai dit que…

— Je ne porte rien dessous.

Les yeux écarquillés, Dan s'écria :

— Rien du tout ? Tu dois porter un collant, j'ai vu…

Phoebe secoua négativement la tête et l'interrompit :

— Ni culotte, ni collant, ni porte-jarretelles.

— Mais… tu portes des bas noirs. Comment…

Posant l'index sur ses lèvres, elle le fit taire et précisa :

— Des bas qui tiennent seuls en haut des cuisses.

Il roula sur le côté pour la déposer doucement sur le sol.

— Phoebe Somerville ! lança-t-il d'une voix anxieuse. Es-tu en train de me dire que tu ne portes sous cette robe aucun sous-vêtement ?

— Ils se seraient vus.

— Juste une paire de bas noirs ?

— Et quelques gouttes de *White Diamonds*.

D'un bond, Dan se mit debout et la remit sur pied sans trop de ménagement.

— Nous filons droit dans ma chambre, chérie ! Puisqu'il y a de fortes chances que je meure de crise cardiaque avant la fin de la nuit, je veux mourir dans mon lit !

Son badinage insouciant donnait à Phoebe la sensation d'être la femme la plus désirable au monde. Serrés l'un contre l'autre, ils regagnèrent le hall et gravirent l'escalier. Sur le palier, il lui fit franchir sur la droite une porte menant à une chambre spacieuse qui semblait constituée de plusieurs petites pièces rassemblées. Le plafond en était mansardé, et le mur de droite composé de pierres apparentes. Une extrémité servait de confortable zone de détente, et l'autre accueillait un grand lit ancien au cadre en bois recouvert d'un magnifique jeté de lit indien dans des tons d'orange, de noir, de vert et de crème.

Au milieu de la chambre, Dan glissa les mains sous les cheveux de Phoebe et défit l'agrafe qui fermait la robe, à l'arrière de l'encolure. Ses doigts habiles, plus bas dans le dos, trouvèrent celle qui libérait l'inconfortable bandeau de cuir comprimant ses seins. Le haut de la robe glissa jusqu'à sa taille et elle soupira de soulagement.

— Ça faisait mal ? s'étonna-t-il.

— Un petit peu.

Dan l'encercla de ses bras et caressa du bout des doigts les marques laissées sur ses seins par le vêtement.

— Promets-moi… reprit-il gravement, promets-moi de ne plus jamais t'exhiber dans ce genre de tenue.

Phoebe pivota entre ses bras et l'embrassa pour ne pas avoir à lui répondre. Elle n'était pas prête à lui promettre quoi que ce soit tant qu'il ne lui aurait pas lui-même fait quelques promesses.

Dan prit l'initiative d'abréger leur baiser, trop vite au goût de Phoebe, qui manifesta son mécontentement par un petit gémissement. Qu'elle ne soit pas décidée à le laisser s'éloigner d'elle le comblait d'aise. Avant de s'asseoir sur une chaise pour l'admirer, il sortit de son pantalon les pans de sa chemise et retira ses boutons de manchette, qu'il glissa dans sa poche. Le haut de la robe était retombé en une masse informe autour de sa taille. Il ne parvenait pas à quitter des yeux ses seins ronds et lourds, marqués par leur trop longue contention. Comment avait-il pu imaginer pouvoir faire sa vie avec Sharon, alors que Phoebe lui faisait un tel effet ? Son cœur semblait avoir découvert la vérité bien avant son esprit.

En levant les yeux, il fut ému de découvrir une expression de malaise et d'inconfort sur son visage, et dans sa pose une maladresse inexplicable. Cette apparente timidité ne collait pas avec ce corps de pécheresse née pour enflammer les hommes. La découvrir si vulnérable l'effrayait. Une part de lui-même la voulait agressive et experte, prête à lever un ongle affûté pour graver une nouvelle marque à son tableau de chasse. Mais son cœur, quant à lui, désirait tout autre chose.

Pour détendre l'atmosphère, il lui sourit et dit :

— Tu ferais de moi le plus heureux des hommes si tu voulais bien finir de retirer très doucement cette robe, pour que je puisse voir si tu m'as menti.

Phoebe entrouvrit les lèvres, comme pour protester. On aurait pu croire qu'elle ne s'était jamais déshabillée devant un homme. La combinaison de cette apparente innocence et de son physique de reine de beauté faillit avoir raison de la maîtrise que Dan s'efforçait de garder sur son désir.

La voyant hésiter, il demanda doucement, la tête penchée sur le côté :

— Tu ne veux tout de même pas qu'on remette ça avec ce truc de vierge effarouchée, n'est-ce pas ? Parce que j'ai bien peur d'avoir en tête quelque chose d'un peu plus... épicé !

— Le truc de... commença-t-elle, interdite. Oh, non ! Ce n'est pas ça. Je...

Glissant les pouces dans le vêtement, elle commença promptement à le faire glisser sur ses hanches.

— Pas si vite ! protesta Dan. Ne le prends pas mal, parce que cela n'a rien d'irrespectueux de ma part, mais... Est-ce qu'on ne pourrait pas faire comme si j'allais plaquer un billet de 100 dollars sur cette commode après ce strip-tease et que j'étais décidé à en avoir pour mon argent ?

Un sourire tremblant apparut sur les lèvres de Phoebe.

— 100 dollars ? Ce qui se trouve sous cette robe vaut bien plus que ça !

— Si tu acceptes la carte bleue, ton prix sera le mien.

— Je croyais que tu étais un homme rangé, à présent.

— C'était avant que je te voie dans cette robe.

— Et si tu commençais par enlever ta chemise ? J'adore te regarder torse nu.

— C'est vrai ?

Même si elle n'était pas la première femme à lui faire cet aveu, Dan en fut plus flatté qu'il ne l'avait jamais été. Il prit son temps, sans la quitter des yeux, pour se débarrasser de son nœud papillon, de sa ceinture et de sa chemise, qu'il déposa sur le dossier de sa chaise. Sentir pendant qu'il se déshabillait les yeux de Phoebe partout sur son corps lui procura un plaisir qu'il n'aurait pu imaginer.

— À ton tour, dit-il quand il fut torse nu devant elle.

Phoebe commença avec une excessive lenteur et des déhanchements savants à faire glisser le vêtement. Mais son nombril venait à peine d'apparaître qu'elle s'arrêta.

— Quelle est la limite de crédit sur ta carte bleue ? s'enquit-elle en lui jetant un regard espiègle.

— Arrête de t'en faire pour ma carte bleue, maugréa-t-il. Soucie-toi plutôt de savoir si oui ou non tu seras encore capable de marcher quand j'en aurai terminé avec toi.

— Je tremble, monsieur l'impitoyable coach ! minauda-t-elle. Ne me faites pas peur…

Avec une moue provocatrice et un regard de braise, elle reprit son strip-tease où elle l'avait laissé. Le glissement sensuel de ce tissu noir sur la blancheur laiteuse de ses hanches généreuses, de ses cuisses fuselées, produisit sur Dan un tel effet qu'il craignit d'exploser avant de l'avoir même touchée. En la voyant finalement, au terme de cet effeuillage, extraire un pied après l'autre de l'anneau de tissu noir déposé sur le sol, il sut qu'elle n'avait pas menti.

Comme elle le lui avait affirmé, sous sa robe, Phoebe ne portait que des bas noirs et une paire de chaussures à très hauts talons. Debout devant lui, elle était libre, sauvage, effrontée, et totalement à lui pour le reste de la nuit.

Il aurait voulu laisser courir ses mains sur chaque centimètre de ce corps étonnant, en explorer chaque repli. Mais il lui aurait fallu se lever, ce qui l'aurait privé de la vue incroyable qu'il avait sur elle. Alors, il demeura où il était et se contenta de la caresser du regard, laissant ses yeux glisser tout le long de ses jambes interminables, puis remonter jusqu'à ce point, très mystérieux, très attirant et très secret, où elles se rejoignaient.

Les secondes s'ajoutèrent aux secondes. Et au fur et à mesure que se prolongeait le silence qui s'était établi entre eux, la nervosité de Phoebe revint la tenailler et lui mordre les tripes. Pourquoi Dan ne disait-il rien ? Plus il la regardait, plus se fortifiait sa crainte qu'il ait découvert chez elle quelque chose qui clochait. L'assurance d'être belle et sexy qu'il était parvenu à insuffler en elle lui avait permis toutes les audaces. Mais à présent, nue devant lui, elle redevenait douloureusement consciente de ses limites. Elle n'avait ni les mensurations ni la maigreur tellement en vogue d'un top-modèle. Ses cuisses n'étaient pas assez minces. Ses hanches étaient décidément trop rondes. Quant à son ventre, il n'avait été vraiment plat que lorsqu'une grippe foudroyante l'avait clouée plus d'une semaine au lit.

Comme il ne paraissait nullement décidé à rompre son immobilité et son silence, Phoebe perdit ses moyens et se pencha pour ramasser sa robe.

Dan se dressa immédiatement sur ses jambes, le front ridé de plis soucieux.

— Phoebe, chérie… plaida-t-il d'une voix inquiète. Je plaisantais avec cette histoire de strip-tease. Tu le sais, n'est-ce pas ?

Après l'avoir rejointe, il lui prit la robe des doigts et la jeta à terre. Puis, il la serra tendrement contre lui. Son torse diffusait une douce chaleur contre ses seins. Elle pencha la tête pour poser la joue contre son épaule. Sa raison lui dictait qu'elle n'était pas à l'abri du danger entre ses bras, mais son cœur avait la certitude d'avoir trouvé un havre de paix.

— Dis-moi ce qui ne va pas, insista-t-il doucement. J'ai été trop loin dans la plaisanterie ? Je ne voulais pas te blesser, tu sais...

Phoebe avait deux options. Elle pouvait se cacher derrière une blague ou elle pouvait lui dire la vérité. Des deux, elle choisit la plus ardue.

— Cela me gêne que tu me regardes... de cette façon.

— De quelle façon ?

— Je sais que j'ai 5 kilos à perdre, mais je n'arrive pas à me mettre au régime. Tu dois être habitué à des femmes plus sveltes. Valerie est...

— Qu'est-ce que Valerie vient faire là-dedans ?

— Elle est mince, et moi je suis un peu... Je suis grosse, voilà ce qui me gêne !

— Pas possible ! lança Dan en la dévisageant avec des yeux ronds. Alors là, je rends mon tablier... Je renonce définitivement à essayer de comprendre les femmes.

Tout en pestant, il commença à caresser ses hanches, et à lui embrasser les tempes, si doucement qu'elle en eut la chair de poule.

— Je connais beaucoup de femmes qui ne sont pas à l'aise avec leur physique, murmura-t-il. Et je sais que je devrais me montrer compréhensif avec toi. Mais tout de même, Phoebe... T'entendre dire que tu as trop de formes, c'est comme si un millionnaire se plaignait que ses dollars sont trop verts !

— N'empêche que tu me regardais bizarrement...

— Je le confesse, mais on ne m'y reprendra plus. Dorénavant, je fermerai les yeux.

Dan plaça ses paumes sous les seins de Phoebe, pencha la tête et cueillit un mamelon entre ses lèvres.

Un plaisir torride se diffusa dans tout son corps. Tous ses doutes, toutes ses interrogations fondirent comme neige au soleil. Accrochée à ses épaules, la tête rejetée en arrière, elle s'abandonna à ses caresses.

Elle ne sut ni comment elle était arrivée sur le lit, ni ce qu'étaient devenues ses chaussures. Seul le doux contact du jeté de lit indien sous son dos nu lui fit prendre conscience qu'elle y était allongée. À peine eut-elle le temps de voir Dan achever de se déshabiller qu'il la rejoignit.

— J'ai toujours mes bas, lui fit-elle remarquer.

— Je sais.

Dan fit courir ses doigts sur le nylon noir et soyeux, jusqu'à l'ourlet élastique et la peau nue et non protégée de l'intérieur de ses cuisses. Phoebe comprit alors que ses bas l'excitaient.

— Écarte les jambes pour moi, ma douce.

Sans hésiter, elle fit ce qu'il demandait.

— Encore, insista-t-il. Remonte tes genoux.

Une nouvelle fois, elle s'exécuta. Redressant la tête, elle vit le sommet de son crâne entre ses jambes et se plaignit :

— Tu me regardes encore bizarrement !

— Et toi, tu es juste aussi jolie à cet endroit que partout ailleurs.

Phoebe retint son souffle lorsque, du bout d'un doigt humide de salive, il commença à dessiner les contours de cette part la plus intime d'elle-même. Dan prit son temps, tout son temps, pour palper autant que pour regarder. Parfois, ses lèvres se posaient sur la peau toute douce de l'intérieur de ses cuisses, et elle l'entendait murmurer des mots doux.

Enfin, son doigt se fit plus curieux, s'aventura plus avant, glissa et disparut en elle, pour de nouvelles caresses plus intimes, pour de plus affolantes sensations. Phoebe s'accrocha au couvre-lit et tenta de reprendre son souffle. Il lui semblait que son corps n'était plus là, sur ce lit de plaisir, mais qu'il virevoltait dans le vide, vers une contrée humide et chaude.

Ce fut pire encore lorsque la bouche de Dan prit le relais de ses doigts. Elle eut la sensation de se noyer dans un plaisir infini. À peine s'était-elle habituée à cette ivresse qu'elle sentit non plus un mais deux doigts glisser en elle, infatigables et habiles. De très loin, elle l'entendit lui prodiguer ses encouragements d'une voix rauque de désir.

— C'est bien, *baby*. Très, très bien. Laisse-toi aller. Laisse-moi te faire du bien, mon cœur.

— Non... gémit-elle, à peine capable de parler. Non ! C'est toi que je veux... toi que je veux en moi !

Ses doigts plongèrent plus loin encore.

— Je suis là. Tu me sens, *baby* ? Tu me sens ?

— Oui ! Je...

D'un coup, Phoebe écarquilla les yeux. Ces doigts ! Ces doigts impudiques ne connaissaient aucune limite, aucune honte ! Ils étaient partout à la fois...

Un rire rauque et sensuel, un rire de démon tentateur satisfait de ses tours, monta des lèvres de Dan.

— Détends-toi, *baby*. Détends-toi bien et laisse-moi te découvrir...

Phoebe ferma les yeux, râla sourdement et le laissa agir à sa guise. Rien n'aurait pu l'inciter à lui demander d'arrêter. Sans cesser de la caresser, il prit un de ses mamelons entre ses lèvres pour le mordiller doucement. Elle se sentit fuser vers la stratosphère, en une spirale infinie, se consumer au cœur du soleil, puis retomber sur terre, où il la ramassa entre ses bras pour lui éviter de s'écraser au sol.

Elle ne put entrouvrir ses paupières avant ce qui lui parut durer une éternité.

— Je n'ai pas pu t'attendre... murmura-t-elle.

— Je ne t'ai pas laissée faire, répondit-il en prenant position entre ses jambes.

Bien que plus que décidée à l'accueillir en elle, Phoebe eut un peu de mal à se prêter à cette lente et prudente invasion. Arc-boutée sur le lit, elle souleva les hanches pour exiger davantage de lui. Mais quand il le lui donna, elle ne put retenir un petit gémissement plaintif.

— Je te fais mal ? s'inquiéta-t-il en se figeant.

— Non ! répondit-elle avec émotion. C'est fantastique !

Tel un fauve, Dan arqua le dos, saisit ses hanches entre ses mains fortes... et Phoebe, tout de suite, connut un nouvel orgasme.

Dan laissa un rire satisfait fuser de ses lèvres en voyant Phoebe se tordre de plaisir sur le lit. Alors que les derniers spasmes de la jouissance la secouaient encore, il fondit sur sa bouche pour s'abreuver à la source de ses petits cris de reddition. Son corps était à lui, tout entier, douce prise de guerre sur un champ de bataille en soie. Il pouvait en faire ce que bon lui semblait. Il pouvait le posséder à sa guise, sans faiblesse, sans répit, exercer sur lui une force sans commune mesure avec celle qui était la sienne. Il pouvait en user de manière honteuse, de manière sensuelle, jusqu'à lui arracher encore et encore des cris de passion.

Un voile de sueur couvrait la peau de Dan. Il était sur le point d'atteindre ses limites, mais il n'était pas pour autant disposé à jouir. Il n'en avait pas terminé avec elle. Il ne l'avait pas encore suffisamment sentie, goûtée, conquise. Même lorsqu'il avait calé sans douceur ses épaules sous les genoux de Phoebe. Même lorsqu'il l'avait pénétrée si profondément, si durement, qu'ils ne faisaient plus qu'un seul corps. Ce n'était pas assez et cela ne serait jamais assez. Il voulait plus, toujours plus. D'elle, il voulait tout : son sexe, son cœur, son corps, son âme.

Dans l'abandon de l'extase, Phoebe poussa un petit cri qui libéra quelque chose en lui ; quelque chose qui aurait dû y rester à jamais enfoui, à l'abri, au secret. Poussé par des instincts développés dans sa plus tendre enfance, qui lui commandaient de se prémunir contre la douceur des sentiments, Dan se retira et empoigna le corps de Phoebe pour le retourner tel une poupée de chiffon. Une main posée au creux de sa nuque pour l'empêcher de redresser la tête, il glissa l'autre sous son ventre afin de l'inciter à se mettre à genoux. Ses cheveux répandus formaient sur l'oreiller comme une toile d'or. D'un coup de reins, il la pénétra et porta les mains à ses seins. Sous ses doigts, il fit rouler ses mamelons durcis, l'emmenant à la plus douce des frontières, du bon côté de la souffrance.

Phoebe criait son nom. Comme elle l'en suppliait, il allait une fois encore la faire rouler de l'autre côté de la montagne du plaisir qu'ils gravissaient ensemble. Et cette fois, il comprit qu'il ne pourrait que dévaler cette pente avec elle.

Son visage ne lui était pas visible. Son sexe, lui, s'offrait à ses assauts. Ce rut animal aurait dû le prémunir, le garantir de tout risque d'attendrissement. Alors pourquoi ressentait-il pour elle cette débordante tendresse ? Pourquoi en lui ces sensations si douces, si tendres, qu'elles lui donnaient envie de pleurer comme il ne l'avait plus fait depuis très longtemps ? Dan repoussa comme il le put ces sentiments dérangeants et se maudit de les ressentir. Mais tandis que Phoebe se laissait une fois de plus emporter par l'orgasme, il sut que, s'il l'avait fallu, il serait mort pour elle.

D'un coup, toute sa férocité reflua en lui. Doucement, il la retourna sur le lit afin de pouvoir admirer son beau visage bouleversé par le plaisir, ses joues empourprées, ses lèvres entrouvertes. En la serrant fort contre lui, il ferma les yeux pour résister à une émotion, la plus terrible de toutes, qu'il refusait de nommer. Alors, dans un grand cri, il se vida en elle.

21

Dan traversa la chambre, nu comme un ver. Allongée sur le lit, Phoebe songea à tous les coups qu'il avait dû encaisser au fil des années en observant les cicatrices qui lui couturaient le corps. D'une penderie, il tira un peignoir en éponge blanc et l'enfila rapidement.

— Il faut qu'on parle, Phoebe.

Jamais elle ne l'avait vu aussi sombre. Soudain, le souvenir dérangeant de la scène qui avait suivi leur première nuit d'amour à Portland s'imposa à sa mémoire.

S'approchant du lit, il s'assit près d'elle et la dévisagea un instant avant d'ajouter :

— J'ai bien peur que nous nous soyons laissés aveugler par la passion. Je n'ai pris aucune précaution.

Le visage vide de toute expression, Phoebe se contenta de soutenir son regard sans rien dire.

— Je ne sais pas ce qui m'a pris, poursuivit-il d'un air accablé. Je ne me suis jamais montré aussi inconscient. Même quand j'étais gamin.

Soudain, elle comprit où il voulait en venir. L'idée qu'il puisse redouter de l'avoir mise enceinte lui serra le cœur.

— Tu n'as pas à t'inquiéter, répondit-elle en détournant le regard. Je prends la pilule.

Il n'avait pas besoin de savoir qu'elle ne s'était décidée à se la faire prescrire que récemment. Le lendemain, en fait, de leur petite aventure dans les toilettes de l'avion.

— Nous vivons dans les années 1990, reprit-il sans se départir de sa gravité. Je m'inquiète d'un peu plus que d'un risque de grossesse. Je n'ai connu personne d'autre que Valerie depuis notre mariage, et mon contrat avec les Stars m'impose des check-up réguliers. Je sais que je suis *clean*.

Il prit soin de la fixer au fond des yeux et conclut :

— Mais je n'ai aucune certitude en ce qui te concerne.

En butte à son mutisme têtu, Dan enchaîna :

— Tu as vécu pleinement ta vie. Je ne juge pas : c'est un constat. J'ai juste besoin que tu me dises si tu as toujours pris les précautions nécessaires, et à quand remonte ton dernier bilan sanguin.

Une fois encore, elle comprit à retardement de quoi il s'agissait et faillit éclater de rire. Comment aurait-elle pu avouer à ce séducteur que la dernière fois qu'elle avait couché avec un homme, le sida n'avait pas encore fait son apparition dans le monde occidental ?

Pour gagner du temps, Phoebe se redressa sur un coude et se cala contre les oreillers.

— Chapeau ! plaisanta-t-elle. On peut dire que tu sais t'y prendre pour mettre une femme à l'aise après l'amour...

— Ce n'est pas une plaisanterie, Phoebe.

— Non, effectivement.

Pour ne pas avoir à passer devant lui, elle sortit du lit par le côté qu'il n'occupait pas. Elle se rendit droit à la chaise sur laquelle il avait déposé sa chemise. Elle ne tenait pas à avoir cette conversation dans le plus simple appareil, et l'idée de devoir renfiler sa robe devant lui la gênait.

— Tu n'as rien à craindre, reprit-elle. Je suis aussi *clean* que toi.

— Comment le sais-tu ?

Phoebe passa les bras dans les manches de sa chemise.

— Je le sais, c'est tout.

Dan eut un claquement de langue agacé.

— J'ai bien peur que cela ne me suffise pas.

— Tu n'as aucune crainte à avoir, insista-t-elle. Tu peux me croire sur parole.

— Tu ne me regardes même pas. Me caches-tu quelque chose ?

— Non, mentit-elle.

— Alors, viens t'asseoir près de moi, que nous puissions en parler.

— Je n'ai rien d'autre à te dire. Tu ferais mieux de me ramener chez moi.

Dan se leva.

— Pas avant d'avoir éclairci la situation. Tu me fais peur.

Il n'avait pas l'air effrayé. Il avait l'air en colère. Phoebe glissa ses pieds dans ses chaussures.

— À mon dernier check-up, précisa-t-elle de mauvaise grâce, tout allait bien.

— Quand était-ce ?

— Au printemps.

— Combien d'hommes y a-t-il eus depuis ?

Qu'il puisse se poser la question n'avait rien que de très logique, mais Phoebe ne s'en sentit pas moins anéantie.

— Des douzaines ! s'écria-t-elle en lui faisant face. Tout le monde sait qu'il suffit de me le demander pour coucher avec moi !

En deux longues enjambées, Dan la rejoignit.

— Bon sang, ne me fais pas ce coup-là ! gronda-t-il entre ses dents serrées. Combien ?

— Tu veux les noms et les adresses ?

Le menton relevé, elle essayait de paraître farouche et déterminée.

— Le nombre me suffira, grogna-t-il.

Phoebe sentit ses yeux s'embuer.

— Tu vas devoir me faire confiance, dit-elle d'une voix tremblante. Je t'ai dit que tu n'as aucune raison de t'en faire. Pour le reste, ma vie sexuelle ne te regarde pas.

— À cette minute, elle me regarde autant que toi !

Dan la prit par le bras, pas assez fort pour lui faire mal, mais suffisamment pour lui faire comprendre qu'elle ne pourrait s'en tirer ainsi.

— Combien ? répéta-t-il rudement.

— Ne me fais pas ça...

— Combien, bon sang !

— Personne ! Tu es content ? Personne, à part toi...

— Bien sûr... Tu t'imagines que je vais te croire ?

Son scepticisme fut pour elle le pire coup au cœur d'une nuit qui en avait compté beaucoup. Impossibles à contenir plus longtemps, les larmes jaillirent.

— Crois ce que tu veux ! cria-t-elle. Je m'en fiche !

D'un geste brusque, elle se libéra et fonça vers la porte. Dan la rejoignit avant qu'elle ait pu quitter la chambre. Ce fut d'une voix radoucie, presque tendre, qu'il lui dit en la serrant contre lui :

— Ne pleure pas pour ça, ma douce. Tu n'as pas besoin de pleurer. La vérité me suffit.

Au terme d'un long silence qui lui permit de récupérer ses esprits, Phoebe reformula ce qu'elle lui avait déjà dit.

— Il n'y a eu personne dans ma vie depuis longtemps. Depuis très longtemps.

Dan la repoussa doucement, juste de manière à pouvoir lire au fond de ses yeux. Phoebe s'aperçut que, dans les siens, la colère avait cédé la place à un grand étonnement.

— Tu me dis la vérité, n'est-ce pas ?

Pour lui répondre, elle acquiesça d'un hochement de tête. Dan glissa ses doigts dans ses cheveux et passa la main sur sa joue pour essuyer les larmes.

— Je ne te comprends pas, dit-il tout bas. Pas du tout.

— Je le sais bien, répondit-elle dans un murmure.

Il la conduisit jusqu'à une confortable bergère, sur laquelle il prit place avant de l'attirer sur ses genoux. Après avoir calé sa tête sous son menton, il demanda d'une voix songeuse :

— Quand tu dis : « depuis très longtemps »... est-ce que cela représente plus d'une année ?

Phoebe acquiesça d'un signe de tête.

— Plus de deux ?

Nouveau signe de tête affirmatif.

— Beaucoup plus ?

Troisième acquiescement muet.

— Je commence à y voir plus clair... murmura Dan.

En lui caressant les cheveux, il ajouta à mi-voix :

— Tu aimais vraiment beaucoup Flores, n'est-ce pas ?

— Plus que je n'ai jamais aimé personne.

Jusqu'à ce jour, ajouta-t-elle pour elle-même.

— Essaies-tu de me dire qu'il n'y a eu personne dans ta vie depuis sa mort ? Qui remonte à quand ? Six ou sept ans, c'est ça ?

Phoebe comprit alors que, quoi qu'il puisse lui en coûter, elle allait devoir sortir de son mutisme. Il ne pourrait y avoir pour eux aucun espoir d'avenir commun tant qu'elle n'aurait pas trouvé le courage de lui dire la vérité, de se montrer à lui telle qu'elle était, avec ses cicatrices et ses secrets. Mais devoir révéler autant d'elle-même l'effrayait terriblement.

Dan ne tenta pas de la retenir quand elle se redressa pour aller s'asseoir au bord du lit. Elle s'y était installée de manière à lui faire face, les genoux serrés, les mains jointes dans les plis de sa chemise.

Enfin, après avoir pris une ample inspiration et avoir cherché son regard, elle se lança.

— Arturo était gay, Dan. Il n'était pas, il n'a jamais été mon amant. Bien plus que Bert, il a été un père pour moi.

Elle ne l'avait jamais vu aussi pris au dépourvu.

— Alors, conclut-il, je ne comprends plus rien du tout.

Devoir placer toute sa confiance en un autre être humain fut sans doute la chose la plus difficile que Phoebe eût jamais faite. Mais elle aimait Dan et, pour cette raison, elle ne pouvait plus vivre dans l'ombre à ses côtés. Elle lui raconta donc le viol, en phrases courtes et hachées, utilisant ses mains pour venir en renfort quand ses paroles se montraient déficientes. En découvrant sur son visage la fureur noire que son histoire suscitait en lui, les mots lui vinrent plus facilement et son récit se fit plus fluide. Quand elle dut lui raconter ces mois affreux, à Paris, où elle n'avait été qu'une Marie-couche-toi-là pour tant d'hommes, elle ne lut aucune condamnation, aucun jugement sur son visage. Juste une immense sympathie, qui détendait ses traits anguleux, et qui donna à Phoebe l'envie de se jeter dans ses bras. Elle se força néanmoins à rester où elle était, sachant qu'il le fallait pour parvenir à aller jusqu'au bout. Elle tenta de lui expliquer combien elle était restée glacée, plus morte que vive, au cours de toutes ces années où il lui avait été impossible d'être intime avec aucun homme.

Quand elle eut terminé, les nerfs à fleur de peau, elle lui laissa assimiler le fait qu'il était celui avec qui elle avait choisi de mettre un terme à tant d'années de célibat. Il ne lui avait fait aucune déclaration, aucune promesse d'aucune sorte. Pourtant, elle lui faisait savoir à mots couverts ce qu'il représentait pour elle. C'était la première fois qu'elle prenait un risque aussi grand.

Raide comme une statue au bord du lit, les mains jointes, elle le regarda avec appréhension venir vers elle. La tension qui l'habitait était visible aux muscles qui saillaient dans son cou. Mais à la compassion qui se lisait dans ses yeux, elle devina que sa colère n'était pas dirigée contre elle.

Doucement, il s'assit près d'elle et la prit dans ses bras. Et quand il se mit à parler, ce fut d'une voix chavirée par l'émotion.

— Je suis désolé, mon cœur. Tellement, tellement, tellement désolé…

Alors, avec une infinie tendresse, Dan l'embrassa. Au contact de ses lèvres sur les siennes, Phoebe sentit qu'une guérison s'opérait en elle et que des années de misère s'achevaient. Elle eut envie de lui dire sans attendre à quel point elle l'aimait, mais elle y renonça quand il commença à la caresser en approfondissant le baiser. Bientôt, plus rien ne compta pour elle que ce corps si doux, si puissant contre le sien, dont l'étreinte affolante suffisait à effacer toutes les ombres du passé.

Il était près de 3 heures du matin lorsqu'il la raccompagna chez elle. Phoebe s'était résignée à se glisser de nouveau dans sa robe, qu'elle avait recouverte du sweat-shirt de Dan sous son manteau. Après les montagnes russes émotionnelles par lesquelles elle venait de passer, elle se sentait en paix avec elle-même. Lui aussi paraissait détendu.

— Tu vas être épuisé demain... dit-elle en appuyant la tête contre son épaule.

Les yeux rivés à la route, Dan sourit d'un air amusé.

— Je n'ai pas besoin de beaucoup de sommeil. Même quand j'étais petit. Je me débrouillais pour sortir de mon lit et aller traîner dehors.

— Mauvaise graine...

— Déjà à l'époque, j'étais un petit gars plutôt borné. Ma mère me filait une torgnole chaque fois qu'elle me prenait la main dans le sac, mais elle avait beau me battre, ça ne m'empêchait pas de recommencer.

Il s'était exprimé d'un ton détaché. Surprise, Phoebe redressa la tête et demanda :

— Ta mère te battait ?

Un muscle se contracta sur sa joue.

— Mes parents n'étaient pas spécialement adeptes des méthodes modernes d'éducation, répondit-il. Ils étaient des gens simples, des bouseux du fin fond de la forêt. Ils ont été forcés de se marier alors qu'ils n'étaient encore que des adolescents. Ils l'avaient tous les deux mauvaise de se retrouver coincés avec un bébé.

— Désolée... murmura Phoebe.

— Inutile d'être aussi triste, assura-t-il. Ça s'est arrangé quand j'ai grandi. Mon père était vraiment fier de moi quand j'ai commencé à gagner des matchs de foot.

Qu'un père puisse conditionner son amour à des résultats sportifs suffit à emplir Phoebe d'une colère froide.

— Et ta mère ? demanda-t-elle.

— C'était une alcoolique. Dans ses bons jours, elle était fière de moi, elle aussi. Ils sont morts tous les deux dans un accident d'auto alors que j'étais en première année de fac.

Comprenant qu'il devait lui en coûter de révéler autant de lui-même, Phoebe garda le silence pour le laisser conter l'histoire à son rythme.

— À vrai dire, reprit-il au bout d'un moment, j'ai l'impression de les avoir perdus bien avant cet accident. C'est étrange... Il y a un mois ou deux, ce type qui me filait m'a rappelé mon père.

Dan lui raconta en quelques mots la triste histoire de Ray Hardesty, le joueur des Stars qui avait dû être évincé de l'équipe à cause de ses problèmes d'alcool et de drogue, et de la vendetta poursuivie par son père contre le coach de l'équipe qu'il tenait pour responsable.

— Je ne l'ai pas revu depuis, conclut-il. Je suppose qu'il a dû reprendre ses esprits. Mais quand je l'ai épinglé le dos à son van, j'ai eu l'impression en plongeant au fond de ses yeux de retrouver mon vieux. Hardesty n'a manifestement jamais rien fait de lui-même. Il n'a fait que vivre sa vie à travers son fils. Ce n'était pas sur sa mort, qu'il pleurait. C'était sur lui-même. À ce niveau-là, c'est du délire...

Phoebe réprima un frisson. L'idée que quelqu'un ait pu en vouloir suffisamment à Dan pour le suivre lui faisait froid dans le dos.

— C'est un peu difficile à expliquer... ajouta-t-il d'un ton bourru. Mais je crois que... c'est pour ça que la famille est tellement importante à mes yeux. Une vraie famille, avec des enfants aimés par des parents qui comptent l'un pour l'autre.

— Est-ce pour cette raison que ton mariage a capoté ?

Dan hocha pensivement la tête.

— Val n'a jamais voulu avoir d'enfant. Je ne la blâme pas, comprends-moi bien. J'aurais dû mettre mes priorités au clair avec elle avant le mariage. Elle s'imaginait que j'étais jaloux de sa carrière, mais cela n'a rien à voir. L'investissement de Val dans son travail est une des choses que j'admirais le plus chez elle. Mais j'aurais aimé que cela ne l'empêche pas de fonder une famille. Et je ne ferai pas la même erreur avec une autre femme. Je ne veux pas que mes enfants grandissent en ayant à subir les brimades et les carences que j'ai subies. Je ne veux pas être le genre de père qui exige de son fils qu'il marque des buts avant d'obtenir de lui la moindre affection. Et je veux que mes enfants aient une mère qui en soit vraiment une.

Tandis qu'il engageait sa Ferrari dans l'allée devant chez elle, Phoebe l'observa à la dérobée pour tenter de comprendre ce qu'il voulait dire par là. Partageait-il avec elle ses souvenirs parce qu'elle avait fait de même avec lui, ou fallait-il lire dans ses paroles une intention cachée ? L'intimité établie entre eux était trop récente et trop fragile pour qu'elle se risque à le lui demander.

Dan sortit de voiture et l'aida à faire de même. Devant sa porte, il l'embrassa sur la tempe, puis sur les lèvres. De longues minutes s'écoulèrent avant qu'ils se décident enfin à se séparer.

— Tu vas me manquer, murmura-t-il.

— Nous nous voyons tous les jours…

— Je sais, mais ce n'est pas la même chose.

Dan repoussa du bout des doigts une mèche de cheveux qui masquait la joue de Phoebe avant d'ajouter :

— Je vais être très occupé durant toute la semaine pour préparer le match contre les Bills. Alors, si je n'ai pas le temps de passer, ne va pas y voir autre chose que le surmenage d'un coach sous pression…

— Ne crains rien, répondit-elle avec un sourire.

— Tu gardes la tête haute, cette semaine. D'accord ?

Il lui caressa les cheveux, posant sur elle un regard aussi tendre que s'ils avaient fait, en quelques secondes, encore une fois l'amour.

— Je sais qu'il y a énormément en jeu pour toi samedi prochain, reprit-il. Nous ferons le maximum.

— Je sais.

L'espace d'un instant, elle crut qu'il allait ajouter autre chose. Mais il parut se raviser, lui serra brièvement la main, et l'embrassa une dernière fois avant de s'éloigner.

Même si elle s'écoula à un rythme trépidant, Phoebe eut l'impression de traverser la semaine qui s'ensuivit en dansant. Elle se surprit à rire aux éclats pour un rien et à être aimable avec tout le monde : homme, femme, jeune, vieux, sans distinction. Elle s'acquitta de ses interviews avec la presse comme une fleur, et parvint même à se montrer polie avec Reed quand il lui passa un coup de fil. Ses vœux de réussite pour le match suivant n'avaient jamais sonné aussi faux. Il paraissait avoir de plus en plus de mal à cacher sa frustration de ne pouvoir faire main basse tout de suite sur les Stars.

Dans ses rares moments de temps libre, Phoebe se posa pas mal de questions sur sa dernière conversation avec Dan. Plus elle y réfléchissait, plus elle avait envie de croire qu'il lui avait fait ces révélations sur son enfance pour la tester sur le sujet de la famille. Il n'en fallait pas davantage pour qu'elle s'autorise à exhumer tous ces rêves sur lesquels elle avait cru devoir faire une croix : un mari qui l'aimerait et une maison pleine d'enfants n'ayant jamais à souffrir de devoir grandir sans amour.

Chaque fois qu'il lui arriva de le croiser, elle sentit quelque chose de chaud et de merveilleux circuler entre eux. Pourtant, l'amour qu'il lui inspirait continuait de l'effrayer. Comment allait-elle pouvoir s'en sortir si jamais cet amour n'était pas payé de retour ? Depuis le temps qu'elle errait dans les ténèbres, lui fallait-il enfin croire à cette tache de lumière qui se dessinait au bout du tunnel ?

Le premier quart-temps du match contre les Buffalo Bills s'acheva sans qu'aucune des deux équipes ait marqué le moindre point. En quittant le terrain pour regagner sa loge, Phoebe se sentait si tendue qu'elle aurait aimé aller pouvoir s'enfermer quelque part, pour les trois quarts d'heure suivants, avec un magnétoscope et une cassette d'un vieux film de Doris Day. En lieu et place, il lui fallut se résoudre à commander un jus de tomate au barman de la loge et à regarder distraitement une pub pour Nike en attendant que le jeu reprenne.

— Tu te plains toujours de devoir regarder le match avec des hommes ! lança Ron derrière elle. Alors, pour une fois, je t'ai amené un peu de compagnie féminine.

Phoebe se retourna pour découvrir son directeur général sur le seuil, accompagné d'une jeune rousse aux cheveux bouclés et au sourire amical mais timide. Ron expliqua plaisamment :

— Mon amie, ici présente, se trouvait dans la loge VIP d'à côté, mais la fumée de cigarette l'incommode.

— J'espère que je ne vous dérange pas, s'excusa l'intéressée. La fumée m'empêche de respirer normalement et Ron m'a expliqué que vous interdisez qu'on fume dans votre loge.

— Vous ne me dérangez pas du tout, assura Phoebe.

Il y avait quelque chose d'étrangement attachant dans les traits d'elfe mutin de l'inconnue, constellés de taches de rousseur. Phoebe songea que, comparativement aux femmes de la bonne société avec qui Ron était sorti ces derniers temps, elle représentait une amélioration sensible. Sans avoir à se forcer, elle lui rendit son sourire avec chaleur.

L'un des assistants de Ron vint réclamer son attention, et il dut les laisser seules.

— J'ai un peu l'impression de m'imposer, reprit la jeune femme en venant s'asseoir près d'elle.

— Aucun problème ! Je suis heureuse d'avoir de la compagnie. Vous pourrez peut-être me changer les idées. J'étais en train de me demander comment j'allais faire pour arriver à la fin du match sans vomir ou tourner de l'œil…

La main tendue vers la nouvelle venue, Phoebe ajouta :

— Je me présente : Phoebe Somerville.

— Sharon Anderson, répondit l'amie de Ron en lui serrant la main.

— Je vous offre quelque chose à boire ?

Elles se rendirent au bar, où Sharon commanda un Pepsi Diet.

— Je vois que vous êtes une aussi grande buveuse que moi… constata Phoebe en montrant son jus de tomate.

— L'alcool me flanque la migraine, avoua Sharon avec une grimace. À la fac, j'avais gagné le titre de fille la plus ennuyeuse de ma prom'…

Phoebe rit de bon cœur. Ses amies de New York lui manquaient, et elle aimait le sens de l'humour de la compagne de Ron qui ne se prenait pas au sérieux.

Le deuxième quart-temps débutait. Elles prirent leurs verres et regagnèrent leurs sièges. Phoebe observa Dan sur le terrain, avant de reporter son attention sur l'écran qui diffusait un gros plan de lui. Les yeux rivés à la défense des Stars, il criait des ordres dans son casque-micro.

Elle frémit quand le *running back* des Bills, trouvant une faiblesse dans la ligne de défense adverse, gagna 15 yards de terrain, avant que Webster ne vienne y mettre bon ordre.

— Je ne pense pas que je pourrai tenir trois autres quarts-temps, dit-elle en reprenant son souffle. J'aimerais m'endormir pour ne me réveiller que quand ce sera fini.

Les yeux rivés sur elle plus que sur le terrain, Sharon répondit d'une voix compatissante :

— Je vous comprends. Ce doit être dur de rester impassible alors que vous avez tant à perdre.

— Avant, reprit Phoebe, je détestais le football. Je...

Un cri étranglé lui échappa et elle bondit de son siège. Les Bills venaient de réussir une passe de 21 yards.

— Ça suffit! décida-t-elle. Il faut que je sorte d'ici. Ne m'en veuillez pas de vous abandonner. Je m'en vais faire un tour dans le couloir pour me calmer.

Sharon se leva à son tour.

— Je vous accompagne.

— Ne vous sentez pas obligée, protesta Phoebe.

— Cela n'a rien d'un sacrifice. Pour être honnête, je ne suis pas une très grande fan de football. Mais vous préférez peut-être rester seule?

— Pas du tout. Vous êtes la bienvenue.

Le couloir moquetté, à l'extérieur, était désert mais résonnait des bruits filtrant sous les portes des loges voisines. Les bras croisés, Phoebe commença à aller et venir nerveusement. S'efforçant de ne pas tendre l'oreille pour ne pas interpréter les clameurs qui lui parvenaient, elle demanda à Sharon, pour se changer les idées:

— Depuis combien de temps Ron et vous sortez-vous ensemble?

— Oh! s'exclama Sharon, rougissante. Mais nous ne sortons pas ensemble... Nous nous sommes rencontrés aujourd'hui. Cependant, il est vraiment gentil.

— C'est lui le meilleur! Et le fait qu'il soit si mignon ne gâche rien non plus...

— Je dois admettre qu'il est agréable d'être à côté d'un homme qui ne me domine pas d'au moins une tête. Je suis si petite que c'est ce qui arrive la plupart du temps. C'est ce qui me plaît tant dans mon boulot: tout le monde est plus petit que moi...

— Qu'est-ce que vous faites?

— Institutrice en école maternelle.

— Cela vous plaît?

— J'adore ! Ce qui ne veut pas dire que je n'apprécie pas de voir la fin de la journée arriver. Les enfants sont adorables... mais ils peuvent aussi être épuisants.

Elles avaient atteint un coude, à l'extrémité du couloir, qui débouchait sur une autre galerie. Phoebe souhaitant échapper à l'action en cours sans trop s'éloigner tout de même, elles firent demi-tour.

— Ma sœur Molly fait du baby-sitting pour une voisine, expliqua-t-elle. Elle s'occupe de jumeaux qui ont 3 ans et demi. Parfois, elle les amène à la maison quand elle ne sait plus comment en venir à bout. Ce sont des bandits, mais j'adore jouer avec eux.

Sharon lui lança un regard intrigué et s'étonna :

— Vous ne ressemblez pourtant pas à...

Gênée, elle s'interrompit et détourna les yeux.

— Je ne ressemble pas à une femme qui apprécie la compagnie des enfants, compléta Phoebe sans acrimonie. C'est ce que vous alliez dire, n'est-ce pas ?

— Désolée... murmura Sharon. Vous êtes en droit de vous sentir insultée, mais je ne l'entendais pas ainsi. C'est juste que vous avez l'air tellement... glamour.

— Ne vous excusez pas. Vous n'êtes pas la première à me dire ça. Même avec une excellente imagination, les gens semblent avoir du mal à m'imaginer en mère modèle.

D'un coup, tous les doutes, toutes les incertitudes que faisait naître en elle un hypothétique avenir avec Dan la submergèrent. Phoebe se mordit la lèvre.

— Quelque chose ne va pas ? s'inquiéta Sharon.

Une clameur collective de dépit monta des gradins réservés aux supporters des Stars. Inquiète, Phoebe hâta le pas.

— Les enfants représentent beaucoup aux yeux de l'homme avec qui je suis... engagée, expliqua-t-elle. Aux miens également, mais il ne l'a pas encore découvert.

Avec un sourire désabusé, elle ajouta :

— Je suppose qu'il lui est plus facile de m'imaginer en train de surgir du gâteau d'anniversaire d'un célibataire qu'en mère de famille. Et puisqu'il ne m'a rien dit de ses intentions, il n'est pas facile pour moi de lui faire savoir que j'aimerais autant que lui fonder une famille. Vous sortez avec quelqu'un ?

— Oui.

Pour l'aider à surmonter sa soudaine timidité, Phoebe l'encouragea d'un sourire. Sharon lâcha un soupir.

— C'est une relation bien étrange, dit-elle. Toute ma vie, je n'ai attiré que des garçons ordinaires, gentils et sans éclat, mais sérieux et fiables. Et soudain, voilà ce dieu grec qui débarque dans ma vie sans crier gare ; le genre d'homme qui ne remarque jamais les femmes comme moi et qui finit par épouser une femme telle que vous. Voilà des semaines qu'il tâte le terrain à mots couverts en me parlant mariage et enfants. Je suis pratiquement certaine qu'il va me faire sa demande d'un jour à l'autre, et pourtant… je ne comprends toujours pas ce qu'il voit en moi.

— Peut-être la même chose que moi, intervint Phoebe. Une femme séduisante et adorable qui ferait une parfaite épouse.

— Merci, Phoebe. J'aimerais y croire, si seulement… Vous ne pouvez pas imaginer comme il me laisse perplexe. À notre époque… Je veux dire : un homme qui s'apprête à demander une femme en mariage ne…

Sharon devint brusquement écarlate et confia tout bas :

— Il me traite comme si j'étais la Vierge Marie !

— Vous ne couchez pas ensemble ?

Détournant le regard, Sharon tira nerveusement sur ses cheveux et parut embarrassée.

— Je n'arrive pas à croire que nous parlons de ça… Je n'en ai même pas parlé à ma sœur. Pourtant, je lui dis tout !

— Nous faisons connaissance en situation de crise, expliqua Phoebe. Comme deux voisins de siège dans un avion en perdition.

Des cris de déception se firent entendre dans les loges, la faisant sursauter.

— Votre secret sera bien gardé, reprit-elle. Pour tout vous dire, je suis un peu envieuse. Au moins, vous n'avez pas à craindre qu'il n'y ait que le sexe qui l'intéresse en vous.

— Je suppose que vous avez raison. Pour être franche, je ne l'ai jamais encouragé à me courtiser. Je n'ai jamais connu d'homme aussi excitant, mais je n'arrive pas à me détendre près de lui. C'est... compliqué.

Si Sharon avait été invitée à partager la loge des VIP, songea Phoebe, son soupirant ne pouvait être le premier venu. Elle ne put résister à l'envie de la taquiner gentiment.

— Aucun ragot ne m'est parvenu aux oreilles. Vous et votre dieu grec, vous devez vous montrer très discret.

— Les journalistes ont fait grand cas de son divorce, expliqua Sharon. Nous avons dû faire attention de ne pas trop nous montrer en public. C'est le premier match auquel j'assiste. En fait, il court bien plus de rumeurs sur vous deux. Votre amitié semble beaucoup compter pour lui.

Phoebe en resta stupide un instant, avant que tout se mette en place d'un coup dans son esprit. Des vivats enthousiastes retentirent dans les loges, mais ce fut à peine si elle les entendit. Son cœur, en se lézardant dans sa poitrine, faisait bien plus de bruit.

Sharon parut ne pas remarquer le trouble qui s'était emparé d'elle.

— Je suppose, dit-elle, que Dan ne vous a jamais parlé de moi ?

— Non. Jamais.

Sa voix lui était parvenue de très loin.

— Ça ne m'étonne pas, répondit Sharon en hochant la tête. Dan est quelqu'un de très secret. Je ne me sous-estime pas en disant cela – non, vraiment pas –, mais je ne comprends pas ce qu'il me trouve.

Phoebe, elle, n'avait aucun mal à l'imaginer. Sharon Anderson était la jeune femme jolie, douce, posée, terre à terre, que tout homme souhaite épouser ; et non, comme elle, une *bimbo* sexy et écervelée que l'on baise et que l'on oublie.

Une nouvelle salve de hourras la ramena à la réalité. Ce fut presque sans se rendre compte de ce qu'elle faisait qu'elle regagna la loge en compagnie de Sharon. De même, ce fut en pilotage automatique qu'elle se prêta à l'interview de la mi-temps. Fort heureusement, l'ambiance survoltée au cours des troisième et quatrième quart-temps rendit impossible toute tentative de conversation entre les deux femmes jusqu'à la fin du match. Quand tout fut terminé, ce fut à peine si Phoebe put se réjouir que les Stars aient battu les Bills sur un score de 24 à 10.

Sur les deux écrans géants, les commentateurs expliquaient l'ampleur de la victoire.

— Les Bills ont commencé à perdre leur élan dans le deuxième quart-temps et n'ont jamais réussi à le retrouver. On ne peut commettre autant d'erreurs et espérer s'en tirer face à une équipe aussi talentueuse et aussi bien coachée que les Stars. Incroyable ce que cette équipe a fait comme progrès ! Sans l'ombre d'un doute, c'est la révélation, « l'équipe Cendrillon » de cette saison !

La propriétaire de « l'équipe Cendrillon », elle, s'était retrouvée aux douze coups de minuit avec un cœur brisé et une pantoufle de vair pulvérisée. Quelques heures plus tard, debout devant la fenêtre de sa chambre, les yeux gonflés et la poitrine douloureuse d'avoir pleuré, Phoebe put penser à l'avenir. Où allait-elle pouvoir trouver le courage de continuer ? La trahison était si inattendue, si douloureuse, qu'elle avait l'impression d'avoir été déchirée en deux. Elle avait pris le risque d'aimer en espérant être digne d'amour en retour. Et une fois encore, la vie s'était chargée de lui prouver qu'elle se trompait.

Phoebe n'avait plus de larmes à verser. Elle se sentait aussi vide qu'une épave échouée, brisée en deux, au fond de l'océan. Dan… Je t'aimais tant! N'auraistu pas pu m'aimer aussi?

Le mardi après-midi suivant, Sharon achevait de ranger dans l'armoire les peintures de ses élèves pour les mettre à sécher lorsque Dan pénétra dans sa salle de classe. Comme d'habitude, elle était échevelée, débraillée et couverte de taches. Pourquoi fallait-il toujours qu'il débarque alors qu'elle ne ressemblait à rien?

— Tu as manqué les enfants, dit-elle en renfonçant dans son pantalon les pans de sa chemise. Ils sont partis il y a près d'une heure.

— J'aurais aimé venir plus tôt mais je n'ai pas pu me libérer, répondit-il.

— Je suis même surprise que tu aies pu venir. Quand pars-tu pour Miami?

— Ce soir. Notre premier entraînement là-bas est prévu pour mercredi matin.

— Plus qu'une victoire et vous voilà qualifiés pour le championnat de l'AFC.

— Dommage qu'il nous faille battre les Dolphins pour y parvenir…

Dan glissa nerveusement ses mains dans ses poches avant d'ajouter:

— J'ai rendez-vous avec des journalistes à 17 h 30. Pourquoi n'irions-nous pas grignoter quelque chose quelque part?

— Je ne savais pas que tu allais passer. J'ai promis à ma sœur d'aller faire du shopping avec elle.

Puis, remarquant son air tracassé, Sharon s'inquiéta:

— Quelque chose qui cloche?

Après un temps d'hésitation, Dan répondit:

— Ça peut attendre.

— Tu en es sûr? Je sais à quel point ton agenda est chargé. Nous n'avons même pas eu le temps de nous voir après le match de dimanche.

— Je préférerais pouvoir te parler en privé. Ce n'est sans doute pas le meilleur endroit…

Sharon n'était pas du genre à s'imposer, surtout avec lui, mais elle préférait qu'ils en terminent tout de suite. D'un pas déterminé, elle marcha jusqu'à une des tables basses réservées aux enfants et tira deux chaises. S'asseyant sur l'une, elle lui désigna l'autre en disant :

— Tout le monde est parti. Nous ne serons donc pas dérangés et nous serons bien ici pour parler.

Étant donné sa stature, Dan aurait dû paraître ridicule de devoir s'asseoir sur une chaise si petite. Pourtant, il accomplit l'exploit de le faire aussi gracieusement qu'il faisait tout le reste. Sharon n'avait qu'à le regarder pour se sentir peu sûre d'elle-même et empotée. Lui arriverait-il un jour de se sentir bien aux côtés de cet homme ?

Il prit une de ses mains entre les siennes et déclara en la fixant au fond des yeux :

— Sharon, tu es une des personnes les plus adorables que j'aie jamais rencontrées.

Le cœur de Sharon se mit à battre à coups redoublés. Elle attendait cet instant depuis des semaines, mais, à présent qu'il était arrivé, elle ne se sentait pas prête.

— Dès que je t'ai rencontrée, poursuivit-il, j'ai réalisé que tu avais tout ce que j'admire chez une femme. Tu es douce, aimable, attentionnée…

Ainsi continua-t-il de dresser la liste de ses vertus supposées. Mais au lieu de se sentir flattée, Sharon avait pour seule envie qu'il se décide à lui lâcher la main. Tout en lui était trop grand pour elle : sa taille, sa réputation. Il était trop séduisant, trop fort, trop riche. Pourquoi ne pouvait-il pas être quelqu'un d'ordinaire, comme elle ?

En caressant doucement sa main, Dan conclut :

— Depuis quelque temps déjà, je caresse l'idée que nous pourrions nous bâtir un avenir commun. Je pense que tu as dû t'en apercevoir…

Sharon était au bord de la panique. Il allait lui faire sa demande, là, maintenant, et elle allait se sentir obligée d'accepter. Il aurait fallu être folle pour repousser un homme tel que lui. Pourtant, jamais autant qu'à cet instant elle n'avait été aussi convaincue d'être sur le point de faire une bêtise.

Inconscient des interrogations de la jeune femme, Dan continuait de parler sans qu'elle arrive à capter un traître mot. Elle ne redevint consciente de ce qu'il disait que pour l'entendre conclure :

— ... c'est pourquoi il est si difficile pour moi de te dire aujourd'hui que j'ai commis une erreur.

Comme s'il n'avait pu soutenir plus longtemps son regard, il posa les yeux sur leurs mains enlacées.

— Une erreur ? répéta-t-elle.

— Je t'ai emmenée dans une direction que j'estimais être la bonne. Je n'ai que récemment découvert qu'elle ne l'était pas.

Les épaules soudain moins lourdes, Sharon se redressa sur sa chaise et respira plus librement.

— Sharon, je suis désolé... reprit Dan. J'ai beaucoup pensé à nous deux, au cours de ces derniers jours, et...

— Oui ?

— Qu'il soit bien entendu que tout est de ma faute ! Je suis assez grand pour me connaître suffisamment et éviter ce genre d'erreurs.

Sharon avait peur de succomber d'une crise cardiaque s'il ne se décidait pas bientôt à en venir au fait.

— Aussi spéciale sois-tu à mes yeux – et tu l'es ! –, aussi importante notre relation ait-elle été pour moi...

Une fois encore, sa voix le trahit avant d'avoir pu conclure. Sharon, n'en pouvant plus, décida d'abréger.

— Dan ? demanda-t-elle en récupérant sa main. Serais-tu en train de m'annoncer que tu ne veux plus de moi ?

Sa question parut le scandaliser.

— Seigneur, non ! protesta-t-il. Ce n'est pas du tout ça... Nous resterons amis. C'est juste que...

— C'est bien vrai ! Tu ne veux plus de moi !

Son visage se décomposa.

— Bon sang ! maugréa-t-il. Ce que je me sens bête de t'avoir menée dans une impasse. À mon âge, je devrais pourtant savoir ce que je veux dans la vie. Désolée de t'avoir mêlée à ma crise de la quarantaine...

— Non, non, tout va bien ! lança-t-elle hâtivement. Tu n'as pas à t'en vouloir. Vraiment...

Elle était si heureuse qu'elle ne parvenait pas à masquer sa jubilation.

— Je comprends tout à fait, reprit-elle en s'efforçant de se calmer. Cela fait pas mal de temps que je me pose moi-même des questions. Et j'en étais arrivée à me demander si nous sommes vraiment faits l'un pour l'autre. Mais je ne savais pas comment t'en parler, et je n'osais pas ! Je te remercie d'avoir été honnête avec moi. La plupart des hommes auraient refusé la confrontation. Ils se seraient contentés d'appeler.

— Je ne pouvais pas faire ça...

— Non, cela ne te ressemble pas.

Un large sourire fendait le visage de Sharon, qu'elle ne parvenait pas à réprimer. Bien plus que soulagé par sa réaction, Dan parut amusé.

— Tu n'as pas envie de pleurer ? demanda-t-il. De me frapper ? De casser quelque chose ?

— Tu dois pouvoir constater que je suis soulagée moi aussi, répondit-elle. Voilà des semaines que notre relation me met mal à l'aise. Tu es l'homme dont toutes les femmes rêvent, et je sais que j'aurais dû tomber amoureuse de toi.

— Mais ce n'est pas le cas.

— Non. Ce n'est pas le cas.

Dan demeura pensif un moment, la fixant les yeux mi-clos.

— Je ne pensais jamais en arriver là un jour, dit-il enfin. Mais puisqu'il le faut... Sharon. Hier, un ami m'a parlé de toi. D'abord, j'ai pensé qu'il était juste curieux à ton sujet, parce qu'il savait que je t'ai invitée dimanche. Puis, quand il a insisté, j'ai fini par comprendre que tu l'intéressais beaucoup.

Le sourire de Sharon se figea.

— S'il est une chose que j'ai apprise ces dernières semaines, dit-elle, c'est que je ne suis pas à l'aise avec les athlètes.

— Parfait !

Pourquoi souriait-il ainsi ? Interloquée, Sharon le vit se lever de sa chaise.

— Mon ami est tout sauf un athlète, expliqua-t-il. Il joue au basket, mais entre nous, il y est plutôt pathétique. Il s'agit de Ron McDermitt, notre directeur général.

— Ron ?

— Oui. Cela te pose-t-il un problème que je lui donne ton numéro de téléphone ?

— Un problème ? Oh, non… Pas du tout !

Sans doute s'était-elle montrée trop empressée, car Dan se mit à rire de bon cœur. Penché sur elle, il déposa un baiser sur sa joue et conclut :

— J'ai le sentiment que nous serons appelés à nous croiser de nouveau… Au revoir, Sharon.

Dan secouait encore la tête avec amusement en regagnant sa voiture. Sa vie était de nouveau sur les rails, et son avenir était clair comme de l'eau de roche. À présent qu'il avait éclairci la situation avec Sharon, il allait pouvoir dire à Phoebe combien il l'aimait. Cela faisait un moment déjà que cette certitude faisait son petit bonhomme de chemin en lui, mais il avait été trop aveuglé par le déluge de sensations érotiques qu'elle lui inspirait pour le réaliser tout à fait. Il avait fini par en pincer plus que de raison pour sa douce, sa piquante, sa courageuse petite *bimbo*… Il pensait ne jamais pouvoir oublier le souvenir de cette femme nue dans une chemise d'homme, assise au bord d'un lit défait, racontant avec un courage exemplaire et une farouche détermination tous ses secrets. Quand elle avait raconté le viol qui l'avait à jamais traumatisée, il avait eu envie de rejeter la tête en arrière et de se mettre à hurler. La violence des sentiments que Phoebe faisait naître en lui était telle qu'ils lui faisaient un peu peur.

En grimpant dans sa Ferrari, Dan sentit un peu de son euphorie le quitter. Il avait survécu à son enfance en apprenant à n'aimer personne de manière excessive. Dans ces conditions, l'amour qu'il portait à Phoebe l'effrayait davantage qu'aucune des lignes défensives qu'il avait eues à affronter au cours de sa carrière. Auprès des femmes, il était toujours parvenu à ne pas tout donner. Mais avec Phoebe, cela ne serait pas possible. Lui dire à quel point il l'aimait allait constituer le plus grand challenge qu'il ait jamais eu à relever. Car en lui faisant cet aveu, il prenait le risque qu'elle lui rie au nez et qu'elle lui envoie ses sentiments à la figure.

Mais sous ses dehors caustiques, Phoebe était la femme la plus gentille qui ait jusqu'à ce jour croisé sa route. Il n'avait donc aucune inquiétude à se faire. Entre ses mains, son cœur serait à l'abri.

22

— Arrête de faire la tête, Darnell ! Tu fais peur aux photographes…

Phoebe serra entre ses doigts l'avant-bras de Darnell Pruit. Autant essayer d'assouplir une barre de fer… Souriante, elle hocha la tête à l'intention d'un des reporters qui l'interpellait. Toute la semaine, elle s'était efforcée de se plier à ses obligations comme si de rien n'était, déterminée à ce que nul ne puisse deviner le désespoir qui l'habitait. Darnell avait été de bonne compagnie, ce soir. Elle lui était reconnaissante d'avoir accepté de lui servir de chevalier pour les différentes mondanités données à l'occasion du match contre les Dolphins.

L'*offensive tackle* vedette des Stars plissa méchamment les yeux et offrit un sourire de requin à un photographe de l'Associated Press, glissant à Phoebe dans un souffle :

— Je ne laisserai pas une photo de moi en train de sourire tomber sous les yeux d'un défenseur des Dolphins !

— Dieu merci, lui répondit-elle sur le même ton, il n'y a pas d'enfant dans les parages.

— Je ne vois pas pourquoi tu dis ça. J'adore les enfants.

Le couvre-feu de 23 heures approchait quand ils purent enfin quitter la réception et se diriger vers les cabines d'ascenseur. La cour assidue que Darnell faisait à Mlle Charmaine Dodd ne progressant pas assez vite à son goût, il avait espéré susciter sa jalousie en faisant en sorte qu'un des journaux de Chicago publie une photo de lui au bras de Phoebe.

En n'arrivant à Miami qu'en fin d'après-midi, Phoebe était parvenue à éviter tout contact avec Dan. Elle avait à peine eu le temps de passer sa robe de soirée, un fourreau lamé or qu'elle avait acheté pour une fête de Noël quelques années auparavant. Darnell, quant à lui, avait personnalisé son smoking avec un nœud papillon doré parfaitement assorti à sa dent sertie d'un diamant.

Ils grimpèrent dans une cabine vide, ce qui permit à Darnell d'en revenir à la discussion qu'il entretenait quasiment tout seul depuis qu'il était venu la chercher trois heures plus tôt.

— Je ne comprends pas pourquoi tout le monde pense que le capitaine Achab est mauvais. Bon sang! Sa jambe de bois mise à part, c'est le genre de type que j'aimerais avoir à mes côtés dans mon équipe. Il ne laisse jamais rien se mettre en travers de sa route. C'est avec des gars comme lui qu'on gagne des matchs.

Moby Dick n'était qu'un des multiples livres dont Phoebe lui avait recommandé la lecture depuis quelques mois. Darnell le dévorait comme il avait fait avec les autres, dans sa quête insatiable d'enrichissement culturel. Il n'avait pas fallu longtemps à Phoebe pour comprendre que, si le football l'avait comblé et fait de lui un homme riche, il l'avait également privé de la possibilité d'utiliser son intelligence. Parce que Darnell était grand, noir et costaud, nul ne s'était avisé de découvrir qu'il avait également un cerveau agile en parfait état de fonctionnement.

Sur sa lancée, il poursuivit sa défense du capitaine Achab jusqu'au seuil de la chambre de Phoebe. Elle redoutait de se retrouver seule avec ses pensées, et s'il n'y avait pas eu ce couvre-feu, elle l'aurait volontiers invité à y passer un moment avec elle. À défaut de pouvoir le faire, elle lui souhaita bonne nuit en posant un baiser sur sa joue.

— Marque quelques points pour moi demain, Darnell…

Il lui répondit d'un sourire éclatant, avant de remonter nonchalamment le couloir pour rejoindre sa chambre dans ses chaussures vernis taille 48. Phoebe referma sa porte derrière elle en soupirant. Si elle ne se décidait pas à faire de Darnell Pruit un homme heureux, songea-t-elle, Charmaine Dodd allait commettre l'erreur de sa vie.

Le téléphone se mit à sonner alors qu'elle enlevait ses pendants d'oreilles en cristal. Elle s'assit sur le sofa couvert de chintz pour décrocher.

— Allô !

— Où diable t'es-tu cachée toute la semaine ?

Le poing de Phoebe se serra. Elle fit de son mieux pour ne rien laisser paraître de son trouble en répondant :

— Bonsoir à vous également, coach.

Sans relever l'ironie, Dan se lança dans une longue liste de griefs.

— Je suis passé chez toi pour te voir avant mon départ mardi soir, mais Molly m'a dit que tu étais déjà au lit. Tu étais sans arrêt en interview quand j'ai cherché à te joindre au siège jeudi et vendredi, et personne ne répondait chez toi hier soir. Donne-moi le numéro de ta chambre, j'arrive !

— Non !

Phoebe s'en voulut de l'accent de panique qu'elle avait perçu dans le ton de sa voix. Elle se mordit la lèvre pour se calmer avant d'ajouter :

— Je suis fatiguée. La semaine a été épuisante.

— Ce ne sera pas long, plaida-t-il. J'ai besoin de te voir.

Pas la peine de consulter une boule de cristal pour savoir pourquoi… Il voulait une partie de jambes en l'air vite fait bien fait avec la *bimbo* de service pendant que la promise restait intacte jusqu'à la nuit de noces.

— Pas ce soir, répondit-elle fermement.

Sa réponse eut le don de l'exaspérer.

— Écoute ! insista-t-il d'une voix tendue. Donne-moi le numéro de ta chambre. Il faut qu'on parle.

— Une autre fois, Dan. Je suis vannée.

Phoebe inspira profondément et conclut :

— Bonne chance pour demain. On se voit sur le terrain.

Les yeux brillants de larmes, elle reposa le combiné sur son support. Puis, elle accrocha la pancarte « ne pas déranger » à sa porte, qu'elle verrouilla soigneusement. Ensuite, elle alla se planter devant sa fenêtre pour observer les lumières nocturnes reflétées dans les eaux de Biscayne Bay.

Elle avait appris énormément de choses au contact des joueurs, ces derniers mois. Notamment, que pour participer à l'action, il fallait accepter de prendre des coups. C'était exactement ce qu'elle était en train de faire. Dan lui avait donné un rude coup dont elle tardait à se remettre, mais pour rien au monde elle ne lui laisserait voir à quel point il l'avait atteinte. Demain, sur l'air de *Ain't She Sweet*, elle bomberait le torse, relèverait le menton, saluerait la foule et encouragerait son équipe. Personne ne s'apercevrait qu'elle était une femme blessée.

Ray Hardesty avait regardé le match de demi-finale à la télé, dans son bureau, son calibre .38 posé sur ses jambes. Les Stars avaient battu les Dolphins et il n'y avait plus assez de whisky chez lui pour prendre une cuite. Une semaine plus tard, les Stars rencontreraient les Portland Sabers en finale du championnat de l'AFC. Portant à ses lèvres le goulot de sa bouteille, Ray avala l'ultime rasade jusqu'à la dernière goutte. La brûlure du whisky n'était rien comparée à la fureur qui bouillonnait en lui. L'équipe n'avait jamais fait aussi bien au temps où Ray Junior jouait dans ses rangs. Et à présent, c'était sans lui qu'elle allait triompher.

Avec un cri de rage à peine humain, Ray envoya la bouteille vide à travers la pièce. Elle alla s'écraser dans un fracas d'enfer contre une étagère chargée de trophées. Le bruit n'était plus un problème à présent que la maison était vide. Après trois décennies de mariage et de vie commune, Ellen avait décidé de le quitter. Avant de partir, elle lui avait dit qu'il se conduisait comme un dingue et qu'il avait besoin de voir un psychiatre. Qu'elle aille se faire foutre ! Ray n'avait besoin d'aucun psy. Il avait juste besoin de remettre les compteurs à zéro avec Dan Calebow.

Après le match contre les Chargers, il avait pensé le tuer. S'il avait fini par rejeter l'idée, ce n'était pas par scrupule mais par réalisme. La mort de leur entraîneur n'aurait pas conduit automatiquement à la défaite des Stars. Il n'était pas assez riche pour acheter qui que ce soit. De toute façon, les joueurs gagnaient tellement de fric qu'il n'aurait servi à rien d'essayer de les corrompre. Sans compter que la plupart devaient être honnêtes. Ray avait besoin d'un plan à toute épreuve.

Il en était là de ses réflexions lorsque le visage de Phoebe Somerville apparut à l'écran. La semaine précédente, il était caché dans les bois, non loin de la maison de Calebow, lorsque le coach l'avait amenée chez lui. Moins d'une demi-heure après, les lumières de sa chambre, à l'étage, s'étaient éclairées. Cela faisait des mois qu'il l'espionnait, dans des voitures de location pour ne plus se faire repérer. Il savait donc que la relation de ces deux-là n'était plus du tout platonique. Mais jusqu'à ce jour, il n'avait pas vu quel avantage il pourrait en tirer.

L'idée, à présent, faisait son chemin dans son cerveau, à la fois complexe et incroyablement évidente. Il aurait sans doute à en payer le prix, mais il se fichait de ce qui pouvait lui arriver. Une seule chose comptait : empêcher les Stars de gagner le championnat de l'AFC.

À la télé, Phoebe Somerville avait cessé de parler. La caméra revint se fixer sur le coach des Stars. Ray saisit son .38 et fit exploser l'écran.

Dan avait déjà eu à affronter en tant que joueur la tempête médiatique qui suit un match de championnat. Mais, en temps que coach, c'était une première qui lui faisait apprécier d'avoir appris à survivre sans trop dormir. Même dans ces conditions, quand il en eut terminé avec ses obligations tard dans l'après-midi du mardi, il se sentit complètement vidé. Mais il était également fou de rage contre Phoebe, et c'était ce qui le faisait tenir debout.

En se garant devant chez elle et en s'extrayant de sa Ferrari, il décida qu'il commencerait par l'embrasser avant de lui dire sa façon de penser. Il n'était pas sans savoir qu'elle était occupée, mais il l'était davantage encore, et elle aurait au moins pu prendre dix minutes pour lui parler aux cours des dernières quarante-huit heures. Ils avaient été tous deux sujets à d'innombrables sollicitations, mais cela ne signifiait pas qu'ils devaient pour autant se couper l'un de l'autre. Elle n'avait pas emprunté le même avion que l'équipe pour rentrer à Chicago le dimanche soir, alors qu'il avait attendu avec impatience cette occasion de lui parler. La dernière fois qu'il l'avait vue, c'était dans le vestiaire, à Miami, quand Ron l'y avait accompagnée pour féliciter les joueurs.

Peg, la gouvernante de Phoebe, quittait son travail pour rentrer chez elle et le laissa pénétrer dans la maison. En déposant son blouson sur le pilastre de la rampe d'escalier, Dan fut étonné d'entendre des voix et des cris haut perchés venus de l'arrière de la maison. D'abord, il ne reconnut pas de quoi il s'agissait tellement ces bruits semblaient inattendus en ce lieu.

Pooh déboula dans le hall pour le saluer. Le caniche sur ses talons, Dan traversa le living-room et s'arrêta net en parvenant au passage cintré menant à la cuisine. Ce qu'il y découvrit le laissa pantois.

— Je veux le faire, Phoebe !

— Non, c'est mon tour !

— C'est pas vrai, c'est à moi !

— Silence, petits gnomes ! Vous avez un couteau chacun, vous allez pouvoir le faire tous les deux. Très bien, Jared. Bon travail, Jason. Un peu plus sur le côté. Non, Jared ! Ne lèche pas le couteau avant d'avoir... Bon. Après tout, on peut bien partager quelques germes entre amis. Pas vrai, mon pote ?

Seigneur...

Ce n'était pas le manque de sommeil mais l'émotion qui lui embuait les yeux. Dan le savait. De toute sa vie, il n'avait rien vu de plus beau que Phoebe en train d'aider deux garçonnets aux cheveux blonds filasses, agenouillés sur leurs chaises, à glacer un gâteau à l'allure affreuse.

Elle ne ressemblait pas du tout à la mère parfaite qu'il avait imaginée pour ses enfants. Ses ongles de tigresse étaient couverts de vernis rouge. De grands anneaux de gitane, à ses oreilles, jouaient à cache-cache entre deux mèches platine. Trois bracelets – au moins – cliquetaient à chacun de ses poignets. Elle portait un sweat-shirt des Stars trop grand pour elle – cela, au moins, correspondait au portrait-robot –, mais au lieu du jean chic qui aurait dû compléter la tenue, le pantalon le plus moulant, le plus doré et le plus sexy que Dan eût jamais vu lui faisait comme une seconde peau.

Non, Phoebe ne ressemblait pas à une mère modèle, mais ces deux garçonnets au visage barbouillé de chocolat l'adoraient manifestement. Tout comme lui, de tout son cœur. Il l'imaginait se rendre aux réunions de parents d'élèves, à l'école de leurs futurs enfants, gainée de soie rouge, ses lunettes de star sur le nez. Mais au lieu de le consterner, cette vision le comblait de joie. Car il allait l'épouser, naturellement. Cela ne faisait pour lui plus l'ombre d'un doute. Une femme ne mettait pas un terme à un célibat de quinze années entre les bras d'un homme qu'elle n'aimait pas.

— Chante-nous encore cette chanson ! supplia l'un des deux pâtissiers en herbe.

Sous la table, Pooh faisait ses délices des miettes qui leur avaient échappé.

— Laquelle ? demanda Phoebe en vérifiant le glaçage.

— Celle des monstres !
— Celle des loups-garous ?
Voyant les garçons acquiescer avec empressement, Phoebe se lança dans une interprétation toute personnelle et drolatique du *Werewolves of London* de Warren Zevon, suivant le rythme en bougeant les hanches. Dan était fasciné. Dieu, ce qu'elle était belle ! Et en la regardant faire, il se sentit envahi par un profond sentiment de paix. Il ne pouvait imaginer rien de plus délicieux que de pouvoir passer le reste de sa vie près d'elle.
Phoebe descendit ses jeunes admirateurs de leurs chaises pour danser avec eux. Le dos tourné à la porte, elle ne l'avait toujours pas aperçu. Dan la regarda entraîner Jason et Jared dans une ronde et sourit de les voir se dandiner pour tenter de l'imiter. Mais dès qu'elle eut repéré Dan sur le seuil de la pièce, elle se figea.
— Je m'en voudrais d'interrompre la fête ! dit-il dans un sourire.
— Qu'est-ce que tu fais là ?
— Peg m'a laissé entrer en partant.
Les jumeaux commençant à s'impatienter, Phoebe leur lâcha la main.
— Tu n'arrives pas au meilleur moment, dit-elle.
— Phoebe ! appela Jared en lui tirant sur la main. Le cake est tout glacé, maintenant. On peut en avoir un bout ?
— Naturellement, répondit-elle en reportant sur lui son attention. Laisse-moi attraper deux assiettes.

Les mains tremblantes, Phoebe faillit lâcher les assiettes avant d'avoir pu les poser sur la table. Du coin de l'œil, elle vit que Dan s'était accroupi devant les garçons pour se mettre à leur niveau. Son visage était creusé par la fatigue, mais elle refusa de se laisser attendrir. Entretenir une relation avec deux femmes simultanément était sans conteste un sport épuisant !
— Ce gâteau a l'air vachement bon, les garçons ! s'enthousiasma-t-il. C'est vous qui l'avez fait ?

— Nan ! répliqua Jared. C'est Peg.

— Mais Phoebe nous a laissés mettre le glaçage dessus ! précisa son jumeau.

— Il est au chocolat, précisa Jared.

Vu les traces qui lui maculaient la bouche et les joues, la précision ne s'imposait pas. Dan rit en lui ébouriffant les cheveux. Un rire qui se planta comme une flèche dans le cœur de Phoebe. En hâte, elle coupa le gâteau et en disposa deux parts sur les assiettes. Dan se redressa pour regarder les jumeaux foncer vers leurs chaises. Elle les aida à s'y installer, préférant s'activer autour d'eux plutôt que d'avoir à affronter son visiteur.

Jason n'était pas du genre à laisser une bouche pleine de gâteau l'empêcher de parler.

— Le monsieur en veut un bout, Phoebe ! lança-t-il en postillonnant allègrement.

Plutôt que de lui répondre, elle préféra biaiser.

— Pas tant de gâteau à la fois ! Tu vas t'étouffer.

Molly choisit cet instant pour faire irruption dans la cuisine.

— Je suis enfin rentrée ! s'exclama-t-elle, essoufflée. Salut, les garçons ! Bonjour, coach...

La mine contrariée, elle se tourna vers Phoebe.

— Peg t'a mise au courant ? demanda-t-elle.

— Elle m'a dit que tu avais une réunion.

— Il y avait un problème au labo de langue, et Mme Miller voulait nous en parler. Merci de les avoir gardés.

C'était du bout des lèvres, et presque à contrecœur, que ce remerciement avait été proféré.

Phoebe alla rincer ses mains à l'évier. Elle entendit Dan s'approcher d'elle et elle se raidit.

— À présent que Mlle Molly est là pour prendre le relais, dit-il, que dirais-tu d'une petite promenade ?

— Il fait trop froid, dehors.

— Balivernes ! Pour Chicago, il fait presque chaud.

Sans lui laisser le temps de protester davantage, Dan la saisit par le poignet et l'entraîna vers le hall.

Ne pouvant prendre le risque d'engager une confrontation devant les enfants, Phoebe attendit d'être hors de vue pour s'insurger.

— Lâche-moi !

Dan s'arrêta au milieu du hall. Refusant de libérer le bras de Phoebe, il la dévisagea un long moment d'un œil inquisiteur.

— On dirait que j'ai été un peu long à comprendre, maugréa-t-il enfin. Je me suis laissé convaincre que tu étais trop occupée pour me parler, alors qu'en fait tu m'évitais. Nous avons besoin de discuter. Attrape ton manteau.

— Il n'en est pas question !

— Comme tu voudras.

En la traînant derrière lui, il commença à gravir l'escalier.

— Qu'est-ce que tu fais ? protesta-t-elle. Je ne suis pas d'humeur à ça !

— C'est bien dommage !

Sans lui laisser une chance de lui échapper, Dan l'entraîna jusqu'à sa chambre et referma la porte derrière eux. Alors, seulement, il la lâcha et posa les mains sur ses hanches, en une attitude qu'elle l'avait maintes fois vu prendre au bord du terrain. Il avait sur le visage cette expression farouche qui était la sienne chaque fois qu'une explication orageuse s'annonçait.

— Très bien ! lança-t-il sèchement. Crevons l'abcès. Qu'est-ce que tu me reproches ?

Phoebe avait essayé de différer cette rencontre. Elle avait même espéré l'éviter tout à fait. Elle aurait pourtant dû se douter que ce ne serait pas possible. Dan n'était pas du genre à éviter les confrontations. Pour retenir ses larmes, elle se mordit l'intérieur des joues. Elle savait qu'une fois qu'elles se seraient mises à couler, elle ne pourrait plus les arrêter. Et elle ne voulait pas se donner ainsi en spectacle devant lui.

— Alors ? insista-t-il. Es-tu en colère parce que je ne t'ai pas appelée dans les jours qui ont suivi la nuit que nous avons passée ensemble ? Je t'avais prévenu que ça ne me serait pas possible. Je pensais que tu comprendrais. D'ailleurs...

Jetant rapidement un coup d'œil à sa montre, il reprit :

— Je suis une fois de plus un peu pris par le temps. Nous avons une réunion de coaches à 18 heures.

— Alors, tu ferais mieux de te déshabiller tout de suite !

Phoebe s'était efforcée de paraître caustique. Elle n'était parvenue qu'à ânonner cette phrase d'une voix tremblante.

— Mais... protesta-t-il à mi-voix. De quoi est-ce que tu parles ?

— De sexe ! Ce n'est pas pour ça que tu es là ? Pour baiser un bon coup, sur le pouce, avant ton rendez-vous ?

Ces mots lui écorchaient la bouche. Les prononcer lui faisait mal au-delà de toute mesure.

— Et merde ! s'emporta-t-il. C'est encore un de ces trucs de bonne femme, pas vrai ? Tu es folle de rage, je vais te demander pourquoi, et tu vas me répondre que, si je ne suis pas capable de le comprendre moi-même, je ne dois pas compter sur toi pour me le dire ! Bon Dieu ! Je ne veux pas jouer à ces petits jeux avec toi.

— Oh ! Pardonne-moi !

D'un geste rageur, Phoebe fit glisser les bracelets à un de ses poignets et les jeta sur le lit. La colère était plus facile à exprimer que la souffrance.

— Allons-y ! s'écria-t-elle. Qu'est-ce que tu attends ?

L'une après l'autre, elle ôta ses chaussures. Elle les envoya valser à travers la pièce et fit mine de s'étonner :

— Tu n'as pas encore enlevé ton pantalon ?

Dan fondit sur elle et l'attrapa par les épaules, ses doigts s'enfonçant dans sa chair.

— Arrête tout de suite ! ordonna-t-il. Je ne comprends rien. Qu'est-ce qui cloche, chez toi ?

Phoebe, qui s'était jurée de garder sa dignité, se calma aussitôt. Après avoir pris une longue inspiration, elle parvint à s'adresser à lui de manière à peu près calme et en soutenant son regard.

— Je ne coucherai plus avec toi, Dan. C'était une erreur que je n'aurais jamais dû commettre.

Dan la lâcha et recula d'un pas. Une certaine méfiance avait supplanté la fureur dans son regard, et ce fut d'une voix assurée qu'il répondit :

— Qu'est-ce que tu racontes ? Je sais que je ne te laisse pas indifférent. Tu n'aurais pas accepté de coucher avec moi si ce n'était pas le cas.

— J'ai fait la connaissance de Sharon, pendant le match contre les Bills.

La culpabilité qui transparut instantanément sur son visage valut aux yeux de Phoebe tous les aveux.

— Elle est adorable, reprit-elle. Tu as bon goût.

— Sharon n'a rien à voir avec nous deux. Si tu imagines que je couchais avec elle, tu te trompes.

— C'est ce que j'ai cru comprendre. Tu t'es arrangé pour gagner sur tous les tableaux, pas vrai ?

Sa voix l'avait trahie. Phoebe dut se reprendre avant d'ajouter :

— Ainsi, tu pouvais te payer du bon temps avec la *bimbo* en réservant pour la nuit de noces ta future femme !

Au lieu de paraître confus, il le prit de haut.

— Tu me prends vraiment pour ce genre d'homme ?

— Difficile de te prendre pour autre chose...

Phoebe vit que Dan faisait de gros efforts pour se contenir.

— J'ai pris des arrangements pour que Sharon assiste au match contre les Bills il y a des semaines de cela, expliqua-t-il. Je ne pouvais tout annuler à la dernière minute. Mais c'est terminé entre nous et je ne la vois plus. Je pensais qu'elle était la femme qu'il me fallait, mais je me trompais. Après la nuit que nous avons passée ensemble, j'ai compris que je m'illusionnais.

Apprendre qu'ils avaient rompu aurait dû soulager Phoebe, mais ce ne fut pas le cas. Elle avait besoin d'entendre qu'il n'y avait pas que le sexe qui l'intéressait en elle. Elle avait besoin qu'il lui parle d'amour, et tant qu'il n'aurait pas prononcé les mots adéquats, rien ne pourrait être réglé entre eux.

— Dis-moi... demanda-t-elle d'une voix douce. As-tu renoncé à elle parce qu'elle n'était pas assez sexy à tes yeux ?

Dan déglutit péniblement.

— Ne fais pas ça, Phoebe... protesta-t-il tout bas. Ne dis pas toutes sortes de choses sur lesquelles tu ne pourras plus revenir. Je t'ai raconté à quoi ressemblait ma famille. Voilà longtemps que j'aspire à un véritable mariage, pas à une orgie permanente comme avec Valerie. Je veux des enfants.

— Et pour trouver la mère idéale, tu fais passer des auditions. Sharon avait réussi à décrocher le titre...

— Il n'est pas difficile de comprendre ce qui me plaisait chez elle. Je voulais quelqu'un qui aime les enfants, qui ne frapperait pas les nôtres dès que j'aurais le dos tourné.

— Je vois. Et la mère de qui était-elle supposée être ?

Dan tiqua, mais Phoebe ne tira aucune satisfaction de savoir qu'elle l'avait blessé. Elle ne voulait pas lui faire de mal. Elle voulait juste qu'il s'en aille avant qu'elle ne s'effondre.

— Ce n'est pas très *fair-play*, ce que tu viens de dire.

— Certes. Mais je subodore que c'est vrai.

Ce fut d'une voix rauque, presque brisée, qu'il reprit :

— Sais-tu que quand je t'ai découverte avec ces enfants, en bas, je devais être l'homme le plus heureux de la Terre ? Pendant quelques minutes, j'ai cru que toutes les conditions étaient réunies, pour nous.

Dan marqua un temps d'hésitation, et Phoebe eut soudain l'intuition de ce qu'il allait dire. Bien qu'il fît chaud dans la pièce, elle frissonna longuement. Ne le dis pas! supplia-t-elle dans le secret de ses pensées. Dis-moi plutôt que tu m'aimes! Dis-moi que c'est la femme que tu aimeras que tu cherches en moi, et pas seulement la mère de tes enfants...

— Je ne t'avais jamais vue en compagnie d'enfants, dit-il enfin en fourrant ses mains au fond de ses poches. Pour ce que j'en savais, tu avais la même attitude à leur égard que Valerie. Mais je t'ai vue faire avec ces gamins, et il n'est pas difficile de comprendre qu'ils t'aiment autant que tu les aimes.

Phoebe eut l'impression d'être passée sous un rouleau compresseur.

— Est-ce que ça signifie que je suis de nouveau en piste, à présent que Sharon n'est plus dans la course?

— Je ne sais pas pourquoi tu présentes les choses ainsi, mais la réponse est que tu ferais une excellente mère.

— Suis-je à la première place, ou y a-t-il d'autres candidates devant moi?

— Arrête... protesta Dan entre ses dents serrées. À mes yeux, il n'y a pas d'autre femme que toi.

— Ce qui veut dire que je reste seule prétendante au titre de future Mme Calebow, mère de tes enfants. Du moins, pour le moment...

— Phoebe... dit-il d'une voix tendue. Voilà des jours que je survis en ne m'accordant pas plus de deux ou trois heures de sommeil par nuit. Je ne tiens que grâce à l'adrénaline. Je n'ai pas l'intention de m'excuser d'avoir envie de t'épouser.

Évidemment! songea-t-elle amèrement. Pourquoi n'en aurait-il pas eu envie? Tous les deux, ils faisaient des étincelles au lit, il savait à présent qu'elle ne frapperait pas ses enfants et, cerise sur le gâteau, il y avait une possibilité pour qu'elle dépose les Stars dans la corbeille de mariage.

Jusqu'à cet instant, elle avait tout oublié des insinuations fielleuses de Reed. Mais à présent qu'elle y repensait, elles lui sautaient à la figure comme un diable de boîte à malice. La pièce se mit à tourner autour d'elle.

— Ce soudain désir de m'épouser... commença-t-elle.

Il lui fallut s'éclaircir la voix pour pouvoir continuer.

— N'a-t-il rien à voir avec le fait qu'il suffirait d'une victoire pour faire de moi la propriétaire des Stars ?

Dan se figea et son visage devint très pâle. Ce fut d'une voix dangereusement calme qu'il demanda :

— Qu'es-tu en train d'insinuer, *exactement* ?

— Nous nous connaissons depuis des mois, mais c'est la première fois que je parais t'intéresser pour autre chose que le sexe. Est-ce ce qui motive ta présence ici ? Es-tu en train de jeter les bases d'une véritable demande en mariage au cas où l'équipe remporterait le championnat dimanche ?

— Je n'arrive pas à croire que tu puisses dire une chose pareille.

Phoebe émit un rire grinçant.

— Dire que je n'avais pas réalisé quel parti intéressant je fais ! railla-t-elle. Si les Stars gagnent – et si je gagne les Stars –, quiconque m'épousera fera main basse sur une paire de gros seins et sur une excellente équipe de football ! D'un coup, je deviens le rêve incarné de tout homme...

— Tais-toi... murmura-t-il, le visage décomposé. Ne dis plus un mot !

— Je me trompe en disant que tu ferais l'envie de tous les coaches de la Ligue ?

— Je te préviens...

— Seras-tu toujours aussi désireux de m'épouser si les Stars perdent le championnat ?

Un muscle se contracta sur la mâchoire de Dan.

— Ce qui se passera dimanche sur le terrain n'a rien à voir avec nous deux.

— Mais si vous gagnez, comment pourrai-je en être jamais sûre ? La seule façon pour moi d'être certaine de ta sincérité, c'est que vous perdiez et que tu veuilles quand même m'épouser.

La seule façon pour moi d'être certaine de ta sincérité serait que tu me dises que tu m'aimes… Dis-le moi, Dan. Dis-moi que tu me veux pour femme parce que tu m'aimes, et non parce que je te fais bien jouir au lit, parce que je serai la mère dont tu rêves pour tes enfants, ou parce que tu convoites mon équipe de foot. Dis-moi simplement que tu m'aimes, repousse ce cauchemar pour moi et laissons-le derrière nous…

— Nous gagnerons ce match.

— Alors, nous n'avons plus la moindre chance… murmura-t-elle, défaite.

— Qu'essaies-tu de me dire ?

Phoebe avait le cœur brisé. Elle ne désirait plus qu'une chose : que sa souffrance cesse enfin. Sa gorge était tellement serrée qu'elle ne pouvait plus parler. Ce fut en jetant sur elle un regard glacial que Dan ajouta :

— Je ne truque pas les matchs. Cela ne m'est jamais arrivé, et cela ne m'arrivera jamais.

Tout d'abord, elle ne comprit pas où il voulait en venir. Mais, en découvrant son regard réprobateur posé sur elle, elle saisit l'ampleur du malentendu et eut envie de vomir. Il parlait d'une voix blanche, chargée de fureur. Elle se rappela alors qu'il avait l'habitude d'enfouir sous sa colère des émotions plus dérangeantes.

— J'ai joué sans concession toute ma vie, reprit-il. Mais j'ai toujours été *clean*, même si les tentations n'ont pas manqué. On m'a offert de l'argent. On m'a offert des drogues, des femmes. Je n'ai jamais été tenté. Je ne truquerai le résultat d'un match pour personne, Phoebe. Pas même pour toi.

— Je ne voulais pas…

Dan ne lui laissa pas finir sa phrase. Sans un regard pour elle, il se rua hors de la pièce.

Assise au bord de son lit, les mains jointes entre ses genoux serrés, Phoebe perdit la notion du temps. Elle entendit des voix dans le hall lorsque Molly raccompagna les jumeaux chez eux, puis elle l'entendit rentrer un instant plus tard. Pooh vint gratter à la porte, mais n'insista pas quand elle ne vint pas ouvrir. Sans se laisser décourager, elle fit de son mieux pour recoller les morceaux épars de sa vie fracassée.

À 22 heures, elle entendit de l'eau couler dans la salle de bains de Molly. Par un gros effort de volonté, elle parvint à se mettre debout pour se déshabiller et enfiler son peignoir le plus confortable. Sentir sur sa peau l'éponge douce et usée lui procura quelque réconfort. Elle allait se résigner à aller faire sa toilette quand quelques coups frappés contre sa porte la firent sursauter.

— Phoebe ? s'enquit la voix inquiète de Molly. Tu vas bien ?

En d'autres circonstances, elle se serait réjouie que sa sœur vienne s'inquiéter de son bien-être. Mais ce soir, elle se sentait vidée de tout désir, de toute énergie, et tout à fait incapable de l'affronter.

— J'ai la migraine ! répondit-elle d'une voix étouffée. Je te verrai demain avant ton départ pour le lycée.

Phoebe marcha jusqu'à la fenêtre et tira les rideaux pour se perdre dans la contemplation des bois qui cernaient l'arrière de la maison. Des larmes, de nouveau, embuaient ses yeux.

— Phoebe ?

Elle n'avait pas entendu Molly entrer, et elle ne voulait pas d'elle dans la chambre. Tôt ou tard, il lui faudrait annoncer à sa sœur qu'elles allaient devoir quitter Chicago mais, ce soir, cela lui était impossible.

— La porte était fermée, dit-elle d'un ton de reproche.

— Je sais, mais...

Un bruit d'interrupteur se fit entendre. Le plafonnier inonda la pièce d'une vive lumière et Molly reprit :

— Tu es sûre que tu vas bien ?

Phoebe demeura face à la fenêtre. Elle n'avait aucune envie que Molly découvre qu'elle avait pleuré. Elle entendit les pas étouffés de Pooh sur la moquette.

— C'est juste une migraine, mentit-elle de nouveau.

— Toi et Dan... vous vous êtes disputés, n'est-ce pas ?

— Dan et moi, nous nous disputons toujours.

— Vous vous taquinez, mais vous ne vous disputez pas vraiment.

— Ce soir, ce n'était pas de la taquinerie, Molly. C'était une vraie dispute.

Il y eut une longue pause, puis Molly murmura :

— Je suis désolée.

— Pourquoi devrais-tu l'être ? Tu me détestes... Tu te rappelles ?

Phoebe savait qu'il n'était pas juste de passer ses nerfs sur elle, mais elle n'était plus en état de penser aux autres. Pooh vient se frotter contre ses chevilles, poussant de petits gémissements pour que sa maîtresse lui prête attention.

— Je ne te déteste pas, Phoebe...

Cette fois, impossible de retenir les larmes. Minces filets le long de ses joues, elles se mirent à couler.

— Tu... tu pleures ? reprit doucement Molly.

— Une faiblesse temporaire. Ça me passera.

— Ne pleure pas... Dan se sentirait tellement mal, s'il savait qu'il t'a fait pleurer.

— J'en doute !

— Je crois... que tu es amoureuse de lui.

Phoebe déglutit péniblement avant de pouvoir répliquer :

— Ça aussi, ça me passera.

Soudain, elle sentit une main légère se poser sur son avant-bras. Sa gorge se serra, elle eut l'impression de manquer d'air, et quelque chose en elle se brisa. Sans savoir comment une telle chose avait pu se produire, elle se retrouva dans les bras de Molly.

Longuement, sa sœur caressa gentiment son bras et tapota son dos en murmurant :

— Ne pleure pas, Phoebe... Je t'en prie, ne pleure pas. Tout va s'arranger. Tu vas voir : tout s'arrangera.

Elle lui susurrait des mots doux pour la consoler, comme elle aurait pu le faire avec Pooh. Étant donné qu'elle était plus petite que Phoebe, leur position était un peu inconfortable, mais elles ne s'en accrochaient pas moins l'une à l'autre.

Phoebe n'aurait su dire combien de temps elles restèrent ainsi. Peut-être une éternité. Pour rien au monde elle n'aurait accepté de lâcher sa sœur. Quand elle fut à cours de larmes et que ses sanglots s'apaisèrent, Molly se dégagea doucement et s'éclipsa, uniquement pour aller chercher dans la salle de bains une boîte de mouchoirs.

Phoebe s'assit sur le bord du lit et se moucha.

— Ça ira mieux demain, assura-t-elle d'une voix nasillarde. Juste un peu d'auto-apitoiement. Ça va passer.

Elle sentit le matelas s'enfoncer à côté d'elle sous le poids de Molly, qui lui demanda :

— Tu es enceinte ?

Inquiète de la soudaineté de cette question, Phoebe tourna vivement la tête vers elle.

— Pourquoi me demandes-tu une chose pareille ?

— Une fille, dans ma classe d'histoire ancienne, est enceinte. Je sais que ça peut arriver même à des gens plus âgés qui sont censés ne rien ignorer de la contraception. Si tu l'es, je suis certaine que Dan voudra t'épouser. Mais même s'il ne veut pas... Nous deux...

Comme si elle se jetait à l'eau, Molly prit une profonde inspiration et se hâta de conclure :

— Je t'aiderai à élever le bébé. Tu n'auras pas à avorter, ou à le faire adopter, ou à l'élever toute seule, ni rien de tout ça...

En découvrant sur son visage la fougue et la générosité avec laquelle sa sœur venait de lui faire cette proposition, Phoebe sentit s'envoler une partie de son fardeau.

— Je ne suis pas enceinte, assura-t-elle avec un sourire mouillé de larmes. Mais merci quand même ! Merci beaucoup !

— Tu ne vas pas te remettre à pleurer, au moins ?

Phoebe ferma les yeux et se moucha.

— J'ai bien peur que si… Je ne peux pas m'en empêcher. C'est la chose la plus gentille, la plus désintéressée qu'on m'ait proposé de faire pour moi.

Réprimant un sanglot, elle chercha le regard de sa sœur et conclut :

— Je t'aime, Molly. Je t'aime vraiment, tu sais.

Molly écarquilla les yeux.

— C'est… c'est vrai ? balbutia-t-elle.

D'un revers de manche, Phoebe essuya ses larmes.

— Oui.

— Même si je me suis conduite comme une garce ?

Un sourire tremblant apparut sur les lèvres de Phoebe, qui insista :

— Une *vraie* garce, tu veux dire…

— Personne ne m'a jamais aimée avant toi.

— Ta mère t'aimait.

— Vraiment ?

— Elle t'aimait même énormément…

— Je n'ai aucun souvenir d'elle. Bert disait qu'elle n'était qu'une *bimbo*.

Phoebe émit un rire plein d'amertume.

— C'est vrai, reconnut-elle. Elle était une *bimbo*, tout comme ma mère. Bert n'épousait que ce genre de femmes. Il les aimait blondes, sexy, et pas très futées. C'est de lui que nous tenons notre intelligence, Mol, pas de nos mères.

Phoebe malmena le mouchoir qu'elle tenait en main et poursuivit :

— Mais ta maman était l'une des femmes les plus adorables que j'aie jamais rencontrées, et elle t'aimait plus que tout. Je me suis enfuie alors que tu n'étais encore qu'un bébé, mais je me rappelle qu'elle te prenait dans ses bras pendant des heures, même quand tu dormais, comme si elle n'arrivait pas à croire que tu étais là.

— J'aimerais tellement me la rappeler.

— C'était une femme bien. Elle me racontait la vie de danseuse de revue qu'elle avait menée. Cooki, la deuxième femme de Bert, était pareille. Elles avaient toutes les deux des cœurs d'or.

Molly buvait la moindre de ses paroles.

— Raconte-moi... murmura-t-elle, fascinée.

Phoebe acheva d'éponger ses larmes avant de se lancer.

— Eh bien... Bert a été dénicher chacune de ses trois femmes à Las Vegas. Toutes les trois n'avaient rien eu d'autre pour se lancer dans la vie que leur beauté, mais elles étaient des femmes exceptionnelles. Parfois, je me dis que *bimbo* est un terme inventé par les hommes pour avoir une raison de se sentir supérieurs aux femmes plus douées qu'eux pour survivre.

Pooh sauta d'un bond sur les jambes de Phoebe. Tout en parlant, elle plongea ses doigts dans son doux pelage.

— Au lieu de s'apitoyer sur son sort, chacune des trois femmes de Bert a lutté pour faire quelque chose de sa vie. Elles se sont tirées de pattes de sales types, elles ont survécu à des conditions de travail exécrables, à des crises de bronchite dues à leurs costumes minimalistes portés par tous les temps. Et le tout avec le sourire ! Ta mère n'a jamais fait preuve de la moindre rancœur, même quand elle a fini par comprendre quel homme était réellement Bert.

Avec un sourire hésitant, Phoebe chercha le regard de Molly et ajouta :

— Tu as des sequins et des bas résille dans tes gènes, Mol. Sois-en fière !

Sa sœur, malgré son QI élevé et son visage solennel, parut transportée par cette idée. En la regardant, un doute horrible assaillit Phoebe, la tirant de sa propre misère.

— Dis-moi… Tu as des photos d'elle, n'est-ce pas ?

— Non. J'en ai demandé à Bert, une ou deux fois, mais il prétendait ne pas en avoir.

— Idiote que je suis ! s'exclama Phoebe. Pourquoi ne te l'ai-je pas demandé avant ?

Après avoir déposé Pooh sur les genoux de Molly, Phoebe se rendit dans sa penderie et en revint quelques instants plus tard chargée d'une des boîtes en carton qu'elle avait fait venir de New York. Sous le regard intrigué de sa sœur, elle en renversa le contenu sur le lit et commença à trier les multiples babioles et souvenirs qui s'y trouvaient.

— Je sais qu'elle doit être là-dedans, murmura-t-elle. Ah ! La voilà…

Phoebe tira de la pile de souvenirs un petit cadre doré bon marché, contenant une photo de Lara allongée sur un transat au bord de la piscine. Dans ses bras, elle berçait Molly à peine née et enveloppée d'une couverture rose. Les cheveux blonds de la mère étaient retenus en arrière par un foulard à motifs fleuris. Elle avait sur les lèvres un sourire de ravissement en admirant son enfant.

Retenant son souffle, Phoebe passa le cadre à sa sœur.

Molly le prit du bout des doigts, comme si elle avait peur de le réduire en poussière par trop de brusquerie. Une expression d'émerveillement ému détendit ses traits quand ses yeux se posèrent sur l'image de sa mère.

— Elle est magnifique ! dit-elle dans un souffle.

— Je pense que tu as ses yeux.

— Je regrette tant de n'avoir pu la connaître.

— Je le regrette aussi.

— Je peux la garder ?

— Naturellement, que tu le peux ! C'est une des rares choses que j'ai emportées avec moi quand je suis partie. Il m'est arrivé, dans les coups de cafard, de me convaincre qu'elle était ma mère aussi…

Molly la regarda longuement, puis elle fut prise d'un sanglot étranglé. Cette fois, ce fut à Phoebe de la prendre dans ses bras pour la consoler.

— Je suis... désolée d'avoir été... si méchante avec toi... s'excusa Molly d'une voix hachée. J'étais tellement jalouse de toi ! Bert t'aimait, alors qu'il me haïssait...

— Il ne te haïssait pas, assura Phoebe en caressant les cheveux de sa sœur. Et il ne m'aimait pas non plus.

— Je t'assure que si... insista Molly. Il n'arrêtait pas de me comparer à toi.

Elle se redressa et leva vers elle un visage noyé de larmes avant de préciser :

— Il disait que j'avais le don de le foutre en rogne. Que je donnais l'impression d'être toujours sur le point de tourner de l'œil en sa présence. Il me disait que toi, au moins, tu lui tenais tête.

Phoebe la serra un peu plus fort contre elle et expliqua :

— Je ne me suis risquée à lui tenir tête que lorsque je suis devenue adulte. Crois-moi, quand j'avais ton âge, je me contentais de rester à l'écart.

— Tu dis ça pour me faire plaisir...

— Bert était un tyran, Molly. Dans le pire sens du terme, c'était un homme, un dur, un vrai. Il n'avait que faire des femmes, sauf si elles prenaient soin de lui ou s'il couchait avec elles. Cela nous laissait définitivement sur la touche.

— Je le hais !

— Bien sûr, c'est normal. Mais en vieillissant, peut-être apprendras-tu à avoir pitié de lui.

Tout en parlant, Phoebe sentit ses épaules s'alléger d'un dernier fardeau. Elle comprit alors que le désintérêt et le manque d'amour de son père avaient fini de la hanter.

— Bert avait la chance d'avoir les deux filles les plus merveilleuses qu'un homme puisse rêver d'avoir. Et il ne s'en est même pas rendu compte. Je trouve ça triste. Pas toi ?

Molly y réfléchit un instant avant d'acquiescer d'un signe de tête.

— Oui. Je crois que tu as raison.

Quelque part dans le pelage de Pooh, leurs doigts se rejoignirent.

23

La fanfare entama les premières notes de *Ain't She Sweet* et les pom-pom girls, dans leurs costumes bleu et or, mirent un genou à terre pour former la haie d'honneur par laquelle Phoebe devait faire son entrée. Vêtue d'une courte veste en velours ornée de sequins bleu ciel, elle portait un haut métallique doré, une minijupe, et des bottes à talons carrés dont chaque orteil était décoré d'une étoile dorée. En la voyant s'avancer sur le terrain tandis que les *cheerleaders* agitaient leurs pompons, la foule venue assister à la finale du championnat de l'AFC salua son apparition par des applaudissements nourris émaillés de hurlements de loup.

En agitant le bras et en envoyant des baisers, Phoebe perçut la tension inhabituelle qui électrisait l'atmosphère. Elle était perceptible dans la houle qui semblait agiter les gradins aussi bien que sur les visages tendus des joueurs assemblés au bord du terrain. Sans se presser, elle rejoignit l'extrémité du banc de touche en évitant soigneusement de regarder Dan. Dès qu'elle fut assise, le cérémonial bien rodé des rituels d'avant match put commencer. Nombre de joueurs étaient persuadés qu'elle leur portait chance. Par la force des choses, elle avait dû se plier à leurs exigences superstitieuses, cognant du poing contre le casque de l'un, donnant une bourrade dans le rembourrage d'épaules de l'autre, glissant une pièce porte-bonheur dans la chaussure d'un troisième. Bobby

Tom, lui, refusait catégoriquement de renoncer à son baiser fétiche.

— On va y arriver, Phoebe !

Comme à son habitude, il la souleva de terre pour un baiser sonore avant de la reposer sur le banc.

— J'en suis persuadée, répondit-elle. Bonne chance !

Les Sabers rejoignirent les Stars au centre du terrain. Leur *quarterback* vedette avait de nouveau été blessé lors du match précédent, ce qui faisait des Stars les favoris des pronostics d'une courte tête. Mais Ron avait pris soin d'expliquer à Phoebe que, même diminués, les Sabers restaient des adversaires redoutables.

Alors que le coup d'envoi approchait, il ne lui fut plus possible d'ignorer Dan plus longtemps. Tendu et concentré, elle le vit donner des ordres dans son casque-micro avant de se tourner vers Jim Biederot, assis à côté de lui, pour lui dire quelques mots. Ce n'est que lorsque les joueurs furent en position pour l'engagement qu'il daigna la regarder. Son visage de marbre, parfaitement neutre, ne lui révéla rien de ses pensées. En le voyant se lever pour venir vers elle, Phoebe tira de sa poche son paquet de Wrigley's.

Il n'avait pas fallu longtemps aux supporters pour se familiariser avec les rituels des Stars. La foule guettait le moment où Phoebe, lorsque le ballon serait mis en place par le botteur, passerait derrière son dos un chewing-gum au coach. En voyant Dan se camper devant elle, Phoebe fit de son mieux pour feindre la normalité.

— Je n'ai pas oublié ton chewing-gum, dit-elle.

La bouche pincée, il la dévisagea un moment avant de lui répondre d'une voix vindicative :

— Bobby Tom a droit à un baiser, et moi je devrais me contenter d'un chewing-gum ? Je ne crois pas, non...

Les yeux ronds, Phoebe le vit arracher d'un grand geste son casque-micro. Sans lui laisser le temps de réagir, il se pencha et lui donna un long baiser. Des flashs crépitèrent. Des rires, des sifflets et des cris s'élevèrent des gradins. Le public pensait à une blague ou à un pari, mais Phoebe savait qu'il n'en était rien. Le baiser de Dan, motivé par la rancœur, fut violent et dénué de toute tendresse. Ainsi lui fit-il comprendre qu'il ne lui avait pas pardonné d'avoir insulté son honneur.

Il se retourna brusquement et reporta toute son attention sur le terrain alors que le ballon s'élevait dans les airs. En dépit des émotions qui l'assaillaient, Phoebe parvint vite à se laisser captiver par le jeu. À la fin du premier quart-temps, la stratégie agressive mise au point par Dan et que Ron lui avait expliquée avait déjà porté ses fruits. Les Stars menaient de sept points alors que les Sabers n'en avaient marqué aucun.

Phoebe regagna la loge où l'ambiance était aussi électrique que sur le terrain. Au cours du deuxième quart-temps, les Stars poursuivirent sur leur lancée tandis que les Sabers semblaient éprouver quelques difficultés à entrer dans le match. Pourtant, rien ne serait joué avant le coup de sifflet final et il était trop tôt pour se détendre. Dix minutes plus tard, lorsque les Stars interceptèrent une passe de 30 yards, Phoebe comprit qu'elle ne pourrait supporter plus longtemps tant de pression. L'équipe était brillante et tout semblait lui réussir, mais si les hommes venaient à faiblir ou à s'épuiser ?

Glissant à Ron qu'elle allait faire un tour pour se calmer, Phoebe ajusta la chaîne de son sac sur son épaule et sortit de la loge. Au passage, elle hocha la tête pour saluer l'agent de sécurité et se mit à déambuler dans le couloir désert. Tandis qu'une nouvelle salve de cris enthousiastes se faisait entendre derrière les portes closes, elle s'engagea dans la galerie perpendiculaire qui s'ouvrait à l'extrémité du corridor.

Elle aurait souhaité que Molly assiste au match à ses côtés plutôt que dans les gradins avec ses amis. Ces derniers jours s'étaient écoulés dans une ambiance de rêve entre elles. Sa sœur avait rattrapé le temps perdu en ne cessant de lui raconter tous les détails de ce qui faisait sa vie. Phoebe se surprit à sourire. Il y avait bien des décisions qu'elle pouvait regretter d'avoir prises au cours de ces derniers mois, mais pas celle d'avoir gardé sa sœur auprès d'elle.

Phoebe était tellement plongée dans ses pensées qu'elle sursauta en voyant la porte d'une loge s'ouvrir devant elle, accentuant momentanément la rumeur du match. En voyant Reed en sortir, ses doigts se serrèrent sur la bandoulière de son sac. Mais puisqu'il l'avait déjà aperçue, il était trop tard pour faire demi-tour.

La dernière victoire des Stars avait mis fin à toute tentative de sa part pour paraître affable. Entre eux, il n'y avait plus qu'une franche hostilité. En la rejoignant, il alluma avec un briquet en or une cigarette dont la fumée le fit cligner des paupières.

— Le match t'ennuie déjà ? grogna-t-il.

N'ayant aucune envie d'une nouvelle confrontation, Phoebe haussa négligemment les épaules.

— Non, répondit-elle. Juste un peu nerveuse. Et toi ?

— Je suis sorti fumer une cigarette, c'est tout.

— Avoue ! lança-t-elle. Tu ne supportais plus de regarder le match, toi non plus.

Elle regretta immédiatement de n'avoir pas su tenir sa langue. Elle n'avait pas cherché à le mettre au défi, mais ce fut ainsi qu'il le prit.

— Ce n'est pas encore la mi-temps, lâcha-t-il entre ses dents serrées. Encore moins la fin du match. À ta place, j'attendrais avant de triompher.

— Ce n'est pas ce que je fais.

Une nouvelle explosion de joie se fit entendre derrière la porte. Reed tira nerveusement sur sa cigarette.

— Tu as toujours été chanceuse, dit-il en laissant la fumée sortir par le nez. Tu es la seule personne que je connaisse capable de marcher dans une crotte et de la transformer en tas d'or.

— En ce qui me concerne, je considère que c'est toi qui as toujours eu de la chance.

Reed laissa échapper un grognement de dégoût. Phoebe s'accrocha à la bandoulière de son sac en constatant :

— Après toutes ces années, tu me détestes toujours, n'est-ce pas ? Quand j'étais petite, je n'arrivais pas à comprendre pourquoi. Tu avais tout ce que je désirais.

— Bien sûr ! railla-t-il. J'ai grandi dans un appart miteux avec une mère névrosée mais sans père.

— Tu avais un père. Tu avais le mien.

Ses lèvres se retroussèrent en un rictus mauvais.

— Encore heureux que Bert m'aimait ! répliqua-t-il. Il se souciait davantage de moi qu'il ne s'est jamais intéressé à toi. Jusqu'au jour où il est mort. Par son testament, il a voulu te donner une dernière leçon. Il n'arrêtait pas de répéter que tu étais son seul échec, et il s'imaginait que tu finirais par t'assagir s'il pouvait t'arracher à cette bande de tapettes avec qui tu traînais.

D'un geste rageur, Reed écrasa son mégot dans un des cendriers emplis de sable posé contre le mur.

— Il n'avait pas imaginé que ça pourrait tourner comme ça, reprit-il. Personne n'aurait pu prévoir les coups du sort qui ont avantagé les Stars cette saison. Les Sabers ont perdu Simpson et McGuire, les Chargers ont dû se passer de Wyzak, les Bills et les Dolphins se sont effondrés. Bon Dieu ! Si Bert avait pu imaginer que les Stars arriveraient en finale, jamais il ne t'aurait laissée approcher de l'équipe, même pour une journée !

— Et pourtant, les Stars y sont arrivés, intervint Phoebe. Et d'après ce que j'entends dans cette loge, ils sont en train de gagner.

Le visage de Reed s'assombrit. Du brillant homme d'affaires, il ne restait rien. De nouveau, Phoebe était confrontée à la petite frappe sans scrupule qui l'avait martyrisée durant toute son enfance.

— Bon sang ! explosa-t-il. Tu jubiles, hein ?

— Je ne…

La protestation de Phoebe vint trop tard. Reed venait de la plaquer contre le mur et l'écrasait de tout son corps. Son épaule douloureuse lui arracha une grimace. Son sac chuta sur le sol.

— Tu m'as gâché la vie ! s'écria-t-il. Comme toujours !

Effrayée, Phoebe tenta de le repousser en plaquant ses mains contre sa poitrine.

— Laisse-moi partir ou je crie ! menaça-t-elle.

— Eh bien, vas-y ! Qu'est-ce que tu attends ? Si quelqu'un nous voit, il pensera que tu m'as sauté dessus, comme tu sautes sur tout ce qui porte culotte !

— Je ne plaisante pas, Reed ! Lâche-moi !

Phoebe se raidit en sentant ses mains remonter jusqu'à ses seins, sur lesquels elles se refermèrent durement.

— À 18 ans, tu étais déjà un joli p'tit lot ! lança-t-il d'une voix rauque. Je constate que ça n'a pas changé.

Sous le choc, Phoebe était incapable du moindre geste.

— Retire tes mains de là ! ordonna-t-elle sèchement.

— Si je veux !

Elle se débattit pour échapper à cet attouchement obscène, mais le corps de Reed la maintenait prisonnière. L'expression qu'elle découvrit sur son visage l'épouvanta plus que tout. Il n'agissait pas par goût de la luxure, comme elle aurait pu s'y attendre, mais sous l'emprise de quelque chose de plus dangereux encore. Elle lut de la haine dans son regard, et le besoin maladif d'exercer son pouvoir sur elle, comme il l'avait toujours fait.

— Tu finiras peut-être par hériter des Stars, reprit-il d'une voix grondante. Mais avant d'aller t'imaginer que tu as eu le dernier mot, il y a quelque chose que tu dois savoir.

Le ton triomphant qu'il avait employé lui donna la chair de poule. Phoebe était de nouveau une enfant sans défense, à sa merci. Les 80 000 personnes présentes dans le stade ne représentaient plus rien. Jamais elle ne s'était sentie aussi seule.

— Cette nuit-là, dans l'abri de la piscine... dit-il d'une voix sifflante. Tu te rappelles ?

— Non ! protesta-t-elle. Je ne veux pas entendre ça !

Tous ses vieux cauchemars étaient de retour. Le tonnerre grondait de nouveau. La chaleur était accablante. Une fois encore, elle s'efforça de lui échapper mais il la maintenait d'une poigne de fer.

— Tu te rappelles l'orage ? insista-t-il. Et comme il faisait noir là-dedans...

— Tais-toi !

— Cette nuit-là, quand Craig t'a violée...

— S'il te plaît...

— Ce n'était pas Craig.

Phoebe sentit son estomac se retourner. Un gémissement échappa à ses lèvres tandis que ses paroles cheminaient en elle. Elle eut l'impression que ses poumons ne voulaient plus se remplir et qu'elle allait suffoquer et mourir.

— C'est moi qui suis allé te rejoindre dans cet abri.

Il lui fallut prendre sur elle-même pour ne pas vomir. Cette révélation, soudain, ne lui paraissait plus en être une. Avait-elle toujours suspecté, au fond d'elle-même, la vérité ? Une odeur – l'odeur de son eau de Cologne – lui emplit les narines en même temps qu'elle semblait remonter du plus profond de sa mémoire.

Reed lâcha ses seins, mais ce ne fut que pour empoigner ses cheveux. Phoebe se mordit la lèvre pour ne pas crier lorsqu'il commença à tirer.

— Et le mieux dans tout ça, conclut-il avec une sombre délectation, c'est que tu ne peux plus rien faire contre moi ! Il y a trop longtemps que cela s'est passé. Ce serait ta parole contre la mienne. Et pendant que tu sautais sur tout ce qui bouge, je me transformais en petit saint... Alors, chaque fois qu'il te prendra l'envie de te réjouir d'avoir récupéré les Stars, rappelle-toi que j'entendrai toujours les cris que tu poussais quand je t'ai pris ton pucelage !

— Tout va bien, mademoiselle Somerville ?

En entendant la voix du vigile qui se dirigeait vers eux, Reed tourna la tête et fit un bond en arrière. Incapable de parler, Phoebe pressa la main sur ses lèvres.

— Mademoiselle Somerville ? répéta le vigile. Vous allez bien ?

— Non, je... je... parvint-elle enfin à balbutier.

— On se voit plus tard, Phoebe ! lança Reed comme si de rien n'était.

Rajustant sa cravate, il se dirigea vers la porte de sa loge. Avant de l'ouvrir et de disparaître à l'intérieur, il lui fit un clin d'œil complice et ajouta :

— Merci pour ce bon moment...

Dès qu'il fut parti, Phoebe se plia en deux, la main sur son estomac, luttant contre les haut-le-cœur qui la secouaient. L'agent de sécurité la prit par le bras et lui dit :

— Tout va bien se passer, mademoiselle. Laissez-moi vous aider.

Comme une somnambule, elle se laissa entraîner sans résister le long du corridor. Les souvenirs terribles de l'affreuse nuit d'orage lui revenaient en flashs d'une netteté effroyable. Il n'y avait aucune fenêtre dans l'abri en métal, derrière la piscine, et il régnait à l'intérieur un noir absolu et une chaleur poisseuse. Quand son violeur avait ouvert la porte, elle n'avait aperçu, sur le fond plus clair de la nuit zébrée de pluie, qu'une silhouette masculine massive découpée en ombre chinoise. Tout naturellement, elle avait supposé qu'il s'agissait de Craig, mais à aucun moment elle n'avait vu son visage.

Il s'était jeté sur elle sans lui laisser la moindre chance de lui échapper. Il avait déchiré sa blouse et mordu l'un de ses seins comme un animal. Phoebe se rappelait la rudesse du sol en béton sous ses fesses nues quand il avait retroussé sa jupe et arraché sa culotte. Sa tête était allée buter contre un bidon métallique quand il l'avait renversée en arrière en lui écartant les jambes. Il avait poussé un cri guttural en se ruant d'un coup en elle. Ensuite, elle n'avait plus entendu que ses propres cris.

Le sol se déroba brutalement sous ses pieds et Phoebe se sentit la tête légère. Désorientée l'espace d'un instant, elle comprit bien vite en regardant autour d'elle qu'ils avaient grimpé dans un ascenseur.

— Où allons-nous ? demanda-t-elle.

— Je vous emmène à l'infirmerie.

— Je vais bien. Je n'ai besoin de rien.

— Vous êtes blanche comme un linge. Je ne sais pas ce que ce type était en train de vous dire, mais vous devriez vous allonger quelques minutes, jusqu'à ce que vous vous sentiez mieux.

Elle s'apprêta à protester avant de réaliser qu'elle n'était pas en état de retrouver immédiatement l'excitation de sa loge. Quelques minutes de repos loin des regards curieux l'aideraient à se remettre.

— D'accord, consentit-elle. Mais juste un instant.

Dans l'espace confiné de la cabine qui descendait toujours, Phoebe sentit la forte odeur de cigarette qui imprégnait les vêtements du garde. Parce qu'elle lui rappelait celle que Reed avait fumée, elle se sentit de nouveau assaillie par la nausée. Ce qui dominait en elle était un sentiment d'injustice et d'impuissance. Comme il s'en était vanté, il n'aurait jamais à payer son crime. Trop de temps s'était écoulé pour qu'elle puisse porter la moindre accusation contre lui.

Soudain, le vigile fut pris d'une quinte de toux. Âgé d'une cinquantaine d'années, les cheveux gris, le teint rougeaud, il portait pas mal de kilos en trop. Quand il eut repris son souffle, elle vit que son front s'était couvert d'une pellicule de sueur. Sur le badge accroché à sa poitrine, elle lut son nom et lui dit gentiment :

— Vous devriez renoncer à fumer, monsieur Hardesty.

— Ouais.

L'ascenseur s'arrêta et les portes s'ouvrirent en douceur. Phoebe vit des tuyaux courir au plafond et comprit qu'ils devaient se trouver au sous-sol.

— Où sommes-nous ?

— Il y a une infirmerie réservée au personnel, un peu plus loin. Vous y serez bien, à l'abri de la foule.

Elle lui emboîta le pas le long d'un étroit couloir aux murs peints en gris. Les tuyauteries émettaient un bourdonnement sourd. Elle entendit également un bruit qui ressemblait à celui du ressac sur la plage. Elle comprit qu'il devait s'agir du lointain écho de la foule emplissant le stade, loin au-dessus de leurs têtes.

Ils tournèrent au bout du couloir.

— Par ici…

En s'emparant du coude de Phoebe, le vigile tourna la poignée d'une porte vierge de toute inscription. Saisie par le doute, elle marqua un temps d'hésitation. En la poussant violemment, il la fit entrer de force.

— Mais qu'est-ce que vous faites ? s'écria-t-elle.

Les yeux agrandis par l'effroi, elle vit qu'il avait dégainé son arme et la pointait directement sur elle. Plus rien n'avait de sens… C'était Reed, son ennemi ! Pas cet homme qu'elle ne connaissait ni d'Ève ni d'Adam. Au-dessus d'eux, la foule continuait à rugir épisodiquement. Elle était en plein cauchemar. Elle n'avait échappé à un fou que pour se retrouver prisonnière d'un autre.

D'un coup de pied, l'agent de sécurité referma la porte.

— Mettez-vous là ! aboya-t-il en désignant du menton le fond de la pièce.

— Pourquoi faites-vous ça ?

— Obéissez ! Plus vite que ça !

Phoebe recula prudemment, sans le quitter des yeux. Il l'avait conduite dans une sorte de réduit où elle vit un bureau métallique gris cabossé, un secrétaire à dossiers suspendus en métal lui aussi, un alignement d'étagères murales chargées de cartons et de pièces détachées.

Avec le canon de son arme, l'homme désigna un fauteuil sans accoudoirs, à l'assise de vinyle balafrée d'une déchirure en V.

— Asseyez-vous là.

Les jambes tremblantes, Phoebe se laissa glisser sur le siège. Le dossier ovale grinça et s'enfonça légèrement quand elle s'y appuya. Avec une fascination morbide, elle fixait l'affreuse gueule noire du revolver pointé sur son cœur. Celle-ci ne dériva pas d'un pouce quand l'homme tendit le bras pour tirer une bobine de corde d'un tiroir du bureau.

— Qui êtes-vous ? murmura-t-elle.

Au lieu de lui répondre, il fit pivoter la chaise roulante avec son pied, de manière à ce que Phoebe se retrouve face au mur. Puis, brutalement, il s'empara de ses bras et les tira dans son dos, lui arrachant un cri de surprise et de douleur.

Avec la corde, il eut tôt fait de lui attacher les poignets au support métallique vertical du dossier, serrant si fort qu'il la fit gémir de douleur. Quand il eut terminé, il donna au siège roulant un nouveau coup de pied qui l'envoya valser dans le coin le plus éloigné de la petite pièce encombrée. Affolée, Phoebe parvint à stopper l'élan avec ses pieds avant d'aller s'écraser contre le mur. En se servant de ses jambes, elle fit pivoter le fauteuil de manière à faire face à son ravisseur.

Phoebe s'efforça de lui être reconnaissante de ne lui avoir ligoté que les poignets, mais la corde mordait les chairs et provoquait une douleur continue. L'inconnu récupéra son arme sur l'étagère métallique où il l'avait posée le temps qu'il la ligote et la rangea dans son holster.

Combien de temps faudrait-il pour que Ron se rende compte de son absence ? se demanda-t-elle. Phoebe lutta contre la panique qui la gagnait peu à peu, sachant que, quoi qu'il puisse lui arriver désormais, il lui fallait garder l'esprit clair pour espérer s'en tirer. En tendant l'oreille, elle parvint à percevoir quelques bribes de musique et en déduisit que la mi-temps devait avoir débuté. Ignorant la souffrance que lui causaient ses poignets entravés, elle s'obligea à observer les lieux.

Le bureau cabossé, contre le mur, était encombré de catalogues cornés, de livres ouverts et de diverses paperasses. Un téléviseur portable maculé de traces de doigts graisseuses était posé sur une commode étroite à quatre tiroirs, directement face à elle. Des panneaux d'affichage accrochés à des supports métalliques en L occupaient tout un pan de mur derrière le bureau. Un calendrier publicitaire, orné d'une femme nue tenant dans ses bras un ballon de beach ball aux couleurs vives, y était également punaisé bien en vue.

Le garde alluma une cigarette, qu'il laissa se consumer entre ses doigts tremblants tachés de nicotine.

— Voilà comment les choses vont se passer, dit-il en posant sur elle ses petits yeux brillants. Aussi longtemps que votre petit ami fera ce que je lui dirai, vous n'aurez rien à craindre.

Phoebe fit de son mieux pour lui répondre d'une voix ferme.

— Je ne comprends rien à ce que vous me dites.

— Ouais. De toute façon, ça n'a pas d'importance.

Il alla allumer le téléviseur, dont l'écran afficha une image en noir et blanc où l'on voyait des commentateurs sportifs en train de discuter du match dans la loge réservée à la presse.

— ... les Stars ont brillamment joué la première moitié du match. Ils ont su se montrer offensifs tout en protégeant le ballon. Les Sabers vont devoir faire preuve de beaucoup plus d'agressivité s'ils veulent revenir dans le jeu.

Au bas de l'écran, le score s'inscrivait dans un bandeau : Stars 14, Sabers 3.

Le vigile lâcha à mi-voix une bordée de jurons et coupa le son. Phoebe le regarda aller et venir à l'extrémité de la pièce, près de la porte, tirant furieusement sur sa cigarette. Ses yeux tombèrent sur le badge qu'il portait à la poitrine : HARDESTY.

À cet instant, tout lui revint. Elle se rappela ce que Dan lui avait raconté de cet homme qui l'avait suivi. Le père d'un ex-joueur du club mort tragiquement. C'était bien ce nom-là qu'il portait.

Une pub pour de la bière défila silencieusement à l'écran. Phoebe passa la langue sur ses lèvres sèches.

— J'ai mal aux bras, dit-elle. La corde est trop serrée.

— Pas question que je vous détache !

— Alors, desserrez-la un peu...

— Non.

Phoebe devait l'amener à se confier à elle. La situation serait pire encore si elle ne savait pas ce qu'il lui voulait.

— C'est pour votre fils que vous faites ça ?

Plissant les paupières, il pointa sa cigarette sur elle.

— Je vais vous dire une bonne chose, ma p'tite dame. Ray Junior était le meilleur *defensive end* à avoir jamais joué pour les Stars. Ce salaud n'avait aucun droit, aucune raison valable de le virer !

— Coach Calebow ?

— Il avait mon garçon dans le nez. Il ne lui a pas laissé une seule chance !

— Cela ne lui ressemble pas. Dan n'est pas ainsi.

Un nuage de fumée opaque entourait sa tête. Il parut ne pas l'avoir entendue et poursuivit sur sa lancée :

— Je vais vous dire ce que je pense. Je pense qu'il savait que Ray Junior était meilleur joueur que lui ne l'a jamais été. Je pense qu'il était jaloux ! Voilà la vérité ! La presse fait tout un plat de ce Calebow, mais il n'était rien – rien du tout – comparé à mon Ray !

Cela ne faisait plus l'ombre d'un doute pour Phoebe : cet homme était fou. Peut-être l'était-il depuis longtemps déjà, ou peut-être la mort de son fils l'avait-il précipité définitivement dans la folie. Il lui faisait peur, mais elle fit de son mieux pour le dissimuler.

— Les joueurs entrent et sortent des équipes tout le temps, dit-elle. C'est le jeu qui veut ça.

— Vous ne savez pas ce que c'est ! s'emporta-t-il. Un jour, vous êtes quelqu'un que tout le monde respecte, et le lendemain vous n'êtes plus rien…

— C'est de votre fils, que vous êtes en train de parler ou de vous-même ?

— La ferme !

Ses yeux injectés de sang saillirent dans leurs orbites. Son visage cramoisi devint pourpre. Phoebe préféra ne pas le provoquer davantage.

— Écoutez-moi bien, vous ! lança-t-il. Vous ne représentez rien pour moi. Rien de rien ! Je ne veux pas vous faire de mal, mais je le ferai sans la moindre hésitation si on ne me laisse pas le choix. Parce que tout ce qui compte désormais pour moi, c'est que les Stars ne gagnent pas ce match.

Ron atteignit le tunnel au moment où les joueurs s'y précipitaient pour regagner le terrain. Il redoutait ce qu'il allait devoir faire. Dan s'était conduit en véritable ours, toute la semaine – emporté, déraisonnable, impossible à pacifier – et il se demandait comment il allait réagir à ce qu'il avait à lui annoncer.

Dan émergea en trombe du vestiaire. Ron alla se placer à côté de lui et hâta le pas pour ne pas se laisser distancer.

— J'ai peur que nous n'ayons un léger problème, annonça-t-il.

— Règle-le tout seul, grogna Dan. Au cas où tu ne l'aurais pas remarqué, j'essaie de gagner un match et…

— Phoebe a disparu !

À présent que le plus dur était fait, Ron tira un mouchoir de sa poche pour s'éponger le front. Dan s'était figé sur place. Le visage très pâle, il le foudroyait d'un œil noir.

— Qu'est-ce que tu racontes ?

— Elle a quitté sa loge au cours du deuxième quart-temps, expliqua Ron. Personne ne l'a vue y retourner et nul ne l'a aperçue depuis. On a retrouvé son sac, abandonné dans le couloir. J'ai interrogé le personnel de l'infirmerie et visité toutes les loges. Sans succès. Elle a disparu, Dan. Et en l'état actuel des choses, tout laisse à penser qu'il s'agit d'un enlèvement.

Ron avait déjà eu l'occasion à de multiples reprises de voir Dan soumis à de fortes pressions. Mais jamais il n'avait lu une telle panique dans son regard.

— Non ! protesta-t-il faiblement. Ce n'est pas possible. Est-ce que… as-tu appelé la police ?

— Oui. Il est trop tôt et ils ne prennent pas l'affaire au sérieux. Je déteste devoir t'infliger ça en plein milieu d'un match, mais je me suis dit que tu aurais peut-être une idée d'un endroit où nous pourrions chercher.

Dan se figea et réfléchit.

— Non, répondit-il en serrant le bras de Ron entre ses doigts. As-tu parlé à Molly ? Elle est peut-être allée la rejoindre dans les tribunes ?

Jamais Ron n'avait vu Dan aussi désemparé. À cette minute, il comprit qu'il y avait bien plus entre le coach et la propriétaire des Stars que ce qu'il avait suspecté.

— La dernière fois que Molly l'a vue, répondit-il, c'était avant que le match commence. Elle est très inquiète, elle aussi. La femme de Tully est avec elle.

— Si quoi que ce soit arrive à Phoebe…

L'un des assistants de Dan venait d'apparaître au bout du tunnel.

— Coach ? appela-t-il.

Dan fit volte-face et se mit à hurler, le visage tordu par l'angoisse et la rage :

— Fous-moi la paix, bordel !

— Tu dois retourner sur le terrain… conseilla Ron. Il n'y a rien que tu puisses faire pour le moment. Je te ferai prévenir dès que nous l'aurons trouvée.

— Ne laisse rien lui arriver, Ron ! supplia Dan en dardant sur lui un regard inquiet. Trouve-la !

Ron aurait bien voulu le rassurer, mais il ne put que lui répondre honnêtement :

— Je ferai de mon mieux.

Dans les entrailles du stade, au même moment, Hardesty plongea la main dans sa poche pour en extraire un nouveau paquet de cigarettes. La fumée, autant que la douleur qui montait de ses poignets, embuait les yeux de Phoebe. Le silence qui était retombé entre eux depuis quelques minutes était si éprouvant pour ses nerfs qu'elle ne put le supporter.

— Qui travaille ici ? s'enquit-elle.

D'abord, elle crut qu'il n'allait pas lui répondre. Puis, elle le vit hausser les épaules et expliquer négligemment :

— Un des techniciens de maintenance. Il doit rester près des générateurs pendant toute la durée du match. Donc, il ne risque pas d'arriver à l'improviste, si c'est ce que vous espérez.

Sur l'écran silencieux, les Sabers engageaient le ballon pour la seconde mi-temps. Phoebe grimaça quand Hardesty monta brutalement le volume. Elle fit une autre tentative pour le raisonner.

— C'est sans espoir. Vous n'allez pas vous en tirer.

— Vous savez quoi ? fit-il sans quitter l'écran des yeux. Je m'en balance. Du moment que les Stars ne gagnent pas ce putain de championnat, je n'en ai rien à foutre !

Hardesty marcha jusqu'au bureau et s'empara du téléphone, sur lequel il composa un numéro à quatre chiffres. Quelques secondes s'écoulèrent avant qu'on décroche.

— Bob Smith pour les Stars, dit-il. Phoebe Somerville, à côté de moi, voudrait parler au coach Calebow. Passez-lui cet appel sur le terrain, voulez-vous ?

Écoutant la réponse de son interlocuteur, il marqua une pause et ajouta :

— Elle n'en a rien à foutre de vos procédures ! Elle dit que c'est important, et comme c'est elle, le *boss*, ça risque de barder pour votre matricule. Mais c'est vous qui voyez.

Celui à qui il s'adressait avait dû se laisser convaincre, car Hardesty posa le téléphone sur le coin du bureau le plus proche de Phoebe. Les roues du siège grincèrent quand il vint se placer derrière elle pour la rapprocher au plus près du meuble. La main serrée sur le combiné, il attendit en silence, puis elle le vit se raidir.

— Calebow ? dit-il. J'ai là quelqu'un qui voudrait vous parler.

Hardesty plaqua l'écouteur sur l'oreille de Phoebe.

— Dan ? demanda-t-elle d'une voix blanche.

— Phoebe ? Où es-tu ? Seigneur ! Tu vas bien ?

— Non, je...

La main d'Hardesty venait de saisir ses cheveux. Elle ne put retenir un cri de douleur quand il tira dessus violemment.

Au bord du terrain, Dan bondit du banc de touche.

— Phoebe ! cria-t-il. Que se passe-t-il ? Tu es toujours là ? Dis-moi quelque chose, je t'en supplie !

Son cœur cognait désespérément dans sa poitrine. Une sueur froide lui baignait le front. Quelqu'un maltraitait la femme qu'il aimait, et il ne pouvait rien faire pour lui venir en aide. Avec une clarté aveuglante, il vit alors ce qu'il avait jusque-là refusé de voir. La peur qui le tétanisait avait débarrassé son cœur de la méfiance derrière laquelle il se protégeait. Il sut qu'il aimait Phoebe, de tout son cœur, de toute son âme. Si quelque chose devait lui arriver, jamais il ne pourrait s'en remettre. Dans son micro, il cria son nom, en s'efforçant de mettre dans ce cri tout ce qu'il ressentait pour elle et ne lui avait jamais dit.

Une voix d'homme graveleuse jaillit dans ses écouteurs.

— Je l'ai à ma merci, Calebow. Si tu veux qu'il ne lui arrive rien de fâcheux, tu as intérêt à écouter ce que je vais te dire.

— Qui êtes-vous ?

— Les Stars vont perdre, aujourd'hui. Tu m'entends ? Ta putain d'équipe va perdre ou ta copine va mourir.

La respiration courte et sifflante de l'homme finit par le trahir.

— Hardesty ? demanda Dan. C'est toi, n'est-ce pas, espèce de fils de pute ?

— Ton équipe ne remportera pas le championnat sans mon gamin.

Le fait qu'il ne cherche pas à masquer son identité attisa la terreur de Dan. Seul un homme qui n'avait rien à perdre pouvait se montrer aussi imprudent. Sachant que chaque seconde comptait, Dan retrouva ses réflexes de coach et s'adressa à lui avec autorité.

— Écoute-moi ! Ray était un champion. Il n'aurait jamais supporté que tu fasses une chose pareille...

— Tu étais jaloux de lui, enfoiré ! C'est pour ça que tu l'as saqué !

— C'est une histoire entre toi et moi. Phoebe n'a rien à voir là-dedans. Relâche-la. Je prends sa place si tu veux !

— N'appelle pas la police.

À l'autre bout de la ligne, Hardesty dut s'interrompre, en proie à une quinte de toux.

— Je regarde le match à la télé, précisa-t-il enfin d'une voix essoufflée. Si je vois quoi que ce soit d'inhabituel, tu auras à le regretter.

— Réfléchis, Hardesty ! Tu t'en prends à une femme innocente et tu...

— Écoute-moi bien, coach ! l'interrompit-il. Un point de plus pour les Stars sur le tableau d'affichage et ta copine est morte !

— Hardesty !

Seul le silence lui répondit. Pétrifié, Dan entendit la foule rugir et se remémora la série d'actions qu'il venait d'ordonner aux joueurs. D'un bond, il se retourna à temps vers le terrain pour voir, les yeux écarquillés par l'horreur, son équipe marquer un *field goal* de toute beauté.

Sur le panneau d'affichage, le score en faveur des Stars passa à 17, plongeant Dan Calebow dans l'affliction.

Dans les profondeurs du Midwest Sports Dome, Ray hurla et envoya d'un violent coup de pied valser le siège de Phoebe à travers la pièce. Elle poussa un cri de douleur quand son épaule vint heurter le mur. Elle s'était mordu la langue et le goût du sang envahit sa bouche.

Par peur de ce qu'il pouvait lui faire, elle se hâta de manœuvrer avec ses jambes pour se retrouver face à lui. Mais Hardesty, lui, ne se souciait pas d'elle. Il gardait les yeux fixés sur le téléviseur en marmonnant tout bas des choses indistinctes.

Un gros plan du visage de Dan envahit l'écran. Il paraissait hors de lui, et lorsque le score passe à 17-3 sur le panneau d'affichage, les commentateurs crurent bon de s'en amuser. L'idée qu'elle allait peut-être devoir mourir en regardant sur un écran de télé l'homme qu'elle aimait fut soudain insupportable à Phoebe. Ignorant la souffrance que cela lui occasionnait, elle commença à tirer sur ses liens pour les desserrer. Et ce faisant, une bribe de leur dernière dispute lui remonta à la mémoire.

Je ne truquerai le résultat d'un match pour personne, Phoebe. Pas même pour toi.

24

Au bord du terrain, la première chose que fit Dan fut d'appeler Jim Biederot, en espérant que le *quarterback* ne remarquerait pas le manque d'assurance de sa voix.

— On fait quelques changements dans la prochaine série, Jim…

Quand il eut fini de lui donner ses ordres, Biederot lui dit sans détour ce qu'il pouvait en faire et qu'il n'était pas question pour lui de les appliquer.

— Tu obéis ou tu regagnes le banc de touche !

Biederot lui jeta un regard furieux et s'empressa de rejoindre Charlie Cray, l'un des assistants de Dan. L'instant d'après, il lui avait arraché son casque et s'époumonait dans le micro.

Dan comprit que Jim s'expliquait avec Gary Hewitt, son coordinateur offensif, qui se tenait avec Tully dans les hauteurs du stade pour surveiller l'action. Avant que Hewitt ne l'appelle à son tour pour lui dire sa façon de penser, il s'efforça de ravaler suffisamment sa peur pour mettre en ordre ses pensées.

Hardesty avait affirmé qu'il suivait la retransmission télévisée, ce qui signifiait qu'il pourrait remarquer tout mouvement suspect au bord du terrain ou dans les parties du stade où se trouvaient des caméras. Il était hors de question, en conséquence, de prévenir la police. Dès qu'ils sauraient que Phoebe avait été kidnappée, ils interviendraient en masse, sans compter qu'il les aurait aussi sur le dos et qu'ils lui feraient perdre son temps en le harcelant de questions inutiles. Pire encore, ils pouvaient décider d'arrêter le match, ce qui pouvait inciter Hardesty à commettre l'irréparable.

Brièvement, Dan envisagea d'entrer en contact avec Ron par l'intermédiaire de son casque pour le prévenir, mais il eut peur que Hardesty puisse écouter leur conversation et préféra renoncer. Il ne comprenait pas toutes les subtilités du système de communication interne, mais il savait que le ravisseur de Phoebe n'aurait pu y accéder sans se trouver quelque part dans le Midwest Sports Dome. À l'instant même, il pouvait être en train d'espionner les appels que se passaient les coaches. D'un autre côté, cela signifiait également qu'il ne se trouvait pas très loin avec sa victime, ce qui était plutôt rassurant.

En essayant de trouver un moyen de prévenir le directeur général, Dan s'essuya le front d'un revers de manche. Faute de mieux, il griffonna sur son écritoire une note suffisamment énigmatique pour être explicite aux yeux de Ron sans alerter quiconque aurait l'occasion de la lire.

« Je me suis expliqué avec le joueur indélicat dont nous parlions à la mi-temps. Ton évaluation négative de la situation était correcte. Il est urgent et même vital de ne rien tenter. Je t'expliquerai après le match. »

Pliant la feuille en quatre, il la remit à un soigneur avec pour instruction de la remettre à Ron au plus vite. Puis il s'efforça de se convaincre que Phoebe sortirait vivante de cette mésaventure. Il lui était intolérable d'envisager une autre issue.

Pour la première fois, il s'autorisa à réfléchir aux conséquences qu'aurait la défaite des Stars sur l'héritage de Phoebe une fois que tout serait terminé et qu'elle serait saine et sauve. Bien qu'il n'y eût pas de précédent, il ne pouvait imaginer que la NFL validerait le résultat. Quand les instances directrices apprendraient qu'il avait sabordé son équipe délibérément, elles feraient rejouer le match et Phoebe conserverait toutes ses chances.

Mais, soudain, ce scénario optimiste se trouva anéanti par un doute affreux. Et si la police refusait de croire qu'elle avait été enlevée ? Si Hardesty disparaissait, il n'y aurait d'autre preuve tangible de l'enlèvement que le témoignage de Phoebe et le sien. Étant donné les liens qui les unissaient, l'un comme l'autre paraîtraient suspects. On pourrait fort bien les accuser d'avoir inventé cette histoire après la défaite des Stars pour que Phoebe puisse garder une chance d'hériter de l'équipe. Dans ces conditions, il était plus que douteux que la NFL fasse rejouer le match.

Dan dut se résoudre à admettre que sa décision de ne pas prévenir la police risquait de coûter à Phoebe la propriété de l'équipe. Pourtant, il n'avait pas le choix. Il ne prendrait pas le moindre risque susceptible de la mettre en danger.

La voix de Gary Hewitt, dans ses écouteurs, le tira de ses pensées.

— Dan ? Bon sang, qu'est-ce qui se passe ? Pourquoi as-tu demandé à Jim de jouer profil bas ? Ce n'est pas du tout notre plan ! Il réussit tout ce qu'il touche…

— J'ai changé d'avis ! lança-t-il sèchement. Vu notre avance, nous pouvons nous permettre de jouer en défense et d'assurer nos arrières.

— Mais ce n'est que le troisième quart-temps ! protesta Hewitt. Ce n'est pas le moment de se la jouer pépère !

Dan ne pouvait qu'approuver. Alors, faute d'arguments, il ôta son casque et resta les yeux rivés à l'action en cours.

Au milieu du troisième quart-temps, l'incompréhensible jeu au ras du sol des Stars leur coûta un premier *touchdown* en faveur des Sabers, réduisant leur avance à sept points. Les protestations des supporters étaient si bruyantes que les attaquants eurent de plus en plus de mal à entendre les ordres hurlés par Biederot. Les assistants de Dan, sur la ligne de touche, semblaient furieux. Les joueurs, sur le terrain, étaient livides. Et quand les Sabers égalisèrent la marque, un des commentateurs perdit toute patience.

— Je n'en crois pas mes yeux ! hurlait-il face à la caméra. Durant toute la saison, Dan Calebow a été l'un des coaches les plus offensifs de toute la NFL ! Le voir mener son équipe à la déroute comme il le fait aujourd'hui est tout simplement consternant ! Ce n'est pas le genre de football que les supporters sont venus applaudir !

Phoebe fit de son mieux pour ignorer les commentaires acerbes du reporter tout comme les protestations du public. Elle préférait ne pas penser à ce que cette humiliation en direct pouvait coûter à l'orgueil de Dan, mais elle ne l'avait jamais autant aimé qu'à cet instant.

Ses poignets, malmenés par les efforts qu'elle déployait pour se libérer, saignaient. Ignore la souffrance ! ne cessait-elle de se répéter. Fais-en ton alliée, joue avec elle ! Ces conseils d'endurance que les joueurs rabâchaient sans cesse l'aidaient à tenir, mais elle commençait à craindre de ne jamais parvenir à desserrer les nœuds.

Hardesty lui avait entouré les poignets avec la corde pour former un huit, avant de lier l'extrémité au montant vertical du dossier. Phoebe avait les doigts couverts de sang, mais aucun de ses efforts ne lui avait permis de venir à bout de ce double nœud. Ignore la souffrance ! Fais-en ton alliée !

Les yeux rivés à l'écran, Hardesty tira sur sa cigarette et se mit à tousser. L'air était tellement enfumé qu'elle avait du mal à respirer. Parfois, elle se disait qu'il avait fini par l'oublier. Mais alors, il tournait la tête et posait sur elle un regard tellement vide et dénué de remords qu'elle savait qu'il n'aurait aucun mal à mettre ses menaces à exécution.

Cinq minutes après le début du quatrième quart-temps, les Sabers prirent la tête. Sur le banc de touche, les visages des assistants et des joueurs reflétaient la consternation, la fureur et l'incrédulité. La foule, elle, plus directe, avait commencé à faire pleuvoir sur Dan des projectiles de toutes sortes. Il demeurait seul, stoïque, isolé de la vindicte populaire par un cordon de joueurs et de coaches. Seule la discipline de fer qu'il faisait régner au sein de l'équipe empêchait ses propres troupes de se retourner contre lui.

Sabers 24, Stars 17.

Quand les Sabers eurent réussi la transformation, Biederot cogna son casque contre le banc avec tant de force que le protège-dents céda. Dan comprit que ce n'était qu'une question de temps avant que Jim ignore sa menace de le sortir du terrain et qu'il commence à n'en faire qu'à sa tête. Avec moins de dix minutes de jeu à l'horloge et la fureur de la foule qui augmentait de seconde en seconde, il comprit qu'il ne pourrait continuer plus longtemps à jouer en rase-mottes.

Toute sa vie, Dan avait pris des risques. Priant pour que ce qu'il allait tenter aujourd'hui ne soit pas une fatale erreur, il rappela Jim et Bobby Tom avant que la ligne offensive ne se reforme sur le terrain.

Le visage de Biederot était rouge de fureur contenue. Celui de Denton, rigide comme un masque mortuaire. Tous deux se mirent en même temps à lui cracher au visage des obscénités.

— Fermez-la et écoutez-moi ! leur lança-t-il.

Dan avait remarqué la mini-caméra, au bord du terrain, qui venait de zoomer sur eux. Il prit Jim et Dan par le cou pour leur faire baisser la tête et rapprocher la sienne des leurs avant de se risquer à expliquer à mi-voix :

— Phoebe a été kidnappée. L'homme qui la séquestre est complètement dingue. Il veut que nous perdions le championnat et il dit qu'il va la tuer si nous marquons le moindre point. Il regarde le match à la télé et je suis sûr qu'il mettrait ses menaces à exécution.

Biederot jura entre ses dents. Le visage de Bobby Tom laissa transparaître une envie de meurtre. Dan ne censura aucune de ses émotions lorsqu'il conclut en les regardant alternativement dans les yeux, après leur avoir donné ses instructions :

— Faites en sorte que ça ait l'air réaliste. *Je vous en supplie.* La vie de Phoebe en dépend.

Dans le local technique, sous le stade, Phoebe entendit la foule rugir de plaisir et se figea sur sa chaise. Ses doigts ensanglantés relâchèrent leur pression sur le nœud. Ses yeux se posèrent sur l'écran et elle en eut le souffle coupé. Jim venait de se risquer à faire une longue passe à Bobby Tom. Le corps du *wide receiver* vedette des Stars se détendit, formant cette ligne pure que les photographes ne se lassaient pas d'immortaliser sur la pellicule. Combien de fois, au cours de cette saison, l'avait-elle déjà vu rattraper ainsi un ballon dans une posture que n'importe qui aurait jugée désespérée, défiant la gravité avec la grâce et l'insouciance d'un danseur de ballet ?

Mais le miracle ne se renouvela pas cette fois. Un grognement de déception monta de la foule lorsque le ballon lui échappa des doigts. Bobby Tom s'écrasa de tout son long sur le revêtement synthétique, et Phoebe put respirer de nouveau.

C'était la première longue passe de Biederot depuis le début de la seconde mi-temps. Elle ne put s'empêcher de se demander si le contrôle absolu que Dan exerçait sur son équipe n'était pas en train de lui échapper. Elle refusait de penser à ce que cela pouvait signifier. Pas maintenant, alors que le nœud qui la retenait à son siège venait enfin de céder !

Sa joie et son soulagement furent de courte durée quand elle réalisa que, si elle n'était plus rivée au fauteuil, ses poignets demeuraient liés par le nœud en huit, qui était loin de se défaire. Entravée de la sorte, comment pouvait-elle espérer échapper à Hardesty et à son revolver ?

La caméra zooma pour capter en gros plan le visage de Bobby Tom. Plusieurs secondes s'écoulèrent avant que Phoebe finisse par comprendre ce qui clochait dans cette image. Habituellement, quand il ratait une action, le *wide receiver* enrageait et perdait son légendaire sens de l'humour. Mais là, le visage soigneusement dépourvu de toute expression, il ne manifesta en se relevant pas la moindre émotion.

Il sait ! songea-t-elle. Dan devait avoir réussi à le mettre au courant. Phoebe savait ce que ce match représentait pour Bobby Tom, et elle ne pouvait qu'imaginer ce que cela avait dû lui coûter de simuler une action manquée. Une colère noire commença à monter en elle. Hardesty n'avait pas le droit de leur gâcher cette journée ! Il ne fallait pas le laisser voler leur victoire à ces joueurs qui avaient tant peiné pour l'obtenir !

Le ballon revint aux Sabers tandis que l'horloge égrenait imperturbablement les secondes au tableau d'affichage.

7.14… 7.13… 7.12…

En prenant tous les risques, les Sabers entamèrent une série de passes. Phoebe songea à l'armée de soldats éclopés qu'elle retrouvait dans l'avion après chaque match, aux poches de glace sur les genoux endoloris, aux calmants qu'il fallait avaler pour espérer dormir un peu. Il n'y avait aucun de ces hommes admirables qui n'aurait pas tout donné pour les Stars.

6.21… 6.20… 6.19…

Il restait peu de temps, et elle n'était pas du tout certaine de pouvoir défaire le dernier nœud avant la fin du match. Il commençait à se desserrer, mais à peine. Phoebe avait la pénible impression de faillir à sa mission, à ses responsabilités, et de laisser tomber l'équipe. Si elle n'y parvenait pas, c'était parce qu'elle n'essayait pas assez.

5.43… 5.42… 5.41…

Portland réussit à marquer un autre *field goal*. Sabers 27, Stars 17. Il lui fallait faire un choix. Elle pouvait jouer la sécurité et attendre où elle était que le match se termine, en espérant que Hardesty la relâcherait ensuite. Ou elle pouvait tout risquer pour reconquérir sa liberté.

Le visage impassible de Dan revint à l'écran, et Phoebe prit sa décision. Elle ne renoncerait pas à lui et aux Stars avant d'avoir vendu chèrement sa peau. Son cerveau se mit à tourner à toute allure. Elle n'aurait droit qu'à un seul essai. Il lui fallait guetter le bon moment.

5.07... 5.06... 5.05...

Enfin, l'ouverture tant attendue arriva. Hardesty se plia en deux, foudroyé par une quinte de toux plus forte que les autres. Les pieds ancrés au sol, Phoebe prit son élan et lança le fauteuil dans sa direction. Alerté par le bruit des roulettes, Hardesty se redressa et écarquilla les yeux en la voyant foncer sur lui. Avec un cri de rage, il tendit le bras, poing serré, pour l'intercepter. Phoebe, levant les jambes, l'envoya valser en arrière d'un coup de pied au menton.

Avec un gémissement de douleur, Hardesty se couvrit le visage de ses deux mains et tituba en arrière. Phoebe en profita pour se dresser d'un bond. Laissant le siège derrière elle, les bras toujours attachés dans le dos, elle se rua vers la porte et se retourna pour l'ouvrir et se précipiter dans le couloir.

Au jugé, elle fonça en direction de l'ascenseur. La corde autour de ses poignets commençait à jouer, mais pas suffisamment pour qu'elle puisse se libérer. Elle entendit derrière elle un grognement et se retourna à temps pour voir Hardesty se lancer à sa poursuite en titubant.

Au détour du couloir, Phoebe s'arrêta devant une porte grise marquée « Escalier ». Une fois encore, il lui fallut perdre de précieuses secondes à se retourner et à tâtonner pour parvenir à l'ouvrir. Une boucle de la corde en train de se défaire, qui avait glissé sur ses doigts, ne lui facilita pas la tâche. Hardesty, pas tout à fait remis du coup de pied qu'il avait reçu mais très en colère, apparut au bout du couloir.

— Sale pute ! lança-t-il rageusement.

En le voyant mettre la main à sa hanche pour dégainer son arme, Phoebe connut un instant de terreur. Avec l'énergie du désespoir, elle redoubla d'efforts pour ouvrir la porte. Celle-ci céda sous son poids alors que dans un terrible fracas le mur au-dessus de sa tête explosait, la couvrant d'une pluie de béton et de débris de bois.

La peur au ventre, elle se rua dans l'escalier pour ne pas laisser à son poursuivant l'occasion de tirer une autre balle dans sa direction. Et tout en gravissant les marches, elle essayait frénétiquement de se débarrasser de la corde qui était sur le point de se détacher et qui rendait ses mouvements si difficiles.

Elle atteignait le palier suivant quand celle-ci glissa enfin sur le sol. Avec un soupir de soulagement, Phoebe massa ses poignets maculés de sang et se figea pour écouter. En contrebas lui parvenait le bruit d'une lourde masse en mouvement, de cette respiration sifflante qu'elle avait appris à détester, et de cette voix d'homme égaré, qui jurait tout bas :

— Garce ! Pute ! Je te tuerai...

Mais l'homme paraissait à bout de souffle et peu susceptible de mettre ses menaces à exécution. Galvanisée par ce retournement de situation, Phoebe monta quatre à quatre deux volées de marches conduisant à un dernier palier fermé par une porte. Avant d'ouvrir celle-ci, elle se figea une dernière fois et entendit Hardesty s'effondrer, loin derrière elle, en poussant un râle à peine humain.

Sans perdre une seconde, elle sortit de l'escalier et tenta de se repérer. En entendant le rugissement de la foule, elle réalisa qu'elle se trouvait à l'extrémité du corridor menant aux vestiaires des Stars. Elle s'y précipita et tourna à gauche vers le tunnel d'accès au terrain, jetant derrière elle sa veste à sequins maculée de sang.

Un agent de sécurité gardait l'entrée du tunnel. Il se retourna en entendant ses talons claquer sur le béton. En accourant vers lui, elle ne lui laissa pas le temps de s'étonner de sa mise défaite et de ses poignets ensanglantés.

— L'un des vigiles se trouve dans l'escalier de service à droite du vestiaire, expliqua-t-elle en s'efforçant de retrouver son souffle. Je pense qu'il a eu une crise cardiaque ! Il est fou et il est armé !

L'homme la dévisagea comme si elle venait de perdre la tête, mais il n'eut pas le temps de la questionner. Déjà, Phoebe courait vers le terrain, clignant des paupières pour s'accoutumer à la vive lumière. La ligne d'attaque des Sabers était à l'œuvre. Un coup d'œil au panneau lumineux lui glaça le sang.

2.58...

Puis, elle n'eut plus d'yeux que pour Dan, debout devant le banc de touche, dont elle apercevait l'arrière du crâne et la nuque. Tout ce qui les avait séparés jusqu'alors n'eut plus aucune prise sur elle. Un groupe de joueurs lui barrait l'accès. Elle dut s'accrocher à leurs maillots et jouer des coudes pour se frayer un chemin.

— Laissez-moi passer ! Laissez-moi passer !

Au son de sa voix, Dan fit volte-face, transfiguré par la joie et le soulagement. En se jetant dans ses bras, elle vit défiler sur son visage tout un tas d'émotions qu'elle n'y avait jamais vues jusqu'alors. Phoebe noua ses bras autour de son cou et l'embrassa avec passion. Il lui rendit son baiser en la tenant serrée si fort contre lui qu'elle en perdit le souffle.

— Pouvez-vous encore gagner ? demanda-t-elle quand leurs lèvres se séparèrent.

— Du moment que tu es vivante, peu m'importe ! Rien d'autre ne compte pour moi.

Sa voix tremblait d'émotion. Des larmes embuaient ses yeux, prêtes à couler.

— J'ai cru t'avoir perdue... avoua-t-il dans un souffle, sans cesser de la couver du regard. Je t'aime tant, Phoebe ! Dieu, ce que je peux t'aimer !

Phoebe recueillit comme un trésor cet aveu et le mit de côté dans un coin de son cœur pour le savourer plus tard. Pour l'instant, rien d'autre ne comptait que lui et ce qu'il avait accepté de faire pour elle.

— Je veux que vous gagniez ce match ! insista-t-elle. Vous avez travaillé si dur pour arriver jusqu'ici... Je veux que vous le gagniez non pas pour moi, pour que je puisse garder le club. Je veux que vous le gagniez pour vous, parce que vous le méritez !

— Nous sommes menés de dix points... constata Dan, fataliste. Et il reste moins de trois minutes à jouer.

— Alors tu ferais mieux de te mettre au boulot !

D'un geste très tendre de la main, Dan écarta les mèches de cheveux qui cachaient le visage de Phoebe. À cet instant, ses yeux étaient à ce point emplis d'amour pour elle que tous les doutes qu'elle avait pu nourrir sur la sincérité de ses sentiments s'envolèrent.

— Il nous faudrait marquer deux *touchdowns* coup sur coup pour y parvenir, expliqua-t-il. Et à l'heure qu'il est, les hommes voudraient me voir pendu.

— Je vais aller leur parler.

— Phoebe...

Pour mettre un terme à toutes ses réticences, Phoebe prit son visage en coupe entre ses mains.

— Je t'aime, coach ! lança-t-elle avec toute la force de conviction dont elle était capable. À présent, au boulot ! C'est un ordre !

Phoebe dut mobiliser toute sa volonté pour avoir la force de le laisser derrière elle. Elle avait à peine fait quelques pas au bord du terrain que Jim et Bobby Tom vinrent l'encadrer.

— Vous allez bien ? demanda Bobby Tom, le visage livide. Bon sang, Phoebe ! Vous nous avez flanqué une de ces frousses...

— Je vais bien... assura-t-elle en leur prenant chacun un bras. Je veux gagner ce match ! Coûte que coûte !

— S'il nous restait quelques minutes de plus...

Phoebe interrompit Jim sèchement.

— Je ne veux pas le savoir ! Je ne peux pas laisser une telle injustice s'abattre sur Dan, ni sur aucun de vous !

Sans rien ajouter d'autre, elle rejoignit Darnell. Il lui fallait parvenir à restaurer la foi de ces hommes en leur coach, mais elle avait si peu de temps...

En découvrant dans quel état elle se trouvait, Darnell eut sa mine des mauvais jours.

— Phoebe... Qu'est-ce qui t'est arrivé?

Aussi succinctement que possible, elle le lui expliqua.

— Dan ne cherchait qu'à me protéger, conclut-elle. Tu dois faire passer le mot à tous les autres. Nous allons gagner ce match! C'est encore possible!

Une dernière fois, il lui fallut raconter son histoire aux remplaçants qui l'entourèrent lorsqu'elle regagna le banc de touche. Pendant qu'ils la harcelaient de questions, Dan criait frénétiquement des ordres dans son casque. Jim, en passant à côté de lui, lui tapa sur l'épaule avant d'aller se positionner dans la ligne d'attaque.

La sonnerie indiquant les deux dernières minutes de jeu se fit entendre. Penché en avant sur le banc, les mains posées sur ses cuisses, Dan était tout entier tendu vers le terrain. Les ongles plantés dans ses paumes, Phoebe reporta son attention sur le *gridiron* où les Stars passaient à l'action. Pendant que Jim et ses coéquipiers faisaient des merveilles en attaque, le soigneur des Stars apparut à côté d'elle pour lui panser les poignets. Son histoire ayant fait le tour de l'équipe, Webster Greer était venu s'asseoir tout contre elle. D'un garde du corps, il avait l'allure autant que la présence rassurante.

Jim réussit un premier *down* sur la ligne des 38 yards. La coupole du Midwest Sports Dome résonna longuement des cris enthousiastes des supporters des Stars. La défense des Sabers avait manifestement du mal à s'adapter au nouveau plan d'attaque concocté par Dan. La gorge sèche, Phoebe regardait son équipe reprendre progressivement confiance en elle. Mais aurait-elle le temps de prouver qu'elle était la meilleure?

1.10...

Biederot passa à Collier Davis. Phoebe cria de joie et applaudit frénétiquement en voyant Davis marquer le premier des deux *touchdowns* nécessaires à la victoire.

Dans les gradins, l'enthousiasme des supporters ne connaissait plus de bornes.

Au bord du terrain, Dan était en grande discussion avec le coordinateur de l'escouade spéciale. Pendant ce temps, les Stars réussirent la transformation.

Sabers 27, Stars 24.

0.58…

En voyant le botteur des Stars et ses équipiers se mettre en place, la foule, sachant que l'équipe devait récupérer la possession du ballon, savait qu'il allait tenter un *onside kick*. Dan avait obligé ses joueurs à répéter cette manœuvre des centaines de fois, au cours de la saison, jusqu'à ce qu'ils soient capables de la réussir parfaitement. Mais l'heure n'était plus aux entraînements, et l'équipe adverse était préparée à cette éventualité redoutable et possiblement fatale pour elle.

Avant la mise en jeu, Phoebe lança un coup d'œil à Dan. Tendu de tout son être vers l'action à venir, il lui parut farouche et merveilleusement beau.

Le ballon, frappé par le botteur sur le côté du pied, s'envola dans les airs sur une trajectoire un peu folle. Il franchit de justesse les 10 yards nécessaires, avant de paraître devoir atterrir dans les mains d'un des *halfbacks* des Sabers. Celui-ci crut le récupérer, mais au dernier moment, Elvis Crenshaw, d'un redoutable coup d'épaule, l'envoya valser dans les airs.

Le ballon n'appartenait plus à personne. Vingt-deux hommes prêts à en découdre se précipitèrent pour le récupérer. Les casques s'entrechoquèrent avec de sinistres craquements. Les grognements et les jurons s'élevèrent, si retentissants qu'il était possible de les entendre depuis le banc de touche en dépit des hurlements de la foule.

Un coup de sifflet mit un terme à la mêlée générale et les arbitres commencèrent à séparer les joueurs. Au comble de la tension, Phoebe plongea ses ongles dans l'avant-bras de Webster.

L'un après l'autre, les hommes se relevèrent – Stars et Sabers mélangés –, jusqu'à ce qu'il n'en reste plus que deux sur le sol, un en rouge foncé, l'autre en bleu ciel.

Dan lança un cri de victoire.

Le joueur des Sabers se redressa en titubant, les mains vides, ne laissant sur le terrain que Darnell Pruit, agrippé au ballon comme à une bouée de survie. La foule déchaînée fit entendre un vacarme assourdissant. Darnell se redressa, les bras levés au ciel. Les Stars récupéraient le ballon sur leur propre ligne de 48 yards.

0.44...

Dan donna une bourrade dans l'épaule de Jim Biederot au retour de celui-ci sur le terrain. Au premier essai, Jim fit progresser le ballon jusqu'à la ligne des 42 yards.

0.38...

La défense des Sabers, anticipant une stratégie offensive kamikaze, se regroupa sur ses arrières pour se protéger contre « la bombe ». À la place, ils eurent droit à l'une des manœuvres les plus admirables jamais orchestrées par Dan : *first and ten* sur la ligne des 22.

0.25...

Les deux essais suivants des Stars ne donnèrent rien. Phoebe, déçue, commença à se préparer à la défaite.

0.14...

Profitant de ce qui restait à l'équipe de temps mort, Jim Biederot courut se concerter avec Dan au bord du terrain. Avant que Jim ne regagne le jeu, ils s'engagèrent dans un dialogue animé.

L'atmosphère sous le Sports Dome était électrique. Tandis que les deux équipes s'alignaient, Phoebe jeta un coup d'œil désespéré à la pendule. Jim ne connut pas le succès escompté avec sa passe suivante.

0.08...

Dan criait et gesticulait de plus belle lorsque les joueurs se mirent en position sur le terrain. Dès le début de l'engagement, Jim s'empara du ballon et chercha des yeux sa cible favorite, l'homme qui valait 8 millions de dollars, le play-boy au Stetson, favori de Phoebe, natif de Telarosa, Texas.

Bobby Tom zigzagua hardiment sur le terrain pour semer l'adversaire qui le marquait. La balle décrivit une longue spirale dans sa direction. Sûr de lui et sans effort apparent, il bondit en l'air en un geste si parfait et si gracieux qu'il parut presque féminin.

Les défenseurs des Sabers se précipitèrent sur lui. Agile et insaisissable, il parvint à leur échapper, fonçant vers la zone de but. Mais Brewer Gates, le *safety* vedette des Sabers, ne paraissait pas décidé à le laisser faire. Bobby Tom savait qu'il allait être intercepté sans douceur, mais il ne s'en élança pas moins pour plonger sans se protéger vers la ligne de but. Avec un rugissement de fauve, montrant des dents carnassières, Gates s'élança. Un cri de stupeur collective monta des gradins tant la collision semblait meurtrière et inévitable. Mais, à l'ultime instant, ce ne fut pas celle que l'on attendait qui se produisit. Jailli de nulle part, Darnell Pruit intercepta rudement Gate et l'envoya rouler dans l'herbe à quelques mètres.

Bobby Tom heurta le sol rudement, tous les muscles de son corps d'athlète tendus dans le même effort vers la ligne de but. Il secoua la tête, comme pour s'éclaircir les idées.

0.01…

Son regard remonta avec une lenteur éprouvante le long de ses bras… que dans un ultime effort il tendit devant lui pour poser le ballon juste sur la ligne d'essai.

L'arbitre signala le *touchdown*. Les hurlements de la foule se répercutèrent sur les parois de verre du Sports Dome, transformant le stade en une gigantesque ruche en activité.

Phoebe riait et pleurait. Webster la prit dans ses bras, puis Elvis Crenshaw. Le coup de feu final claqua. Un tumulte indescriptible se déchaînait dans les tribunes aussi bien que sur le terrain.

Phoebe tenta de s'approcher de Dan, mais elle ne put parvenir à franchir la muraille de jersey bleu ciel qui l'entourait. En désespoir de cause, elle grimpa sur le banc et le vit qui fendait le flot de ses hommes pour tenter de la rejoindre. Un sourire extatique illuminait son visage. Leurs regards se croisèrent, pour ne plus se quitter. Incapable d'exprimer sa joie autrement, elle lança un bras en l'air et l'agita en riant. Derrière Dan, elle vit s'approcher quelques joueurs porteurs d'un énorme conteneur de plastique vert. Elle rit plus fort encore en les voyant l'élever haut dans les airs et le renverser sur la tête de Dan.

Une douche de Gatorade et de glaçons se déversa sur lui. Dan rentra les épaules et baissa la tête en criant une protestation de joie tandis que le baptême de la victoire lui était donné. Quand le conteneur fut vide, il secoua la tête et s'ébroua. Bobby Tom s'approcha et lui fourra le ballon du match dans les bras en lui tapant sur l'épaule.

— Celui-ci est pour vous, coach.

Les deux hommes s'étreignirent. Puis, le ballon précieusement serré contre lui, Dan chercha Phoebe des yeux. Sur son banc, cernée par les joueurs, elle avait tout d'une déesse surfant sur une mer démontée de jersey bleu, ses cheveux blonds étincelant sous les lumières du Midwest Sports Dome. À cet instant, il sut avec certitude qu'elle était la plus belle des créatures qui puissent exister sur Terre. Et cette créature, il avait la chance de l'aimer de tout son cœur, et d'être aimé d'elle en retour. Désormais, la force des sentiments qu'elle lui inspirait ne l'effrayait plus. Après être passé si près de la perdre, plus jamais il ne prendrait le risque de tels atermoiements.

Les hommes s'apprêtaient à le porter en triomphe, mais Dan ne voulait aller nulle part sans Phoebe. Il se tourna vers elle tandis que les joueurs commençaient à le hisser sur leurs épaules. Elle rit de le voir décoller du sol. Il rit avec elle, insouciant et heureux. Et soudain, tous les sens en alerte, il se figea lorsque quelque chose, dans les gradins derrière elle, attira son attention.

Parmi la masse des supporters déchaînés, un homme debout se tenait étrangement immobile. Ray Hardesty, le visage tordu par la haine, avait tout d'une apparition surnaturelle. Mais le revolver qu'il brandissait au bout de son bras, lui, n'avait rien que de très réel.

Tout se passa en l'espace de quelques secondes. Exposé comme il l'était, Dan devenait une cible facile. Mais Hardesty, avec la clairvoyance des dingues, avait trouvé un moyen plus radical pour détruire l'homme qu'il détestait. Des flashs crépitèrent. Les journalistes, qui avaient fini par envahir le terrain, le harcelaient de questions. Avec horreur, Dan vit Hardesty viser la tête de Phoebe.

Son geste n'était pas passé inaperçu. Une grappe d'agents de sécurité se frayait difficilement un passage dans la foule pour l'interpeller. Ceux qui étaient le plus près avaient remarqué qu'il s'apprêtait à tirer, mais, au milieu d'une telle foule, ils ne pouvaient faire usage de leurs armes et devaient se contenter de redoubler d'efforts pour le rejoindre.

Au premier plan, inconsciente du danger, Phoebe continuait d'agiter les bras et de rire. Dan n'avait pas d'arme, rien pour protéger la femme qu'il aimait plus que tout. Rien, sauf le ballon qu'il serrait au creux de son bras.

Dan Calebow était entré de son vivant dans une coterie très fermée de *quarterbacks* de légende, à qui tout réussit, mais il avait à présent sa carrière derrière lui. Sans se laisser le temps d'hésiter, il s'empara du ballon sur lequel, instinctivement, il trouva la meilleure prise. Sous ses doigts, l'enveloppe de cuir lui semblait plus familière que les contours de son visage ne l'avaient jamais été.

À cet instant critique, les noms des immortels héros du *gridiron* défilèrent sous son crâne : Bart Starr, Len Dawson, Namath et Montana, le grand Johnny U lui-même. Mais aucun d'eux n'avait jamais eu autant à perdre sur un lancer que lui à cette seconde.

Dan lança le ballon qui s'envola au-dessus de la foule, en un tir précis et sûr digne d'entrer dans la légende du football, décrivant une trajectoire idéale jusqu'à sa cible.

Heurté à l'épaule, Hardesty partit en arrière sous la violence du choc et s'effondra sur les sièges des gradins. Son arme lui avait échappé des mains et n'était plus en vue.

Phoebe aperçut en se retournant une poignée d'agents de sécurité qui convergeait en hâte vers un point des tribunes situé derrière elle. Sur son visage, son sourire se figea. Avant qu'elle ait pu en voir davantage, Bobby Tom et Webster l'entraînèrent et l'escortèrent vers le tunnel en lui faisant un rempart de leurs corps.

25

Ron rejoignit Phoebe à l'entrée du vestiaire. Après l'avoir serrée dans ses bras et s'être assuré qu'elle était en mesure de faire face à ce qui l'attendait, il la conduisit au podium dressé pour accueillir la remise du trophée et les interviews d'après match sous l'œil des caméras.

— J'ai prévenu la police, réussit-il à lui glisser au milieu du tumulte ambiant. Ils prendront ta déposition dès que tu en auras terminé avec tes obligations. Je n'ai jamais eu aussi peur de ma vie !

— Comment va Molly ? s'inquiéta Phoebe.

Les joueurs, hilares, agitaient des bouteilles de champagne. Ce fut en se baissant de justesse pour éviter d'être douchée qu'elle rejoignit le podium.

— Un peu secouée, répondit Ron. Maintenant, ça va.

O.J. Simpson était en train d'interviewer Dan quand Ron la fit s'installer sur un siège près de lui. Une casquette du Super Bowl sur ses cheveux détrempés, il s'employait à ne pas répondre aux interrogations sur son curieux coaching de seconde mi-temps, promettant de tout dire ultérieurement lors d'une conférence de presse. Pris sous le feu des questions, il n'avait pas tourné la tête vers Phoebe lorsqu'elle l'avait rejoint. Mais bientôt, elle sentit en frissonnant sa main se glisser dans son dos et se poser au creux de ses reins.

Elle n'avait évité une pluie de champagne que pour en récolter une autre sur le podium. Et lorsque le président de la NFL se joignit à eux, porteur du trophée, il lui fallut repousser de son visage des mèches de cheveux humides pour s'essuyer les joues avec un mouchoir en papier.

Après leur avoir serré la main, le président prit place entre Phoebe et Dan et commença à parler.

— Au nom de...

— Excusez-moi... l'interrompit Phoebe. Juste une seconde.

Sur le côté du podium, elle alla chercher Ron, qu'elle entraîna de force par le bras. Dan lui fit une place à ses côtés en l'accueillant avec un sourire bienveillant. Puis, arrachant des mains de Collier Davis une bouteille de champagne, il la vida jusqu'à la dernière goutte sur la tête du directeur général.

Pendant que Ron s'essuyait les yeux le souffle coupé, Phoebe sourit au président de la NFL.

— Vous pouvez y aller, à présent.

— Au nom de la National Football League, reprit-il en souriant, j'ai le grand plaisir de remettre ce trophée aux vainqueurs du championnat de l'AFC, Phoebe Somerville, propriétaire de l'équipe, Dan Calebow, coach, et tous ceux qui au sein de l'organisation des Stars ont contribué à cette victoire.

Les joueurs poussèrent des cris de joie, sous une nouvelle douche au champagne qui n'épargna cette fois personne. Phoebe essaya de faire un discours, mais trop émue, elle dut passer la parole à Ron. O.J., pendant ce temps, s'efforçait toujours d'obtenir des réponses à ses questions en passant Jim Biederot sur le gril. Dès que Ron eut achevé son speech, Phoebe lui fourra le trophée dans les bras.

Dan, la prenant par la main, la fit descendre du podium et l'entraîna derrière un groupe de joueurs pour échapper aux regards et aux médias.

— Suis-moi ! lui glissa-t-il à l'oreille. Nous n'avons que quelques minutes.

Il se dirigea vers les douches, traversa la salle de préparation physique et tourna dans un petit corridor au bout duquel il la fit entrer dans ce qui ressemblait à un grand placard à balai encombré de produits et de matériel de nettoyage. Dès qu'il eut refermé la porte derrière eux et que le noir se fit, il prit Phoebe dans ses bras et commença à l'embrasser.

Ils s'accrochèrent farouchement l'un à l'autre. Trempés de Gatorade et de champagne, ils en goûtèrent la saveur sur leurs lèvres.

— Je ne savais pas si je pourrais un jour te serrer encore comme cela contre moi... murmura-t-il d'une voix rauque.

— J'ai eu si peur...

— Je t'aime tant... Oh, mon Dieu ! Comme je t'aime...

— J'avais peur que tu ne m'aimes pas, parce que tu ne me l'avais pas dit, et je ne pouvais le supporter.

Phoebe se lova en tremblant entre ses bras et ajouta :

— Oh, Dan... Quelle terrible journée !

— C'est terminé, maintenant.

— Pas seulement ce qui s'est passé avec Hardesty, mais...

Un grand frisson la secoua quand elle se décida à lui raconter ce que Reed lui avait avoué. Contre elle, elle le sentit se raidir au fur et à mesure qu'elle parlait. Elle s'était attendu de sa part à une explosion de rage mais, lorsqu'il lui offrit plutôt réconfort et consolation, elle ne l'en aima que davantage de comprendre si bien ce dont elle avait réellement besoin.

— Je suis désolé... murmurait-il encore et encore. Je suis terriblement désolé pour toi, mon bébé...

Phoebe se sentait soulagée d'avoir pu lui faire cet aveu. D'une certaine manière, songea-t-elle, cela allait l'aider à laisser définitivement derrière elle ce noir et tragique épisode de son existence.

— Je suis si bien... murmura-t-elle en enfouissant son visage contre son col humide. J'aimerais rester ici pour toujours.

— Moi aussi. Mais je préférerais encore t'emmener tout de suite chez moi et te faire l'amour.

— La police m'attend.

— Ils veulent également mon témoignage.

— Et il faut que j'aille voir Molly.

Dan prit son visage en coupe entre ses mains et lui caressa doucement les joues.

— Tu es sûre que ça va aller ? s'inquiéta-t-il.

— Tout ira bien. Et cela ira encore mieux quand tout ça sera fini. On se retrouve à la soirée que Ron a organisée pour fêter la victoire ?

— Ne prévois pas d'y rester trop longtemps…

Dan la prit par la main, ouvrit la porte et la fit passer devant lui pour sortir.

À l'intérieur du débarras, rien ne bougea durant un certain temps. Puis, dans le coin le plus éloigné, un bruit de vêtements froissés se fit entendre et un chuchotis s'éleva.

— Darnell ? Tu as entendu ?

La voix féminine, douce et distinguée, vibrait de colère.

— Tu as entendu ce qu'elle a dit ? À propos de ce Reed Chandler…

— Oui.

Charmaine Dodd, qui croyait fermement en la justice, exprima vertement son indignation.

— L'infâme cloporte ! Il ne devrait pas pouvoir s'en tirer à si bon compte…

— Oh, ça ne risque pas, *baby*. Je connais le coach, et je peux te garantir que Reed Chandler ne s'en tirera pas comme ça.

— Alors, j'en suis heureuse.

Charmaine posa sa main sur celle de Darnell, qui avait commencé à lui peloter les seins, à travers son corsage blanc, de la plus délicieuse – mais de la plus incorrecte – des manières.

— À ta place, je n'insisterais pas… dit-elle d'une voix vaguement menaçante. Nous ne sommes pas mariés.

— Mais nous le serons bientôt, protesta-t-il. Et alors, je pourrais te toucher où ça me chante, en des endroits que tu n'es même pas consciente d'avoir en toi…

— Je n'ai pas dit que j'acceptais de t'épouser !

Ces dignes paroles perdaient un peu de leur sens, étant donné qu'elle les avait prononcées tout en l'embrassant. Serrer dans ses bras un joueur de football encore vêtu de son équipement équivalait à faire un câlin à un chevalier en armure, mais Charmaine ne s'en serait privée pour rien au monde. Elle n'était pourtant pas décidée à lui faciliter la tâche en lui avouant à quel point elle était amoureuse de lui. Darnell avait déjà suffisamment la grosse tête comme cela...

— Charmaine, ma douce... protesta-t-il. Je suis encore en tenue de sport, je n'ai pas pris ma douche, et tu m'entraînes dans un placard à balai. Si ce n'est pas un signe que tu es prête à m'épouser, je ne sais pas ce qu'il te faut...

— Peut-être que j'ai eu simplement pitié de toi.

En gloussant de plaisir, Darnell glissa sa main sous sa jupe. Ses caresses se firent tellement douces et précises que, l'espace d'un instant, Mlle Charmaine Dodd en oublia tous ses principes. Sous sa langue, elle sentit le diamant qui sertissait la dent en or de son homme. Elle ne doutait plus, désormais, que Darnell Pruit serait pour elle le plus merveilleux des maris.

Il était plus de 20 heures lorsque Dan en eut terminé avec la police, les officiels de la NFL et les journalistes. L'interminable conférence de presse avait surtout été pénible pour Phoebe, qui s'en était tirée comme un véritable petit soldat. Déjà, les journaux du soir faisaient d'elle une héroïne. Il n'appréciait pas trop que, par la même occasion, on tente de le glorifier lui aussi, mais il savait que ce genre d'engouement cessait rapidement. Ensuite, leurs vies pourraient reprendre leur cours normal.

Ray Hardesty, qui avait failli être emporté par une crise cardiaque, était à l'hôpital sous bonne garde de la police. En s'apprêtant à quitter le vestiaire des coaches après avoir pris sa douche et s'être changé,

Dan se dit qu'il ne le regretterait pas s'il devait ne pas s'en sortir.

Tous les autres étaient depuis longtemps partis se préparer à fêter la victoire. En enfilant sa parka, Dan se sentit submergé par la fatigue. Il ne rêvait plus que de retrouver Phoebe, mais il lui restait d'abord une dernière action à accomplir.

Après avoir éteint derrière lui, Dan sortit du vestiaire et se figea en découvrant Jim, Darnell, Webster et Bobby Tom qui l'attendaient. Alignés contre le mur du couloir, ils avaient revêtu des vêtements pratiques et confortables.

Il les dévisagea longuement avant de s'étonner :

— Je croyais vous retrouver au restaurant.

— Nous avons décidé de vous attendre pour y aller, répondit Jim.

— J'ai quelque chose à faire avant de m'y rendre. Je vous rejoins ensuite.

Bobby Tom décolla du mur son long corps dégingandé avant de déclarer :

— On aime bien Phoebe, nous aussi.

— De quoi est-ce que tu parles ? maugréa Dan en fronçant les sourcils.

S'avançant d'un pas, ce fut Darnell qui répondit.

— Nous nous trouvions dans le placard, moi et ma fiancée, quand vous vous y êtes caché avec Phoebe. Nous avons entendu tout ce qu'elle a dit à propos de Reed Chandler. J'ai partagé l'information avec mes coéquipiers.

Dan les dévisagea de longues secondes encore avant d'affirmer fermement :

— Je peux m'occuper de Reed tout seul.

— Nous le savons, assura Webster. Nous ne serons là que pour un soutien moral.

Dan ouvrit la bouche pour protester, puis il se ravisa. Ce jour-là, Phoebe était devenue l'une des leurs, et on ne peut rien contre l'esprit d'équipe.

Vingt minutes plus tard, ils se garèrent devant une maison en brique et pierre d'un étage d'un quartier résidentiel. Dan fut soulagé de voir des fenêtres éclairées. Reed était chez lui, ce qui éviterait d'avoir à remettre à plus tard ce qui ne pouvait attendre.

En remontant son allée, il glissa ses gants dans sa poche et lança aux hommes qui l'accompagnaient :

— Reed est à moi. Je veux que personne d'autre ne le touche.

Bobby Tom acquiesça d'un signe de tête.

— Arrangez-vous simplement pour qu'il n'ait pas de beaux restes.

Reed vint ouvrir la porte lui-même. Lorsqu'il aperçut Dan, il parut étonné. Puis il vit les quatre hommes debout derrière lui et sa surprise se transforma en panique. Il tenta de refermer vivement la porte mais il ne fut pas assez rapide. Dan la fit voler d'un coup d'épaule et se rua à l'intérieur.

Webster referma soigneusement derrière eux et les six hommes s'entassèrent dans le hall.

— Que voulez-vous ? demanda Reed, affolé. Sortez d'ici immédiatement !

Dan fit un pas vers lui et déclara tranquillement :

— Je pense que tu sais ce que je veux. Si tu es croyant, je te suggère de commencer tes prières.

Reed se tassa sur lui-même et amorça un mouvement de repli vers le salon.

— Je ne sais pas ce que vous me voulez ! Elle vous a menti à mon sujet, c'est ça ? Elle vous a raconté un de ces bobards dont elle a le secret ! Je...

Dan le fit taire en lui assenant un premier coup à la mâchoire. Reed alla s'affaler contre le sofa. Il se redressa, hurlant de douleur et pantelant de frayeur.

— Vous allez vous tirer d'ici, Calebow ! Je vais appeler la police ! Je...

Calmement, Webster arracha le combiné téléphonique mural.

— Pas de chance, Reed... Le téléphone ne marche plus.

Méfiant, Reed reculait sans quitter des yeux les quatre hommes qui le cernaient.

— Si vous me touchez, prévint-il d'une voix suraiguë, je vous ferai arrêter…

— Et comment tu vas t'y prendre ? répliqua Bobby Tom en plantant un cure-dents au coin de sa bouche. À l'instant même, le coach est tranquillement en train de partager le verre de la victoire avec nous quatre à mon appartement. Celui qui dit le contraire est un menteur. Pas vrai, les gars ?

— Exact, Bobby Tom.

Examinant sa chaussure, Darnell en essuya la semelle sur la soie blanche d'un des fauteuils.

— Vous êtes cinglés ! s'emporta Reed. Vous n'êtes qu'une bande de maniaques !

— Nous ne sommes pas des maniaques, rectifia Dan. Mais nous n'acceptons pas qu'un minable dans ton genre puisse se tirer blanc comme neige d'une affaire de viol.

— C'est ce qu'elle vous a dit ? demanda Reed en partant d'un grand rire faux. Je ne l'ai pas violée. Elle le voulait ! Elle…

Le coup suivant de Dan fractura le nez de Reed. À genoux sur le sol, il essaya en gémissant de le remettre en place.

— Ce… ce n'était pas ma faute… hoqueta-t-il. J'étais soûl. Je ne me suis pas rendu compte…

Dan défit sa parka, qu'il déposa sur le dossier du sofa.

— Quand j'en aurai terminé avec toi, dit-il, là, tu te rendras compte. Je vais te faire très mal…

Maladroitement, Reed essaya de se remettre sur pied.

— Non ! Laissez-moi ! Ne me touchez pas !

— Ça va faire très mal, ajouta Dan en s'avançant vers lui, mais, à moins que j'aie mal calculé mon coup, tu seras toujours entier et vivant quand nous partirons. Si tu veux qu'il en reste ainsi, tu as intérêt à ne plus jamais t'approcher de Phoebe. Si tu la menaces encore une seule fois, de quelque façon que ce soit, prépare-toi à passer le reste de ta vie dans une chaise roulante.

— Non !

Ce fut la dernière protestation que Reed put proférer avant que Dan s'occupe sérieusement de lui.

Phoebe ne put arriver avant 21 heures à la soirée organisée pour fêter la victoire des Stars. L'épreuve qu'elle avait subie, suivie de l'interminable conférence de presse, l'avait épuisée. Quand elle avait pu finalement retourner à la maison, Molly s'était activée autour d'elle comme une mère poule et avait insisté pour qu'elle s'allonge un peu. Sans même s'en rendre compte, Phoebe avait immédiatement glissé dans le sommeil.

Quelques heures plus tard, quand elle avait émergé, elle s'était sentie suffisamment en forme pour avoir envie de retrouver Dan. Rapidement, elle s'était douchée et habillée tout en discutant avec Molly. Sa sœur avait été secouée par les événements survenus lors du match, mais lorsque Phoebe lui suggéra d'inviter ses amis pour une petite fête impromptue, elle récupéra bien vite ses esprits. Peg ayant accepté de rester pour superviser la soirée, les premiers coups de fil furent passés. Et quand Phoebe monta dans la Cadillac pour quitter la résidence, les invités arrivaient déjà.

Le restaurant que Ron avait réservé pour la nuit se révéla être un établissement confortable, à la décoration rustique, avec son sol en brique et ses poutres apparentes ornées de suspensions florales en cuivre. Phoebe y fit son entrée en passant les doigts dans ses cheveux encore humides, qui frisaient à leur extrémité. La température ayant sensiblement augmenté au cours de la soirée, elle avait revêtu un haut fuchsia ajusté et une longue jupe en laine assortie. À l'exception d'une échancrure qui fendait la jupe jusqu'au niveau des genoux, c'était une tenue plutôt sage mais dont la décontraction lui avait paru adaptée à sa coiffure déstructurée et à ses massives boucles d'oreilles.

Elle avait à peine déposé son manteau au vestiaire qu'elle entendit un groupe arriver derrière elle. En se retournant, elle sourit à Jim, Darnell, Webster et

Bobby Tom qui s'avançaient à sa rencontre, immédiatement suivis par Dan. En le voyant, elle sentit une vague de chaleur et de tendresse la submerger.

— Et moi qui pensais arriver la dernière… lui dit-elle quand il la rejoignit.

Une telle expression d'adoration se lisait sur son visage qu'elle en eut le souffle coupé.

— Nous avons été retardés, répondit-il distraitement.

Alors que les autres se séparaient pour retrouver leurs femmes, leurs fiancées ou leurs compagnes, Phoebe et Dan restèrent plantés au beau milieu du hall, la main dans la main et les yeux dans les yeux.

Bobby Tom, en passant à côté d'eux, toussa dans son poing et leur glissa discrètement :

— Vous pourriez peut-être vous décider à respirer, ou à bouger un peu. Sinon, on risque de vous prendre pour un portemanteau…

Mais Dan n'était pas décidé à quitter Phoebe des yeux.

— Tu n'aurais pas une passe ou deux à réviser, Denton ?

— À vos ordres, coach !

En pouffant comme un gamin, Bobby Tom se décida à les laisser seuls.

Phoebe aurait pu rester ainsi des heures encore, mais ils avaient l'un et l'autre des obligations. Dan lui offrit le bras pour la conduire dans la salle de restaurant et lui chuchota à l'oreille :

— Une demi-heure, et tu seras toute à moi.

Ron les attendait à l'entrée. À la grande surprise de Phoebe, Sharon Anderson se trouvait à ses côtés et les accueillit tous deux par un sourire chaleureux.

Dan ne tenta même pas de cacher le plaisir qu'il avait à la retrouver. Sans la moindre hésitation, il la prit dans ses bras.

— Salut, beauté ! s'exclama-t-il. Comment Ron se comporte-t-il, avec toi ? Est-ce qu'il t'a déjà demandée en mariage ?

Phoebe réalisa que Dan se comportait avec Sharon de la même façon qu'avec Molly. Elle se demanda comment diable il avait pu s'imaginer un jour qu'il pourrait former un couple idéal avec la jolie rousse au visage d'elfe. Dan avait beau être l'un des hommes les plus intelligents qu'elle eût jamais rencontrés, dans certains domaines, il n'y comprendrait décidément jamais rien...

Elle finit par avoir pitié de Sharon, si rouge de confusion que ses taches de rousseur avaient disparu et que son visage se confondait presque avec ses cheveux.

— Ne le laissez pas vous taquiner, Sharon. Dan ne met dans l'embarras que les gens qu'il aime. C'est ainsi qu'il conçoit les bonnes manières.

— Je ne voulais pas embarrasser Sharon ! protesta-t-il. Simple curiosité de ma part. Après tout, c'est la première fois que je m'essaie à concocter un mariage. Il est normal que je cherche à savoir où ça en est.

— Ce n'est pas tes oignons, protesta Ron calmement. À présent, pourquoi n'irais-tu pas t'occuper de ta propre vie amoureuse en allant offrir un verre à Phoebe ?

Sur ce, lui et Sharon échangèrent un sourire timide avant de s'éloigner.

Amusée, Phoebe regarda Dan saisir sur un plateau tendu par un serveur un verre de bière pour lui et du vin blanc pour elle. Son sourire se figea quand elle vit dans quel état déplorable se trouvaient ses phalanges.

— Qu'as-tu fait à ta main ?

— Je, euh...

Dan but une gorgée de bière et préféra biaiser.

— C'est une chance que Ron ait pu cacher à la presse le lieu de notre petite fête !

— Dan... insista Phoebe en le fixant sévèrement. Qu'est-il arrivé à tes doigts ?

En le voyant hésiter, Phoebe crut un instant qu'il n'allait pas lui répondre. Puis, il repoussa doucement une mèche de son visage et avoua en soutenant son regard :

— Je suis passé chez Reed. J'avais besoin… de trouver un terrain d'entente avec lui après ce qu'il t'a fait.

— Que lui as-tu fait ?

— Disons simplement que je me suis fait le bras armé d'une justice expéditive. Il ne t'embêtera plus jamais.

Phoebe aurait voulu en savoir davantage, mais en voyant le visage fermé de Dan, elle sut qu'elle n'en tirerait rien de plus. Elle se fit une raison en se disant qu'il valait sans doute mieux qu'il lui épargne les détails.

Darnell s'approcha, tout sourire, et présenta à Phoebe sa nouvelle fiancée. Phoebe aima immédiatement Charmaine Dodd et les félicita tous deux chaleureusement. D'autres joueurs suivirent, accompagnés de leurs épouses, ce qui fit rapidement que Dan et elle se trouvèrent séparés. Elle passa de groupe en groupe, félicitant chacun comme il se devait, mais sans jamais perdre tout à fait Dan du regard.

Elle discutait avec Bobby Tom et les deux rousses plantureuses accrochées à chacun de ses bras lorsqu'une voix forte se fit entendre.

— Silence ! Tout le monde ! Silence !

Chacun fut stupéfait de constater que cette voix de stentor n'était autre que celle du directeur général. Debout à l'entrée de la salle, il brandissait un combiné téléphonique dont il bouchait le micro avec sa paume.

— Phoebe ! appela-t-il en le tendant vers elle. Phoebe, c'est pour toi.

En réponse à son regard interrogateur, il précisa, d'un air de conspirateur mais si fort qu'on dut l'entendre jusqu'au bout du parking :

— C'est le président !

Phoebe, qui avait passé un long moment en compagnie du président de la NFL après le match, ne voyait pas en quoi cet appel le mettait dans tous ses états.

— Que me veut-il ? s'étonna-t-elle en le rejoignant. Je croyais lui avoir tout dit…

Ron leva les yeux au plafond et soupira.

— Le président des États-Unis ! s'exclama-t-il. Il tient à te féliciter personnellement.

Phoebe ravala difficilement sa salive. Ses mains prises de tremblements se portèrent à son encolure. Quelques éclats de rire se firent entendre puis se turent quand elle porta le combiné à son oreille.

Une voix de femme agréable annonça :

— Mademoiselle Somerville, je vous passe le président.

Juste à cet instant, quelqu'un vint lui taper sur l'épaule avec insistance. Elle se retourna pour découvrir Dan debout derrière elle, un sourire de la taille d'un terrain de football accroché à son visage.

— *Maintenant*, Phoebe !

Elle le dévisagea d'un air intrigué.

— Quoi ?

— *Maintenant !*

Enfin, elle comprit où il voulait en venir.

— Dan ! protesta-t-elle en posant la main sur le micro. Je ne peux pas… *C'est le président des États-Unis !*

Dan croisa les bras sur sa poitrine en hochant la tête d'un air suffisant. Elle comprit alors qu'il avait attendu un moment comme celui-ci pour lui faire sa demande. Le rat ! À présent, il allait passer le reste de leur vie commune à la mettre en boîte parce qu'elle n'avait pas eu le cran de tenir parole. Cette stupide tête de mule de sportif arrogant et borné pensait l'avoir piégée… Eh bien, il allait en être pour ses frais ! Il ne méritait qu'une chose… Qu'une femme se décide un jour à lui rabattre son caquet, et elle allait se faire un plaisir d'être celle-là !

La voix du président se fit entendre dans l'écouteur.

— Félicitations, mademoiselle Somerville. Ce fut un match étonnant !

— Une seconde, monsieur... s'entendit-elle répondre d'une voix sourde. Je vous passe Mlle Somerville.

Et sans la moindre hésitation, elle glissa le combiné dans la main d'une Sharon Anderson ébahie.

Dan éclata de rire, mais Phoebe ne lui laissa pas le temps de savourer sa victoire. S'emparant de sa main, elle le traîna rapidement vers la sortie tout en marmonnant :

— Tu as intérêt à en valoir le coup, bel étalon !

Derrière eux, Sharon, vite remise de ses émotions, avait décidé de tirer profit de l'occasion, au grand étonnement de Ron, qui l'entendit déclarer :

— Je suis à présent remise de ma frayeur, monsieur le président. Oui, c'était vraiment terrifiant. Mais laissez-moi vous dire que je partage, avec tout le staff des Stars, le souci que vous témoignez d'offrir aux enfants de cette nation des conditions d'éducation décentes. Surtout dans les écoles maternelles, si importantes pour leur avenir...

— *Bel étalon !* maugréa Dan. Quand je pense que tu as osé me traiter d'étalon...

En engageant la Ferrari dans le trafic de l'autoroute, il s'en étranglait encore d'indignation. Phoebe, elle, n'arrivait toujours pas à encaisser le tour qu'il venait de lui jouer.

— Ce petit jeu marche dans les deux sens, coach... Ne soit pas surpris si à deux minutes du coup de sifflet final du Super Bowl...

— Tu n'oserais pas.

— Je vais me gêner !

Dan quitta brièvement la route des yeux pour lui sourire.

— En parlant du Super Bowl... reprit-il. Voudras-tu m'épouser, quand il sera derrière nous ?

— Que dirais-tu de la Saint-Valentin ?

— Trop loin.

— Alors de Groundhog Day[1] ?

— Marché conclu !

La Ferrari ralentit pour emprunter la bretelle d'accès au périphérique. Quand il eut achevé sa manœuvre, Dan reprit la parole sur un ton grave qui alerta Phoebe.

— Tu sais que nous devons discuter de certaines choses, avant de nous lier par les liens sacrés du mariage…

— Il est hors de question que je me débarrasse de Pooh !

— Tu vois ? Tu commences tout de suite à monter sur tes grands chevaux. Ce n'est pas comme ça qu'on bâtit un couple solide. Le mariage requiert des concessions.

— Je n'ai pas dit que je ne suis pas prête à faire des compromis… Je te promets de lui enlever ses nœuds quand tu iras la promener.

— Tant de sollicitude me va droit au cœur…

Le sourire de Phoebe se figea sur ses lèvres quand elle ajouta :

— Je veux des enfants, moi aussi. J'en ai toujours voulu. J'avais juste besoin d'être sûre que tu m'aimes.

— J'espère que tu en es convaincue, à présent. Je n'ai jamais aimé personne comme je t'aime. Je veux des enfants, mais c'est surtout toi que je veux. Tu me crois ?

— Je te crois. Et j'en suis heureuse.

Phoebe réfléchit à ce qu'il leur restait à négocier en se mordillant la lèvre.

— Quant à Molly, reprit-elle enfin, je veux qu'elle reste avec nous.

Dan lui lança un bref regard indigné.

— Mais naturellement que Mlle Molly va rester avec nous ! Où veux-tu qu'elle aille ?

---

1. Groundhog Day : le 2 février, date à laquelle on croit pouvoir dire si les grands froids sont terminés. *(N.d.T.)*

— Je me disais que tu souhaiterais peut-être un peu plus d'intimité.

— Une fois la porte de notre chambre refermée derrière nous, nous aurons toute l'intimité qu'il nous faut. En fait, quand je disais que nous devions discuter de certaines choses, je pensais plutôt aux Stars.

— Je sais parfaitement que tu ne veux pas m'épouser pour faire main basse sur les Stars. Je n'aurais jamais dû dire ça. J'étais blessée et hors de moi.

— Heureux que tu aies fini par le comprendre. Nous avons tout de même un léger problème. Traditionnellement ce sont les femmes qui épousent un patron. Dès qu'elles ont la bague au doigt, elles quittent leur job et restent à la maison. Ni toi ni moi n'attendons ça l'un de l'autre, mais je dois te dire que l'idée de me faire virer parce que je ne glisse pas mes slips et mes chaussettes dans le panier de linge sale ne m'enthousiasme pas plus que ça.

Phoebe réprima un sourire satisfait.

— Je compatis, mais je n'ai pas l'intention de vendre l'équipe juste pour te permettre de te conduire en toute bonne conscience comme un goujat.

— Ce n'est pas à cette solution que je pensais.

— C'est un nouveau monde et de nouvelles règles qui sont en train de s'instaurer. Vous les hommes, il faudra vous y faire.

— Ça te plaît beaucoup, pas vrai ?

— Disons que je suis légèrement amusée...

Phoebe se prêtait avec plaisir à ce badinage, mais à la vérité elle avait déjà réfléchi à la façon d'équilibrer la charge énorme que représentaient les Stars avec sa volonté de réussir son mariage et son espoir d'être mère.

— Pour tout te dire, reprit-elle d'un ton plus sérieux, j'ai déjà plusieurs idées sur la question. Elles ne sont pas encore totalement abouties mais, quand elles le seront, tu en seras le premier informé.

— Alors, autant que tu saches tout de suite que je n'ai pas l'intention de coacher les Stars toute ma vie.

— Dan... protesta Phoebe en lui jetant un regard affolé. Tu ne peux pas coacher une autre équipe ! Ce serait une situation impossible pour nous deux.

— Je n'ai pas l'intention de coacher une autre équipe. Du moins, pas au sens où tu l'entends. Tu as pu constater à quoi peut ressembler la vie d'un coach en cours de saison. Je veux être présent pour toi et pour nos enfants, aussi cela fait déjà un petit moment que je caresse cette idée. J'ai décidé que le jour où je serai incapable de me rappeler à quoi ressemblent ma femme et mes gosses, j'arrêterai le coaching professionnel. Je trouverai une équipe de fac de division III dans les environs, et c'est en l'entraînant que je terminerai ma carrière de coach.

— La division III ? Qu'est-ce que c'est ?

— Des petites facs qui n'offrent pas de bourses d'études pour attirer dans leurs équipes les athlètes de haut niveau. Les joueurs n'y sont pas les plus costauds, pas les plus rapides, et personne ne leur glisse d'enveloppes sous la table. Ils ne jouent au football que parce qu'ils aiment ça. Ainsi, pendant que tu seras en train de te frotter aux grosses pointures, moi je me contenterai du petit fretin sur un chouette campus où régnera une bonne ambiance. Ça me rappellera pourquoi j'ai voulu un jour jouer au foot.

— Ça a l'air alléchant, reconnut Phoebe.

Dan rétrogradait et changeait de file.

— Ce foulard, que tu portes sous ton manteau... dit-il. Ça t'ennuierait de le bander autour de tes yeux ?

— Quoi ?

— *Maintenant !*

— Encore !

Phoebe s'exécuta tout en marmonnant :

— C'est ridicule ! Tu n'as pas en tête quelque chose de cochon, j'espère ?

Il n'y eut qu'un long silence pour lui répondre.

— Dan ?

— Je suppose que cela dépend de ton point de vue sur la question. Tu es plutôt du genre coincée, ou libérée ?

— Dan ! Tu m'avais dit que tu laissais tout ça derrière toi... Que tout ce que tu désirais, c'était une vie sexuelle des plus sages et des plus rangées...

— C'est vrai. Mais tu comprends, après toutes ces années, j'ai besoin d'une sorte de... sas de décompression. Pour que la transition ne soit pas trop brutale. Et cela fait un moment que je rêve de t'emmener... là où nous allons.

— Tu me rends nerveuse !

— Tant mieux, chérie ! Tant mieux...

En quelques phrases explicites, il lui expliqua alors dans le moindre détail ce qu'il s'apprêtait à lui faire dès qu'ils seraient arrivés à destination. Quand il eut terminé, Phoebe avait tellement chaud qu'elle dut déboutonner son manteau. Mais elle eut beau le harceler, il refusa obstinément de lui révéler où ils allaient.

La voiture s'arrêta enfin, et Phoebe comprit que tout ce bavardage n'avait eu pour but que de l'empêcher de tendre l'oreille à la recherche d'indices sonores. Les pneus avaient-ils crissé sur du gravier ? Même si elle ne percevait aucun bruit de circulation, elle ne pouvait être certaine qu'il l'avait emmenée chez lui.

— Je vais devoir m'absenter quelques instants, lui annonça-t-il en ouvrant sa portière. Je dois prendre quelques dispositions. Je serai vite de retour, alors tu n'as aucune raison de t'inquiéter.

Phoebe sentit les lèvres de Dan effleurer brièvement les siennes.

— Promets-moi que tu ne gâcheras pas tout en baissant ce bandeau, susurra-t-il contre son oreille. Ce serait la preuve que tu ne me fais pas confiance, et quel genre de mariage ferions-nous alors ?

De nouveau, il l'embrassa et lui mordilla doucement la lèvre inférieure avant de conclure :

— En m'attendant, pourquoi ne repenserais-tu pas à toutes ces choses que je t'ai dites ? Comme ça, tu ne t'ennuieras pas.

Avec un petit rire tout à fait diabolique, il passa la main sous sa jupe et lui étreignit la cuisse avant de descendre de voiture.

Un courant d'air froid la fit frissonner lorsqu'il ouvrit la portière.

— Tout est arrangé, annonça-t-il. À présent, je vais te prendre dans mes bras pour te porter.

Il glissa un bras sous ses épaules, l'autre sous ses genoux, et il commença à la soulever, mais ce fut pour la reposer aussitôt.

— Phoebe, chérie... protesta-t-il. Tu portes toujours ta culotte. Je me rappelle parfaitement t'avoir demandé de l'enlever en mon absence.

— C'est faux. Tu ne m'as rien demandé de tel.

— C'est vrai. J'en suis tout à fait certain. Tu ne me laisses pas d'autre choix que de l'enlever moi-même.

Phoebe retint son souffle en sentant ses mains se glisser sous sa jupe. En un rien de temps, il l'eut débarrassée de sa culotte.

— Je vais attraper froid ! se plaignit-elle. Il gèle...

— Je ne pense pas que tu aies à t'inquiéter de ça là où nous allons. Où as-tu été dénicher cette culotte ?

— Je l'ai achetée.

— Deux bouts de ruban et un triangle de soie ? Tu as laissé tomber les sous-vêtements de grand-mère ?

— Pour toi, oui.

— C'est très touchant, ma douce. J'apprécie beaucoup. À présent, tu vas remettre tes jolis pieds dans ces talons hauts. Tes jambes me rendent fou quand tu les portes.

Dès qu'elle se fut rechaussée, il la souleva sans effort dans ses bras et referma la portière avec le pied. Phoebe sentit sa jupe retomber, exposant à qui voulait les voir ses fesses nues.

— Par pitié ! Dis-moi qu'il n'y a pas une douzaine de personnes autour de nous...

— Seulement une demi-douzaine. Mais ils sont bien trop occupés à réparer le carbu de leur mobylette pour faire attention à toi.

Le visage enfoui dans le col de Dan, Phoebe se mit à rire. Il était impossible, arrogant, présomptueux, sexy en diable, et il était en train de lui faire vivre l'un des moments les plus heureux de sa vie. La curiosité était pourtant ce qui dominait en elle. Où diable l'emmenait-il ?

Le temps qu'il ouvre une porte, il la plaça en équilibre sur sa cuisse. Dès qu'ils en eurent passé le seuil, Phoebe fut soulagée de sentir un air plus chaud sur sa peau.

— Ce bandeau est toujours bien en place ? s'enquit-il.

— Mmm-mmm.

— Bien ! Si tu entends des bruits bizarres, n'y fais pas attention.

— Quel genre de bruits ?

— Rires de poivrots. Verres brisés. Juke-box. Ce genre de chose.

— Je ne les entendrai même pas !

— Et si quelqu'un du nom de Bubba te demande ce que tu fais là, tu lui dis que tu es avec moi.

— D'accord...

Dan l'embrassa de nouveau et, quand il s'arrêta de marcher, Phoebe réalisa qu'il n'avait cherché une fois de plus qu'à l'empêcher de prêter attention à leur environnement. Avaient-ils parcouru une longue distance ? Il ne paraissait pas essoufflé, mais cela ne voulait rien dire tant il était en excellente condition physique. Elle n'aurait même pas su dire s'ils avaient grimpé un escalier.

— Maintenant, annonça-t-il, je vais te remettre sur tes pieds. J'ai fait attention de m'éloigner du bar, pour t'éviter de recevoir des projectiles en cas de bagarre.

— Puis-je retirer le bandeau ?

— Certainement pas. Tu as encore tous tes vêtements sur le dos.

— Je vais devoir enlever mes vêtements ?

— J'en ai bien peur, chérie. Je pensais que tu avais déjà deviné où je voulais en venir...

Après l'avoir déboutonné, Dan fit glisser le manteau des épaules de Phoebe et ajouta :

— Mais ne t'en fais pas. Je vais t'aider.

— Tu es un véritable gentleman !

Avec des gestes tendres et attentionnés, il lui ôta ses boucles d'oreilles, fit glisser son haut par-dessus sa tête et le mit de côté.

— Phoebe... Je m'en voudrais de t'embarrasser, mais... sais-tu que l'on peut voir à travers ton soutien-gorge ?

— Vraiment ?

— Je ne crois pas me tromper. Cela signifie que je vais devoir te demander de rester parfaitement immobile pour une minute ou deux.

À travers la toile translucide, Phoebe sentit la bouche de Dan se refermer sur un de ses mamelons dressés. La caresse chaude et humide de ses lèvres attisa le feu du désir qui couvait en elle. Cette sensuelle torture se poursuivit sur l'autre sein. Phoebe sentait son corps fondre sous les caresses de Dan. Ses genoux faiblissaient. Elle le voulait si désespérément en elle qu'elle s'agrippa à lui, enfonçant ses ongles dans ses épaules.

— S'il te plaît... gémit-elle. Tu me rends folle !

— Chut... Je ne fais que commencer. Franchement, je m'attendais de ta part à un peu plus de résistance. Fais un effort ! Tu n'as qu'à réciter mentalement tes tables de multiplication.

Phoebe lâcha un petit rire, qui s'étrangla quand il mordilla doucement le bout de son sein. Un moment plus tard, son soutien-gorge tomba. Les yeux bandés, elle était nue jusqu'à la taille sous ses caresses.

— Tu es si belle, ma douce... Pas vrai, les gars ?

Dan avait vraiment besoin d'être remis à sa place. Phoebe éleva ses bras pour ôter son bandeau, mais il lui saisit les poignets pour l'en empêcher et les replaça contre ses flancs.

— Pas maintenant, chérie... J'ai encore faim !

Les mains en coupe sous ses seins, il les amena à ses lèvres pour s'en repaître. Mais, cette fois, il n'y avait plus la barrière de soie du soutien-gorge pour atténuer l'ardeur de ses lèvres, de sa langue, de ses dents. Bientôt, Phoebe se tortilla sous ses baisers en poussant de petits miaulements de bonheur.

Pressée de pouvoir le toucher, elle partit à son tour en exploration. Dan avait enlevé son manteau sans qu'elle s'en aperçoive. Avidement, elle passa ses mains sous son sweat-shirt, glissa ses doigts dans la toison qui lui couvrait le torse et lui caressa les aréoles. Il grogna de plaisir sans chercher à se soustraire à cette caresse.

Phoebe sentit les mains de Dan se porter à sa taille et retint son souffle. Puis, la jupe en laine glissa le long de ses jambes et elle fut totalement nue devant lui. Il la prit dans ses bras et elle se sentit soulevée de terre. Il reprit la parole, d'une voix douce et voilée par le désir.

— Je ne voudrais pas t'effrayer, aussi je vais te dire exactement ce que je m'apprête à faire.

Elle n'était pas le moins du monde effrayée et il devait le savoir, mais elle décida de ne pas l'interrompre.

— Avec nos manteaux, reprit-il, j'ai fait un lit sommaire sur le sol. Je vais te poser dessus. Voilà. Tu y es. À présent, allonge-toi. Très bien ! Chérie… Je ne me rappelle pas t'avoir demandé de serrer les genoux. Parfait. Écarte encore un peu que je puisse admirer la vue…

Tôt ou tard, elle était bien décidée à lui faire payer tout ceci à sa façon. Mais pas avant d'avoir savouré chaque seconde de cette exquise et excitante mise en condition…

En entendant bruisser les vêtements de Dan, Phoebe comprit qu'il se déshabillait à son tour et se sentit éperdue d'amour pour lui. Six mois plus tôt, elle n'aurait jamais imaginé pouvoir faire suffisamment confiance à un homme pour se livrer ainsi à toutes ses fantaisies. Et pourtant, elle était là, nue et offerte devant lui. Même si elle n'avait pas la moindre idée de l'endroit où il l'avait amenée, elle ne s'était jamais sentie à ce point en sécurité. Alors, Phoebe comprit qu'en plus de l'amour qu'il lui offrait, Dan l'avait libérée des chaînes de la peur.

Il s'allongea près d'elle, sur le lit de manteaux, et la prit dans ses bras.

— Je vais devoir t'embrasser encore un peu, lui glissa-t-il à l'oreille. Si tu t'ennuies, je peux demander à l'orchestre de jouer un morceau.

— Je ne m'ennuie pas du tout.

Phoebe inspira longuement pour s'imprégner de son odeur. Du bout de la langue, elle caressa le contour d'un muscle sur son épaule. Dan frémit, et elle sentit son sexe bandé pulser contre sa cuisse. Sa bouche se referma avec gourmandise sur la sienne. Leurs langues se joignirent et tout ce qui n'était pas eux sortit totalement de l'esprit de Phoebe. Elle n'était plus consciente que des sensations incroyables que Dan faisait naître en elle. Ses lèvres abandonnèrent les siennes et glissèrent sur ses seins, le long de son ventre, et jusqu'à son entrejambe. Du bout de la langue, il caressa l'intérieur de ses cuisses. Puis, sa bouche atteignit sa cible et il l'aima plus profondément encore.

Phoebe n'aurait su dire s'il était tombé de lui-même ou s'il avait été ôté par Dan, mais le foulard avait fini par glisser de ses yeux. Entièrement concentrée sur le plaisir qui irradiait de son ventre, elle n'avait pas regardé où ils se trouvaient. Plus rien ne comptait que le battement de son pouls à ses tympans, l'extase d'être si intimement liée à l'homme qu'elle aimait, la farouche passion des serments qui leur échappaient tandis qu'il allait si profondément en elle.

— Toute ma vie...

— Je sais, mon cœur...

— Pour toujours...

— Oh, oui ! Pour toujours...

Ils s'engagèrent ainsi solennellement l'un envers l'autre, dans leur chair comme par la parole, et quand l'extase les cueillit tous deux dans un grand cri, un amour brûlant inonda leurs cœurs unis.

Dan prit Phoebe dans ses bras et la serra contre lui comme s'il ne devait jamais la lâcher.

— Je t'aime tant... murmura-t-il d'une voix bouleversée par l'émotion. Toute ma vie je suis resté seul avant de te trouver enfin.

Deux larmes perlèrent au coin des yeux de Phoebe.

— Tu es l'homme le plus merveilleux qui puisse exister.

Contre son front, elle le sentit sourire.

— Ce qui veut dire que tu ne m'en veux pas ?

— Pourquoi le devrais-je ?

— Je voulais chasser de ta mémoire le mauvais souvenir qui t'attache à ce lieu. Je voulais le remplacer par un autre beaucoup plus heureux.

Phoebe n'avait pas la moindre idée de ce dont il voulait parler, et elle se sentait trop bien pour chercher à le savoir. Avec un soupir de contentement, elle cala sa joue contre son cou et ouvrit les yeux. D'abord, elle ne vit qu'un ciel noir, piqueté d'étoiles. Puis, elle découvrit la résille d'acier d'une verrière, loin audessus d'eux...

Son cœur fit un bond dans sa poitrine.

— Quelque chose qui cloche, ma chérie ?

— Oh, mon Dieu !

Phoebe s'était redressée sur les coudes. Nus l'un contre l'autre, ils étaient allongés sur la ligne des 50 yards, au beau milieu du Midwest Sports Dome.

Épilogue

En descendant l'allée déserte, Dan inspira longuement pour se repaître des senteurs qui embaumaient l'air en cette fin du mois de mai. L'odeur d'humus montant du sol ne couvrait pas celle des buissons de lilas qu'il avait plantés avec Phoebe, peu de temps après leur mariage. Même si pour l'heure sa femme était enragée contre lui et qu'elle allait se charger de le lui faire savoir dès qu'il serait rentré, il n'avait jamais été aussi heureux.

Phoebe persistait à se mettre en colère pour les choses les plus étranges. Parce qu'il avait posé quelques questions innocentes pour s'assurer que Molly ne risquait rien à se rendre à son bal de promo, elle l'avait accusé de se montrer trop strict avec elle et de la surprotéger. Pour lui, cela avait été un drôle de chambardement de se retrouver d'un coup marié et père d'une adolescente… Il savait pourtant qu'il se débrouillait bien mieux que Bert Somerville. Avec Phoebe, il s'était secrètement réjoui lorsque Molly avait décidé de s'inscrire en fac le plus près possible de chez eux, et non dans une université plus lointaine et plus cotée université.

Trois ans s'étaient écoulés, depuis la victoire au finish en finale du championnat de l'AFC, et il s'était passé tant de choses… Victime d'une nouvelle crise cardiaque qui lui avait été cette fois fatale, Ray Hardesty avait échappé à ses juges. Reed Chandler, quant à lui, avait pris le large. Aux dernières nouvelles, il vendait des appartements bon marché dans une résidence sur le déclin en Floride. Il y avait eu deux mariages: Ron et Sharon, Darnell et Charmaine. Dan serait surpris que Valerie et Jason Keane se marient un jour, mais ils formaient un couple des plus intéressants. Il y avait eu également un enterrement éprouvant: celui de son vieil ami Tully Archer, mort d'une pneumonie. Les Stars avaient perdu le Super Bowl deux fois de suite et n'étaient pas parvenus à se qualifier la troisième année. Mais cette saison, ils avaient fini par le gagner. Le trophée Lombardi, exposé au siège du club, était là pour le prouver.

Dan se surprit à sourire en songeant au regard meurtrier que lui avait lancé sa femme, par-dessus la table du dîner, quand il avait commencé à titiller Molly sur sa vie privée. Même s'il parvenait encore à le cacher, faire enrager Phoebe était un petit plaisir dont il ne se lassait pas. Il savait être un compétiteur né. Le challenge de raccourcir sans cesse le laps de temps entre le moment où elle commençait à fulminer et celui où elle se retrouvait nue dans ses bras ne pouvait que réveiller ses instincts de sportif. À ce jour, son record était de huit minutes. Il datait de la nuit où il avait réussi à la convaincre, avec l'aide de Ron, de signer un nouveau contrat de 10 millions de dollars à Bobby Tom.

Phoebe adorait Bobby Tom –, avec Viktor, il était le parrain des jumelles –, mais, en bonne gardienne du trésor, elle se montrait intraitable dès qu'il s'agissait de signer des gros chèques. Dan avait eu l'intelligence d'attendre que leur mariage soit passé pour lâcher sur elle ses avocats chargés de renégocier son contrat. La bataille avait été homérique, mais elle ne lui avait laissé que de bons souvenirs. Bon sang! Ce qu'il aimait être son mari...

Peu de temps avant de donner naissance à leurs premiers enfants – des jumelles –, Phoebe avait chamboulé l'organigramme du club. Malheureusement, celui-ci avait mis fin à de nombreux autant que délectables conflits. Ron avait le titre de président en charge des opérations au jour le jour ; Phoebe, celui de directrice des finances. Ainsi, seul Ron avait la responsabilité de trancher et de prendre les décisions difficiles. Une sage précaution de la part de Phoebe, qui s'épanouissait au milieu des colonnes de chiffres, mais qui se révélait trop sensible pour gérer l'embauche et le licenciement des joueurs. Cependant, elle aimait toujours mettre son nez dans son coaching, surtout quand un joueur venait pleurer dans son giron pour avoir été exclu de la feuille de match. À ces occasions-là, il se faisait un plaisir de lui rappeler qu'il n'avait de comptes à rendre qu'à Ron…

La nouvelle directrice des finances des Stars était si drôle et agréable à côtoyer que tout le monde aimait travailler avec elle. Tout le monde, sauf les agents des sportifs… Elle ne devenait infréquentable que lorsqu'il s'agissait de renégocier les salaires. Le monde entier sachant à présent quelle femme intelligente elle était, Phoebe ne pouvait plus compter sur ses trucs de *bimbo* pour obtenir gain de cause. Malgré cela, au grand embarras de Dan, elle était rapidement devenue une autorité financière reconnue et admirée dans le monde de la NFL. Ce qui n'allait pas l'empêcher de tirer sur elle de tous ses canons lorsqu'il faudrait renégocier le contrat du coach à l'automne suivant. Mme Phoebe Somerville Calebow allait devoir cracher au bassinet pour qu'il puisse lui offrir la rivière de diamants qu'il comptait accrocher à son adorable cou pour la naissance de leur troisième enfant…

Même s'ils n'en avaient pas encore discuté, ils savaient tous deux que ce serait le dernier contrat de Dan pour les Stars. Les filles grandissaient et commençaient à lui manquer quand il lui fallait s'absorber totalement dans son travail au plus fort de la saison. Il avait déjà en ligne de mire un club de division III prometteur d'une université pas trop lointaine du DuPage County.

Dan se sentit fondre de tendresse en se remémorant la scène qu'il avait surprise au salon avant de quitter la maison pour sa sortie vespérale. Sur le tapis, devant la cheminée, Phoebe était assise en tailleur, son ventre rond gonflant le jersey bleu d'un sweat-shirt qu'elle lui avait piqué. Les filles, avec qui elle jouait à des jeux de mains en chantant des comptines, riaient et s'efforçaient d'attraper ses bracelets et ses cheveux. Tout à l'heure, en arrivant à la maison, il allait se faire un plaisir de coller son visage contre son ventre et roucouler des mots doux au bébé à naître qui y grandissait. Il se fichait d'offrir ainsi à sa femme matière à le taquiner sans fin. Il adorait être le père de deux filles, et il espérait en avoir une autre encore.

Parvenu au bout de l'allée, Dan se retourna et contempla sa maison. Les jumelles avaient à présent 2 ans et demi, petites démones blondes qui s'arrangeaient pour se mettre dans les ennuis presque autant que leur mère. En songeant à elles, il sentit sa gorge se serrer. Heureusement, personne n'était là pour voir ses yeux s'embuer. Il avait toujours adoré cet endroit, mais avant que Phoebe ne vienne l'y rejoindre, avec ses lunettes de star et son sale caractère, il avait toujours senti qu'il y manquait quelque chose.

Dan poussa un long soupir satisfait avant de se remettre en route. Tout ce dont il avait rêvé, il l'avait désormais. Une femme, qu'il aimait de tout son cœur. Deux enfants magnifiques, bientôt trois. Une maison dans la campagne. Et un chien.

En sifflant doucement, il le rappela à lui.

— Allez, viens, Pooh ! C'est l'heure de rentrer…

L'homme qui ne craignait personne ☙
Robin Lee Hatcher

INÉDIT

Quoi de plus atroce que d'être réveillée en pleine nuit écrasée par le poids d'un inconnu ? Une main calleuse se plaque sur la bouche de Rose. Mad Jack, l'ami de son père ! De sa main libre, l'homme déchire la chemise de nuit. D'un bond, elle se précipite, toute nue, dans le couloir. Où aller ? La porte la plus proche est celle de la chambre de Michael Rafferty. Tant pis, Rose n'a pas le choix !

2 rendez-vous mensuels
aux alentours du 1er et du 15 de chaque mois.

Passion intense

Quand l'amour vous plonge dans un monde de sensualité

Le 16 juin :

Les SBC Fighters —3. Le dernier combat
Lori Foster

INÉDIT

Après avoir été blessé sur le ring, Hardley Handleman, lutteur de la SBC de renommée nationale, se remet peu à peu au combat. Afin de l'aider, son oncle loue en secret les services d'Anastasia Kelley, une entraîneuse sexy, qui connaît bien Hardley.

Voyage au jardin des sens ☙ **Robin Schone**

INÉDIT

Mariée à un homme froid par la volonté de son père, Elizabeth a pourtant toutes les qualités de l'épouse idéale. Après quinze ans de mariage, déterminée à respecter ses vœux maritaux, Elizabeth aimerait éveiller l'intérêt de son époux indifférent. Afin de le séduire, elle a recours aux services d'un homme expert en la matière, Ramiel, qui va lui enseigner les secrets de la séduction.

2 romans tous les 2 mois
aux alentours du 15 de chaque mois.

Et toujours la reine du roman sentimental :

Barbara Cartland

Le 16 juin :

Séréna
Je ne veux pas te perdre
Pour quelques brins de bruyère

Une toute nouvelle collection,
cocktail de suspense et de passion

FRISSONS

INÉDIT

Le 2 juin :

Le secret des Appalaches ☙ **Vicki Lane**

Elizabeth Goodweather sait que le Mal se tapit parfois dans les endroits les plus anodins. Dans les collines de Caroline du Nord, les plus vieux résidents côtoient les jeunes artistes en quête d'inspiration : Kyra, Aidan et Boz, plus connus comme « Les trois », réalisent une œuvre d'art pour la nouvelle aile du Musée d'Asheville. Mais quand Boz est retrouvé mort, Elizabeth est entraînée malgré elle vers de mystérieux dangers...

Mercy street ☙ **Judith Henry-Wall**

Conroy, Pennsylvanie. La détective privée Mallory Russo et le policier Charlie Wanamaker enquêtent en secret sur la disparition de deux adolescents après la fusillade qui a coûté la vie à deux de leurs amis. Sont-ils des coupables en fuite ou de futures victimes ? Mallory a quitté la police de Conroy et Charlie s'y est engagé. Alors que leur relation se développe, ils vont découvrir que leur affaire pourrait être liée à un ancien meurtre non résolu...

Nouveau ! 2 romans tous les 2 mois
aux alentours du 1er de chaque mois.

Sous le charme
d'un amour envoûtant

CRÉPUSCULE

INÉDIT

Le 2 juin :

Le cercle des immortels. Les chasseurs de rêves —1
☙ **Sherrilyn Kenyon**

Dans le monde éthéré des rêves, le rêveur est en proie à des démons qui le pourchassent... Arikos est l'un de ces prédateurs. Condamné à vivre sans ressentir la moindre émotion, il se refugie dans les rêves des autres, où il peut alors éprouver des sentiments. Pendant des millénaires, il a ainsi voyagé au travers de l'inconscient humain à la recherche de sensations. Or, il a maintenant trouvé l'âme d'une rêveuse qui comble son sentiment de vide...

Le royaume des Carpathes —1. Le prince de l'ombre ☙
Christine Feehan

En venant se réfugier dans les Carpathes, Raven Whitney, une voyante au service de la police, espérait trouver le calme et l'anonymat qu'elle ne pouvait avoir aux États-Unis. Elle commence à sentir la présence d'un être blessé. Le prince Mikhail Dubrinsky est accablé par la solitude et le désespoir, car, au fil des années, s'étiolent les chances de survie des siens ; aucune femme ne naît plus parmi eux. C'est alors qu'une voix réconfortante se fraye un chemin dans les confins de son âme pour le consoler. Mikhail se met à la recherche de la femme qui hante son esprit.

Nouveau ! 2 romans tous les 2 mois
aux alentours du 1er de chaque mois.

9259

Composition
Chesteroc LTD

Achevé d'imprimer en Italie
par GRAFICA VENETA
le 5 avril 2010.

Dépôt légal avril 2010.
EAN 9782290025475

ÉDITIONS J'AI LU
87, quai Panhard-et-Levassor, 75013 Paris
Diffusion France et étranger : Flammarion